신생

新生

島崎藤村

대산세계문학총서 136

신생
新生

시마자키 도손(島崎藤村) 지음 — 송태욱 옮김

문학과지성사
2016

대산세계문학총서 136_소설

신생(新生)

지은이 시마자키 도손
옮긴이 송태욱
펴낸이 주일우
펴낸곳 ㈜문학과지성사
등록번호 제1993-000098호
주소 121-894 서울 마포구 잔다리로7길(서교동 377-20)
전화 02) 338-7224
팩스 02) 323-4180(편집) 02) 338-7221(영업)
전자우편 moonji@moonji.com
홈페이지 www.moonji.com

제1판 제1쇄 2016년 5월 25일

ISBN 978-89-320-2866-8
ISBN 978-89-320-1246-9 (세트)

이 도서의 국립중앙도서관 출판예정도서목록(CIP)은 서지정보유통지원시스템 홈페이지(http://seoji.nl.go.kr)와
국가자료공동목록시스템(http://www.nl.go.kr/kolisnet)에서 이용하실 수 있습니다.
(CIP제어번호: CIP2016011898)

이 책은 대산문화재단의 외국문학 번역지원사업을 통해 발간되었습니다.
대산문화재단은 大山 愼鏞虎 선생의 뜻에 따라 교보생명의 출연으로 창립되어
우리 문학의 창달과 세계화를 위해 다양한 공익문화사업을 펼치고 있습니다.

차례

일러두기

1. 이 책은 島崎藤村의 新生(東京: 岩波書店, 2000)을 우리말로 옮긴 것이다.
2. 본문의 주는 모두 옮긴이의 것이다.

서장

1

    기시모토 군. 난 나의 근래 생활과 사상의 단편(斷片)을 써서 자네에게 보낼 생각이네. 그런데 솔직히 말하면 쓸거리가 하나도 없네. 가만히 있어도 되는 셈이지. 자네와 나의 교제가 깊으면 깊을수록 가만히 있는 게 마땅할 것이네. 옛집을 떠나 새집으로 이사한 나는 나태하게 보내는 날이 많아진 것이 오히려 기쁠 정도라네. 나는 일을 한다는 게 불가능하네. 물론 다른 사람의 뜻에 따라 일하는 건 도저히 할 수 없지. 그렇다고 자기 의지의 채찍을 등에 맞고서 엄숙한 인생의 길 위에 나서느냐 하면, 그것도 할 수 없네. 지금까지 한 번도 제대로 된 일을 해오지 않았다는 게 가장 좋은 증거일세. 하늘과 구름과 대지는 하루 종일 바라보며 살아도 질리는 줄 모르지만, 한나절의 독서는 나를 권태롭게 하는 일이 많네. 새집으로 이사하고 나서는, 공터에 좋아하는 수목을 심거나 그저 심심풀이로 밭에 손을 대보는 정도의 일밖에 하지 않네. 그리고 조그맣게 싹이 트는 푸성귀를 차례차례 삶에 충실한 벌레한테 공양할 뿐이라네. 물론 부엌살림에 도움이 될 리 없지. 이런 꼴이니 전원생활 따위는 털끝만큼도 생각하지 못한다네. 내 생활은 여전히 텅 빈 생활로 시종하고 있네. 그리고 당연히 내 생애의 현(絃) 위에는 권태와 나태가 잿빛 손을 올려놓고 있네. 생각해보면 이게 삶의 충실함이라는 현대의 가르침에 아무런 신앙도 갖지 않은 인간이 필시 맞이할 처지일 것이네. 그렇다고 그것을 후회하느냐 하면, 나는 그것조차 할 수 없네. 왜냐하면 내 육체는 삶의 충동이 아주 약해지고 말았기 때문이네. 영원히 떨어지는 것은 무위의 함정일세. 하지만 무위의 함정에 빠진 인간에게도 아직 한 가지 남겨진 신앙이 있네. 2천 년이나 3천 년 동안 내내 들어서 진부해진 철리(哲理)의 발단이자 총합인 무상, 나는 생기를 잃어버린 내 육체를 통해 이 무상의 종소리를, 새삼스러운 말 같지만 넋을 잃고 진지하게 듣는 일이 있네. 이것이 요즘 내 생활의 기조라네.

교외의 나카노 쪽에 사는 친구*의 편지가 기시모토 앞에 펼쳐져 있다. 이는 몇 달 전에 기시모토가 받은 편지다. 그는 이 편지를 꺼내 다시 읽었다. 젊었을 때는 그도 친구에게 꽤 장문의 편지를 썼고 또 그런 편지를 받기도 했다. 하지만 주고받는 편지도 점차 용건만 적혀 있는 짧은 편지로 변해갔다. 엽서로 끝내는 경우에도 되도록 간단히. 한편으로는 그만큼 써야 할 편지 수가 많아졌다. 하루에 여러 통이나 쓰는 일도 드물지 않았다. 그런 의미에서 보면, 기시모토 앞에 펼쳐져 있던 것은 친구로부터 좀처럼 받을 수 없는 편지이기도 했다. 편지 형식을 빌려 써 보낸,

---

* 메이지 후기부터 활약한 상징과 시인인 간바라 아리아케(蒲原有明, 1875~1952)가 모델이다. 도손의 시집 『여름 풀(夏草)』의 독후감을 써 보낸 일로 그와의 친교가 시작되었다.

편지 아닌 편지였다. 그는 이 편지를 읽어가다 무엇보다 인생의 절반에 이른 사람으로서 친구가 생활하는 모습에서, 그 고백에서 큰 감동을 받았다. 어느 날 저녁이 찾아왔다. 저쪽 나무에 모였다 이쪽 나무에 모였다 하며 시끄럽게 날아다니던 작은 새 무리가 한 마리, 두 마리 조용해지며 왁자지껄하던 즐거운 울음소리도 어느새 잦아드는, 바로 그런 저녁이 기시모토 주위에도 찾아왔다. 이 편지를 보낸 친구가 나카노 쪽에 새집을 지어 이사하고 나서는 줄곧 목소리를 죽이고 있었다. 정말 입을 다물고 말았다.

읽고 있던 편지를 앞에 두고 기시모토는 지금까지 14~15년 동안 변함없는 경애의 정을 보낸 이 친구와 자신의 생애를 비교했다.

2

기시모토는 다시 읽어나갔다.

교외로 거처를 옮기고 나서 나의 종교적 정조는 약간 깊어졌네. 물론 나의 불교는 내 몸에 좋은 감화를 준 불교적 기분에 지나지 않는 것이네. 나는 열반에 도달하기보다는 열반에 이르지 못하고 이승을 방황하고 싶은 편이네. 환영의 청정(淸淨)을 체득하기보다는 오히려 무상의 경지에 잠시 권태와 나태의 '아(我)'를 두고 싶은 것이네. 자면서 불가사의한 꿈을 꾸는 것처럼 권태와 나태의 삶을 신비와 환희의 삶으로 바꾸고 싶은 것이네. 무상의 종교에서 고혹의 예술로 나아가고 싶네. …… 이렇게 나태한 나도 교외의 겨울이 다소 새로워서 일기를 써보았네. 작년 11월 4일 처음으로 서리가 내렸네. 그리고 11일에는 두 번째 서리가 내렸네. 네번째 내린 12월 1일의 서리는 눈 같았네. 그리고 7일, 8일, 9일 사흘 아침이나 계속된 지독한 서리로 팔손이나무나 털머위 잎이 시들었네. 그 8일 아침, 처음으로 얼음이 얼었네. 22일 이후에는 완전한 겨울로 접어들어 단자와(丹澤) 산지에서 지치부(秩父) 연산에 걸쳐 설경을 보는 날이 많아졌네. 바람 역시 세차게 불었지. 하지만 일반적으로 보자면 초겨울 들판의 경치는 아주 흥미로운 것이라네. 서리의 창백한 빛은 눈보다 함치르르하고 애달픈 정취가 있네. 그와는 반대로 서릿발이 녹은 짙은 땅 빛은 초여름 비가 막 갠 후보다 쾌활하네. 또한 흐슬부슬해진 이끼가 서릿발에 물기를 머금고 아침 해에 비칠 때, 대지의 아름다운 색채는 거의 정점에 이른다네. 이때 이끼의 초록빛은 어떤 종류의 초록보다 선명하고 생기가 있네. 마치 초록 구슬을 깨뜨려 버려놓은 듯하네. 마치 인상파의 캔버스를 보는 것 같기도 하지. 나는 쓸쓸한 겨울의 환상(幻相) 속에서 이렇게 아름다운 초록을 만나리라고는 생각지도 못했네. 나의 영혼도 육체도 이런 환상의 아름다움에 사로잡혀 있는 순간, 환영(幻影) 같은 삶도 즐겁고, 꿈처럼 덧없는 이 세상도 보옥처럼 소중해진다네. 하지만 자연의 환상이 어떠한 노력의 발현이 아닌 것과 마찬가지로 그 환상의 완전한 이해 역시 아무런 노력도 필요로 하지 않는 것이네. 꿈으로 하여금 꿈으로 끝나게 하라.

예술적 생활과 종교적 생활의 융합을 시도하려는 듯한 나카노의 친구에게는 그에 걸맞은 자산과 검약한 습관을 남겨두고 간 아버지가 있어, 이 편지에도 잘 나타나 있듯이 조용한 침묵을 맛볼 수 있을 만한 여유가 주어져 있었다. 기시모토에게는 그것이 없었다. 나카노의 친구에게는 늘 시중을 들어주는 좋은 아내가 있었다. 기시모토에게는 아내도 없었다. 기시모토의 아내는 일곱번째 여자아이를 낳은 후 심한 출혈로 세상을 떠났다.

기시모토가 산을 내려와 도회에서 살게 된 지도 어언 7년이 되었다. 그동안 이상할 정도로, 가까운 사람의 죽음이 이어졌다. 첫째 딸의 죽음. 둘째 딸의 죽음. 셋째 딸의 죽음. 아내의 죽음. 이어서 사랑하는 조카의 죽음. 그의 영혼은 줄곧 흔들렸다. 아주 오래전, 기시모토도 젊었고 친구들도 다들 젊었던 시절, 그에게는 아오키*라는 친구가 있었다. 아오키는 나카노의 친구라는 존재를 모른 채 일찍 죽었다. 아오키가 죽은 해부터 헤아리면 기시모토는 그보다 17년이나 더 살았다. 이제 그의 주변에 있던 가까운 사람 중 사라질 사람은 다 사라졌고, 그는 점차 외톨이 신세가 되었다.

3

기시모토에게 아직 새로운 기억으로 떠오르는 광경이 하나 있다. 가까운 사람의 계속된 죽음으로부터 심한 위협을 받고 있던 그는 또다시 그 광경에 의해 어쩔 수 없이 보게 된 것이 있었다. 고지마치의 미쓰케우치에 있는 교회당에서 열린 추도식에 참석했던 때의 일이다. 검은 천을

---

* 평론가, 시인으로서 메이지기에 근대적인 문예평론을 해 시마자키 도손에게 큰 영향을 준 기타무라 도코쿠(北村透谷, 1868~1894)가 모델이다. 기타무라 도코쿠와의 교제, 그의 자살에 대한 이야기는 도손의 『봄』에 자세하게 그려져 있다.

씌우고 두 개의 화환을 장식한 관이 설교대 아래 놓여 있었다. 관 안에는 기시모토의 동창생이자 그리스도교 신도로 20년쯤 전에 같은 학교를 졸업한 사내의 유해가 모셔져 있었다. 폐병으로 죽은 동창생을 애도하기 위한 의식은, 생전에 그가 자주 앉았던 교회당 안에서 아주 소박하게 치러졌다. 얼마 후 관은 중앙의 의자 사이를 지나 벽을 따라 교회당 출입구 쪽으로 운반되었다. 세상을 떠난 사람을 위해, 젊은 학창 시절에 가르침을 주었고 그날의 애도 설교까지 해준 목사를 비롯하여 친척과 친구 등이 앞뒤 좌우에서 관을 들었다.

기시모토는 회색 벽 쪽에 서서 그 광경을 바라보고 있었다. 그날은 기시모토 외에 아다치*와 스게**도 조문하러 와 있었다. 세 사람 모두 죽은 이의 동창이었다.

"우리 친구들은 이뿐인 거야?"

스게는 같은 졸업생 친구를 찾는 듯한 눈빛으로 물었다.

"누군가 또 왔을 텐데."

아다치도 말했다.

장례식을 위해 모인 사람들은 제각각 흩어지고 있었다. 한동안 기시모토는 두 동창생과 함께 교회당 안에 남아, 돌아가는 신도들을 바라보고 있었다. 한 연로한 사람이 와서 친척 대신 인사를 했다. 세 사람 모두 신세를 진 예전의 학교 간사였다.

"참 안됐습니다."

---

* 평론가이자 영문학자인 바바 고초(馬場孤蝶, 1869~1940)가 모델이다. 『문학계』 동인으로 메이지 학원 시절 도손의 동급생이다.
** 평론가이자 영문학자인 도가와 슈코쓰(戶川秋骨, 1871~1939)가 모델이다. 『문학계』 동인으로 메이지 학원 시절 도손의 동급생이다.

간사가 죽은 동창생에 대해 말했다.

"아이는 몇 명입니까?"

기시모토가 물었다.

"네 명이랍니다." 이렇게 대답한 간사는 "뒷일이 좀 곤란하다는군요" 하는 말을 남기고 떠났다.

기시모토가 두 동창생과 함께 돌아가려고 했을 때는, 장례식에 참석한 사람들 대부분이 떠나고 없었다. 인적이 드문 교회당 건물만 남았다. 정면에 있는 뾰족한 아치풍의 장식, 높은 벽, 방금 전까지 그 앞에 화환으로 장식된 관이 놓여 있었던 소박한 설교대만 남았다. 장례식에 참석한 사람들이 떠난 후 쭉 늘어서 있는 긴 의자만 남았다. 추도식을 위해 특별히 준비한 듯한 설교대 옆에는 큼직한 꽃병의 꽃과 잎만 남았다. 슬슬 더워지기 시작한 시간이어서 교회당풍의 창을 통해 환하게 쏟아져 들어오는 5월의 햇빛만 남았다.

떠나기 힘든 심정으로 높은 천장 아래로 비치는 햇빛을 바라보며 기시모토는 살아남은 자의 비애를 절감했다. 가까운 가족들과 사별한 후의 기진맥진한 자신의 신체로 그 비애를 느꼈다.

아다치나 스게를 보니 기시모토는 젊은 날의 교유(交遊)가 떠올랐다. 이어서 죽은 아오키가 떠올랐다. 기시모토와 함께 교회당 돌계단을 내려온 두 동창생은 이제 아오키가 살아 있던 날의 일을 옛날이야기처럼 하는 사람들이 되어 있었다.

4

그 후 기시모토는 두 동창생과 함께 성문을 향해 걸었다. 오랜만에 아다치의 집에 들르기로 한 것이다. 기시모토를 교회당까지 태워 온 인력거꾼은 빈 인력거를 끌면서, 이야기를 나누며 걸어가는 기시모토의 뒤를 따라왔다.

"몇 년 만에 교회당에 와보는 거지?"

이런 이야기를 나누며 걷다 보니 옛 성문 터 근처의 공터가 나왔다. 바람이 먼지를 많이 일으키는 날로, 누런 모래먼지가 소용돌이를 치며 다가왔다. 그때마다 아다치, 스게, 기시모토는 걸음을 멈추고 등을 돌려 먼지가 지나가기를 기다렸다가 다시 걸었다.

세 사람이 가는 길에는 푹푹 찌는 듯한 무더운 햇볕이 내리쬐고 있었다. 목사가 설교대 위에서 낭독한 죽은 동창생의 약전, 마흔다섯 해의 일생에 대한 이야기를 나누며 성시(城市)다운 지세가 남아 있는 곳에 이르러 완만한 고갯길을 조용히 올라갔다.

"아까 내가 집에서 나오다가 도랑가에서 마침 그 사람들과 딱 마주쳤어. 그래서 관을 따라 교회당까지 갔지."

말을 꺼낸 것은 세 사람 중 가장 나이가 많은 아다치였다.

"우리 반에서 지금까지 몇 명이 죽었을까?"

기시모토가 이렇게 말하자 아다치는 평소처럼 소상한 것을 좋아하는 태도로 물었다.

"졸업생 스무 명 중에서 넷이 죽었을 거야. 이번이 다섯번째지."

"누가 또 죽지 않았나? 죽은 사람이 더 있었던 거 같은데."

스게가 말했다.

16

"다음은 누구 차례일까?"

아다치의 이 농담에는 스게도 기시모토도 입을 다물었다. 세 사람은 한동안 말없이 걸었다.

"우리 세 사람 중에서는 내가 제일 먼저 갈 것 같은데."

다시 아다치가 웃으며 말을 꺼냈다.

"내가 더 의심스러워."

기시모토는 이렇게 말하지 않을 수 없었다.

"무슨, 너는 괜찮아. 나야말로 제일 먼저일지도 모르지."

스게는 농담처럼 말하며 웃었다.

"그런데 죽는다면 나는 앞으로 1, 2년 안에 죽을 것 같다는 생각이 들어."

기시모토의 이 말이 두 동창생에게는 농담으로 들렸을지 모르지만, 정작 그는 자신이 한 말을 웃어넘길 수가 없었다. 다시 연기 같은 지독한 먼지바람이 불어왔고, 그는 입안에 모래가 지금거릴 정도로 모래먼지를 맞았다.

그날은 장례식에 갔다가 돌아가는 길이었지만 다 같이 아다치의 집으로 몰려갔다.

"이렇게 같이 오는 건 좀처럼 없는 일이지."

아다치가 이렇게 말하며 이런저런 것들을 대접했다. 기시모토는 뜻하지 않게 이야기에 빠져 날이 저물 때까지 인력거꾼을 문 앞에 세워두었다.

"다들 함께 학교를 졸업했을 때는 앞날에 무슨 재미있는 일이 기다리고 있을 것 같았는데 말이야. 이런 게 인생일까?"

말을 꺼낼 생각이 없었음에도 기시모토는 두 동창생 앞에서 이런 말을 꺼냈다.

"그렇지, 이게 인생이지." 스게는 냉정한 태도로 말했다. "난 그런 생각을 하면 이상한 기분이 들 때가 있어."

"뭐 좀 다른 얘기 없을까?"

기시모토가 이렇게 말하자 아다치가 말을 받았다.

"그렇게 재미있는 일이 있다고 생각하는 게 잘못이지."

아다치의 방에 모이고 보니 기시모토는, 거기에서도 이상한 침묵이 오랜 친구 사이인 세 사람을 지배하고 있다는 걸 느꼈다. 그토록 격의 없는 친구들끼리 있어도, 그토록 떠들거나 웃어도 다들 본심은 드러내지 않고 가만히 있었다.

"아무래도 나는 이대로 죽을 수 없어."

기시모토는 다시 이런 말을 하지 않을 수 없었다.

이런 대화의 기억, 이런 광경의 기억, 이런 사건의 기억, 이런 심적 경험의 기억, 이 모든 것이 기시모토에게는 생생할 정도로 새로웠다. 무슨 일이 있을 때마다 그는 일생의 위기가 닥쳐왔다고 생각하게 하는 어떤 꺼림칙한 예감에 사로잡혔던 것이다.

5

줄곧 동창생의 죽음을 생각하며 아다치의 집에서 간다 강을 따라 집으로 돌아오던 인력거 위도, 기시모토에게는 잊기 힘든 기억의 하나로 남아 있었다. 고대인이 말한 흙, 물, 불, 바람이라는 것까지 자꾸 상상에 등장한 것도 그 인력거 위에서였다. 불이나 물이나 흙 같은, 뭔가 미신에 가까운 열의를 가지고 생생하고 원시적인 자연의 자극을 접해보면 자신을 구원할 수 있지 않을까 하는 생각이 든 것도 그 인력거 위에서였다.

생존의 헤아리기 어려움. 일찍이 기시모토가 처자식을 데리고 산에서 내려오려고 했을 무렵, 묵직하게 정체된 이런 것이 일생의 여행 도중에 자신을 기다리고 있을 줄 생각이나 했겠는가. 나카노의 친구에게 찾아왔다는 권태가 그에게도 찾아왔다. 일찍이 그의 정신을 고양한, 아름다운 생활을 보낸 수많은 사람들도 모두 공허해졌다. 그는 하마터면 생활의 흥미조차 잃어버릴 뻔했다. 진종일 쓸쓸하고 단조로운 소리가 자신의 방 장지문으로 울려오거나 한없는 적막에 갇혀 있다는 생각을 하거나 한참이나 사람도 찾아오지 않아 차디찬 벽을 바라본 채 앉아 있기만 하는 사람이 되어버렸다. 이는 애초에 과도한 노작의 결과인가, 반생 내내 여기저기 돌아다닌 원인 없는 우울의 결과인가, 아니면 어미 없는 어린아이들을 데리고 3년 가까이 고난과 싸워온 결과인가, 그 어느 것이라고도 그는 말할 수 없었다.

나카노의 친구로부터 받은 편지의 마지막에는 이런 말도 쓰여 있었다.

기시모토, 나는 이제 침묵해도 좋은 때인 것 같네. 권태와 나태는 내가 나 자신에게 돌아오기를 기다리고 있네. 눈도 지치고 마음도 지쳤네. 문득 화단 근처를 바라보니 하얀 나비가 말라붙은 화단에 핀 최초의 꽃을 찾아낸 참이네. 그리고 그 나비도 올해 들어 처음으로 본 나비네. 내가 좋아하는 야생 동백꽃도 머지않아 만발하겠지. 열흘쯤 전부터 산수유나무와 붓순나무 꽃이 피어 있네. 모두 쓸쓸한 꽃이네. 특히 붓순나무 꽃은 납매를 닮아 아주 운치가 있다네. 그 꽃을 보는 내 마음도 쓸쓸히 떨고 있네.

편지는 이렇게 맺고 있었다.

나카노의 친구에게는 아이가 없었다. 예전에 기시모토의 둘째 남자아이를 맡아주겠다는 말을 한 적도 있었다. 하지만 철이 없어 알아듣지 못하는 아이는 친구의 집에 가지 않겠다며 일주일이나 버텼다. 결국 기시모토는 두 아이를 곁에 두기로 하고, 한 아이는 고향의 누님 댁에 맡겼다. 히타치의 해안 쪽에 있는 유모의 집에 맡긴 막내딸을 위해 매달 양육비 보내는 것도 잊을 수는 없었다. 그는 이제 잠자코, 잠자코 끊임없이 노작을 계속했다.

기시모토도 마흔두 살을 바로 눈앞에 두고 있었다. 앞날의 불안은, 특히 남자의 가장 중한 액년*이라는 말에도 귀를 기울이게 했다. 그는 나카노의 친구와 자신을 비교하며 이렇게 말한 적도 있다. 친구의 침묵은 생기가 넘치며 유유자적한 것이고, 자신의 침묵은 죽은 것이라고. 그 죽은 침묵으로 그는 자신의 몸에 덮쳐오는 강력한 폭풍을 기다렸다.

---

* 대액(大厄). 액년 중에서 가장 중한 해로, 남자는 마흔두 살이고 여자는 서른세 살이다.

제1부

1

　기시모토는 간다 강 어귀에서 2, 3백 미터도 떨어져 있지 않은 집 2층에서 내려와 평소에 자주 거니는 강가로 나왔다. 그리고 아주 조용히 강가를 걸었다. 마치 자신의 방 바로 밖에 있는 긴 복도라도 걷는 것처럼.

　그 강가로 나올 때마다, 버드나무 가로수를 사이에 두고 낚싯배나 미곡 도매점 또는 한적하고 단아한 일반 주택이 강물에 면해 있는 것을 볼 때마다, 반드시 마음속에 떠올리는 미지의 한 청년이 있었다. 기시모토는 우연한 일로 그 청년으로부터 편지를 받고, 자신이 즐겨 거니는 버드나무 가로수 그늘이 그 청년도 몇 해나 즐겨 왕래하던 장소라는 사실을 알았다. 두 사람은 서로 얼굴을 마주한 적이 없지만, 좋아하는 같은 장소를 찾아냈다는 사실만은 신기하게도 일치했던 것이다. 그때부터 청년은 기시모토를 한번 만나고 싶다고 말해 왔다. 그러자 기시모토는 평소 너무 많은 사람을 만나고 있다고 밝히며, 우리 두 사람은 미지의 친구로서 같은 버드나무 가로수 그늘을 즐기는 것이 좋지 않겠느냐는 뜻의 답장을 보냈다. 기시모토의 그 마음이 전해진 것인지 그쪽에서도 구태여 만나고 싶은 바람은 버렸다고 답해 왔다. 그때부터 편지를 주고받는 일이 이어졌다. 예의 버드나무 가로수, 그것으로 두 사람의 마음은 통했다. 청년에게 강가는 기시모토였고, 기시모토에게 강가는 그 청년이었다.

같은 강물을 바라보고 같은 땅을 밟을 뿐인, 모르는 사람 사이의 편지 왕래가 상당히 오랫동안 지속되었다. 때로 청년은 여행지에서 기시모토에게, 바다가 아무리 파랗게 빛나고 있어도 특별히 이렇다 할 생각이 일지 않고 오히려 예의 그 버드나무 가로수가 더 고요하다고 엽서를 써 보내기도 했다. 때로는 도쿄의 자택에서 젊은 날에나 있을 법한, 의지할 곳 없는 쓸쓸한 마음을 자세히 써 보내기도 했다. 그러다가 점차 그런 편지를 받는 일이 적어졌으며, 결국 소식은 뚝 끊기고 말았다.

'그 사람은 어찌 된 걸까?'

기시모토는 강가를 거닐면서 자신에게 말했다.

예전에 그 청년에게서 받은 엽서 중에 "그 버드나무 가로수 그늘에는 돌이 있지요"라고 쓰여 있던 구절이 이상하게 기시모토의 머리에 남아 있었다. 기시모토는 그 돌로 생각되는 것 옆에 서서 아사쿠사 다리 아래쪽으로 차갑게 흘러오는 수로의 물을 바라보며 열여덟이나 열아홉 살쯤으로 여겨지는 미지의 청년을 마음속에 그렸다. 일찍이 뺨에 닿을 만큼 낮게 드리워진 가지의 잎에서 나는 싱싱한 향기를 맡았을 때는 왠지 모르는 정겨움에 가슴이 설렜다는 청년을 마음속에 그렸다. 일찍이 그 돌에 걸터앉아 무릎 위에 올린 손으로 턱을 괴고, 기시모토가 그곳을 걸어갈 때의 모습을 이리저리 상상했다는 청년을 마음속에 그렸다.

이토록 젊디젊은 마음을 보내오고, 견디기 힘든 애수를 하소연해 왔으며, 편지를 주고받는 것만으로도 나에게 힘이 되었던…… 여기까지 생각했을 때 기시모토는 그 돌 옆에도 서 있을 수 없었다.

예의 그 버드나무 가로수에는 이제 청년도 오지 않게 된 듯했다. 예전과 마찬가지로 거닐러 오는 기시모토만 남았다.

2

청년이 떠난 후 두 사람의 마음을 이어준 강가의 버드나무 가로수도 시들시들했다. 기시모토의 마음은 고요하지 않았다. 3년에 가까운 기시모토의 독신 생활은 결코 그의 마음을 조용히 내버려두지 않았다.

"자네, 어떻게 할 생각인가? 자넨 언제까지 그렇게 혼자 지낼 생각인가? 자네의 침묵, 자네의 고생에는 대체 무슨 의미가 있는가? 자네의 독신은 다른 사람들의 입에까지 오르내리고 있지 않은가?"

사람들로부터 이런 말을 들어도 그는 어떻게 대답해야 좋을지 알 수 없었다. 한번은 자신의 방을 홋카이도의 광야에 있다는 쓸쓸한 트라피스트 수도원에 비유해본 적도 있었다. 자신의 처지를 우선, 자신의 무덤을 만들어놓고 남루한 옷과 허술한 음식으로 격심한 노동을 하면서 무언의 수행을 한다는 그 수도원의 수도사들에게 비유해본 적도 있었다. "자신은 이제 생각하지 않을 거라고 생각하지만 아무래도 생각하지 않을 수가 없다"고 말한 사람도 있었다지 않은가. 기시모토가 바로 그랬다. 그는 그저 계속해서 생각해왔다.

놀잇배나 낚싯배를 주선하는 강가의 배 객줏집 앞에는 축벽(築壁) 가까이에 붙여 묶어놓은 서너 척의 작은 배도 보였다. 기시모토는 완전히 침체된 생활의 두려움에서 벗어나려고 두 해 여름 동안 열심히 작은 배를 저어본 적도 있었다. 그 여름과 그 전해 여름. 더 이상 어떻게 해볼 수 없게 되어 그런 것을 생각해냈던 것이다. 그가 꼼짝 않고 앉아 있던 끝에 몸을 움직이는 것조차 귀찮아졌던 2층 자신의 방에서 억지로 내려와 매일 아침 일찍 작은 배를 저어 나간 것도 그 강가였다. 어쩌면 호수처럼 잔잔한 스미다 강물 위로 나가, 도회의 한복판이라 생각되지 않을 만큼 맑은 여름 아침의 공기를 가슴 가득 들이마시고, 다시 수많은 화물선 사이로 노를 저어 돌아온 것도 그 축벽 옆이었다.

"기시모토 아저씨!"

그를 부르며 다가오는 한 소년이 있었다. 강가 배 객줏집의 맏아들이었다.

"이렇게 추워서야 올해는 이제 뱃놀이도 끝났구나."

기시모토가 허물없이 말했다. 작은 배를 탈 때 그는 자주 배 객줏집의 열대엿 살밖에 안 된 그 소년을 데리고 나갔다. 소년인데도 능숙하게 노를 저었다.

배 객줏집 아들은 기시모토의 얼굴을 보면서 말했다.

"아저씨, 센짱을 여기서 자주 만나요."

"아니, 네가 센짱을 아니?"

기시모토가 물었다. 그는 소년의 입에서 자기 아들의 이름을 듣는 게 신기했다.

"이 근처로 자주 놀러 오거든요."

"아, 그래? 이런 데까지 놀러 오는구나."

기시모토는 그해부터 초등학교에 다니게 된 자기 아들에 대해 말했다.

순진한 소년과 헤어진 기시모토는 다시 가늘고 성긴 버드나무의 마른 가지가 드리워진 축벽을 따라 걸었다. 야나기 다리를 건너 바로 왼쪽으로 꺾어 들면 강가 길모퉁이에 모래 하역장이 있다. 두세 명이 그 모래 하역장 가까이에 서서 무슨 까닭이 있는 듯 바라보고 있었다. 일부러 발길을 멈추고 모래 하역장의 공터를 바라보며 따분한 듯 돌아가는 사람도 있었다.

"무슨 일이 있었나?"

기시모토는 혼자 중얼거렸다. 료고쿠의 철교 아래쪽으로 소용돌이치며 흘러가는 스미다 강이 그의 눈에는 끌려들어가는 것처럼 비쳤다.

3

기시모토도 6년쯤 스미다 강 근처에 살아보니 물가에 사는 사람이면 누구나 듣게 되는 소문을 자주 들었다. 하지만 여태까지 한 번도 여자의 사체가 떠내려온 일과 실제로 맞닥뜨린 적은 없었다. 우연히 그는 그런 사건이 벌어진 장소로 갔다.

"오늘 아침……"

모래 하역장 옆에 서서 바라보고 있던 한 사내가 기시모토에게 말했다.

료고쿠 부근으로 떠내려왔다는 젊은 여자의 사체는 이미 옮겨진 뒤로, 검시한 흔적은 깨끗이 치워져 거적 하나 보이지 않았다. 다만 물로 뛰어든 여자의 소문만 남아 있었다.

생각지도 못한 비극을 봤다는 심정으로 기시모토는 집으로 돌아갔다. 그의 마음에는 최근에 거절한 혼담이 오락가락했다. 그는 자신의 권태나 피로, 그리고 완전히 침체된 생활, 사람으로서 이제야 한창 나이에 도달했을 뿐인데 툭하면 노인네처럼 떨리는 몸, 이 모두가 독신의 결과가 아닐까 하는 생각이 드는 것만큼 억울하고 분한 일도 없었다.

"결혼한다면 바로 지금일세."

이렇게 말하며 걱정해주는 친구의 충고에 귀를 기울이지 않은 것은 아니지만, 실제로 혼담이 들어오면 늘 그는 이런저런 생각에 빠지고 말았다.

기시모토의 은인인 다나베 아저씨의 집도, 아저씨가 돌아가신 뒤 아주머니마저 돌아가셨다. 이제 기시모토가 서생(書生)*으로 머물던 시절부터 늘 형이라 부르며 따르던 외아들 히로시가 그 집의 세대주였다. 할머니는 아직 정정했다. 그 할머니가 늙은 몸을 이끌고 일부러 인력거까지 타고 와 권해준 혼담도 있었으나 기시모토는 그것도 거절했다. 고향 쪽에 있는 기시모토의 친누나도 걱정한 나머지, 누님으로 보면 죽은 자기 아들의 신부, 기시모토로 보면 조카 다이이치의 아내였던 사람을 자꾸 편지로 권했지만 그 혼담도 거절했다.

"가능하면 그대로 있게. 언제까지고 그런 생활을 계속해주게."

한편으로는 이런 의미의 편지를 받지 않은 것도 아니었다. 그런데 그렇게 말해준 사람은 꼭 나이가 아주 어린 사람이었다.

기시모토는 혼자가 되어보고 나서야 비로소 다양한 처지에 있는 여자가 아주 많다는 사실을 알았다. 그중에는 비구니가 되려고 하는 도중이긴 하지만, 만약 상대 쪽에서 받아준다면 시집을 가도 좋다는, 한번 시집을 갔다가 돌아온 아직 한창 나이인 젊은 여자도 있었다. 여자로서의 소양도 깊고 학식도 있어 가정을 꾸리기에 무엇 하나 부족함이 없지만, 너무나 격이 높은 절에서 태어났기 때문에 마흔 살 가까이 처녀로

* 다른 사람 집에 얹혀살면서 가사를 도와주며 공부하는 학생.

살아왔다는 사람도 있었다. 설사 그런 사람들이 있었다고 해도 지금까지 기시모토는 모르고 있었다. 기시모토에게는 독신 여성의 수가 어쩌면 독신 남성의 수보다 많지 않을까, 하는 생각마저 들었다.

4

조카딸 세쓰코*는 집에서 기시모토를 기다리고 있었다. 강가에서 기시모토가 사는 동네 사이에는 골목 하나를 끼고 몇 개의 좁은 골목이 있었다. 기시모토는 어떻게든 지름길로 집으로 돌아갈 수 있었다.

"애들은?"

잠깐 근방을 거닐다 돌아왔을 때도 이렇게 물어보는 것이 기시모토의 버릇이었다.

그는 세쓰코의 입에서, 형인 큰아이는 친구들이 놀자고 찾아와 번화가로 놀러 갔다거나 동생은 맞은편 집에서 놀고 있다거나 하는 말을 들을 때까지는 마음이 놓이지 않았다.

세쓰코가 기시모토의 집안 살림을 도와주러 온 것은 학교를 졸업하고 좀 지나서였다. 그때는 마침 그녀의 언니 데루코도 기시모토의 집에 와 있었다. 자매 둘이서 1년쯤 기시모토의 아이들을 돌보며 함께 살았다. 그해 여름 데루코가 다른 곳으로 시집을 가고 나서부터는, 부리고 있

---

* 시마자키 고마코(島崎こま子, 1893~1978)가 모델이다. 시마자키 도손의 둘째형 히로스케의 둘째딸. 결혼한 후에는 하세가와 고마코(長谷川こま子). 열아홉 살이던 1912년 도손과 관계를 맺고 임신하는 등 이 소설에 등장하는 사건은 거의 실제 사실에 가깝고 고마코도 그것을 인정했다.

는 할멈과 함께 세쓰코만을 의지하여 아직 어린 아이들을 보살피며 살고 있었다.

세쓰코는 기시모토의 집에 왔을 때만 해도 아직 어렸다. 같은 자매라도 언니는 학교에서 자수, 재봉, 꽃꽂이 등을 배웠고, 세쓰코는 어려운 책 읽는 것을 배웠다. 그런 세쓰코가 학교를 떠나 기시모토의 집으로 왔을 때는, 비스듬히 마주 보는 건너편에 잇추부시* 선생의 집이 있었고, 그 한 집 건너 이웃에는 유명한 우키요에 화가의 자손이 사는 집이 있었으며, 또 뒤에는 도키와즈부시**의 정통을 잇는 사람의 집이 있었다. 학예에 뜻을 둔 숙부의 서재를 이렇게 어수선한 동네에서 발견한 것도 그녀에게는 신기한 일이었다.

"제가 숙부 집에 왔다고 했더니 학교 친구들이 다들 부러워했어요."

이렇게 말하는 그녀의 눈에는 아직 학교를 다니고 있는 소녀 같은 광채가 있었다. 강가의 버드나무 가로수 그늘을 왕래한 미지의 그 청년의 마음, 의지할 것 없이 쓸쓸한 젊은 날의 오뇌(懊惱)를 기시모토에게 편지로 자주 호소해온 미지의 그 청년의 마음, 마치 그 청년과 비슷한 마음으로 숙부를 의지하고 믿고 있는 그녀의 마음이 기시모토에게도 느껴졌다. 그녀의 어머니와 할머니는 고향 산간 마을에 있고, 아버지는 볼일이 있어 오랫동안 나고야에 있으며, 언니 데루코는 남편을 따라 머나먼 외국에 있다. 그리고 도쿄 네기시(根岸)에 큰댁이 있긴 하나 그곳에는 집을 지키는 여자들뿐이고 다미스케 백부, 즉 기시모토의 맏형은 타이완에 있다. 따라서 그녀에게 힘이 되어줄 만한 사람은 숙부인 기시모토 한

---

* 一中節: 샤미센 음악의 한 유파. 에도 시대 중기에 교토의 미야코 잇추(都一中)가 창시했다.
** 常磐津節: 조루리(淨瑠璃)의 한 유파. 에도에서 가부키 무용의 반주 음악으로 발전했다.

사람뿐이었다. 그해 여름 데루코가 시집을 갈 때도 기시모토의 집을 거의 부모 집처럼 생각하여 그곳에서 신혼의 먼 여행을 떠났을 정도였다.

"시게루, 놀자!"

대문에서 시게루를 부르는 이웃집 여자아이의 목소리가 들렸다. 시게루는 기시모토의 둘째 아들이다.

"시게루는 놀러 나갔다."

세쓰코가 부엌문에 가까운 방에서 대답했다. 그녀는 자주 놀러오는 한 여자아이의 머리를 묶어주고 있었다. 그 여자아이는 근처에 사는 침술사의 딸이었다.

"아이가 없으니 집안이 무척 조용하구나."

세쓰코에게 이렇게 말을 붙이면서 기시모토는 집 안을 걸었다. 그때 할멈이 부엌문으로 들어왔다.

"세쓰코 아가씨, 여자 시체가 강가로 밀려왔대요."

할멈은 사투리가 섞인 어투로 밖에서 듣고 온 소문을 세쓰코에게 들려주었다.

"듣자니 배 속에 아이가 있었대요. 불쌍하게 말이에요."

침술사 딸의 머리를 묶어주고 있던 세쓰코는 할멈에게 그 이야기를 듣자 싫은 표정을 지었다.

5

"세쓰코 누나."

어린애 같은 목소리로 세쓰코를 부르며 둘째 시게루가 맞은편 집에서 돌아왔다. 침술사 딸의 머리를 다 묶어주고 옆으로 온 세쓰코를 보자 시게루는 갑자기 그녀의 손에 매달렸다.

기시모토는 집 안을 걸어 다니며 그 광경을 지켜보고 있었다. 그는 세상을 떠난 아내 소노코가 이 세상에 남긴 둘째 아들과, 달라붙어 떨어지지 않는 그 아이 옆에 서 있는 키 큰 세쓰코의 모습을 새삼스레 바라보았다. 소노코가 아직 건강했을 때 세쓰코는 네기시에서 학교를 다니고 있었는데, 짧은 홑옷을 입고 기시모토의 집에 놀러왔을 무렵의 세쓰코에 비하면 지금 눈앞에 보이는 그녀는 전혀 다른 사람처럼 아가씨다워져 있었다.

"시게루, 이리 온." 기시모토는 아이에게 손을 내밀었다. "어디 아빠가 한번 볼까? 얼마나 무거워졌나."

"아빠가 오라시잖아."

세쓰코는 시게루 쪽으로 얼굴을 바싹 대고 말했다. 기시모토는 기쁜 듯이 달려오는 시게루를 뒤에서 꽉 껴안고, 자못 무거운 듯 많이 자란 아이의 몸을 들어 올렸다.

"이야, 무거워졌구나."

기시모토가 말했다.

"시게루, 이번에는 내 차례야."

그때 침술사의 딸도 다가와 기시모토의 얼굴을 올려다보았다.

"아저씨, 나도……"

"너도 무거워졌구나."

이렇게 말하며 기시모토는 다시 자못 무거운 듯 침술사의 딸을 들어 올렸다.

갑자기 시게루는 세쓰코에게 가서 뭔가를 달라며 떼를 쓰기 시작했다.

"세쓰코 누나아."

말꼬리에 힘을 주어 조르는 듯이 부르는 어미 없는 아이의 목소리는 기시모토의 귀에, 아무리 바라도 얻을 수 없는 것을 바라는 소리처럼 들렸다.

"시게루는 이제 졸리나 보구나, 그래서 그런 목소리가 나오는 거지?" 세쓰코가 아이에게 말했다. "이제 코해야지. 좋은 거 줄 테니까."

그때 할멈은 부엌문 쪽에서 들어와 아이를 위해 방 구석진 자리에 이불을 깔았다. 직사각형의 목제 화로 같은 것을 두고 있는 아래층 방이었는데, 2층에 있는 기시모토의 서재 바로 밑이었다. 세쓰코는 불단에서 귤 두 개를 가져와 하나는 시게루의 손에 쥐여주고 또 하나는 침술사 딸에게 가져갔다.

"자, 너도 하나."

그럴 때 세쓰코의 말이나 동작에는 그녀 특유의 솔직함이 있었다.

"자, 시게루, 귤 갖고 코해야지."

세쓰코는 아이 옆에 붙어 자는 어머니처럼 칭얼대는 시게루의 머리를 쓰다듬어주면서 달랬다.

"숙부, 죄송해요."

이렇게 말하며 아이 옆에 누워 있는 세쓰코와 방 안을 치우고 있는 할멈을 상대로 기시모토는 화로 옆에서 담배 한 대를 피우며 이야기할 마음이 들었다.

"이래 뵈도 시게루는 예전에 비하면 얼마간 얌전해진 건가?"

기시모토가 말을 꺼냈다.

"하루하루가 달라요."

세쓰코가 대답했다.

"그야 뭐, 주인어른, 제가 여기 올 때에 비하면 시게루는 무척 달라졌지요. 세쓰코 누나가 왔을 때와 지금은요……"

할멈도 말을 보탰다.

두 사람의 대답은 기시모토가 듣고 싶은 말이었다. 그는 아직 무슨 말인가 하고 싶었으나 스스로를 격려하듯 한두 번 거친 숨을 내쉬었다.

6

"아니, 시게루, 품에 손을 넣으면 안 돼." 세쓰코는 엄마 품이라도 찾는 듯이 구는 아이의 얼굴을 보고 말했다. "그렇게 하면 다시는 같이 안잘 거야."

"얌전히 코해야지."

할멈도 아이의 머리맡에 앉아 말했다.

"시게루는 정말 아이 같지 않다니까." 세쓰코는 자신의 품을 여미면서 말했다. "그래서 넌 어른과 아이의 중간치라는 말을 듣는 거야. 애어른이라고 말이야."

"애어른이라면 곤란하겠네." 할멈은 시골 사투리로 말하며 웃었다. "아니, 또 칭얼대는 거야. 아무도 널 비웃지 않아. 지금 다들 너를 칭찬하고 있잖아. 정말 내가 왔을 때에 비하면 시게루는 무척 얌전해졌다니까, 그치."

"자, 이제 코해야지."

세쓰코는 잠들기 시작한 아이의 짧은 머리를 쓰다듬었다.

"아아, 벌써 잠든 거야?" 기시모토는 목제 화로 옆에서 아이의 잠든 얼굴을 들여다보았다. "정말 애들은 빠르구나. 천진난만하다니까…… 이 아이는 꽤 손이 많이 가. 시게루는 짜증을 내기만 하면 문을 차고 장지를 찢고 한번 칭얼대면 쉽게 그치지 않는다니까…… 정말 한때는 대단했지. 데루코도 세쓰코도 무척 난감했을 거야."

"시게루는 꽤나 울었지요." 이렇게 말하며 세쓰코는 아주 조용히 몸을 일으켜 살그머니 아이 곁을 벗어났다. "무엇보다 한번 잡으면 놔주질 않거든요. 소매든 뭐든 다 해진다니까요."

"그랬겠지. 그때에 비하면 시게루도 얼마간 철이 든 걸까?"

이렇게 말하는 기시모토에게는 세쓰코의 언니가 아직 신혼의 먼 여행을 떠나지 않고 여동생과 함께 아이들 뒷바라지를 해준 그해 여름이 떠올랐다. 2층에서 듣고 있으면, 아래층에서 시게루가 우는 소리가 들려온다. 데루코도, 세쓰코도 조그만 아이 하나를 힘에 겨워하고 있는 것처럼 들린다. 그때마다 기시모토가 입술을 깨물고 2층에서 계단을 뛰어내려 가보면, "너는 왜 말을 못 알아듣는 거야" 하며 데루코도 아이와 함께 울고 있다. 세쓰코는 세쓰코대로 울어젖히는 아이를 피해 장지문 뒤에서 울고 있다. 기시모토가 어떻게든 아이를 자연스럽게 키우고 싶다, 한 대도 때리지 않고 키울 수만 있다면, 되도록 그렇게 거칠게 다루지 않고 아이를 키우고 싶다고 생각해도 잔혹한 본능의 힘은, 난폭하게 구는 아이를 분노 없이 보고 있을 수가 없게 한다.

"숙부, 죄송해요. 시게루는 이제 울지 않을 테니 한번 지켜보세요."

아이 대신에 용서를 구하는 데루코의 말을 들을 때까지 기시모토는 늘 마음을 놓을 수 없었다. 아이가 결혼 전의 시마다* 머리를 한 데루코

---

* 주로 미혼 여성이나 신부가 틀어 올리는 머리로, 대표적인 머리 모양의 하나다.

에게 매달릴 때마다 "싫어, 싫어, 머리가 흐트러지잖아"라고 하던 데루코의 말이 기시모토의 마음에 떠올랐다. "시집간다네, 메롱" 하고 데루코를 손가락으로 가리키며 놀리던 장난기 심한 시게루의 말도. 데루코가 남편과 함께 머나먼 외국으로 여행을 떠나기 전 작별을 고하러 아래층 방으로 왔을 때 "그래도 다들 많이 컸구나" 하며 두 아이를 번갈아 껴안아준 일도. 그때 세쓰코가 옆에서 "많이 컸다는 말을 듣는 게 그렇게 좋은 거야?" 하고 아이에게 말한 일도. 지난날의 이 모든 광경은 전에 있었던 일과 나중에 있었던 일이 함께 뒤섞여 번개처럼 기시모토의 가슴을 스치고 지나갔다.

'이 모든 것은 소노코의 죽음으로부터 일어난 일이다.'

기시모토는 마음속으로 이렇게 말하고, 왠지 모르게 휑한 천장 밑을 둘러보았다.

7

어머니 없이도 그럭저럭 성장해가는 어린아이에 대한 이야기가 손아래 아이에서 손위 아이로 옮겨 가 기시모토가 세쓰코와 할멈에게 형인 센타 이야기를 하고 있을 때 바로 그 아이가 밖에서 들어왔다.

"시게루는요?"

센타는 느닷없이 마당 입구의 장지문 밖에서 물었다. 둘이 같이 놀면 결국에는 울거나 울리거나 하는 것이 상례인데도, 바깥에서 놀다 돌아오면 센타는 누구보다 먼저 동생을 찾았다.

"센타, 다들 지금 네 이야기를 하고 있던 참이야." 할멈이 물었다.

"그렇게 밖에서 뛰어다니면 안 춥니?"

"그렇게 뺨이 빨개가지고."

세쓰코도 집 밖의 공기에 귓불까지 빨개진 채 돌아온 아이를 보고 말했다.

센타는 누구한테나 매달리는 버릇이 있었다. 젊었을 때는 농사일을 한 적도 있다는 할멈의 튼튼한 몸에 매달리기도 하고, 그 자리에 있는지 없는지도 알 수 없을 만큼 조용한 침술사의 딸을 옆에 앉혀놓고 있는 세쓰코에게도 달려가 매달렸다.

"센타, 사람한테 그렇게 매달리면 못써."

이렇게 말하는 기시모토 뒤로 온 센타는 아버지의 목덜미에 매달렸다.

"하지만 센타도 많이 컸구나." 기시모토가 말했다. "매일 보는 아이가 크는 것은 그렇게 눈에 띄지 않는 일이긴 하지만 말이야."

"옷이 저렇게 작아졌어요."

세쓰코도 말을 보탰다.

"센타 얼굴을 보고 있으면 이런 생각이 들어. 용케 이만큼 컸구나, 하고 말이야." 다시 기시모토가 말했다. "아주 어렸을 때는 약했으니까. 무엇보다 가로로 납작한 저 머리가 증거야. 이 아이의 누나들이 훨씬 건강한 것 같았거든. 그런데 누나들은 다 죽고, 잘 자랄까 싶었던 센타가 이렇게 컸으니. 정말 모르는 일이야."

"가만 있어봐. 가만 있어봐." 센타는 아버지의 말을 가로막으려고 했다. "세쓰코 누나, 재미나는 게 있어. 순사와 군인 중에서 누가 더 세?"

아이의 이런 물음은 세쓰코를 난처하게 했을 뿐만 아니라, 여름까지 함께 있었던 데루코까지도 자주 난감하게 했다.

"둘 다."

세쓰코는 언니가 답한 것과 똑같이 아이에게 대답했다.

"학교 선생님하고 군인 중에서는 누가 더 세?"

"둘 다."

세쓰코는 다시 이렇게 대답하고 슬슬 지식에 눈을 뜨기 시작한 듯한 아이의 눈동자를 들여다보았다.

기시모토는 문득 생각난 듯이 말했다.

"이렇게 지나고 보니 별로 힘든 일도 아니었던 것 같은데 말이야, 지난 3년 동안 정말 아이 돌보는 일이 왜 그렇게 힘들었는지. 여기까지 오는 게 쉽지 않았지. 아이들 엄마가 세상을 떠났을 때는 무엇보다 제일 위인 센타가 여섯 살밖에 안 되었으니까. 무더운 여름이어서 한 애한테 땀띠가 나면 그게 다른 아이들한테도 옮고. 세쓰코는 그때 일을 잘 모르겠지만, 여섯 살을 맏이로 네 아이가 울어젖힐 때는 정말 손을 쓸 수가 없었지. 까딱하면 아이가 열이 나고. 한밤중에 의사를 깨우러 달려간 적도 있어. 그때는 나도 제대로 못 잤지……"

'그러셨겠지요.'

세쓰코는 눈빛으로 이렇게 말했다.

"그때에 비하면 그래도 상당히 수월해진 편이야. 조금만 더 참으면 될 거야."

"시게루가 학교라도 가게 되면요."

세쓰코는 할멈 쪽을 보며 말했다.

"아무쪼록 잘 부탁해."

기시모토는 이렇게 말하고 세쓰코와 할멈 앞에 손을 짚고 머리를 숙였다.

8

아래층 방에는 아이들 어머니가 살아 있었을 때와 거의 똑같이 옷장도 찬장도 긴 목제 화로도 그대로 놓여 있었다. 기시모토가 처음으로 소노코와 살림을 차린 무렵부터 있던 팔각형의 낡은 기념 괘종시계도 같은 자리에 걸려 있고 놋쇠 시계추가 그때와 똑같이 움직이고 있었다. 소노코가 있던 무렵과 달라진 것은 벽의 색깔 정도였다. 아이들이 온통 낙서해놓은 그을린 벽이 다시 옅은 노란색으로 밝게 칠해진 정도였다. 그해 여름, 기시모토는 세쓰코, 데루코, 센타, 시게루를 예의 강가로 데려가서 그들 모두를 작은 배에 태우고 물 위로 나간 적이 있었다. 배 객줏집 아들도 함께였다. 그 뒤로는 "아빠, 배…… 아빠, 배애" 하고 조르는 아이들 소리가 아래층 방에서 자주 들려왔다. 그뿐 아니라 툭하면 책상이 뒤집어져 배를 대신하고, 부채걸이에 긴 자를 연결한 것이 노를 대신하고, 이불이 배 안의 돗자리가 되고, 다다미 위는 작은 뱃머리의 배를 저어가는 장소가 되었다. 그리고 이제 막 다시 칠한 도코노마*의 벽은 아이들이 장난으로 그린 파도 그림으로 엉망이 되었다.

어두운 불단에는 두 위패가 금색으로 빛나고 있었다. 하나는 아이들의 어머니 것이고 또 하나는 세 누나들 것이다. 그런데 그 위패 주위에는 이미 먼지가 쌓여 있었다. 기시모토가 쓴 네 개의 묘, 특히 아내 소노코의 묘는 3년 가까이 그가 돌봐왔다. 그러나 실제로 성묘하러 가는 그의 발길은 점차 뜸해졌다.

"숙모를 꽤 잊고 지냈구나."

---

* 일본식 다다미방 한쪽 바닥을 한 층 높게 만들어 벽에는 족자를 걸고 바닥에는 꽃이나 장식물을 꾸며놓는 곳.

기시모토는 세쓰코에게 자주 이런 말을 하며 탄식했다.

이 아래층 방 바로 위에 기시모토의 방이 있었는데, 유리문을 열면 시내로 이어지는 집들의 지붕이 보였다. 아래층에서는 2층에서 하는 이야기가 잘 들리지 않지만, 2층에서는 아래층에서 하는 이야기, 특히 할멈의 큰소리는 손에 잡힐 듯이 잘 들린다. 2층으로 올라가 책상 앞에서 마음 편히 앉아 있으면 기시모토의 마음은 끊임없이 아래층으로 가고, 아이들에게 갔다. 그는 2층에 있으면서도 아직 나이 어린 세쓰코를 도와 아이들 감독하는 일을 모르는 체할 수 없었다. 식구들이 모두 놀러 나가 대문을 닫고 자물쇠를 잠가둔 채 혼자 2층에 드러누워 있는, 그런 기분은 이제 맛볼 수 없었다.

기시모토는 좋아하는 담배를 꺼냈다. 담배를 피우며 소노코와 지내던 때를 떠올렸다.

"여보, 절 믿어주세요…… 절 믿어주세요……"

이렇게 말하며 그의 팔에 얼굴을 묻고 울던 소노코의 목소리가 아직도 귓가에 쟁쟁하다.

기시모토는 아내의 그 한 마디를 듣기까지 12년이나 걸렸다. 소노코는 유복한 집안에서 태어난 아가씨도 아니었고, 고생도 잘 견디고 일하는 것도 좋아하며 남편을 행복하게 하는 여러 가지 좋은 성격을 갖고 있었다. 하지만 그녀는 시집올 때 남편에게 격렬한 질투를 일으키는 아주 부주의한 것까지 함께 가져왔다. 기시모토가 아내를 너무 주시했다는 것을 깨달았을 때는 이미 늦었다. 그는 12년이나 걸려 가까스로 자기 아내와 진정으로 마음의 얼굴을 마주할 수 있게 된 것 같았다. 그리고 그 한 마디를 들었다고 생각한 무렵, 소노코는 이미 저세상 사람이 되었다.

"저는 저 자신에 대해 생각하면, 뭐랄까요, 세 개로 나뉘어 있는 것 같다는 생각을 떨칠 수가 없어요. 어렸을 때와 학교에 다니던 무렵, 그리고 시집을 온 이후 말이에요. 정말이지 어렸을 때는 항상 울고만 있던 아이였으니까요."

아내가 진심으로 남긴 이 말도 아직 기시모토의 귓가에 남아 있었다.

기시모토는 이제 준비 없이 두번째 혼담 같은 걸 들을 수 없는 사람이 되어버렸다. 그에게 독신은 일종의 여자에 대한 복수를 의미했다. 그는 사랑하는 것조차 겁내게 되었다. 사랑의 경험은 그에게 그토록 깊은 상처를 남겼다.

9

기시모토는 서재 벽을 향한 채 계속 생각했다.

'아아, 무거운 짐을 내려놓았구나. 무거운 짐을 내려놓았구나.'

기시모토에게는 한창때의 나이에 세상을 떠난 소노코를 애석히 여기고 슬퍼하는 마음과 함께 이런 거짓 없는 한숨이 나왔다. 아내를 잃은 당시, 기시모토는 이제 두 번 다시 똑같은 결혼 생활을 되풀이하지 않겠다고 다짐했다. 양성(兩性)이 상극하는 가정은 그를 질리게 했다. 그는 아내가 남겨두고 떠난 가정을, 그대로 다른 의미의 가정으로 바꾸려고 했다. 가능하면 완전히 새로운 생활을 시작하고 싶었다. 12년 부부로서 같이 살며 일곱 명의 아이를 키운다면, 설사 그중에 죽은 아이가 생긴다고 해도 인간으로서 할 도리는 꽤 하는 셈이라고 생각했다. 그는 무거운 짐을 내려놓은 듯한 마음으로 푸른 비취 구슬이 달린 비녀에 남은 아내의 머리카락 냄새를 그리워하고 싶었다. 아내가 몸에 걸쳤던 유품인 기모노를 잠옷으로 만들어 입어보는 마음으로, 흔히 침묵의 형태로 나타났던 부부 사이의 괴로운 다툼을 떠올리고 싶었다.

기시모토의 눈앞에는 석회와 점토를 이용해 밝고 깊은 맛이 나는 담황색으로 다시 칠한, 견고하고 간소한 느낌의 벽이 있었다. 그는 이미 3년 가까이 자기 방의 그 벽을 뚫어지게 바라봤다는 사실을 깨달았다. 그리고 그 3년이 끝나갈 즈음에 완성된 자신의 노작 대부분이 '지루함'의 산물이라고 생각했다.

"아빠!"

계단 쪽에서 부르는 소리가 들리더니 센타가 2층으로 올라왔다.

"시게루는?"

기시모토가 물었다.

건성으로 대답하는 센타는 뭔가 조를 것 같은 기색이었다.

"아빠, 미쓰마메*……"

"미쓰마메는 안 돼."

"왜……"

"너희는 이것저것 먹기만 하는구나. 얌전히 놀고 있으면 아빠가 또 세쓰코 누나한테 부탁해서 상을 주라고 할게."

센타는 동생처럼 자신이 한 말을 억지로 관철시키려는 편이 아니었다. 그런 소심한 성격이 기시모토에게는 애처롭게 생각되었다. 아내가 남기고 간 센타는, 어떤 시기에 태어난 아이였는지를 더듬어볼 만큼 기시모토에게는 부부만의 작은 역사를 통절히 떠올리게 하는 존재였다.

시내로 이어진 집들이 보이는 유리문 쪽으로 가서 놀고 있던 센타는

---

* 삶은 완두콩, 깍두기처럼 썬 한천, 과일, 떡 같은 것을 넣고 꿀을 친 음식.

이내 다시 아래층으로 내려갔다. 기시모토는 6년간의 일터였던 자신의 서재를 둘러보았다. 예전에는 그의 가슴에 피를 끓어오르게 하던 수많은 애독서가, 마치 하품을 하는 정물처럼 먼지를 잔뜩 뒤집어쓴 책장에 늘어서 있었다. 그때 어느 무대 위에서 본 근대극의 늙은 주인공이 문득 떠올랐다. 그 주인공에게는 오로지 피아노 연주를 들려주기 위해 고용되어 찾아오는 젊은 아가씨가 있었다. 생기에 넘치는 아가씨의 손가락 끝에서 흘러나오는 멜로디를 듣기 위해 극의 주인공은 매달 돈을 지불한 것이다. 그리고 노년의 비애와 적막을 달래려고 했다. 기시모토는 그 주인공과 자신을 비교했다. 때로는 조용한 샤미센 소리라도 듣는 것을 위안으로 삼기 위해 술이 있는 강변의 객실로 부르는 어린 풀 같은 사람, 그리고 젊은 아가씨의 마음으로 내 집에 와 있다는 것만으로도 위안이 되는 세쓰코를 그 극 중의 아가씨와 비교했다. 3년간의 독신 생활은, 겨우 마흔 소리를 들을 뿐인데도 벌써 노인의 마음을 맛보게 했다. 그런 생각을 하자 기시모토는 분한 생각이 들었다.

10

밖에서 들려오는 아이의 울음소리가 생각에 잠겨 있던 기시모토를 깨웠다. 아내를 잃은 후의 기시모토는 병아리를 위해 먹이를 찾는 수탉일 뿐 아니라 동시에 모든 위험으로부터 어린 것들을 지키려고 조그만 소리에도 날개를 펼치려는 어미닭의 역할까지도 한 몸에 받아들여야 했다. 아이의 울음소리가 들리면 그는 거의 본능적으로 자리에서 일어섰다. 방 밖에 있는 툇마루로 나가 유리문을 열었다. 그리고 나서 둘러보러 아래층으로 내려갔다.

"애들 싸우는 거 아냐?"

그는 세쓰코와 할멈에게 주의를 하도록 말했다.

"저건 다른 집 아이 소리예요."

세쓰코는 부엌문에서 가까운 작은방에 있는, 쥐가 드나들지 못하게 만든 찬장 앞에 서서 이렇게 대답했다. 어쩐지 그녀의 얼굴이 핼쑥했다.

"무슨 일 있었어?"

기시모토는 숙부다운 어조로 물었다.

"뭔가 불길한 일이 있었어요."

기시모토는 세쓰코가 학교를 다녔던 아가씨 같지 않은 말을 해서 웃음을 터뜨릴 뻔했다. 세쓰코에 따르면, 그녀가 불단을 정리하러 가서 부엌 쪽으로 물건을 옮기다 보니 그녀의 손바닥에 피가 흠뻑 묻어 있었고, 그것을 개수대에서 씻어냈다는 것이다.

"그런 말도 안 되는……"

"하지만 할멈도 똑똑히 본걸요."

"그런 일이 있을 리 없잖아. 불단을 정리했더니 손에 피가 흠뻑 묻었다니."

"저도 이상하다고 생각했어요. 그래서 쥐 같은 것 때문이 아닐까 해서 할멈과 둘이서 불단 밑까지 샅샅이 살펴봤는데…… 아무것도 안 나왔어요."

"그런 거 신경 쓸 거 없어. 원인을 알고 나면 아마 시시한 걸 거야."

"불단에 지금 등불을 올렸어요."

세쓰코는 이 집안에 일어날 무슨 일의 전조라도 되는 것처럼 말했다.

"너한테 어울리지도 않잖아." 기시모토는 꾸짖었다. "데루코가 있을 때도 봐라, 한 번 묘한 일이 있었잖아. 데루코의 머리맡에 고향에 있어야 할 할머니가 나타났다고…… 그때는 너까지 새파랗게 질렸잖아. 정말 너희들은 가끔 나를 놀라게 한다니까."

해가 짧은 시기라서 아래층의 방은 슬슬 어두워지고 있었다. 기시모토는 세쓰코 옆을 떠나 집 안 곳곳을 둘러보았다. 결국에는 나이 어린 조카딸이 한 말을 무조건 소심한 사람에게 있을 법한 일종의 환각으로 일소에 부칠 수는 없는 노릇이었다. 사람이 죽은 후의 집을 불길하게 생각하여 흔히 이사를 가는 경우가 있는 것도 웃어넘길 수만은 없는 일이었다.

기시모토는 불단 앞에 서서 바라보았다. 등불에 반짝이며 빛나는 금색 위패에는 다음과 같은 글자가 쓰여 있었다.

"보주원묘심대자(寶珠院妙心大姉)."

11

"오 내 '고통'이여, 얌전히, 좀더 조용히 있거라."*

기시모토는 이 구절을 읊조리고 파란 종이덮개가 씌워진 남포등으로 자신의 서재를 밝혔다.

"너네 집은 아직도 남포등이야? 상당히 구식이구나."

센타의 초등학교 친구들까지 비웃을 정도로 기시모토의 집에서는 아직도 남포등을 쓰고 있었다. 그는 좋아하는 색의 이 등불 아래서 자

---

* 보들레르의 시집 『악의 꽃』에 실린 시 「명상」의 첫머리.

신의 마음을 북돋우려고 했다. 붉은색으로 타올랐다가 얼어붙는 북극의 태양에 자신의 마음을 빗대어 노래한 프랑스의 시인조차 결코 올빼미처럼 눈만 빛내며 고독과 비통의 밑바닥에서 떨고 있지만은 않았다는 것을 상상하며, 그가 남긴 의미 깊은 노래의 한 구절을 되풀이해보고 자신의 마음을 북돋우려고 했다.

노란 남포등 불빛은 혼자 조용히 앉아 있는 것을 좋아하는 기시모토의 그림자를, 오래 살아 정든 방의 벽 위에 크게 비추고 있었다. 기시모토는 그 그림자를 자신의 벗들이라 불러보고 싶은 심정으로, 옛날 오랫동안 독신 생활을 한 사람들을 생각했다. 세상을 피하면서도 아직 양생하는 것을 잊지 않고 감자를 먹으며 모든 병을 고쳤다는 『쓰레즈레구사(徒然草)』*에 나오는 스님을 생각하며, 가능하다면 이대로 아이들을 이끌고 갈 수 있는 데까지 가보고 싶었다.

"주인어른, 오쿠메 아버지가 오셨는데요."

할멈이 계단 아래로 와서 불렀다. 오쿠메는 기시모토의 집에 자주 놀러오는 이웃집 침술사의 딸이다.

와달라고 부탁해둔 침술사가 조그만 손궤를 들고 계단 위로 올라왔다. 지난해의 추위로 기시모토는 허리의 동통(疼痛)을 앓았고, 그것이 지병이 되지 않을까 걱정하고 있었다. 자신의 마음을 구제하기 위해서 그는 우선 자신의 몸부터 구제할 필요를 느끼고 있었다.

"너무 오래 앉아 있어서 그런지도 모르겠습니다만, 허리가 썩어버릴 것만 같습니다."

침술사에게 이런 말을 한 뒤 기시모토는 식구들의 손을 빌리지도 않

---

* 요시다 겐코(吉田兼好, 1283~1352)의 수필. 무상관에 기초한 인생관을 표현한 것으로 『마쿠라노소시(枕草子)』와 함께 수필문학의 쌍벽을 이루는 작품이다.

고 서재의 옆방에서 이부자리를 꺼내 와 벽 가까이의 구석진 자리에 깔았다.

"역시 산증(疝症) 기미겠지요. 이런 날씨에는 몸이 차가워지니까요."

침술사는 이렇게 말하며 침술 도구를 들고 기시모토 옆으로 다가왔다.

알코올 냄새가 기시모토의 코에 확 풍겼다. 등을 돌리고 엎드린 기시모토는 침술사가 하는 것을 볼 수 없었지만, 알코올로 닦인 뒤의 쾌적함을 등으로 느꼈다. 잠시 후 침술사가 비벼 꽂는 침은 목덜미 한가운데에도 들어가고 어깨에도 들어가고 등뼈 양쪽에도 들어갔다.

"아야."

기시모토는 무심코 소리를 지르기도 했다. 하지만 가장 긴 것처럼 보이는 가는 금침이 요골 양쪽에 깊숙이 들어가 욱신욱신 아픈 부분에 닿았을 때는, 그 침의 희미한 진동으로 졸음이 몰려올 만큼의 쾌감이 전해왔다. 그는 침술사에게 부탁해 동통이 있는 허리에 실컷 침을 놓게 했다.

"이제 끝장인가."

침술사가 돌아간 후 기시모토는 혼잣말을 했다. 침을 맞은 후의 시원하고 자극적인 피로로 인해 그는 오랫동안 죽은 듯이 벽 옆에 누워 있었다. 방의 덧문 밖에서는 찬 빗소리가 들렸다.

12

그해도 저물어갔다. 세쓰코는 언니와 둘이서가 아니라 그녀 혼자 숙부의 집에서 아이들을 보살피게 된 것을 귀찮게 생각하지는 않았다.

그녀는 무슨 일이나 자기 혼자 맡지 않으면 유쾌하게 할 수 없는 까다로운 점도 있었다. 그런 의미에서 보면 그녀는 자기 뜻대로 쾌적하게 행동했다.

하지만 그것은 할멈과 같이 일할 때의 세쓰코였고, 기시모토의 눈에는 어쩐지 즐겁지 못한 또 다른 세쓰코가 보였다. 언니가 함께 있었던 여름 무렵, 세쓰코는 노랗게 핀 장미꽃을 병에 꽂아 개수대의 선반 위에 놓고, 부엌일을 도우면서도 혼자 바라보며 즐기는 아가씨였다.

"센타, 좋은 냄새 맡게 해줄까?" 하며 꽃을 아이의 코끝에 갖다 대고 센타가 "냄새 좋다" 하고 웃으면 "건방지네" 하고 쾌활하게 말하는 언니 옆에 서서 "센타도 좋은 건 좋은 거지" 하고 아가씨다운 이를 드러내며 웃는 것이 세쓰코였다. 세쓰코 자매는 기시모토가 모르는 서양 화초의 이름을 많이 알고 있었는데, 특히 세쓰코가 그랬다. 또한 천성적으로 꽃을 사랑하고 조용하며 뭔가에 몰두하는 성격도 갖고 있었다.

"너희들은 용케 그런 이름까지 알고 있구나" 하고 기시모토가 감탄하듯 말했을 때 "꽃 이름 정도는 알아야죠, 그렇지, 세쓰코?" 하고 언니가 말하면 "숙부, 이거 보세요. 달콤한 동백꽃 같은 향기가 나지 않아요?" 하며 튤립이 피어 있는 화분을 가져와 보여준 것도 세쓰코였다. 세쓰코는 그만큼 아직 때가 묻지 않은 순진한 아가씨였다. 학교를 막 떠나온 소녀다운 점이 있었다. 그런 세쓰코가 그해가 저물어갈 무렵에는 어쩐지 즐거워하지 않고, 뭔가 생각에 잠겨 있는 아가씨가 되었다.

기시모토의 아내가 남겨두고 간 기모노는 대충 친정으로 보냈고, 유품으로 고향의 누님에게도 나눠주었다. 네기시의 형수에게도, 조카딸에게도 나눠주었다. 그리고 산골 마을에 있는 지인에게도 나눠주고, 소노코가 생전에 친하게 지냈던 사람들에게도 대부분 나눠주었다. 이제 기시모토에게는 조금밖에 남지 않았다.

"애들이 여러 가지로 신세를 졌어."

기시모토가 이렇게 말하며 아래층 방에 놓여 있는 옷장의 서랍에서 소노코가 남긴 것을 꺼내 세쓰코 자매에게 나눠준 적도 있었다.

"세쓰코, 이리 와봐."

그때 데루코가 동생을 부르던 목소리가 아직도 기시모토의 귓가에 남아 있다. 아이들이 신세를 진 사람들에게, 세상을 떠난 아내의 유품을 나눠주는 것은 기시모토에게 결코 아깝지 않은 일이었다.

다시 기시모토는 옷장 앞에 섰다. 평소 세쓰코에게 맡겨두고 있던 서랍에서 그녀가 마음대로 할 수 없는 것들을 꺼냈다.

"사람들한테 나눠주다 보니 숙모 유품도 이제 얼마 남지 않았구나."

기시모토는 거의 혼잣말처럼 말하고, 생각에 잠겨 있는 세쓰코를 위로하기 위해 그것을 그녀 앞에 놓았다.

"이런 긴 속옷이 나왔다."

기시모토는 다시 이렇게 말하고, 아가씨들이 좋아할 만한 여성스러운 무늬가 있는 옷을 세쓰코에게 주었다. 세쓰코는 그것을 보고도 즐거워하지 않았다.

13

어느 날 저녁, 세쓰코가 기시모토에게 다가왔다. 그녀는 울적한 어조로 불쑥 말을 꺼냈다.

"제 상태는 아마 숙부도 잘 알고 있을 거예요."

새로운 설이 찾아와 세쓰코도 막 스물한 살이 된 때였다. 마침 두 아이 모두 맞은편 집으로 놀러 갔고, 할멈도 그 집에 아이들을 데리러 간 김에 이야기나 나누다 오려는지 나가고 없었다. 아래층에는 아무도 없었다. 세쓰코는 아주 나지막한 목소리로, 자신이 어머니가 되었다는 사실을 기시모토에게 알렸다.

피하려고, 피하려고만 한 순간이 드디어 찾아온 것처럼, 기시모토는 그 말을 듣고 엉겁결에 몸을 떨었다. 어찌해야 좋을지 생각다 못해 말하지 않을 수 없게 된 것 같은 목소리는, 아주 작았지만 실로 무서운 힘으로 기시모토의 귓속을 파고들었다. 그 말을 들은 기시모토는 풀이 죽어 있는 조카딸 옆에도 있을 수 없었다. 그는 세쓰코를 달래주고 그녀 옆을 떠났지만, 가슴이 떨려오는 것을 어찌할 수 없었다. 기운 없이 어두운 계단을 올라 자기 방으로 들어가 두 손으로 머리를 눌렀다.

세상의 관례도 따르지 않고 친척의 권유도 받아들이지 않고 친구의 충고에도 귀를 기울이지 않고 자연을 거스르면서까지 자기 멋대로의 길을 걸어가려고 한, 고집스러운 기시모토는 이런 함정에 빠져들었다. 범할 생각도 없이 이런 죄를 범했다고 말해본들 그에게는 아무런 변명도 되지 않았다. 부덕(婦德)을 중시하고 정의를 사랑하는 마음에서 볼 때 지난 세월 동안 결코 다른 사람에게 뒤떨어지지 않았다고 생각한다 말해본들 그것 또한 아무런 변명도 되지 않았다. 다소 술의 풍류를 알고 가미가타 우타*의 노래 사이에 들어가는 샤미센만의 간주를 좋아하여 연예로 살아가는 사람들을 상대로 지루한 시간을 보낸 적도 있지만, 어떤 경우에도 자신은 관찰자였고 일찍이 그러한 자극에 마음이 흔들린 적도 없었

* 上方唄: 에도 시대에 교토나 오사카에서 유행한, 샤미센을 반주로 한 노래.

다고 말해본들 변명에 아무런 보탬도 되지 않을 뿐 아니라 반대로 자기가 생각해도 소탈함을 가장하고 근엄함을 꾸미는 허위와 위선의 행위라는 의심이 들 뿐이었다. 그뿐 아니라 고우타* 하나라도 들어볼 만한 풍류가 있었다면 왜 좀더 현명하고 적절하게, 독신자로서 관대하게 봐줄 만한 처신을 하지 않았는지, 하고 반문하는 목소리가 자신의 머릿속에서 들려왔다.

기시모토는 한동안 아무 생각도 할 수 없었다.

방에는 파란 덮개의 남포등이 쓸쓸히 빛나고 있었다. 탄탄한 사각의 화로에 걸려 있는 쇠주전자의 물이 끓고 있었다. 기시모토는 다기를 가까이 끌어당겨 평소 좋아하는 뜨거운 차를 끓여 마셨다. 좋아하는 엽궐련도 꺼냈다. 화로 안에 있는 새빨갛게 일어난 재의 불꽃을 무심히 바라보며 두세 대를 연거푸 피웠다.

그러는 사이에 부서져가는 자신에 대한 차갑고 애처로운 마음이 기시모토의 의식 위로 떠올랐다.

14

발[簾]이 있다. 부채가 있다. 먹음직한 냉국수 등이 차려져 있다. 친척들이 모여들어 불꽃놀이를 보고 있다. 조카의 아내가 있다. 여학생 시절의 데루코가 있다. 고향에서 도쿄로 막 올라왔을 때의 세쓰코도 언니를 따라와 있다. 하얀 쥘부채를 딱딱 치며 "좋은 시절이라면 짐 나르는

---

* 小唄: 에도 시대 말기에 유행한 속곡의 총칭.

거룻배라도 한 척 빌려 타고 나갈 텐데" 하고 탄식하는 조카 다이이치가 있다. 아직 조그마한 센타는 누가 옷을 갈아입혀주고 있고, 그 사람들 사이를 즐겁게 돌아다니고 있다. 모두를 대접하려는 어머니에게 안겨 젖을 빨고 있는 시게루도 거기에 있다. 료고쿠에서는 슬슬 저녁 불꽃놀이 소리가 들려온다.

이것은 소노코가 아직 건강하던 무렵 아래층의 광경이다. 기시모토는 그 무렵 한창때이던 소노코를, 여성스럽게 잘 발달한 그녀를, 단단하게 살이 쪄도 낭창낭창하던 모습을 잃지 않은 그녀의 몸을 아직도 생생하게 기억해낼 수 있었다. 기시모토는 또 그 무렵의 기억을 아래층에서 자신의 서재로 가져올 수도 있었다. 혼자 2층에 틀어박혀 책상 앞에 앉아 있는 자신의 모습도 있다. 툭하면 그런 그의 뒤로 와서는 그의 겨드랑이 밑으로 손을 넣어 안으며 다감하게 얼굴을 가까이 대는 사람이 있다. 그의 아내다.

소노코는 그 무렵부터 남편의 서재를 두려워하지 않았다. 화가의 아틀리에보다는 오히려 과학자의 실험실처럼 차갑고 엄숙한 것으로 만들어둔 서재 안에서 그렇게 허물없이 있을 수 있다는 것을 그녀는 마치 꿈속에 있는 것처럼 즐겁게 생각하는 것 같았다. 기시모토가 그녀를 허물없이 대했기에 그녀도 아마 그를 허물없이 대할 수 있었을 것이다. 때로 그녀는 남편의 몸을 자신의 등에 태우고 서재의 서가 앞을 비틀비틀 걸어 다니기도 했다. 기시모토가 지금 눈앞에서 보고 있는 그 방 안에서였다. 오랫동안 아내를 이끌어가려고만 노심초사했던 그는 그 무렵이 되어서야 비로소 무엇이 소노코의 마음을 기쁘게 하는지 알았다. 그는 자신의 아내 역시 어설프게 예의바른 존경을 받는 것보다는 거칠게 포옹받기를 바라는 여자라는 사실을 알았다.

그때부터 기시모토의 몸은 눈을 떴다. 머리카락도 눈을 떴다. 귀도 눈을 떴다. 살갗도 눈을 떴다. 눈도 눈을 떴다. 그 밖에 몸의 온갖 부분이 눈을 떴다. 그는 지금까지 몰랐던, 자신의 아내 곁에 있는 의미를 알게 되었다. 그가 아내의 품에 안겨 흐느껴 울어도 부족할 만큼의 안타까운 심정으로, 어떤 때는 호색한과 바람난 여자의 치정에 가까운 가련함을 생각한 것도, 아무것도 모른 채 잘 자고 있는 자신의 아내 곁에서 발견한 슬픈 고독 가운데서 일어난 일이었다. 기시모토의 마음에 생긴 독은 바로 그 고독에서 배태한 것이다.

기시모토는 아주 어렸을 때부터 좋은 일이든 나쁜 일이든 자신에게 직접 일어난 일이 아니면 진정으로 그 의미를 깨달을 수 없었다. 그는 풀이 죽어 있는 세쓰코를 보고, 돌이킬 수 없는 결과로 이어졌다는 이야기를 듣고서야 비로소 부끄러움을 안 자신의 마음이 부끄러웠다. 그는 세쓰코의 부모가 느낄 분노를 떠올렸다. 그도 이미 마흔두 살이었다. 머리를 긁적이며 멋쩍어하면 어린 나이 때문에 무슨 일이든 용서받을 수 있는 그런 나이가 아니었다. 그는 도저히 나고야에 있는 형 요시오, 그리고 고향에 있는 형수를 볼 면목이 없었다.

15

드디어 폭풍이 닥쳐왔다. 자신의 방을 트라피스트 수도원에 비유하고, 자신을 수도원의 수도사에 비유한 기시모토에게. 그것도 반년쯤 전까지 세쓰코, 데루코와 함께 지내며 비교적 활기차게 생활하던 무렵의 기시모토에게는 꿈에도 생각지 못한 형태로.

대부분의 경우 기시모토는 여성에게 냉담했다. 그가 일개 방관자로서 이러저러한 유혹에 대처해온 것도, 억지로 자신을 억제하려고 했기 때문이 아니라 오히려 여성을 경멸하는 그의 성격 때문이었다. 평생을 통해 여성 숭배자였던, 죽은 조카 다이이치에 비하면 그의 성격은 상당히 달랐다. 그런 기시모토가 많은 여성 중에서 특별히 고른 것도 아닌, 자신의 조카딸과 함께 괴로워하지 않으면 안 되는 위치에 서게 된 것이다. 세쓰코는 무거운 돌 밑에서 살짝 고개를 내민 어린 풀 같은 아가씨였다. 일찍이 사랑을 해본 적도 없고 받아본 적도 없는 아가씨였다. 그녀는 특히 기시모토의 마음을 유혹할 만한 어떤 것도 가지고 있지 않았다. 오로지 숙부를 의지하고, 숙부를 든든하게 생각하는 아가씨다움만 있었다. 이 얼마나 얄궂은 '삶'이란 말인가. 네 명의 어린아이들을 남기고 떠난 아내의 죽음을 그리 가볍게 생각하고 싶지 않았던 만큼 3년간 하나의 무덤을 바라보며 살아온 기시모토는, 반대로 그 죽음의 힘에 짓밟히는 듯한 심정이었다. 그것도 아주 잔혹하게.

"아빠, 이게 아침이야?"

시게루가 기시모토의 방으로 와서 어린애다운 커다란 눈으로 아버지의 얼굴을 올려다보며 말했다. 시게루는 자꾸 "이게 아침이야?"라든가 "이게 저녁이야?" 하고 물었다.

"응, 아침이야. 이게 아침이야. 한 밤 자고 일어났지, 그러니까 이게 아침인 거야."

기시모토는 이렇게 말해주고 아직 아침과 저녁도 구별하지 못하는 아이를 살짝 안아주었다.

세쓰코의 상태를 살펴보기 위해 기시모토는 부엌 가까이에 있는 작은방 쪽으로 갔다. 볼일이 있는 것처럼 그 방 근처를 걸어 다녔다. 세쓰코는 할멈과 함께 부엌에서 일하고 있었다. 그녀는 때로 작은방에 있는 찬장 안에서 가쓰오부시* 상자를 꺼내 부엌으로 가져가 대패로 밀었다. 그녀에게서는 남의 눈에 띌 만한 색다른 점을 전혀 볼 수 없었다. 모습에서도. 움직임에서도. 그것을 보고 기시모토는 일시적이나마 다소 안심했다.

세쓰코를 본 눈으로 기시모토는 할멈을 보았다. 할멈은 개수대에 허리를 구부리고 힘차게 일하고 있었다. 솔직하고 일하는 것을 좋아하며 건강함 하나를 자랑삼아 고용살이를 하고 있는 이 할멈과는, 폐병으로 죽은 옛 학우의 아내를 따라 그의 시중을 들러 임시로 고용되어 왔던 것이 첫 인연이었다. 안색이 좋지 않았지만 아직 자리보전할 정도는 아니었던 그 학우가 인생이 여의치 않음을 한탄하러 자주 기시모토를 찾아왔던 무렵의 일이었다. 수도꼭지에서 뿜어져 나오듯 흘러나오는 기세 좋은 물소리를 들으며 냄비를 씻는 것이 이 할멈에게는 가장 자신 있는 일이었다.

왠지 모르게 세쓰코는 그녀와 가장 가까운 할멈을 두려워했다. 그런데도 그녀는 냉정함을 유지하고 있었다.

16

"주인어른, 오늘 아침에 무슨 일 있으셨어요? 진지도 드시지 않고."
걸레질을 하러 2층으로 올라온 할멈이 기시모토에게 물었다.

---

* 가다랑어의 뼈를 바르고 쪄서 말린 포.

"오늘 아침은 주인어른이 좋아하는 된장국이 아주 맛있게 되었어요."

할멈이 다시 이렇게 말했다.

"뭐, 한 번쯤 안 먹는 일은 자주 있네." 기시모토는 한시도 움직이지 않고는 가만히 있을 수 없는 할멈을 보며 말했다. "나는 아무래도 상관없으니 아이들이나 잘 봐주게."

"무엇보다 주인어른의 몸이 소중하니까요. 주인어른이 쇠약해지는 날엔 저도 정말 어쩔 수가 없거든요. 그래도 용케 이것저것 혼자 잘 해내고 계시다고, 이웃들도 다들 그렇게 말하고 있어요. 정말 우리 주인어른은 견실한 분이라고요."

걸레질을 하면서 말하는 할멈의 이야기를, 기시모토는 잠자코 듣고만 있었다. 얼마 후 할멈은 아래층으로 내려갔다. 기시모토는 혼자 손을 비볐다.

기시모토는 남몰래 얼굴을 붉히지 않을 수 없었다. 만약 강가의 그 버드나무 가로수 그늘을 왕래한 미지의 청년 같은 부드러운 마음을 가진 사람이 자신의 행위를 알게 된다면. 그 은인의 집 히로시처럼 "형님, 형님" 하며 가까운 형제처럼 생각해주는 사람이나 자신을 위해 평소에 걱정해주는 친구, 산골 마을에 있는 소노코의 여자 친구들이 이 이야기를 듣는다면. 기시모토는 몸 전체가 붉어져도 아직 부끄러움이 부족했다. 그는 스물일곱에 일찍 세상을 떠난 친구 아오키에게 생각이 미쳤다. 죽은 그 친구에게 "자네는 좀더 빨리 죽는 게 나았는데" 하는 비웃음까지 들었다.

만약 이 일이 이대로 가면 결국 어떻게 될 것인지, 기시모토는 생각할 수가 없었다. 하지만 적어도 자신에게 돌을 던지리라는 것은 예상할 수 있었다. 그는 어떤 신문사의 주필이 법정에서 진술한 말을 떠올렸다. 그 주필이 말하기를, 세상에는 법률에 저촉되지는 않지만 묵인하기 힘든 인간의 죄악이 있다. 사회는 그것에 제재와 타격을 가해야 한다. 신문기자는 기꺼이 남의 사적인 행위를 적발하는 것은 아니지만, 사회를 대신하여 그런 사람들을 글로 호되게 꾸짖지 않을 수 없다. 기시모토는 눈에 보이지 않는 그런 돌이 자신을 향해 날아올 때의 고통 이상으로 구경꾼의 환호를 상상하자 슬퍼지지 않을 수 없었다.

낮과 밤은 긴 순간처럼 생각되었다. 그리고 기시모토의 신경은, 조카딸이 입었고 자신도 입은 깊은 상처에 집중적으로 쏟아졌다.

기시모토는 유리문 가까이 다가갔다. 길을 향한 2층 난간에서 좁은 동네를 바라봤다. 맞은편 상가의 1층과 2층에는 하얀 장지가 발라진 몇 개의 창이 있었다. 그 창들에는, 기시모토의 집에서 방의 벽지를 다시 바르는 것만 보고 "색시라도 들이는 건가요?"라고 말하는 이웃들이 살고 있었다. 동네 안의 어떤 비밀도 빠뜨리지 않고 다 듣는 그 상가의 안주인은 물건을 사서 돌아오는 듯 커다란 보자기를 짊어지고 길을 지나갔다.

17

기시모토 씨께.

방금 이곳에 도착했습니다. 오랜만에 소식 드립니다. 사정이 괜찮으시면 그 인력거를 타고 오시지 않겠습니까. 기다리고 있겠습니다.

기시모토는 자신을 데리러 온 인력거와 함께 그 친구의 편지를 받았다.

"세쓰코, 숙부 옷 좀 꺼내줄래. 잠깐 친구 좀 만나고 와야겠다."

기시모토는 세쓰코에게 이렇게 말하고 대충 외출할 준비를 했다. 옷장에서 옷을 꺼내 오게 하는 것만으로도 기시모토는 세쓰코에게서 책망을 받는 듯한 마음의 친밀감과 죄 많은 가련함을 동시에 느꼈다. 어쩐지 그녀에게 일어나고 있는 변화, 그것을 억누르려고 하는 듯한 그녀의 모습이 기시모토의 마음을 무겁게 눌렀다. 세쓰코는 말없이 숙부를 위해 시로타비*까지 준비해주었다.

아직 대문에 소나무 장식을 세워두는 기간이었다.** 그해 설에는 친척들을 찾아다니며 신년인사도 하지 않고 틀어박혀 있었지만 오랜만에 집을 나설 마음을 먹었다. 그는 이상하게 두근거리는 마음으로 인력거를 타고 가면서, 집집마다 서 있는 시들어버린 푸른 대나무 잎이 바람에 내는 소리를 들었다. 다리를 건너고 전찻길을 가로질렀다. 신년을 맞이한 사람들은 축제의 계절 이상으로, 즐거운 얼굴로 거리를 오가고 있었다. 강을 오르내리는 작은 증기선 소리가 들려오는 곳으로 나가자 신오 다리 방향으로 흘러가는 스미다 강이 보였다. 그 주변은 기시모토에게 소년 시절의 추억이 있는 곳이다.

모토조노초의 친구는 옛 에도 분위기가 남아 있는, 기분 좋고 청결한 여관의 2층 객실에서 기시모토를 기다리고 있었다. 이 친구가 바쁜 와중에도 잠깐의 짬을 내서 스미다 강 근처로 쉬러 올 때는 자주 기시모토에게 사람을 보냈다.

---

* 일본식의 흰 버선.
** 설날부터 7일 또는 15일까지 대문 앞에 소나무 장식을 세워둔다.

"격조했네"라고 말하며 고쳐 앉는 모토조노초의 친구에게도, 기시모토에게도 '선생님, 선생님'이라고 부를 만큼 그 집에는 손님 접대에 익숙한 여자들이 쭉 늘어서 있었다.

"모토조노초 선생님이 아까부터 기다리고 계십니다."

머리숱이 적은 하녀가 이렇게 말하자 더 나이 든 쪽 하녀가 그 말을 받아 지극히 정중한 어투로 덧붙였다.

"기시모토 선생님도 한참 오시지 않으셔서 어떻게 지내시는지 모르겠다며 다들 선생님 얘기를 하셨습니다. 댁에는 다들 별고 없으십니까? 자녀분들도 건강하지요?"

기시모토가 옛날 소곡 한 구절이라도 들어보기 위해 친구들과 모이거나 이따금 혼자서도 찾아와 마음을 달랜 곳이 바로 그 2층 객실이었다. 나이가 들어감에 따라 심해지는 우울한 마음에 어떤 형태로든 음악을 찾지 않을 수 없었다. 예전에 그가 한번 옛 친구인 아다치를 그 2층으로 안내했을 때 "기시모토, 자네가 이런 델 오게 되다니 흥미로운걸" 하며 웃은 적도 있었다. 때때로 그는 만나야 할 손님이 지나치게 많을 때면 여러 사람에게 받은 편지들을 가져와 손님들을 피해 그 2층에서 한나절 동안 한꺼번에 읽으며 혼자 지낸 적도 있었다. 그는 살아온 내력이 전혀 다른 사람들과 이야기하는 것을 좋아하는 편이었다. 거기에서 일하는 여자들의 다양한 신상 이야기에 귀를 기울이고, 그곳에 모이는 연로한 손님이나 젊은 손님 이야기에 귀를 기울이며, 때로는 연예가 업인 아가씨들만 자기 주위에 모아놓고 그들의 미숙한 연애 이야기를 즐겁게 들은 적도 있었다. 평생 무대 위에서 꽃을 피워보지도 못하고 나이가 들어 쓸모없어진 배우가 그 방 도코노마의 꽃을 꽂기 위해 벌써 몇 년이나 다니고 있다는 이야기까지 기시모토는 알고 있었다.

"기시모토 선생한테 술은 안 따르나."

모토조노초의 친구가 옆에 있는 여자를 돌아보며 말했다.

"방금 따끈한 술을 가져왔습니다."

이렇게 말하며 하녀는 거기에 있는 술병을 들어 잔에 따르며 기시모토에게 권했다.

"야아, 오랜만에 이런 데 와보는군."

기시모토는 혼잣말처럼 말하고 술 냄새를 맡았다.

18

기시모토 앞에 모토조노초의 친구가 있었다. 그 친구는 기시모토가 그런 깊은 상처를 안고 있는 줄도 모르고 술을 마시고 있었다. 모든 것을 털어놓고 의논해보면 상당히 힘이 되어줄 것 같은, 사려와 격정을 동시에 갖고 있는 그 친구의 얼굴을 보면서도 기시모토는 자신에게 일어난 일을 넌지시 비추려고도 하지 않았다. 넌지시 비추는 것조차 부끄러웠던 것이다.

"선생님, 따끈한 술이 나왔습니다."

한 하녀가 권하는 술을 잔에 받고 기시모토는 모두의 즐거운 이야기를 들으면서 찔끔찔끔 술을 마시고 있었다. 어느새 그는 아주 오래전에 배운 적이 있는 옛 스승을 떠올렸다. 그 선생님이 세번째로 결혼한 부인을 떠올렸다. 그 부인의 어린 여동생을 떠올렸다. 꽃을 심으며 조용히 노후를 보내려고 한 선생님이 잠시 부인과 따로 살고 있다는 그 집을 떠올렸다. 선생님과 처제의 관계는 기시모토와 조카딸의 관계와 비슷한지 어떤지 거기까지는 그도 잘 몰랐지만, 적어도 결과는 비슷했다. 심야에 남몰래 어느 의사의 집 대문을 두드렸다는 선생님의 심적 번뇌를 상상했다. 일리가 있는 의사의 말에 승복하여 다시 그 대문을 나섰다는 선생님의 회한도 떠올렸다. 그의 마음은 잠시 눈앞에 있는 것에서 떠나 있었다.

"기시모토 선생님은 뭘 그리 생각하고 계십니까?"

나이 든 하녀가 기시모토의 얼굴을 보며 물었다.

"나 말인가……?" 기시모토는 자기 앞에 놓인 잔을 바라보며 말했다. "생각해본들 어쩔 수 없는 일을 생각하고 있었네."

"오늘은 왜 아무것도 드시지 않습니까? 애써 만들어 온 국물도 다 식어버렸습니다."

"그래서 제가 아까부터 보고 있었습니다만, 오늘은 선생님의 안색도 그리 좋지 않으십니다."

또 한 하녀가 말을 덧붙였다.

"정말 기시모토 선생님은 뵐 때마다 달리 보입니다. 붉은 얼굴을 하고 계시나 싶다가도 무슨 일이 있지 않나 싶을 만큼 창백한 얼굴을 하고 계시는 때가 있고요……"

이곳에 와서 취흥을 더해주고 있는 나이 어린, 깡마른 여자도 이렇게 말했다. 기시모토는 이 여자가 아직 붉은 옷깃을 달고 있던 아주 어린 소녀였을 때부터 단골로 삼아 연회 같은 것이 있을 때는 자주 불렀다. 이 사람도 이제 어린 풀처럼 많이 자랐다.

"그에 비하면 모토조노초의 선생님은 언제 뵈도 변함이 없으십니다. 언제 뵈도 싱글벙글하시고……"라고 말한 나이 든 하녀는 갑자기 마음을 바꿔 "어머, 남자분들 얘기만 해서 죄송합니다"라고 말하면서 자기 무릎 위에 손을 놓고 머리를 숙여 인사했다.

"노래 한 자락 들려주시오."

기시모토가 말했다. 약간의 술이 금방 얼굴에 드러나는 편인 그도 그날은 여느 때처럼 취하지가 않았다.

19

기시모토에게 살고 싶다는 마음을 일으키는 것은, 신기하게도 속요를 듣는 때였다. 취흥을 더해주려 그 2층 객실에 와 있던 한 여자는 평소 기시모토가 가미가타우타 같은 걸 좋아한다는 것을 알고 있었다. 그녀는 오래되고 차분하며 음침할 정도로 조용한 샤미센 반주에 맞춰 노래했다.

마음 졸이누나
이 세월을,
언젠가 마음이
풀리겠지, 하고
한마음으로
체념하지 않으면
어떻게든 되겠지, 세상은.

어떤 사람에게 들려주기 위해 어떤 사람의 원작인지도 모르는 옛 노래의 구절이, 익은 자두처럼 색이 바랜 여자의 입술에서 흘러나왔다.

짧은 밤의

꿈은 헛되고

그 잔향이

얄미워 꺾을까

주인 없는 꽃을,

사각사각사각

사랑은 더욱 수상한 것.*

모토조노초의 친구 옆에서 이 노래를 듣고 있으니 정욕 때문에 고뇌한 남자와 여자가 차례로 떠올랐다.

"모토조노초의 선생님은 안색이 좋으십니다."

나이 든 하녀가 말했다.

"자네의 술이 좋은 술이네."

기시모토도 이렇게 말하며 친구를 보았다.

"기시모토 선생님은 정말 취한 적이 없으시지요?" 하며 머리숱이 적은 하녀가 두 손님의 얼굴을 번갈아 보며 말했다. "선생님은 그렇게 술도 드시지 않고 놀지도 않으시고, 설마 선생님도 여자를 싫어하시는 건 아니지요?"

"선생님은 젊은 아가씨들을 앉혀놓고 그저 바라만 보시네요."

나이 든 하녀가 말을 이어받으며 웃었다.

"하지만 저는 언제까지고 선생님이 그렇게 있으셨으면 좋겠어요" 하고 머리숱이 적은 하녀가 말했다. "선생님만은 어떻게든 타락하시게 하

---

* 가부키 무용 작품 슈자쿠지시(執着獅子)로, 초대 기네야 야사부로(杵屋彌三郎)가 작곡했으며 1754년에 초연되었다.

고 싶지 않아요."

"나도 마음 약한 인간이오."

기시모토가 말했다.

"아니, 저희 같은 사람들을 이렇게 늘 찾아주시는 것이 정말 좋습니다. 그거야 잘 알고 있습니다. 노래 한 자락이라도 들어보시겠다는 마음은 저희들도 잘 알고 있습니다."

"그래도 용케 잘 견디고 계시는 것 같습니다. 그렇게 지내시면 쓸쓸하지 않으십니까? 부인도 맞이하지 않으시고……"

모토조노초의 친구는 잔을 손에 들고 자못 기분 좋은 듯 모두의 이야기를 듣고 있었다. 그런데 갑자기 기시모토를 보며 강력하게 말했다.

"기시모토가 혼자인 것이 나한테는 지금도 의문이네."

기시모토는 남몰래 한숨을 쉬었다.

20

"나는 친구로서 기시모토를 존경하고 있네만"이라고 말한 모토조노초의 친구는 술을 먹은 김에 "이 사람은 도대체가 바보라니까" 하고 기시모토를 꾸짖듯이 말했다.

"야아, 이거." 머리숱이 적은 하녀는 손뼉을 치며 웃었다. "드디어 모토조노초 선생님의 십팔번이 나왔네요."

"그 '바보'가 나오지 않으면 모토조노초 선생님이 기분 좋게 취하신 게 아니지요."

나이 든 하녀도 이렇게 말하며 함께 웃었다.

기시모토는 집에 하다 만 볼일이 있어 이곳에 오래 있을 수 없었다. 기분 좋게 취해 느긋하게 있는 친구를 2층 객실에 남겨두고 그는 곧 그 집을 나섰다. 색채, 음곡, 즐거운 여자들의 웃음소리, 사람들을 향락시키기 위해 존재하는 그런 분위기에서 멀어졌을 때 기시모토의 마음은 더욱 가라앉았다.

기시모토는 집을 향해 걸었다. 오카와바타까지 가자 술도 깼다. 몸에 스며드는 듯한 차가운 강바람을 느끼면서 소년 시절의 은인 다나베의 집에 있을 때 자주 돌아다니던 강가를 지나 료고쿠의 다리 근처에 이르렀다. 유명한 옛날 배 객줏집의 자취를 간판에만 남기고 있는 집을 지나 모래 하역장이 있는 데로 나갔다. 간다 강에서 완만하게 흘러오는 거무스름한 강물이 기시모토의 눈에 들어왔다. 그 강물이 스미다 강으로 합류하는 지점의 물가 가까이에는 검은머리물떼새도 무리를 지어 떠 있었다. 기시모토는 문득 그 모래 하역장 근처에서 맞닥뜨린 사건을 떠올렸다. 임신한 젊은 여자의 사체가 그 근처로 떠내려온 일을 떠올린 것이다. 검시한 뒤의 축축한 모래를 바라봤던 예전의 자신보다 한층 더 그 물가의 비극이 가진 의미를 읽어낼 수 있었다. 그런 심정으로 인해 그는 표현하기 힘든 공포를 느꼈다.

기시모토는 서둘러 다리를 건넜다. 총총걸음으로 걸어 집으로 돌아갔다. 문 앞에 장식해둔 소나무가 치워지기 전에 놀려는 여자아이들은 좁은 거리에서 오이바네*를 치며 즐거운 한 주의 끝자락인 오후 네 시쯤의 시간을 보내고 있었다. 마침 집에는 네기시의 형수가 찾아와 기시모토의 귀가를 기다리고 있었다.

---

* 여자아이들이 하는 신년 놀이의 하나로, 배드민턴처럼 나무 채로 제기 비슷한 새털을 치고 받는다.

"아아, 스테키치 씨."

형수는 기시모토의 이름을 부르며 나왔다. 이 형수는 기시모토 큰형의 배우자이자 세쓰코에게는 학창 시절에 신세를 진 큰어머니였다.

"여자가 정초 인사를 하러 오는 날도 아닙니다만, 바깥양반도 타이완에 있는 터라 대신해서 잠깐 들렀습니다."

세쓰코는 설답게 기모노로 갈아입고 네기시의 큰어머니를 대접하고 있었다. 세쓰코의 얼굴도 기시모토에게는 왠지 모르게 거칠어 보였다. 그는 여자답게 사소한 것도 알아채는 형수로부터, 아이를 셋이나 둔 사람의 관찰로부터 세쓰코를 되도록 떨어뜨려놓고 싶었다.

"세쓰코, 그런 데 앉아 있지 않아도 되니까 차라도 다시 내오너라."

기시모토는 세쓰코를 비호하려고 말했다. 목제 화로를 사이에 두고 기시모토와 마주 앉아 있는 형수의 시선은 다시 꽃다운 아가씨로 성장해 있는 세쓰코를 향했다. 이 형수는 세상을 떠난 기시모토의 어머니나 아직 청년이었던 시절의 기시모토와 함께 남편 없이 힘들게 살아온 세월을 잊을 수 없는 듯 이런저런 일에 대해 젊은 사람을 가르치려는 어조로 세쓰코에게 말했다. 먼 외국에서 즐거운 가정을 꾸리고 있다는 데루코 이야기도 나왔다.

"여기 숙부나 되니까 그렇게까지 돌봐줄 수 있었던 거야. 그 은혜를 잊으면 안 된다. 데루코가 지금 아무리 편하다고 해도……"라고 형수는 좋은 사위를 얻었고 아이까지 있는 자신의 딸 아이코와 데루코의 출세를 비교해보는 식으로 말하고는, 이윽고 세쓰코를 향해 "세쓰코, 너도 좋은 숙부를 두어 정말 행복한 거야"라고 말했다.

그 말을 듣고 있는 기시모토는 식은땀이 흘러내리는 것 같았다.

　형수는 오랜 세월 동안 남편이 없는 집을 지킨 보람이 있어 드디어 자신의 전성시대를 맞이한 것이나, 타이완에 있는 다미스케 형에 대한 이야기, 자신의 딸 아이코에 대한 자랑, 그리고 히타치에 가 있는 기시모토의 막내딸 기미코에 대한 이야기를 남기고 네기시로 돌아갔다. 기시모토의 조카딸 아이코의 남편 고향은 히타치의 해안 쪽이었다. 그 연고로 기시모토는 그 어촌의 어느 유모 집에 기미코의 양육을 맡기고 있었다.

　"스테키치 씨도 언제까지 이렇게 혼자 있을 수는 없어요. 기시모토 스테키치 씨는 왜 아내를 맞이하지 않느냐고 누가 물어올 때마다 저까지 대답하기 곤란하다니까요."

　네기시의 형수는 이런 말을 남기고 떠났다.

　이런 일가의 여자 손님이 왔다 간 뒤에는, 세쓰코와 얼굴을 마주하기가 더욱 괴로웠다. 그것은 단지 남자와 여자가 마주 보는 얼굴이 아니라 숙부와 조카딸이 마주 보는 얼굴이었다. 기시모토는 세쓰코의 얼굴에 드러나는 어두운 그림자를 생생하게 읽어낼 수 있었다. 그 어두운 그림자는 '넌 정말 괘씸한 놈이다' 하는 형 요시오의 격분한 목소리를 마음속 깊은 데서 듣는 것보다 더욱 강력한 힘으로 기시모토의 마음에 닥쳐왔다. 쾌활한 언니 데루코와 달리 세쓰코는 평소에도 말수가 적었다. 말없이 수심에 잠긴 세쓰코의 모습은 그녀가 느끼는 무언의 공포와 비애를, 어쩌면 숙부에 대한 강한 증오까지 말해주었다.

　'숙부, 절 어떻게 할 거예요?'

　기시모토는 조카딸의 얼굴에 나타나는 어두운 그림자에서 이런 목소리를 읽었다. 그는 가장 먼저 세쓰코의 채찍을 받았다. 괴로워하고 있는 그녀의 모습에 가장 많이 시달렸다.

갑자기 두 아이가 싸우는 소리를 들었을 때 기시모토는 2층의 자기 방에 있었다. 그는 서둘러 계단으로 뛰어내려 갔다.

가서 보니 두 아이는 말리려는 세쓰코의 말도 듣지 않고 계속 싸우고 있었다. 형이 동생을 때렸다. 동생도 형을 때렸다.

"무슨 짓이야? 왜 싸우는 거야? 이 바보 같은 놈들!"

기시모토가 소리쳤다. 센타와 시게루는 함께 소리를 내며 울기 시작했다.

"시게루가 센타의 연을 찢어서 싸운 거래요."

세쓰코는 시게루를 제지하면서 말했다.

"형이 때렸어."

시게루는 아버지에게 일러바치며 울었다.

센타는 무슨 말을 하려고 해도 할 수 없는 모양으로, 분하다는 듯 입술을 깨물고 다시 한번 동생을 향해 주먹을 치켜들려고 했다.

"자, 그만, 이제 그만해."

기시모토가 꾸짖듯이 말했다.

"이제 그만해. 센타도 이제 그만해."

세쓰코도 말을 보탰다.

"어머, 도련님들이 왜 싸운 거래요?"

이렇게 말하며 할멈이 뛰어들어 왔을 때도 두 아이는 아직 흐느껴 울고 있었다.

기시모토는 뛰는 가슴으로 자기 방으로 물러갔다. 유리문 가까이로 가서 저물녘의 거리를 바라보았다. 강가의 모래 하역장을 지나며 끌려 나온 마음이 기시모토의 마음속을 오가기 시작했다. 그는 물가의 비극을 세쓰코와 결부시켜 생각하는 것조차 두려웠다. 차고 희미한 전율이 남몰래 그의 몸을 따라 흘렀다.

22

기시모토는 일주일이나 제대로 자지 못했다. 혼자 걱정했다. 점심을 먹을 때만은 식구와 따로 혼자 밥상을 받는 일이 많았는데, 그런 때에는 반드시 세쓰코가 밥상 옆으로 와서 앉았다. 그녀는 좀처럼 숙부의 식사 시중을 할멈에게 맡기려고 하지 않았다. 자신이 직접 했다. 구부정하게 오비* 사이로 손을 넣고 숙부와 눈 맞추는 것을 극구 피하려고 하는 경우에도 늘 그녀의 무릎은 숙부 쪽을 향하고 있었다. 늦든 이르든 파열을 보지 않을 수 없는 앞날의 불안이 두 사람을 지배했다. 기시모토는 밥상을 앞에 두고 묵묵히 세쓰코와 마주하는 일이 많았다.

"숙부, 귀한 손님이 오셨어요."

계단 아래서 세쓰코의 목소리가 들렸을 때 기시모토는 서재에 있었다. 손님이 올 때마다 그는 가슴이 뛰었다. 그때마다 가장 먼저 세쓰코를 숨기려는 마음이 일었다.

동네에서도 집안에서도 이제 슬슬 등불을 켤 시각이었다. 기시모토는 아래층으로 내려갔다. 10년이나 소식을 끊고 있던 스즈키 매형, 즉 고향에 있는 친누나의 남편이 남들 눈을 꺼리는 듯한 영락한 모습으로 어둑어둑한 뜰 앞의 팔손이나무 옆에 서 있었다.

---

* 기모노를 입을 때 허리 부분을 감고 조여 묶는 좁고 긴 천.

기시모토는 이 귀한 손님이 등불을 켤 무렵을 골라 슬쩍 찾아온 의미를 금방 읽어냈다. 여행에 지쳐 애처롭게 여윈 모습에서. 손에 든 보자기와 낡은 모자에서. 10년쯤 전에 본 스즈키 매형에 비하면 여행으로 나이 든 그 용모에서. 바로 이 사람이 죽은 조카 다이이치의 아버지다.

처자식을 버리고 집을 나간 스즈키 매형은 기시모토의 평가를 꺼리는 듯 몹시 망설이는 모습으로 아래층으로 들어왔다.

"타이완에 있는 형님한테서 얘기는 듣고 있었습니다."

이렇게 말하며 맞이하는 기시모토를, 어쩐지 무서운 느낌의 스즈키 매형은 처남에게서 무슨 말이 나올까, 하는 표정으로 보고 있었다.

"센타, 이리 오너라. 스즈키 고모부께 인사드려야지."

기시모토가 마침 거기에 있는 아이들을 불렀다.

"이 아이가 센타인가?"

이렇게 말하며 아이를 보는 손님의 얼굴에는 드디어 예전 스즈키 가문의 주인공다운 미소가 떠올랐다.

"고모부, 어서 오세요."

세쓰코도 그곳으로 와서 인사했다.

"네가 세쓰코냐, 정말 몰라볼 만큼 많이 컸구나. 어렸을 때 얼굴이 살짝 남아 있는 정도고……"

스즈키 매형의 말을 듣고 세쓰코는 살짝 얼굴을 붉혔다.

"우리 집에서도 오소노가 죽었습니다." 기시모토가 말했다. "매형이 잘 아는 세 아이도 죽었습니다. 한때는 데루코도 여기 있으면서 도와주었습니다만, 그 애도 시집을 가서 이제는 세쓰코가 아이들을 돌봐주고 있습니다."

"오소노가 세상을 떠났다는 이야기는 타이완에서 들었네…… 다미스케한테는 거기서 꽤 신세를 졌고…… 자네 이야기도 다미스케한테서 자주 들었네…… 아무튼 나도 나이를 먹었고 몸도 약해져서 실은 자네한테 의논할 게 있어 타이완에서 돌아왔다네."

23

"세쓰코, 스즈키 매형이 겹옷을 입고 계시잖아. 내 솜옷을 갖다드려라. 그러는 김에 하오리*도 내드리면 좋겠구나."

기시모토는 세쓰코를 불러 이렇게 말하고, 10년 만에 여행에서 돌아온 매형을 위해 저녁 식사를 준비하게 했다. 어지간히 고생한 끝에 멀리서 처남 집을 찾아온 스즈키 매형의 이야기를 듣는 것은 뒤로 미루기로 하고, 일단 여행에 지친 사람을 쉬게 할 생각이었다. 한동안 집에 묵게 하면서 그 사람의 상태를 지켜보려고 했다. 10년의 세월은 기시모토의 생활을 바꿨을 뿐만 아니라 다이이치의 아버지가 집을 나간 후의 크고 오래된 스즈키 가문도 바꾸어놓았다. 거기에는 이제 기시모토의 조카이기도 하고 친구이기도 하며 이야기 상대이기도 한 다이이치가 없었다. 다이이치의 아내도 없었다. 거기에는 이제 무너지기 시작한 스즈키 집안을 다시 일으킨 양자가 있었다. 양자의 아내가 있었다. 10년이나 소식을 끊은 남편을 기다리고 있는 기시모토의 누나가 있었다. 다이이치의 여동생이 있었다. 기시모토는 셋째 아들을 바로 그 누나 집에 맡기고 있었다.

---

* 일본 옷 위에 걸치는 겉옷.

세쓰코를 걱정하면서도 기시모토는 스즈키 매형이 띄엄띄엄 하는 이야기를 들었다. 타이완의 뜨거운 햇볕에 타서 온 유랑자를 앞에 두고 기시모토는 이 사람이 대장성(大藏省) 관리였던 무렵의 훌륭하고 위엄 있던 풍채를 떠올렸다. 기시모토가 소년 시절에 유행한 해달 모자를 쓴 이 사람의 신사다운 풍채를 떠올렸다. 그가 아홉 살에 도쿄로 올라왔을 때 처음으로 몸을 의탁한 곳이 이 사람의 집이었고, 이 사람으로부터 자주 한서(漢書)의 음독 같은 걸 배운 어린 시절의 일을 떠올렸다. 기시모토가 이 사람과 누나 옆에서 소년 시절을 보낸 것은 1년에 지나지 않았지만, 그동안에 받은 애정은 어린 그의 마음에 깊이 각인되어 있었다. 그로부터 많은 시간이 지나 이 사람의 신상에 다양한 변화가 일어났고 그 일들 중에는 격렬한 비난을 받는 일도 많았다. 그런 과정에서도 기시모토가 여전히 주위 사람들처럼 이 사람을 생각하지 않은 것은 바로 그가 소년 시절에 받은 따뜻한 친절 때문이었고, 바로 그것이 한 줄기 희미한 불빛처럼 그의 마음속 깊은 곳에 불타고 있었기 때문이었다.

기시모토는 여행에서 돌아온 이 사람을 일주일이나 집에 묵게 했다. 그 후에는 영락한 이 사람을 구해내려고 결심했다.

"세쓰코, 나는 스즈키 매형을 모시고 고향에 인사하러 갔다 올 거야."

기시모토는 이렇게 말한 후 별도로 세쓰코에게 자신이 집을 비운 사이에 의사의 진찰을 받아보도록 권했다. 세쓰코는 그때 숙부의 말에 동의했다. 그녀도 한번 진찰을 받아보고 싶다고 말했다. 그녀의 착각이었다면 다행이런만. 그리 미덥지 못한 것에 막연한 기대를 걸고 기시모토는 대충 여행 준비를 한 후 세쓰코에게 이삼일 집안일을 부탁하고는 고향으로 떠났다.

　기시모토의 마음은 아주 급격하게 어두워졌다. 고향에 있는 누나 집에서 돌아오는 도중에도 그는 세쓰코에게 말해둔 것을 믿고 의사의 말에 일말의 기대를 걸고 있었다. 돌아온 그는 더욱 낙담했다.

　"세쓰코, 그렇게 걱정하지 않아도 돼. 어떻게든 잘되도록 내가 생각해둘 테니까."

　기시모토는 이렇게 말하고 만일의 경우에는 호적에 자신의 서자로 올려도 된다고 말했다.

　"서자요?"

　세쓰코는 살짝 얼굴을 붉혔다.

　불행한 조카딸을 위로하기 위해 기시모토는 그런 장래의 호적 이야기까지 꺼냈지만, 그 호적상의 어머니 이름은…… 거기까지 생각하자 도저히 그렇게 할 수 없을 것 같았다. 그러고 나서 몇 달 동안 어떻게 그녀를 보호하고, 어떻게 그녀를 안전한 곳에 둘 수 있을 것인가. 그는 세쓰코가 절실히 고민하고 있는 것이 그녀에게 치명상이나 다름없는 것이라는 걸 느꼈다.

　기시모토는 시내로 나갔다. 세쓰코를 위해 여자의 피를 따뜻하게 해준다는 탕약을 사 왔다.

　"너도 이제 자기 몸을 더욱더 소중히 하지 않으면 안 돼."

　이렇게 말하며 약봉지를 세쓰코에게 건넸다.

　밤이 왔다. 기시모토는 서재로 올라가 책상 앞에 앉았다. 물가로 떠내려온 젊은 여자의 사체가 아주 심술궂게 그의 마음에 떠올랐다.

　'세쓰코는 그런 아이라, 어쩌면 죽어버릴지도 몰라.'

이런 생각만큼 기시모토의 마음을 어둡게 하는 것은 없었다. 그는 아내 소노코를 잃은 후 두 번 다시 결혼 생활을 되풀이하지 않겠다고 결심했다. 가능한 일이라면 완전히 새로운 삶을 시작하기를 바랐다. 독신 자체를 이성(異性)에 대한 일종의 복수라고까지 생각했다. 평소 성가시게 생각하는 여자라는 존재 때문에, 그것도 어린 조카딸 때문에 이렇게 어두운 곳에 떨어진 자신의 운명이 정말 어처구니없고 괘씸하다고 생각했다.

생각지도 못한 슬픈 생각이 마치 섬광처럼 기시모토의 머리를 스쳐 지나갔다. 그는 자신의 몸을 죽임으로써 지은 죄를 사죄하고, 뒷일을 세쓰코의 부모에게라도 맡길까, 하는 생각을 했다. 가까운 혈족끼리의 결혼은 법률로 금하고 있고, 만약 자신의 이런 행위가 그것에 저촉된다면 기꺼이 벌을 받겠다고 생각했다. 왜냐하면 그는 세상의 수많은 죄인이 무자비한 사회의 홍소라는 돌을 맞는 것보다는 오히려 차갑고 엄숙한 법률의 채찍을 감수하려는 애처로운 마음에 동감할 수 있었기 때문이다. 방에는 파란 덮개의 남폿불이 쓸쓸히 빛나고 있었다. 기름이 다 떨어져가는 등불은 밤이 깊었음을 알렸다. 기시모토는 벽 가까이에 잠자리를 깔고 그 위에 앉았다. 하룻밤 자고 일어나면 또 어떤 날이 올까, 하고 문득 생각을 고쳐먹었다. 생각에 지쳐 바닥 위에서 팔짱을 끼고 있던 기시모토는 쓰러지는 듯 깊은 잠 속으로 빠져들었다.

25

"아빠!"

시게루는 기시모토의 머리맡으로 와서 어린애다운 목소리로 아버지를 깨우려고 했다. 기시모토는 몇 시간이나 잤는지 알 수 없었다. 아이가 할멈과 함께 2층으로 올라온 무렵에는 잠에서 깨어 있었지만, 아무리 자고 또 자도 잠이 부족한 것처럼 피곤했다. 그는 아이가 부르는 소리를 듣고 잠자리에서 일어나려고 했다.

"시게루, 아빠는 혼자 일어날 수가 없어. 네가 좀 도와줘. 아빠 머리 좀 올려줄래?"

기시모토의 말을 듣고 시게루는 기뻐하면서 양손을 아버지 머리 밑으로 밀어 넣었다.

"도련님, 아버지를 일으켜드려야지요. 도련님은 힘이 세니까요."

할멈의 말까지 듣고 시게루는 쓰러진 나무라도 일으키는 것처럼 뒤에서 아버지의 몸을 떠받쳤다.

"이영차."

시게루가 소리를 내며 힘을 썼다. 기시모토는 이 작은 아이의 힘을 빌려 가까스로 몸을 일으켰다.

"주인어른, 벌써 11시입니다."

할멈은 약간 질린 듯이 기시모토를 보며 말했다.

"이야, 고마워. 시게루 덕분에 간신히 일어났네."

이렇게 말하면서 기시모토는 나쁜 꿈이라도 꾼 것처럼 주위를 둘러보았다.

태양은 어제와 마찬가지로 빛나고 있었다. 동네에서 들려오는 소리는 어제와 마찬가지로 방 장지문을 통해 들려왔다. 기시모토는 눈을 떠보니 어제와 같은 기분이 계속되었다. 특별히 어제보다 좋은 날은 오지 않았다. 뜨거운 차를 후루룩거린 후 다소 개운한 마음으로 그는 책상 앞에 앉았다.

최근에 펜을 들기 시작한 초고가 책상 위에 놓여 있었다. 자서전의 일부라고도 할 수 있는 원고였다. 자신의 소년 시절부터 청년 시절에 접어드는 시점까지의 일이 적혀 있었다. 아마 이것이 마지막 원고가 될지도 모른다는 마음이 흐트러진 그의 가슴속을 지배했다. 그는 책상 앞에 편하게 앉아, 딱히 남길 마음도 없이 이 세상에 남겨두고 가려는 자신의 글을 읽었다. 그것을 읽고 견딜 수 있을 만큼 가만히 견디려고 했다. 또한 마지막 부분의 부족한 데를 보충하려고 했다. 초고에 등장하는 것은 열여덟아홉 살 무렵의 자신이었다.

여름방학이 되고 보니 이리저리 날고 있던 작은 새가 나뭇가지로 돌아온 것처럼, 학교에서 생활하던 날들이 스테키치의 가슴에 밀려들었다. 그 여름 한철을 어떻게 보낼까 하는 마음에 섞여. 그는 이제 돌아가려는 집을 생각했다. 자신을 위해 걱정하고 자신을 받아준 은인의 가족, 즉 다나베 씨, 그의 부인, 그리고 할머니를 생각했다. 다나베 씨의 집 근처에서 하숙 생활을 하는 형 다미스케도 떠올렸다. 그런 손윗사람들로부터 아직 어린애로 여겨지는 동안, 그의 내부에 싹튼 어린 생명의 싹은 이미 죽순처럼 머리를 내밀고 있었다. 자신을 계속 공격하여 결국 함락시킨 참혹함, 침묵을 지키려고 생각하게 된 마음의 번민, 미치광이 같은 짓, 동창생들에게조차 말 못하고 있는 그날까지의 심적 싸움을 자신의 손윗사람들이 어찌 알겠는가. 시게코나 다마코라는 그리스도교 학교를 나온 여성이 청춘남녀의 교제를 주선해주었던 때가 있었다는 것을 어찌 알겠는가. 하물며 그런 여성에게 따라다니는 모든 공기가 환상처럼 사라져버렸다는 것을 어찌 알겠는가. 그는 이렇게 생각했다. 아직 세상 물정을 모르는 스테키치에게는 심적으로 놀라운 일 천지였다. 이제 막 세상에 태어난 듯한 마음으로 실제로 자신이 하고 있는 일을 생각하면, 어느새 그는 손윗사람들이 모르는 길을 자기 멋대로 걸어가고 있다는 것을 깨달았다. 그는 그런 마음에서 표현하기 힘든 공포를 느꼈다……

기시모토는 계속 읽어나갔다.

……메이지가 시작된 지도 아직 얼마 되지 않은 메이지 20년대였다. 도쿄 시내에 아직 전차라는 것도 없던 무렵이었다. 학교에서 다나베 씨의 집까지는 대략 8킬로미터쯤 되었는데, 그 정도의 길을 걸어다니는 것은 일개 서생에게는 대수롭지 않은 일이었다. 스테키치는 언덕이 이어지는 지세를 따라 오래된 절이나 묘지가 많은 산코초 근처의 골짜기를 돌아서 가는 일도 많았다. 또한 다카나와에서 히지리 고개로 똑바로 이어지는 길에 들어서 멀리 시타마치* 쪽에 있는 다나베 씨의 집을 향해 내려갔다. 그날은 이사라고 고개 아래에서 승합마차를 기다릴 생각으로 점심을 마치고 곧바로 기숙사를 나왔다. 소나기가 그친 후의 길은 오후의 햇볕에 말라 한층 뜨거웠다. 하지만 이미 여름방학이라 생각하니 어쩐지 즐거운 길을 가는 것 같은 기분이었다. 왜 그런지 먼 저편에서 우리를 기다려주는 것이 있을 거라는 갈망은, 그것이 마치 현재의 환희인 것처럼 느껴졌다. 그는 자기 자신의 갑작스러운 성장을, 갑자기 커진 키를, 갑자기 발달한 손발을 강하게 느꼈을 뿐만

* 下町: 에도 시대부터 상공업이 발달한 직인들의 거리로 주택지인 야마노테(山手)와 대비된다.

아니라 은인의 집에서 또는 그 주변에서 자신과 마찬가지로 커가는 젊은 사람들이 있다는 것을 느꼈다. 그중에서도 아직 어린 소녀처럼 생각했던 사람들이 갑자기 아가씨답게 보이기 시작하자 깜짝 놀랐다. 그런 사람들 중에는 오텐마초의 다이카쓰의 딸, 그리고 헷쓰이가시의 통집 딸이 있었다. 다이가쓰는 스테키치의 은인 다나베와 형 다미스케에게 주인뻘 되는 사람이고, 통집 사람들은 다나베 집안과 자주 왕래했다. 그 통집의 안주인이 자랑하는 딸이 아직 가쓰라시타지*로 묶고 춤을 배우러 다니던 무렵의 틀어 올린 머리가 어느새 시마다 머리로 바뀐, 아가씨다운 이마의 생김새를 상상할 수 있었다. 그는 또 그 오텐마초 주변의 유서 깊은 상가(商家)에서 성장한 다이카쓰 주인의 소중한 딸, 그녀의 하얗고 가냘프며 아가씨다운 손을 상상해볼 수 있었다……

읽어가다 보니 거기에 젊은 자신이 나타났다. 뭔가 가슴 설레는 일이 있으면 금세 볼이 뜨거워지는, 아직 순진무구한 자신이 나타났다. 어쩐지 먼 저쪽에서 자신을 기다려주는 무언가가 있는 것 같다는 마음으로 걸어가기 시작하자 곧 거기에 자신이 나타났다. 기시모토는 소년 시절의 자기 모습을 자신이 보는 것 같았다.

---

* 여성의 머리 묶는 방법의 하나로, 이초가에시(銀杏返し: 정수리에서 모은 머리를 좌우로 갈라 반원형으로 틀어 올린 머리 모양)의 틀어 올린 것이 낮은 것. 에도 시대 말기에서 메이지 시대 초기에 보였고, 춤 스승이나 무회가 이런 머리 모양을 했다.

26

"정말 어쩔 수가 없다. 이제 끝장이다."

기시모토는 혼잣말을 했다. 사람들로부터 비난당할 것까지도 없이 그는 스스로를 비난하려고 했다. 세상에서 매장당할 것까지도 없이 스스로를 묻어버리려고 했다. 20년 전 기시모토는 한번 고우즈 부근의 해안에 간 적이 있다. 어두운 사가미나다의 파도는 그의 발에 닿을 만큼 가까이 밀려들었다. 아직 한창 젊은 나이였다. 그치기 힘든 정신의 동요에서 1년쯤 유랑을 계속한 끝에 그의 여행은 그 해안의 파도가 밀어닥치는 곳에서 그치고 말았다. 그때의 그는 하루 종일 마시지도, 먹지도 않은 상태였다. 한 푼의 여비도 갖고 있지 않았다. 몸에는 법의 같기도 하고 아닌 것 같기도 한 옷을 걸치고 있었다. 게다가 옷자락을 걷어지르고 각반에 짚신을 신은 이상한 차림이었고, 머리는 중대가리처럼 빡빡 깎은 상태였다. 그때의 심적 경험에 대한 기억이 다시 기시모토의 몸에 되살아났다. 예전에 그의 눈에 비친 어두운 물결 대신 지금은 나란한 네 개의 묘가 그의 눈에 비쳤다. 예전에 그의 눈에 비친 것은 실제로 그에게 밀려온 저물녘 바다의 파도였고, 지금 그의 눈에 비친 것은 환상의 묘이긴 했으나 그 차가움에서 환상은 오히려 진실을 능가했다. 3년이나 봐온 네 개의 묘는 마치 어두운 밤의 실재처럼 그의 눈에 비쳤다. 기시모토 소노코의 묘. 기시모토 도미코의 묘. 기시모토 기쿠코의 묘. 기시모토 미키코의 묘. 그는 그 네 개의 묘비명을 생생하게 읽을 수 있을 뿐만 아니라 어쩌면 아내 소노코가 훌쩍거리는 소리까지 들은 것 같았다. 그것은 그가 자신의 흐트러진 머릿속에서 들은 소리인지, 세쓰코가 있는 아래층에서 들려온 소리인지, 아니면 뭔가 다른 소리인지 그로서는 뭐라고도 할 수 없었다. 그 환상의 묘가 보이는 데까지 떨어지기 전에 그는 부끄러워해야 할 자신을, 모든 지인이나 친척의 눈으로부터 감추기 위해 다양한 도피처를 생각해보기도 했다. 아는 사람이 없는 먼 섬도 그중 하나였고, 찾아오는 사람이 거의 없는 쓸쓸한 절도 그중 하나였다. 하지만 그런 도피처를 찾아내기에는 너무나 무거운 짐을 지고 있었다. 너무나 지쳐 있었다. 너무나 자신을 부끄러워하고 있었다. 그는 네 개가 나란히 늘어서 있는 환상의 묘를 향해 좋든 싫든 한 발짝씩 다가가지 않을 수 없었다.

하루가 허무하게 저물었다. 석양은 2층의 다다미방 가득 들어왔다. 벽도 장지문도 유리문도 모두 깊은 색으로 빛났다. 기시모토의 마음은 몹시 어두웠다. 평소 그의 기질로 보면, 결심한다는 것은 행하는 것이나 다름없다. 센타, 시게루의 소리도 이제 그의 귀에 들어오지 않았다. 다만 결심을 하는 것만이 그를 기다리고 있었다.

27

세쓰코가 아무것도 모른 채 2층으로 올라왔을 때는 이미 해가 저물어 있었다. 그녀는 심부름꾼이 가져온 편지를 숙부에게 건넸다. 편지를 받아보고 기시모토는 모토조노초의 친구가 또 편지와 함께 일부러 인력거까지 보냈다는 것을 알았다.

친구를 보고 싶은 마음이 없는 것은 아니었다. 하지만 그런 마음에서보다는 오히려 거의 기계적으로 움직였다. 모토조노초의 친구에게서 온 편지를 읽고 나서 곧바로 계단을 내려가 대충 외출 준비를 했다.

어두운 문 밖에는 천을 씌운 인력거 한 대가 기시모토를 기다리고 있었다. 세쓰코에게 집을 잘 보라고 해놓고 기시모토는 훌쩍 집을 나섰다. 친구에게 작별을 고하러 갈 생각은 아니었지만, 실제로 어떻게 될지 알 수 없는 어둡고 불안한 마음으로 그는 인력거에 올랐다. 그리고 땅을 밟아가는 인력거꾼의 발소리나 때때로 인력거꾼이 울리는 방울 소리, 다리 위에 이를 때마다 유난히 잘 울리는 바퀴 소리를 천막 안에서 들으며 갔다. 대도회의 밤다운 거리의 등불이 천막의 유리에 비쳤다 사라졌다 했다. 몇 개의 다리를 건너는 소리도 들렸다. 좀처럼 가지 않는 동네 쪽으로 흔들리며 가는 것을 느꼈다.

모토조노초의 친구는 한 손님과 함께 기시모토가 모르는 집에서 그를 기다리고 있었다. 방은 전등 불빛이 환했고 술 냄새가 가득했다. 기시모토를 위해 요리까지 준비되어 있었다. 모토조노초의 친구는 손님을 상대로 열띠게 이야기하며 술을 마시고 있는 중이었다.

"기시모토, 오늘 밤에는 실컷 한번 마셔보세."

모토조노초의 친구가 눈썹을 추켜올리며 말했다. 기시모토는 친구가 내민 술잔을 받을 새도 없이 평소 친하게 지내는 손님으로부터도 잔을 받았다.

"오늘 밤에는 기시모토 씨를 한번 취하게 해야지."

그 손님도 이렇게 말하고 다시 기시모토에게 다른 잔을 내밀었다.

"이봐, 자네." 모토조노초의 친구는 손님 쪽을 보면서 기시모토에게 말했다. "우리가 얼마나 자네를 생각하는지 자네는 모르고 있네."

"자, 한 잔 합시다."

손님은 기시모토에게 술잔을 돌리라고 재촉하며 말했다.

귀로 듣는 친구들의 웃음소리, 눈으로 보는 화려한 전등 불빛은 기시모토의 마음속 비통함과 뒤섞였다. 그는 즐거운 술 향기를 맡으면서 인력거 위에서 그토록 떨며 찾아온 자신의 모습을 생각했다. 세쓰코와 기시모토, 둘 중 한 사람이 죽는 것 외엔 방법이 없다고 생각한, 막다른 곳에 몰린 그때까지의 신세를 생각했다.

모토조노초의 친구는 기분 좋게 취해 있었는데, 얼마 후 뭔가 생각난 듯이 손님을 보며 말했다.

"이봐, 자네, 기시모토도 유럽을 한번 둘러보고 오면 좋지 않겠는가?…… 나는 꼭 그렇게 해보라고 추천하네……"

손님은 이런 술자리에서의 이야기는 하나의 안주라는 식으로 연거푸 잔을 비웠다.

"기시모토." 모토조노초의 친구는 술김에 기시모토를 격려하듯이 말했다. "자네도 유럽을 한번 둘러보고 오게…… 꼭 보고 오게…… 만약 자네가 분발해서 갈 수 있다면 내가 얼마든지 애를 써보겠네…… 유럽이라는 데는 꼭 한번 봐둘 필요가 있네……"

기시모토는 말없이 친구의 이야기를 듣고 있었다. 어떻게든 살고 싶다는 마음은, 깊은 정이 담긴 친구의 말에서 끌려 나왔다.

28

밤이 깊었다. 주위는 조용해졌다. 술 상대를 해주는 여자들은 모두 돌아갔다. 그래도 모토조노초의 친구는 아직 손님을 상대로 술을 마시고 있었다. 그만큼 두 사람의 취흥은 가시지 않은 듯했다. 그날 밤은 모처럼 기시모토도 취했다. 밤이 깊으면 깊을수록 묘하게 그의 머릿속은 또렷해졌다.

"친구가 좋은 말을 해주었어. 더 이상의 사멸에는 나도 견딜 수 없어."

그는 자신에게 말했다.

불러달라고 한 인력거가 왔다. 기시모토는 집을 향해 깊은 밤 도회의 공기를 뚫고 돌아갔다. 도쿄의 번화가라 할 수 있는 거리도 잠들었고, 늦게까지 다니던 전차의 울림도 끊어져 있었다. 넓은 거리에는 오가는 사람의 발소리도 들리지 않았다. '해외로!' 기시모토가 그 목소리를 확실히 들었던 것은 돌아가는 인력거 위에서였다. 마치 깊은 '밤'이 찾아와 그 한 줄기 활로를 그의 귓가에 속삭여준 것처럼. 적어도 모토조노초의 친구 술자리에서 던진 말에서 그 실마리를 찾았다고 해도 그에게는 고마운 선물처럼 생각되었다. 어떻게든 자신을 구하지 않으면 안 된다. 동시에 세쓰코를. 또한 센타와 시게루를. 이 생각이 그의 가슴에서 솟아났고, 게다가 불가능한 일도 아니라고 생각되었을 때는 진심으로 무척 놀랐다.

상당한 시간을 인력거 안에서 흔들린 기시모토는 오래 살아 익숙한 동네로 돌아왔다. 비교적 늦게까지 인적이 많은 그 일대도 이미 한밤중이어선지 닭이 보금자리에서 우는 소리가 희미하게 들려왔다. 식구들도 다들 잠든 모양이었다. 그런 생각을 하면서 기시모토는 문을 두드렸다.

"숙부세요?"

세쓰코의 목소리가 들리고 곧 빗장 푸는 소리가 들렸을 때, 기시모토는 아직 취기가 가시지 않은 상태였다.

"어머, 숙부, 이상하게 늦으셨네요."

세쓰코는 놀란 듯 숙부를 보고 말했다.

기시모토는 자신의 방으로 들어가고 나서도 가슴속에 솟아나는 감동을 누를 수가 없었다. 마침 세쓰코가 취해 있는 숙부를 위해 냉수를 들고 왔다. 기시모토는 아무것도 모른 채 서 있는 조카딸에게까지 자신의 마음을 나누지 않을 수 없었다.

"불쌍한 아이구나."

무심코 이렇게 말하고 그 때문에 상처 입은 작은 새 같은 세쓰코를 힘껏 안아주었다.

"좋은 일이 있어. 내일 얘기해줄게."

기시모토의 말을 듣고 세쓰코는 어쩐지 가슴이 복받쳐 오른 듯 잠시 벽 옆에 얼굴을 대고 서 있었다. 한없이 새 나오는 그녀의 어두운 울음소리가 취해 있는 기시모토의 귀에까지 들려왔다.

29

아침이 되고 보니 평소에는 그다지 신경도 쓰지 않았던 지저분해진 서재가 유난히 눈에 띄었다. 그는 오랫동안 노작의 장소로 써온 2층의 다다미방을 걸었다. 거기에는 완전히 정체되지 않은 것이 하나도 없었다. 여러 해 동안 그가 뜻을 둔 학예 자체도 황폐해지고 쓸모없게 되었다. 책장의 문을 열었다. 반년 넘게 쌓인 먼지가 모든 책을 뒤덮고 있었다. 벽 옆에 섰다. 거기에는 피가 스며들어 있는 게 아닐까 생각될 만큼 지켜보다 지친 냉랭함, 두려움만 남아 있었다.

먼 외국 여행. 아무래도 이 침체의 밑바닥에서 자신을 구원해줄 것 같은 한 줄기 오솔길이 더욱 뚜렷이 보였다. 무엇보다 먼저 힘을 손에 넣으려고 했다. 정인(情人)의 남편을 죽일 생각이었는데 실수로 정인을 죽였으면서도 여전히 살 수 있었다는 몬가쿠* 같은 옛 스님의 불가사의한 생애를 생각했다. 거기에서 자신을 강하게 하는 법을 배우려고 했다. 자기 나라에서 한 발짝도 나간 적이 없는 기시모토 같은 사람이 먼 여행을 결심하는 것은 쉬운 일이 아니다. 7년쯤 계속해서 살아오는 동안 마치 뿌리를 내린 것 같은 현재의 생활을 근저에서 뒤집는 것도 쉬운 일이 아니다. 세쓰코나 아이들을 좀더 안전한 곳으로 옮기고, 집을 비웠을 때의 일까지 생각해두고 혼자 가정을 떠난다는 것도 쉬운 일이 아니다. 그런 생각을 하자 기시모토의 이마에는 차디찬 기름 같은 땀이 배어 나왔다.

하지만 신기하게도 기시모토의 허리가 곧추섰다. 썩어버릴 것 같다고 자주 한탄하던 몸, 어쩌면 지병이 될지도 모르겠다며 걱정하고 있던 몸, 한나절쯤 벽 옆에 쓰러져 있는 일이 자주 있으며 심한 피로와 권태를 어떻게 해볼 수가 없었던 몸이 그때가 되자 비로소 말을 들었다. 그는 정신적으로 땀을 흘렸다. 욱신거리는 허리 같은 건 완전히 잊어버렸다. 모든 것을 버리고 해외로 나가자. 아무것도 모르는 나라로, 아무것도 모르는 사람들 속으로 가자. 그곳에 가서 부끄러운 자신을 숨기자. 이런 마음은 기꺼이 고난을 받아들임으로써 세쓰코도 구하고자 하는 마음과 함께 일어났다.

그런 마음에서 기시모토는 모토조노초의 친구에게 편지를 썼다. 그는 자신의 몸에 붙어 있는 모든 것을 버리려고 했을 뿐만 아니라 여러 해의 노작으로 얻은 권리도 모두 여행 경비로 쓸 생각을 했다. 갑작스러운 이 여행 계획은 누구보다 먼저 세쓰코를 놀라게 했다.

---

* 文覺(1139~1203): 헤이안(平安) 시대 말기부터 가마쿠라(鎌倉) 시대 초기에 걸친 무사이자 진언종(眞言宗)의 승려.

30

"술자리에서 한 얘기를 기시모토가 그렇게 진지하게 받아들여선 곤란하지."

이건 모토조노초의 친구 의견으로, 지난밤 함께 술잔을 주고받은 손님으로부터 기시모토가 간접적으로 들은 말이었다. 기시모토는 그 친구에게도 그렇게 '진지하게' 받아들일 수밖에 없는 자신의 처지를 도저히 털어놓을 수 없었다.

그렇지만 모토조노초의 친구는 조력을 아끼지 않겠다는 뜻의 편지를 보내주었다. 그 편지가 기시모토를 격려해주었고 또 다행히 여행 계획을 찬성해준 사람들이 있다는 사실은 그의 마음을 한층 분발하게 했다. 그때부터 기시모토는 대부분의 시간을 여행 준비를 하며 보냈다. 슬슬 매화가 필 무렵에는 여행 방침도 대충 정해졌다. 오랫동안 사람들도 만나지 않고 틀어박혀 있던 그는 간다에도 갔고 우시고메에도 갔다. 교바시에도 갔고 혼고에도 갔다. 세쓰코의 몸이 그다지 사람들 눈에 띄지 않을 때 어떻게든 준비를 서두르고 싶었다.

"한번쯤 유럽을 둘러보고 오는 것도 좋을 거라고 생각합니다. 뭐 그렇게까지 서두를 필요는 없을 겁니다. 천천히 갔다 와도 좋겠지요."

반초(番町)의 친구가 기시모토의 집으로 찾아왔을 때 그 이야기가 나왔다. 이 친구는 기시모토의 입장에서 보면 소년이었지만, 외국 여행을 한 경험도 있었다.

"결심이 섰을 때 가지 않으면 못 가게 될 거야. 우물쭈물하고 있는 사이에 나도 나이를 먹고 말 테니까."

기시모토는 이렇게 말하며 얼버무렸지만, 친절하게 이러저러한 것들을 알려준 친구에게까지 숨기지 않을 수 없는 어둠이 있는 자신의 처지가 부끄러웠다.

아직 기시모토는 형 요시오에게 아무 말도 하지 않았다. 자신이 집을 비웠을 때 아이들을 돌보는 일뿐만 아니라 세쓰코의 몸에 일어난 일에 대해서는 부모인 형의 인정에 기댈 수밖에 없었다. 하지만 평소 형의 성격을 잘 알고 있는 기시모토가 무슨 말을 할 수 있겠는가. 요시오는 기시모토 가문에서 나가 어머니 쪽 가문을 이어받았다. 다미스케와 요시오는 같은 조상을 가져 기시모토라는 성을 쓰는, 오래된 두 집안의 가장이기도 했다. 지방의 한 평민을 자임하는 요시오는 다른 사람보다 두 배는 가문을 중시하고 체면을 소중히 하는 사람이다. 여성의 정조는 요시오가 딸들에게 써서 보내는 가장 소중한 교훈이었다. 이런 성격의 형에게서 머지않아 상경할 예정이라는 편지를 받은 것만으로도 기시모토의 마음은 뒤숭숭했다.

"세쓰코, 아버지가 곧 오신단다."

기시모토가 세쓰코에게 이렇게 말하자 그녀는 그저 고개를 늘어뜨리고 풀 죽은 모습을 보일 뿐이었다. 하지만 그녀의 비교적 냉정한 모습은 기시모토의 마음을 다소 안심시켰다.

여행 준비에 마음이 바쁜 나날을 보내면서 오늘 올까 내일 올까 걱정하며 기다리던 나고야의 형이 찾아왔다.

31

"이야, 정말 오랜만에 올라왔다. 지금 역에서 바로 오느라 아직 숙소에도 들르지 않았어. 이번에는 볼일도 좀 있어서 그렇게 여유 있게 있을 수는 없지만, 이야기나 나누다 가지 뭐. 애들은 다 건강하지?"

요시오는 외투를 벗으며 이렇게 물었다. 오랜만에 동생도 보고 딸도 보겠다는 생각으로 찾아온 요시오는, 모자와 외투를 받으려는 세쓰코에게 말을 걸었다.

"세쓰코도 여전히 일 잘하고 있구나."

이 말을 듣자 기시모토는 아무것도 모르고 있는 형의 얼굴을 쳐다볼 수가 없었다. 오랜만에 상경한 사람을 맞이하는 얼굴로 아래층 여기저기를 돌아다녔다.

"어디 차 한잔 얻어 마시고 갈까?"

이 집 사정을 잘 아는 형은 이렇게 말하며 자신이 먼저 2층 방으로 올라갔다. 막상 형과 마주하고 보니 기시모토는 생각했던 것은 말도 못 꺼내고 그저 외국 여행 계획만 이야기했다. 그리고 자신이 집을 비우는 동안 형에게 아이들을 부탁했다.

"그거 재미있겠군." 요시오는 여전히 활기찼다. "우리 집도 이제 크게 발전하려는 참이야. 가까운 시일 안에 고향에 있는 아내를 도쿄로 부를 생각이고. 네가 집을 얻어놓기만 하면 아이들 돌보는 일은 내가 맡지."

요시오의 이야기는 늘 간단하고 시원시원했다.

10년 만에 귀국한 스즈키 매형 이야기, 타이완에 있는 큰형 이야기를 하며 잠시 시간을 보낸 후, 요시오는 볼일이라도 있는 듯 동생의 집을 떠났다. 설사 아직 작은형의 전성시대가 오지 않았다고 해도 왕성하게 일어나는 씩씩한 마음을 억누를 수 없는 모양으로, 집을 비우는 사이의 일을 흔쾌히 맡아주었을 뿐 아니라 외국 여행에도 적극적으로 찬성의 뜻을 표해주었다.

형은 돌아갔다. 기시모토는 세쓰코를 불러 형 이야기를 그녀에게 전하며, 불안한 그녀의 마음을 다소나마 안심시키려고 했다.

"하지만 네 일을 부탁하는 건 너무 뻔뻔한 일이라 말을 꺼낼 수가 없었어. 도저히 그 말을 꺼낼 수가 없더라."

기시모토는 이렇게 말하며 탄식했다.

"네 어머니가 고향에서 올라오시면 아마 깜짝 놀라실 거야."

그는 다시 말을 덧붙였다.

동생의 외유를 기뻐해주던 요시오의 얼굴은 기시모토의 눈에 들러붙어 있었다. 자신의 부덕에 대한 고백을 뒤로 돌리고 자신이 집을 비우는 동안 아이들을 돌봐달라고 부탁한 것은, 속일 생각은 없었을지언정 속인 것이나 다름없었다. 기시모토는 이 여행 계획이 형을 속이고 친구를 속이고 세상까지 속이는 슬프고 거짓된 행동이라는 걸 생각하지 않을 수 없었다. 그리고 한 서생의 여행에 지나지 않는 자신의 양행(洋行)이 야단스러워질수록 더욱더 그 허위를 키우게 되는 것에도 괴로워했다. 되도록 사람들에게 알리지 말고 가자, 평소 친하게 지내는 사람들에게만 작별을 고하고 가자, 적어도 고난을 당함으로써 자신의 모든 부덕을 속죄하자고 생각했다. 그래도 언젠가 한번은 세쓰코에 대한 일을 형 요시오에게만이라도 부탁해두지 않으면 안 되었다. 그 생각을 하자 기시모토는 땅바닥에 얼굴을 묻어도 부족할 것 같았다.

32

봄이 다가왔음을 알리는 듯 쉬이 녹는 눈이 이미 온 동네를 뒤덮었다. 기시모토는 정말 대수롭지 않게 여행을 결심했는데, 실제로 그 준비를 시작해보니 먼 나라로 가는 데 필요한 것을 마련하는 일만으로도 상당한 시일이 필요했다.

눈에 보이지 않는 작은 생명의 싹은 그사이에 슬슬 고개를 쳐들기 시작했다. 세쓰코의 고통과 번민, 그것을 감추려는 듯한 그녀의 부끄러움을 띤 모습은 모두 그녀의 내부에서 밀고 나오는 엄청난 힘을 말해주었다. 마치 단단한 땅을 뚫고 나와 햇빛을 보려는 초봄의 죽순 같은 기세로. 그것을 보게 될 때마다 기시모토는 주문해둔 여행 의복이나 가방이 어서 완성되기를 간절히 기다렸다.

어느 날 기시모토는 경찰서에 불려가 신상조사를 받고 왔다. 이는 외국 여행을 허가받는 데 필요한 절차 가운데 하나였다. 세쓰코는 부엌문 가까이에 있는 작은방에 서서 걱정스러운 얼굴로, 자신에게 일어나고 있는 변화가 음식물의 기호에까지 나타나고 있다는 것을 숙부에게 이야기했다.

"할멈이 그렇게 말했어요. '어머, 세쓰코는 묘한 게 다 먹고 싶은 모양이네' 하고 말이에요. 매실장아찌 같은 게 먹고 싶어 미치겠거든요."

세쓰코는 이렇게 말하며 얼굴을 붉혔다. 그녀는 또 할멈이 가까이서 보는 것이 가장 무섭다고도 했다.

기시모토는 두 아이에게 아직 아무 말도 하지 않았다. 몇 번이고 자신이 말하려는 사실이 어린아이들의 마음을 불안하게 할 거라고 생각했다. 그때마다 주저했다.

"센타, 이리 오렴."

기시모토는 저녁 밥상 옆으로 센타를 불렀다.

"시게루, 아빠가 오래."

센타가 다시 동생을 불렀다.

두 아이는 아버지 옆으로 왔다. 여행을 결심하고 나서 손님이 많아 기시모토는 식구들과 저녁 밥상 앞에 함께 앉을 수 없을 때가 더 많았다.

"아빠가 너희한테 부탁이 있는데 들어줄래? 얼마 후에 아빠는 외국으로 갈 거야. 그동안 얌전히 집을 지켜줄 수 있겠니?"

세쓰코는 밥상 옆에서, 할멈은 부엌문에서 듣고 있는 가운데 기시모토가 아이들에게 물었다.

"지키고 있을게."

동생이 형보다 먼저 무릎을 내밀고 나왔다.

"시게루."

형은 동생을 나무라듯 말했다. 자신이 동생보다 먼저 아버지의 말에 따를 생각이었다고 말하려는 것 같았다.

"둘 다 얌전히 들어주어야 한다. 너희는 아빠가 가는 곳을 잘 외워 둬야 해. 아빠는 프랑스라는 나라에 갔다 올 거야."

"아빠, 프랑스는 멀어?"

동생이 물었다.

"그럼 멀지."

형이 초등학교 학생답게 동생에게 대답했다.

기시모토는 어린 두 아이를 번갈아 바라봤다. "그럼 멀지"라고 말한 형도 얼마나 멀리 있는지는 모르고 있었다.

33

뜻밖에도 센타와 시게루는 태연했다. 그만큼 아무것도 모르고 있었던 것이다. 아버지가 먼 곳에 가는 것을, 스즈키 고모부가 있는 시골이나 여동생 기미코가 맡겨져 있는 히타치의 해안에 가는 정도로 생각하는 것 같았다. 그렇게 무심한 얼굴을 보자 기시모토는 아이들의 마음에 그다지 큰 상처를 주지 않고 떠날 수 있을 것 같았다.

기시모토는 밥상 옆으로 할멈을 불렀다.

"할멈한테는 여러 가지로 신세를 졌네. 내가 이번에 외국에 갔다 올 생각이네. 조만간 세쓰코의 어머니가 고향에서 오실 테니까 그때까지 자네도 일해주게."

"어머나, 주인어른께서 외국에요?" 하고 할멈이 말했다. "그야 뭐, 상관없지만……"

기시모토는 할멈에게 들려줄 뿐만 아니라 아이들에게도 들려줄 요량으로 말했다.

"나는 아홉 살에 공부하러 도쿄로 나왔네. 그때부터 내내 부모 옆에 있지 못했지. 남들 사이에서만 공부한 거나 마찬가지지. 그래도 뭐, 지금까지 그럭저럭 해왔네. 그걸 생각하면 센타도 시게루도 아빠가 집을 비운 사이에 집을 지킬 수 있겠지…… 어때, 센타, 집을 지킬 수 있지?"

"그럼요."

센타는 아무렇지 않다는 듯 말했다.

"아빠가 없어도 세쓰코 누나가 너희와 함께 있고, 이제 곧 큰어머니하고 할머니도 와주실 거야."

"세쓰코 누나도 있는 거야?"

시게루가 세쓰코를 보며 물었다.

"응, 있어."

세쓰코는 힘주어 말하고 아이의 손을 쥐었다.

언제 전해졌는지 기시모토의 외유는 사람들 사이에서 화제가 되었다. 그는 나카노의 친구에게서 편지를 받았다. 진작 그런 이야기가 있었던 것으로 기억하지만 이렇게 갑자기 결행할 거라고는 생각하지 못했다는 의미의 말을 담은 편지였다. 젊은 사람들에게서도 편지를 받았다. "엄마 없는 어린아이들을 데리고 있으면서 먼 나라로 여행을 간다는 이야기를 믿을 수가 없었네. 자네가 미쳐버린 게 아닐까 하는 생각까지 했다네. 결국 사실이었군그래" 하는 편지를 써 보낸 사람도 있었다. 이런 사람의 이야기는 세쓰코의 작은 가슴을 자극하지 않을 수 없었다. 여기저기에서 숙부에게 오는 편지, 갑자기 늘어난 손님의 수만 해도, 급격히 변해가려는 자신의 운명을 감지하기에는 충분했다. 그녀는 숙부에게 다가가 불안한 어조로 말했다.

"숙부는 정말 기쁜가 보네요?"

숙부의 외유를 기뻐해주는 것 같은 세쓰코의 이 짧은 말은, 이루 말할 수 없는 힘으로 기시모토의 마음을 괴롭혔다. 기시모토 혼자서만 뭔가 좋은 일이라도 하는 것처럼. 의지할 곳 없는 불행한 사람을 내버려두고 기시모토 혼자서만 외국으로 도망이라도 치는 것처럼.

'내가 기쁜지 어떤지, 글쎄, 보면 알겠지.'

기시모토는 이렇게 대답하려고 했지만 그 말을 입에 담을 수조차 없었다. 그는 말없이 조카딸 옆을 떠났다.

34

숙부를 두려워하지 않게 되고 나서 세쓰코의 눈동자는 숙부에 대한 강한 미움만 말하는 것은 아니었다. 때때로 그 눈동자가 미소를 띠는 일도 있었다. 그리고 그녀의 얼굴에 나타나는 어두운 그림자와 함께 움직이고 있었다.

"묘한 느낌이에요."

세쓰코는 이런 짧은 말로, 그녀의 내부에 일어나고 있는 격렬한 동요를 숙부에게 말하려고 한 일도 있었다. 하지만 기시모토의 마음은 불행한 조카딸의 미움에도 미소에도 시달렸다. 그 미움이나 미소는 그를 공격하는 점에서는 거의 다르지 않았던 것이다.

따뜻한 비가 지나갔다. 그 비가 모든 것을 적시는 소리는, 7년간 살아 익숙한 지붕 밑을 떠나가는 날이 점점 다가오고 있음을 상기시켰다. 어서 이 집을 정리해야 한다. 세쓰코를 새 집에 숨겨야 한다. 그런 일들이 헤아릴 수 없이 많은 가운데, 기시모토는 한편으로 평소 친하게 지내던 사람들에게 넌지시 이별을 고할 생각이었다. 되도록 편지도 쓰려고 생각했다. 기시모토는 인력거를 타고 어느 극장으로 달려갔다. 그는 바쁜 와중에도 잠깐의 시간을 내어, 적어도 그 시간만큼은 극장의 관람석에서 보내려고 했다. 어느 근대극의 시연(試演)에서 기시모토가 알게 된 두세 배우가 무대에 오를 때였다. 앞뒤로 관계없는 옛 연극의 1막이 올랐고 인형처럼 하얗게 칠한 남자아이 역의 얼굴이 기시모토의 눈에 비쳤다. 여자라도 해보고 싶을 것 같은 긴 소매나 응석을 부리는 듯이 갸웃하는 고개, 가엾게도 아역다운 대사 표현은 한창 장난이 심한 센타나 시게루와 전혀 닮지 않은 것들뿐이었다. 하지만 기시모토는 묘하게 마음을 빼앗겼다. 그의 가슴속은 남겨두고 가려는 아이들로 가득 찼다. 그때 뜨거운 눈물이 볼을 타고 끊임없이 흘러내렸다. 그는 무대를 보고 있을 수가 없었다. 자리에 앉아 있을 수도 없었다. 사람들을 피해 긴 복도로 나왔다. 몇 개의 어둑어둑한 창문이 있었다. 그는 한 창문 쪽으로 가서 펑펑 울었다.

35

기시모토는 되도록 여행 준비를 서두르려고 했다. 맞닿은 추녀 사이의 좁은 공간에 점차 풀싹이 보일 무렵에야 이사 준비를 할 수 있었다. 세쓰코는 틈만 나면 고타쓰*에 달라붙어, 마치 둥지에 숨는 새처럼 부엌 가까이에 있는 작은방에 틀어박혀 있었다. 한 달이 다르게 눈에 보이지 않는 것의 성장으로 고통받고 있는 그녀의 모습은 기시모토에게도 충분히 전해졌다. 그의 마음이 초조하면 할수록 늦어지는 것을 기다리고 있을 수 없는 듯한 눈에 보이지 않는 것의 기세는 심술궂을 만큼 제멋대로였다. 주어진 시간을 하루라도, 단 한순간이라도 유예할 수 없다는 것처럼. 어머니의 생명을 빼앗는 한이 있더라도 살려고 하는 그 작은 것을 인력으로는 어떻게 해볼 수가 없었다.

죽음을 생각하게 할 만큼 고통스러운 세쓰코의 모습에서 심한 위협을 받은 기시모토는, 앞으로 그녀에게서 태어날 아이의 힘에 짓밟히는 듯한 마음으로 가끔 세쓰코를 위로하러 갔다. 세쓰코는 아가씨답게 풍

---

* 일본의 실내 난방 장치의 하나로, 나무틀 안에 열원을 넣고 그 위에 이불을 씌운 것.

만한 가슴 위를 하오리로 감싸 보이며 차오르는 힘을 억누르기 힘들다고 호소했다. 그녀의 공포, 그녀의 고통을 분담할 사람은 숙부 한 사람밖에 없었다.

"실례합니다."

대문에서 친척 여자의 목소리가 들려오는 것만으로도 기시모토는 걱정이 앞섰다.

네기시의 조카딸, 즉 다미스케 형의 장녀 아이코가 이사 직전이라 어수선할 때 찾아왔다. 데루코와 세쓰코가 '네기시 언니'라고 부르는 이가 아이코였다. 아이코는 최상의 전별 이야기를 갖고 기시모토의 집을 찾아온 것이다. 타이완의 아버지와 의논한 끝에 숙부의 막내(기미코)를 자신의 여동생으로 키워보고 싶다는 것이었다.

"아버지도 여러 가지로 수고가 많았고…… 게다가 숙부도 외국으로 가게 되면 기미코의 양육비를 보내는 것도 힘들 것 같아서요."

기시모토는 아이코의 뜻을 고맙게 받아들였다.

"그러고 보니 숙부의 수염이……" 아이코는 놀란 듯이 기시모토를 보며 말했다. "정말 하얗게 셌네요. 최근 1, 2년 사이에 갑자기 하얘진 것 같아요."

"그런가. 그렇게 하얘진 건가?"

기시모토는 웃으며 얼버무렸다.

이 '네기시 언니' 앞에 있을 때만큼 세쓰코가 격식을 차리는 것처럼 보이는 일은 없었다. 세쓰코만 그런 게 아니었다. 언니 데루코 역시 마찬가지였다. 똑같이 기시모토로 불리는 가까운 친척이라도 아이코와 세쓰코 자매 사이에는 여자들끼리가 아니면 볼 수 없는 예민한 구석이 있었다. 그뿐 아니라 세쓰코는 남에게 보이는 것이 두려워 장지문 너머의 고타쓰에 붙어 있었는데, 아무튼 아이코를 피하려고만 했다.

"기미코가 있는 곳에도 하나 보낼까?"

이렇게 말하며 기시모토는 옷장 밑에 남아 있는, 죽은 장녀의 유품을 아이코 앞에 꺼냈다. 죄 많은 숙부는 자신의 딸을 맡아 키워준다는 조카딸 앞에서조차 삼가는 태도였다.

36

오래 살아 친숙한 동네를 떠날 때가 왔다. 집안 살림살이는 센타와 시게루의 어머니가 살아 있을 때와 거의 같았는데, 기둥에서 낡은 시계를 하나 떼어내고 벽 구석에서 찻장 하나를 움직일 때마다 아래층 방 안의 익숙한 광경이 무너져갔다.

기시모토는 여행 가방에 넣어서 가져갈 책만 빼고 평소 애장하던 서가의 모든 책을 팔아치웠다. 그리고 외국의 객사(客舍)에서 실내복으로 입을 생각인 여름옷과 겨울옷만 빼놓고, 소노코와 결혼했을 때부터 가지고 있던 낡은 방한복 같은 것이나 평소에 입던 옷까지 대충 팔아치웠다.

"세쓰코, 이건 너한테 주고 갈게."

기시모토는 세쓰코를 불러 옷장의 서랍을 보여주었다. 소노코의 유품으로 그날까지 소중히 보관해둔 나들이옷 한 벌과 두꺼운 오비가 남아 있었다. 오비는 소노코가 결혼한 날의 기념품일 뿐만 아니라 아이코가 결혼할 때도, 데루코가 결혼할 때도 도움이 된 것이었다. 기시모토는 아내의 마지막 유품을 아까워하는 기색도 없이 세쓰코에게 주었다.

"센타와 시게루는 너한테 부탁할게."

기시모토는 이런 말을 덧붙였다.

뒷문 울타리 옆에는 두 그루의 싸리나무 뿌리가 있었다. 기시모토의 집에서는 매년 꽃을 피울 무렵이 되면 그것을 큼직한 화분에 옮겨 심어 2층 유리문 옆에 두었다. 둥근 잎과 살짝 뾰족한 잎이 있는데 두 그루는 꽃의 색도 모양도 조금씩 달랐다. 그런데 한창 꽃이 필 무렵에는 놀랄 만큼 아름다웠다. 좁은 동네에서 기시모토의 서재를 장식한 것도 그 싸리나무였다. 식물을 좋아하는 세쓰코는 기시모토가 모르는 사이에 싸리나무 뿌리를 챙겨, 1년 반 넘게 숙부와 함께 생활한 집의 기념물로서 새집으로 가져갈 준비를 해두었다. 드디어 기다리던 아침이 찾아왔다.

"센타도 시게루도 이리 와. 옷 갈아입어야지."

세쓰코가 두 아이를 불렀다.

"저쪽 집으로 가는 거야."

할멈도 아이들 옆으로 다가갔다.

침술사 딸은 형제가 옷 갈아입는 것을 보러 왔다. 센타도 시게루도 모르는 동네로 이사 가는 것을 좋아하며 새로 산 게다를 신고 다다미 위를 자못 즐겁게 돌아다녔다.

기시모토는 2층으로 올라갔다. 좀더 오래 살 생각으로 다시 칠한 노란 벽. 텅 빈 서재. 그는 유리문 쪽으로 가서 섰다. 벌써 따뜻한 비가 몇 번 지나간 뒤의 쭉 이어진 지붕들이 눈에 들어왔다. 소문을 좋아하는 사람들의 입에 오르는 일 없이, 어쨌든 떠날 수 있는 그날 아침이 찾아온 것이 신기하기조차 했다.

최근에 찾아온 은인의 아들 히로시의 말이 문득 떠올랐다.

"스게 씨가 한 말이 좋지 않습니까? '기시모토는 때때로 사람을 놀라게 해. 옛날부터 그 사람 버릇이야'라고 말이지요."

이는 기시모토가 외출했을 때 히로시가 이 집에서 옛 친구 스게와 만났을 때 한 말이었다. 기시모토는 동네에 이별을 고하듯이 2층 문을 닫았다. 그는 멀리 다카나와 쪽에 구해둔 집으로 여자들을 먼저 보냈다.

37

새로운 은둔처가 기시모토를 기다리고 있었다. 세쓰코와 할멈에 이끌려 아버지보다 먼저 도착해 있던 두 아이는 교외답게 수목이 많은 신개지로 갑자기 이사 온 것을 신기해하며 대울타리와 널담으로 둘러싸인 단층집 주위를 뛰어다녔다.

"센타도 시게루도 조심해야 해. 뜰의 나뭇잎 같은 걸 꺾으면 안 된다."

기시모토는 아이들에게 우선 이렇게 일렀는데, 새로운 집 쪽에서 어린 형제들이 서로 부르는 소리만 들렸을 뿐인데도 그에게는 다른 기분이 일었다.

세쓰코는 이사한 날답게 할멈과 함께 일하는 중이었다. 아직 짐수레는 도착하지 않았다.

"이제야 간신히 끝났구나."

기시모토는 자못 무거운 짐이라도 내려놓은 듯이 말하고 대충 치워진 집 안을 여기저기 둘러보았다. 이전 집에 비하면 이곳은 방도 많았다. 기시모토는 세쓰코를 데리고 볕이 드는 조용한 북향 방을 걸어보았다.

"할머니가 오시면 이 방을 드려야겠다. 조용해서 바느질을 하기에 좋을 것 같으니까."

기시모토가 세쓰코에게 말했다. 마침 그 방 앞에는 조그만 공터가 있고 쪽문에서 부엌문으로 통하게 되어 있었다.

"숙부, 가져온 싸리나무를 심기에 적당해 보이는 곳이 있어요."

세쓰코는 공터의 구석 쪽을 숙부에게 가리켰다.

기시모토는 남향 방으로 가보았다. 세쓰코가 따라왔다. 그녀는 보기 드문, 상쾌한 얼굴이었다. 아직 모습이나 동작에 감출 수 없을 만큼의 답답함이 있는 것도 아니고, 살짝 가벼운 숨을 내쉬며 뜰 끝자락에 있는 동백나무 싹을 숙부에게 가리켰다. 그 뜰에 기세 좋게 새로운 가지가 뻗은 백정화, 그리고 시들시들하긴 했지만 은행나무가 있는 것이 그녀를 기쁘게 했다.

"친척들 가운데 이런 집에 사는 사람은 한 사람도 없을 거예요."

세쓰코는 반쯤 혼잣말로 이렇게 말하고 생기발랄한 눈으로 주변을 둘러보았다.

얼마 후 세쓰코는 할멈이 있는 데로 갔다. 그녀가 한 말은 기시모토의 마음에 묘한 쓸쓸함을 남겼다. 이런 집에 사는 것이 무슨 자랑일까. 친척들에게 겉모습을 꾸밀 때인가. 세쓰코가 없는 데서 그는 혼자 자신에게 이렇게 말했다.

짐이 도착하고 나서의 혼잡함은 저녁때까지 이어졌다. 저녁 식사를 마칠 무렵이 되자 기시모토는 이전의 비좁은 동네에서 벗어났다는 것 외에는 아무것도 생각하지 않았다. 7년간 친하게 지내온, 남 이야기 하는 걸 좋아하는 사람들은 이제 한 사람도 그의 집 앞을 지나가지 않았다. 밤늦게까지 들려오던 사람들의 발소리나 지나치는 인력거 소리도 들리지 않았다.

"아빠, 기차 소리가 들려."

시타마치에서 자란 아이들은 귀를 쫑긋했다. 시나가와 쪽 하늘에서 들려오는 기차 소리는 주변을 한층 적막하게 했다. 기시모토는 막 이사 온 집 안에 드러누워 온 식구가 웃을 만큼 계속해서 한숨을 쉬었다.

38

이제 기시모토는 거의 여행자나 다름없었다. 그는 되도록 사람들 눈에 띄는 것을 피하려고 했다. 송별회 같은 것도 가능한 한 거절했다. 여행 준비가 갖추어질 때까지는 여기저기에 알리는 일도 하지 않았다. 그가 요코하마에서 떠나는 배를 타지 않고 일부러 고베까지 가기로 한 것도 혼자 모국에 이별을 고하고 슬쩍 떠날 생각이었기 때문이다.

기시모토의 갑작스러운 결심은 오히려 일면식도 없는 사람들의 호기심을 끌었다. 그가 되도록 조용히 움직이려고 하면 할수록 더욱더 그의 외유는 사람들의 입길에 올랐다. 그런 외관의 화려함은 그를 한층 불안하게 했다. 알리지 않아도 될 사람에게까지 그가 왜 료고쿠 부근에서 변두리 중의 변두리인 에바라 군에 가까운 시바 구의 끝자락에 있는 멀리 떨어진 동네로 이사했는지를 알리지 않을 수 없었다. 그는 상대가 특별히 묻지 않았는데도, 다카나와는 청년 시절의 추억이 있는 곳이라는 것, 아다치나 스게 같은 친구와 함께 4년의 세월을 보낸 것도 그곳 언덕 위에 있는 오래된 학교였다는 이야기를 했다. 그 학교 부근에 아주 평민적인 대지주 가족이 살고 있다, 그 가족에게는 그 일대에 아직 무사시노의 옛 모습이 남아 있던 무렵 촌장의 덕(德)을 떠올리기에 충분한 것이 있다, 드물게 보는 그 큰 가족에 의해 사립 여학교와 유치원, 그리고 특색 있는 초등학교가 운영되고 있다. 그 초등학교가 무척 가족적이어서 아이들을 맡기고 가기에 가장 바람직하다고 생각한다. 그래서 그 학교 부근을 골라 이사를 했다, 라는 이야기를 했다.

매일같이 기시모토는 오래되고 친숙한 고지대에서 내려와 볼일을 보러 다녔다. 시타마치 쪽에 있는 지인의 집에도 들러 넌지시 이별을 고했다. 료고쿠 쪽으로 가서 어느 잡지사 기자와 함께 다시 한번 스미다 강이 내려다보이는 강가를 따라 거닌 적도 있었다.

"당신이 큰 마음을 먹고 나가게 된 일이 꽤 사람들을 움직인 것 같습니다."

이 기자의 말을 듣고 기시모토는 아무런 대꾸도 할 수 없었다. 땅바닥만 쳐다본 채 한동안 잠자코 걸었다.

"아이들은 어떻게 할 생각입니까?"

다시 기자가 물었다.

"애들 말인가요? 제가 집을 비울 때는 형님 집에 맡길 생각입니다. 형수님이 고향에서 올라오기로 되어 있으니까요."

"형수님은 벌써 올라오셨나요?"

"아뇨, 아직…… 다음 달입니다."

"당신은 이번 달 안에 고베로 떠나는 거 아닌가요? 형수님이 아직 올라오지도 않았는데……"

기자가 걱정하며 말해준 것이 기시모토의 마음에 사무쳤다. 그는 도저히 형수, 즉 세쓰코 어머니의 얼굴을 볼 염치가 없었다.

39

긴 여행에 견딜 만한 가방을 펼치고 책이나 옷 등을 챙겨 넣고 약간의 약을 준비하는 것도 잊지 않았다. 그제야 먼 나라로 떠난다는 실감이 밀려왔다.

"센타와 시게루도 앞으로는 편들어줄 사람이 없어 불쌍하네요."

네기시의 조카딸도 다카나와로 찾아와 이런 말을 했다.

"너희는 그렇게 생각하니? 숙부는 초등학교를 다닐 때부터 스즈키 매형 집에서 1년, 그리고 다나베 씨 집에서 오랫동안 서생으로 있었지만 특별히 그런 생각은 안 했는데. 신세를 지게 된 사람을 모두 부모라고 생각하면 되는 거지."

"두 아이 다 아직 어리니까, 나가려면 지금이 더 나을지도 모르겠네요."

이렇게 말하는 아이코는 기시모토가 요시오 형의 가족을 너무 믿고 있다는 분위기를 풍겼다. 왜 그가 네기시에는 의논도 하지 않고 두 아이를 요시오 형에게 맡기고 가는지, 그것은 아이코에게도 말할 수 없는 일이었다.

"아무쪼록 기미코를 잘 부탁할게."

기시모토는 막내 여자아이를 네기시의 조카딸에게 부탁했다.

기시모토는 다카나와에서 열흘쯤 지냈다. 세쓰코, 아이들과 함께 있는 날도 이제 하루밖에 남지 않았다. 출발 전의 어수선한 마음으로 저녁 식사 전의 시간을 택해 기시모토는 혼자 밖으로 나섰다. 그의 발길은 근처의 언덕으로 향했다. 오래전에 졸업한 학교의 건축물이 있는 곳이었다. 22년의 세월은 그곳을 나온 한 졸업생을 바꿔놓았을 뿐 아니라 예전의 학교도 바꿔놓았다. 완만한 지세를 따라 언덕 위쪽에서 학교 정문으로 원호를 그리고 있는 길 한 줄기만은 옛날과 다름없었지만, 문 옆에 사는 소사의 집 창문은 없었다. 기시모토는 문으로 들어가 그 길로 올라갔다. 아다치, 스게와 함께 예배당에서 울리는 종소리를 들으며 자주 다녀 친숙한 옛 강당은 이제 없었다. 그 대신 새로운 건물이 들어서 있었다. 그 건물 뒤로 돌아갔다. 거기에서 오래된 추억이 있는 백일홍 나무를 발견했다. 기시모토가 외국 책에 친숙해지기 시작한 것도, 외국 문학이나 종교를 알기 시작한 것도, 젊은 마음에 해외라는 걸 상상하기 시작한 것도 모두 그 언덕 위에서였다. 그는 잠시 새로운 강당 주위를 거닐었다. 그는 오래되고 친숙한 흙을 밟으며 이별을 고하고 떠날 생각만은 아니었다. 그에게는 먼 이국땅의 객사에서, 쓰다 만 자서전의 원고 일부를 이어서 쓸 심산이었다. 그 주변을 자세히 봐두고 청년 시절의 기억을 떠올리려고 했다. 저물녘의 골짜기에서 들려오는 절의 종소리도 옛날을 떠올리게 하는 한 가지였다. 종소리는 기시모토의 발을 집 쪽으로 서두르게 했다. 세쓰코는 저녁을 준비해놓고 숙부를 기다리고 있었다.

40

저녁에는 온 식구가 고별의 밥상을 마주하고 앉았다. 식사하는 방 구석진 곳에다 이전 집에서 가져온 불단을 옮겨놓았는데, 세쓰코는 거기에도 숙부의 출발 전야답게 등불을 올렸다. 그 등불을 보고서도 두 아이는 아무것도 모르고 있었다. 식사가 끝난 후 기시모토는 밝은 불단 앞으로 아이들을 데려갔다.

"엄마, 안녕."

기시모토는 아이들에게 말해 보였다. 마치 죽은 사람에게까지 이별을 고하는 것처럼.

"이게 엄마야?"

센타가 장난하듯이 말하며 옆에 있는 시게루의 얼굴을 마주 보았다.

"그럼. 이게 너희 엄마야."

기시모토가 말하자 두 아이는 일부러 모르는 척하며 웃음을 터뜨렸다.

기시모토는 남향 방으로 가서 분주하게 출발 전 준비를 시작했다. 써야 할 편지의 수만 해도 많았다. 방에는 여행 가방에 담을 것이 잔뜩 펼쳐져 있었다. 여기저기에서 작별 인사로 보내온 물건도 이국땅에 가져가는 선물로서 되도록 가방이나 고리짝에 넣어 가려고 했다.

"내일 날씨는 좋으려나?"

이렇게 말하며 기시모토는 뜰 쪽으로 난 유리문 옆으로 갔다. 덧문을 열자 어두운 나무 사이로 밤하늘이 눈에 들어왔다. 멀리서 빛나는 별도 보였다. 차가움과 따뜻함이 섞인 듯한 공기는 방 안으로까지 흘러들어 왔다.

"세쓰코, 봄이 오는구나."

기시모토는 여행 준비를 도와주느라 여념이 없는 세쓰코를 돌아보며 말했다. 세쓰코는 전등 불빛 아래에서 하얀 셔츠 같은 것을 정리하고 있었는데, 숙부와 교대하듯이 덧문 쪽으로 나갔다.

"오늘은 휘파람새가 뜰로 와서 줄기차게 울었어요."

세쓰코가 말했다.

밤늦게까지 인적이 많은 시타마치에서 이사를 와보니, 아사쿠사 부근이라면 아직 초저녁이라 여겨지는 시간에도 이곳 고지대는 심야처럼 조용했다. 바깥에서는 소리 하나 들려오지 않았다. 이전 집에서 가져온 낡은 벽시계의 초침 소리만 뚜렷하게 들렸다.

"정말 이 주변은 조용하구나. 산속에라도 있는 것 같은데."

기시모토는 세쓰코에게 이렇게 말하며 교외다운 밤의 적막함 속에서 먼 여행 준비를 서둘렀다. 기시모토는 앞으로 이제껏 좀처럼 입은 적이 없는 양복을 입어야 한다는 것만 해도 번거로웠다. 그는 열대지방을 항해하는 상상을 해보며 그 준비를 염려했다.

점차 밤이 깊어갔다. 두 아이 중에서 형이 먼저 잠들었다. 동생은 늦게까지 눈을 뜨고 할멈을 상대로 어린아이다운 이야기를 하고 있었는데, 이 아이도 드디어 잠들어 조용해졌다.

12시 종을 치고 1시 종을 쳐도 방 안은 아직 완전히 정리되지 않았다. "자네들은 이제 자게." 기시모토는 할멈과 세쓰코에게 말했다. "할멈, 자네는 내일 아침 일찍 일어나야 할 사람이야. 나는 상관없으니까 사양하지 말고 어서 자게."

"그럴까요? 정말 멀리 떠나는 건 준비만 해도 쉽지가 않네요. 주인어른, 그럼 먼저 실례하겠습니다."

"세쓰코, 너도 가서 자."

기시모토가 말하자 세쓰코의 눈에는 눈물이 그렁그렁했다. 로마자로 기시모토의 이름을 써서 붙인 가방을 볼 때도 슬픈 숙부의 결심을 배려하는 여성스러운 표정이 그녀의 그렁그렁한 눈에서 읽혔다.

"숙부, 안녕히 주무세요."

세쓰코는 이렇게 말하며 격렬하게 흐느껴 울었다. 그리고 숙부에게 작별 키스를 받았다.

41

이튿날 기시모토는 여행 짐을 챙겨 옛 신바시 역 부근에 있는 여관으로 자리를 옮겼다. 거기에서 평소 친하게 지내던 사람들을 기다렸다. 연달아 드나드는 손님들이 하루 종일 끊이지 않았다. 나카노의 친구도 기시모토가 부탁해둔 차와 동백 열매를 가져왔다. 기시모토는 그 동양 식물의 종자를 이국땅에 가져가는 선물로 여행 가방에 넣어 가려고 했다.

"이게 크게 자라는 건 쉽지 않겠군."

나카노의 친구가 이렇게 말하며 타고난 낭랑하고 높은 소리로 웃었다. 기시모토는 이 사람의 웃음소리를 또 언제 다시 들을 수 있을까, 하는 생각을 했다. 그날 그는 모두에게 술을 내놓았다.

기시모토는 분연히 여행길에 오를 준비를 했다. 잠들기 힘든 짧은 시간에 살짝 졸았나 싶었는데 이미 도쿄를 떠날 날이 되어 있었다. 그날 아침 그는 여행자답게 가벼운 모자와 새로 맞춘 양복을 몸에 걸쳤는데 그의 가슴속에 가득 찬 비애와 어울리는 것은 전혀 없었다. 그는 예전에 친척 한 사람이 잘못을 저질러 가지바시의 미결감에 갇힌 일을 떠올렸다. 그 사람이 수갑을 차고 포승줄에 묶인 모습으로 재판소 뜰을 지나면서 쓰고 있던 삿갓 아래로 잠자코 그에게 인사했을 때의 일을 떠올렸다. 바로 그 죄수의 모습이 바로 스스로 자신의 채찍을 받으려는 기시모토의 마음에 어울리는 것이었다. 눈에 보이지 않는 삿갓. 눈에 보이지 않는 수갑. 그리고 눈에 보이지 않는 포승줄. 실제로 그는 살아서 돌아올지 어떨지 모르는 먼 섬으로 유배라도 떠나는 심정으로 신바시 역으로 향했다.

가는 찬비가 추적추적 내리고 있었다. 오래된 역의 돌계단으로 올라가자 전송하러 나온 사람들이 여기저기에 모여 있었다.

"축하합니다."

어느 서점 주인이 옆으로 와서 인사했다.

"정말 축하합니다."

오카와바타 쪽에서 자주 가미가타우타 등을 들려준 노기(老妓)가 옆으로 다가왔다. 그녀는 자기보다 젊은 남편인 라쿠고가*를 데려와 함께 인사했다.

'이거 참 난처하군.'

전송하러 나온 사람들을 만나자마자 기시모토는 이런 생각이 들었다. 생각지도 못한 사람들까지 그의 출발 소식을 듣고 차례로 그에게 다가왔다.

기시모토는 다카나와 쪽에서 할멈이 데려온 아이들을 만났다. 할멈은 격식을 차린 표정으로 나들이용 하오리를 입고 센타와 시게루를 끌고 나왔다.

"세쓰코는 오늘 집을 보고 있어서요."

할멈은 기시모토를 보고 말했다.

"센타도 시게루도 잘 왔다."

기시모토는 두 아이를 번갈아 껴안았다. 센타는 깜짝 놀라며 아버지 주위로 몰려드는 사람들을 둘러보고 있었는데, 얼마 후 고개를 늘어뜨리고 눈물을 글썽했다. 그제서야 형만은 아버지가 먼 데로 떠난다는 것을 어슴푸레 깨달은 모양이었다.

＊ 落語家: 에도 시대에 성립하여 현재까지 전승되고 있는 전통적인 이야기 예능의 일종으로 혼자 하는 만담인 라쿠고를 공연하는 사람.

42

다나베 히로시는 나카스 쪽에서, 아이코 부부는 네기시 쪽에서 기시모토를 전송하러 역까지 나왔다. 이별을 고하는 기시모토에게 히로시의 통통하고 근사한 체격은, 세상을 떠난 은인을 직접 보는 것 같은 느낌을 주었다.

"숙부님, 축하드립니다."

아이코의 남편도 모자를 들고 인사했다. 이 사람이든 히로시든 기시모토 쪽에서 보면 나이 차가 많이 나는 사람들이지만 모두 한창 일할 나이가 되어 있었다. 차례로 역으로 모여드는 사람들 중에서 기시모토는 하얗고 근사한 수염을 기른 노인을 발견했다. 장인이었다. 노인은 기시모토의 외유 소식을 듣고 전송을 겸하여 하코다테에서 찾아온 것이다. 소노코의 언니와 여동생까지 이 노인 편에 작별 선물을 보내온 것을 생각하니 무심코 기시모토의 고개가 숙여졌다. 요요기, 가가초, 모토조노초, 그 밖의 친구와 평소 직업상 친하게 지내던 사람들도 많이 나와주었다. 기시모토는 그 사람들이 모여 있는 쪽으로도 작별을 고하러 갔다.

"다음에는 자네가 나갈 차례네."

요요기의 친구 앞에서 이렇게 말하는 사람이 있었다.

"그렇게 다들 나가지 않아도 되겠지."

요요기의 친구는 흥분된 눈으로 쾌활하게 웃으며 주위로 모여드는 사람들을 바라보았다.

발차 시간이 다가왔다. 하코다테의 노인이 가만히 기시모토 옆으로 다가왔다.

"나는 여기서 실례하겠네. 그럼 건강하게."

개찰구의 목책 옆에서 노인은 기시모토를 보고 말했다. 다른 사람들과 달리 입장권을 구입하지 않은 것이 이 노인의 기질을 보여주었다.

대여섯 명의 친구는 기시모토와 함께 열차 안으로 들어갔다. 기시모토가 차창으로 얼굴을 내밀었을 때 평소 친한 사람들뿐 아니라 그가 저술한 책을 한 권이라도 읽은, 모르는 젊은이들까지 그곳으로 모여들었다. 많은 사람들 사이를 헤치며 기시모토를 찾아 창가로 다가온 어느 미술학교의 교수도 있었다.

"프랑스로 간다면서요. 떠나는 날도 잘 모르고 있었는데, 오늘 아침 신문을 보고 급히 달려왔습니다."

"예, 선생님께는 친숙한 나라에 다녀오려고 합니다."

기시모토는 창가에서 소년 시절부터 알고 지내는 화가와 황급히 작별의 말을 나눴다.

"기시모토 씨, 조금만 더 얼굴을 내밀어주세요. 지금 사진을 찍을 테니까요."

신문기자 일단이 모여 있는 데서 이런 소리가 들려왔다. 기시모토는 어쩔 수 없이 내밀고 싶지 않은 얼굴을 내밀었다.

"조금만 더 내밀어주시겠습니까? 그렇지 않으면 사진이 잘 안 나오거든요."

기시모토는 번쩍 빛나는 사진기의 셔터 빛에 부끄러움 많은 얼굴을 드러냈다.

"센타, 시게루, 잘 있어라."

기시모토가 할멈을 따라온 두 아이의 얼굴을 보고 있는 사이 기차가 움직이기 시작했다. 기시모토는 잠자코 플랫폼에 선 사람들 앞에 고개를 숙였다.

"엄청난 전송 인파군. 이렇게 많은 사람들이 와주는 일은 우리 인생에서 그렇게 많지 않네. 서양이라도 가는 때가 아니면 장례식 때 정도겠지."

열차에 함께 탄 가가초의 친구는 고급 관리다운 어투로 말하며 창가에 서서 기시모토를 보았다. 기시모토에게는 산송장으로 치르는 장례식이나 마찬가지였다.

43

기시모토는 드디어 어린아이들을 남겨두고 도쿄를 떠났다. 모토조노초, 가가초, 모리카와초, 그 밖의 친구는 시나가와까지 그를 전송했다. 요요기의 친구는 이별을 아쉬워하며 아무튼 가마쿠라까지는 기차로 함께 가겠다고 했다. 가마쿠라에서 기시모토를 기다리는 한 친구가 있었기 때문이다.

기차는 쓰루미를 지났다. 추적추적 내리는 비는 유리창 밖을 타고 흘러내렸다. 그 역에도 창에서 기시모토에게 이별을 고하고 가려 한 지인이 있었으나 그렇게 하지 못했다. 유리창에 비쳤다 사라졌다 하는 역무원도, 오르내리는 승객도, 작은 역의 플랫폼에 선 쓸쓸한 사람들도 모두 가는 비에 젖지 않은 사람이 없는 것 같았다.

가마쿠라에서 기시모토를 기다리고 있던 사람은 그가 시나노의 산에서 7년이나 살던 무렵부터 알고 지낸 시가(志賀)의 친구로, 이 사람의 아내와 그 아내의 숙모까지 소노코의 친구들이었다. 특별히 친한 이 사람은 고베로 가고 있던 기시모토를 만류하여 한나절을 요요기의 친구와 함께 이야기를 나누며 보냈을 뿐 아니라 작별을 아쉬워하는 마음에 가마쿠라에서 다시 하코네의 도노사와까지 앞장서서 안내했다. 여행 도중의 작은 여행이 주는 즐거움, 도노사와에 가서 보는 산기슭의 눈, 아오키, 스게, 아다치 등과 예전에 논 적이 있는 젊은 날까지 떠올리게 하는 하야카와 강의 물소리, 잊기 힘든 그 인상들이 아무에게도 말할 수 없는 기시모토의 마음속 무언의 광경과 뒤섞였다.

어느 온천 여관의 2층 방에서 요요기, 시가의 친구들과 이별의 술잔을 주고받을 때도 기시모토는 아무것도 호소할 수가 없었다. 하코네의 산기슭에서 듣는 격렬한 빗소리와도, 골짜기를 흘러내리는 하야카와 강의 물살 소리와도 구별되지 않는 소리에 귀를 기울이면서 기시모토는 갑자기 말을 꺼냈다.

"나도 말이야…… 깊은 한숨이라도 한번 쉴 생각으로 나갔다 오려고 하네."

"그렇군, 모든 것에서 벗어나 한숨이라도 쉬고 싶은 마음은 나한테도 있다네."

이렇게 말하는 요요기의 친구의 눈이 빛나고 있었다. 시가의 친구는 또 깊이 배려하는 어조로 기시모토를 보며 말했다.

"부인이 세상을 떠났으니 프랑스에라도 다녀오려는 마음이 생겼겠지."

"아무튼 1년이든 2년이든 여행을 하면서 느긋하게 책을 읽는 것만도 부러우이. 가가초의 친구도 자네가 프랑스에 간다니까 꽤나 자극을 받은 모양이네."

다시 요요기의 친구가 "한동안 이별이군" 하고 덧붙이며 기시모토에게 술을 따랐다.

그날 기시모토는 성대한 전송을 받고 도쿄를 떠나온 아침부터 계속 식은땀을 흘리는 기분이었다. 어쩔 수 없이 결심한 여행으로 잠깐 피해 보려고 하는 그는, 버릴 수 있는 것을 모두 버리고 '불길이 오르는 집'을 떠나려는 가련한 출가자에 자신을 비유하고 싶었다. 이런 도피가 동년배 친구들을 다소나마 자극한 것이 그에게는 실로 마음 아픈 일이었다. 그는 무슨 말로도 자신의 위치를 설명할 수 없어, 예전에 센다이나 고모로에 갔을 때와 같은 마음으로 파리에 간다고만 해두었다.

술과 여행에 취미를 가진 요요기의 친구는 기시모토의 소망으로 오래된 고우타를 나지막한 목소리로 불렀다. 기시모토는 언제 다시 만날지 모르는 친구가 부르는, 좋아하는 노래 구절을 들으며 멀리 여행을 떠나는 마음을 다잡았다.

44

기시모토가 두 친구를 데리고 도노사와를 떠난 것은 이튿날 오후였다. 고즈까지 가서 기시모토는 요요기와 시가의 친구에게 작별을 고했다. 얼마 후 이 친구들의 얼굴도 기차의 창에서 사라졌다. 그날 도쿄의 신문에 실렸던, 신바시를 떠날 때의 자신에 관한 떠들썩한 기사를 떠올리며 기시모토는 혼자 쓸쓸히 서쪽으로 내려갔다.

고베에서 마르세유행 배를 기다리는 일정에서 보면 기시모토는 그렇게 서둘러 도쿄를 떠날 필요가 없었다. 다만 그는 세쓰코의 어머니를 볼 면목이 없어서 어떻게든 형수가 상경하기 전에 서둘러 고베로 떠나려고 한 것이다. 비록 그가 고베에서 볼일이 있다는 핑계로 고향에 있는 형수에게 사과 편지를 보내두었다고 해도, 또한 형수가 상경할 때의 비용을 그가 준비해주었다고 해도.

고베에 도착하고 나서 4, 5일 지나 기시모토는 세쓰코의 편지를 받았다. 기시모토가 보낸 편지의 답장이었는데, 편지에는 아이들이 잘 있고 집을 잘 보고 있다는 것만이 아니라 그녀의 깊은 마음까지 담겨 있었다.

고베의 항구에서 스와 산으로 이어지는 언덕 위에서 발견한 기분 좋은 여관 2층 방에서 그는 편지를 읽었다. 적어도 세쓰코에게 일어난 신기한 마음의 변화가 적혀 있었다. 지난 4, 5개월 동안 어떤 때는 두려움으로, 어떤 때는 강렬한 증오로, 어떤 때는 다시 친밀한 애정으로 숙부를 대해온 세쓰코의 동요하는 마음에 비하면 그 편지에는 어쩐지 다른 세쓰코가 있었다. 기시모토는 자신이 먼 여행길에 올랐으므로 불행한 조카딸의 마음에 뭔가 급격한 변화가 일어났다는 것을 느끼지 않을 수 없었다.

그 편지를 되풀이해서 읽었다. 세쓰코는 기시모토가 사죄한 일체의 마음을, 그녀에 대해 가엾게 생각하는 일체의 마음을 부인했다.

지금까지 있었던 일을 생각하면, 제가 왜 이렇게 되었는지를 생각하면, 제가 생각해도 놀라게 됩니다. 역시 저는 유혹을 이기지 못한 거라고 생각합니다. 하지만 이 세상에는 인정 밖의 인정이라는 것이 있다는 걸 절실히 알게 되었습니다. 왜 숙부는 편지에서 '자네'라는 서먹서먹한 말로 저를 부르는지, '너'라고 해도 충분하지 않나요? 숙부가 신바시를 떠나던 날 아침, 저는 다카나와의 집 앞마당에서 시나가와에서 들려오는 기차 소리를 들으며, 그 소리가 멀어지며 안 들릴 때까지 언제까지고 같은 자리에서 멍하니 서 있었습니다. 숙부가 남기고 간 책장, 숙부가 남기고 간 책상, 무엇 하나 숙부를 떠올리게 하지 않는 것이 없습니다. 저는 지금 책상과 책장이 놓여 있는 방을 걸어보고 있습니다. 숙부가 외유를 결심한 이야기를 듣고 나서 저도 이야기하고 싶은 것이 많았지만 도저히 할 수 없었습니다.

45

세쓰코의 편지를 손에 들고 보니 그녀와 함께 두려움을 나누고 그녀와 함께 고뇌를 나눴던 때의 마음이 아직 기시모토를 떠나지 않았음을 깨달았다.

"아아, 심했구나, 심했어."

기시모토는 이렇게 말하고 주위를 둘러보았다. 친척도, 친구도, 두 아이도 그의 곁에는 이미 없었다. 혼자 고베의 여관에 있을 뿐이었다. 가까스로 이 항구로 도망쳐 오기까지의 격렬한 폭풍을 생각하고 그는 무심코 안도의 한숨을 내쉬었다.

세쓰코가 아무리 부인해도 그녀의 인생을 망치고 동시에 그녀의 생애에 지우기 힘든 오점을 남겼다는 깊은 회한은 기시모토의 가슴에서 지워질 수 없었다. 그날까지 그가 세쓰코를 위해 걱정하고, 가능한 한 그녀를 위로하며 집을 비운 사이의 일까지 그녀를 위해 생각해둔 것은, 어떻게든 그녀를 파멸에서 구하고 싶다는 마음에서였다. 완고한 마음의 그는 세쓰코가 한 말에 대해서는 아무런 답도 할 수 없다고 생각했다.

4월에 접어들어 세쓰코는 어머니가 상경했다는 사실을 알려 왔다. 기시모토는 떨리는 마음으로 그 편지를 읽어보고 그녀의 어머니와 할머니, 그리고 아직 어린 동생이 무사히 다카나와에 도착한 사실을 알았다. 세쓰코의 하나뿐인 동생은 마침 기시모토의 두번째 아이와 또래였다. 고향의 집을 정리하고 올라온 그들 가족을 세쓰코는 시나가와 역까지 마중하러 나갔다고 했다. 어머니도 이제 나이가 들었고, 연로한 할머니와 어머니를 직접 보는 것과 관련해서도 자신이 정신을 똑바로 차리지 않으면 안 된다고 생각한다고 썼다. 지난 세월 동안 자신을 따라다니는 어두운 그림자는 하루도 자신을 떠나지 않았지만 지금은 그 어두운 그림자도 떠났고, 그래서 자신은 어른들이나 아이들을 위해 더욱 열심히 일해야 한다는 생각을 하게 되었다고 했다.

세쓰코의 이 편지에는 기시모토의 몸에 스며드는 듯한 여러 가지 자세한 일들이 쓰여 있었다. 그중에는 여성스러운 그녀의 성격까지 잘 드러나 있었다. 기시모토는 예사 몸이 아닌 그녀가 상경한 어머니와 함께 살게 되었을 때의 일을 떠올렸다. 그때 그녀의 작은 가슴의 떨림을, 언제까지고 비교적 냉정함을 잃지 않는 그녀의 태도를, 기시모토는 그 모든 것을 생생하게 상상할 수 있었다. 형수가 다카나와의 집을 보았을 때는, 형수가 세쓰코와 아이들을 남겨두고 해외로 떠나려 한 자신의 뜻을 알아차렸을 때는, 이런 생각을 하자 기시모토는 얼굴에서 불이 이는 것 같았다.

고베에서 기시모토가 반드시 해야 할 일은, 나고야에 체재하는 요시오 형에게 쓰기 힘든 편지를 쓰는 일이었다. 그는 그 편지 한 통을 남기고 혼자 배를 타려고 했다. 세쓰코 일을 형에게 부탁하고 갈 생각으로 몇 번이나 편지지를 펼쳤다. 하지만 그때마다 펜을 버리고 탄식하고 말았다.

도쿄에 있는 토머스 쿡 여행사 지점에서는 기시모토가 예약해두고 온 프랑스 여객선 표에 첨부하여 선상의 번호까지 알려왔다. 여관의 2층 방에서 복도로 나가보니, 언덕배기에 자리 잡은 높은 동네라 고베 항의 일부가 내려다보였다. 앞으로 나아갈 파랗게 빛나는 바다도 그의 눈에 들어왔다.

46

"나고야에서 기시모토 요시오라는 분이 찾아왔습니다."

여관 여종업원이 기시모토에게 알려왔다. 마침 그는 독감 기미가 있어 고베를 떠나기 전에 다소나마 써두고 가고 싶었던 자서전의 원고를 한 장도 쓰지 못한 상태였다. 요시오 형이 찾아왔다는 말을 듣고 그는 서둘러 잠옷 위에 하오리를 걸쳤다. 깔려 있는 잠자리도 방구석으로 밀어놓았다. 만약 독감 기미라도 없었다면 숨길 수 없었을 터인 그의 안색은 갑자기 창백해졌다. 요시오 형은 기시모토가 출발하기 전에 나고야에서 그를 보러 찾아온 것이다.

"동생이 외국에 간다는데 편지로 작별하는 것도 무심한 것 같아서 말이야. 게다가 고베에는 볼일도 있어서 잠깐 와봤지."

형의 이런 말을 들을 때까지 기시모토는 안심하지 못했다.

"이야, 마침 이사도 무사히 끝났다. 한집 살림을 옮기는 거라 짐도 꽤 많더라고. 네가 주의해준 것도 있어서 대부분의 물건은 고향에 맡겨 두기로 하고 필요한 물건만 꾸려서 보냈다. 나도 나고야를 떠나 있어서 말이야. 고향의 집을 완전히 정리하고 왔지. 시골 사람들이 '스테키치도 외국에 간다면서요, 아이들을 놔두고 용케 그런 결심을 했네요'라고들 해서, 사람은 그 정도의 용기가 있어야 한다고 내가 말해주었다."

요시오는 여전히 기운찬 어조로 말했다. 기시모토의 고개는 점차 숙여졌다. 그는 형의 말을 들으면서 자신의 손바닥을 들여다보았다.

"우리 집도 다 도쿄로 간다고 해서 마을 사람들이 송별회를 해주더라. 가요(세쓰코의 어머니)도 어쩐지 마음 약한 소리를 해서, 그럼 못써, 형제가 서로 돕는 건 대대로 내려오는 우리 기시모토 집안의 미풍 아니냐. 게다가 스테키치만 그런 게 아니야, 우리 집도 앞으로 발전하려는 참이야. 내가 이렇게 말하며 가요를 격려해주었지. 두고 보라고, 네가 프랑스에 가서 돌아올 때까지는 나도 크게 일어설 테니까."

열렬한 기상의 요시오가 이렇게 말하는 것을 듣고 있자니 기시모토는 동생의 몸으로 도저히 세쓰코에 대한 이야기를 꺼낼 용기가 없었다. 요시오는 고베까지 와서 동생의 얼굴을 보고 가면 그걸로 만족한다는 식으로, 볼일이 있어 그리 오래 머물지는 않았다. '이 기회를 놓치면 안된다.' 기시모토는 자신의 머릿속에서 이렇게 명령하는 목소리를 들었다. 그는 떠나려는 형의 옷자락을, 마음으로는 붙잡으면서도 아무 말도 할 수 없었다.

결국 기시모토는 아무 말도 하지 못하고 형과 헤어졌다. 그는 형수에게 사과 한마디 하지 못하고, 지금 또 형에게도 사죄할 수 없는 자신의 깊은 죄를 생각하고 탄식했다.

47

기시모토는 고베의 여관에서 2주일이나 배를 기다렸다. 그 2주일이 몹시 길게 느껴졌다. 숨겨두고 온 세쓰코와 그의 거리는 이미 도쿄와 고베의 거리만큼 멀어질 수 있었지만, 눈에 보이지 않는 두려움은 끊임없이 그를 쫓아다녔다. 오늘은 도쿄에서 무슨 말이 오지 않을까, 내일은 무슨 말이라도 전해 오지 않을까, 매일매일 그런 걱정이 그의 가슴을 오갔다. 하지만 그는 2주일의 여유를 가진 덕분에 도쿄에서는 쓸 수 없었던 편지를 쓰고, 서둘렀던 여행 준비도 마무리할 수 있었다. 그사이 오사카에 볼일이 있어 겸사겸사 찾아왔다는 모토조노초의 친구를 다시 한번 고베에서 볼 수 있었다. 도쿄의 집에서 보내온 아이들의 편지도 받았다.

아빠, 저번에 보내주신 계란 장난감 고맙습니다. 저도 매일 학교에 다니며 열심히 공부하고 있습니다. 프랑스에서 편지 보내세요. 안녕히 계세요. ―센타 올림.

이는 기시모토가 시가의 친구에게 부탁해서 집으로 보낸, 하코네 근처에서 만든 장난감에 대한 감사 표시였다. 옆에서 도움을 받아 간신히 쓴 아이다운 편지는 센타가 아버지에게 보낸 첫 편지로, 학교의 작문 시간에 쓴 것처럼 반지(半紙) 가득 쓰여 있었다. 아이에게 시켜 이런 것을 써 보낸 세쓰코의 마음도 읽혀 기시모토는 그저 미안할 따름이었다.

바다는 이미 기시모토를 부르고 있었다. 출발 전에 세쓰코에게서 온 소식에는 숙부가 배를 타고 떠나는 것을 멀리서 전송한다는 짧은 이별의 말이 적혀 있었다. 기시모토의 가슴은 앞으로 그가 가려는 미지의 나라에 대한 상상으로 가득 차 있었다. 그는 고베로 온 다음 날, 해안 쪽을 거닐다가 남미로 떠나는 이민의 무리를 지켜본 일을 떠올렸다. 수백 명이나 되는 이주자 중에는 '솜옷'에 각반을 차고 삼베 조리를 신은 사람도 있고, 손잡이가 달린 냄비를 들고 있는 사람도 있으며, 젊은 노동자의 아내인 듯한 사람까지 섞여 있었다. 그는 지금까지 전혀 의식하지 않고 있던 자신의 피부색이나 머리색 등을 강하게 의식했다.

출발하는 날이 다가왔다. 어느새 신문기자 일단이 기시모토가 묵고 있는 여관을 찾아내 밀어닥쳤다.

"정말 이런 곳에 숨어 있을 줄은 몰랐습니다."

한 기자가 기시모토 앞에서 다른 기자와 얼굴을 마주하고 웃었다.

피하기 힘든 혼잡한 상황에서 기시모토는 생각지도 못하게 타이완에 있는 형의 내방을 받았다.

"이야, 정말 마침 좋을 때 찾아온 거구나. 선박회사 사람이 네 숙소를 알려주더라."

다미스케가 말했다.

큰형은 타이완에서 상경하는 도중이었다. 기시모토도 전혀 모르고 있었다. 우연히도 형제는 얼굴을 마주할 수 있었다.

스즈키 매형에 비하면 다미스케는 좀더 뜨거운 지방의 햇볕에 탄 얼굴로 찾아왔다. 건강 그 자체라고 말하고 싶은 큰형은 몸놀림까지 좋아서 그 젊음과 기력이 도저히 예순에 가까운 사람으로는 보이지 않았다. 다년간의 노력으로 드디어 전성기를 맞이하려는 다미스케를 기시모토는 동생답게 마주했다. 기시모토는 절절히 정신의 영락을 느꼈다.

48

기시모토가 배에 타는 것을 전송하기 위해 반초의 친구는 도쿄에서, 아카기는 체재하고 있던 사카이에서 여관으로 찾아왔다. 드디어 고베를 출발하는 날, 20년 만에 미카게에서 두 여성이 기시모토를 보러 왔다. 그중 한 사람은 남편과 함께였다. 기시모토가 젊었을 때 도쿄 고지마치의 학교에서 가쓰코*라는 학생을 가르친 적이 있었다. 그가 쓰고 있는 자서전의 한 절(節)은, 길고 쓸쓸한 길을 걸어 가쓰코를 만나기까지 청년 시절에 겪은 마음의 싸움이 남긴 유물이었다. 찾아온 두 여성은 바로 가쓰코와 같은 시절에 기시모토가 가르쳤던 예전의 학생들이었다. 가쓰코는 젊은 날의 기시모토와 거의 같은 연배로, 학교를 졸업하고 약혼자와 결혼한 지 1년 만에 세상을 떠났다.

"선생님은 좀더 변하지 않았을까 생각했어요."

이렇게 말한 옛 학생은 이미 마흔을 넘긴 여성이었다.

생각지도 못한 사람들을 만났다는 마음으로 기시모토는 형과 함께 그 손님들을 접대하면서 출발 준비를 했다. 가끔은 혼자 방 밖으로 나가 2층 툇마루에서 항구의 하늘을 바라보았다. 이별을 고하고 떠나려는 고베에는 일본올벚나무의 꽃이 피는 봄이 와 있었다.

예약한 프랑스 기선은 오후에 항구에 들어왔다. 외국 여행에 익숙한 반초의 친구는 거리로 나가 기시모토를 위해 여비의 일부를 프랑스 지폐나 은화로 환전해주는 등의 궂은일을 해주었다. 프랑스의 지인에게 소개

---

* 사토 스케코(佐藤輔子, 1871~1913)가 모델이다. 메이지 여학교의 교사로 부임한 도손은 제자이자 한 살 연상인 사토 스케코를 사랑하게 된다. 그러나 스케코에게는 이미 약혼자가 있었고 또 도손에게 관심을 보이지 않았다. 결혼한 스케코는 곧 병으로 사망했다.

편지를 써주거나 파리에서의 하숙 등을 알아봐준 것도 이 친구였다. 반초의 친구는 대충대충 준비하는 기시모토를 보고, 여행에 익숙지 않은 그를 격려하는 듯한 어조로 말했다.

"기시모토, 자네는 준비가 상당히 잘된 편이네."

"이런데도 준비가 잘된 편인가?"

기시모토는 반초의 친구에게 그런 말을 듣자 기뻤다.

"잘된 편이고말고. 나는 외국에 나갈 때 가방이든 뭐든 다 남이 싸줬으니까."

"아무튼 나는 혼자고, 그럭저럭 필요한 물건은 다 챙겼네."

이렇게 말하는 기시모토 옆에는 다미스케 형이 곁에 서서, 멀리 떠나는 동생을 위해 익숙지 않은 양복 입는 것을 도와주었다.

"형님, 형님한테 남기고 갈 게 있어요." 이렇게 말하면서 기시모토는 꾸러미 하나를 형 앞에 내밀었다. "이 안에 어머니가 짠 겹옷이 들어 있어요. 외국에 가서 실내복으로 입을 생각으로 도쿄에서 일부러 가져온 건데, 아무래도 가방이 작아서 그냥 형님한테 남기고 가야겠어요."

"좋은 걸 받게 되는구나." 다미스케도 기뻐했다. "어머니가 짠 옷은 이제 나한테는 하나도 남아 있지 않으니까."

"저한테도 그 겹옷 하나만 남았어요. 하지만 상당히 오래된 것입니다. 십몇 년이나 소중히 간직하며 매년 겹옷을 입을 시기가 되면 꺼내 입었지만, 아직도 멀쩡합니다. 무명에 실이 좀 들어가 있어 제가 제일 좋아하는 옷입니다. 아깝지만 어쩔 수 없지요. 이건 형님께 드리겠습니다."

"그럼, 내가 받아두지."

형제는 이런 말을 나눴다. 기시모토는 어머니가 직접 짠 옷을 유품으로 형에게 남기고 완전한 여행자 차림이 되었다.

49

숨겨둔 죄를 범한 자가 고난을 받아야 할 때가 왔다. 어쩌면 이것이 고베를 보는 마지막 기회가 될지도 모르는 먼 여행길에 올라야 할 때가 온 것이다. 슬슬 저녁때가 가까워진 무렵이었다. 배까지 전송하려는 친구, 다미스케 형과 함께 기시모토는 여관을 나섰다. 미카게에서 온 두 여성도 기시모토를 따라 걸었다.

긴 언덕으로 이루어진 동네가 모두의 눈앞에 있었다. 일동은 그 언덕을 내려간 지점에서 식사할 장소를 찾았다. 어느 식당 앞까지 가자 두 여성은 기시모토에게 작별을 고했다. 친구들의 안내로 기시모토는 그 식당의 한 방에서 작별의 술잔을 나누었다. 동생의 외유를 뭔가 영예로운 일인 양 술잔을 내미는 다미스케 형에게도, 일부러 사카이에서 만나러 온 아카기에게도, 처음으로 얼굴을 마주한 미카게에서 온 여성의 남편에게도, 그리고 반초의 친구에게도 기시모토는 각각 다른 의미로 부끄러움이 담긴 감사의 술잔을 따랐다.

얼마 후 식당을 나섰을 때는 날도 완전히 저물어 있었다. 전혀 말이 통하지 않는 프랑스 배에 오르는 것만으로도 기시모토의 마음은 몹시 불안했다. 거리를 감싸는 밤의 어둠은 그의 몸에 바싹바싹 다가왔다.

"말이 통하지 않는다는 것도 여행의 재미 가운데 하나가 아니겠는가?"

반초의 친구가 내뱉은 이 말에 격려를 받고 기시모토는 모두와 함께 선창으로 걸어갔다. 고베를 떠나기 전에 그는 반드시 나고야의 요시오 형에게 편지를 남기고 갈 생각으로, 여관의 2층 방에서 몇 번이나 편지를 쓰려고 했는지 몰랐다. 그는 도저히 쓸 수 없었다. 어떤 말로 자신의 마음을 표현해야 좋을지 알 수 없었다. 할 말이 없었다. 어쩔 수 없이 배를 타고 나서 쓰기로 하고, 결국 편지를 남기지 않은 채 그는 작은 증기선에 올랐다.

어두운 해상에 떠 있는 본선(本船)에는 친구와 형 외에 기시모토를 전송하려는 두세 명의 젊은 사람들도 있었다. 기시모토가 2주일쯤 신세를 진 여관의 여주인도 여종업원을 데리고 외국 배도 볼 겸 그를 전송하러 나왔다. 이 여주인은 여행 옷의 터진 데라도 꿰매라며 일부러 남편과 함께 홍백의 실을 감은 실패와 바느질 바늘을 이별 선물로 주었을 만큼 자상한 데가 있는 간사이풍*의 여성이었다. 전부터 기시모토는 이 프랑스 배에 혼자 몸을 숨기고 남몰래 고국에 이별을 고할 생각이었다. 그런 마음에서 보면 이런 사람들의 전송을 받는 것은 그의 예상에서 좀 벗어난 일이었다. 눈부신 전등이 켜진 이등실 식당에 모여 모두가 이별을 아쉬워하자 먼 앞날에 대한 생각이 여행에 익숙지 않은 기시모토의 가슴을 메게 했다.

작은 증기선으로 물러가는 사람들을 보내기 위해 기시모토는 복잡한 구조의 배 내부를 지나 갑판으로 올라갔다. 친구들은 배의 사다리를 타고 순서대로 작은 증기선으로 내려갔다. 얼마 후 어두운 물결 사이로 기시모토를 부르는 일동의 목소리가 들렸다. 작은 증기선은 이미 배에서 멀어져 있었다. 기시모토는 그 소리를 들으려고 높은 갑판 위의 반짝반짝 빛나는 전등 아래를 미친 듯이 달렸다.

기시모토를 태운 배는 밤 11시 무렵에 항구를 떠났다. 다시 한번 그가 갑판 위로 나왔을 때는 하늘도 바다도 깊은 어둠에 휩싸여 있었다.

---

* 간사이(關西)는 교토 · 오사카를 중심으로 한 지역을 말한다.

갑판 난간 근처에 멈춰 서서 잠자코 고개를 숙인 그는 항구의 등불로부터도 점차 멀어져갔다.

50

사흘째에 기시모토는 상하이에 도착했다. 배를 타고 나서 쓰려고 했던, 요시오 형에게 보내는 편지는 상하이로 가는 항해 중에도 쓸 수 없었다.

기시모토는 탄식하며 후미 쪽에 있는 갑판 위로 나갔다. 다시 사다리를 타고 이중으로 된 높은 갑판 위로 올라갔다. 승객도 아직은 아주 적은 때였다. 높은 갑판 위에서 혼자 쓸쓸히 바다를 바라보고 있는 긴 수염을 기른 프랑스인 한 명을 봤을 뿐이었다. 기시모토는 선미 쪽의 난간 가까이로 갔다. 거기에서 고국 쪽 하늘을 바라보았다. 프랑스 메사주리마리팀 회사에 속한 이 기선은 4월 13일 밤에 고베를 출발해 15일 밤에는 이미 상하이 항에 도착했을 만큼 빠른 속력을 자랑했다. 상하이에서 다시 홍콩을 향해 파도 위를 달리던 때였다. 멀리 부서지는 하얀 파도가 기시모토의 눈에 들어왔다. 그 풍경은 고국에서 헤어진 사람들과 자신의 거리를 상기시켰다. 하루하루 그 사람들로부터 멀어지는 것을 생각하게 했다. 7년이나 살아 친숙한 도쿄 아사쿠사에 있던 집 2층에서, 몸을 움직이는 것조차 싫었던 그 벽 옆에서 어쨌든 이 물결 위까지 움직일 수 있었다는 신기함도 가슴에 떠올렸다. 그는 자신이 마치 깊은 숲속을 향해 서둘러 가는 상처 입은 짐승 같다고 생각했다.

거센 바닷바람 때문에 기시모토는 높은 갑판을 떠났다. 사다리를 끼고 긴 복도가 이어지는 아래쪽 갑판으로 내려왔다. 거기에도 프랑스인 두세 명밖에 보이지 않았다. 밝은 황록색 바다는 기시모토의 마음을 두고 온 고국의 봄으로 유혹했다. 그는 상하이에서 보고 온 이홍장의 사당에 피어 있던 복숭아꽃이 그곳에 봄의 깊이를 더해주고 있었다는 걸 떠올렸다. 중국풍의 짙은 꽃은 평소 꽃을 좋아하던 조카딸에게 보여주고 싶은 것이었다. 그는 또 상하이로 오는 도중에 세쓰코의 아버지에게 보낼 편지를 쓰기 위해 얼마나 고심했는가를 떠올렸다. 고베의 여관에서 요시오 형에게서 받은 편지에는, 다미스케 형도 기시모토의 외유에서 자극을 받았다고 쓰여 있었다. 그런 편지를 보내는 형의 마음을 생각하면, 세쓰코가 힘들어하고 있는 일을 기시모토 쪽에서 쓸 수가 없었던 것이다.

홍콩을 향해 나아가는 배의 굴뚝에서는 맹렬한 석탄 연기가 해풍에 실려 때때로 물결 위로 낮게 날렸다. 기시모토는 홍콩에서 고국으로 가는 배편의 일정을 생각했다. 형수가 세쓰코와 같이 살게 된 지도 이미 18, 9일이 되었다. 좋든 싫든 간에 그는 홍콩으로 가는 도중에 쓰기 힘든 편지를 쓸 필요에 쫓겼다. 그 기회를 잃으면 다음 항구인 프랑스령 사이공까지 가야 했다.

51

선실로 간 기시모토는 여행 가방에서 편지지를 꺼냈다. 프랑스 배는 사이공 이후의 항구로 가는 승객이 적어, 침상이 여섯 개인 방을 기시모토 혼자 쓰고 있었다. 그렇게 조용한 덕분에 그는 요시오 형에게 보낼 편지를 쓰려고 했다. 둥근 창에 비치는 물결이 반사한 빛은 그 방을 더욱 고요하게 했다. 그는 파도에 흔들리고 있는 것도 잊고 편지를 썼다.

요시오 형님께

이 편지를 상하이를 지나 홍콩으로 항해하는 프랑스 배 안에서 씁니다. 고베를 떠날 때 쓰려고 했으나 쓰지 못하고 어쩔 수 없이 상하이에서 보낼 생각이었으나 그마저도 쓸 수 없었습니다. 제가 신바시를 출발할 때도, 고베를 떠날 때도, 생각지도 못한 전송을 받았습니다. 그런데도 저는 괴로운 심정으로 이별을 고하고 왔습니다. 어쨌든 저는 어미 없는 아이들을 남겨두고 이런 여행길에 올랐습니다. 그런 제 심사는 아무한테도 말하지 못하지만 형님에게만은 알려야 한다고 생각했습니다. 많은 친구들도 이미 세상을 떠나고 조카도 아내도 세상을 떠난 가운데 저 같은 사람이 살아남아 이렇게 형님을 분개하게 한 어리석은 성정이 슬프기만 합니다. 저는 동생의 몸으로 형님 앞에서 이런 말을 할 자격도 없지만, 견디기 힘든 일을 견딜 필요에 쫓겼습니다. 제가 책임을 지고 형님에게서 떠맡은 세쓰코는 지금 예사 몸이 아닙니다. 이는 전적으로 제 부덕의 소치입니다. 제 옛집 주변은 형님도 잘 알 수 있을 것이고, 이런저런 교유 관계에서 자연스럽게 술자리에 나간 적은 있지만, 그 때문에 몸을 망친 일은 한 번도 없었습니다. 그런 제가 이렇게 수치스러운 편지를 쓰지 않을 수 없게 되었습니다. 지금 생각하면 제가 형님의 딸을 맡아 조금이라도 보살펴주고 싶다고 생각한 것이 잘못이었습니다. 정말 저는 친척에게도 친구들에게도 의논할 수 없는 죄 많은 일을 저질러 무구한 처녀의 일생을 그르치고, 그 때문에 저 자신도 일찍이 경험해본 적이 없는 심각한 고민을 했습니다. 세쓰코에게는 죄가 없습니다. 세쓰코를 용서해주십시오. 세쓰코를 구해주십시오. 이사를 하고 형님의 상경을 청하여 세쓰코를 비교적 안전한 곳에 있게 해두고 온 것은 모두 그녀를 위해 계획한 일입니다. 이 편지를 받고 형님이 몹시 놀라고 슬퍼하리라는 것은 상상하고도 남습니다. 저는 도저히 형님을 볼 면목이 없습니다. 쓸 수 있는 말도 없습니다. 다만 세쓰코를 위해 이 무례한 편지를 남깁니다. 저는 먼 이국땅으로 떠나 자신의 세찬 운명을 통곡하고 싶습니다.

스테키치 올림

52

37일간의 뱃길 끝에 기시모토는 드디어 프랑스 마르세유 항에 도착했다.

플라타너스 가로수가 아름다운 마르세유 항에서 이 엽서를 받지 않을까 생각하니 유쾌하네.

기시모토는 마르세유 항에 도착하고 나서 이런 내용의 엽서를 읽었다. 배의 사무장이 기시모토의 이름을 불러 엽서를 건넸다. 많은 프랑스인 승객 중에서도, 그 항구에서 기다리던 엽서나 편지를 받은 사람은 드물었다. 기시모토가 고베를 떠날 때 배까지 전송하러 나온 반초의 친구가 엽서를 도쿄에서 시베리아를 경유하는 편으로 보내주었다.

처음으로 유럽 땅을 밟은 기시모토는 상륙한 다음 날, 마르세유 항

에 있는 노트르담 성당을 향해 벼랑 사이의 길을 올라갔다. 그때는 길동
무가 있었다. 콜롬보 항(인도, 세일론)에서 포트사이드(이집트)까지 배를
같이 타고 온 일본의 비단상인을 마르세유 항에서 다시 만났던 것이다.
비단상인은 런던까지 가는 사람으로 외국 여행에 익숙했다. 그 덕에 기
시모토는 훌륭한 안내를 받았다. 높은 벼랑을 따라 해가 내리쬐는 길을
다 오르자 오래된 석조 사원이 나왔다. 벼랑 아래쪽으로는 유럽풍의 항
구도시가 내려다보였다.

　바다는 멀리 파랗게 빛났다. 그 바다가 지중해였다. 포트사이드에서
마르세유 항까지 배를 타고 오는 동안 하루는 높은 파도를 만났는데 그
곳이 지중해였다. 눈 아래에 있는 누런빛을 띤 하얀 벼랑의 흙과 새로운
풀은 바다색을 한층 파랗게 보이게 했다. 기시모토는 자신이 타고 온 굴
뚝이 두 개인 기선이 선창 가까이에 정박하고 있는 것을 높은 데서 내려
다보며 실로 먼 데까지 여행해온 것을 실감했다.

　성당 입구에 서 있던 젊은 수녀가 기시모토에게 다가왔다. 멀리 동
양의 하늘에서 온 여행자인 그를 보고 뭔가 기부라도 청하는 듯 쇠로 된
바리때 비슷한 그릇을 내밀었다. 수녀는 프랑스인이다. 한 거지가 돌계단
에 앉아 있었다. 거지도 프랑스인이다. 기시모토는 비단상인을 데리고 성
당 입구에 있는 계단을 올라갔다. 입구 구석에는 고국의 아가씨들도 기
뻐할 만한, 하얀빛과 연보랏빛의 목제 묵주를 파는 노파가 있었다. 노
파도 프랑스인이다. 기시모토는 본당의 천장 밑에 섰다. 어둑한 돌 벽
위에는 항해자의 기원을 담아 기부한 것인 듯한 배의 설계도가 액자에
담겨 걸려 있었다. 사원 문지기의 안내를 받아 더 안쪽으로 들어갔다.
스테인드글라스 창으로 비쳐 드는 고요한 햇빛은 로마가톨릭풍의 성모
마리아 금색상과 그 부근에 놓여 있는 고색창연한 오르간을 비추고 있

었다. 문지기도 프랑스인이다. 기시모토는 이제 전혀 모르는 사람들 사이에 있었다.

어수선한 여행 가운데서도 홍콩에서 고국으로 보낸 편지는 하루라도 기시모토의 마음에 걸리지 않은 날이 없었다. 그는 그날 밤 비단상인과 함께 야간열차를 타고 파리로 향했다.

53

기시모토가 멀리 파리에 도착한 것은 배에서 내린 지 나흘째 되는 날 아침이었다. 그는 파리로 가는 도중에 동행인 비단상인과 함께 하루를 리옹에서 보냈다. 가르 드 리옹(리옹 역)은 처음으로 그가 파리에 도착한, 높은 시계탑이 있는 역이었다. 그곳에서 런던으로 가는 비단상인과 헤어진 그는 마차를 잡아 여행 짐과 함께 탔다. 마부가 쓰고 있는, 맑을 때와 비 올 때 겸용인가 싶은 높은 모자까지 그에게는 신기해 보였다. 오른쪽을 보고 왼쪽을 보며 처음으로 센 강을 건넜다. 아직 거리의 울림도 시끄럽지 않은 5월 하순의 아침이었다. 마르세유나 리옹에서 본 것과 같은 플라타너스 가로수가 양쪽에 부드러운 어린잎을 드리우고 있는 길을 갈 때는 마부의 채찍 소리나 돌길을 밟는 말발굽 소리까지 기분 좋게 들렸다.

하숙은 파리 천문대에 가까운 가로수 길 한 모퉁이에 있었다. 그 주변 거리에서는 아침에 늘 다니는 듯한 사람들, 노동자, 우유병을 든 아가씨, 채소를 사러 나가는 여자들이 눈에 들어왔다. 하숙집의 하녀와 집을 지키는 여자가 나와 그의 짐을 날라주었지만, 말은 전혀 통하지 않았다.

7층이나 되는 건물의 1층 출입구 쪽에서 건장해 보이는 나이 든 여자가 검붉은 잠옷 차림으로 나와 그를 맞이해주었다. 그 사람이 하숙집의 여주인이었다. 이 여주인의 말도 기시모토에게는 통하지 않았다.

손님 접대에 익숙한 듯한 여주인은 한 일본인을 기시모토에게 데려왔다. 그 하숙집에 묵고 있는 유학생으로, 전에 기시모토가 반초의 친구로부터 이름을 듣고 온 사람이었다. 외국 생활을 오래 해온 사람이라는 것을 한눈에 알아볼 수 있었다. 기시모토는 파리에 와서 처음으로 만난 이 유학생을 통해 하숙집의 여주인이 하는 말을 듣고 방으로 안내되었다.

유학생은 식사 시간 등을 기시모토에게 설명해준 뒤 말했다.

"이 여주인이 당신한테 말해달라고 하네요. 잠옷 차림이어서 대단히 실례했다고, 조만간 옷을 갈아입고 다시 인사를 하겠다고요. 당신이 아침 일찍 도착했으니까요."

이야기를 듣고 있던 여주인은 유학생과 기시모토의 얼굴을 번갈아 보며, 무슨 얘긴지 아시겠습니까, 라고 말하는 듯이 양손을 기시모토 쪽으로 펼쳐 보였다.

혼자 방에 남고 보니, 기시모토는 배에 흔들리고 있는 듯한 긴 여행 기분이 여전히 가시지 않았다. 여행에 익숙지 않은 그에게는 외국인들에 섞여 항해를 계속해온 것만으로도 큰일이었다. 열대의 빛과 열기는 그가 상상한 것 이상이었다. 그 색채도 꿈만 같았다. 때로 그는 독단으로 '바다의 사막'이라는 이름을 붙여 형용했을 정도로 먼 육지는 말할 것도 없고 배 한 척, 새 한 마리, 아무것도 보이지 않는 한없이 드넓은 바다 위에서 빛과 적막과 불멸을 맛본 적도 있었다. 인도양에 당도한 무렵부터 승객들은 모두 갑판 위로 올라가 잤는데, 그도 난간 가까이에 등나무의

자를 들고 나와 어두운 물결 위로 흐르는 창백한 도깨비불을 바라보며 잠들기 힘든 밤을 며칠 보낸 적도 있었다. 배는 홍해의 입구인 프랑스령 지부티 항에 들러 석탄을 실었다. 수에즈에서 바라본 소아시아와 아프리카의 황야, 포트사이드를 떠나고 나서 처음 본 지중해의 물결, 이탈리아의 남단, 이렇게 헤아려보니 멀리 여행해온 지방의 인상이 실로 한없이 떠올랐다.

54

새로운 언어를 배움으로써 기시모토는 마음의 비애를 잊으려고 했다. 같은 하숙집의 유학생이 천문대 근처에 사는 어학 교사를 소개해주었다. 그 사람은 파리에 몰려드는 외국인을 상대로 프랑스어를 가르치며 생계를 유지하는 나이 든 여성이었는데, 영어로 강의해주었으므로 기시모토에게는 안성맞춤이었다. 일단 그는 어학 교사의 집에 다니는 것을 일과의 하나로 삼고 있었다.

이렇게 지내며 고국의 소식을 기다리는 중에 요시오 형에게서 시베리아를 경유한 답장이 왔다. 무심코 기시모토의 가슴이 뛰었다. 형은 도쿄의 집에서 편지를 보냈다.

네가 홍콩에서 보낸 편지를 읽고 망연자실할 수밖에 없었다. 열흘이나 고심한 끝에 적당한 일 처리를 위해 나고야에서 잠깐 상경했다. 너에게 말해두지만, 이미 벌어진 일인 이상 어쩔 도리가 없다. 너는 이제 이 일을 잊어라.

아무한테도 말할 수 없는 일이라 어머니는 물론이고 아내한테도 말하지 않기로 했다. 가요(형수)에게는 요시다 아무개라는 사람이 있었던 것으로 해두었다. 요시다 아무개가 예의 그 사람을 버리고 행방불명이 된 것으로. 사실은 가요도 지금 임신 중이다. 그뿐 아니라 데루코도 조만간 귀국하여 고향에서 출산하고 싶다는 소식을 전해 왔다. 데루코의 귀국이 겹치면 일이 좀 성가셔질 것이다. 하지만 세상일은 어떻게든 수습이 되는 법이다. 이쪽 사람들은 모두 잘 있고, 센타와 시게루도 모두 건강하다. 너는 이곳 일은 걱정하지 말고 네가 생각하는 일에 전념해라.

기시모토는 남몰래 한숨을 내쉬었다. 프랑스어 독본을 겨드랑이에 끼고 하숙집을 나와 과일 등이 늘어서 있는 상점을 지나 가로수 길 전차로를 가로질러 산부인과 병원의 오래된 돌담을 끼고 천문대 앞에서 어학 교사의 집 쪽으로 꺾었다. 어학 수업이 끝난 후에는 천문대 앞의 가로수 그늘 근처에서 놀고 있는 소년을 보며 고국에 있는 아이들을 생각했다. 그리고 같은 길을 걸어 하숙집으로 돌아왔다. 마흔의 만학을 시작했다고 느끼면서.

기시모토는 형에게서 온 편지를 몇 번이고 꺼내 되풀이해서 읽었다. "너는 이제 이 일을 잊어라"라고 말한 형의 마음에 대해 그는 진심으로 감사하지 않으면 안 되었다. 도쿄에서 고베까지, 상하이까지, 홍콩까지, 어쩌면 멀리 파리까지 쫓아온 이루 말할 수 없는 공포는 그제야 얼마간 그의 가슴에서 멀어졌다. 그 대신 형의 도움을 받아 남모르는 자신의 죄를 묻어버린다는 두려움은 자기 혼자 걱정했을 때보다 더해, 뭐라 말할 수 없는 어두운 기분을 불러일으켰다. 형의 편지에는 '예의 그 사람'이라고 쓰여 있을 뿐 세쓰코라는 이름을 쓰는 것조차 피하고 있었다. 그는 어머니, 언니와 동시에 홀몸이 아닌 그녀를 떠올렸다.

55

머지않아 기시모토는 세쓰코의 편지를 받았다. 그녀는 군 지역의 벽촌에 가 있다고 알려왔다.

"결국 세쓰코도 나갔구나……"

그저 이렇게 말해보고, 기시모토는 예전의 식당 옆에서 새로 옮겨온 방 안을 둘러봤다. 창문이 둘 있었는데 한쪽 창문 가까이에 플라타너스 가로수의 푸른 잎이 무성했다. 그 가로수의 푸른 잎도 기시모토가 파리에 막 도착한 무렵에 본 것보다 짙어졌고, 꽃이라고도 열매라고도 할 수 없는 작은 밤송이 같은 것이 푸른 공처럼 나뭇잎 그늘 사이로 드리워져 있었다. 한쪽 창문은 정확히 건물 모퉁이에 위치해 교차한 동네가 눈 아래로 내려다보였다. 오래 살아 익숙한 도쿄 아사쿠사의 2층 밖 판자로 둘러친 집이나 하얀 장지문 창문을 바라보며 살아온 기시모토의 눈에, 오래된 성당처럼 보이는 산부인과 병원 문 앞에 나부끼는 프랑스의 삼색기, 그 병원과 마주한 6층 건물, 길가 모퉁이에 있는 카페의 포럼 등이 길 양쪽으로 가로수가 이어진 동네 너머로 내려다보였다. 커다란 보자기를 짊어지고 매일 아침 문 앞을 지나는, 남 이야기 좋아하는 상가 여주인 대신에 장작 같은 빵을 안은 프랑스 여자가 창문 아래를 지나갔다. 서재로 들려오던 도키와즈부시나 나가우타*의 샤미센 소리 대신에 그곳에는 피아노 연습을 하는 소리가 높은 건물 위에서 들려왔다. 그의 머리

위에서였다.

그 창가로 가서 기시모토는 세쓰코가 보낸 편지를 다시 읽었다.

어머니가 상경한 후 할멈도 내보냈습니다. 아버지가 나고야에서
상경하여 처음으로 그 이야기를 했습니다. 그때는 어머니도 상당히 성
가셨는데, 결국 한동안 집을 나가 있게 되었습니다. 아버지가 어느 병
원에서 알게 된 수간호사의 도움으로 이 시골로 오게 되었습니다. 그
수간호사는 지금은 여의사입니다. 무척 친절한 사람으로 이 시골에 살
고 있는데 매일같이 저를 보러 와서 위로해줍니다. 저는 어느 산파 집
의 2층에서 남몰래 이 편지를 쓰고 있습니다. 숙부에 대해서는 친절한
여의사에게도 말하지 않았습니다. 다카나와의 집에 있는 숙부의 저서
를 이곳으로 가져와 이 쓸쓸한 시간의 위안으로 삼고 싶지만 사람들이
볼까 무서워 미뤘습니다. 이 집에 살고 있는 사람들은 어머니와 딸이
다 산파입니다. 이곳은 도쿄에서 기차로 잠깐이면 올 수 있는 장소입
니다. 벽촌답게 개구리 소리가 들려옵니다. 제가 해산할 때까지는 아
직 시간이 좀 있기 때문에 적어도 한 번 더 소식을 전하고 싶지만 그것
도 잘될 것 같지 않습니다. 언니도 출산이 다가오면 남편의 임지에서
귀국할 것입니다.

---

* 長唄: 에도 가부키의 반주곡으로 발달한 샤미센 음악.

56

기시모토가 가는 길에는 마로니에와 플라타너스 가로수가 숲처럼 무성했다. 그 즐거운 나뭇잎 그늘은 하숙 근처에 있는 천문대 시계 앞에서도 볼 수 있었고, 18세기쯤의 왕비 석상이 늘어서 있는 뤽상부르 공원에서도 볼 수 있었다. 기시모토보다 먼저 고국을 떠나 북유럽 국가들을 유람하고 온 도쿄의 어느 친구가 그의 하숙에 아흐레나 머물렀을 때는 함께 파리의 극장 복도도 걸었고, 판테온 안에 있는 성 주느비에브 벽화 앞에도 섰다. 보불전쟁 시대의 국방을 기념하기 위한 거대한 사자 석상이 서 있는 당페르-로슈로 광장 쪽으로 거닐러 가도 그에게는 여행자다운 산책 장소에 부족함이 없었다.

하지만 프랑스 여행은 기시모토에게 어떤 생활의 시도를 해본 것이나 마찬가지였다. 그는 완전히 새롭고 전혀 다른 사람들 사이로 뛰어들었다. 거기에서는 오랜 세월 동안 몸에 스며들어 있는 고국에서의 습관을 바로잡지 않으면 안 되었다. 기시모토처럼 조용히 앉아 있는 것이 버릇이 된 사람에게는 아침부터 밤까지 의자에 앉아 생활하는 것도 괴로운 일 중의 하나였다. 하루 종일 그는 진정한 휴식을 취하지 못했다. 계속 서 있는 것만 같았다. 일본의 다다미 위에 실컷 몸을 뉘어봤으면 하는 생각은 때때로 그에게 어린아이처럼 울고 싶은 마음을 불러일으켰다. 그는 긴 뱃길로 해에 그을리고 열에 뜨고 바닷바람을 맞았을 뿐만 아니라, 가까스로 도쿄 아사쿠사의 고자쿠라를 떠나 외국에서 생활을 시작한 것이다. 실제로 눈에 보이지 않는 불가항력의 힘에 떠밀리듯이 고국을 떠나온 것을 생각하면 앞으로 어떻게 될 것인지, 그는 여행자인 자신의 처지가 불안했다.

세쓰코에게서 온 편지는 이국땅에 있는 기시모토의 마음을 괴롭혔다. 우연히도 기시모토의 하숙집 앞에 산부인과 병원이 있었고, 마흔 몇 개나 되는 그 건물의 창문 하나하나 아기를 낳았거나 낳으려는 사람이 있다는 사실이 그의 눈에는 뭔가의 표지처럼 비쳤다. 그 돌문은 그의 창문에서도 보이고 돌담은 매일 그가 어학 수업을 들으러 다니는 길 바로 옆이었다. 그 많은 창문은 동네에서 가장 늦게까지 불이 켜져 있고, 매일 밤 그런 효과를 나타냈다.

"모르는 사람들 속으로 가자."

기시모토는 이렇게 중얼거렸다. 그들 속으로 들어가 부끄러운 자신을 숨기자는 것이, 이 여행을 결심했을 때부터 그가 가진 마음이었다.

57

센 강 증기선을 타기 위해 기시모토는 샤틀레 돌다리 옆으로 갔다. 어디를 가든 베데커(여행안내서)를 손에서 놓지 않을 정도이긴 했으나 파리에 와서 처음으로 알게 된 프랑스인의 집을 혼자 찾아가는 길이었다.

기시모토는 이제 여행자일 뿐만 아니라 이방인이기도 했다. 섬나라에 틀어박혀 바닷물고기가 소금물 속에서 헤엄을 치기만 하면 되는 무의식적인 편안함으로 도쿄의 거리를 걸을 때에 비하면, 어쩌다 외국에서 온 머리색이 다른 여행자를 보고 '이국인이 지나간다'고 생각했던 자신의 위치는 완전히 전도되었다. 좋든 싫든 간에 자신의 머리색이 다르고 피부색이 다르고 얼굴 윤곽이 다르고 눈동자 색이 다르다는 것을 의식하지 않을 수 없었다. 만나는 사람마다 힐끔힐끔 그의 얼굴을 쳐다보았다. 외출할 때 이렇게 끊임없이 관찰당하는 위치에 서게 되자 한시라도 마음을 쉴 수가 없었다. 그리고 이런 고생이 실제로 무슨 도움이 될까 하는 생각마저 들었다. 하숙집에서 샤틀레 다리 옆으로 갈 때까지 머리가 아주 멍해지고 말았다.

돌로 쌓아올린 높은 제방을 끼고 증기선을 기다리는 곳으로 내려갔다. 강 가운데의 모래톱이 된 시테 섬을 따라 갈라지는 강물이 눈에 들어왔다. 기시모토가 찾아가려는 프랑스인은 파리 국립도서관의 서기로, 기시모토는 그 사람의 어머니로부터 영어로 쓴 초대 편지를 받았다. 그 편지에는 루브르에서 증기선을 타고 비양쿠르까지 와라, 자신의 집은 증기선이 도착하는 데서 아주 가까워 5분도 걸리지 않는다, 증기선도 여러 가지가 있으니 비양쿠르로 가는 것인지 잘 확인해라, 나이 든 여자답게 이런 세세한 것까지 친절하게 쓰여 있었다. 기시모토는 샤틀레에서 증기선을 타고 다시 루브르에서 갈아타야 했을 만큼 헛수고를 했다. 그만큼 아직 그 지역 지리에 어두웠다. 그때의 그는 처음으로 프랑스인 가정을 엿볼 참이었다. 어떻게든 들어갈 수 있는, 모르는 사람들의 생활이 앞에 있었다. 그는 오른쪽으로 갈 수도 있고 왼쪽으로 갈 수도 있었다. 그리고 앞으로 만나는 사람들에 따라 왼쪽으로도 오른쪽으로도 여행의 오솔길이 갈라지고 마는 신기한 기분이 마음속을 오갔다.

58

'외국인 양반, 여기가 비양쿠르요.'

이렇게 말하는 듯 증기선에 타고 있던 프랑스인이 기시모토에게 선착장을 가리켰다. 선착장에서 기시모토가 찾아갈 집은 바로 코앞이었다. 키 큰 미루나무 가로수가 서 있는 강가 도로를 사이에 두고 센 강에 면한 주택풍의 건물이 있었다. 그곳이 도서관 서기의 집이었다. 기시모토는 문을 밀며 화초가 피어 있는 곳 사이로 돌아들어 갔다. 어느새 개한 마리가 날카로운 눈빛으로 기시모토 옆으로 달려와 짖을 듯한 기세를 보였다.

"기시모토 씨인가요?"

그때 나이 든 여성이 입구의 돌계단으로 내려와 영어로 물었다. 기시모토는 그 사람을 보고 한눈에, 편지를 보내준 서기의 어머니라는 걸 알았다.

"모자와 지팡이는 거기에 두세요. 그리고 저와 함께 방으로 갑시다."

노부인은 이렇게 말하고 기시모토를 안내했다.

"아들은 아직 도서관에 있습니다만, 곧 오겠지요. 며느리도 곧 올 겁니다."

프랑스인 가정에 이렇게 영어로 말해주는 노부인이 있다는 것은 아직 그 지역이 낯선 기시모토 같은 여행자에게는 기쁜 일이었다.

이 집으로 기시모토를 이끌어준 것은 노부인의 조카딸이었다. 그 아가씨는 순수한 프랑스 여성이면서 머나먼 일본을 좋아하여 지금은 도쿄에 살고 있었다. 기시모토는 반초의 친구가 소개하여 도쿄를 떠나기 전에 그 사람을 만나보고 왔다. 그때 그 아가씨는 상당히 일본어를 잘해서 무라사키 시키부*의 일기 정도는 읽을 수 있었다. 일본광이라고 할 만큼 일본을 좋아하는 여성이었다. 그 여성이 기시모토를 소개해주었던 것이

---

* 紫式部(978?~1016?): 일본 헤이안 중기의 작가이자 시인. 『겐지 이야기(源氏物語)』 『무라사키 시키부 일기』『무라사키 시키부집』 등을 남겼다.

다. 노부인은 거실 쪽으로 기시모토를 안내했다. 실내를 장식하는 각종 도구에서 회화나 조각에 이르기까지 노부인의 기호에 잘 어울리는 것들 뿐이었다. 창 가까이에 있는 책상에서 노부인은 도쿄에 있는 조카딸이 보낸 편지를 꺼내 보여주었다.

"조카딸도 무사히 잘 살고 있을까요? 조금은 일본 여성처럼 보이게 되었을까요?"

동양의 끝으로 간 조카딸을 무척 걱정하는 얼굴로 기시모토에게 이렇게 물었다. 노부인은 그 아가씨가 자기 형제의 외동딸이라는 것, 그녀가 어렸을 때부터 학문을 좋아했다는 것, 파리에 있을 때부터 일본 유학생에게 대충 고전을 배웠다는 것 등을 이야기했다.

기시모토는 보자기 안에서 여행의 정표로 가져온 일본 선물을 꺼냈다. 노부인은 보자기의 무늬마저 신기해했다.

"아아, 일본에서는 이런 것을 쓰나 보네요. 참 재미있는 무늬예요. 하지만 일본분을 만나서 조카딸 이야기를 하는 것만으로도 기뻐요. 조카딸이 그렇게 일본으로 가버린 것은 제가 나빠서다, 제 잘못이다, 다들 그렇게 얘기하거든요…… 참 불쌍한 아이예요."

이렇게 말하며 노부인은 프랑스를 버리고 떠난 조카딸을 그리워하는 눈빛이었다. 얼마 후 노부인은 거실 벽에 걸려 있는 일본의 오래된 그림을 바라보며 기시모토에게 말했다.

"일본이라는 나라는 저에게 공상의 나라니까요."

59

노부인과 한참 이야기하고 있는 사이에 기시모토는 그 방에 걸린 긴 커튼까지 일본에서 건너온 옛 금실 자수가 들어간 천으로 만든 것임을 알았다. 깡마른 몸에 우아한 프랑스풍의 검은 의상을 입은 노부인은 기시모토에게 보여줄 것을 찾기 위해 때때로 방 안을 돌아다니고 때로는 안쪽으로 들어가기도 했는데, 그 방에 있는 것은 모두 먼 이국에 대한 동경의 마음을 말해주었다. 이국취미 자체라고 말하고 싶은 그 아가씨 같은 사람이 이 노부인의 조카딸로 태어난 것도 결코 이상한 일이 아니라고 생각했다.

"이 사람이 며느리입니다."

그때 옷을 갈아입고 인사하러 온 여자를 기시모토에게 소개했다.

아들의 귀가를 기다리는 동안 세 사람의 이야기는 온통 도쿄에 있는 아가씨에 대한 이야기였다. 며느리는 아가씨가 회화에도 취미를 가졌다고 말하며, 프랑스에 있을 때 그녀가 그렸다는 유화 액자 앞으로 기시모토를 데려갔다. 그녀가 남기고 간 사진도 꺼냈다.

"아가씨는 프랑스에 있을 때부터 다른 사람한테 부탁해서 일본 머리를 한 적도 있습니다. 그만큼 일본을 좋아했지요."

며느리가 프랑스어를 섞어 말하려는 것을 노부인이 영어로 거들었다. 노부인은 기시모토에게 자신은 예전에 런던에 산 적이 있으며, 그 때문에 집안에서 영어를 제일 잘한다, 며느리는 그다지 영어를 잘하지 못하지만 아들은 좀 하기 때문에 다행이다, 자기 가족은 예전에 파리에서 살았는데 비양쿠르에 집을 구해 이사했다, 이 집도 좀처럼 싸게는 구할 수 없었다는 이야기까지 편하게 이야기했다.

"이제 아들이 올 때가 되었네요."

이렇게 말하는 노부인과 며느리의 안내를 받으면서 기시모토는 함께 입구의 복도에서 돌계단을 내려가 뜰을 거닐었다. 문 밖으로도 나가 봤다. 맑은 센 강의 물은 가로수가 이어진 낮은 벼랑 아래를 흐르고 있었다. 교외다운 공기에 싸인 강 건너편 경사지에는 군데군데 별장 같은 붉은 기와지붕도 보였다.

며느리의 안내로 기시모토는 뒤뜰로 돌아가 과수, 채소 등을 둘러보았다.

"올해는 이렇게 파를 심었습니다."

기시모토에게 이렇게 말하는 며느리는 여러 가지 이야기를 하려고 했지만, 그것이 영어로 잘 떠오르지 않는 것 같았다. 해가 잘 드리운 배나무 아래에서 기시모토는 두 아이와 놀고 있는 유모도 만났다.

"일본분이셔."

어머니의 말을 듣고 두 아이는 어쩐지 싫어하는 기색으로 기시모토에게 다가왔다. 그리고 번갈아 작은 손을 내밀었다. 기시모토는 어린아이들과 악수를 했는데, 무슨 말이라도 하고 싶었으나 아직 프랑스어를 할 수 없었다.

"저도 일본에 아이들을 남겨두고 왔습니다."

하지만 기시모토의 이런 영어가 며느리에게는 통하지 않는 경우가 많았다.

사람 좋아 보이는 며느리는 그 집을 둘러싸고 있는 뜰이나 밭뿐만 아니라 집 입구에서 안쪽으로 이어진 복도 양쪽에 걸려 있는 각종 초상화 액자, 2층에 있는 남편의 서재, 아이들 방, 마지막에는 침실까지 보여주었다. 마침 그때 남편이 돌아왔다.

60

이 집의 아들과 기시모토는 이미 도서관에서 친해져 있었다. 아들이 돌아온 무렵에는 저녁 식사 준비가 다 되어 기시모토는 나무가 많은 뜰에 면한 식당으로 안내되었다.

"한여름에는 이 창 밖에서 식사하는 경우도 있습니다."

노부인의 이야기를 들으면서 기시모토는 아들과 며느리와 넷이서 식탁에 둘러앉았다.

"차린 건 별로 없습니다. 평소 저희가 먹는 것입니다."

며느리는 대접하는 태도로 말했다.

"기시모토 씨처럼 일부러 일본에서 프랑스를 찾아주신 분도 있고……" 이렇게 말하며 노부인은 자신의 아들과 기시모토의 얼굴을 번갈아 보았다. "그런가 하면 조카딸처럼 프랑스에서 일본으로 가는 사람도 있네요."

그때 기시모토는 일본에서 차와 동백나무 열매를 가져왔다는 말을 꺼냈다. 누군가 전문가에게 부탁해서 여행 기념으로 심어보고 싶다고 말했다.

"기시모토 씨가 뭘 가져오셨다는 거지?" 노부인이 아들에게 말하고는 얼마 후 기시모토를 보고 말했다. "저는 귀가 어두워져서 이야기를 잘 못 들을 때가 있어요."

"씨앗이오."

아들은 큰 목소리로 말하며 웃었다.

식사가 끝난 후 기시모토는 가져온 보자기를 꺼냈다. 그 안에서는 은행, 동백, 산다화, 등나무, 계수나무, 서향 등의 열매가 나왔다.

노부인은 기시모토에게, 도쿄에 있는 조카딸이 프랑스 대학의 교수에게도 그를 소개했다는 이야기를 하며 지금 아들 부부가 안내할 것이다, 마침 교수 집에서 차 모임이 있으니 함께 가서 그 훌륭한 가족과도 가까이 지내라고 말했다.

"혹시나 해서 말해둡니다만, 그 교수는 이 지역에서 유명한 학자입니다."

노부인은 복도에 서서 기시모토에게 확인해두듯이 말했다.

밤에 떠나는 마지막 증기선을 놓치지 않기 위해 기시모토는 부부와 함께 서둘러 강가로 나갔다. 며느리는 교수 부인에게 줄 선물로 뜰의 장미꽃을 꺾었고, 자신이 아직 처녀였을 무렵부터 교수의 집에 자주 드나들었다는 이야기를 해주었다. 결국 세 사람은 배를 탔다. 모르는 프랑스인뿐인 승객들 사이에 진을 치고 이런저런 말을 거는 부부와 함께 자리에 앉았을 때 기시모토는 마음이 든든했다.

"센 강의 물은 늘 이렇게 고요한가요?"

"대체로 이렇습니다. 매일 아침 저는 이 배를 타고 도서관을 오가고 있습니다. 여름 아침에는 꽤 좋습니다. 밤에도 나쁘지 않고요."

기시모토와 서기가 어둡고 조용한 강 경치를 바라보며 이야기를 하고 있는 옆에서 서기의 아내는 여자용 가방을 무릎에 올려놓고 두 사람의 이야기에 귀를 기울였다.

비양쿠르의 서기에게는 저술도 있었다. 그 집에 절반쯤 나눠주고 온 식물 씨앗은 기시모토가 일본을 떠날 때 나카노의 친구에게 받은 것이다. 기시모토는 나머지 반을 식물원 근처에 산다는 교수에게도 나눠줄 생각을 하며, 서기 부부와 함께 만나러 가는 교수의 사람됨을 상상했다. 그날 밤의 차 모임에 모인다는 미지의 사람들도 상상했다.

61

기 드 라 브로스라는 동네에 있는 교수의 집에서 열리는 차 모임이 끝나고 기시모토는 꽤 늦은 시간에 하숙집으로 걸어서 돌아왔다. 그의 가슴은 처음으로 프랑스인 가정을 보고 미지의 사람들을 만난 그날의 일로 가득 차 있었다. 무척 튼튼한 아치형으로 생긴 집들 앞에는 늦게 돌아온 사람들이 서서 초인종을 울리고 있었다. 집을 지키는 사람도 푹 잠들어 있을 시간이었다.

어두운 계단을 올라가 하숙집 문을 열자 이미 다들 잠들었는지 조용했다. 복도의 막다른 곳에 있는 자신의 방으로 들어가고 나서도 기시모토는 곧바로 침대에 들지 못했다. 방을 밝히고 있는 고풍스러운 등불을 보자 "파리에는 언제 도착하셨나요? 왜 좀더 일찍 오지 않았나요?" 하고 기분 좋고 산뜻한 어조로 말하던 브로스의 교수 목소리가 아직 그의 귓가에 남아 있었다. 인도 연구에 관한 장서들이 가득 들어차 있는 서재에서, 아직 대학에 다니고 있는 듯한 청년에게 그를 데려가 "제 아들도 한번 만나보시지요" 했던 그 교수의 목소리도. 그러고 나서 기시모토가 여행의 증표로 선물한 은행 열매 등을 교수는 다른 방으로 가져갔고, 차 모임에 초대된 젊은 교수의 아내 같은 사람들이 다들 함께 모여 크기가 고른 동양식물의 씨앗을 바라보며 "아아, 심어버리기에 아깝네요. 이렇게 보고 있었으면 좋겠어요" 했던 여성스러운 목소리도 귓가에 남아 있었다. 그는 이국땅에 와서 지식층에 속하는 사람들과 그만큼 뜨거운 악수를 나누게 될 줄은 생각지도 못했다. 비양쿠르의 부부가 그에게 증기선과 전차 표까지 사주었을 만큼 마음을 써준 것도 그가 전혀 예상치 못한 일이었다. 민감하고 우아한 비양쿠르의 어머니도 그가 처음으로 만나본, 프랑스의 옛 여성을 너무나도 잘 대변해주는 사람이었다. 머리는 이미 하얗게 센 나이지만 눈에는 청년 같은 광채를 띠고 있는 교수, 소박하고 남자다우며 느낌이 좋은 사람인 서기, 그는 잠을 자려고 벽 옆의 침대에 올라가고 나서도 그 사람들에게서 받은 최초의 좋은 인상을 생각하며 그들의 따뜻한 친절을 오랫동안 잊을 수 없을 거라고 생각했다.

하지만 아침이 되자 처음 만난 사람들의 느낌이 좋았던 만큼 여행자로서의 부족함이 기시모토의 가슴에 밀려들었다. 그는 모두가 한 말을 생각해보고 멍해지고 말았다. 외국인은 어디까지나 외국인으로, 피상적인 것밖에 접할 수 없는 부족함이 최초의 좋은 인상과 함께 밀려들었다.

프랑스에 있을 때부터 다른 사람에게 부탁해 일본의 머리 모양을 했다는 아가씨가 자꾸만 기시모토의 머리에 떠올랐다. 그만큼 이국에 대한 강렬한 동경을 가졌다고 해도, 프랑스를 버리고 떠난 아가씨가 어느 정도까지 일본인의 마음속을 헤아릴 수 있을까 하고 그는 상상했다. 그는 일본의 기모노를 입고 다다미 위에 앉아 있는 아가씨와 양복을 입고 의자에 앉아 있는 자신의 모습을 비교해봤다.

'결국, 우리는 예술로 해나갈 수밖에 없는지도 모른다. 예술로 이 나라 사람들의 마음을 접할 수밖에 없는 것인지도 모른다.'

이러한 생각은 기시모토의 마음을 움직여 한층 더 어학 수업으로 향하게 했다.

62

여행을 떠나온 지 5개월째에 기시모토는 일본에서 온 편지를 통해 자신이 새로이 아버지가 되었다는 사실을 알았다. 그는 이제 죽은 세 여자아이까지 포함하여 일곱 아이만의 아버지가 아니게 된 것이다. 소노코와의 사이에 둔 아이 외에도 모르는 한 아이가 어딘가에 살고 있다. 그는 낙인이라도 찍힌 듯한 이마를 객사의 유리창에 가져가며 남몰래 자신에게 말했다.

요시오 형에게서 온 편지에는 '예의 그 사람'은 산후의 유종(乳腫)으로 수술을 받았으니 그 비용을 보내라고 쓰여 있었다. 그러고 나서 한 달 반쯤 있다가 세쓰코가 자세한 사정을 알려 왔다.

출산이 수월치 않아 애를 먹었는데 남자아이가 태어났습니다. 출산이 그렇게 힘들었던 것은 몸을 함부로 했기 때문일 것입니다. 저에게는 신생아의 얼굴을 딱 한 번 잠깐 보는 것밖에 허락되지 않았습니다. 그 시골에 사는, 아이 없는 집 사람의 간청으로 갓난아기를 바로 데려갔습니다. 예의 그 친절한 여의사가 와서 "당신의 아기는 당신 아버지를 많이 닮았어요"라고 웃으며 말해줬습니다. 그 시골에 사는 스님이 이름을 '지카오(親夫)'로 지어주었습니다. 사실 그 이름은 스님이 자신의 아이에게 붙여줄 생각으로 지어놓은 것인데 양보해준 것이라고 합니다. 갓난아기를 데려간 여의사에게 어떻게든 이 아이를 맡게 된 엄마의 성이라도 알려주었으면 좋겠다, 그게 불가능하다면 도쿄의 어느 지역인지, 적어도 그 방향만이라도 알려주었으면 좋겠다고 했지만 그것만은 안 된다고 거절당했습니다. 아마 아버지께서 이미 알렸을 것이라 생각하지만, 제 젖이 붓고 아파 그대로 놔둘 수 없다고 해서 절개 수술을 받았기 때문에 한동안 여의사에게 가 있었습니다. 아무래도 아직 몸 상태가 좋지 않기 때문에 한동안 이 산파의 집 2층에 머물 생각이지만, 되도록 빨리 이곳을 떠나고 싶습니다. 저는 절실하게 이 2층에 있는 것이 무서워졌습니다. 무슨 일이 있기만 하면 돈, 돈 해서 지옥에 있는 것만 같습니다. 출산 때문에 제 머리카락은 허전할 정도로 많이 빠져 다음에 숙부를 만나는 것이 부끄러울 만큼 붉고 짧게 끊어지고 말았습니다.

세쓰코의 이 편지를 읽고 기시모토는 진심으로 깊은 한숨을 내쉬었다. 그는 얼마간 무거운 짐을 내려놓은 기분이 들었다. 하지만 그 때문에 한번 생겨버린 평생의 오점은 지울 수 없었다. 파묻으려고 하면 할수록 그 죄과는 더욱 그의 마음속에서 되살아났다. 그는 많지 않은 여비에서 세쓰코가 출산할 때까지의 모든 비용을 대왔고, 외국에서 집으로 보내는 돈도 빼놓을 수 없었으며, 요시오 형이 청구한 세쓰코의 수술 비용도 부담하지 않으면 안 되었다. 이국 생활도 쉽지 않았다. 그런데도 그는 갈 수 있는 데까지 가보려고 생각했다.

63

도쿄 다카나와의 집에 세쓰코를 숨겨두고 형수의 상경도 기다리지 않은 채 여행길에 오른 심정에서 봐도, 요시오 형에게 보내는 한 통의 편지를 남기고 홍콩을 떠난 심정에서 봐도, 기시모토는 형 부부의 얼굴을 다시 볼 생각으로 나라를 떠난 것이 아니었다. 세쓰코는 여행 중에 있는 숙부에게 편지 쓰는 걸 잊지 않았다. 그녀가 군 지역에 있는 벽촌에서 다카나와로 돌아갔을 때도 자세한 상황을 전해 왔는데, 그 편지가 기시모토에게 도착한 무렵은 이미 크리스마스가 가까운 세밑이었다. 이국땅에서 처음으로 맞는 설날, 로마가톨릭 국가다운 사육제, 그 육식의 화요일도, 미카렘*의 날도, 여행자로서의 그의 마음을 깊게 했다. 그의 하숙집에서는 독일의 뮌헨에서 온 게이오 대학 유학생을 맞이하거나 스위스로 가는 사람을 보내거나 했지만, 그 사람들과 함께 뢰상부르의 미술관을 방문했을 때도, 음악당인 살가보 홀에 갔을 때도 그는 늘 마음의 방랑자였다.

"사람은 어떤 경우에도 익숙해지는 법인데, 그것이 또 우리에게 주어진 자연의 혜택이다." 이렇게 말한 사람도 있지 않았던가. 어떤 사람은 또 "익숙해지는 것만큼 무서운 것은 없다"고도 말하지 않았던가. 기시모토는 이 두 가지 말에 담긴 두 가지 기질과 진실을 맛보았다. 어차피 그도 익숙해지지 않을 수 없었다. 그리고 높은 건축물도 그렇게 마음에 걸리지 않았고 거리도 아무렇지 않게 걸을 수 있었으며 일본풍 다다미가 아닌 방에 하루 종일 앉아 생활할 때는 자신의 다른 머리색이나 피부색을 잊어버리는 경우도 있었다. 신기하게도 외계의 사물에 대해 그가 이렇게 무심해진 것과 동시에 외계의 사물도 그에게 무심해졌다. 그는 자기 방의 창문 아래를 지나는 사람들과 완전히 무관하게 살아가는 이방인으로서의 자신을 그 객사에서 발견했다. 마치 감옥으로 끌려가는 수인이 바깥세상과 전혀 연고가 없는 것과 마찬가지로.

---

* Mi-Carême: 사순절의 셋째 주 목요일.

무서운 동네의 소리가 기시모토의 귀에 들어왔다. 모든 자극으로부터 일어나는 격렬한 감각이 가라앉아감에 따라 그런 소리가 확실히 그의 귀에 들려왔다. 검처럼 뾰족하고 위엄 있게 완고한 마구를 달고 놋쇠 금구를 번쩍이는 몇 필의 말이 커다란 짐마차를 끌고 가는 소리, 몽틀롱으로 가는 승합자동차가 지나가는 소리, 가로수 길을 왕래하는 전차 소리, 그 밖에 돌을 깐 거리에서 일어나는 동네의 소리가 높은 건물 사이를 뚫고 기시모토의 방 유리창을 흔들듯이 전해져 왔다. 그 소리들을 들으면 갑자기 고국도 멀어졌다. 그는 슬슬 외국 생활의 무료함이 찾아온 것을 느꼈다.

고난은 물론 그의 마음에 약속한 바였다. 참기 힘든 무료함과 싸우지 않으면 안 되었다. 그리고 마음의 방랑을 계속하지 않으면 안 되었다.

64

부활절이 다가왔다. 도쿄의 집으로 돌아간 세쓰코는 기회가 있을 때마다 센타와 시게루에 대해 쓰고 또 자신의 처지를 호소해 왔다. 그 벽촌에서 시나가와 역까지 돌아와 그곳까지 마중을 나온 그녀의 어머니와 만났을 때의 그녀를 떠올렸다. 그녀의 어머니에게서도 언니 데루코에게서도 남자아이가 태어난 다카나와의 집으로 다시 돌아갔을 때의 그녀를 떠올렸다. 수많은 지인이나 친척의 축하를 받는 언니의 아이에 비해 누구 한 사람 돌아보지 않는 그녀의 아이야말로 사실 이 세상의 행복한 아이라고 말해온 그녀의 여성스러운 억지를 떠올릴 수도 있었다. 그 일이 있고 나서 아버지는 마치 다른 사람이라도 된 것처럼 그녀에게 자상하고, 숙부가 보낸 편지도 남몰래 그녀의 책상 위에 놓아둘 정도의 사람이 되었다고 말하는, 아무튼 어머니에게 찜찜함을 느끼고 있는 듯한 그녀를 멀리서 상상해볼 수 있었다.

'정말 가엾은 일을 했구나.'

이 동정심은 스스로를 책망하는 마음과 같이 늘 기시모토에게 일어났다.

이국땅을 여행하는 마음을 위로하기 위해 기시모토는 자신의 방에 있는 옷장 앞으로 갔다. 옷장이라고 해도 거울을 붙인 여닫이문의 찬장에 가까웠다. 그 서랍에서 일본의 친척이나 친구 사진을 꺼냈다. 요시오 형 가족이 모두 찍힌 사진도 꺼냈다. 최근에 도쿄에서 보내온 것이었다. 다카나와 집 뜰의 일부가 그대로 그 사진 안에 있었다. 남향의 툇마루 위에는 이불을 깔고 앉은 할머니가 있고, 뜰에는 갓난아기를 안고 선 데루코가 가장 앞쪽에 있었다. 두 소년이 정원석 위에 서 있는데, 그중 한 아이는 요시오 형의 아이이고 한 아이는 시게루였다. 형답게 찍힌 센타가 시게루 옆에 있었고, 요시오 형과 형수도 있었다. 형수는 그 집에서 태어난 남자아이를 안고 있었다. 기시모토는 사진에 찍힌 형 부부의 얼굴조차 아무렇지 않게 볼 수가 없었다. 맨 뒤에 서 있는 세쓰코는 딴판으로 변해버린 모습이었다. 그녀에게서는 아가씨답게 풍만했던 예전의 가슴 언저리를 볼 수 없었다. 특색 있게 긴 살쩍은 한층 그녀의 볼을 홀쭉해 보이게 만들었다.

'내가 한 사람을 이 모양으로 만들어버렸는가.'

이런 생각이 들자 무서워진 기시모토는 그 사진을 서랍 밑에 감추었다.

65

산양 우유를 파는 사람의 피리 소리에 기시모토는 방에서 눈을 떴다. 파리 같은 대도시의 공기 안에도 이런 목가적인 멜로디가 흐르고 있나 하는 생각이 들게 하는 피리 소리가 아침 유리창을 넘어 들려왔다. 여행자다운 기분으로 맑고 가느다란 소리에 귀를 기울이면서 기시모토는 창을 향한 책상에서 조그만 아침 식사 쟁반을 마주했다. 식사를 마쳤을 무렵 하녀가 똑똑 하고 가볍게 문을 노크했다. 시베리아를 경유한 우편물이 오는 것은 늘 아침 배달 때로 정해져 있었다. 그때 신문이나 잡지, 편지 모은 것을 한꺼번에 받았다. 기다리던 고국에서 온 편지 중에는 세쓰코의 편지도 섞여 있었다.

"이야, 센타가 정서를 해서 보냈구나."

기시모토는 이렇게 말하며, 외국에서 보면 신기할 정도로 크게 쓴 아이의 글을 펼쳤다. 그리고 나서 세쓰코의 편지를 읽었다. 뭐라고 써서 보내도 직접 대답할 수 없어 잠자코 있을 수밖에 없는 숙부에게 그녀는 끈기 있게 편지를 써 보냈다.

　숙부의 여행 소식이 신문에 실릴 때마다 그것을 읽는 것이 저에게는 더할 나위 없이 마음에 위안이 됩니다. 숙부와 헤어지던 계절이 다시 돌아왔습니다. 멀리 떠나는 숙부를 볼 때의 심정이 다시 제게 돌아왔습니다. 다카나와 집 뜰에 우두커니 서서 시나가와 쪽에서 떠나는 기차 소리를 들었을 때의 일이 자꾸 떠오릅니다.

기시모토는 여행자로서의 마음을 옛 사람의 여행 노래에 실어 고국의 신문에 첫 소식으로 써 보냈다. 세쓰코는 그 옛 노래를 인용하고, 같은 옛 사람이 읊은 노래의 문구를 마치 그녀의 처량한 술회처럼 편지 안에 써 보냈다.

달은 옛날의 달이 아니고
봄은 옛날의 봄이 아니로구나
이내 몸은 옛날의 몸 그대로건만.*

일전에 보낸 집에서 찍은 사진을 숙부는 어떻게 봤는지요. 그 사진 안에 있는 저는 마치 유령처럼 찍혀 숙부가 그런 사진을 보는 것도 창피합니다. 그런 말을 어머니에게 했다가 꾸중을 들었습니다. 할멈은 지금도 때때로 찾아오는데, 저는 집에 있는 잡지 같은 걸 빌려주어 할멈의 비위를 맞춰두었습니다. 할멈은 무서우니까요.

여행길에 오르고 난 이래 기시모토는 세쓰코로부터 계속해서 이런 편지를 받았다. 그는 도쿄를 떠나 고베까지 갔을 때 이미 그녀의 마음에 일어난 생각지도 못한 변화를 느끼고 있었다. 그래서 그는 일체의 것으로부터 멀어지려고 나라를 떠난 것이다. 하지만 그가 세쓰코로부터 멀어지면 멀어질수록 불행한 조카딸의 마음은 더욱더 그를 따라왔다. 어디까지나 그는 이런 세쓰코의 편지에 침묵을 지키려고 했다. 그는 세쓰코의 편지를 읽을 때마다 자신의 상처가 벌어져 거기에서 피가 흘러나오는 것 같았다. 기시모토는 탄식하며 책상에 앉았다. 서가에서 담황색 표

---

* 10세기 일본 헤이안 시대의 노래 이야기집인 『이세 이야기(伊勢物語)』에 실린 노래.

지의 책을 꺼내 와 자신의 마음을 그쪽으로 돌렸다. 그리고 한눈도 팔지 않고 새로운 언어의 세계로 가려고 했다. 영어 번역본을 통해 평소 친숙했던 서적의 원본을 입수하는 것조차 그에게는 즐거운 일이었다. 그는 이미 읽고 싶은 갖가지 서적을 갖고 있었지만, 미덥지 못한 그의 어학 지식 탓에 대부분은 아직 서가의 장식물에 지나지 않았다. 이 나라의 말에 담긴 음영이 많은 감정까지 읽어낼 수 있는 날이 언제나 올 것인가 하는 답답한 마음이 일었다.

66

기시모토는 이국땅에서 다양한 나이에 뜻하는 바도 다른 동포들을 만났다. 일부러 프랑스 배를 골라 바다를 건너왔고, 고베를 떠나고 나서 곧바로 외국인 속으로 들어가려고 했던 그는 파리에 도착하고 나서 한동안은 되도록 거류 동포들로부터 떨어져 있으려고 했다. 이국땅에 나와서 일본인끼리 한곳에 모여봤자 별수 없다는 기시모토의 생각은, 어떤 말의 오해로 인해 일부 거류민들 사이에 반감을 불러일으켰다. "기시모토는 일본인과는 어울리지 않을 생각이라고 한다"며 그의 성의를 의심하는 거류민들의 목소리가 자신의 귀에까지 들려왔다. 하지만 이러한 의심은 점차 풀렸다. 몽파르나스 부근에 사는 미술가들 중에서 그의 하숙집을 찾아오는 사람도 많아졌고, 지나는 길에 잠깐 그의 하숙집에 들렀다 가는 사람도 적지 않았다.

기시모토는 방의 창가로 갔다. 도쿄의 대학교수가 잠시 머물던 호텔의 창문이 기시모토의 방에서 보였다. 그 교수나 도호쿠 대학의 조교수

등 여행 중이던 호감 가는 사람들이 식사 때마다 그의 하숙집 식당으로 찾아왔고, 기시모토도 자신의 방에서 보이는 그 호텔로 찾아가 밤늦게까지 일본어로 실컷 이야기를 나눴던 때의 일이 아직도 어제 일처럼 그의 가슴에 남아 있었다. 만약 서로의 사정이 허락한다면 다시 한번 벨기에의 브뤼셀이나 런던 근처에서 만나고 싶다고 약속하고 간 교수, 1년 만에 베를린 땅을 밟아본다며 귀국하는 길에 엽서를 보내준 조교수, 그런 사람들이 떠나고 난 뒤의 가로수 길을 기시모토는 혼자 창가에서 내다보았다. 일본에서는 도저히 할 수 없는 이야기를 이국땅의 객사에 모인 교수들과 나눴다는 생각을 했다. 이국땅에서의 부자유함과 일본어에 대한 그리움, 그리고 믿을 수 없을 만큼의 무료함은 이국땅에서 만나는 동포의 마음을 십년지기처럼 만들어놓는다는 생각도 들었다. 그는 함께 뤽상부르 공원을 거닐거나 카페 데 릴라에 앉았던 교수들과 비교해보며 자신의 영혼이 얼마나 어두운 곳에 있는가를 생각하지 않을 수 없었다.

매일같이 가로수 길을 어슬렁거리는 신기한 여성이 창문 유리 너머로 그의 눈에 비쳤다. 아마 백치일 것이라고 하숙집 식당에 모여 있는 사람들이 이야기했고, 누가 붙였는지 '카롤린 부인'이라는 이름까지 붙었다. '카롤린 부인'은 빨간 장미꽃이 달린 모자를 쓰고 하얀 장갑을 끼고 아침부터 밤까지 부근을 어슬렁거렸다. 뭔가를 기다리는 것 같아 보이는 여성의 모습을 창문 아래에서 발견한 것은 기시모토의 마음을 한층 이국땅의 여행자답게 만들었다.

"조카딸 때문에 이런 고뇌와 비애를 얻었도다."

어느 프랑스 시인이 노래한 시의 한 구절을 본떠 그는 여행자로서의 자신을 이렇게 말했다. 마침 그때 오카라는 화가가 찾아왔다.

67

오카는 새삼스럽게 기시모토의 방을 둘러봤다. 벽지로 발라진 벽 위에는 고풍스러운 동판화 액자가 걸려 있었다. '소크라테스의 죽음'이라는 제목이 붙어 있는, 그 철학자의 최후를 그린 그림이었다. 센 강의 강변도로에 있는 고물가게 같은 데서 구할 수 있는 것이라고 해도 별로 틀리지 않을 것 같은, 프랑스풍의 동판화로서는 아주 흔한 것이었다. 기시모토가 1년 가까이 쓰고 있는 침대는 그 액자가 걸려 있는 벽에 붙어 있었다.

"이 방에 걸려 있는 액자와 기시모토 씨는 무슨 관계라도 있습니까?"

오카는 화가다운 말을 하고 로코코라는 건축양식이 유행한 시대라도 연상시키는 오래된 판화를 바라보았다.

"이곳 하숙집 여주인이 그래도 자랑스럽게 걸어준 거네."

기시모토카 말했다.

"그런 것이 걸려 있어도 기시모토 씨는 마음에 걸리지 않습니까?"

"요즘에는 별로 마음에 걸리지 않게 되었네. 있어도 없어도 나한테는 마찬가지지. 여행지에서는 어쩔 수 없는 일이니까."

일본에 있던 때부터 기시모토는 내내 간소한 생활에 익숙해 있었다. 파리에 막 도착했을 무렵에는 외국풍의 호텔이나 하숙집의 살풍경한 모습에 질렸고, 아무도 내 책상 위를 정리해주지 않는구나, 하고 자주 탄식했다. 하지만 점차 남의 손을 빌리지 않고 모든 일을 처리할 수 있게 되었다. 옷도 스스로 개고 수염도 스스로 깎았다. 일주일에 한 번의 안마는 빼놓을 수 없는 것이었지만, 이제는 그것도 없이 지냈다. 그는 다시 한번 아주 오래전의 서생으로 돌아간 것이다. 자신과 동년배인 사람들을 보는 것과 같은 마음으로 연하의 오카에게 일본에서 보내온 차라도 끓여 대접하려고 했다.

"나는 극락으로 유배된 것이나 마찬가지네."

이렇게 말하며 기시모토는 의자에서 일어났다. 기시모토가 극락이라고 말한 것은 학예를 중시하는 나라라는 의미에서였다.

"극락으로의 유배인가요?"

오카도 이렇게 말하며 웃었다.

기시모토는 세면대 옆에 있는 창 아래로 알코올램프와 물 끓이는 주전자를 가져갔다. 화실 구석에 나뒹굴고 있던 것을 예전에 오카가 가져다준 것이었다. 유학하고 있던 미술가가 남겨두고 간 물건이라고 했다.

"오카 군, 일본에서 잡지하고 신문이 왔네. 내 아들놈한테서는 정서한 편지가 왔고."

"기시모토 씨는 아이가 몇이나 됩니까?"

"네 명이네."

기시모토는 말을 머뭇거렸다. 오카는 그런 것에 개의치 않고 물었다.

"다들 도쿄에 있습니까?"

"아니, 둘만 도쿄에 있네. 셋째 놈은 고향의 누님 댁에 있고 막내 여자아이는 히타치의 해안 쪽에 맡겨두었네. 지금 살아 있는 아이가 그 애들뿐이고, 벌써 세 명이나 죽었다네."

"좋은 아버지인 셈이군요."

램프에 타오르는 알코올 불을 바라보며 기시모토는 오카와 일본어로 이야기를 나누는 것만으로도 즐거웠다. 그의 하숙에는 베르사유 태생의 군인 아들로 소르본 대학에 다니고 있는 철학과 학생과 독일인 청년이 있었다. 하숙의 식당에서는 동포를 상대로 이야기할 때와 같은 편안함을 맛볼 수 없었다. 오카는 또 기시모토가 권해준 잡지와 신문을 펼치고 걸신들린 것처럼 읽으려고 했다.

68

오카는 기시모토보다 반년쯤 전에 파리에 온 사람이다. 기시모토가 이국땅에서 이 화가와 친해지게 된 것은 여러 기회를 통해서였다. 펠르랭이 소장한 그림을 보려고 함께 파리 근교로 마차를 타고 가기도 했고, 마들렌 성당 부근에 새로운 그림을 진열한 화랑을 함께 방문하기도 했으며, 테아트르라는 동네에서 열린 송년회에서는 둘이서 실수로 화상을 입기도 했다. 하지만 기시모토가 갑자기 친밀함을 느끼기 시작한 것은, 오카가 자신이 좋아하는 일본 식당으로 데려가 함께 술잔을 주고받았을 때부터였다. 그날 밤에 기시모토는 가슴속에 묻어둔 오카의 비밀을 알게 되었다. 이 사내의 열의도 성실도 마음에 둔 사람의 어머니나 오빠의 마음을 움직이기에 부족했다는 사실을 알게 되었다. 서로 굳게 허락한 진실한 마음을 제쳐놓고 이 세상의 어떤 것이 사람을 행복하게 한단 말인가, 그런 안타까운 마음을 오카는 시간 가는 줄도 모르고 이야기했다. 마음에 둔 사람의 어머니에게 격한 편지를 남기고 그 사람의 오빠와도 다년간의 친교를 끊고 나라를 떠났다는 이 사내의 분노와 원한은 어떤 관용의 말도 들어주지 않겠다는 구석이 있었다. 주전자에서 물이 끓었다. 기시모토는 시내에서 구해 온 프랑스산 찻잔을 쟁반 위에 놓고 향기로운 일본 녹차를 따라 오카에게 내밀었다.

이 화가의 얼굴을 보고 있으면 꼭 기시모토의 가슴에 떠오르는 젊은 유학생이 있었다. 갤런트*라는 말을 그대로 옮겨놓은 듯한, 파리에 체재 중에도 노란색 가죽장갑을 모으던 일이 아직도 잊히지 않는 신사다운 풍채의 그 유학생은 어떤 신상 이야기를 남기고 스위스로 떠났다. 그 유학생은 일본에서 남몰래 정을 통한 한 젊은 여성이 있었다고 했다. 심규(深閨)의 사람이 되었다는 그 여성은 실제로 유부녀라고도 했다. 사비(私費)로 서양에 온 유학생이 일본을 떠난 동기 중에는 적어도 그 젊은 여성과의 관계가 숨어 있는 듯한 말투였다. 그 여성의 임신에도 그 유학생은 심하게 골머리를 앓았다. 유학생이 잠시 파리에 있을 때는 자주 그 이야기가 나왔고 오카도 그 이야기를 들은 사람 중 하나였다.

"서양에 오는 사람 중에 여자 문제가 아닌 사람이 없습니다."

이렇게까지 말하지 않으면 용서하지 않는 이가 오카였다. 그만큼 오카에게는 산골의 농부 같은 솔직함이 있었다.

오카는 다 마신 찻잔을 난로 위에 놓고 말했다.

"어제저녁에는 거지 모델 두세 명이 제 화실로 밀어닥쳤습니다. 멋대로 거기에 있는 물건을 찾으며 술을 주지 않겠느냐고 해서…… 더러운 모델들 같으니라고…… 그래도 술을 주었더니 다들 노래를 들려주었습니다. 그걸 듣고 있었더니 나중에는 불쌍하다는 생각이 들더군요."

그런 이야기를 하는 오카의 생활은 거류하는 미술가들 사이에서도 무척 힘든 모양이었다. 게다가 프랑스에 온 이래 제대로 그림을 그릴 마음조차 들지 않을 만큼 마음의 싸움을 계속해온 오카의 얼굴을 보고 있으면 기시모토는 외국 생활의 무료함이 더욱 심해졌다.

---

* 영어 단어 gallant를 말함. 정중한 '멋진 청년'이라는 뜻이다.

69

"일본에서 고타쓰에 앉아 있는 사람이 부럽다느니 하는 이야기를 자네한테 했는데, 그래도 벌써 부활절이 다가왔군."

기시모토는 오카에게 이렇게 말했다. 그리고 잠시 후 그를 데리고 하숙집을 나섰다. 이국땅에서 만나는 로마가톨릭의 축제가 다가와 있었다. 성당에 가는 날답게 풍습에 따라 모자에서 의상까지 온통 까맣게 입은 여자들이 거리를 걷고 있었다. 천문대 앞의 광장에 가까운 거리 모퉁이까지 가자 가로수는 누런빛을 띤 초록색의 새 움이 돋아난 플라타너스 대신 이미 새잎이 파릇파릇한 마로니에였다.

"벌써 마로니에 꽃이 피었네요."

오카는 마로니에의 새잎이 무성하여 거무스름해진 가지 위를 가리키며 말했다. 하얀 초를 꽂아놓은 듯한 꽃이 새잎들 사이로 얼굴을 내밀고 있었다.

"이게 마로니에 꽃인가?"

기시모토가 물었다.

"어떻습니까? 멋진 꽃 아닌가요?"

"교토 대학 선생이 스트라스부르에서 그림엽서를 보내왔는데, '마로니에가 피었다는 이야기가 자주 나오기에 어떤 꽃인가 했더니 시시한 꽃이더군요'라고 썼더군. 이 꽃을 헐뜯는 건 좀 심한 것 같은데."

일일이 꺼내 말할 만큼의 풍정이 있는 것은 아니지만, 여행자인 기시모토는 어딘가 쓸쓸한 꽃의 모습에 마음이 끌렸다.

"작년 이맘때쯤 나는 배에 있었겠군."

기시모토가 오카에게 말했다. 두 사람의 발길은 빌리에의 댄스홀 앞에서 어느 작은 카페로 향했다. 프티 뤽상부르의 가로수를 앞에 두고 앉아 있을 수 있는, 두 사람이 자주 가는 마음 편한 카페였다. 오카가 말하는 '시몬의 카페'다.

가게 앞에는 서서 포도주를 마시고 있는 노동자풍의 프랑스인도 보였다. 계산대에 있던 여주인은 친밀한 인사와 악수로 오카를 맞이했다.

안쪽에는 테이블이 늘어선 방 하나가 있었다. 오카와 기시모토가 그곳으로 가서 앉으려고 하자 열예닐곱 살쯤으로 보이는 아가씨가 2층에서 벽을 따라 계단을 내려왔다. 부활절 축제의 날에 맞게 갈아입은 프랑스풍의 검은 의상은, 깡마른 데다 가냘픈 아가씨에게 잘 어울려 보였다. 아가씨는 오카 옆으로 와서 미소를 보이며 처녀답게 하얀 손을 내밀었다. 그러고 나서 기시모토에게도 악수를 청해왔다. 이 아가씨가 시몬이었다.

기시모토가 알고 있는 미술가 친구들은 자주 이 아가씨의 집에 모였다. 그중에서도 오카는 화실에서 이곳을 찾아 이 집의 주인과 여주인, 그리고 양친의 사랑을 한 몸에 받고 있는 시몬을 보는 게 낙이었다. 그리고 방의 테이블 위에 주문한 코냑 잔을 놓고 고향으로 보낼 그림엽서를 쓰거나 편지를 썼다. 슬픔을 해소할 길이 없는 이 화가는 밀회하는 남녀 손님이나 사람을 기다리는 손님을 위해 존재하는 안쪽의 방 하나를 여행지의 은신처로 삼아, 이국땅의 소녀에게서 헤어진 마음에 둔 사람의 모습을 찾으려는 것처럼 보였다.

70

그 조그만 카페는 파리의 발드그라스 육군병원에서 생미셸의 가로수 길로 나가는 모퉁이에 있어, 좁은 골목을 오가는 사람들의 발소리가 기시모토가 앉아 있는 방의 창문 바로 밖에서 들려왔다.

열심히 일하는 프랑스 여자의 기질을 보여주는 여주인은 결코 딸을 놀게 하는 법이 없었다. 언제 가든 딸은 가게 일을 돕고 있었다. 하지만 여주인은 사방팔방으로 마음을 쓰고 있는 듯 손님이 주문하는 것을 좀처럼 딸에게 가져다주게 하지 않았다. 가게 일이 바빠져 종업원의 손이 비지 않을 때는 여주인의 여동생이 안쪽 방으로 주문을 받으러 왔다. 그렇지 않으면 여주인이 직접 커피 등을 가져왔다. 때때로 안쪽 방의 구석에서는 부모와 자식이 모여 식사를 하기도 했다. 시몬도 와서 앉았다. 손님 장사에 어울리지 않을 만큼 건실하고 따뜻한 가정의 모습이 보일 때가 있었다. 기시모토는 여행자답게 이런 방에 앉아 오카로부터 그 아가씨 이야기를 들었다.

"저래 봬도 여주인이 딸을 얼마나 소중히 여기는지 모릅니다. 제가 시몬한테 연극이나 보러 가자고 권한 적이 있습니다. 시몬이 어머니한테 가서 그걸 물어봤겠지요. 그때 여주인은 '그게 가능이나 한 얘기냐' 하는 듯한 표정이었답니다."

"지금이 가장 예쁠 때겠지."

기시모토가 이렇게 말했다.

"그래도 다 크면 오히려 갈 수 없을지도 모릅니다. 정말 아직 어린애지요. 그것이 또 귀여운 점이지만요."

혈기 왕성한 오카의 말에 기시모토도 찬성했다.

두 사람 사이에서 모델과 동거하는 미술가들 이야기가 나왔다. 여행하러 왔다가 프랑스 여자와 함께 사는 동포도 적지 않았다. 모델을 직업으로 하는 여성이 아니라 어떤 모디스트*와 화실에서 즐겁게 산다는 미술가 이야기도 나왔다.

"날씨가 좋아졌구먼."

이렇게 말하며 바깥에서 들어온 화가가 있었다.

"시몬의 카페에 오면 반드시 오카가 있을 것 같아서 들러봤네. 과연 있군그래."

그 화가가 웃으며 말했다.

"우리도 지금 자네 얘기를 하고 있는 참이네."

이렇게 말하며 오카도 기운을 차렸다.

이어서 두세 명의 화가가 들어왔다. 기시모토에게는 모두 안면이 있는 사람들로, 양복 깃 장식부터가 미술가답고 생기발랄했다. 이렇게 모이고 보니 기시모토보다 훨씬 나이 어린 오카가 그의 미술가 동료들 사이에서는 오히려 나이가 많은 축이었다.

"오카, 어떤가?"

맨 먼저 들어온 화가가 오카를 위로하려고 말했다. 갑자기 방이 활기찬 웃음소리로 가득 찼다. 그 화가는 기시모토 쪽을 보고 말했다.

"기시모토 씨는 파리에 있으면서 정말 이국인의 살도 아직 모른다는 말입니까? 말이 안 통하겠군요."

무슨 말을 해도 미워할 수 없는 쾌활한 태도가 일동을 웃게 만들었다.

"나이는 먹고 싶지 않다니까."

---

* modiste: 여성용 모자를 만드는 사람.

오카가 이렇게 말했으므로 다들 다시 몸을 뒤로 젖히고 웃었다.

71

"기시모토 씨는 뭘 그리 한숨을 쉬십니까?"

화가 중에 이렇게 말한 이가 있었다. 그 태도가 너무나도 우스웠으므로 다들 다시 낄낄거리며 웃었다.

"저는 기시모토 씨를 위해 샴페인을 터뜨리려고 기다리고 있었는데, 언제쯤 마실 수 있을지 짐작할 수가 없네요."

기시모토 앞에 앉은 화가가 친숙한 태도로 말하며 웃었다. 이 화가들은 비교적 나이 들어 보였지만 나이를 물어보면 놀랄 만큼 젊었다. 청년 미술가들끼리 이렇게 카페에 모여 있어도 미술에 대한 이야기는 좀처럼 나오지 않았다. 기질이 다르고 유파가 다른 사람들은 서로 전문적인 화두를 피하려고 했다. 이야기를 좋아하는 오카는 기시모토와 둘이서 회화나 조각에 대해 나누는 정도의 이야기도 이들 앞에서는 꺼내지 않았다. 얼마 후 화가 한 사람이 종업원을 불렀다. 종업원은 하얀 행주를 겨드랑이에 끼고 손에 닳은 카드와 지저분한 시트를 가져왔다. 그리고 그 카드를 부채꼴 모양으로 늘어놓았다. 각자의 득점을 기록할 석판과 분필도 가져왔다. 어둑한 방 안으로 들어오는 햇빛은 일본인만 모여 있는 작은 세계를 비추었다. 그곳에는 마음 편한 웃음소리와 조용히 피어오르는 프랑스 담배의 연기와 아무 생각 없이 던지는 카드 소리만이 있었다. 돌을 간 보도를 밟는 소리를 내며 창밖을 오가는 사람들도, 그 카페 앞에 서서 커피를 마시고 가는 근처의 여자들도, 카운터 있는 데로 와서 이야기에 열중하는 노동자 또는 상가의 종업원 같은 프랑스인들도 안쪽 방에 형성된 작은 세계와는 전혀 무관했다. 일본인들끼리 무슨 이야기를 하든 아무도 타박하는 사람이 없을뿐더러 알아듣는 사람도 없었다. 기시모토도 카드 게임에 참가하여 한동안 여왕이나 병사 그림이 그려진 카드를 바라보고 있다 보니 여행의 무료함은 유독 그만이 심하게 느끼는 고통도 아니라는 생각이 들었다. 오랜 외국 생활로 카드 게임에도 질린 표정을 짓는 사람이 많았다.

얼마 후 기시모토는 카페를 나섰다. 그는 파리로 오고 나서 여행자로서 자신이 보내고 있는 생활을 마음에 떠올리며 하숙으로 돌아왔다. "파리에는 뭐든지 다 있다"고 어느 파리 사람이 그에게 웃으며 이야기했던 이 대도시의 향락 세계에, 같이 갈 사람이 있을 때마다 그도 출입해봤다. 때로는 이국땅의 따분함을 달래려고 근처에 있는 빌리에의 댄스홀에 발길을 한 적도 있고, 멀리 몽마르트르 방면으로 지나가는 동포 손님을 안내해서 간 적도 있었다. 도쿄 스미다 강가에 가까운 객실에서 조용히 샤미센 소리 듣는 것을 낙으로 삼았던 것과 같은 심정으로 파리의 극장이 종영할 무렵부터 연극을 보고 돌아가는 사람들이 모이는 댄스홀 2층에서 스페인풍의 춤을 보는 것을 낙으로 삼은 적도 있었다. 하지만 무엇이 그로 하여금 모든 것을 버리게 하고, 친구로부터도, 친척으로부터도, 자신의 아이들로부터도 멀어지게 했는지, 하루도 그것이 그의 머리에서 떠나지는 않았다.

72

파리에서 가장 즐거운 때가 찾아왔다. 같은 가로수라도 이 고풍스러운 도시에 가장 먼저 푸르디푸른 새로운 생기를 불어넣는 것이 마로니에였다. 하지만 뒤늦게 싹이 트기 시작한 플라타너스도 서둘러 싹에서 잎으로 변해갔다. 하루가 다르게 잎이 나서 커지고 색도 짙어가는 사이에 거리는 벌써 새잎의 세계가 되었다. 인가의 돌담 너머로 보라색이나 하얀색으로 뭉쳐서 피는 라일락이 한창이었다. 이 좋은 계절이 기시모토의 마음을 되살아나게 했다.

이렇게 소생하는 마음을 안으면서도 기시모토에게는 묘하게 불안한 나날이 계속되었다. 이국땅에 와서 그는 무엇 하나 사치를 바라지 않았다. 다만 영혼을 안정시키는 것만을 바랐다. 그는 무엇보다 중요한 것을 얻을 수 없었다. 도쿄 아사쿠사 쪽에 있던 서재를 옮겨 온 듯한 마음으로 2년이든 3년이든 파리의 객사에서 살 수 없는 이유를 그는 말할 수 없었다. 답답한 마음으로 하숙을 나왔다. 산부인과 병원 앞의 가로수 길에는 플라타너스 줄기와 가지의 그림자가 보도 위에 떨어져 있었다. 초등학교 학생들 무리가 교사를 따라 빛나는 햇볕 속을 지나고 있었다. 소풍이라도 가는 듯한 프랑스 소년들은 모두 신기한 듯 기시모토의 얼굴을 쳐다보며 지나갔다. 순진한 아이들을 보고 있으니 기시모토의 마음은 멀리 고향에 있는 센타와 시게루에게 달려갔다. 그해부터 시게루도 형과 나란히 학교를 다니게 된 것에 생각이 미쳤다.

천문대 앞으로 걸어갔다. 거기에도 남녀 아이들이 고요한 나무 밑에서 놀고 있었다. 키 큰 마로니에 가지 위에 하얗게 피는 꽃이 한창인 때로, 마치 숨겨진 '봄'의 무도회를 향해 촛불을 내밀고 있는 것처럼 보였다.

마르세유 항에 도착하여 처음으로 유럽 땅을 밟았던 작년 이 무렵의 기억이 새롭게 되살아났다. 지난 1년 동안 마치 쉬지 않고 걸었던 여행자 같은 자신의 처지도 떠올렸다. 파리의 아파트 지붕 아래에 틀어박혀 있는 것도, 구두를 신고 돌을 깐 보도를 걷고 있는 것도, 도무지 휴식이라는 것을 모르는 그로서는 거의 똑같은 일이었다. 때때로 도저히 가만히 있을 수 없는 날이 찾아오면 목적도 없이 공원으로 나가거나 거리의 가게 앞으로 가서 쇼윈도를 들여다보거나 들어가고 싶지도 않은 카페에 앉아 있는 것 외에 시간을 보낼 수 있는 일도 없었다. 그런 일이 며칠이고 계속되는 경우도 있었다. 이국땅에서 보낸 1년이라는 세월은 그에게 긴 방황의 연속이었다. 그는 방황하는 것을 일로 해온 자신에게 질렸다.

거리의 새잎 사이를 거닐며 다시 한번 하숙으로 돌아갔을 때는 쓸데없는 노력에도 지쳐 있었다. 기시모토는 자신의 방으로 들어가 쓸쓸히 홀로 창가에 섰다. 일찍이 시나노(信濃)의 산 위에서 바라본 것과 같은 하얀 솜털 같은 구름이 먼 하늘에 떠 있었다. 초봄의 구름이 미풍에 끊임없이 형태를 바꾸는 모습을 바라봤다. 지금 그의 곁에는 친한 친구 하나 없었다. 일본에서 가져온 일도 손에 잡히지 않았다. 그러는 가운데서도 그는 도쿄의 집에 돈을 보내 멀리서 아이들을 부양하는 일을 소홀히할 수 없었다. 이제 나도 향수병에 걸린 것일까, 하는 생각을 할 때는 정말 화가 치밀었다. 때때로 방의 마룻바닥 위에 이마를 대고 울어도 시원찮을 만큼 이국 생활의 고통을 느꼈다.

73

기시모토는 몽파르나스 묘지 쪽을 지나 오카의 화실 앞으로 갔다.

검푸른 색으로 칠해진 문을 안에서 여는 자물쇠 소리가 나고 오카가 얼굴을 내밀었다. 휘파람새가 우는 소리라도 들을 수 있을 것 같은 파리 변두리의 거리에서 오카의 화실을 발견하는 일은, 올 때마다 이국 생활의 부자유함과 무사태평함을 동시에 느끼게 했다. 젊은 친구들로부터 '늙은이'라는 놀림을 받는 것도 개의치 않는 오카보다 나이가 많은 미술가도 있었다. 그런데 그 사람이 한때 지냈던 화실도 이웃한 집에 있었다.

"기시모토 씨, 불이라도 때지요."

오카는 환대하는 표정으로 말하며 화실 구석에 놓여 있는 제작용 틀을 찾으러 갔다.

"이제 불은 필요 없지 않은가?"

기시모토가 말했다.

"하지만 불이 없으면 어쩐지 쓸쓸해서요."

오카는 캔버스를 붙이는 나무틀을, 기시모토가 보는 앞에서 아낌없이 분질러 장작 대신 철제 난로에 넣었다. 이젤이며 책상이며 침대가 놓여 있는, 천장이 높은 방 안에는 불이 타오르는 소리가 들렸다. 기시모토는 난로 옆으로 의자를 가져갔다.

"오늘은 자네가 보고 싶어 잠깐 들렀네."

"잘 오셨습니다. 저도 선생님이나 찾아가볼까 하던 참이었습니다."

오카가 이렇게 말했다.

격정에 찬 오카는 작품이 뜻대로 되지 않아 마음의 싸움만을 계속하고 있는 괴로운 나태를 견딜 수 없는 심정인 모양이었다. 새로 붙인 채 방 구석진 곳에 방치되어 있는 커다란 캔버스를, 난로 옆에서 바라보며 말했다.

"기시모토 씨, 저는 요즘 염불을 외고 있습니다. 그런 심정이 되었어요."

오카는 어떻게도 받아들일 수 있는 말을 꺼냈고, 다시 말을 이었다.

"파리에 오고 나서 제가 갖고 있는 낡은 것은 완전히 부서졌습니다. 시원하게 부서졌지요. 그런데 어떤 새로운 길로 나아가야 좋을지, 저는 아직 발견하지 못했습니다. 그것을 기다리는 것 외에 방법이 없습니다. 그것이 제 마음속에서 형태가 갖추어질 때까지 서두르지 않고 기다리는 것 외에 달리 방법이 없다고 생각합니다. 여행은 저를 타력종* 신자로 만들었습니다. 저는 염불을 외며 나날이 정진해볼 생각입니다. 고향에 있는 아버지께 편지도 보냈습니다. 아버지는 저를 걱정하고 있으니까요. '아버지, 요즘은 염불을 욀 마음이 들었으니, 걱정하지 마시고 기다려주십시오' 하고 말이지요."

74

운명을 견디고 따르려는 오카의 이야기는 예술의 생애에 관한 것이었지만, 어쩐지 기시모토의 귀에는 이 화가의 뜨겁고 열렬하며 게다가 잃어버린 사랑에 대한 마음의 상태를 말하는 것처럼 들렸다. 오카는 마

---

* 他力宗: 오로지 아미타불을 믿고 그 힘으로 성불하기를 바라는 종파.

음에 둔 사람과 헤어질 때 "안심하고 있어도 되겠지요?" 하고 확인하여 "네" 하는 굳은 대답을 들었으나 그 이후로 그녀를 볼 수 없었고, 그렇게 서로 허락한 마음을 짓밟으려는 그녀의 어머니에게 분개하여 악마라고까지 쓴 편지를 보냈으며, 파리에 오고 나서도 때때로 그녀의 오빠를 죽이려는 꿈을 꾸고 깨어나서는 식은땀을 흘린다고 했다. 그런 오카의 입에서 기시모토는 "여행은 저를 타력종 신자로 만들었습니다"라는 말을 들었다.

그때 화실 밖에서 똑똑 하고 문을 두드리고 몸을 반쯤 들이민, 가난한 느낌의 프랑스인 아가씨가 있었다. 모자도 쓰지 않은 그 아가씨는 화실 안의 동정을 살펴보고 곧 가려고 했지만 오카가 불러 세웠다. 오카는 방 구석진 곳에서 빈 병을 찾아와 맥주를 사다 달라고 그 아가씨에게 부탁했다.

"모델인가?"

기시모토가 물었다.

"예, 이따금 써달라고 저렇게 찾아옵니다."

화실 벽에는 오카가 브르타뉴 해안에서 그렸다는 한 폭의 풍경화가 액자 없이 걸려 있었다. 언제 와도 그 유화만은 떼지 않고 걸어두고 있었다. 기시모토가 그 앞에 서서 오카와 이야기를 나누며 유심히 그 그림을 바라보고 있는 사이에 술병을 든 아가씨가 돌아왔다.

"이 아이 자매를 모델로 쓰고 있습니다. 이 아이가 동생이지요. 부탁하면 이렇게 술심부름 정도는 해주는데, 맨날 놀러 와서 떠들어대는 바람에 견딜 수가 없습니다."

오카는 기시모토에게 이렇게 말했다.

아가씨는 알아듣지 못하는 일본 말로 자기 이야기를 하는 것을 듣고 웃으며 나갔다. 오카는 난로 옆으로 테이블을 가져와 맥주를 놓고 일본에 있는 부모 이야기를 했다.

"부모님과 관련해서는 무척 행복하다고 생각합니다. 부모님과는 서로 마음이 잘 맞거든요. 그것은 저에게 힘이 되어주지요. 얼마 전에도 어머니한테서 편지가 왔습니다. '아버지도 이제 꽤 나이가 들었고, 너 하나만을 의지하고 있으니까, 너도 그런 줄 알고 되도록 빨리 돌아와야 한다는 걸 명심해라'라고 어머니가 써 보냈습니다. 부모님만 없으면 저는 일본에 돌아가고 싶지 않을 겁니다. 일본 소식을 듣는 것이 고통이거든요. 오히려 저는 파리에 오래 머물고 싶습니다. 예의 그 일이 있었을 때도 부모님이 저를 위해 얼마나 걱정해주셨는지 모릅니다. 저는 애인의 마지막 편지를 부모님 집에서 받았습니다. 게다가 그 편지는 그 사람 어머니인가 언니가 시켜서 억지로 쓴 편지 같았습니다. 헤어지자는 편지였지요. '이런 게 왔구나' 하며 아버지가 걱정스러운 얼굴로 건네주었기 때문에 저는 2층으로 가져가 읽었습니다. 아무리 시간이 지나도 제가 2층에서 내려오지 않으니까 아버지와 어머니가 걱정이 돼서 술 한 병을 데워두고 저를 아래층으로 불렀습니다. 술 냄새를 맡고 보니 저도 참을 수가 없어 혼자 홀짝홀짝 마시기 시작했습니다. 아버지는 실컷 나를 울려놓고 잠자코 보고 있었습니다만, 나중에 무슨 말을 하나 싶었는데 그 말이 정말 걸작이지 뭡니까. '너도 참 여자 복이 없는 녀석이구나' 했거든요."

오카는 아버지가 했다는 말을 되풀이해보고 스스로 조소하듯 웃었다.

75

부모님만 없다면 일본에 돌아가고 싶지 않다는 오카를 자신과 비교해보며 기시모토는 곧 화실을 나와 천문대 앞쪽으로 돌아왔다.

"다들 객지에 와서 고생하는구나."

무심코 이렇게 말하고는 파스퇴르 거리에서 몽파르나스 정거장으로 길을 잡고 고가선 철교 밑을 지나 에드가 키네의 가로수 길로 나갔다. 육류나 채소 시장이 서는 거리를 묘지 쪽으로 가지 않고 몽파르나스 거리로 가로질렀다. 가로수 그늘에 서 있는 미셸 네 장군의 동상이 있는 곳은 기시모토가 늘 다니는 곳이었다. 여섯 방향의 길이 모이는 광장 한쪽에는 뤽상부르 공원의 입구가 보이고, 한편에는 둥근 등롱 같은 천문대의 석탑이 보였다. 거기까지 가면 하숙도 가까웠다.

'도쿄의 친구들은 어떻게 지내고 있는지.'

이렇게 생각하며 바싹 말라 시들어 보이는 플라타너스 새잎 밑을 걸었다.

기시모토에게는 여행자의 마음을 끄는 한 가지 사적(事蹟)이 있었다. 다름 아닌 아벨라르와 엘로이즈*의 사적이었다. 영어권 학문을 해온 그

---

* 아벨라르(1079~1142)와 그보다 열여섯 살 어린 엘로이즈(1095~1163)는 스승과 제자 사이로 처음 만났다. 당시 철학의 대가이자 성직자였던 아벨라르와 영민한 처녀 엘로이즈의 사랑은 중세 유럽을 발칵 뒤집어놓은 실제 스캔들이었다. 성당 참사회원 퓔베르의 집에 하숙하게 된 아벨라르는 퓔베르의 조카딸 엘로이즈의 가정교사가 된다. 사랑에 빠진 두 사람이 비밀결혼을 하고 아들까지 낳은 사실을 알게 된 퓔베르는 청부업자들을 시켜 잠자던 아벨라르를 거세시켰다. 이후 각각 수도사와 수녀로 헤어져 살아가던 두 사람의 이야기는 15년 뒤 아벨라르가 친구 수도사에게 보낸 편지 형식의 자서전을, 수녀원장이 된 엘로이즈가 손에 넣으면서 이어진다. 1142년 아벨라르가 숨지자 그의 유해는 엘로이즈의 수녀원에서 보관되다 나중에 엘로이즈의 유해와 합장됐다. 이후 두 사람의 무덤은 파리의 페르 라세즈 묘지로 옮겨졌다.

도 학식 있는 고명한 수도사에 대해 자세한 것은 알지 못했다. 하지만 그가 아벨라르라는 이름에 친숙하게 된 것은 훨씬 이전의 일이다. 아벨라르와 엘로이즈의 사랑. 청년 시절의 기시모토는 마음속으로 얼마나 그 분방한 정열을 상상해봤는지 모른다. 학식이 있는 수녀를 위해 남성도 잃고 승직(僧職)도 내던졌다는 아벨라르라는 이름은 젊은 날 얼마나 그의 화두에 올랐는지 모른다.

기시모토는 같은 하숙에 있는 소르본 대학의 학생에게서, 그 프랑스 청년이 다니는 오래된 대학이 바로 옛날 아벨라르가 교편을 잡았던 역사적인 장소라는 이야기를 들었을 때는 참으로 옛 친구라도 만난 기분이었다. 그 일을 가슴에 떠올리며 그는 자신의 방으로 돌아왔다. 일본에서 여행 가방에 넣어 가져온 서적 중에는 옛날을 떠올리게 하는 영국 시인의 시집도 있었다. 그 시집에 있는 아벨라르와 엘로이즈의 사적을 노래한 번역시 한 구절을 다시 한번 펼쳐봤다.

Where's Héloise, the learned nun,
　　For whose sake Abeillard, I ween,
　　Lost manhood and put priesthood on?
　　　(From Love he won such dule and teen!)
　　And where, I pray you, is the Queen
Who willed that Buridan should steer
　　Sewed in a sack's mouth down the Seine?
But where are the snows of yester-year?

　　　(The Ballad of Dead Ladies── Translation from François
Villon by Rossetti)

그렇게 똑똑했던 엘로이즈는 어디에 있는가?

그 여인 때문에 아벨라르는 남성을 잃고

생드니의 수도사가 되었네.

사랑 때문에 그는 이런 고통을 겪었다네.

그리고 뷔리당*을 자루에 넣어 센 강에 던지도록

명했던 여왕은 어디에 있는가?

그런데 지난해에 내린 눈은 어디에 있는가?

(「옛 여인들의 발라드」, 프랑수아 비용)

도쿄 시타야의 연못가에 있는 하숙에서 기시모토가 친구와 함께 이 시를 애송한 것은 20년이 지난 옛날 일이다. 이치카와,** 스게, 후쿠토미, 아다치, 이 친구들은 모두 젊었다. 그 민감한 이치카와가 자신의 청춘을 이기지 못한 것처럼 "그런데 지난해에 내린 눈은 어디에 있는가?"라고 암송해주었을 때의 목소리는 아직도 기시모토의 귓가에 남아 있었다.

밤이 되어 부드러운 비가 객사의 창밖에 있는 플라타너스 새잎에 내렸다. 빗소리가 들리는 조용한 가운데 기시모토는 다시 한번 사적을 상상하며 혼자 있는 무료함을 달랬다.

---

* Jean Buridan(1300~1358): 프랑스의 유명론 철학자.
** 히라타 도쿠보쿠(平田禿木, 1873~1943)가 모델이다. 영문학자, 번역가, 수필가.

76

신문에서 숙부의 여행 소식을 읽고 숙부는 그토록 일본말을 듣고
싶어 하는구나 해서 편지를 보내기로 했다며, 세쓰코가 기시모토에게 편
지를 보냈다. 귀찮게 소식을 전하는 것 같지만 일본말을 듣는다 생각하
고 읽어달라고 썼다. 세쓰코는 편지에 센타와 시게루가 성장해가는 모습
을 자세히 알려주었는데 언제나 단순한 보고로는 만족하지 못하는 듯한
구석이 있었다.

숙부에게 걱정을 끼친 제 몸도 지금은 간신히 회복되어, 모르는
사람이 얼핏 봐서는 몰라볼 정도까지는 되었으니 안심하세요. 물론 알
만한 사람이 보면 금방 알 수 있지만요. 그런데 양손에 무좀 같은 것이
생겨서 아무튼 부엌일도 도울 수가 없어요. 머리카락은 여전히 빠져
허전하기도 하고요.

세쓰코의 이런 편지를 읽을 때마다 기시모토는 탄식하며 어차피 일
본에는 돌아갈 수 없다는 마음이 깊어졌다.

여행지에 있으면서 기시모토가 보내거나 맞이한 동포도 적지 않았
다. 좋은 계절과 함께 여행을 다니는 사람들의 소식을 듣는 일도 많아졌
다. 교토 대학에서 고고학을 전공하는 학사는 이탈리아 여행을 끝내고
기시모토의 하숙으로 찾아와 여행담을 들려주었다. 미술사를 전공하는
게이오 대학에서 온 유학생은 앞으로 이탈리아로 갈 마음의 준비를 하고
있다는 소식을 독일에서 전해 왔다. 센 강 기슭에 있는 방을 떠나 곧 고
국으로 돌아간다는 미술학교 조교수도 있었고, 시베리아를 거쳐 새롭게

파리에 도착한 화가 두 명도 있었다.

"기시모토 씨가 파리에 와 있다는 것을 저는 모스크바에서 알았습니다."

이렇게 말하며 기시모토의 하숙에 아주 친숙한 얼굴을 내민 손님도 있었다. 이 손님은 1년쯤을 파리에서 지내려고 온 사람이었다.

오카가 화실에서 기시모토의 방으로 찾아오고 나서는 허물없는 사람끼리의 여행 이야기가 시작되었다. 언제 만나도 생기발랄한 손님 같은 이 사람을 이국땅의 객사에서 맞이하는 것도 기시모토에게는 진기한 일이었다. 몸에 잘 맞는 감색 양복 차림의 가벼운 여행자다운 복장은 이 사람을 한층 젊어 보이게 했다.

"기시모토 씨는 파리에 와서 놀러 다니지도 않는다는 평판이던데요? 그러면 쓸쓸하지 않습니까?"

손님이 이렇게 말하며 웃었다.

"이제 기시모토 씨도 꼭 노는 걸 싫어하는 편은 아니라네." 오카는 손님의 이야기를 이어받았다. "사람 가는 데는 어디든지 가고, 다들 모여 이야기나 나누자고 할 때 철야하자는 발기자는 늘 기시모토 씨거든. 기시모토 씨한테 '이로지조'*라는 별명까지 붙었으니 우습지 않나? 사랑의 알선 같은 건 기꺼이 하는 편이고. 그런데도 자신은 바라보기만 하면 되는 사람이지."

"하지만 자네, 여행 왔다고 해서 굳이 그렇게 특별한 마음을 먹지 않아도 되지 않을까? 고국에 있을 때와 같은 마음으로 살 수 없느냐 그

---

* 에도 시대의 역참 기자키주쿠(木崎宿)에는 창부들이 많았는데 이들이 멀리 나가는 것이 제한되어 있었다. 그러므로 역참 근처에 있는 지장보살에 참례하여 마음의 평안을 얻었다. 이렇게 수많은 창부들이 이 보살을 찾다가 어느새 '이로지조(色地藏)'라 불리게 되었다.

말이네."

기시모토가 이런 말을 꺼냈다.

77

모든 것이 경쟁하는 청춘이 지나가는 것처럼 다양한 여행담에 빠져들었으나 과연 생기발랄하게 보이던 손님도 시간의 힘을 거부하기 힘든 모양으로 오카와 함께 떠났고, 그 후에도 기시모토의 가슴에는 이러저러한 심사가 남았다.

"지금이니까 고백합니다만, 기시모토 씨의 시집을 이용해 저도 상당한 죄를 지었지요. 생각해보면 저도 성실하지 못했어요. 기시모토 씨의 시를 이용해서 얼마나 많은 젊은 여자를 후렸는지 모릅니다."

손님이 남기고 간 이 말은 그 사람이 간 후에도 아직 방 안에 남아 있었다. 기시모토가 젊은 시절에 쓴 시를 여러 편이나 암송했다는 손님의 얼굴이 아직도 기시모토의 눈에 선했다. 그 사람은 산들산들한 상쾌한 바람이 얼굴을 어루만지며 지나는 초원에 엎드려 기시모토의 옛날 시를 읊조리는 젊은이를 상상해보라고도 했다. 꽃이라도 꺾으려는 듯 어린 여학생이 자주 그 초원을 거닐러 온다는 상상을 해보라고도 했다. 바람이 가져가는 그 읊조림은 쉽게 아가씨의 마음을 사로잡았다고도 했다. 그리고 아가씨가 세상을 전혀 모르는 좋은 집안의 사람일수록 기시모토의 시집이 도움이 되었다고도 했다. 그 손님이 맑고 홀딱 반할 만한 목소리를 갖고 있다는 것은 기시모토도 잘 알고 있었다. 순진하다고도 할 수 없는, 그러나 아이처럼 웃음을 터뜨리고 싶은 그 고백은 기시모토를 놀라게 했다. 그는 자신과 기질이 전혀 다른 사람 앞에 선 듯한 느낌이 들었다.

"하지만 옛날과 같은 공상은 점점 없어져가더군요. 그만큼 저도 나이를 먹었구나, 하는 생각을 합니다. 저는 때로 이렇게 생각해요, 사랑을 할 수 없게 된다면 인간도 허전한 존재일 뿐이라고요. 아직도 가능하다, 그렇게 생각하며 저는 스스로를 위로하고 있습니다."

이것도 손님이 남기고 간 말이다.

"나도 가능하다네."

손님 앞에서 힘주어 이렇게 말한 이는 오카였다. 기시모토는 그때 두 사람의 빛나던 눈빛이 아직 눈에 선했다.

손님이 여성에게 접근하기 위한 방편으로 삼았다는 기시모토의 시집은, 작자인 그에게는 반대로 여성에 대한 번민으로부터 벗어났을 때 나온 젊은 마음의 유물이었다. 스물다섯 살이 되었을 무렵 그는 센다이의 객사에서 그 시들을 썼다. 센다이에서 보낸 1년은 잊을 수 없을 만큼 즐거운 시간이었다. 세월이 흐른 뒤에도 자주 생각나는 시절이었다. 그리고 그렇게 즐거웠던 이유는 여성으로부터 완전히 벗어나 마음의 평온을 얻을 수 있었기 때문이었다. 실제로 기시모토는 청년 시절부터 이날까지 여성으로 인해 번민하지 않기로 마음먹고 살아왔다.

78

떠난다, 떠난다 하는 이야기가 있었으나 떠나지 않았던 미술학교의 조교수가 드디어 북역(北驛)에서 귀국길에 오른 날, 기시모토는 정말로 사람을 전송하는 마음으로 역까지 나갔다. 그날은 파리에 체류하는 미술가 동료들 대부분이 모였다. 환송을 받는 조교수는 돌아갈 사람이고, 환송하는 사람들은 남아 있을 사람들이다. 여행 기분은 보내는 사람 쪽도 깊었다. 마치 먼 섬에 모여 있는 사람들을 구조하러 배가 왔으나 단 한 사람만 그 배에 타도록 허락받은 것처럼. 조교수는 젊은 사람들에게 평이 좋은 사람이었다. 일본 식당의 여주인 집에서 외국인이 끼지 않은 편안한 술자리에 모여 순진한 미술가다운 유흥으로 객지의 근심을 잊으려고 할 때 조교수는 늘 젊은 사람들과 어울려 노래했다. 세상 물정에 밝은 이 선배를 환송하려고, 자주 야리사비(槍錆)*를 불러대던 화가와 간진초(勸進帳)**를 잘하던 화가는 당페르-로슈로 방면에서, 에치고지시(越後獅子) 샤미센 연주를 입으로 흉내 내어 매번 사람들을 놀라게 한 화가는 몽파르나스에서, 오이와케부시(追分節), 하우타(端唄), 나니와부시(浪花節), 아호다라쿄(阿呆陀羅經),*** 그 밖의 숨은 재주를 가진 조각가와 화가는 각자가 사는 지역에서 별리를 애석히 여기며 찾아왔다. 오카는 또 이번에 귀국하는 조교수가 하게 될 조언에 희망을 걸고, 포기하기 힘든 마음을 보내는 것 같았다. 기시모토는 이런 일이라도 없으면 좀처럼 얼굴을 마주할 일 없는 미술가와 함께 어울렸다. 프랑스 여성과 결혼하여 6, 7년이나 파리에 살고 있는 조각가도 만났다. 미국에서 건너와 화실에서 살고 있다는 몸집이 작은 동포 여성 화가도 만났다.

조교수를 전송하고 기시모토는 바뱅 지하철 역에서 내렸다. 그는 어차피 고국으로 돌아갈 수 없다는 마음만 절실히 느꼈다. 고국으로 돌아

---

  * 짧은 가요인 하우타, 우타자와(うた澤)의 곡명.
 ** 가부키 십팔번 가운데 한 작품.
*** 시사를 풍자한 해학적인 속요.

가는 사람을 보자 그런 마음은 더욱 심해졌다. 바뱅에서 하숙을 향해 걸어가는 길에, 마침 로마가톨릭의 성찬식이 있는 무렵이라 노트르담 대성당 앞에서 참례를 마치고 돌아가는 몇몇 아가씨와 마주쳤다. 청초한 백의를 입은 엄숙한 표정의 소녀들은 어머니들을 따라 거리를 걷고 있었다. 모르는 사람들뿐인 나라에 온 그는 앞으로 어떻게 자신의 생애를 보낼까 고민했다.

'오늘까지 나 자신을 이끌어온 힘은 내일도 나를 이끌어주겠지. 그러니 걱정하지 말게.'

기시모토는 하숙으로 돌아오고 나서도 도쿄에 있는 친구에게 써 보낸 이 말을 떠올렸다. 할 수만 있다면 그는 여행지에서 적당한 직업을 구할 수 있기를 바랐다. 가능한 일이라면 고국에 남겨두고 온 아이들까지 오게 하여 이국땅에서 오랫동안 살고 싶었다. 그렇게 하기 위해서는 좀 더 시간을 들여 좋은 어학 교사를 구해 말을 배울 필요가 있었다. 말을 배운다는 것과 이국땅에서 열심히 글을 써서 고국을 떠날 때 약속하고 온 일을 마치는 것은 아무래도 양립하지 않는 것 같았다. 게다가 편지를 주고받는 일조차 시간이 많이 드는 먼 지역에서는 고국의 사정도 제대로 알 수 없고, 까딱하면 눈앞의 여행마저 곤란한 것 같았다.

'운명은 나를 어디까지 데려갈 생각일까?'

이런 의문은 기시모토의 가슴을 들쑤셔놓았다. 때때로 그는 무릎을 꿇은 채 딱딱한 마룻바닥에 이마를 대고 뜨거운 눈물을 흘렸다.

79

모르는 사람들 속으로 들어가고자 한 기시모토는 1년도 지나지 않아 비양쿠르의 서기나 브로스의 교수 가족을 비롯하여 라페 강변에 사는 시인, 마담이라는 거리에 사는 여성 조각가, 베티우스 강변에 사는 일본미술 수집가 등의 가족을 알게 되었다. 하지만 그 고장 사람들과 교제하면 할수록 뭔가 만족스럽지 못한 외국 여행객으로서의 답답함이 기시모토의 마음을 항상 따라다녔다.

6월에 접어들어 기시모토는 비양쿠르의 서기 어머니로부터 편지를 받았다. 편지에는 노부인이 오랫동안 병상에 있었다는 소식부터, 필시 당신을 잊어버린 것처럼 생각할지 모르지만 결코 그런 게 아니다, 오래 소식을 전하지 못한 것은 자신의 병 때문이다, 다음 토요일 저녁에는 식사하러 오지 않겠는가, 우리들은 모두 당신을 보고 싶어 한다, 이제 당신도 조금은 프랑스어를 할 수 있을 거라고 생각한다, 우리 집 며느리는 영어를 못하고 아들도 아무튼 집을 자주 비우기 때문에 자주 당신을 초대하지 못했다, 도쿄의 조카딸도 편지로 당신을 만나느냐고 물었다, 등의 내용이 쓰여 있었다. 노부인의 편지는 영어로 쓰여 있었다. 서기의 어머니는 한때 위독한 지경에 빠졌는데, 그렇게 병중에 있을 때 기시모토가 비양쿠르를 방문했으나 노부인을 만나지 못하고 돌아온 적도 있었다.

'프랑스에 와서 제일 먼저 만난 노부인이 나를 제일 많이 생각해주는구나.'

기시모토는 늘 이렇게 느꼈다.

성령강림절도 지났을 무렵, 기시모토는 다시 비양쿠르에서 보낸 편지를 받았다.

그때는 어머니가 아니라 아들이 쓴 것으로, 두세 명의 친한 친구와 친척들이 차를 마시는 모임을 여니 기시모토에게도 와달라는 내용이었다.

베데커 없이는 센 강도 내려갈 수 없었던 무렵에 비하면 이제 기시모토는 수상으로든 육상으로든 비양쿠르로 가는 데 익숙했다. 그는 좋아하는 프랑스인 가족을 본다는 기대를 품고 전차로 센 강 둔덕으로 갔다. 서기의 집 문 앞에 서서 철문을 밀자 예의 애완견이 기시모토를 보고 달려왔으나 이제는 짖으며 덤벼들 듯한 태세는 전혀 보이지 않았다.

노부인은 화초가 핀 뜰에 나와 있었다. 집 입구 정면에 있는 넓은 돌계단 가까이에 의자 몇 개를 놓고 손님을 기다리고 있었다. 근처에는 긴의자도 놓여 있었다. 군데군데 나뭇잎 그림자가 드리우고 있는 오후의해가 비치는 뜰 안에서 기시모토는 노부인과 며느리, 차 모임에 초대받아 온 여성 손님들과 어울렸다. 러시아 음악가와 그의 프랑스인 아내도소개받았다.

"저도 다시는 기시모토 씨를 못 보는 줄 알았습니다. 이렇게 건강해지다니, 제가 생각해도 꿈만 같습니다."

노부인은 기시모토에게 이렇게 말했다.

사경을 헤매던 병상에서 다시 몸을 일으킨 노부인이 여전히 고풍스러운 검은색 프랑스풍 의상을 입고 자신의 늙은 몸을 위로하는 기분으로 뜰 안을 조용히 거니는 모습을 보는 것은 기시모토에게도 신기하게생각되었다. 재산을 모두에게 나눠주라는 유언까지 한 뒤에 다시 건강해진 이 노부인에게서는 동작에서도 말에서도 무료한 기색을 간취할 수있었다. 그뿐 아니라 잠시 이야기를 나누는 중에 이 집 사람들에게 어떤진지한 문제가 일어나고 있다는 것을 알았다.

80

프랑스를 버리고 일본으로 가버린 노부인의 조카딸 이야기가 나왔다. 차 모임이라고 해도 그날은 아주 가까운 사람만 모인 듯 홍차 잔을 든 사람들이 여기저기 의자에 앉아 제각각 이야기를 나누고 있었다. 그런 가운데 노부인의 입에서 도쿄에 있는 조카딸의 결혼 이야기가 나왔다.

"그 편지 좀 가져올래?"

노부인은 걱정스러운 얼굴로 며느리에게 말했다.

며느리는 집 정면에 있는 돌계단을 올라가, 일본에서 온 편지를 가져왔다.

"어머님, 다키(瀧)라는 분이에요."

며느리는 아가씨의 편지를 보며 말했다.

"기시모토 씨, 다키라는 미술가를 아십니까?"

노부인이 물었다.

"다키라는 성을 가진 미술가가 두 명쯤 있다는 것은 알고 있습니다만, 제가 직접 알지는 못합니다."

기시모토의 이 대답은 노부인을 한층 더 불안하게 한 것 같았다.

"기시모토 씨조차 잘 모른다고 하시니."

노부인은 며느리와 눈을 맞추고 조카딸이 결혼한다는 미술가가 어떤 일본인일까 하는 뜻을 내비쳤다. 프랑스에 있으며 조카딸을 진정으로 걱정하는 사람은 뭐니 뭐니 해도 이 숙모인 듯했다. 그때 기시모토는 "조카딸이 그렇게 일본으로 가버린 것은 저 때문이라고, 저한테 잘못이 있다고, 다들 저를 비난한답니다"라고 예전에 노부인이 했던 말을 떠올렸다. 사정에 어두운 외국 여성의 몸으로 이국땅에서 과연 적당한 배우자를 찾을 수 있을까. 노부인의 얼굴에서는 그런 걱정이 생생하게 읽혔다.

"다키 씨라는 분은 파리에 유학한 적도 있다고 합니다. 편지에 그렇게 쓰여 있습니다."

며느리가 이렇게 말하며 아가씨의 편지를 집어 읽어주는 중에 기시모토에게는 친숙한 도쿄 반초의 친구 이름이 나왔다. 반초의 친구 소개로 아가씨가 그 미술가를 알게 된 것 같다는 사실도 알았다.

"일본에서 결혼을 하다니. 식은 어떻게 할 거며 종교는 또 어떻게 하겠다는 걸까요? 아가씨도 아마 혼자서 무척 난감할 거예요."

며느리가 이렇게 말하자 노부인도 그 말을 받아 중얼거렸다.

"가여운 애야."

"어쨌든 일본의 젊은 미술가도 파리에 많이 와 있으니, 제가 다키 씨에 대해 물어보겠습니다. 아가씨도 야무진 사람이니까 섣부른 일을 할 염려는 없을 겁니다."

기시모토는 이렇게 말하며 노부인과 며느리를 위로했다.

이윽고 아들과 전후하여 일본인 변호사가 들어왔다. 노부인은 그 변호사에게도 다키라는 사람에 대해 물었다. 법률을 다루는 일본의 변호사쯤 되는 사람이라면 일본 예술계의 소식에 정통하지 않을 리가 없다는 식이었다. 그 변호사가 다키라는 이름을 들어본 적이 없다고 대답하자 노부인은 아들과 기시모토를 앞에 두고 평소와 다른 엄격한 태도를 드러내며 말했다.

"두 분 다 알지를 못한다."

아들은 또 동양의 끝자락에 있는 아가씨를 걱정하는 얼굴로 잠자코 어머니 앞에 서 있었다.

81

기시모토는 자신을 이 프랑스인 가족에게 소개해준 아가씨를 위해, 일본의 하늘이 그리워 떠났다는 가련한 사람을 위해, 되도록 다키라는 미술가에 대해 알아보고 멀리 떨어진 곳에서 걱정하고 있는 숙모 등을 안심시켜주고 싶었다. 비양쿠르의 집을 떠나 미루나무 가로수가 늘어서 있는 강변을 따라 증기선 승차장으로 내려가면서도 그는 자신에게 물었다. 왜 비양쿠르 사람들은 아가씨의 결혼을 그토록 걱정할까.

'상대가 일본인이어서일까.'

아무리 생각해도 그 때문인 것 같았다. 배를 타고 나서도 기시모토는 그 아가씨의 이국 취향이 일본인과 결혼하는 데까지 나아간 게 아닐까 하는 데 생각이 미쳤다.

그로부터 며칠 후 기시모토는 아가씨의 배우자에 대해 좋은 이야기를 들었다. 체류하는 미술가 중 최근에 일본에서 수에즈를 지나 돌아온 마키노라는 화가가 다키에 대해 잘 알고 있었다. 마키노는 오카와 친한 사이로, 도쿄 반초의 친구와도 친했다. '늙은이'를 전송하고, 미술학교의 조교수를 전송하고, 그 밖에 기시모토가 알고 있는 사람만 해도 세 명이나 되는 젊은 미술가들을 전송했다. '파리촌'에는 마키노, 시베리아를 거쳐 온 고타케, 그 밖에 두세 명의 새로운 얼굴이 더해졌다.

"다키 같은 남자의 아내가 될 사람은 행복하겠지요."

마키노의 이 말에 힘을 얻은 기시모토는 곧바로 비양쿠르에 좋은 소식을 전했다. 좋은 성장 과정을 가진 다키의 믿음직한 성품에 대해 마키노로부터 들었다는 내용을 쓰고, 아가씨는 잘못된 선택을 하지 않았으니 결코 걱정할 필요가 없는 것 같다고 덧붙였다.

서기의 어머니가 보낸 답장은 피서지인 레사블돌론의 해안에서 부친 것이었다. 노부인은 기시모토가 말해준 것에 예를 표하고, 아들은 지금 파리에 있는데 자신도 편지를 보라고 피서지로 보내주었기에 답장을 쓴다고 했다.

여러 가지로 고맙습니다. 혹시 제 오라버니, 그러니까 조카딸의 아버지가 오늘날까지 살아 있었다면 이 결혼을 어떻게 생각할까요? 그걸 생각하면 저는 그저 놀라운 마음뿐입니다. 하지만 말씀하신 걸로 보면 모든 게 잘될 것 같기도 하고, 조카딸이 제게 아무런 조언도 구하지 않으니 저희는 그저 뒤에서 이 일이 잘 진행되기를 바랄 뿐입니다.

레사블돌론 지방은 크고 아름답습니다. 이곳으로 피서를 온 많은 가족은 모두 친구 같고 모래사장에서 노는 아이들을 보는 것도 즐겁습니다. 아무튼 비가 잦은 날씨였는데, 다행히 해가 났습니다.

당신의 늙은 친구로부터

82

생각지도 못한 사람의 마음을 읽었다는 기분으로, 기시모토는 비양쿠르의 서기에게 다시 한번 편지를 보냈다. 혼담이 그렇게 걱정된다면, 도쿄 반초의 친구가 아가씨에게 힘이 되어줄 사람이라고 생각하니 그 친구와 모든 걸 의논하라고 아가씨에게 알려주면 좋을 것 같다고 썼다.

이 편지도 노부인에게 다시 보내졌는지 즉각 레사블돌론의 해안에서 답장이 왔다.

조카딸 일로 심려를 끼쳐드려 죄송합니다. 말하기 괴롭지만 조카딸은 성격이 제멋대로라 자기가 좋아하는 일밖에 한 적이 없습니다. 원래 그 아이는 아주 가냘프게 태어나 어머니도 아버지도 그렇게까지 자랄 거라고는 생각지 못했을 정도입니다. 그리고 그 아이의 공상대로, 좋아하는 대로 하게 두고 부모가 잠자코 보고 있었던 것도 그 아이가 오랫동안 허약했던 데에 원인이 있다고 생각합니다. 그 아이는 무척 부유한 집에서 태어나 세상 물정을 모릅니다. 그래서 다른 사람의 충고를 받아들이려고 하지도 않습니다. 무슨 일이나 자기 혼자 할 수 있다고 생각한다면, 그리고 그렇게 할 수 있다면 정말 좋겠습니다. 특히 다키라는 분은 파리에서 유학할 때에는 조카딸을 몰랐던 듯합니다. 조카딸의 편지에는 몹시 조심스러운 사람이라고 하는데, 다키 씨가 어떤 미술가인지조차 알려주지 않았습니다. 만약 당신이 다시 아들에게 알려줄 것이 있다면 아들은 여전히 도서관에 나가고 있으니 연락주시고, 저도 당신의 의견에 따라 조카딸에게 반초의 그 친구분과 의논하라고 곧바로 편지를 보낼 생각입니다. 하지만 그 친구분의 반대를 두려워한다면 어쩌면 조카딸은 의논하러 가지 않을지도 모릅니다. 그 아이는 빈사 상태로 누워 있는 어머니를 버리고 단지 자신의 즐거움을 위해 일본으로 떠났습니다. 우리는 전보로 귀국을 재촉했는데, 그 아이가 병든 어머니를 문병하러 파리에 도착했을 때는 모든 것이 끝난 후였습니다. 그 아이의 제멋대로 된 성격은 생각만 해도 끔찍합니다. 우리는 그 아이의 마음을 알 수가 없습니다.

노부인의 편지를 앞에 놓고 보니 기시모토는 자신까지 한꺼번에 꾸지람을 들은 듯한 기분이었다. 무슨 일이든 생각한 대로밖에 할 수 없는 것은 그 아가씨만이 아니라 자신 역시 그렇기 때문이다. 그러나 그는 마음속으로 아가씨를 변호했다. "저에게 일본은 공상의 나라였으니까요"라고 한 것은 노부인의 술회가 아니던가. 그 사람이 일본에 가서 일본인과 결혼한다고 하는데, 왜 좀더 동정적인 마음을 가질 수 없는 것일까. 빈사 상태로 누워 있는 어머니를 버리고 프랑스를 떠났다는 것은 어쩌면 아가씨의 잘못인지도 모르지만, 그만큼 골똘히 생각하지 않고 어떻게 홀로 동양의 하늘로 갈 수 있었겠는가.

83

노부인의 편지에는 상당히 가혹한 내용이 쓰여 있었다. 하지만 낯선 이곳 사람 중에서 기시모토에게 그만큼 진실한 내용을 써 보낸 사람은 좀처럼 없었다. 그는 이방인으로서 자신의 여행이 그만큼 이 고장 사람들의 생활과 인연이 멀다는 것을 깨달았다. 여러 나라에서 파리로 모여든 수많은 여행자들을 상대로 생계를 꾸려나가는 사람들 사이에서 나오는 분위기, 굉장히 겸손하고 정중한 자세로 험하고 냉정한 것을 감싸고 있는 듯한 분위기, 익숙해서 모르고 있을 만큼 직업적이 되어버린 분위기가 아주 짙게 그를 둘러싸고 있는 것을 알았다. 프랑스 사람의 가정을 봐온 눈으로 자신의 하숙을 볼 때마다 그는 늘 탄식했다.

기시모토의 하숙에는 다카세라는 도쿄 대학의 조교수가 독일에서 와 묵고 있었다. 이 사람의 방은 기시모토의 방과 벽 하나를 사이에 둔 바로 옆이었다. 창문이 하나 있는 그 방으로 가서 보면 키 큰 플라타너스 가로수의 가지가 기시모토의 방에서 보는 것보다 가깝게 창가로 뻗어왔다. 짙은 초록색 잎은 이제 7월이 왔음을 말해주고 있었다.

"지무라 씨가 있던 숙소가 보이네요."

기시모토는 뭔가 생각난 듯이 말하며 푸르디푸른 잎들 사이로 보이는 건너편 호텔 건물을 바라보았다. 다카세를 기시모토의 하숙에 소개해준 이도 같은 대학의 교수였던, 기시모토와는 이 하숙 식당에서 한동안 식사만을 함께했던 지무라였다.

"지무라 씨도 용케 그런 숙소에서 견뎠다고 생각해요."

기시모토가 말했다.

"지무라 씨가 저한테 이렇게 말했지요. '그래도 당신 방이 부럽습니다. 이쪽 창에서 보면 당신 방의 창에는 하루 종일 해가 드니까요'라고요. 높은 건물만으로 이루어진 동네라서 그렇게 해가 들지 않는 방도 있더군요. 호텔이라고 하면 좋아 보이지만, 실제로 지무라 씨는 참 딱해 보였습니다."

이렇게 이야기를 나누고 있는 사이에, 기시모토가 건너편 숙소로 가서 밤늦게까지 서로 여행의 심사를 나누거나 지무라가 식사 때마다 이하숙으로 와서 이야기를 나누다 가곤 했던 때의 일이 떠올랐다.

"지무라 씨가 있을 때는 향수병 이야기도 자주 나왔지요. '네가 서양에 가면 반드시 향수병에 걸릴 거다'라는 말을 듣고 왔다는 이야기도 했습니다."

다시 기시모토가 독일로 간 지무라 이야기를 하자 다카세도 뭔가 떠오른 모양이었다.

"서양에 와 있는 사람 중에 많든 적든 향수병에 걸리지 않은 사람은 없겠지요."

다카세의 탄식은 무턱대고 강한 체하는 여행자의 말보다 훨씬 더 정겨운 동포의 소리로 들렸다.

84

다카세는 지무라 교수와 마찬가지로 경제 방면에서 출세한 소장학자였다. 기시모토가 파리에서 만났을 무렵의 지무라에 비하면 다카세는 독일에서 여러 가지 일을 실컷 겪고 파리로 온 사람으로, 그만큼 지무라 교수보다는 여행에 익숙해 있었다. 다카세는 독일에서 보고 들은 이러저러한 여행자의 이야기를 파리로 가져왔다. 놀랄 만큼 심한 향수병에 걸린 동포 이야기 등도 다카세의 입에서 나왔다. 어떤 유학생은 높은 창에서 뛰어내려 죽었다. 어떤 사람은 극도의 히스테리 상태에 빠졌다. 그 사람은 친절과 호기심을 동시에 갖춘 동포 동행인에게 이끌려 여행자에게 몸을 맡기는 걸 호구지책으로 삼는 독일 여자를 보러 갔다. 갑자기 그 사람은 천하게 구는 여자를 보고 울음을 터뜨렸다고 한다. 다카세에게 이런 이야기를 들었을 때도 기시모토는 웃을 수 없었다.

"가혹한 일이군요." 기시모토가 말했다. "파리에 있는 우리의 처지는 마치 도쿄의 간다 근처에 있는 중국 유학생의 처지입니다. 저는 자주 그런 생각을 합니다. 이래서는 향수병에 걸릴 거라고 생각해요. 지금 생각하면 중국 유학생을 냉대한 것은 잘못한 일이었지요."

"간다 주변을 걷던 시절에는 그런 생각도 못했습니다. 유럽에 와보고서야 그걸 이해할 수 있었지요."

다카세도 말했다.

"그 사람들도 중국에서는 다들 상당한 데서 온 청년들이겠지요. 그 사람들이 여행자 취급을 받고 상당한 돈을 쓰는데도 비참한 생각을 한다고 하면 정말 딱한 노릇이지요. 돈을 쓰고도 비참한 생각을 하는 것만큼 싫은 게 없습니다. 제가 고국을 떠나올 때 '유럽에 가보면 자신들이 출세한 건지 영락한 건지 알 수 없게 됩니다'라고 말한 사람도 있었습니다."

무의식중에 기시모토는 중국 유학생을 구실 삼아 고국을 떠날 때는 상상도 못했던 괴로운 경험을, 평소의 인내와 분개를 입 밖에 내려고 했다. 파스퇴르 거리 근처의 화실에 사는 오카나 마키노, 고타케를 생각할 때마다 그는 매음부나 뒷골목의 초라한 셋집 아주머니들 같은 사람들과 한 지붕 아래에서 그림을 그리는 걸 떠올리며 그 사람들의 실제 처지를 가엾게 여기지 않을 수 없었다. 자유, 평등, 박애를 표어로 하는 이 나라에는 극도로 부유한 사람과 극도로 가난한 사람이 있을 뿐, 자신의 고국에 있는 중간 정도이고 쾌적한 생활을 하는 사람은 없는 건가 하는 의심이 들었다.

늘 여행자의 심정을 견주어보는 다카세 같은 이야기 상대를 얻고 보니 기시모토는 필설로 다하기 힘든 기분을 자신만 느끼고 있는 게 아니라는 사실을 알았다. 집 밖을 거닐러 나갈 때 그는 동네 부근에 발견해 둔 좋아하는 장소로 자주 다카세를 데려갔다. 천문대 뒤쪽에 있는, 가로수가 이어진 조용한 길로. 뤽상부르의 미술관 뒤쪽에 있는 장미정원으로. 때로는 고블랭 시장에 가까운 가난한 동네들로. 그리고 시와 과학이 동시에 있는 듯한 파리를 객사의 창으로 바라보며 긴 연구 생활이라는 여행 도중에 잠시 숨을 돌리고 가려는 다카세와 자신의 처지를 견주어보았다.

85

'너의 여행은 다른 사람과 다르겠지. 너는 옆방의 다카세한테까지 감추려는 것이 있잖아. 그런데도 너는 안심하고 네 침대에서 잘 수 있는 거야?'

이런 목소리가 들려 기시모토를 시험했다. 정확히 거리 귀퉁이에 있는 기시모토의 방은, 산부인과 병원이 보이는 가로수 길을 향한 쪽에서 다카세의 방으로 이어지고, 몽틀롱으로 가는 승합자동차가 다니는 좁은 골목을 향한 또 하나의 방으로 이어져 있었다. 그 방은 고등법원 변호사라는 젊은 프랑스인이 숙박만 하려고 빌린 것으로, 그는 아침 일찍 나갔다가 저녁 늦게 돌아왔다. 낮에는 없는 것이나 마찬가지였다. 하숙인으로는 다카세, 기시모토 외에 젊은 독일인이 있을 뿐이어서 집 안은 비교적 조용했다. 자신의 방에서 듣고 있으면 때때로 옆방에서 걸어 다니는 다카세의 구두 소리가 들려온다. 과학적인 연구를 평생의 직업으로 하는 다카세도 유화물감으로 실내의 모습이라도 그려보는 것을 위안거리로 삼아, 파리로 온 김에 그런 여기(餘技)를 시도하고 있는 듯했다. 벽 너머로 들려오는 발소리는 그 사람과 얼굴을 맞대고 있을 때보다 더욱더 옆방의 학자 여행객다운 권태를 전해주었다.

기시모토는 찬장의 여닫이문에 붙어 있는 전신 거울 앞으로 갔다. 여행을 와서 한층 흰머리가 많아진 머리카락이 거울에 비쳤다. 잠시 그는 자신의 모습을 주시했다. 전신 거울에는 어쩐지 스스로를 속이려는 사람이 있었다.

'Dead secret.'

문득 이런 분한 영어가 그의 입가에 맴돌았다. 아무도 모르게 자신의 행적을 묻어버리려는 기시모토는 되도록 다른 일에 마음을 빼앗겨 어두운 비밀에 닿는 걸 피하려고 했다. 멀리 고국을 떠나 1년쯤 기다리는 중에 "아무것도 모르는 사람이 얼핏 봐서는 몰라볼 정도까지는 되었으니 안심하세요"라는 편지를 조카딸에게서 받았다. 형이 잠자코 있어주고, 세쓰코가 잠자코 있어주고, 자신 또한 잠자코 있기만 하면 이 일은 그럭저럭 묻어버릴 수 있는 것처럼 보였다. 형이 잠자코 있어주지 않을 리는 없었다. 형은 한번 내뱉은 말은 끝까지 지키는 성격으로, 다른 사람보다 두 배는 체면을 중시하는 사람이었다. 게다가 이 일은 딸의 인생과도 관련되어 있는 일이기 때문이다. 세쓰코가 잠자코 있어주지 않을 리도 없었다. 예전에 부리고 있던 할멈조차 두렵다며 비위를 맞추고 있다고 써 보냈을 정도기 때문이다. 그러고 보면 자신만 잠자코 있다면, 잠자코, 잠자코, 기시모토는 이렇게 생각하며, 다시 '시간'의 힘을 기다리려고 했다. 원래 그는 자신의 채찍을 받을 생각으로 이곳까지 떠나왔다. 고난은 처음부터 예상한 바고, 그것으로 속죄할 수 있다면 자신의 죄를 속죄하고 싶다는 것이 고국을 떠날 때부터의 바람이었다.

'이런 생각을 해도 아직 부족한 것일까.'

그는 자신에게 이런 말을 되풀이했다.

86

드문 일로, 기시모토의 꿈에 세쓰코가 나타났다. 잠을 이루지 못한 나머지 무거운 담요를 걷어차고 벽 쪽의 침대 위로 상반신을 일으켜 주위를 둘러보았을 때는 아직 꿈을 깨려고 할 즈음의 무서운 기분이 남아 있었다.

　여름다운 밤이었지만 이상하게 추웠다. 기시모토는 잠옷 위에 고국에서 가져온 솜옷을 겹쳐 입고 침대에서 내려갔다. 창가로 가서 높은 커튼을 열고 보니 동틀 녘의 파르르한, 조용한 꿈같은 광선이 눈에 비쳤다. 거리도 아직 소음이 들려오지 않을 시간으로, 마차를 끄는 말의 방울 소리와 거리를 경계하며 다니는 경찰의 구두 소리가 희미하게 어두운 플라타너스 가로수 사이로 들려왔을 뿐이었다. 날이 샐 것 같으면서도 새지 않는 짧은 밤의 하늘은 고국에서 보는 것보다 훨씬 긴 황혼 녘과 더불어 이국의 객사에 있는 심사에 젖게 했다. 옆방의 다카세도 프랑스인 변호사도 아직 깊이 잠들어 있을 시간이었다. 기시모토는 이제 익숙해진 프랑스의 강한 엽궐련을 한 대 피우고, 좀처럼 꾼 적이 없는 세쓰코 꿈을 더듬었다. 유종으로 절개 수술을 받았다는 그녀가 가슴에 신경 쓰고 있는 모습이 기시모토의 눈에 어른거렸다. 일종의 공포에 찬 환각에 의해 평소에는 그다지 생각하지 않는 사물의 의미를 절실히 느끼는 것처럼.

　"숙부는 모르는 체하는 얼굴로 프랑스에서 돌아오세요."

　도쿄 아사쿠사의 집에서 세쓰코가 한 말, 기시모토가 여행 준비로 분주하던 무렵에 그녀가 가까이 와서 했던 그 말이 문득 떠올랐다. 기시모토는 혼자 그 말을 떠올리고는 섬뜩했다.

　커튼을 열어둔 채 기시모토는 다시 침대로 올라갔다. 다시 잠에 빠진 그가 눈을 떴을 때는 꽤 늦은 시간이었다. 그날 아침, 일어나 책상 앞에 앉았을 때도 무서웠던 꿈속의 기분은 아직 그에게서 떠나지 않았다.

　"세쓰코는 어떻게 지내고 있을까? 왜 가끔씩 그런 편지를 보내는 걸까?"

　기시모토는 그곳에 조카딸이라도 있는 것처럼 이렇게 혼잣말을 하며 한숨을 내쉬었다. 되도록 '그 일'은 건드리지 않으려고, 그것을 떠올리는 일조차 피하고 싶은 기시모토에게는 세쓰코가 때때로 보내오는 편지조차 괴로웠다. 그는 예전에 이 하숙에 묵었던, 게이오 대학에서 온 유학생으로부터 어떤 독일어를 들은 적이 있다. 그 말은 영어의 incest*를 의미하는데, 균형을 잃은 두뇌를 가진 자 사이에서 발견되는 하나의 병적인 특징이라는 설명을 들었을 때 그런 말을 듣는 것만으로도 흠칫했다. 그는 또 어떤 부인과 관계가 있었다는 다른 유학생 이야기를 들었을 때도, 남편이 여행 중에 그 젊은 부인이 임신했다는 이야기를 들었을 때도, 그런 이야기를 듣는 것만으로도 그의 마음은 심한 고통을 겪었다. 하물며 그 젊은 유학생이 자신의 용모와 재능을 자랑하듯이 그 이야기를 시작했을 때는 혼자 격한 마음의 고통을 느끼지 않을 수 없었다. 왜 어떤 사람에게는 부덕(不德)이 오히려 은밀한 자랑이고 자신에게는 고뇌의 씨앗인 걸까 하고 한탄한 적도 있었다. 1년 남짓한 시간 동안 그는 여행에 마음을 빼앗김으로써 간신히 마음의 눈을 막으려고 해왔다.

87

그리운 고국의 소식은 그림엽서 한 장이라도 아주 소중하게 생각되어 이따금 옛 편지까지 꺼내서 읽고 싶은 이국땅의 객사에 있으면서도, 조카딸로부터 받은 편지만은 태워버리거나 찢어버려 눈에 띄는 곳에 남겨두지 않았다. 멀리서나마 그는 세쓰코에게 바라고 있었다. 이국땅에

---

* 근친상간.

있는 자신을 잊고, 앞날이 창창한 그녀 자신의 인생을 생각해주기를. 그런 마음에서 그는 되도록 세쓰코에게 답장 보내는 것을 피하고, 그녀에게 써야 할 답장을 요시오 형에게 썼다. 하지만 지금쯤 잊었을까 하는 시점에 다시 그녀의 편지가 왔고, 그럴 때마다 기시모토의 오뇌는 늘어갔다. 고베를 떠난 이래 그녀가 보낸 여러 통의 편지는 기시모토의 마음에 의문으로 남아 있었다. 하루도 떨어진 일이 없었을 만큼 붙어 다녔다는 어두운 그림자에서 드디어 벗어날 수 있었다고 말하며 편지를 보내왔던 때부터 그녀는 어쩐지 다른 사람이 된 것 같았다. 그토록 깊은 상처를 입었으면서도 그녀는 전혀 회한을 모르는 사람 같았다. 기시모토가 보기에, 젊은 시절 자신의 딸처럼 태어난 세쓰코 같은 여자가 꽤 나이가 많은, 게다가 귀밑머리가 이미 반백인 자신 같은 사람에게 그녀의 작은 가슴을 펼쳐 보였다는 것이 있을 수 있는 일일까. 이런 생각을 할 때마다 기시모토는 세쓰코가 한 남자아이의 어머니인 것을 생각했다. 헤어지기 쉽고 잊기 쉬운 남자와 여자 사이의 관계가 얼마나 뿌리 깊은 것인가도 생각했다. 거기까지 생각해보지 않으면 그녀가 써 보낸 편지가 아무래도 납득이 가지 않는 점이 많았다.

'아이를 가지면 그렇게 되는 걸까?'

기시모토는 어느새 떠올리고 싶지 않은 것을 떠올리고는 혼자 방 안에 멍하니 앉아 있었다. 그는 세쓰코가 부도덕의 관념을 지워버림으로써 그녀의 모성을 지키려고 하는 게 아닐까 하고 의심했다. 멀리 떨어져 세쓰코를 생각할 때마다 그는 죄 많은 가련함만 느끼는 것이 아니었다. 동시에 말로 표현하기 힘든 공포마저 느꼈다.

누가 방문을 두드리는 소리가 들렸다. 기시모토는 문을 열기 위해 의자에서 일어났다.

88

문을 두드린 이는 오카였다. 새로운 전람회가 열리고 있다며 같이 가자고 했다. 마들렌 성당에서 가까운 화랑에 새로운 그림이 걸렸다며 같이 가자고 찾아와준 이 화가의 얼굴을 보고 기시모토도 기분을 새로이 했다. 오카는 고국으로 돌아가고 싶지 않다는 우울한 기운뿐만 아니라 늘 혈기왕성하고 생기발랄한 기운까지 함께 기시모토에게 가져왔다.

"오카 군, 자네는 아벨라르에 대해 들어본 적 있나?"

기시모토가 물었다.

역사가 오래된 것들이 많은 파리에서 보면 이 거대한 창고 같은 도시에서는 무엇이 나올지 모른다는 것에서 시작하여 아벨라르와 엘로이즈의 사적이 청년 시절의 자기 마음을 강하게 끌어당겼다는 것, 파리에 와서 보니 아벨라르가 옛날에 소르본의 선생이었다는 것, 그 고명한 중세의 수도사 시대부터 오늘날 소르본의 학문이 시작되었다는 것, 그리고 파리의 페르 라세즈 묘지에서 그 두 연인의 묘를 발견했을 때의 놀라움과 기쁨을 오카에게 이야기했다.

"이 하숙에는 지금 야나기라는 박사도 밥을 먹으러 온다네. 지무라 씨가 묵었던 호텔에 묵고 있지. 역시 교토 대학의 선생이네. 야나기 박사에다 옆방에 있는 다카세 씨와 나, 이렇게 셋이서 페르 라세즈 묘지를 찾아갔다네. 상당히 좋은 묘지였네. 막다른 데는 「죽음의 기념비」라는 대리석 조각도 있고, 언덕에 기댄 전망 좋은 지형인데, 예배당이 있는 언덕 위에서는 파리 시내도 잘 보였네. 우리는 한참을 찾아다닌 끝에 오래된 묘지 앞에 섰다네. 그게 아벨라르와 엘로이즈의 묘였지. 두 사람이 누워 있는 조각이 묘지에 놓여 있고, 그 측면에는 글자가 새겨져 있었네. 이 사람들은 평생 변함없는 정신적인 애정을 나누었다고 쓰여 있더군. 뭐, 비익총* 같은 것이지. 하지만 푸른 이끼가 긴 묘석에 두 사람의 이름이 새겨져 있기도 해서 그것을 보고 간다면 비익총의 느낌도 나지만, 웬걸 그런 게 아니었네. 남자와 여자가 누워 있는 조각상은 당당히 베개를 나란히 하고 있어서 놀랐지. 다카세 씨가 '역시 사랑의 나라야' 하고 말해 웃었지만 말이네."

기시모토의 여행담 같은 이야기는 오카를 미소 짓게 했다. 기시모토는 말을 이었다.

"하지만 가톨릭의 나라가 아니면 볼 수 없는 고풍스럽고 조용한 묘지였네. 참배하러 오는 사람도 아주 많은 것 같고, 그 묘지를 둘러싸고 있는 철책에는 남녀의 이름이 가득 쓰여 있었지. 그런 곳은 서양이나 일본이나 마찬가지인 모양이야. 다들 그 두 사람의 운명을 닮고 싶은 거겠지."

거기까지 이야기하자 오카는 기시모토의 말을 가로막았다.

"기시모토 씨, 당신은 어떻게 생각합니까? 당신 나이가 되어도 아직 사랑을 상상하시나요?"

"그야, 자네, 나이를 먹으면 먹은 대로 아주 젊었을 때와는 다른, 복잡한 연애의 경지가 있다고 생각하네. 이제 나한테는 두 번 다시 사랑 같은 게 찾아올 것 같지 않지만 말이네."

젊은 시절의 기시모토는 이런 이야기를 하는 것만으로도 곧바로 얼굴이 빨개졌다. 아직 옛날처럼 뜨거운 눈물이 흐르는 일은 있어도, 그의 볼은 좀처럼 붉어지지 않았다.

---

* 比翼塚: 이루지 못한 사랑을 한탄하며 함께 자살한 남녀를 한데 묻은 무덤.

89

"기시모토 씨, 부탁이 있어 왔습니다." 그제야 오카가 말했다. "실은 아침부터 아직 아무것도 먹지 못했습니다."

기시모토는 눈을 동그랗게 뜨고 오카를 쳐다봤다. 객지에 와서 도 와주기도 하고 도움을 받기도 하는 사이여서 이런 일이 드물지는 않았지 만, 너무나도 솔직한 오카의 어투에 기시모토는 몹시 놀랐다. 기시모토 는 이야기를 좋아하는 이 화가가 '배고픔'을 옆으로 치워놓고 '사랑'에 대 해 말했다는 것을 알았다.

"오카 군도 있을 때는 있지만, 없을 때는 또 되게 없는 사람이군." 기 시모토는 허물없이 말하고 웃었다. "어떻게든 해보지, 뭐. 그럼 자네는 시몬의 카페에서 점심이라도 하면서 기다리고 있게. 난 뒤따라 곧 갈 테 니까."

기시모토의 이국 생활 역시 족하기도 하고 부족하기도 했다. 다카세 와 같은 생활과는 달리 오랜 세월 동안 고국 쪽 사정이 변해가는 데서 그렇기도 하고, 파리에 와서 할 예정인 일을 아무튼 해낼 수 없는 데서 도 그랬다.

"외국에 와서 생활이 어려워지면 정말 곤란하니까."

기시모토는 이렇게 혼잣말을 해보고 한발 앞서 나간 오카의 뒤를 따라갔다.

시몬의 카페에 가보니 예의 안쪽 방 구석진 자리에서는 주인부터 종 업원까지 다 모여, 손님을 맞아 장사하는 집답게 꽤 늦은 식사를 하고 있었다. 시몬은 점점 예쁜 아가씨가 되어갔다. 그녀는 어머니 옆에 앉아 프랑스빵을 볼이 미어지게 넣고 있었다. 이 가족이 식사하는 모습을 즐겹게 바라보면서, 같은 방에 있는 오카도 간단한 식사를 하기 시작했다.

마키노와 고타케가 카페에 합류하자 오카는 한층 더 힘이 났다. 세 화가 중에서는 고타케가 가장 연장자이고 그다음이 오카, 그리고 마키 노 순인 것 같았다. 기시모토에게는 마키노도 고타케도 고국에서 이름 을 들어본 적이 있는 사람들이었다. 기시모토는 마키노가 좀더 격렬한 사람일 거라고 생각하고 있었다. 그런데 실제로 만나보니 마키노는 의외 로 친절하고 세심하며 게다가 기개 넘치는 미술가였다. 광택이 나는 볼 의 색은 붉은 기가 도는 머리카락과 잘 어울려 한층 젊어 보였다. 또한 고타케는 친해지기 어려운 사람일 거라고 생각하고 있었다. 하지만 이국 땅에서 만나본 고타케는 금방이라도 친해질 수 있을 것 같은, 사람을 까 닭 없이 싫어하는 구석이 적은 미술가로, 누구에게나 호감을 살 것 같은 침착한 성격이었다. 두 사람은 파리로 온 지 아직 얼마 되지 않았고, 여 행복인 듯한 양복도 아직 검은 매연에 더럽혀지지 않았다.

"마키노는 역시 마키노야. 좀더 난처해할 거라고 생각했는데, 자네 의 그 힘찬 모습에는 정말 감탄했네."

"그야 오카 씨와는 다르지요."

마키노는 놀리듯이 말했다.

"이렇게 모이고 보니 역시 내가 가장 연장자군."

기시모토가 말했다.

"기시모토 씨는 이제 노인에 속하지요."

다시 마키노가 장난하듯이 말하며 웃었다.

"하지만 고국에 있으면 이렇게 다 함께 모이는 일도 없고, 뭐니 뭐니 해도 여행은 재미있어." 고타케가 말했다. "오카 군을 편들어주는 아가씨 도 잘 봤고 말이야."

"아무튼 여행을 오면 자신을 돌이켜보게 되는 것 같습니다."

오카는 약간 진지하게 대답했다. 기시모토는 잠시 이 사람들과 즐거운 시간을 보냈다. 그는 뭘 보고 들어도 재미있는 마음에 거치적거리는 것이 없는 마키노와 고타케가 부러웠다.

90

고국에 남겨두고 온 아이들이 마음에 걸렸고 또 그들을 부양하기 위해서도 기시모토는 해내고 싶은 일을 서두르려고 했다. 7월도 하순에 접어든 무렵이었다.

창밖에는 때때로 천둥소리를 동반한 비가 내려, 이따금 대낮에도 불을 켜야 할 만큼 방 안이 어둡기도 했다. 기시모토가 원고를 이어서 쓰려고 한 것은, 도쿄 아사쿠사의 예전 서재에서 쓰다가 만 자서전의 일부였다. 방에서 책상에 앉으면 그 원고를 쓰기 시작한 무렵의 마음, 아직 이 여행을 생각하기 전 무서운 폭풍이 자신에게 다가왔을 무렵의 마음, 아사쿠사의 2층 서재에서 이것이 자신의 마지막 글이 될지도 모른다고 생각하던 무렵의 마음이 가슴속을 오갔다. 파리의 객사에서 다시 한번 그 원고를 이어서 쓸 수 있다고 생각하는 것조차 그에게는 신기한 일 같았다.

오스트리아가 세르비아에 선전포고한 내용을 읽은 것은 바로 그 일에 착수한 무렵이었다. 어쩐지 하루가 다르게 거리의 분위기가 심상치 않게 되었다. 이상하고 억누르는 듯한 섬뜩한 침묵이 거리를 지배하기 시작했다. 기시모토가 매일 식당에서 보는 얼굴은 산부인과 병원 옆의 호텔에서 오는 야나기 박사에다 옆방의 다카세뿐이었다. 젊은 독일인 손님은 이미 보이지 않았다. 식당에 모일 때마다 야나기 박사와 다카세, 기시모토는 서로 이상한 얼굴을 마주했다.

앞으로 다가올 커다란 사건의 파열을 암시하는 듯한 불안한 분위기 속에서 기시모토는 일을 서둘렀다. 노르망디 출신의 프랑스 작가*가 『성 앙투안의 유혹La Tentation de Saint Antoine』을 쓰기 시작한 것은 보불전쟁이 한창일 때 갇혀 있던 파리에서였다지 않은가. 그 작가는 정확히 쉰 살에 그 작품을 구상했다고 한다. 기시모토는 이국에 사는 몸으로 그것을 생각했다. 고국에 있을 때 친구들과 자주 이야기를 나눴던 그 작가가 40여 년 전에는 파리에서 글을 쓰고 있었다는 것을 생각하고, 그것으로 자신을 위로하고 격려하려 했다. 때때로 그는 글을 쓰고 있던 펜을 놓고 창문 앞으로 갔다. 소나기가 쏟아지기 직전과 같이 쥐 죽은 듯한 고요함이 느껴졌다. 식당으로 갔다. 거기에는 놀랄 만큼 검소하게 살고 있는 하숙의 여주인이, 불 켜는 걸 아까워해 어둑어둑한 식당 구석진 곳에서 앞날의 불안을 생각하면서 기운 없이 서 있었다.

"기시모토 씨, 보세요. 저건 뭔가의 전조예요."

여주인은 식당 창가에 서서 황혼 녘의 공기 때문에 붉은 기가 도는, 보라색으로 물든 산부인과 병원 건물을 기시모토에게 가리켰다. 여주인의 조카딸로 리모주의 시골에서 올라와 있는, 머리카락이 붉고 곱슬곱슬한 아가씨도 함께 그 창에서 핏빛 석양을 바라보았다.

"전쟁은 피할 수 없을지도 모르겠어요."

여주인은 이렇게 말하고 프랑스인답게 어깨를 살짝 올렸다 내렸다.

---

* 귀스타브 플로베르(Gustave Flaubert, 1821~1880)는 스물네 살에 브뤼헐의 그림 「성 앙투안의 유혹」을 보고 이를 주제로 장편소설을 썼다.

오스트리아가 세르비아에 선전포고를 한 지 6일째 되는 날, 기시모토는 드디어 우편으로 고국에 보낼 만큼의 원고를 마쳤다. 평소 오가는 사람들이 많던 가로수 길도 어쩐지 쓸쓸하고, 걸어 다니는 사람도 뜸했다.

91

평화로운 파리의 무대는 실로 급격한 기세로 변해갔다. 오늘 동원령이 내린다 내일 내린다 하는 소문이 나돌던 무렵, 기시모토는 다카세와 함께 벨기에로 떠나는 사람을 북역까지 전송하러 나갔다. 나간 김에 동쪽 역에도 들러보았다. 역 안의 게시판을 보고 프랑스와 독일 국경의 교통은 이미 단절되었고 철도도 전선도 이미 불통이 되었다는 사실을 알았다. 파리를 빠져나가려고 역으로 몰려드는 독일인이나 오스트리아인은 모두 여행자 복장이었고 구내의 포석 위에 아무렇게나 발을 내놓고 기차가 떠나기를 기다리고 있었다. 기시모토는 바로 눈앞에서 갑자기 졸도할 뻔한 노동자풍의 사내도 봤다. 짐을 안은 여행객, 이별을 아쉬워하는 사람들, 울어서 퉁퉁 부은 여성의 얼굴까지 시국의 긴박함을 알려주는 것 같았다. 기시모토는 다카세와 함께 서둘러 하숙으로 돌아와 정말 어려운 처지에 빠졌음을 깨달았다. 일단 기시모토는 자신의 방에 틀어박혀 고국의 요시오 형에게 형세가 긴박해졌음을 알리는 편지를 썼다. 앞으로의 일은 예상하기 힘들다, 아무쪼록 아이들을 잘 부탁한다고 썼다. 그는 도쿄에 있는 두세 명의 친구에게도 서둘러 편지를 썼는데, 고국에서 시베리아를 경유하여 오는 우편물이 이미 두절되었다는 것을 알았다.

저녁에는 거리로 나갔다. 그는 이미 큰 전쟁을 예상하여 비장감에 젖어 있는 시민들의 소용돌이 속에 섰다. 여기저기에 붙은 삼색기가 인쇄된 동원령, 대통령의 포고, 화물 수출의 금지령 등을 읽으려는 사람들이, 지금까지 소리를 죽이고 조용히 있었던 듯한 거리거리에 흘러 넘쳤다. 어쩐지 살기를 띠기 시작한 사람들의 부산한 발걸음도 기시모토의 가슴을 쳤다. 남편이나 형제자매 또는 연인을 걱정하는 표정의 여자들까지 숨을 헐떡거리며 그 사이를 왔다 갔다 했다.

기시모토는 불과 일주일 사이에 이런 분위기 속에 있게 된 것이다. 주위의 급격한 변화는 마치 무대의 회전으로 극의 광경이 일변하는 것이나 마찬가지였다. 유명한 사회당 당수로 평화론자였던 프랑스인이 전쟁 서막의 와중에 쓰러진 것은 이 극적인 광경을 더한층 끔찍하게 했다. 기시모토는 자신의 방에서 혼자 이런저런 일들을 생각했다. 멀리 고국을 떠나와 뜻밖에도 동란의 한복판에 서게 된 이국인인 자신의 처지를 생각했다. 밤 11시경에 비가 내리기 시작하여 창으로 내다보이는 가로수도 어두웠다.

92

모든 장정이 차례로 국경으로 향했다. 출정하는 병사가 가로수 길을 지나는 광경이 이미 이틀 동안이나 계속되었다. 독일군의 척후가 벌써 프랑스 동부의 국경을 넘어왔다는 보고까지 전해졌다. 하숙에서는 여주인도, 여주인의 조카딸도 식당 창가로 가서 거리를 지나는 보병 부대를 내다보았다. 기시모토가 창가로 다가갔을 때 여주인이 그를 돌아보며 말했다.

"기시모토 씨, 이제 어쩔 수 없는 거 아닐까요? 우리 집에 있던 젊은 독일인 손님은 정확히 전쟁을 알고 있었거든요. 부모님한테서 편지가 오자 무척 서둘러서 파리를 떠났어요. 그 남자는 아마 독일 스파이였을 거예요."

이렇게 말하면서 자신의 코 옆에 집게손가락을 갖다 댔다. 그런 손님을 묵게 한 것을 자못 분하게 생각한다는 듯이.

"보세요, 매일같이 이 동네를 어슬렁거리던 이상한 여자가 있었잖아요. 다들 '카롤린 부인'이라는 별명으로 부른 여자 말이에요. 아무래도 그 여자가 수상했어요. 그 사람은 백치를 가장했거든요. 가짜 여자예요. 분 같은 걸 너무 덕지덕지 바른다 했는데, 지금 생각해보면 그 사람은 남자 얼굴이었어요."

다시 여주인이 이렇게 말했다. 의심에 사로잡힌 이 프랑스 여인은 자신의 하숙 손님뿐만 아니라 동네를 배회하던 백치 여인까지도 스파이로 만들어버렸다.

창밖을 지나는 병사들 무리를 바라보던 눈으로 여주인의 조카딸을 보고 기시모토는 리모주의 시골에서 올라온 이 아가씨가 울어서 얼굴이 붉고 눈이 퉁퉁 부어 있는 것을 알았다. 그녀의 오빠도, 그녀의 약혼자도 모두 출정하게 될 거라고 여주인이 기시모토에게 말해주었다. 기시모토는 자신의 방으로 돌아갔다. 소집된 시민들이 열을 지어 창밖으로 계속 지나갔다. 다들 사냥 모자를 쓰고 작은 짐을 든 채 프랑스 국가를 부르며 가로수 그늘에 서 있는 여자들과 아이들에게 큰 소리로 이별을 외치고 지나갔다. 모든 승합자동차도 군용으로 징발되어 몽틀롱으로 가는 자동차 소리도 끊어졌다. 열여덟 살부터 마흔일곱 살까지의 모든 남자가 이 전쟁에 참가하게 되어 그 사람들을 모조리 휩쓸고 갈 커다란 물결이 지나려 하고 있었다.

파리에 체류하는 외국인 중에 떠나고 싶은 사람은 빨리 떠나고, 독일이나 오스트리아 이외의 국적을 가진 사람은 체류를 허락한다는 것이었다. 이 사건에 대해서도 종군 지원이 끊임없이 기시모토의 가슴속을 오갔다. 어차피 고국으로는 돌아갈 수 없다고 생각하는 그는 자진하여 전장으로 떠나고 싶었지만, 스스로를 괴롭히는 일만 많고 뜻대로 편지도 쓸 수 없을 거라고 생각하며 뜻을 꺾었다. 이미 계엄령이 선포되어 파리의 성문은 굳게 닫혔으며 여행도 완전히 불가능해졌다. 사실상 그는 이제 갇힌 신세나 마찬가지였다.

93

마침내 기시모토는 1년 남짓 머물렀던 파리를 떠날 결심을 했다. 동원령이 내리고 나서 3주 동안은 아무 일도 손에 잡히지 않았다. 어제는 벨기에 나무르의 요새가 위험하다든가 오늘은 독일군의 선봉이 국경 지역인 릴까지 육박해 왔다든가 하는 전보(戰報)를 기다리는 분위기에서는 그저 시민과 함께 걱정을 나누고 체류하는 동포의 무사한 얼굴을 보며 앞날에 대한 이야기를 나누는 게 고작이었다. 옆방의 다카세가 야나기 박사와 함께 전란을 피해 영국 런던으로 떠나자고 권했으나 기시모토는 프랑스의 시골로 떠나기로 하고 북역에서 다카세와 헤어졌다. 적의 비행선이 파리를 습격한 첫째 날 밤에는 잠들 수 없었다는 화가 고타케도 8월 중순에 다카세 일행에 가세하여 영국 해협을 건넜다.

기시모토가 알고 있는 소수의 프랑스인 중에서도 비양쿠르의 서기는 베르사유의 병영에 있고, 라페의 시인은 파리의 자동차 부대에 가담했으며, 브로스의 교수는 전장으로 간 두 아들을 걱정하고 있었다. 특히 비양쿠르의 서기는 병영에서 기시모토에게 편지를 보냈다. 우리가 같은 연합군 측에 섰다고 생각하니 기쁘다, 도쿄에 있는 다키의 신부(노부인의 조카딸)가 남편과 함께 프랑스로 놀러 오겠다는 뜻을 전해왔는데 이 전쟁으로 그럴 수도 없다는 내용이었다. 기시모토의 옆방을 빌려 묵고 있던 항소법원의 변호사도 어느새 보이지 않았다. 예의 시몬의 카페 주인, 하숙의 야간경비까지 모두 전장으로 떠났다.

러시아군이 독일 동부로 들어왔다는 소식이 전해진 날, 기시모토는 방에서 짐을 꾸리며 하루를 보냈다. 그의 하숙은 이사를 하느라 야단법석이었다. 여주인도, 그녀의 조카딸도, 그보다 하루 먼저 리모주로 떠났다. 여행이 일부 허락되었으므로 그도 하숙인들의 권유로 여주인의 고향으로 가게 되었다. 그는 이를 기회로 프랑스의 시골을 구경할 생각이었다. 전쟁 이후에는 여행도 자유롭지 못하게 되었다. 여행객 한 사람당 30킬로그램 이상의 짐은 허락되지 않았다. 빨리 찾아오는 리모주의 추위를 예상하고 그는 두 손으로 들 수 있는 만큼의 옷을 가방에 넣어 가져가려고 했다. 서적은 모두 버려두고 갈 생각이었다. 매미 소리 하나 들리지 않는 파리의 거리도 어쩐지 벌써 가을바람이 불고 있었다. 방 벽에 붙어 있던 파리가 날아와 여행 가방에 앉았다.

쓸쓸한 저녁이 찾아왔다. 기시모토는 방에 홀로 남아 1년 남짓한 이국 생활을 돌아보고, 소식이 끊긴 고국을 생각하며 적어도 파리를 떠나기 전에 고국의 신문에 짧은 소식이라도 전하려고 가방 옆에 쭈그려 앉았다. 하지만 무턱대고 신경만 흥분될 뿐이어서 고작 도쿄의 집으로 보낼 짧은 편지밖에 쓸 수 없었다. 창밖의 하늘에는 개밥바라기별이 떠 있었다. 때때로 그 별빛 하나를 보려고 창가에 서자 거리 쪽에서 엄청난 군중이 프랑스 국가를 부르며 지나가는 소리가 들려왔다. 밤 9시가 되면 거리는 벌써 조용해지고 등불의 수도 줄어들며 굶주린 개 짖는 소리가 귓가를 떠나지 않았다.

이 도회에 남아 있는 사람들은 어떻게 될 것인가. 여자들은 어떤 일을 당할 것인가. 보불전쟁 당시 파리에 틀어박혀 있던 사람들은 어두운 움막 같은 지하실에 숨어 쥐까지 잡아먹었다고 하는데, 그런 날이 다시 찾아올 것인가. 이런 생각을 하는 것만으로도 끔찍했다. 이튿날 아침의 이른 출발을 생각하며 그는 변변히 잠도 자지 못했다.

94

도르세 강변 역에서 기시모토는 기차로 출발했다. 그가 시골로 떠나는 길에는 마키노 외에 파리에 체류하던 세 명의 화가도 동반했다. 전쟁은 우연히도 그에게 파리 같은 대도회의 울림에서 잠시 벗어날 수 있는 기회를 주었다. 돌을 깐 도로를 삐걱거리며 달리는 전차와 자동차와 짐마차의 끔찍한 울림에서도. 층층이 포개져 있는 답답한 석조 건물에서도. 사람을 약하게 만드는 밀집한 군중의 분위기에서도.

다섯 명이 동행하는 기차 여행은 즐거웠다. 전해 5월 기시모토가 마르세유에서 리옹으로, 리옹에서 파리로 향했을 때는 거의 밤중의 기차 여행이었으므로, 이번에 차창으로 비치는 풍경은 온통 처음 보는 것만 같았다. 그는 프랑스 서부의 평탄한 경작지, 목장, 숲 등을 신기한 듯이 보며 지나갔다. 오트비엔 주에 가까워짐에 따라 고국의 고슈나 신슈 지방과 같은 높고 험한 산악은 볼 수 없었지만 1년 남짓 파리에서 보낸 사람으로서는 오랜만에 시골다운 공기를 호흡할 수 있었다. 도중의 역에서 부상병을 가득 실은 열차와도 마주쳤다. 전장에서 이송되어 온 부상병들은 벨기에 방면의 전쟁이 얼마나 격렬했는지를 여실히 말해주고 있었다.

7시간이나 걸려 기시모토는 일행과 함께 리모주 역에 도착했다. 마침 출정하는 군인을 전송하기 위해 거리의 사람들이 역 부근으로 몰려들고 있던 때로, 태어나서 처음으로 일본인을 보는 듯한 그 지역 사람들이 여기저기에서 기시모토 일행을 보러 왔다.

하루 먼저 이 시골 도시에 도착해 있던 파리 하숙의 여주인은 역까지 조카딸을 보내주었다. 여주인은 그녀의 언니 집에서 마키노와 기시모토를 기다리고 있었는데, 아직 방 준비가 되어 있지 않아 기시모토 일행은 역 앞의 숙소에서 그날 밤을 보내기로 했다. 식사 때만 오라고 말했는데, 저녁에는 여주인의 조카가 부르러 와서 다섯 일행은 도시 외곽의 집까지 걸어갔다. 일본인이 드문 그 지역 아이들이 앞서거니 뒤서거니 하며 졸졸 따라왔다. 기시모토와 함께 파리에서 온 미술가들 중에는 여행에 아주 익숙한 사람도 있었다. 그 지역 아이들이 너무 귀찮게 따라왔고 이따금 뒤에서 앞으로 뛰어가 다섯 명의 얼굴을 보려고 하자 그 화가는 일부러 아이들에게 커다란 눈알을 부라리며 "자, 봐라" 하며 장난을 치기도 했다. 기시모토 일행이 도착한 일은 그 지역 사람들에게 그만큼 진기한 사건이었던 것이다. 입구의 뜰에는 포도덩굴 시렁이 있고 그 뒤에는 채소밭이 있는 시골풍의 집에서 기시모토는 파리에서 온 여주인과 그녀의 조카딸을 만났다.

"가장 연세가 많은 이분이 기시모토 씨입니다. 이분은 마키노 씨라고 하는데, 역시 파리에서 오신 미술가입니다."

여주인은 언니라는 사람에게 기시모토 일행을 이렇게 소개했다. 검은 프랑스풍 의상을 입은 키 작은 아주머니는 조용한 태도로 먼 길을 온 손님을 맞이했다.

포도덩굴 시렁 가까이에 창문이 있는 식당에서 기시모토 일행이 즐거운 저녁 식사를 하는 동안에도 돌담 밖에서 아이들이 들여다볼 정도로 그 지역 아이들은 그들을 귀찮게 했다. 이런 곳임에도 불구하고 역 앞으로 되돌아가 그곳 호텔에서 하룻밤을 보냈다. 숙소의 창문 너머로 생테티엔 성당의 탑을 바라보며 아침 안개 속에서 닭 울음소리를 들었을 때, 그는 가슴 가득 좋은 공기를 호흡할 수 있는 조용한 시골에 왔다는 것을 실감했다.

95

이제 고국을 떠난 지도 15개월쯤 되었다. 15개월이라고 해도 기시모토에게는 꽤 긴 세월이었다. 지난 15개월은 3년이나 4년처럼 느껴졌다. 그는 상당히 오랜 세월 동안 고국을 보지 않고 살았다고 생각했다. 그 사이에 평소 친했던 사람들의 얼굴을 전혀 보지 못하고 목소리도 전혀 듣지 못하고 살았다. 그는 자신이 쉬지 않고 걸어도 숙소에 도착할 수 없는 나그네인 것 같았다. 그는 프랑스의 이 시골 도시에 진심으로 많은 희망을 걸고 왔다. 무엇보다도 그의 바람은 영혼을 안정시키는 일이었다. 그럭저럭 그 바람이 이루어질 것처럼 보이기도 했다.

"자네는 이런 시골이 좋은가. 여기는 브르타뉴 해안에서 볼 수 있는 자연스럽고 소박한 정취도 없잖은가. 그렇다고 지방의 도회다운 정감이 있는 것도 아니고. 이곳은 의외로 평범한 고장인 것 같은데."

파리에서 함께 온 한 미술가가 그에게 이렇게 말할 정도였다. 그런데도 생테티엔 성당이 서 있는 높은 언덕 위로 올라가, 오래된 그 성당을 등지고 있는 전망 좋은 공원 돌담 위에서 경작과 목축의 땅인 리모주 외곽을 바라본 날부터는 유럽에 온 이래의 객지 생활이 절실하게 생각되었다. 비엔 강이 그 도시 외곽을 흐르고 있었다. 프랑스의 국도를 따라 있는 돌담, 노새를 끌며 강가의 가로수 사이를 오가는 작은 짐마차 등이 눈 아래로 내려다보였다. 그는 그 돌담 위에서 잠시 자신이 묵고 있는 시골집까지는 볼 수 없었지만, 경작지가 많은 강 건너의 경사지에 늘어선 프랑스의 시골다운 붉은 기와지붕을 바라볼 수 있었다.

프랑스의 오트비엔 주 리모주 시 바빌론 신작로, 그곳이 기시모토가 마키노와 함께 묵고 있는 곳이었다. 그는 나팔을 불며 신문을 팔러 오는 여자가 있는, 시골 냄새 나는 도시의 변두리에 와 있었다. 그 집 2층에 묵은 지 사흘째가 되는 날, 그는 파리에 있는 오카의 편지를 받고 형세가 대단히 긴박해졌음을 알았다. 서둘러 쓴 듯한 오카의 편지에는 "파리로 돌아오지 마십시오, 절대로"라는 말과 함께, 파리에 체류하는 세 명의 미술가가 영국으로 피란하려고 한 일도 이제 불가능해졌다고 쓰여 있었다.

96

오카로부터는 마키노와 기시모토 두 사람에게 동시에 다른 편지가 왔다.

드디어 파리 퇴거가 종결되었다. 이미 프랑스 정부는 다른 데로 옮긴 듯하다. 대사관에서도 어젯밤 서류를 소각하고 있었다. 어제 오후 독일군의 비행기가 파리 시에 여섯 발의 폭탄을 떨어뜨렸다. 하나는 리옹 역에, 하나는 동역(東驛)에 떨어졌고, 하나는 생마르탱의 상점을 부쉈다. 이제 파리 포위는 피할 수 없는 듯하다. 적의 기병은 파리에서 80킬로미터 떨어진 곳까지 와 있다. 어젯밤 일동이 모여 마지막 의논을 했는데 지금의 사정상 영국으로 넘어갈 수 없다면 리옹에서 일동이 함께 출발하기로 했다. 오늘 중에는 아무튼 파리를 떠날 생각이다. 그러므로 자네들의 짐도, 물론 우리 짐도 그대로 놓고 떠나기로 했다. 아아, 파리도, 나의 파리도, 결국 독일놈들에게 유린당하고 마는가. 어린 시몬이 눈물짓는 것을 보며 파리를 떠나는 것이 부끄럽기 짝이 없다. 나에게 이곳은 여행지다. 그들에게는 무덤의 땅이다. 감개무량하다.

파리에서 동행한 미술가들은 이 편지를 보고 리옹을 향해 떠났다. 리모주에는 마키노와 기시모토만 남았다. 사흘쯤 지나자 파리에서 마지막 보고가 왔다. 그걸 읽고 기시모토는 파리의 천문대 및 몽파르나스 부근에 있던 스물한 명의 동포가 한 그룹을 이룬 회화·조각·과학 방면의 사람들이 제각각 파리를 떠났다는 것을 알았다. 열한 명은 영국으로, 한 명은 미국으로, 두 명은 니스로, 한 명은 리옹으로 떠났다. 디에프로 떠나는 열차도 내일 새벽 3시가 마지막이라 한발만 늦어도 파리에 갇힐 수밖에 없는 가운데, 런던으로 향한 사람들이 르아브르를 경유할지 아니면 브르타뉴의 생말로를 경유할지, 전란을 피해 갈팡대는 광경을 그

보고를 통해 상상할 수 있었다. 파리 시가지의 밤 등불은 모조리 꺼지고, 농성을 위한 식량으로 불로뉴 숲에 소, 돼지, 양들의 무리를 모아놓았다고 한다. 미술가들 중에서 마지막으로 파리를 떠난 이는 오카와 한 조각가였던 모양이다.

리옹으로 떠난 미술가들도 기차 여행의 혼잡과 불안을 기시모토에게 알려왔다. 그것을 보니 차장조차 행선지를 알 수 없는 열차를 몇 번인가 갈아타고 여섯 군데 역에서 3시간 또는 6시간을 기다린 끝에 총 40시간이나 걸려 간신히 리모주에서 리옹에 도착할 수 있었다고 한다. 기시모토 일행이 묵고 있는 곳에는 여주인 언니의 딸 부부가 파리에서 피란 왔다. 기시모토 일행이 기차로 7시간 걸려서 온 리모주까지 이 사람들은 30시간이나 걸려서 왔다고 한다. 파리뿐만 아니라 북쪽의 국경 쪽에서 온 피란자 무리는 화물열차에까지 흘러넘쳤다는 이야기도 있었다.

"우리는 그렇다 쳐도 독일 쪽에 있던 사람들은 무척 곤란했겠군."

기시모토는 옆방의 마키노를 볼 때마다 이런 말을 나눴다. 프랑스와 독일 국경의 교통이 단절된 이래 전혀 소식을 알 수 없었던, 베를린에 있던 지무라 교수와 뮌헨에 있던 게이오 유학생이 런던으로 피란했다는 사실도 알았다. 유럽으로 오고 나서 기시모토가 알게 된 동포의 대부분은 전쟁 때문에 뿔뿔이 흩어지고 말았다.

앞날이 어떻게 될지 알 수 없었다. 하지만 기시모토와 마키노는 숙소 사람들의 호의로 비교적 안전한 곳에 머물러 있을 수 있었다. 여주인은 기시모토를 위해 어딘가에서 책상을 빌려 와 2층 방의 창가에 놓아주었다. 덩굴이 뻗어오는 포도덩굴 시렁을 넘어 창밖에는 바빌론 신작로가 보였다. 언덕 지형을 이룬 목장은 그 신작로까지 다가와 있어 이따금 붉은 벼랑 위로 오는 소의 얼굴이 유리창에 비쳤다.

97

이곳 시골에도 거센 바람이 불고 간 후와 같은 쓸쓸함이 있었다. 한창 일할 나이의 남자는 모두 밭이나 목장을 떠났고, 말은 징발되었으며, 오두막집도 비었고, 도기(陶器) 공장도 폐쇄되었으며, 상가도 대부분 문을 닫았고, 중학교나 상업학교의 교사(校舍)까지 전장에서 이송되어 온 부상병을 위한 수용소가 되었다. 기시모토의 눈에 닿는 것은 모조리 전시(戰時)다운 시골의 광경이었다. 채소밭은 전장에 있는 자식을 그리워하는 노인이 일구고 있고 보리밭에서는 여성들만이 가을걷이를 하고 있었다.

비엔 강변을 따라 높다랗게 서 있는 생테티엔 성당으로 가는 언덕길 모퉁이에는 십자를 새겨 넣은 돌로 된 작은 예배당이 있다. 그 예배당에 모셔져 있는 성모 마리아상 앞에는 촛불이 켜져 있고 꽃이 바쳐져 있다. 몸이 오그라들고 등이 구부러진 노파가 예배당 앞에서 가늘고 긴 초를 팔고 있었다. 대낮에도 내내 켜져 있는 촛불의 그림자에는, 검은 옷을 입은 채 돌계단 위에 무릎을 꿇고 전장에 있는 사람이 무사하기를 기도하는 것처럼 보이는 젊은 여인도 있었다.

종군을 지원하지 못하고 이곳 리모주의 외곽 지역으로 온 기시모토는 파리에서 보고 들은 개전 당시의 광경이나 체류하는 동포의 소식, 마키노 등과 함께 파리를 떠날 때까지 갇혀 지내던 농성 일기라고 해야 할 것을 써서 고국에서 걱정하는 사람들에게 보내려고 했다. 때때로 그는 펜을 놓고 집 주위를 거닐었다. 배와 복숭아는 이미 익었고 사과가 익어 가는 채소밭 사이를 거닐어도, 붉은 장미나 하얀 협죽도 꽃이 한창 향기를 풍기는 돌담 옆을 거닐어도, 또는 이 주변에 많은 양떼 목장을 거닐어도 그는 여행다운 기분을 맛보기 힘들었다. 그럴 때 그는 흔히 여주인의 조카인 에두아르를 데리고 나갔다.

"므시외*를 붙여서 부르지 말고 그냥 에두아르라고 부르세요. 그 아이는 아직 어린애니까요."

여주인은 열여섯 살쯤 되는 소년을 앞에 두고 이렇게 말했지만, 마키노와 기시모토는 여전히 '므시외'라고 부르며 그 지역 사정에 밝은 소년을 상대했다. 마키노는 근처에 있는 목장을 골라 그림을 그리기 시작했다. 기시모토가 그곳으로 가서 볼 때마다 마키노 뒤에는 늘 다리를 아무렇게나 내뻗고 눈앞의 광경과 캔버스를 견주어보고 있는 에두아르가 있었다. 언덕을 이루고 있는 목장 안의 수목에서 멀리 보이는 리모주의 거리들, 오래된 성당의 탑 등이 마키노의 그림 속으로 들어왔다. 소가 짓밟은 목장의 풀밭에는 군데군데 하얀 닭이 걸어오는 것도 보였다. 기시모토가 그곳으로 가서 풀을 깔고 앉아 아무렇게나 다리를 뻗었다. 다카세와 함께 네댓 시간을 경찰서 옆에 계속 서 있었던 파리의 그 혼란을 피해 도망쳐왔을 뿐만 아니라 프랑스로 오고 나서 처음으로 휴식다운 휴식을 이곳 비엔 강변에서 찾은 것 같았다.

98

두 달 가까이 조용한 시골에서 지내보니 유럽에 온 이후뿐만 아니라 고국을 떠난 당시의 일까지 어쩐지 기시모토의 가슴에서 한 덩어리가 되었다. 그는 이렇게 생각했다. 가령 인생의 심판이 있어 자신도 피고로 서

---

* monsieur: 남성에 대한 존칭. ~씨(氏).

게 되면 어떤 심리를 방패로 자신의 내부에 일어난 일을 다 말할 수 있겠는가 하고. 어떤 것을 희생으로 해서라도 살아가지 않으면 안 되었던 일생의 위기에 직면한 사람이 어떻게 명백하고 조리 있으며 모순 없고 도리에 맞는 말을 할 수 있을까. 한없이 긴 악몽이라도 덮친 것처럼 일어난 공포, 친척이나 친구에게조차 억누를 수 없었던 시의심(猜疑心), 눈에 보이지 않는 박해의 힘 앞에 두려워 전율했던 그의 영혼, 꿈처럼 서둘러 온 먼 물결 위, 모르는 사람 속으로만 가려고 했던 이름 붙일 수 없는 비애, 이 얼마나 끔찍한 일인가. 이 얼마나 당황스러운 일인가. 이 얼마나 실패한 일생이란 말인가. 이 깊은 감정은 시간이 지남에 따라 점점 더 확실해지는 일은 있어도 엷어지는 일은 없었다. 하지만 한때의 격렬한 마음의 동요는 점차 멀어져갔다. 불행한 조카딸에 대한 생각만 남았다. 그때가 되어 그는 차분한 마음으로 자신의 행위를 돌아보았다. 어떻게든 살아가고 싶다고 생각하는 만큼 저지른 죄를 덮어버리자고 했던 그는, 설령 어떤 고난을 당하더라도 한번 조카딸에게 입힌 깊은 상처나 자신의 생애에 남긴 오점은 어쩔 도리가 없다는 생각이 들었다. 그는 자책하면 할수록 눈물겹다는 느낌마저 들었다.

그런 마음으로 기시모토는 시골 집 뒤쪽에 있는 채소밭으로 나갔다. 한 줄기 오솔길을 경계로 양쪽에 많은 과일나무가 심어져 있는 밭 가운데를 걸었다. 그곳은 마키노와도 함께 자주 쉬러 와서 복숭아를 가지에서 바로 따 맛보거나 흙냄새를 맡으면서 거닐곤 하던 곳이었다. 이미 10월 하순이었다. 가지에 달린 프랑스의 푸른 배는 불그스름하게 익어갈 뿐만 아니라 이따금 다 익은 배는 가을바람에 흔들려 마치 돌이라도 떨어지듯이 그의 발밑에 떨어지곤 했다.

그 밭의 한쪽은 마을 외곽의 좁은 샛길에 접해 있고 다른 한쪽은 시골풍의 붉은 기와지붕이 보이는 옆집 뒤뜰로 이어져 있었다. 기시모토는 한쪽 샛길에서 나무 신발을 신고 지나는 사람의 발소리를 들었고, 뒤뜰 쪽에서는 채소밭에서 밭을 일구는 괭이 소리를 들었다. 그는 과일 향기를 맡으며 복숭아나무와 배나무 사이를 거닐었다. 마치 성숙한 수목의 생명을 가슴 가득 몸으로 받아들이려는 것처럼.

기시모토에게 오트비엔의 가을은 어쩐지 부드럽고 새로운 마음을 들게 했다. 그는 오랜 세월 동안 거의 잃어가고 있던 생활의 흥미를 회복했다. 설사 지은 죄는 여전히 그의 내부에 살아 있다고 해도 얼마간 부드러운 마음으로 그것을 마주할 수 있게 되었다.

99

40일이나 걸려서 오는 우편물이 띄엄띄엄 도착하게 되면서 기시모토는 리모주의 시골에서 전시 이래 완전히 두절되었던 고국 소식을 들을 수 있었다. 유럽의 전란은 도쿄의 집에 있는 사람들을 얼마나 놀라게 했을까. 세쓰코가 걱정하는 편지를 보냈다. 기시모토는 그녀와 아이들에게 기념 그림엽서를 보낼 생각이 들었다. 비록 몇 마디 안 되는 말이라도 이렇게 조카딸에게 쓴다는 것은 프랑스로 온 이후의 기시모토에게는 무척 드문 일이었다. 그는 조카딸에게 보내기 위해 생테티엔 성당이 원경으로 보이는 그림엽서를 골랐고, 센타에게는 양떼가 보이는 목장 그림이 있는 엽서를 골랐다. 생테티엔 성당이 배경인 그림엽서는 비엔 강 앞에서 찍은 풍경인데, 수목이며 도로며 다리까지 그에게는 아주 친숙한 것이었다. 멀리 오래된 석탑이 우뚝 솟아 있는 성당은 미사가 있을 때마다 그가 자주 가는 장소였다. 목장 그림엽서는 숲을 배경으로 한 목장의 모습으로, 멀리 숲 사이로 시골 집 한 채도 보였다. 얕은 골짜기의 풀을 먹으러 오는 양떼, 부드럽고 긴 귀, 가는 다리, 그런 진기한 프랑스의 시골 풍경은 고국에 있는 아이들의 눈을 기쁘게 할 것 같았다. 조금만 가면 툴루즈 가도(프랑스 국도)로 나가는 그의 숙소 주위에는, 그림엽서에 보이는 목장이 가는 곳마다 펼쳐져 있었다.

엽서를 부치기 위해 기시모토는 숙소를 나왔다. 일본인을 신기해하며 성가시게 따라다니는 부근의 아이들도 두 달쯤 지나자 그를 친구로 대하는 경우가 많았다. 어느 마을 변두리까지 가자 그곳에는 줄넘기를 같이 하자고 권하는 어린 여자아이들이 모여 있었다. 퐁네프라는 돌다리 옆까지 걸어가니 그에게 와서 악수를 청하는 남자아이가 있었다.

"므시외!"

이렇게 부르며 그 아이가 달려왔다. 그 아이는 그가 외출할 때마다 들렀다가 가는 다리 옆 작은 카페의 외아들이었다.

비엔 강은 그 돌다리 밑을 흐르고 있었다. 휴식 시간을 보내려고 기시모토는 물가까지 내려갔다. 물가에 늘어서서 빨래를 하는 여자들의 차림새만 봐도 지방에 있는 도회 변두리라고 여겨지지 않을 만큼 시골티가 나는 곳이었다. 돌 위에서 치는 빨랫방망이 소리도 조용한 물로 울려왔다. 기시모토는 잠시 전쟁을 제쳐놓고 빨랫방망이 소리를 듣고 있었다. 그때 낯선 소년이 가만히 옆으로 다가와 말을 걸었다.

"외국인 아저씨, 일본에 대해 얘기 좀 해주세요."

초등학교 고학년 정도나 아니면 이 동네에 있는 상업학교의 저학년으로 보이는 소년이었다.

"프랑스와 일본 중에서 어디가 더 멋있어요? 일본이 프랑스보다 더 멋있어요?"

소년의 질문은 기시모토를 곤란하게 했다.

"그런 게 비교할 수 있는 거니?" 기시모토가 말했다. "네 나라도 멋있는 데가 있고 그렇지 않은 데가 있지? 우리나라도 그건 마찬가지란다."

"일본의 바다는 무슨 색이에요?" 소년이 다시 물었다. "노란색인가요?"

"허, 참, 파란색이지. 투명한 파란색 말이야. 참 아름다운 바다란다."

영리해 보이는 소년의 눈동자를 들여다보면서 기시모토가 이렇게 대답하자 소년은 아직 본 적이 없는 동양의 끝을 상상하는 것처럼 되풀이했다.

"투명한 파란색이구나."

100

어느 날, 기시모토는 다시 그 다리 옆으로 갔다. 노래진 플라타너스 가로수의 잎은 이제 하루가 다르게 지고 있었다. 프랑스 국도가 이어진 곳으로, 다리 근처의 돌담 위에서는 비엔 강 양쪽을 바라볼 수 있고, 국도의 가로수 사이로 생테티엔 성당의 석탑을 바라볼 수도 있는 곳이었다. 어쩐지 피곤이 몰려와 일을 쉬는 날, 기시모토의 발길은 자주 그 다리 옆에 있는 조그마한 카페로 향했다. 그는 그곳에서 따뜻한 한 잔의 진한 커피를 마시면서 길모퉁이에 선 석조 수도꼭지 기둥을 바라본다든가, 물동이를 들고 모여드는 여자들을 바라본다든가, 그 주변에 앉아 뜨개질을 하는 노파의 시골티 나는 모습을 바라보며 혼자 시간을 보내는 걸 즐거움으로 삼았다. 하얗게 얼룩지며 벗겨진 플라타너스의 굵은 줄기 아래에는 끊임없이 낙엽을 모으며 놀고 있는 아이들 무리도 보였다. 그중에는 주워 모은 낙엽을 기시모토가 앉아 있는 데까지 가져와 보여줄 만큼 친숙해진 두세 명의 소녀도 있었다. 근처 과자 가게에서 아이들이 좋아할 만한 과자 한 봉지를 사준 것을 시작으로, 그 소녀들은 기시모토를 볼 때마다 옆으로 다가왔다.

"다들 착한 아이들이구나. 그 잎을 리모주의 선물로 이 아저씨가 가져갈까?"

기시모토가 이렇게 말하자 소녀들은 기쁘다는 듯 가로수 밑으로 뛰어가 많은 낙엽을 모아서 그의 곁으로 돌아왔다. 소녀들이 가져온 플라타너스 잎 중에는 팔손이나무 잎만큼 큰 것도 있었다.

"이렇게 큰 건 곤란한데. 제일 작은 걸 주워 올래?"

기시모토가 이렇게 말하자 아이들은 다시 뛰어갔다.

"이제 됐어, 충분해."

그가 이렇게 말해도 듣지 않을 만큼 소녀들은 많은 리모주의 선물을 앞에 있는 테이블 위에 놓았다. 그 소녀들에게 이끌려 주뼛주뼛 그에게 다가온, 아직 친숙하지 않은 여자아이도 있었다.

"일본사람 옆으로 더 가까이 가봐."

다른 소녀들의 손에 이끌려, 예민한 듯한 그 여자아이도 바로 앞까지 다가왔다가 갑자기 친구들의 손을 뿌리치고 한발 물러났다.

"아아, 무서워."

그 여자아이는 어쩐지 무섭다는 듯 기시모토를 보며 말했다.

"이리 와. 이 아저씨한테도 고국에 너만 한 아이들이 있단다. 이 아저씬, 그렇게 무서운 사람이 아니야."

기시모토가 이렇게 말하고 세 소녀에게 노래를 불러달라고 했다. 방언으로 된 노래가 있다는 것을 그는 하숙의 여주인에게서도, 소년 에두아르에게서도 들어 알고 있었다. 기시모토의 요구는 노래를 좋아하는 소녀들을 기쁘게 했다. 센타와 시게루로부터 멀리 떨어진 타국의 순진한 아이들의 입에서 프랑스 시골의 속요가 흘러나왔을 때 기시모토는 무심코 눈물이 복받쳤다.

101

가을답게 축축한 공기를 마시며 기시모토는 바빌론 신작로 쪽으로 되돌아갔다. 마침 숙소 앞에서, 야외에서 그림을 그리다 돌아오는 마키노를 만났다. 소년 에두아르도 마키노 대신 유화 도구 상자를 어깨에 메고 변두리의 국도 쪽에서 함께 돌아왔다.

"또 좋은 그림 한 폭을 완성했습니다."

에두아르는 기시모토에게 이렇게 말하며 보여주고, 입구의 뜰에 있는 포도덩굴 시렁 아래를 거닐고 있는 여주인에게도 보여줬다.

"리모주의 선물이 많이 만들어지네요. 마키노 씨는 정말 척척 그려내신다니까요."

여주인이 뜰에서 이렇게 말하자 여주인의 언니도 부엌 창문으로 얼굴을 내밀고 나이 든 여성답게 모두의 이야기를 듣고 있었다. 여주인의 조카딸도 그 뒤에서 얼굴을 내밀었다.

기시모토는 마키노와 함께 입구의 돌계단을 올라 시골집다운, 사닥

다리 모양의 계단 난간을 따라 2층으로 올라갔다. 리모주의 가을은 마키노에게도 수확이 많은 시기였다. 차례로 완성된, 그러나 아직 완전히 마르지 않은 풍경화와 정물화가 2층 방의 벽을 가득 채웠을 정도였다. 기시모토는 마키노의 방에 들어갈 때마다 우선 유화물감의 건조하고 강한 냄새에 감동했다. 마키노가 타국에서 힘든 점은 오카와 다르지 않았지만, 기백이 넘치고 면밀한 이 화가는 오카가 고민하며 좋은 그림을 그리지 못하는 동안 붓을 쥐고 척척 의문을 풀어가는 식이었다. 이국땅에 와서 기시모토가 친해진 화가 중에서도 오카와 마키노는 그만큼 기질이 달랐다. 시골에 오고 나서 친한 말 상대는 마키노가 유일했다. 도쿄에 있는 나카노의 친구 이야기를 하거나 런던으로 피란한 다카세와 오카, 고타케 이야기를 하고, 때로는 밤늦게까지 예술 이야기에 빠지기도 했다. 기시모토에게 위로와 자극을 준 이도 마키노였다.

야외에서 그림을 그리느라 지친 마키노가 구두를 벗는 것을 보고 기시모토는 자신의 방으로 돌아갔다. 다리 옆에서 돌아오는 길에 들은 비엔 강의 물소리는 아직도 그의 귓가에 남아 있었다. 그는 파리의 옹색한 하숙에서보다 이 시골집의 2층 방에서 오히려 유럽을 여행하는 듯한 기분을 절실히 맛볼 수 있었다. 그는 친밀감이 드는 숙소의 등불 앞에서 간신히 자신을 발견한 여행자 같은 기분도 들었다. 장식도 없는 방에서 하나뿐인 창가로 가면 아침저녁의 이슬에 젖은 포도 잎이 보이고, 침대가 놓여 있는 방 귀퉁이로 가면 머리맡에 걸린 검은 목제 십자가가 보이고, 난로 앞으로 가면 어린 예수를 안은 성모 마리아 그림이 로마가톨릭 국가답게 벽 위를 장식하고 있었다. 그게 다였다. 하지만 그는 그 방에 있는 마음을, 완전히 정체된 생활을 정리하고 올라간 도쿄 아사쿠사의 예전 서재로 곧장 옮겨 가 생각할 수도 있었다. 그 차가운 벽만 쳐다보며 몸을 꼼짝하는 것도, 식구들과 말을 하는 것도, 2층에서 내려가는 것도 싫었던 7년 동안의 생활 끝자락으로. 빛과 열과 꿈 없는 잠 외에 바람직한 일도 없어져버린 회의(懷疑)의 밑바닥으로. 그 심야에 홀로 마룻바닥에 앉아 고통을 고통으로 느낄 때야말로, 마비되어 자신도 모르는 상태에 있는 것보다 더 많이 사는 때라고 생각한 자신의 막다름으로. '살아 있는 얼음'으로 비유해본 끝없이 적막한 세계로. 그 극도의 피로로. 눈앞이 아찔한 살아 있는 그 지옥으로. 불행한 조카딸과 함께 떨어져간 짐승의 길로.

신기한 환각이 찾아왔다. 그 환각은 기시모토의 마음에 프랑스의 시골집에서 보는 방의 벽을 통해 꿈같은 세계의 존재를 암시했다. 예전에 그의 기억뿐만 아니라 그의 온몸에 나타났던 수많은 비통, 혐오, 두려움, 고난 및 전율, 이런 것들이 한꺼번에 타올라 마치 불꽃처럼 눈앞의 벽면 가득히 흘러오는 것 같았다.

102

성당의 종소리가 울려 퍼졌다. 만성절*이 왔음을 알리는 종소리는 수목이 많은 변두리의 하늘을 통해 조용한 연기가 오르는 붉은 기와지붕 사이로 전해지고, 노랗게 시든 잎이 떨어져 있는 밭으로도 전해졌다. 바빌론 신작로의 집에서도 그날은 화분에 심은 국화 등을 준비하며 여주인과 소년 에두아르가 성묘를 위해 가까이에 있는 마을로 갈 준비를

---

* 모든 성인의 축일, 우리나라 추석과 같은 명절.

하고 있었다.

기시모토가 비양쿠르의 노부인이 세상을 떠났다는 소식을 들은 것은 만성절 며칠 전이었다. 지금은 베르사유 병영의 자전거 부대에서 일하고 있는 서기가 보낸 부고장은 파리의 하숙을 거쳐 기시모토에게 도착했다. 거기에는 노부인의 유해가 파리의 페르 라셰즈 묘지에 매장된다는 내용이 적혀 있었고, 아들인 서기를 비롯해 친척들의 이름 밑에는 자세한 친척 관계가 쭉 기록되어 있었다. 예컨대 망자의 조카딸 아무개, 망자의 동서 아무개라는 식으로. 그 노부인이 큰 전쟁의 와중에 병으로 쓰러졌다는 것은 그 죽음을 한층 애처롭게 했다. 리모주의 객사에서 듣는 성당의 종소리가 기시모토에게 특별한 울림을 주는 것도 그 때문이었다.

프랑스로 온 기시모토를 처음으로 환영해준 이가 그 노부인이었다는 사실을 떠올렸다. 이국땅에 있는 여행자로서 자신을 가장 많이 생각해준 이도 그 노부인이었다. 왕조시대였던 옛날을 잊을 수 없었던 프랑스의 그 여성이 마음의 중심을 잃은 결과 동양의 나라들에 꿈같은 동경을 품은 것인지 어떤지, 거기까지는 그도 어떻다고 말할 수 없었다. 하지만 취미가 남달랐으며 여성스러운 덕을 타고난 사람이었다. 프랑스어도 전혀 모르고 찾아온 그가 이방인으로서의 침묵에서 벗어날 수 없었던 때도 "당신은 서둘러 프랑스어를 배우는 게 좋아요. 만약 당신이 약간의 책이라도 읽을 수 있게 된다면 그만큼 무료함을 느끼지 않을 수 있겠지요. 제가 써 보내는 이 몇 줄의 말이 당신에게 위로가 되었으면 좋겠어요" 하는 편지를 보내 격려해준 이도 그 서기의 어머니였다. "이 슬픈 전쟁이 하루라도 빨리 끝나기를 진심으로 바랍니다"라는 말로 맺고 있는, 노부인이 레사블돌론에서 보낸 편지가 그녀의 마지막 소식이었다.

단지 모르는 나라 사람이 세상을 떠났다고 볼 수 없을 만큼 크게 낙담하면서 기시모토는 혼자 생테티엔의 오래된 성당을 향해 걸어갔다.

103

마침 고인들을 위한 대규모 미사가 거행되는 참이었다. 비엔 강변을 따라 언덕 위에 높이 선 성당은 고딕풍의 오래된 석조 건축물이어서 기시모토의 마음에 들었다. 마치 나무와 나뭇가지가 교차한 숲 속으로 들어가는 듯한 내부 구조까지 그에게는 친밀하게 느껴졌다. 그는 자주 그 성당을 찾았다. 그날도 세상을 떠난 노부인의 생애를 회상하기 위해서뿐만 아니라 잠시 조용한 건축물 안에 자신의 영혼을 맡기려고 했다. 마치 나무 그늘에서 쉬어가려는 긴 여행길의 나그네처럼.

대리석 수반(水盤)에서 손을 적시고 가슴 위에 십자를 그으면서 그날의 장례식에 참석하려는 여성 일행이 차례로 기시모토 옆을 지나갔다. 전시 이래 첫 만성절이어서 부상을 입은 프랑스 병사들까지 전우를 애도하는 표정으로 모여들었다. 로마가톨릭 성당에는 어떤 형태로든 반드시 내걸려 있는 '십자가의 길Via Crucis', 그 종교적인 그림 이야기가 끝나는 곳까지 오른쪽 회랑을 따라 안쪽 깊숙한 곳으로 들어가자 빈 의자가 있었다. 기시모토는 높은 돌기둥 쪽을 골라 낯선 그 고장 사람들과 함께 앉았다. 고풍스럽고 고색창연한 성당 안에서 울려 퍼지는 소년과 어른의 합창 소리는 거대한 오르간 소리와 함께 엄숙하게 들려왔다. 마치 어두운 숲 속의 나무 사이를 통해 새어 드는 빛처럼, 성자상(聖者像)을 그린 높은 스테인드글라스가 감청, 보라, 빨강, 초록색으로 그 돌기둥 있는 데서 환하게 비쳐 들고 있었다.

제단 쪽에서 풍겨 오는 몰약과 유향의 향기가 어느새 기시모토의 마음을 끌었다. 그는 이런 로마가톨릭 성당에 실제로 몸을 두어보고, 인간의 추악함을 다 보고 나서 수도원으로 걸어갔을 뿐만 아니라 종국에는 수도사나 다름없는 십자가를 진 사람이 되었다는 극단적인 근대인의 생애를 상상했다. 그는 또 남색 관계조차 있었다고 전해지는 친구와의 싸움으로 감옥까지 간 끝에 데카당의 밑바닥에서 청정한 지혜의 눈을 뜬 유명한 프랑스 시인*의 생애를 상상했다.

104

합창 소리가 그치자 커다란 오르간의 울림만이 천장이 높은 석조 건축물 내부에 흘러 넘쳤다. 얼마 후 흰 법복을 입은 나이 든 수도사가, 수많은 신도를 내려다보는 위치에 있는 높은 설교대 위에 섰다. 전시의 만성절을 맞이하여 죽은 자를 애도하는 설교가 꽤 길게 이어졌다. 기시모토의 마음은 원통한 어조를 띤 수도사의 설교 쪽으로 갔고, 왕관 모양을 한 고풍스러운 설교대 쪽으로 갔으며, 그 설교대와 마주한 위치에 있는 예수나 십자가상 쪽으로 갔다. 하지만 그는 어느새 그런 것들을 잊고 말았다. 그는 붉은 법복을 입고 가슴 언저리에 금색 십자가를 단 두세 명의 늙은 수도사와 검은 법복을 입은 10여 명의 중년 수도사가 제단 앞에 나란히 서 있는 것도 잊고, 하얀 베일을 쓴 수녀가 제자인 듯한

---

* 폴 베를렌(Paul-Marie Verlaine, 1844~1896)을 말한다. 그는 젊은 시인 랭보와 동거를 하여 부부생활에 불화를 초래했고, 1873년 7월에는 브뤼셀에서 술에 취해 랭보에게 권총을 발사, 그의 왼손에 상처를 입힌 혐의로 2년을 감옥에서 보냈다.

여학생을 인솔하여 청중 속에 섞여 있는 것도 잊고, 풍습에 따라 검정색 일색의 복장을 한 여성들이 바로 옆에 앉아 설교에 귀를 기울이는 것도 잊고, 세 개씩 나란히 켜져 있는 긴 촛불이 제단 주변을 밝히고 있는 것도 잊고 말았다. 그는 그저 돌기둥 옆에 잠자코 앉아, 짧은 시간이나마 '영원'이라는 것과 마주하고 있는 여행자다운 마음으로 돌아갔다.

기울어진 가을 해는 높은 언덕 위에 서 있는 성당의 창을 통해 내부의 돌기둥을 비췄다. 창이라는 창의 모든 스테인드글라스가 빛났다. 십자가를 화환 형태로, 마름모꼴로, 또는 원형으로 디자인한 그 창들의 끝, 초록과 빨간색의 중심에 그려져 있는 성자의 입상, 그것들이 모두 석양에 빛나고 있었다. 이런 고딕풍의 오래된 건축물 내부에서는 그 가운데에 놓인 로마가톨릭풍의 금색으로 녹슨 장식도 그렇게 두드러져 보이지 않았다. 모든 돌의 무게와 선과 구조가 높은 천장 밑에 모여 하나의 커다란 조화를 이루고 있었다. 긴 의식 중에 날은 점차 저물어갔다. 창들에 비치고 있던 석양도 사라져갔다. 마치 깊은 숲 속으로 사라져가는 빛처럼. 거기에는 눈을 깜빡이듯 빛나는 성당 안의 불빛과 때때로 울려 퍼지는 입구의 무거운 문소리와 엄숙하게 가라앉은 황혼 녘의 어둠만이 남았다.

기시모토가 이 성당을 나가 퐁네프 돌다리 옆에 이르렀을 때는 아직 하늘이 밝았다. 비엔 강 양쪽에 있는 것이 모두 물에 비치고 있었다. 그가 마키노와 둘이서 리모주에 머물 날도 이제 얼마 남지 않았다고 생각했다. 두 번 다시 이런 프랑스 시골의 좋은 성당에 앉아보는 일이 있을 것 같지 않았다. 바빌론 신작로 옆에 있는 숙소를 향해 걸어가면서도 그는 이 지방 도시에 있는 다른 성당과 생테티엔 성당을 비교했다. 무겁게 가라앉은 로마가톨릭의 공기 안에서 얼마나 많은 '사람'의 노력이 그 오래된 생테티엔 성당을 살리고 있는지를 상상했다.

105

기시모토는 포도가 익을 때부터 그럭저럭 술로 빚어질 때까지 리모주에 있었다. 적군이 모두 퇴각함으로써 마른 전투*도 끝나 파리가 포위될 위험도 사라졌다. 이 지역으로 피란해 온 사람들도 이제 대부분 돌아갔다. 마키노와 기시모토에게 전시의 부자유함은, 시골에 있으나 파리에 있으나 별반 다르지 않았다. 숙소의 여주인은 조카딸을 데리고 다시 파리로 돌아가려고 했다. 동시에 마키노도 이 동네를 떠나려 하고 있었다.

"나는 한발 먼저 떠나겠네. 이왕 여기까지 왔으니 보르도 쪽을 둘러보고 갈 테니 자네들은 파리에서 기다리고 있게."

기시모토는 마키노에게 이렇게 말했다.

이제 매일 아침 서리가 내렸다. 난로에는 장작을 때게 되었다. 그는 이 시골에서 자극받은 마음으로 다시 한번 파리의 공기 속으로 가려고 했다. 여행을 온 김에 평소 상상하던 프랑스 남부를 본다는 즐거움을 가슴에 그려봤다. 그래서 보르도를 향해 떠났다. 개전 당시와 같은 혼잡을 겪지 않아도 되었고, 개찰구에 선 경계병사에게 경찰서에서 이서(裏書)해 온 전시 통행권을 보여줄 필요도 없었다.

리모주 역까지 전송하러 나온 마키노, 소년 에두아르와 헤어지고 나

---

* 제1차 세계대전 초기인 1914년 9월, 벨기에를 돌파하여 프랑스 북부로 진격한 독일군을 영국·프랑스군이 마른Marne 강변에서 격퇴한 전투. 단기 결전을 기대한 독일군의 계획은 이 때문에 좌절되고 전쟁은 장기화되었다.

서 그는 혼자 여행했다. 얼마 후 그가 탄 기차는 리모주 외곽을 통과했다. 두 달 보름의 체제는 그리 길지 않았으나 그는 꽤 즐겁고 편안한 시간을 보냈다. 유럽에 온 이후 정말 한숨다운 한숨을 쉰 것도 그곳이었다. 자주 가서 풀을 깔고 앉았던 목장에도, 새빨간 지붕이나 건물이 겹쳐 있는 강 양쪽의 마을에도, 리모주 전체를 지배하는 생테티엔 성당의 높은 탑에도 이별을 고했다. 기차의 창에서 비엔 강이 보이지 않게 되었을 무렵에는 가을비도 그쳐 있었다.

기시모토는 삼등실에서 아주 낯선 프랑스인과 무릎을 맞대도 기분이 나쁘지 않을 만큼 여행에 익숙해졌다고 느끼면서, 기차의 차창 가까이에 몸을 기댄 채 가을이 지나가려는 프랑스 중부의 시골을 보며 갔다. 그는 비가 그친 후의 노래진 잡목림을 바라보거나 언덕이 이어지는 경사지에 서 있는 자작나무, 떡갈나무, 밤나무 등을 헤아리기도 했다. 때로는 선로를 따라 이어진 돌담 위에 야생 싸리로도 착각할 수 있는 노란 관목 잎이 떨어지는 것을 보고, 고국에서 도호쿠로 떠났던 기차 여행, 특히 시라카와 근처를 떠올렸다. 잎이 물든 것은 아카시아의 어린 나무였다. 마른풀을 가득 실은 군용 화물열차, 전장의 병사들이 음료로 하는 포도주 통을 실은 화물열차도 여러 대가 창밖을 스쳐 지나갔다.

오트비엔에서, 이웃한 주인 도르도뉴로 넘어가 코키유라는 작은 시골 역을 지나 남쪽으로 가는 승객은 페리괴에서 갈아탔다. 보푸예 부근을 지날 무렵부터 차창 밖으로 보이는 풍경도 변하고 인가도 많아졌으며 푸른 채소밭도 보였다. 그뿐 아니라 기차 승객의 풍모부터가 달랐다. 그런 승객들이 말하는 사투리나 억양만 들어도 기시모토는 점차 프랑스 남서부로 들어가는 느낌을 받을 수 있었다. 지롱드 주 지방을 지났고 어두워져서 가론 강을 건넜다. 평시라면 6, 7시간에 올 수 있는 거리를 11시간이나 걸려서 왔다. 그는 차창을 통해 어두운 하늘에 비치는 무수한 불빛을 바라보았다. 그곳이 프랑스 정부와 함께 일본 대사관까지 옮겨온 보르도였다.

이렇게 즐거움을 갖고 찾아오면 그것만으로 충분하다고 기시모토는 자신에게 말했다. 그에게는 프랑스 남부를 상상하며 온 즐거움이 있었고, 거기까지 왔다는 즐거움이 있었다. 설령 보르도에서 그를 기다려준 것이 이틀이나 줄기차게 내린 비였다고 해도. 보르도 생장 역 앞의 호텔에서 그는 어쩐지 여행 소식을 써서 고국에 보내고 싶은 마음이 일었다. 다소 단조롭기는 했지만 차창으로 바라본 보르도 부근의 평야, 눈앞에 끝없이 펼쳐지는 포도밭, 그런 조망은 아직 그의 눈 안에 있었다. 여러 차례 그는 호텔의 한 방에서 난로 앞에 종이를 펼쳐보기도 하고 방 안을 여기저기 걸어보기도 하면서 아무튼 생각대로 글을 쓸 수 없는 것이 유감스러웠다. 방의 벽에는 작은 바다 그림을 모사한 듯한 액자가 걸려 있었다. 그것을 보고서야 그의 가슴에는 오랜만에 바다 가까이에 왔다는 여행 기분이 일었다.

세찬 가을비를 맞으며 기시모토는 거리를 돌아다녔다. 그곳 대사관을 찾아가 파리의 상황을 묻기 위해서였다. 그리고 생탕드레 성당을 보고 보르도 미술관을 찾아가기 위해서였다. 하필이면 새로이 전장으로 향하려는 보병 무리가 그의 앞길을 막았다. 회색빛이 도는 파란 바탕의 새로운 제복을 입은 병사들의 가슴에는 노랗고 하얀 국화꽃이 꽂혀 있고 총부리에도 꽂혀 있었다. 남편을, 형제를, 또는 연인을 보내는 열광적인 여성이 그 대열에 가세했고, 그중에는 병사의 팔을 붙들고 하소연하는 사람도 있었다.

가론 강은 이 도회 가운데를 흐르고 있다. 기시모토에게 연고가 깊은 스미다 강을 가장 잘 떠올리게 하는 것은 리옹에서 보고 온 손 강의 강물도 아니고, 맑은 센 강의 강물도 아니며, 리모주를 흐르는 비엔 강도 아니다. 바로 빗물에 탁해진 이 가론 강의 하구였다. 거기에는 기시모토의 발길을 멈추게 하는 강기슭의 조망이 있었을 뿐만 아니라 때때로 비가 그치고 강 양쪽에 보이는 공장의 붉은 지붕에는 희미하게 해가 비쳤다. 조각조각 흩어진 구름 사이로 마치 일본에서 본 듯한 파란 하늘색을 볼 수도 있었다. 기시모토는 고국을 떠나 머나먼 곳에 왔다는 것을 절감했다.

106

언제 다시 파리를 볼 수 있을까 하며 떠나온 그 도시로 다시 한번 돌아갈 기대와 새로운 말의 세계가 머지않아 자신 앞에 펼쳐질 기대를 품고 기시모토는 밤 기차로 보르도를 떠났다. 이번에 돌아가면 그 도시에 어떤 차가운 바람이 불고 있을까, 얼마나 많은 동포를 만날 수 있을까. 창밖은 어두웠고 기차 안에서는 자려고 해도 제대로 잠들 수 없었다. 같은 칸의 모든 승객이 몹시 지쳤을 무렵 날이 밝아오기 시작했다.

아침이 되자 오히려 긴장이 풀린 기시모토는 잠깐이라도 자두려고 했다. 한숨 자고 나서 눈을 뜨면 그때마다 파리가 가까워졌음을 느꼈다. 기분 좋은 아침이어서 무엇을 바라봐도 정신이 번쩍 드는 것 같았다. 점차 파리 근교에서 성채 쪽으로 다가갔다. 차창에 비치는 건축물의 분위기도 어딘지 모르게 바뀌었다. 리모주 근처에서 보고 온 지방적인 것이 견고한 도회풍의 디자인이 되었고, 2, 3층의 높이가 5층이나 6층이 되어 성곽처럼 우뚝 솟은 건축물 사이에는 겹겹이 쌓인 채 드러난 벽돌의 단

면이 높이 바라다보였다.

아침 8시경에 기시모토는 강기슭에 있는 오르세 역에 도착했다. 짐과 함께 탄 마차 안에서 그는 오른쪽과 왼쪽을 번갈아 보며 지나갔다. 보르도의 공원에 있는 오래된 연못가에서 가을이 깊었음을 말해주는 노래진 버드나무 잎과 생생하고 짙은 초록색의 남국적인 후박나무를 보고 온 그의 눈에 비친 거리는 이미 완전한 겨울 풍경이었다. 가로수도 시들어 있었다. 차가운 거리를 밟고 지나가는 말발굽 소리까지 귓가에서 떠나지 않았다. 그는 생각보다 적막한 파리로 돌아왔음을 느꼈다.

산부인과 병원 앞에 도착한 기시모토는 먼저 밤에 집을 지키는 아주머니를 찾아갔다. 입구 계단 가까이에 사는 아주머니는 그를 보자 후다닥 방에서 뛰쳐나왔다.

"기시모토 씨!"

기시모토 앞에 선 아주머니의 얼굴에서는 갇혀 있었던 것이나 다름없는 기분으로 내내 파리에 있었던 사람들의 마음이 생생하게 읽혔다.

변함없는 하숙을 볼 수 있는 것도 기시모토에게는 기쁜 일이었다. 여주인도 그녀의 조카딸도 리모주에서 먼저 파리에 도착해 기시모토를 맞아주었다. 그는 복도의 막다른 곳에 있는 자신의 방을 보러 갔다. 두 달 보름쯤 비워둔 사이에 버려두고 간 짐도 서적도 함부로 손댈 수 없을 만큼 먼지를 뒤집어쓰고 있었다.

여주인의 조카딸은 방을 들여다보러 와서 웃으며 말했다.

"어머, 이 먼지 좀 봐. 그래도 어제는 숙모와 둘이서 하루 종일 청소를 했는데."

그러고 나서 기시모토가 집을 비운 사이에 도착한, 고국에서 온 소포와 신문, 잡지를 식당에서 가져다주었다. 그중에는 오랜 시일이 걸려 용케 분실되지 않고 도착한 것으로 보이는 것도 있었다. 기시모토는 방의 창가로 갔다. 가로수 길에는 이미 어두운 파리의 겨울이 찾아와 있었다. 거리를 오가는 사람도 드물었다. 건너편 산부인과 병원의 문, 카페, 그리고 야나기 박사와 지무라 교수가 잠시 묵었던 호텔의 창문, 모든 것이 눈에 사무쳤다.

107

옆방도 조용했다. 항소법원의 변호사로 그 방을 빌리고 있던 젊고 혈기왕성한 프랑스인은 소집되어 떠난 이후 숙소 여주인에게 아무런 소식도 전하지 않았다고 했다.

"그 변호사는 어쩌면 전사했을지도 모르겠어요, 가엾게도."

여주인은 기시모토에게 이렇게 말했다. 옆방에는 노르망디 근처 출신의 그 프랑스인이 남기고 간 장서와 잡지 등이 그대로 남아 있었다. 기시모토는 공허한 그 방을 들여다보고 처참한 전쟁 기사를 읽는 것보다 더한 무서운 냉기를 느꼈다. 그 냉기는 벽 하나를 사이에 둔 자신의 방과 아주 가까운 곳에 있었다. 기시모토는 밖으로 나가 평소에 자주 가던 가게로 담배를 사러 갔다. 담배 가게 주인도 한쪽 발을 잃고 지금은 전장의 병원에 있다고 했다.

오후에 마키노가 찾아왔다. 기시모토는 마키노로부터 리모주에서 리옹 쪽으로 갔던 미술가들도 이미 파리로 돌아와 있다는 이야기를 들었다. 내내 파리에 남아 있었던 화가도 한두 명 있다고 했다.

"마키노 군, 시내로 나가보지 않겠나? 파리가 이렇게 쓸쓸해질 거라고는 생각지도 못했네."

"리옹으로 간 사람들이 돌아왔을 때는 더 쓸쓸했다고 합니다."

기시모토는 마키노와 둘이서 이야기를 나누며 집을 나섰다. 생미셸 거리까지 가서 예의 시몬의 카페 사람들을 보러 잠깐 들렀다. 그곳 주인은 벨기에 방면의 전장으로 갔다가 행방불명이 되고 말았다고 했다. 엄청난 공포가 지나간 후와 같은 쓸쓸함이 거리를 지배하고 있었다. 기시모토는 마키노와 나란히 긴 생미셸 거리를 센 강 쪽으로 걸었다. 외국인은 사라졌고 수많은 시민도 피란을 갔으며 소수의 노인과 여성과 아이들만이 평소 왕래가 많은 그 가로수 길을 걸었다. 마키노는 길을 걷는 내내 파리에 남아 있었다는 화가 이야기를 했다. 한때는 이 도시도 독일군의 포위를 각오하고 피란을 가는 사람들을 위해 모든 기차를 개방했다는 이야기였다. 빵을 요구하는 사람에게는 누구든 공짜로 주었다는 이야기도 했다. 많은 시민은 탈것도 없이 모두 걸어서 떠났다고 한다. 그 사람들이 밤거리에 쭉 이어져 동이 틀 때까지 끊기지 않았다는 것이다.

샤틀레 광장까지 걸었다. 그곳까지 가자 얼마간은 파리답게 사람들이 왕래하는 모습이 보였다. 두 사람은 센 강변을 따라가다가 다리를 건너 생루이 섬으로 들어갔고, 거기에서 오래된 노트르담 성당의 뒤쪽이 바라보이는 곳으로 나갔다. 돌담 아래에는 나란히 낚시를 하는 사람들의 검은 그림자도 보였다. 센 강물도 쓸쓸하게 흐르고 있었다.

"차가운 석조 건축물에 검은 겨울나무가 너무나도 파리의 겨울다운 느낌이네요."

마키노는 화가답게 관찰한 것을 말했다. 기시모토는 이 사람과 나란히 시들시들한 가로수 사이를 그림자처럼 움직였다. 돌을 깐 보도를 걸어가는 자신들의 발소리를 들으면서, 지금 파리에 있는 극소수의 일본인

중 두 사람이라는 생각을 했다.

108

"빨리 영국을 떠나게. 이 침통한 파리를 맛보게."

기시모토는 다카세에게 보낸 편지에 이렇게 썼다. 런던에 있는 다카세로부터 그 후의 상황을 묻는 편지의 답장으로.

이 주위의 쓸쓸함에도 불구하고 기시모토는 다시 한번 자신의 방 책상에 앉았다. 재와 먼지뿐인 거리가 되는 것만은 면한 이국의 창밖으로 보이는 거리도, 변함없는 방 안의 도구도 다시 한번 그를 맞아주는 것처럼 보였다. 피아노 연습을 하는 소리가 다시 들려왔다. 아래층에서는 예의 그 무심한 손가락 끝에서 흘러나오는 희미한 멜로디뿐 아니라 마룻바닥을 걸어 다니는 소녀의 발소리까지 들려왔다.

슬픈 마음을 잊기 위해 배우기 시작한 새로운 말의 싹도 단숨에 자랐다. 읽자, 읽자 하면서도 읽지 못하고 넣어둔 서적을 꺼내보고 어느새 그 의미를 알 수 있게 되었을 때 그는 청년 시절에 느꼈던 것과 같은 기쁨을 느꼈다. 커다란 창고 안에 간수해둔 물건 같았던 라틴 민족의 학예 세계가 갑자기 그 앞에 활짝 열렸다. 거기에 시(詩)의 정신이 있고, 여기에 역사의 정신이 있다고 말할 수 있게 되었다. 어떤 선입관이 될 만한 것도 갖고 있지 않았던 그에게는 거의 차분히 접할 여유도 없는 이 신천지의 조망만큼 타국 생활의 부자유함을 잊게 해주는 것도 없었다.

기시모토는 타국 생활을 계속하려는 마음을, 멀리 고국에 있는 자신의 식구들에 대한 생각으로 옮겼다. 햇수로 2년의 세월은 멀리 떨어져 있는 친척의 처지도 바꿔놓았다. 조카딸 아이코는 남편을 따라 사할린으로 떠났다. 네기시에 있던 형수는 타이완으로 가서 다미스케 형과 함께 살고 있었다. 은인의 집 히로시가 결혼한 것도, 스즈키 매형이 고향에서 병사한 일도 기시모토는 타국에서 알았다.

어딘지 모르게 멀어진 고국 쪽 소식 중에서 기시모토에게 도쿄의 집 소식을 소상히 알려주는 이는 세쓰코였다. 그녀의 편지로 기시모토는 요시오 형의 가족에게 맡겨두고 온 두 아이가 성장하는 모습을 상상할 수 있었다.

"네 몸은 강철이라도 되는 거야?"

튼튼한 아이들에게 되뇐다는 형수의 이런 말, 잠자리채를 들고 잠자리를 잡는 데 여념이 없다는 센타와 시게루가 놀러 다니는 모습을 귀로 듣고 눈으로 본 것처럼 상상할 수 있는 것도 그녀가 보내주는 편지 덕이었다.

"그 일만 적지 않으면 세쓰코의 편지는 정말 좋을 텐데 말이야."

기시모토는 자주 이렇게 혼잣말을 했다. 세쓰코는 또 예전에 아사쿠사의 집에서 옮겨 심은 싸리꽃이 한창이라는 것을 핑계로 기시모토가 본 적도 없는 아기의 생일 기념으로 편지를 써 보내는 것도 잊지 않았다.

109

세쓰코는, 그렇게 편지를 보내는데도 제대로 답장도 하지 않는 숙부의 마음을 이제 알 것 같다고 힘주어 쓴 편지를 보내왔다. 긴 겨울잠 같은 생활이 시작될 시기가 다가왔음을 느끼게 해주는 날이 찾아왔다. 뢱

상부르 공원에 있는 분수 연못도 얼어붙을 정도의 추위가 닥쳐왔다. 방의 난로에는 불을 지펴두었다. 기시모토는 그 옆으로 가서 세쓰코에게서 온 편지를 되풀이해서 읽었다.

숙부님은 저를 잊으려고 하는 것이지요? 그래도 좋아요. 숙부님이 그럴 생각이라면 저는 이제 숙부님께 편지를 보내지 않을 생각이에요. 그만큼 제가 보낸 편지도 숙부님의 마음을 움직이는 데 부족했던 걸까요? 숙부님을 생각하고 제 아이를 생각할 때마다 베개가 젖지 않는 날이 없어요. 숙부님은 그렇게 침묵만 지키고 있고, 이런 저를 불쌍하다고 생각하지 않으세요?

이루 말할 수 없는 마음이 기시모토의 가슴속을 오갔다. 평소에 일종의 경멸을 가지고 여성을 대해왔을 만큼 수많은 실망을 거듭해온 자신의 마음이 끌려 나왔다. 조카딸을 불쌍히 여기고 걱정하는 일은 있어도 결코 그녀가 상상하는 것이 아니었던 자신의 마음이 끌려 나왔다. 세쓰코를 생각할 때마다 어김없이 떠오르는 것은 요시오 형의 말이었다.

"너는 이제 이 일을 잊어라."

이렇게 말해준 형에 대한 자신의 마음도 끌려 나왔다. 기시모토는 굳게 닫힌 마음의 문 밖으로 와서 자신을 계속 부르고 있는 조카딸의 마지막 목소리를 들을 마음이 생겼다. 끈기도 힘도 다했나 싶게 그 문을 두드린 마지막 안간힘에서 나온 소리를 들은 것 같았다.

난로에는 시뻘건 불이 활활 타고 있었다. 검약한 파리의 어느 가정에서나 겨울철에 사용하는 거북 모양의 작은 조개탄을 석탄과 함께 섞어 때고 있었다. 기시모토는 조카딸이 보낸 편지도, 서툰 로마자로 그녀가 직접 쓴 봉투도 난로에 던져 넣으며 탄식했다. 종이는 순식간에 타올라 세쓰코의 글자는 흔적도 없이 사라졌다. 기시모토는 상심한 사람처럼 난로 앞에 서서 난로에 넣어진 종잇조각이 재가 되는 것을 지켜보고 있었다.

110

그 후 세쓰코의 소식은 끊어졌다. 어둑어둑하고 음침하고 제대로 햇볕도 들지 않고, 해가 짧은 시기에는 오후 3시 반쯤에 날이 저물어 하루의 대부분이 밤인 것 같은 파리의 겨울이 다시 타국의 방에 찾아왔다. 기시모토는 드디어 전시의 쓸쓸한 성탄절을 맞이했다. 아이들과 헤어지고 나서 두번째 해를 타국의 객사에서 맞이했다.

노란 함수초 꽃 같은 작은 수선화에 겨우 봄을 기다리는 마음을 달래는 이듬해 2월 중순의 일이었다. 일단 소식이 끊긴 세쓰코의 편지가 생각지도 않게 기시모토에게 배달되었다. 다시는 편지를 쓰지 않겠다고 생각했지만 숙부가 보내준 여행 기념 그림엽서를 보고 그만 금기를 깨고 이 편지를 보낼 마음이 들었다고 쓰여 있었다. 그 편지에는 아무튼 그녀가 늘 고민하는 일이나 아사쿠사에 살던 시절의 자신이 어디로 가버린 것처럼 생각될 만큼 약해졌다는 것, 두 손으로 퍼진 무좀이 아직 낫지 않아 고생하고 있다는 것뿐만 아니라 어머니 보기가 거북하다는 것이 지금까지 보지 못한 분위기로 쓰여 있었다. 읽다 말고 기시모토는 눈살을 찌푸리지 않을 수 없었다. 왜냐하면 세쓰코의 편지를 통해 들은 형수의 말은, 형 혼자만 알고 있을 자신의 비밀을 알고 있는 것으로밖에 생각되지 않았기 때문이다. 그때 기시모토는 이렇게 생각했다. 왜 요시오 형은

238

형수에게 숨기기로 약속해준 것일까. 왜 세쓰코는 어머니에게 자신의 수치를 털어놓고 용서를 구할 생각을 하지 않은 것일까.

세쓰코의 편지를 보면, 때때로 그녀는 어린 남동생들 앞에서 어머니로부터 동생의 '누나'로 불리지 않고 '할머니'로 불리는 일이 있다고 한다. 근심이 많아 부엌일도 생각대로 도울 수 없는 그녀는 이런 비아냥거림을 들을 때의 괴로움을 말했다. 그뿐만이 아니었다. 그녀의 어머니가 이런 말까지 했다고 한다.

"아무리 그래도 할머니라고 해서는 불쌍하지. 그래, 숙모라고 하면 되겠다. 이 사람은 누나가 아니라 기시모토 숙모야."

세쓰코의 어머니가 했다는 말은 이런 식이었다고 한다.

"기시모토 숙모."

이것이 빈정거리는 것이 아니면 무엇이겠는가, 하고 기시모토는 그 말을 되뇌었다. 그는 세쓰코에게서 온 편지를 차마 자세히 읽어볼 수도 없을 만큼 지금까지 보이지 않았던 그녀의 상태에 가슴이 먹먹했다. 그녀는 병적이라고 여겨질 만큼 애처로운 상태에서 편지를 보냈다. 미쳐버릴 것 같은 상태에서 쓴 것이다. 기시모토는 그때만큼 자신 때문에 괴로움을 겪고 있는 조카딸의 모습을 또렷하게 본 적이 없었다.

111

말로 표현하기 힘든 공포와 연민은 세쓰코의 편지를 찢어 태워버린 후까지 기시모토의 가슴에 남았다. 아주 오래전 기시모토가 시나노의 산속에 틀어박혀 시골 교사를 하고 있을 무렵, 성터 쪽에 있는 학교로 가려고 얕은 골짜기를 지난 적이 있었다. 어떤 신사(神社) 뒤쪽에 있는 얕은 골짜기의 물 흐르는 곳에서 작은 새 한 마리를 봤다. 날아가지도 않고 있는 그 작은 새를 딱히 잡을 생각도 없이 냇가의 돌 사이로 쫓아가는 중에, 어느새 손에 들고 있던 양산이 작은 새의 날개를 쳤다. 뭔가에 쫓긴 건지, 어디가 아픈 건지, 아무튼 무슨 이유가 있어 날아가지 않고 있는 작은 새에게 상처를 입혔다는 걸 깨달았을 때는 이미 늦었다. 작은 새에 불과하지만 피범벅이 되어 이쪽을 봤을 때의 눈이 무서워서 그 작은 희생물을 때려죽일 때까지는 안심하지 못했다. 그리고 50미터쯤 걸어 성터에 가까운 철도 건널목 있는 데로 나갔을 무렵, 손에 든 양산의 손잡이가 부러져 있다는 것을 알았다. 그 작은 새의 눈은 바로 상상으로 그려보는 세쓰코의 눈이었다. 애처로운 눈이다. 날카로운 나이프로 이쪽의 가슴을 꿰뚫을 만큼의 힘을 가진 눈이다.

한번 저지른 죄는 왜 이렇게 심술궂게 자신의 몸에서 떨어지지 않는 것일까, 하고 기시모토는 탄식했다. 프랑스 시인의 시집에서 발견한 구절이 그의 가슴에 떠올랐다.

Que m'importe que tu sois sage,

Sois belle et sois triste……

그대 슬기로운들 나에게 무슨 상관이랴?

그대는 아름답고 슬프기만 하여주오!*

한창 세상 이치를 분별할 나이인 숙부의 몸으로 자신의 조카딸을,

---

* 보들레르의 『악의 꽃』에 실린 「슬픈 연가Madrigal triste」 중 첫머리. 윤영애 옮김(문학과지성사, 2003).

순진한 처녀가 모르는 세계로 끌고 간 마음의 추악함과 아주 비슷한 것은 이 비통한 시의 한 구절에서도 찾아볼 수 있다. 저 북극의 태양에 자신의 마음을 비유하여 노래한 시, 기시모토가 도쿄 아사쿠사의 집에서 자주 애송했던 노래를 남겨두고 간 것도 그 프랑스 시인의 시다. 기시모토는 그런 퇴폐적인 마음을 가진 사람이 극도의 적막감을 느끼면서 예전에 이 세상을 살았다는 사실을 상상했다. 그 사람이 노래한 붉고 얼어붙은 태양은 북극의 끝을 상상할 것까지도 없이 어두운 파리의 겨울 하늘에서 실제로 그가 바라보는 것이라 생각했다.

거리로 나간 기시모토는 세쓰코를 위해 그녀가 고생하고 괴로워한다는 손의 무좀약을 찾았다. 아이들에게 보낼 생각으로 사둔 프랑스풍의 검은 표지가 달린 수첩과 함께 고국으로 돌아가는 사람이 있을 때 부탁할 생각이었다. 이런 배려도 세쓰코라는 조카딸이 이 세상에서 몹시 불행하게 살아가고 있다는 생각을 어떻게 해줄 수는 없었다. 그 고통은 애써 리모주의 시골에서 회복한 새로운 여정(旅情)을 덮어버렸다.

112

짙은 안개로 시내의 하늘도 어두운 날이 이어졌다. 때로는 시내 여기저기의 지붕에서 가까운 하늘 일부에 엷은 누런빛이 어른거리고, 때로는 환하게 갠 하늘에서 분홍빛 구름 떼가 보이는 날이 있어도 여전히 어둡게 갇혀 있는 마음으로 사는 날이 많았다. 전시의 쓸쓸한 겨울답게 만물은 모두 얼어붙었다. 차가운 비가 내리는 밤, 기시모토는 멀리 떨어져 있는 친구들의 이름을 불러보고 싶을 때가 있었다. 그는 도쿄 가가초의 친구가 그림엽서 끝자락에 써서 보내준 "적막한 자네를 생각한다"라는 말을 가슴에 떠올리며 창가로 가서 밖을 내다보았다.

여섯 필의 말이 끄는 포차(砲車) 대열이 마침 그 동네를 지났다. 포차 하나가 지날 때마다 탄약 상자를 실은 마차가 여덟 마리의 말에 이끌려 그 뒤를 따랐다. 길가에 서서 보는 시민 중에는 열광적인 함성을 지르는 사람도 없었다. 정숙하게 침묵을 지키며 말 위의 장정을 전송하는 사람뿐이었다. 전시 분위기는 그만큼 짙고 침울해졌다. 기시모토는 찬물을 끼얹은 듯 조용한 이 동네의 광경을 자신의 방에서 바라보며 몇 달 전보다 오히려 더 감동했다. 그는 리모주에서 돌아오고 나서 하루가 다르게 이러한 분위기 속에 빠져들었다. 격렬한 흥분과 동요의 시간이 지나고 인내와 억제의 시간이 그것을 대신했다.

기시모토는 자신의 방을 둘러보았다. 전쟁 이전보다 더욱 짙은 무료함이 찾아왔다.

'아아, 다시 시작되었구나.'

이렇게 생각하는 것을 계기로, 자주 정처 없이 거리를 거닐고, 들르고 싶지도 않은 카페에서 시간을 보낼 수밖에 없는, 그런 마음이 다시 일어난 것이 분했다. 창으로 비쳐 드는 회색 광선은 때로 어두운 방의 내부를 감옥처럼 보이게 했다. 주위가 차가운 돌로 둘러싸여 있는 것도 그런 이유 중 하나였다. 잠자는 도구, 세수하는 도구부터 변기까지 실내에 갖추고 있는 것도 그런 이유 중 하나였다. 친척이나 친구나 아이들로부터 완전히 떨어져 있는 것도 그런 이유 중 하나였다. 찾아오는 사람도 적고, 설사 있다고 해도 고국의 식물 이야기나 여자 이야기 등으로 약간의 지루함을 달래는 것도 그런 이유 중 하나였다. 바깥 세상에 연고가 전혀 없는 것도 그런 이유 중 하나였다. 믿기 힘들 정도로 자극이 없는 것도 그런 이유 중 하나였다. 도저히 실행할 수 없는 공상에 사로잡히는 것도 그런 이유 중 하나였다. 뿐만 아니라 기시모토는 자신의 등에 스스로 채 찍을 때리지 않으면 안 되었다. 마음에 삿갓을 쓴다는 생각으로 고국을 떠나온 사람에게 눈에 보이지 않는 감옥은 오히려 당연한 것이라는 생각 도 들었다. 고독도, 금욕도.

113

이 쓸쓸한 겨울을 동면하듯 갇혀 지내는 가운데 기시모토는 자주 아버지를 떠올렸다. 그는 소년 시절에 돌아가신 아버지가 몹시 그리웠 다. 타국의 객사에서 앞날에 대한 생각에 가슴이 막막해질 때 그는 방 구석진 곳에 있는 침대에 몸을 던져 하얀 레이스 시트에 얼굴을 묻곤 했다. 소크라테스의 죽음을 표현한 낡은 액자가 걸린 벽 옆에서 이 세 상에 없는 아버지를 찾고, 아버지를 부르고, 그 영혼에 기도하려고 했 다. 마치 아버지를 잃은 소년 시절과 같은 마음으로.

기시모토의 아버지는 고국의 산속에서 3백 년 이상이나 이어져온 오랜 역사를 가진 집에서 태어났다. 고개 하나를 넘어 깊은 계곡에 접한 이웃 마을에도 역시 같은 성인 기시모토 집안이 있었다. 그 집안이 대대 로 다이칸,* 쇼야,** 혼진,*** 돈야****의 직을 수행했던 것은 기시모토의 아버

---

* 代官: 중세에 주군을 대신하여 임지의 행정 등의 직무를 담당했던 자의 총칭.

** 庄屋: 에도 시대 촌락의 장.

*** 本陣: 에도 시대 가도의 역참에서 관리들이 묵던 공적인 숙박 시설.

**** 問屋: 에도 시대에 영주와 주민의 중개자로서 역참 마을의 자치행정을 행함과 동시 에 돈야바[問屋場: 역참에서 인마(人馬) 등의 사무를 보던 곳]를 관리하던 장. 대부

지 집안과 아주 비슷했다. 기시모토의 어머니는 그 집안에서 시집왔다. 요시오 형은 어렸을 때부터 다시 그 집으로 가서 어머니 쪽 집안을 이었다. 요시오 형의 양부, 즉 세쓰코의 할아버지는 기시모토 어머니의 친오빠였다. 기시모토가 부모의 슬하를 떠나 고향의 집을 뒤로 하고 도쿄로 유학하게 된 것은 고작 아홉 살 때였다. 열세 살 때에는 아버지가 돌아가셨다는 소식을 도쿄에서 들었다. 그는 아버지 옆에서 지냈던 세월이 짧았을 뿐만 아니라 어머니의 보살핌을 받은 기간도 짧았다. 그가 차분히 어머니와 함께 도쿄에서 생활한 것은 고생스러웠던 청년 시절이었고, 그것도 불과 2년밖에 지속되지 않았다. 그가 센다이 쪽에 가 있는 동안 어머니가 돌아가셨다는 소식을 들었다.

기시모토는 아버지에 대해서 어린 시절의 기억밖에 없다. 마흔네 살인 지금, 다시 한번 아버지에게 여정이 향하는 것조차 신기하게 생각되었다. 반생을 통해 돌고 돈 우울. 말하는 것도 행하는 것도 생각하는 것도 모두 거기에서 일어난 것 같은, 이름도 붙일 수 없는, 원인도 없는 우울. 일찌감치 청년 시절이 시작된 무렵부터 그 우울이 자신의 몸에 찾아온 것을 이야기하고, 그 이야기를 들어줄 것 같은 사람도 아버지였다. 왜냐하면 기시모토의 반생이 괴로웠던 것처럼 아버지 역시 괴로운 생애를 보냈기 때문이다. 가령 아버지가 이 세상에 아직 살아 있어 자기 자식이 먼 여행을 떠나온 동기를 알았다면 뭐라고 할까. 그래도 기시모토가 마지막으로 가서 땅바닥에 이마를 대고서라도 고통을 호소하고 싶은 사람은 아버지였다.

분은 혼진을 경영했다.

114

어머니를

자꾸만 그리워하게 하는

꿩 울음소리.*

    기시모토에게 떠오른 것은 이 하이쿠였다. 이 짧은 말 뒤에 숨어 있는 옛 사람의 방랑하는 마음도 그에게 절절히 스며들었다. 언제 올지 모르는 봄을 애타게 기다리며 앞날을 걱정하는 타국이 아니라면 이만큼 아버지의 사랑을 환기하는 일도 없었을 것이다. 어렸을 때의 기억은 그를 먼 고향 산촌으로 데려갔다. 넓은 현관이 있고 시골풍의 이로리**가 있다. 다미스케 형이 편하게 지내는 방이 있고, 마을 어른들이 자주 그곳으로 이야기하러 온다. 다음 방이 있고, 가운데 방이 있다. 어머니나 형수가 환한 빛이 비쳐 드는 방에서 바느질감을 펼쳐놓고 있다. 먼 산들, 탁 트인 계곡, 눈이 침침해진 것처럼 널찍한 평야까지, 높은 산허리에 위치한 방의 장지문 밖으로 내다보인다. 안뜰의 담을 사이에 두고 돌담 아래쪽에는 숙모 집의 판자지붕이 보인다. 안방이 있다. 방바닥을 한 단 높게 한 방이 있다. 한쪽에는 가지가 보기 좋게 뻗고 있는 늙은 소나무와 모란 등이 심어진, 조용한 뜰에 면해 차양이 긴 아버지의 서재가 있다. 이곳이 기시모토가 태어난 집이다.

    기시모토는 붉은 양탄자를 깐 아버지의 책상 위에 아버지가 좋아하는 서적이나 때로는 일본 산법(算法)의 도구 등이 놓여 있었던 것을 아직

---

  * 마쓰오 바쇼(松尾芭蕉)의 하이쿠. "父母のしきりに戀し雉の聲."
  ** 마룻바닥을 사각형으로 파내고 난방용이나 취사용으로 불을 피우는 장치.

도 생생하게 기억하고 있다. 자주 어깨가 뭉친다는 아버지의 등 뒤로 돌아가 재미있지도 우스꽝스럽지도 않은 역대 연호 등을 "교호(享保), 겐로쿠(元祿)……"라고 마치 경전이라도 읽는 것처럼 아버지의 어깨를 붙잡고 소리 내어 외며 두드렸던 것도 그 서재에서였다. 밤늦게까지 글을 쓰는 아버지 옆에 앉아 방 안 가득 펼쳐진 하얀 종이 앞에서 졸린 눈을 비비며 촛불을 들고 있었다.

기시모토는 아버지가 엄격해서 어렸을 때 아버지의 무릎에 올라앉은 기억도 없었다. 아버지는 가족에 대해 절대적인 주권자였고, 기시모토 등에게는 열성적인 교육자이기도 했다. 기시모토는 학교의 책을 배우기도 전에 아버지가 직접 베껴 쓴 『천자문』을 배우고, 마을 학교에 다니고 나서는 아버지로부터 『대학』이나 『논어』를 배웠다. 그는 훈독하던 밤색 표지의 책을 안고 주뼛주뼛 아버지 앞으로 나아갔다. 왜냐하면 아버지가 들려주는 것은 인륜오상(人倫伍常)의 도(道)였고, 그는 어린 마음에도 아버지를 존경하고 두려워했기 때문이다. 특히 아버지는 지병인 신경질이라도 부릴 때면 굉장히 무서운 사람이었다. 기시모토는 막내이기도 하고 어렸으므로 그다지 혼이 나지 않았지만 다미스케 형은 때때로 부러진 활로 맞았다. 사실대로 말하자면 소년 기시모토에게 아버지는 그저 무서운 사람, 완고한 사람, 너무나도 어려운 사람이라고밖에 생각되지 않았다.

115

소년 시절의 기억은 또 기시모토를 도쿄 긴자 뒷골목으로 데려갔다.

흙벽으로 만든 집이 있고, 현관이 있다. 거리에 면한 철로 된 격자무늬의 창이 있고, 햇빛은 칸막이 장지문을 통해 창 아래의 책상이나 책장이 놓인 곳으로 비쳐 들었다. 그곳은 기시모토가 상경한 후 아저씨 부부와 할머니의 감독 아래 소년의 몸을 의지했던 다나베의 집이다.

아버지에게서 이별 선물로 받은 대여섯 장의 단자쿠,* 상경 후의 좌우명으로 하라며 아버지가 꼼꼼한 서체로 써준 글, 기시모토는 그것을 아직도 생생하게 떠올릴 수 있었다. 소년이었던 그는 창 아래의 책상 서랍 안에 그 좌우명을 넣어두고, 때로는 여러 장의 단자쿠를 꺼냈다. "행동은 독실하고 공경스러워야 하며〔行必篤敬〕……" 등이라 쓰여 있는 아버지의 필적을 볼 때마다 고향에 있는 엄격한 아버지의 교훈을 듣는 것 같았다. 미덥지 못한 것이지만 기시모토가 고향에 편지를 보내게 되고 나서 아버지는 자주 그에게 편지를 보냈다. 그가 상경한 후에도 아버지는 변함없는 조언자였다. 그는 또 학교에서 작문이라도 하는 것처럼 아버지에게 편지를 썼는데, 다나베 아저씨가 그것을 보여달라고 했을 때는 얼굴이 빨개지기도 했다. 고향에서 올라온 아버지가 다나베 아저씨의 집으로 왔을 때의 일은 기시모토에게 잊기 힘든 기억 중의 하나다. 아버지는 여행용 담요와 짐을 다나베 아저씨의 집 2층 안쪽에 풀고 잠시 그곳에 머물렀다. 고향에 있을 때의 아버지는 아직 옛날식으로 머리를 보라색 끈으로 묶어 뒤쪽으로 늘어뜨린 사람이었는데, 그때 처음으로 산발을 했다고 했다. "그건 그렇고 이건 이렇고……"라고 혼잣말처럼 말하며 자신의 생각을 정리하는 것이 아버지의 버릇이었다. 아버지가 여행가방 안에서 오동나무 상자에 들어 있는 거울을 꺼냈을 때 "아버지, 남자도 거

---

* 短冊: 하이쿠 등을 쓰는 두껍고 조붓한 종이.

울을 보나요?"라고 묻자 아버지는 웃으시며 거울이라는 것은 남자에게
도 중요하다, 특히 여행을 갈 때는 자신의 용모를 바르게 해야 한다, 고
말한 적도 있다.

　　아버지는 꽤 기행을 많이 한 사람으로 가는 곳마다 일화를 남겼다.
하지만 자식인 그의 눈에는 재미있다기보다는 딱하고, 이상하다기보다
는 엉뚱한 것으로 비쳤다. 특히 그때의 상경에서 그는 그런 것을 느꼈다.
아버지는 기시모토의 학교 친구 집에도 들렀다 간다고 말한 적이 있었
다. 산짓켄보리에 있는 친구 집에서는 친구 어머니가 홀로 아이들을 키우
고 있었다. 기시모토는 그 친구의 집으로 아버지를 안내했다. 소년인 그
에게 아버지가 하는 일은 그저 무척 걱정스러울 뿐이었다. 학교 친구의
집으로 찾아가자 그쪽에서는 무척 기뻐해주었지만, 헤어지기 직전에 아
버지는 친구 어머니로부터 쟁반을 빌려 선물로 가져간 커다란 밀감을 그
위에 담았다. 그것을 친구 어머니에게 내미나 했더니 아버지는 갑자기
그 밀감을 불단으로 가져가 올렸다. 그런 아버지의 행동이 소년인 그의
눈에는 그저 기이한 것으로만 비쳤다. 그는 아버지의 정신이 아름답다거
나 정직하다고 생각할 여유가 없었다. 아무튼 아버지를 데리고 학교 친
구의 집에서 빨리 나와 다나베 아저씨의 집으로 돌아가고만 싶었다. 그
때 그의 마음에는 오랜만에 아버지와 함께 있다는 것이 기쁘지 않은 것
은 아니었지만, 역시 고향 산촌에 있는 아버지를 생각하고 싶었다. 하루
라도 빨리 아버지가 도쿄를 떠나 일 년 내내 지저깨비가 타는 이로리 가
로 돌아가 늙은 할머니와 어머니, 형 부부, 그리고 오래된 정직한 가업을
함께 해주기를 바랐다. 나중에 생각하니 그때가 상경한 후 아버지를 만
난 유일한 기회였다. 그 후로 그는 아버지를 보지 못했다.

　기시모토가 제대로 아버지를 알게 된 것은 오히려 아버지가 돌아가신 후였다. 그가 청년기에 접어들어 자신의 갑작스러운 성장을 느끼기 시작했을 때, 고향에 있는 할머니가 돌아가셨다는 소식을 듣고 귀향한 적이 있었다. 다미스케 형도 그 무렵에는 도쿄에 있어서 그는 형을 대신하여 할머니를 애도할 겸 어머니와 형수가 있는 고향으로 돌아갔다. 그때 그는 오랜만에 자신이 태어난 집을 봤다. 그리고 아버지가 남긴 장서를 보여주겠다는 어머니의 뒤를 따라 뒤뜰로 나갔다. 안채 옆에서 흙벽으로 만든 광으로 통하는 채소밭과 뽕밭 사이의 길, 할머니가 거처하던 별채의 2층 방, 광 앞에 심어져 있는 몇 그루의 감나무, 그것들은 모두 어렸을 때 본 것과 변함이 없었다. 어머니는 철망 문이 닫혀 있는 어두운 광의 돌층계 위에 서서 손에 든 커다란 열쇠로 찰칵 소리를 내며 자물쇠를 열고 그를 2층으로 안내했다. 거기에는 할머니가 시집을 때 가져온 궤가 남아 있었고, 어머니가 시집올 때 가져온 궤도 있었다. 그 낡은 도구들을 제외하면 광의 2층에 있는 것은 모두 아버지가 남겨놓은 많은 서적이었다. 벽에 기대어 쌓여 있는 낡은 책 상자에는 주로 국학(國學)에 관한 서적이 들어 있었다. 그것을 보고 그는 아버지가 얼마나 고전파의 학설에 마음을 기울이고 있었는가를 느꼈다. 그가 영학(英學)을 배우기 시작했을 때는 아직 아버지가 살아 계셔서 무척 걱정스럽다는 편지를 보내주었는데, 그런 아버지의 마음도 짐작할 수 있을 것 같았다.

　그 무렵부터 그는 아버지를 한층 더 잘 알게 되었다. 아버지에 관한 것은 아무리 사소한 이야기라도 마음에 담아두려고 했다. 기회가 있을 때마다 그는 집안사람이나 아버지를 알고 있는 사람들에게 아버지에 대해 물었다. 다미스케 형에게도. 요시오 형에게도. 다나베 아저씨에게도. 다나베네 할머니에게도. 그리고 그런 사람들의 기억에 남아 있는 단편적인 이야기를 통해 아버지의 생애를 상상해보려고 했다. 뜻밖에도 그는 사람들로부터 들은 이야기보다 자신의 내부에서 아버지를 더 많이 발견해나갔다. 그는 자신의 내부에서 밀어내듯이 뻗어 나오는 생명의 싹이 모든 것의 색채를 바꿔버리는 우울한 세계 쪽으로 자신을 데려갈 때마다 특히 그런 것을 느꼈다. 그는 나이가 들면 들수록 자신의 성격이 아버지를 닮아가는 것이 두려웠다. 센다이 여행에서 돌아온 것은 그가 스물여섯 살 무렵이었다. 여름 한 철을 고향의 스즈키 매형 집에서 보내고, 누나에게서 아버지 이야기를 들은 적도 있었다.

"스테키치는 내 아이야, 그 아이는 학문을 좋아하는 놈이지, 어떻게든 내 뒤를 잇게 하고 싶어, 하고 아버지가 자주 말했어."

누나는 고향 사투리가 섞인 억양으로 이런 말을 했다. 그 무렵에는 스즈키 매형도 고향 집에서 살며 아주 만족스러운 세월을 보내고 있었다. 누나도 즐거운 때였다. 누나는 오랜만에 함께 지내게 된 동생을 앞에 두고 남편에게 "어머, 스테키치가 앉아 있는 모습 좀 보세요. 저 손 같은 건 아버지와 똑같아요" 하며 웃었다. 그때 그는 자신의 몸 안에서 아버지의 손까지 발견했다. 아버지는 버선 같은 것도 엄청나게 큰 것을 신었다고 했다. 어렸을 때 그의 기억에 남아 있는 아버지는 자신보다 훨씬 키가 큰 사람이긴 했지만.

아버지의 우울은 역시 기시모토와 마찬가지로 청년 시절에 시작되었다고 한다. 기시모토가 동년배인 다른 청년들이 모르는 마음의 싸움을 거듭해온 것도 그 우울의 결과였다. 하지만 그는 미치광이처럼 보이는 정도에서 버텼다. 아버지의 그것은 진짜였다.

그런 아버지의 지병이 평생 아버지를 괴롭혔다고 해도 기시모토는 아버지에게도 건강한 세월이 많았다는 것을 상상할 수 있었다. 그 증거로, 아버지는 국학자 히라타 아쓰타네의 문하생이었다고 하고, 메이지 유신 때는 집을 잊고 나랏일에 분주했다고 하며, 히다국(飛驒國)에 있는 미나시 신사(水無神社)의 신관(神官)이 되었다고 하고, 그리고 나서 고향으로 물러나 제자를 교육하며 만년을 보냈다고 한다. 지금은 다미스케 형과 함께 타이완에서 살고 있는 형수가 아버지의 일상적인 일을 많이 알고 있어 예전에 도쿄 네기시의 집에서 기시모토에게 그 이야기를 들려준 적도 있었다.

"신경이 날카롭지 않을 때 아버님은 자상한 분이셨어요. 아이들을 한 번도 혼내지 않은 분이셨거든요."

이 형수를 통해 기시모토는 아버지가 마지막에 광인을 가두는 방에 갇혀 보낸 날들에 대한 이야기를 들었다. 환각을 진짜라고 보는 아버지는 눈에 보이지 않는 적 때문에 괴로워했다.

"적이 공격해 온다! 적이 공격해 온다!"

아버지는 자주 이렇게 외쳤다고 한다. 그 무시무시한 환각에서 아버지는 끝내 기시모토 집안의 조상이 건립했다는 마을의 절 장지문에 불을 지르려고 했다. 그것이 감옥과도 같은 아버지의 방으로 가는 첫걸음이었다. 평소 유순한 아이라는 말을 들었던 다미스케 형도 어쩔 수 없이 아버지 앞에 서서 머리를 숙여 절을 하고 마을 사람들과 함께 아버지를 단단히 뒷짐결박했다. 아버지를 감금하기 위해 만든 방은 뒤쪽의 헛간에 있었다. 그곳은 할머니가 거처하는 방과 광 사이의 우물을 끼고 돌층계를 내려간 곳에 있었다. 앞에는 오래된 연못이 있고, 한쪽은 쌀 창고로 이어졌으며 뒤에는 기시모토의 집에 딸린 대나무 숲이 무성했다. 아버지는 그곳에서 최후의 어두운 날을 보냈다. 어머니는 별실에 있으면서 아버지 간호를 게을리하지 않았을 뿐 아니라 평소 아버지를 '스승님'이라 부르는 마을 사람들까지 주야 교대로 지키고 있었다고 한다.

형수의 이야기는 아버지가 감금된 방에서 지낸 무렵의 자세한 상황을 전해주었지만, 누나는 아버지의 감정을 전해주었다. 누나는 이미 집을 떠난 남편과 헤어져 살던 무렵이었다. 고향에서 잠깐 나와 도쿄 아사쿠사에 있던 기시모토의 집 2층에서 그 이야기를 들려주었다. 때로 아버지는 감금된 방에서도 글을 쓰고 싶다며 벼루나 붓을 가져오게 해 '웅(熊)'이라는 글자를 종이에 가득 차게 큼직하게 써서 사람들에게 보여준 일도 있었다. 그리고 스스로를 조롱하듯이 웃었고, 끝내는 배를 잡고 나뒹굴 만큼 웃다가 그런 뒤에는 하염없이 슬픈 눈물을 흘렸다.

　　귀뚜라미 우는구나, 서리 내린 밤의 거적에 한쪽 소맷자락 깔고
　혼자 자는 걸까.*

아버지는 이 옛 시가를 몇 번이고 흥얼거리며 자신의 목소리에 도취

---

* 후지와라노 요시쓰네(藤原良經, 1169~1206)의 시가(新古今集 卷5·秋下·518). "きりぎりす啼くや霜夜のさむしろに衣かたしき獨りかも寢む"

한 듯 감금된 어두운 방의 격자를 붙들고 통곡했다고 한다.

비분강개한 우국지사로서 발광한 사람이 되다니, 이 어찌 슬프지 않으랴.

아버지가 헛간에 남긴 절필(絶筆)이었다고 한다. 아버지는 각기충심*으로 이 세상을 떠났다.

118

그러고 나서 누나가 상경한 후로 아직 소노코가 건강했던 무렵, 기시모토는 아버지의 묘를 쓰기 위해 귀향한 적이 있었다. 그때는 고향의 스즈키 매형 집으로 누나를 보러 들렀고, 거기서부터 기소 강을 따라 40킬로미터쯤 걸었다. 고향이라고 해도 기시모토가 그 골짜기 사이의 길을 걸어본 적은 별로 없었다. 지날 때마다 옛 역참이 있던 길의 흔적도 변해 있었다. 어머니가 태어난 마을까지 가자 옛날의 커다란 저택은 이제 보이지 않았지만, 그곳에는 요시오 형의 집이 있고 세쓰코의 어머니가 할머니와 둘이서 아이들을 키우며 살고 있었다. 깊은 골짜기를 이루는 지형은 그 근처에서 끊어지고, 산림 사이의 언덕이 많은 길을 더듬어 간 곳에는 기시모토 집안의 마을이 있었다. 먼 조상이 세웠다는 절에는, 오래되어 이끼가 긴 기시모토 집안의 묘석이 옛날을 말해주며 나란히 늘

---

* 한의학에서 쓰는 용어로, 각기(脚氣) 증상이 심해져 심장을 앓게 되는 병을 말한다. 가슴이 답답하고 명치에 무엇이 치미는 듯하며 호흡이 곤란해진다.

어서 있었다. 기시모토는 경사진 언덕에 조성된 묘지를 빠져나가, 삼나무 숲 사이로 마을 일부가 내려다보이는 위치로 나갔다. 무덤 두 개가 그의 눈에 들어왔다. 그곳에 부모님이 잠들어 있었다.

마을에는 아버지의 가르침을 받았다는 사람들이 아직 많이 살고 있었다. 평소 기시모토 집안과 친했던 이웃의 술도가 주인도 그중 한 사람이었다. 그 사람의 권유로 전망이 좋은 2층 방으로 올라가보니 한 단 높은 돌담 위의 위치에서 예전 저택의 터가 눈 아래로 내려다보였다. 마을의 큰 화재는 기시모토 아버지의 집을 뽕나무밭으로 바꾸었다. 이제는 안채도, 흙벽으로 만든 광도 볼 수 없었다. 가을비가 내리기 시작한 하늘 아래 뽕나무밭 사이로는 아직 가지에 남아 있는, 이제 물들기 시작한 감나무 잎이 고향의 가을을 말해주고 있었다. 기시모토는 옆집 주인과 함께 그 뽕나무밭을 가리키며, 그곳에 아버지의 서재가 있었고 아버지가 사랑했던 늙은 소나무가 있었다는 이야기를 나누었다. 집안이 모두 도쿄로 옮기게 된 무렵부터 예전 저택의 터는 옆집 소유가 되었으므로 기시모토는 술도가 주인의 허락을 얻어 혼자 뒤로 돌아 뽕나무밭 사이로 나갔다. 달콤한 향기가 나는 감나무 꽃이 필 때부터 푸른 감꼭지가 붙은 쓸데없는 열매가 떨어질 때까지 소년 시절의 놀이터였던 흙벽의 광 앞언저리, 지난날의 그 광경이 아직 그의 눈에 선했다. 아버지가 남긴 장서를 보기 위해 어머니와 함께 광의 철망 문 앞의 어두운 돌층계에 선 날의 일도 아직 그의 눈에 선했다. 돌아가신 할머니가 거처하던 2층 방에서 그 뒤쪽만 타지 않고 약간 남아, 기시모토는 변하지 않고 남아 있는 헛간을 볼 수 있었다. 타이완으로 간 형수가 이야기해준 것도 그 헛간에서의 일이다. 앞에 있는 높은 돌담, 오래된 연못, 뒤쪽의 무성한 대나무 숲은 아버지의 쓸쓸하고 어두운 최후의 세월을 떠올리게 했다.

119

아버지에 관한 모든 기억이 타국에 있는 기시모토의 가슴에서 하나로 정리되었다. 일찍 아버지를 여읜 그는 다른 많은 소년들이 받을 수 있는 자애도 제대로 받지 못했다. 그 대신 다 자란 후 부자간의 잔혹한 충돌은 겪지 않을 수 있었다. 그는 자주 이런 생각을 했다. 자신이 배우는 것, 행하는 것, 생각하는 것은 아버지와 어떤 교섭이 있을까, 만약 아버지가 살아 계셨다면 어떻게 되었을까. 그는 자신의 뜻대로 아버지가 싫어하는 외국어를 배우려고 한 소년 시절부터 이미 아버지의 뜻을 거역했던 것이다.

신기하게도 이곳 타국의 객사에서 기시모토의 마음은 일찍이 간 적이 없을 만큼 가까이 아버지에게 다가갔다. 아버지의 목소리는 아직 그의 귓가에 들려왔다. 붉은 태양이 빛나지 않고 마치 구리 대야를 걸어놓은 것처럼 어둡고 차가운 하늘을 지나가는 날, 그는 얼어붙은 석조 건축물 안에서 타국에서의 앞날을 생각하고 있었다.

'스테키치. 스테키치.'

어렸을 때 들었던 아버지의 목소리가 다시 한번 그의 귓가에 들려오는 것 같았다.

그뿐만이 아니었다. 아버지가 생전에 극력 배척하고 적대시한 이단과 사교(邪敎)의 나라에 와서 오히려 기시모토는 아버지를 보는 안목까지 높아졌다. 고국에 있던 무렵의 그는 히라타 아쓰타네 학파의 학설에 마음을 빼앗겼던 아버지 같은 사람들이 에도 전기의 국학자 게이추(契沖)나 에도 중기의 국학자 가모노 마부치(賀茂眞淵) 같은 선구자가 걸었던 길에 만족하지 않고 신도(神道)에까지 파고들었던 것을, 오히려 아버지를 위해 애석하게 생각했다. 지금에 와서 그는 고전 정신으로 시종한 아버지 등이 당시의 애국운동에 참가한 것과 학문에서 실행으로 옮겨 간 것을 상당히 중대하게 생각했다. 그는 타국으로 떠나기 전해에 기념할 것이 있어 아버지가 남긴 가집(歌集)을 편집하고 얼마 안 되는 부수이기는 하지만 그것을 인쇄하여 아버지를 아는 사람들에게 나눠준 적도 있었다. 그 유고 중에는 아버지가 히다국에서 노래한 갖가지 여행 시가가 있었다. 그는 그것을 생각해내고, 미나시 신사의 신관으로서 히다의 산속에 틀어박혀 있던 무렵이 아버지의 생애에서 가장 쓸쓸한 시기이자 그리운 것도 많은 시기이기도 했다고 생각했다. 그는 또 아버지가 시달렸던 정신병의 원인을 생각했다. 젊었을 때 상상한 것처럼 낭만적으로 생각하지 않고 좀더 간단한 위생상의 부주의 문제를 생각했다. 가령 아버지의 발광이 그런 외래의 병독에서 온 것이라고 해도, 그 때문에 아버지에 대한 마음이 조금도 변하진 않았다. 그의 눈에는 무섭고 완고하며 어려운 아버지가 자신들과 마찬가지로 약한 한 인간으로서 예전보다 더욱 친밀하게 비쳤다.

기시모토는 그 아버지 앞으로 여행자의 몸인 자신을 가져갔다. 아무리 부끄러이 여긴다고 해도 부족할 것 같은 마음으로 고국을 떠날 때, 어두운 밤에 항구를 떠나가는 프랑스 배의 갑판 위에서 마지막으로 이별을 고했을 때, 그는 사실 고베도 마지막이라고 생각했다. 그의 타국 생활도 이제 앞으로의 방침을 정하지 않으면 안 되는 시기에 이르렀다.

120

"손님, 식사 준비 다 됐습니다."

프랑스풍의 줄무늬 앞치마를 두른 하녀가 기시모토의 방문을 열고 점심 식사 때를 알리러 왔다. 하숙에서는 여주인의 조카딸이 리모주로 돌아갔고, 시골 출신의 하녀가 고용되었다.

기시모토는 어두운 복도를 지나 식당으로 갔다. 2년 가까운 세월을 타국에서 지내는 동안 그는 식당에서 자신이 선참 하숙인이 됐음을 깨달았다.

"자, 여러분 자리에 앉으세요." 뚱뚱한 여주인은 프랑스빵을 자르면서 말했다. "우리 요리는 시골 요리라 노르망디에서 오신 손님 입에 맞을지 모르겠네요."

시내 근처에 있는 발드그라스 육군병원으로 부상당한 남편을 문병하기 위해 노르망디에서 올라왔다는 여자 손님, 어떤 가정의 아이를 가르치러 다니는 중년 여교사, 이런 사람들이 기시모토의 식당에서 만나는 면면이었다. 이미 로마가톨릭의 사순절이 시작되었다. 매년 안주인이 돼지고기 소시지 등을 내놓고 축하하는 '육식의 화요일'*도 지났다. 40일간의 종교 계절이 다시 찾아온 것은 기시모토에게 프랑스에서 지낸 세월을 실감케 했다.

"기시모토 씨, 고국에서는 소식이 오나요? 자제분들도 별일 없나요? 아버지를 무척 기다리고 있겠군요."

함께 식탁에 앉으면서 안주인이 이렇게 말하며 커다란 접시에 수북

---

* 프랑스에서는 마르디 그라Mardi Gras라고 한다. 사순절의 첫날인 재의 수요일 전날로, 40일간의 참회와 절제를 시작하기 전에 풍족하게 먹는 날.

이 담긴, 정진 기간*다운 요리를 순서대로 손님 앞에 내놓았다. 안주인은 노르망디에서 온 여자 손님이 파리에서 샀다는 모자와 가정교사가 새로 맞췄다는 옷의 취향을 "어머, 좋네요"라든가 "어머, 정말 훌륭해요"라는 말로 최대한 칭찬했다. 리모주의 시골에서 올라온 사람이라 요리에서부터 인사말까지 고봉으로 하지 않으면 성에 차지 않았다. 기시모토는 이 사람들이 하는 세상 돌아가는 이야기에도 질린 나머지 비용만 드는 타국에서의 삶을 생각하며 식사를 했다. 식당에서 방으로 돌아간 기시모토는 자신이 이방인이라는 사실을 절감했다. 언제까지나 머무를 만한 곳이 아니고 또 오랫동안 계속 있을 만한 처지도 아니라는 생각이 들었다. 자신에 대해 많이 걱정해준 비양쿠르의 노부인 같은 온정 있는 사람은 세상을 떠난 데다 시국은 그의 타국 생활을 더욱 자유롭지 못하게 했다. 애써 친해진 프랑스인은 모두 국난 때문에 정신이 없었다. 학문도 예술도 거의 정지된 상태였다. 그의 주위에는 전쟁만 있었다.

이국의 흙이 될 생각으로 고국을 떠난 자신의 결심은 도저히 이루기 힘들 것 같았다. 고국에는 그를 기다리는 의지가지없는 아이들이 있었다. 그는 마치 냉정하고 엄숙한 운명 앞에 머리를 늘어뜨린 사람처럼 이런 인생의 기로에 서는 것보다 오히려 주어진 생명을 반납하고 싶다고까지 한탄했다. 그는 돌아가신 아버지 앞으로 나아가 "이 생명을 가져가주세요"라고 기도하기도 했다.

---

* 육식을 금하고 채식하는 기간.

121

나그네여, 발길을 멈춰라. 너는 뭘 그리 서두르느냐. 어디로 가는
거냐. 왜 네 눈은 그렇게 빛나느냐. 너는 왜 그리 뭘 찾기만 하는 거냐.
왜 너는 그리 안달하며 걷고 있느냐.

나그네여, 너는 이 나라를 보려고 별이 빛나는 동쪽 먼 데서 찾아
왔느냐. 이 나라에 있는 것도 네 마음을 채우는 데 부족한가.

나그네여, 저녁이 찾아왔다. 너는 뭘 그리 눈물을 글썽이느냐. 익
숙지 않은 너의 구두가 무거운가. 이 저녁이 무거운가. 아니면 내일 저
녁이 괴로운가.

나그네여, 너는 왜 작은 새처럼 떨고 있느냐. 설사 네 생명이 길고
긴 공포의 연속이라고 해도 왜 좀더 순수한 마음을 갖지 못하느냐.

나그네여, 발길을 멈춰라. 이 나라 로마가톨릭의 계절이 찾아왔다.
너도 와서 주의 수난을 기념하는 저녁에 쉬어라. 너에게 먹일 빵, 너에
게 마시게 할 물 정도는 여기에도 있지 않느냐……

서재이기도 하고 침실이기도 한 방의 책상에 앉아 기시모토는 자신
이 쓴 것을 꺼냈다. 창가의 벽에 걸려 있는 프랑스 달력은 3월이 왔다는
것을 말해주고 있었다. 창가에서 그는 그동안 쓴 자신의 여정을 다시 읽
었다.

방을 둘러보니 아직도 그는 긴 겨울잠 같은 생활에서 완전히 빠져나
오지 못한 것 같았다. 시내의 하늘도 어두웠다. 하지만 1월, 2월에는 좀
더 어두운 날이 이어지는 경우가 많았다. 그는 무시무시한 저기압이, 보
름이나 계속된 저기압이 자신의 마음 내부를 통과한 것 같았다. 차디찬

느낌의 유리창을 통해 바라보이는 시내의 하늘은 어둡다고는 해도 어딘지 모르게 봄 같은 붉은 기운을 품고 있고 먼 건물의 지붕이나 굴뚝도 희미하게 보여, 전시의 겨울답게 얼어붙은 그의 창에도 드디어 따뜻한 봄이 다가온 것 같았다.

오랜만에 군대의 신호나팔 소리가 들려왔다. 나팔병을 앞세운 프랑스 보병 부대가 고블랭 시장 쪽에서 진군해 왔다. 시내 한쪽 끝에서 쉬었다 가려는 모양이었다. 창문으로 내다보니 잎이 떨어진 앙상한 플라타너스 가로수 밑은, 모아놓은 총이나 어깨에서 내려놓은 배낭으로 뒤덮였다. 말에서 내려 쉬고 있는 장교들도 보였다. 눈 아래로 움직이는 병졸들의 군모를 감싼 감색 천과 방한용의 새로운 군복은 모두 심하게 더럽혀져 쓰라린 고생을 짐작케 했다.

"살고 싶지 않다고 생각하는 사람은 없다."

그는 자신에게 이렇게 말했다.

동네 여기저기에서 여성들이 나와 병졸들의 노고를 치하하고 위로했다. 포도주를 내놓는 카페 여주인도 있고, 빵이나 과자를 접시에 담아 권하는 제과점 여주인도 있었다. 기시모토도 방에 가만히 있을 수 없었다. 그는 서둘러 모자를 쓰고 계단을 내려가 그 사람들 속에 섞이려고 했다. 남편이나 형제, 사촌을 걱정하는 얼굴로 집을 지키고 있는 여성, 아이들, 그리고 노인들이, 쉬고 있는 병졸들 사이를 가르며 이리저리 걷고 있었다. 기시모토는 호주머니에서 궐련 봉지를 꺼내 옆에 있는 대여섯 명의 병졸들에게 권했다.

122

기시모토의 여정은 하루가 다르게 짙어졌다. 틈만 있으면 하숙을 나와 전시의 행사 같은 관현악 합주를 듣기 위해 소르본 대강당으로 갔고, 파리에서 가장 좋아하는 종교음악이 있다는 소르본의 오래된 예배당으로도 갔다. 그는 또 사람들과 함께 생제르맹의 긴 가로수 길을 따라 센 강변까지 걸었다. 루브르 궁전의 오래된 건물이나 튀일리 공원의 돌담이 강 양쪽으로 보이는 강가까지 가면 물의 흐름도 어쩐지 희미해 보이고 강 둔덕에 선 마로니에 가로수도 싹을 틔우고 있었다. 그런 날에는 특별히 그의 가슴에 봄을 기다리는 마음이 일었다.

2년 가까이 배워온 새로운 말도 늘어갈 때였다. 여행자답게 자신의 주위를 둘러보니 다가올 시대를 위해 열심히 준비하는 이들이 있다는 것을 알았다. 그의 눈에는 아무리 봐도 새싹이었다. 게으름을 피우지 않고 쉴 새 없이 준비하고 있는 싹이었다. 꽤 오랫동안 싹을 틔울 징조를 보여온 것이라고 할 수 있다. 하지만 모든 사람의 골수에까지 침투한 유럽의 추운 전쟁이 터져 그 발아력을 한층 자극한 것으로 보인다. 그런 것이 그의 주위에 있었다. 그리고 그 싹 중에는 예전에 한 번 퇴폐한 것의 재생이 아닌 것이 없었다.

이러한 관망은 기시모토의 여정을 한층 심화시켰다. 그의 주위에는 죽은 잔 다르크조차 다시 한번 프랑스인의 가슴에 되살아나고 있었다. 그는 음사(淫祀)와도 같은 오래된 가톨릭 성당을 많이 본 눈으로 리모주의 생테티엔 성당을 보고, 생테티엔 성당을 본 눈을 옮겨 파리의 프랑수아 사비에르 성당 등을 보았다. 다시 눈을 돌려 '십자가의 길'을 목표로 하는 수많은 신인이 있다는 것에 생각이 미치자, 낡고 낡은 로마가톨릭의 공기 안에서도 그런 재생의 싹을 발견할 수 있기를 바랐다.

그 싹이 기시모토에게 속삭였다.

"너도 준비하면 되지 않느냐. 침체된 생활의 밑바닥에서 몸을 일으
켜왔다는 너 자신을 그대로 새롭게 바꾸면 되지 않느냐. 너의 권태도, 피
로도, 가능하다면 너의 가슴속에 감추고 있는 고뇌 자체까지도."

123

거리로 나가 오가는 사람들 사이에 섞이고 싶은 오후가 찾아왔다.
기시모토는 하숙을 나가려고 하다가 마침 파스퇴르 거리 근처의 화실에
서 찾아온 마키노를 만났다.

오카와 고타케도 거의 동시에 영국에서 파리로 돌아온 무렵이었다.
마키노는 오카의 마음속에 있는 사람이 고국에서 다른 데로 시집갔다는
소식을 가져왔다. 전쟁 전 미술학교의 조교수가 파리를 떠날 때도, 또 다
른 때도 오카는 아직도 그들의 귀국에 한 가닥 희망을 걸고 있었다. 이
제 오카의 마음속에 있는 사람도 가고 말았다. 그것을 염려하여 기시모
토는 마키노와 만났다.

"지금 제 화실에 오카와 고타케가 함께 있습니다." 마키노가 이렇게
말했다. "어떻게 위로해야 할지 몰라서 우린 참 난감합니다. 당신이라도
와주시면……"

"나 같은 사람이 간다고 해서 어떻게 할 수도 없는 노릇 아닌가."

기시모토는 이렇게 말했으나 오카가 마음에 걸려, 부르러 온 마키노
와 함께 하숙을 나섰다.

두 사람은 포르루아얄의 가로수 길을 걸었다. 세모의 성탄절 전에 프랑스 정부가 보르도에서 옮겨 온 무렵부터 거리는 조금씩 활기를 되찾아가고 있기는 했으나 아직도 쓸쓸했다. 전쟁이 각자의 생활에 침투해가는 광경은, 특별히 검은 상복을 입고 검은 망사를 길게 늘어뜨리고 걷는 여성이 많아진 것은 말할 것까지도 없이, 거리를 오가며 만나는 사람들의 모습에서도 읽어낼 수 있었다. 더러워진 얼굴의 아이들에게서도, 짐마차에 석탄을 싣고 커다란 말을 몰고 가는 사내에게서도, 아이의 손을 잡고 겨드랑이에 의자를 낀 채 공원으로 가는 유모에게서도, 헌팅캡을 쓴 젊은 노동자에게서도, 강아지를 데리고 나온 할머니에게서도, 사람들의 눈에 띄게 빨간 꽃이나 버찌 장식이 달린 모자를 쓰고 엄청나게 높은 굽의 구두를 신은 채 풍속영업을 하며 그날의 양식을 찾는 여성에게서도.

천문대 앞의 광장에 이르러 두 사람은 열일고여덟 살쯤 되는 한 무리의 청년들을 봤다. 청년들은 모두 학생이었다. 평범한 옷에 가죽 허리띠를 매고 완장과 각반을 찼으며 총을 어깨에 메고 열을 지은 채 군대식 훈련을 받기 위해 뤽상부르 공원으로 가는 중이었다. 그중에는 아주 어리고 총명해 보이는 용모의 학생도 섞여 있었다.

"지금은 저런 아이들까지 전쟁에 나가는 걸까요? 일본이라면 짧은 하카마*를 입고 학교에 다닐 나이인데 말이지요."

두 사람은 이런 이야기를 나누며 얼마 안 있어 국난을 극복하기 위해 나가려는 프랑스 젊은이들을 바라보았다.

지난해에 비하면 가로수의 싹이 트는 것도 훨씬 늦어졌다. 플라타너스 나무는 아직 앙상한 그대로였다. 몽파르나스의 가로수 길을, 노트르

---

* 기모노 위에 덧입는 주름 폭이 넓은 하의.

담 데 샹 근처까지 걸어가자 드디어 마로니에의 푸른 싹이 보였다.

"그래도 이제 마로니에 싹을 볼 수 있게 되었네요."

마키노는 기시모토와 나란히 걸으면서 말했다.

"마키노 군도 그 화실에서 잘 견뎠네. 어쩐지 이번 겨울은 특별히 긴 것 같군."

기시모토도 잰걸음으로 걸으면서 대답했다. 그의 마음속에서는 지금 만나러 가는 오카와 자신의 타국 생활이 오갔다.

124

"자네들한테는 감동했네. 그래도 서로 잘 돕고 있지 않은가."

기시모토는 파스퇴르 거리까지 걸어갔을 때 마키노를 보며 말했다.

"제 화실에 오는 모델도 그런 말을 했습니다. '일본인은 다 가난해요, 그 대신 기특할 정도로 서로 돕는 것 같아요, 다른 나라에서 오는 사람들은 절대 그렇지 않거든요'라고 말이지요."

마키노는 이렇게 대답하고 마치 자신의 집으로 돌아가는 듯이 화실이 있는 골목으로 기시모토를 안내했다. 몽파르나스 역 뒤쪽에서 주변의 가로수가 있는 거리까지는 기시모토에게도 낯익었다. 파리를 둘러싸는 성채에 가까운 만큼 얼마간 변두리 느낌도 나지만, 그만큼 또 마음이 편했다. 기시모토가 일본식 식사를 대접받으러 마키노의 화실로 갔을 때 파 따위를 사러 가는 채소 가게도 그 거리에 보였다. 그곳까지 가면 화실도 가까웠다.

오카와 고타케는 맥주를 놓은 책상을 사이에 두고 앉아 마키노가 돌아오기를 기다리고 있었다.

"이야, 심부름 갔다 오느라 수고했네."

고타케는 마키노를 보며 이렇게 말했다.

"마키노, 기시모토 씨도 오셨으니 같이 한잔하지 않겠나?"

오카도 마시다 만 컵을 앞에 두고 말했다.

"그래."

마키노는 주인 역할과 안주인 역할을 겸하는 식으로, 뭔가를 대접하려는지 화실 구석에서 달그락달그락 소리를 내고 있었다. 이 광경을 보는 것만으로도 기시모토에게는 '파리촌'의 기분이 일었다. 그는 오카와 마주앉았다. 오카는 말수도 적었다. 버릇처럼 잔뜩 힘을 준 어깨와 열의에 넘치는 이마로 뭔가를 말하며 고타케와 기시모토에게 맥주를 따랐다. 마치 떠나는 사람을 보내기 위해 서로 잔을 들자는 것처럼.

"분별 있는 사람이 옆에 붙어 있으면서도 이런 결과가 된 걸 생각하면, 저로서는 그게 유감스럽습니다."

오카는 이렇게 말했다.

"오카 군과 내 경우를 비교할 수는 없지만, 우선 오카 군의 입장에서 보면 나는 훨씬 나이도 어렸고 처지도 달랐다네. 하지만 서로 마음을 허락했다는 점에서는 비슷하다고 생각하네. 나는 목숨을 걸고 싸웠지. 그래도 떠날 사람은 어떻게 할 수 없었어. 그래서 내 쪽에서 이별을 고했다네. 하긴 내 경우에는 그쪽에 약혼자가 있었지만 말이야."

기시모토는 평소에 좀처럼 입에 담지 않는 일을 사람들 앞에 꺼냈다.

125

기시모토는 프랑스로 떠나올 때 뜻밖에 고베의 여관으로 찾아와준 두 여성과 만난 일을 잊지 않고 있었다. 20년 만에 만난 그들은 이미 마흔을 넘긴 여성이었지만, 20년 전에 세상을 떠난 사람은 기시모토의 가슴에 언제까지나 젊은 여성으로 남아 있었다. 그가 오카와 고타케 앞에서 무심코 입 밖에 낸 사람은, 고베에서 해후한 여성들의 오래전 학교 친구였던 가쓰코였다. 아오키, 이치카와, 스게, 아다치, 이 친구들과 청춘을 불사르던 시절 기시모토는 가쓰코를 만났다. 모든 것이 아직 한창때였던 그에게는 심적으로 놀라운 일뿐이었다. 신기하게도 세상을 전혀 모른다는 말을 들었던 것이 오히려 그의 눈을 뜨게 해주었다. 그의 눈은 가쓰코를 향해 떴을 뿐만 아니라 그때까지 볼 수 없었던, 숨겨진 것의 안쪽을 읽을 수 있게 되었다. 그는 자기 주위에 있는 연장자인 친구나 선배의 마음속까지 들여다볼 수 있었을 뿐만 아니라 아주 먼 옛날에 정열의 향기가 짙은 시가를 남긴 옛 사람의 생애를 상상하고, 누구라도 한 번은 지나치지 않으면 안 되는 여성에 대한 정열을 그 사람들의 생애와 결부시켜 상상했다. 거기에서 젊은 생명이 펼쳐졌다.

하지만 그 앞에 펼쳐진 젊은 생명이란 그렇게 밝고 즐거운 것만이 아니었다. 오히려 참담한 광경으로 가득 차 있었다. 그는 자신의 손에서 강제로 떼어내져 결국 아버지가 명령한 곳으로 시집가는 가쓰코를 봤다. 간단히 말하자면 그가 가난했기 때문이다. 젊은 나이였다고 해도 좀더 풍족한 집안에서 태어났다면 그녀를 붙잡을 수 있을 것이라는 암시를 많이 받았던 일을 잊을 수가 없었다. 그가 바칠 수 있는 것은 일편단심뿐이었다.

"저는 당신을 사랑해요. 제 몸은 이제 죽은 거나 마찬가지예요. 남은 것은 오직 당신을 그리워하는 마음뿐이에요."

이런 말을 남기고 가쓰코는 아버지의 손에 이끌려 가버리고 말았다. 그는 그런 일을 직접 겪었을 뿐만 아니라 그의 주위에 있던 친구를 통해서도 경험했다. 이치카와처럼 현명한 청년도, 연인의 언니나 친척을 경제적으로 안심시킬 수 없어 실패했다. 그리고 니혼바시 덴마초의 가다랑어포 도매상을 하는 집 아들인 오카미는 성공했다. 이 사실은 그의 어린 마음에 결코 잊을 수 없는 일로 깊이 새겨졌다. 사랑만으로는 아무것도 할 수 없다는 것을 깨달은 건 바로 그때였다.

기시모토 앞에서 고타케와 마키노가 즐겁게 웃었다. 고국에 아내를 두고 왔다는 두 화가는 거침없는 웃음소리로 얼버무리며 오카의 마음을 위로하려고 했다. 모든 것을 묻어버릴 때가 왔다고 말하려는 것처럼 팔짱을 끼고 깊은 생각에 잠겨 있는 오카를 보고 기시모토는 젊었을 때의 자신을 눈앞에서 보는 정도는 아니겠지만 적어도 그와 비슷한 기분이었다. 가쓰코가 아직 살아 있을 무렵의 그는 지금의 오카보다 훨씬 어렸으니까.

126

젊은 날을 떠올리자마자 어김없이 기시모토의 가슴에 떠오른 아오키라는 이름은 그의 이야기에 자주 나오기 때문에 오카와 마키노에게도 친숙한 것이었다. 그는 불과 스물일곱 살에 안타까운 생을 마친 친구의 말을 오카 앞에서 떠올렸다.

"아오키가 이렇게 말했네. '이 세상에 있는 것 중 지나가버리지 않는 것은 하나도 없다, 적어도 그 안에서 진심을 남기고 싶다'고 말이네. 난 오카 군에게 이 말을 권하고 싶네."

기시모토는 오카를 보면서 이렇게 말했다. 그는 날이 저물 때까지 화실에서 이야기를 나누었다. 그해 설날 파리에 있는 친한 사람들만 모여 포도주를 놓고 모델의 노래를 들으며 다들 어린애처럼 즐거운 하룻밤을 보냈을 때의 흔적인, 천장 아래의 벽 사이에 걸쳐놓은 색종이도 색이 바래고 낡은 채 아직 마키노의 화실에 걸려 있었다. 잠시 후 기시모토는 돌아가려고 했다. 마키노는 시내에서 살 것이 있다면서 오카를 걱정하며 기시모토를 따라왔다.

한길에 나서자 마키노가 말했다.

"그렇게 대단하던 오카도 이번에는 기력을 잃은 것 같습니다."

"뭐, 실컷 울라고 하는 것 외에 방법이 없겠지." 기시모토도 함께 저물녘의 보도를 걸으며 말했다. "그 사람이니까, 곧 그 안에서 뭔가 터득하겠지."

"만약 제 여동생을 달라고 한다면, 저도 생각해볼 겁니다. 미술가끼리는 내막을 너무 잘 알고 있어서 오히려 안 됩니다. 여동생까지 고생을 시키고 싶지는 않으니까요."

이런 이야기를 나누면서 걷다가 사람들 왕래가 잦아지는 파스퇴르 거리에서 기시모토는 마키노와 헤어졌다.

마로니에 가로수의 싹도 단숨에 자랄 것 같은, 어딘지 모르게 3월다운 저물녘이었다. 7시의 저녁 식사 때까지는 아직 시간이 있었다. 기시모토는 마키노의 화실에서 환기된 기분이나 젊었을 때의 친구, 그에 따라 떠오른 가쓰코 등을 생각하면서 거리의 따뜻한 공기를 마시며 하숙으로 돌아갔다.

"아직도 모리오카에서의 일들이 잘 떠오르는 것을 보면, 역시 그 사람한테는 여성스럽고 좋은 점이 있었구나."

길을 걸으며 기시모토는 이렇게 말했다. 모리오카는 가쓰코가 태어난 곳이다. 옛날에는 이치카와나 스게 등을 만날 때마다 덴마초라든가 사이쿄(西京)라는 은어 같은 말이 나왔다.

기시모토가 오카의 낙담을 걱정하는 마음은, 가쓰코가 곧 결혼한다는 이야기를 들었을 때의 마음이다. 젊었을 때의 그에게 그 일은 확실히 충격이었다. 거리에서 낯선 신혼부부를 보는 것만으로도 그의 어린 마음은 상처를 입었다. 하지만 가쓰코가 죽었다는 소식을 들은 것은 그보다 더 큰 충격이었다. 그녀는 결혼하고 1년이 지난 뒤 임신 중의 입덧이라든가 뭔가 하는 것으로 아직 한창 나이에 세상을 떠났다. 그 이야기를 들었을 때 그는 어쩐지 그 근방이 노랗게 보이고 거리의 흙까지 눈앞에서 솟아오르는 것 같았다. 그러고 나서 어두운 세월이 이어졌다. 많은 어려움이 닥쳐왔다. 그는 기운을 잃은 자신의 기력을 회복할 때까지 얼마나 긴 세월이 필요했는지 지금도 자주 떠올린다.

센다이로의 여행이 그런 그의 마음을 구했다. 일생의 시원한 아침은 오래되고 조용한 도호쿠의 도회에 가서 비로소 밝아진 것 같았다. 하지만 그는 예전의 기시모토가 아니었다. 나중에 그가 남녀관계의 고민에서 벗어나려고 한 것도, 자신에게 다가오는 여성을 피하려고 한 것도, 그리고 혼자 살아가려고 한 것도 모두 일생에서 가장 감수성이 예민하고 가장 마음 여린 시기에 겪은 쓰라린 사랑에 뿌리를 둔 것이었다.

127

'아오키가 죽은 지 몇 년이나 되었을까?'

마흔 몇 개나 되는 창문의 불빛이 바라보이는 산부인과 병원 앞으로 돌아오고 나서도, 기시모토는 자신의 방 난로 위에 놓여 있는 램프 앞으로 가서 옛 친구와 헤어지고 난 이래의 일을 더듬었다. 아오키, 아다치, 스게, 이치카와, 그리고 오카미 형제 등과 함께했던 시절을 더듬었다.

저녁을 먹은 후 하숙의 하녀가 와서 서둘러 방의 창문을 닫고 나갔다.

"창문으로 불빛이 보이면 경찰이 성가시게 하거든요."

하녀는 이렇게 전시다운 말을 남기고 나갔다.

기시모토는 노란색 갓을 씌운 고풍스러운 느낌의 램프를 책상 위로 가져갔다. 그 불빛을 마주하고 있으니, 쉽사리 아내를 맞이할 생각이 들지 않았던 결혼 전의 일, 선배의 권유로 약혼한 소노코가 처녀 시절에 일찍이 같은 학교를 졸업한 가쓰코로부터 뭔가를 배웠다는 사실, 소노코와 함께 작은 새의 둥지 같은 집에서 보낸 신혼 때의 즐거운 일이 떠올랐다.

"여보, 저를 믿어주세요…… 저를 믿어주세요."

소노코의 그 말, 결혼하고 12년 후 남편의 팔에 얼굴을 묻고 울던 소노코의 그 말은, 기시모토가 아내에게서 들은 가장 정겹고 잊기 힘든 말이었다. 사랑하는 것을 소홀히 생각하지 않으려고 해서 그는 인생의 쓰라림을 경험했다. 그는 잃은 것을 되찾으려다가 오히려 갖고 있는 것마저 잃었다. 소노코가 출산 후의 출혈로 아이들에게 이별을 고할 여유도 없이 세상을 떠난 무렵, 그는 여성을 그저 멍하니 바라보는 사람이 되어버렸다. 만약 그가 세상에서 말하는 사랑을 좀더 믿을 수 있었다면 아이들을 거느린 독신이라는 자유롭지 못한 심정도 겪지 않았을 것이다. 믿음이 없는 마음, 그것이 그가 빠져든 깊고 깊은 수렁이었다. 실망에 실망을 거듭한 결과였다. 거기에서 고독도 생겨났고 지루함도 생겨났다. 여자에 대한 사고도 바로 거기에서 무너져 내렸다.

타국에 와서 그는 조카딸로부터 갖가지 편지를 받았다. 세쓰코가 아무리 자신의 작은 가슴을 열어 보이는 말을 써 보낸다고 해도 그에게는 그것을 믿을 수 있는 마음이 없었다.

128

소크라테스의 죽음을 표현한 오래된 동판화가 걸린 벽을 뒤로 하고 기시모토는 침대 가까이에 앉았다. 그리고 자신의 반생을 생각했다.

"정열이 있는 사람이라 하더라도 진실로 그 정열을 바칠 만한 사람을 만나기는 힘들다."

이는 기시모토가 봄을 기다리는 타국의 숙소에서 고국의 신문에 보낸 소식의 끝에 적어본 술회의 말이었다. 밤 9시만 되면 창밖도 조용해지고 거리를 오가는 사람의 발소리도 뜸해지는 전시다운 분위기에서 기시모토는 자신이 쓴 말을 되풀이했다. 여덟 살 무렵에 벌써 격렬한 첫사랑을 알아버렸을 만큼의 성격으로 태어났지만, 이성을 믿을 수 없게 되어버린 반생의 모순을 생각했다.

교토 대학의 다카세가 옆방에서 지내던 무렵, 야나기 박사 등과 함께 찾아간 페르 라셰즈 묘지에 있는 아벨라르와 엘로이즈의 묘는 아직도 기시모토의 눈에 선하다. 그 유명한 중세의 수도사는 제자이자 연인인 수녀와 평생 변함없는 사랑을 나누었을 뿐 아니라 죽은 후에도 둘이서 베개를 나란히 한 채 오래되어 거무스름해진 예배당 안에 잠들어 있었다. 거기에 있는 것은 깊고 황홀한 세계의 상징이었다. 상상도 할 수 없을 만큼 신뢰하는 남녀의 모습이었다. "과연 사랑의 나라야"라며 다카세는 웃었지만, 기시모토는 그 묘를 보고 웃을 수 없었다. 설령 아벨라르와 엘로이즈의 사적이 일종의 전설이라고 해도. 기시모토는 네 개의 기둥으로 지탱된 네 아치의 어느 방향에서도 보이는 가톨릭풍의 예배당 안에 사랑의 열반처럼 놓여 있던, 아주 고요하게 누워 있는 두 사람의 모습을 떠올렸다. 그 오래된 예배당을 둘러싸고 있는 철책 안에는 베고니아 비슷한 화초가 뭔가의 징표처럼 애처롭게 어우러져 피어 있었다. 그는 그 주위를 빙 돌면서 나란히 누워 있는 남녀의 모습을 머리 쪽에서도 다리 쪽에서도 바라보며 차마 떠날 수 없는 기분이었다. 흡사 옛날이야기 같구나, 하고 그는 눈에 떠오른 두 연인에 대해 중얼거렸다. 하지만 옛날이야기가 없는 생활만큼 쓸쓸한 생활도 없다. 그는 이미 자신의 정열을 바칠 만한 사람을 만나지도 못하고 이 세상을 걸어가는 나그네인가, 하고 자신에 대해 생각했다. 이런 생각을 할 때는 쓸쓸했다.

기시모토는 그날 밤 늦게 침대에 들었다. 자기 전에도 잠자리에서 몸을 반쯤 일으키고 젊을 때의 친구와 자신의 청년 시절을 떠올렸다. 일찍 세상을 떠난 아오키와 이별했을 때부터 헤아리면 그럭저럭 20년 가까이나 쓸데없이 살아온 자신의 생애를 떠올렸다. 그는 그저 타고난 그대로의 어린 마음으로 그날까지 살아왔다고 생각했다. 정신을 차리고 보니 아무래도 그 마음마저 잃어버렸다.

"그래. 무엇보다 먼저 어린 마음으로 돌아가지 않으면 안 돼."

그는 이렇게 말했다. 타국에 와서 그날 밤만큼 젊은 날의 마음가짐으로 돌아간 적은 없었다.

129

완고한 기시모토의 마음에도 드디어 어떤 전기가 생겼다. 만약 고국으로 돌아가지 않기로 방침을 정하고 전혀 모르는 사람 속으로 들어가려고 한다면, 이런 전시에 어떤 길이 있을까. 지금은 열여덟 살부터 마흔여덟아홉 살까지의 프랑스인이 국난을 극복하러 나서고 있다. 학예에 종사하는 사람도 비양쿠르의 서기처럼 자전거 부대에 속해 일하는 사람이 있고, 라페의 시인처럼 수송용 자동차를 타고 일하는 사람도 있다. 만약 의용병으로 가담해도 낯선 사람들 속으로 가려는 마음만 있다면 억지로라도 갈 수 있는 길이 없지는 않았다. 하지만 기시모토는 그 이상 깊이 들어가서 고국에 남겨두고 온 아이들을 괴롭게 하는 일은 차마 할 수 없었다. 거기까지 생각한 그는 결국 귀국할 결심을 했다.

요시오 형으로부터 되도록 빨리 돌아오라는 편지가 왔다. 기시모토는 형에게 그 결심을 편지에 담아 보냈다. 아무튼 다가오는 10월쯤까지 기다려달라, 그때까지는 귀국 준비를 할 것이고, 두 번 다시 나올 기회가 없을 것 같으니 되도록 이 여행을 도움이 되는 것으로 하고 싶다고 써 보냈다.

"기시모토 씨, 수에즈를 경유해서 일본으로 돌아갑니다."

지무라 교수가 짧은 말에 감개무량한 마음을 담은 그림엽서를 보내왔다. 엽서를 보자 기시모토는 타국에서 친해진 지무라의 목소리를 직접 듣는 것 같았다. 지무라는 우선회사(郵船會社)의 배로 런던에서 고국으로 떠나면서 소식을 보내준 것이었다. 미국을 둘러보고 돌아간다는 소식을 보내준 다카세의 출발도 이제 얼마 남지 않은 것 같았다.

기시모토는 창가로 가서 지무라가 묵었던 호텔을 바라보았다. 창밖에 있는 플라타너스 가로수는 아직 헐벗은 모습 그대로였다. 듬성듬성한 가지와 가지 사이를 통해 지무라가 예전에 묵었던 방의 창문, 그 아래쪽 카페의 포럼, 식사 때마다 지무라가 지나온 거리 등이 잘 보였다. 그 사람들이 떠난 후에도 아직 계속되고 있는 유럽의 전쟁, 홀로 보는 파리의 3월 햇볕, 그것들을 보고 듣는 데서 일어나는 감각은 기시모토에게 타국에 남겨졌다는 마음을 한층 더하게 했다. 그는 창가에 서서 멀리 돌아가는 여행자를 전송하는 것처럼 지무라의 항해를 상상했다. 그의 마음은 고베에서 자신을 태우고 달려온 프랑스 배로 달려갔고, 그 갑판 위에서 봤던 지중해로, 홍해로, 아라비아 해로 달려갔다. 영원히 이어지는 끔찍한 한여름을 보는 것 같은 인도양으로도 달려갔다. 콜롬보, 싱가포르, 그 밖의 동양 항구들로도 달려갔다. 그는 올 때와 돌아갈 때의 배 여행을 비교했다. 유럽을 본 눈으로 다시 한번 식민지를 보며 가는 지무라를 떠올리고, 막연한 불안감이나 놀라움은 줄어들겠지만 더욱 풍부한 여행의 감각은 오히려 돌아가는 항해 쪽에 있을 거라고 상상했다. 그는 또 지무라가 다시 고국을 볼 수 있는 날을 생각하며, 2년 전 모든 것을 버린다는 생각으로 멀리 파도 위를 서둘러 건너온 자신에게도 그런 날이 찾아오게 되었다는 사실이 신기하게 생각되었다.

130

따뜻한 비가 조금씩 내렸다. 언제 오나 하며 비를 애타게 기다렸다는 느낌은 없었다. 그런데 5개월이나 전부터, 즉 타국의 방에 틀어박혀 있는 겨울 동안, 기시모토는 오직 그것만을 기다리고 있었던 것 같았다. 리모주로 갔다가 돌아온 후 그의 주위에는 무엇이 있었을까. 프랑스 국경의 산지 쪽에서는 많이 쌓인 눈 때문에 참호가 묻혔다거나 전선에 있는 사람들이 동상에 걸리지 않게 담요를 모집한다거나 하며 그들의 고생을 걱정하는 시민의 마음이 그날까지 계속되고 있었다. 그의 귀에 들리는 이야기는 모조리 전쟁의 참혹한 고생을 말해주는 것이었다. 개전 이래 5, 60만 명의 프랑스인이 죽었다는 이야기도 있었다. 이 전쟁이 끝날 무렵에는 성한 몸으로 파리로 돌아오는 사람이 많지 않을 거라는 이야기도 있었다. 그가 거리를 오가며 만나는, 집을 지키는 아이도, 여자도, 노인도 모두 다가올 봄을 애타게 기다리고 있었다. 추위로 인한 고통이라는 피하기 힘든 전쟁의 괴로움이나 세계의 고통 속에서, 초목의 재생이 바로 자신들의 재생임을 바라지 않는 사람이 거의 없는 것처럼 보였다.

매일같이 기시모토는 벽에 걸린 프랑스 달력 앞으로 갔다. 해도 상당히 길어졌다. 하늘도 밝아졌다. 이제 난로 없이도 생활할 수 있었다. 비가 한번 내릴 때마다 그는 봄이 오는 것을 느꼈다. 드디어 마로니에의 움도 돋아났다. 그는 온갖 초목이 부활하는 가운데 다가올 어린잎의 세계를 기대하고 있었다. 어린잎 사이로 하얀 촛불을 세운 듯한 마로니에의 꽃이 피고, 차가운 유리창에서도, 석벽에서도 봄의 불길이 흘러나올 날이 이제 멀지 않은 것 같았다.

산들산들 불어오는 저녁 남풍을 타고 독일 비행선까지 나타나게 되였다. 프랑스 기자가 한 표현은 아니지만, '하늘의 해적'이 파리 시내와 시외에 폭탄을 떨어뜨리고 간 첫째 날 밤, 기시모토는 그 소동도 모른 채 숙면을 취했다. 다음 날 밤 요란한 소리에 잠자리에서 눈을 떴다. 나팔소리를 울리며 경계하는 자동차가 심야의 거리를 돌아다녔다. 또 적의 비행선이 다가온 것을 알았다. 서둘러 방에서 나가 보니, 부엌에는 떨면서 기도를 올리고 있는 하숙집 여주인이 있었다. 바깥의 거리에는 어두운 하늘의 번개 같은 서치라이트를 올려다보는 사람들이 있었다. 이런 파리에 있으면서도 그는 그다지 무섭다고 생각되지 않을 만큼 전시의 분위기에 익숙해져 있었다.

"제비 대신 비행선이 왔어요."

이런 말을 해서 하숙집 사람들에게 쓴웃음을 짓게 했을 정도였다. 그보다 그는 이런 파리의 상황이 전보로 전해져 멀리 고국에 있는 친척이나 지인들을 걱정시키지 않을까 염려했다.

기시모토는 고국에서 자신을 기다리고 있을 센타와 시게루를 생각하고, 요시오 형에게 알려준 귀국 시기가 아이들의 귀에 들어갈 날을 생각했다. 그러고 나서 다시 한번 불행한 세쓰코를 마주할 날이 다가온다는 것도 생각했다. 그런 생각을 하자 무심코 깊은 한숨이 나왔다.

눈앞의 전쟁을 통해 기시모토는 그 안에서 움직이고 있는 여러 사람들의 마음을 읽게 되었다. 마치 『안나 카레니나』의 마지막 부분에 쓰여 있는 브론스키의 출발처럼, 자진하여 전장으로 가 스스로 도와주려는 젊은 프랑스인이 있다는 것을 상상하기 어렵지 않았다. 전쟁을 유희로 보고 마치 놀러 가는 사람처럼 역에서 가족이나 친구의 전송을 받았다는 브로스의 교수 아들 이야기도 들어 알고 있었다. 그 마음을 생각하면 실로 애처롭기 그지없었다. 죽음 안에서 나오는 회생의 힘, 그것은 주위에 있는 사람들의 바람일 뿐만 아니라 그 자신의 뜨거운 바람이기도 했다. 봄이 기다려졌다.

(『신생』 초판, 1919년 1월 1일 발행)

제2부

1

타국에 있는 동안 3년 가까운 세월이 흘렀다. 먼 섬에라도 유배된 사람 같다고 자신의 처지를 비유하곤 하는 기시모토는 스스로 자신의 수갑을 풀고 오랏줄을 푸는 심정으로 쓸쓸한 자책의 생활에서 벗어나려고 했다.

귀국 날짜가 다가왔다. 크리스마스 전에 이미 떠날 예정이었던 그날도 다시 반년쯤 연기되어 타국에서 맞는 세번째 크리스마스와 이듬해 설날도 기시모토는 파리의 하숙에서 보냈다. 프랑스 기선으로 마르세유 항에 도착하여 처음으로 프랑스 땅을 밟은 무렵부터 헤아리면 햇수로 벌써 4년이었다. 고국을 떠난 당시의 결심은, 전혀 뒤를 돌아보지 않고 낯선 땅으로 가서 모르는 사람들 속으로 들어가 마음의 비애를 잊으려고 한 것이었다. 살아 돌아갈 날이 올지에 대해서는 전혀 생각할 수 없었다. 어쩌면 고베 항도 이게 마지막이구나, 하고 떠난 고국으로 다시 한번 발길을 향하려는 것이 너무나도 뻔뻔스럽다는 생각도 들었다. 하지만 전시 이래 타국에 머물 방법도 없어져 더 이상 머무르는 것은 사람들에게 걱정만 끼칠 뿐이었다. 고국에 남겨두고 온 아이들도 몹시 마음에 걸렸다. 게다가 3년 가까이 억제와 인내의 고행(?)을 그럭저럭 지켜왔다는 것은 다소나마 그의 마음을 가볍게 했다. 그는 출옥하는 날을 손꼽아 기다리는 수인처럼 다시 한번 고국에 있는 아이들을 볼 날을 기다렸다. 슬슬 긴 여행 준비도 마음에 두지 않으면 안 되었다. 고국에서 가방에 넣어 가져온 일본 옷 중에는 실내복으로 자주 꺼내 입은 하오리와 기모노가 있었다. 그중에는 세상을 떠난 지 벌써 몇 년이나 될까 생각될 정도인 아내 소노코의 유품으로 남은 내의도 하나 있었다. 그 내의의 감색 천이 붙은 안쪽은 완전히 해지고 말았다. 파리에 머물면서 도쿄의 모토조노초에 사는 친구가 일부러 보내준 잠옷은 꽤 도움이 되었다. 긴 겨울밤에는 서양 옷 위에 그것을 겹쳐 입고 넉넉한 일본 옷의 착용감을 즐기며 책상에 앉았던 것이다. 그 튼튼한 잠옷도 옷단에서 하얀 솜이 보일 지경이 되었다. 늦가을에서 초봄에 걸쳐 매년 입었던 양복은 고국으로 가져갈 수 없을 만큼 낡아버렸다. 그는 죄수복을 벗어버리듯 그 낡은 양복을 벗어던지려고 했다. 타국 생활의 마지막에는 하숙집 방의 더러움도 눈에 띄었다. 그는 오랫동안 지내 익숙한 방에도 작별을 고했다. 눈에 보이지 않는 감옥 같다는 생각을 한 적도 있는 방의 석벽에도. 어떤 때는 내 몸을 껴안듯이 타국에서의 앞날을 걱정하며 바라봐준 적도 있는 방의 유리창에도.

"돌아가는 것을 용서해라."

그는 스스로 자신이 귀국한다는 걸 말했다.

　귀국 준비를 할 무렵의 기시모토에게는 어쩐지 고국도 멀어지고 말았다. 그는 3년 가까이나 보지 않은 아이들의 급격한 성장이 어느 정도일지 확실히 상상할 수조차 없었다. 그의 눈에 남아 있는 것은 예전 신바시 역에서 헤어진 그대로 언제나 변하지 않은 아이들의 모습이었다. 유럽의 전쟁은 아직 계속되고 있었다. 하숙집과 같은 번지에 사는 야경꾼도 출정한 채 아직 돌아오지 않았고, 간혹 전장에서 휴가를 얻어 돌아와 얼굴을 보여주는 정도였다. 그의 아내가 지키고 있는 그 집 아이들은 놀랄 만큼 성장했다. 계단을 오르내릴 때 기시모토는 그 근방에서 놀고 있는 프랑스 아이들 곁으로 가곤 했다. 그들에게 몇 살인지 묻곤 했다. 검은색 상의에 짧은 반바지를 입고 무릎을 드러낸 아이들의 프랑스풍 옷차림은 고국에서 보는 것과 전혀 달랐다. 하지만 기시모토는 옆으로 다가오는 아이들의 파란 눈동자를 주시하며 고국에서 자신을 기다리는 센타와 시게루의 성장을 상상했다. 앞으로 그가 돌아가서 볼 센타는 이미 열두 살, 시게루는 열 살이다.

　센타와 시게루의 성장을 상상하면 곧바로 고국을 떠날 때 그들을 맡겨두고 온 세쓰코도 떠올랐다. 가엾게도 하숙집 여주인의 조카딸은 믿음직한 프랑스인 약혼자가 전장에 나가 죽어 지금은 리모주의 시골로 돌아가 있다. 그런데 그 조카딸이 마침 세쓰코와 동갑이었다. 그녀는 기분이 나쁠 만큼 붉고 곱슬곱슬한 머리에 튼튼한 체격의 여자로, 여주인을 도와주러 리모주에서 파리로 올라왔을 무렵에는 너무나도 촌스러운 아가씨였다. 하지만 그녀가 다시 시골로 돌아갈 무렵에는 몰라볼 정도로 파리의 풍속을 익혀, 일하기 좋아하는 아가씨다운 손 같은 데도 과연 젊은 여자의 한창때를 생각나게 하는 구석이 있었다. 키는 여주인보다 컸다. 이 사람을 통해 기시모토는 조카딸의 성장을 상상하곤 했다. 젊은 아가씨로만 생각하고 있던 세쓰코도 이제 스물넷이다.

세쓰코가 보낸 편지는 기시모토가 하숙을 떠나기 전에 도착했다. 그녀는 음전한 어조로 숙부의 무사 귀국을 빌었고 집을 지키고 있는 아이들도 아주 건강하게 기다리고 있다고 했다. 하지만 숙부가 머지않아 고국으로 돌아와 집을 보면 어떻게 생각할지, 그것이 염려된다고 썼다.

"집을 잘 지키지 못해 정말 죄송해요."

이런 말도 쓰여 있었다.

이제 그녀의 편지에는 예전처럼 무섭고 신경이 날카로웠던 애처로운 느낌은 없었다. 특히 최근의 편지는 타국에 와서 기시모토가 그녀에게 받은 갖가지 편지 중에서 가장 마음 편히 읽을 수 있는, 맺힌 구석이 없는 것이었다.

"세쓰코도 이런 상태로 있어주면 고맙겠는데."

기시모토는 무심코 이렇게 중얼거렸다. 동시에 그 나이가 될 때까지 결혼도 못하고 빈둥거리고 있는 그녀가 어쩐지 무언의 힘으로 기시모토의 가슴에 닥쳐왔다.

3

기시모토는 고국에서 돌고 있는 세쓰코의 혼담에 대해 전혀 모르는 것도 아니었다. 아직 그런 이야기가 결정되기 전에 도쿄의 요시오 형이 한 번 파리에 소식을 알려온 적도 있었다. 기시모토는 그 편지를 읽고 세쓰코를 빨리 시집보내려는 형의 초조한 마음을 알았다. 상대는 매월 6, 70엔의 수입이 있는 월급쟁이로, 도쿠가와 시대에 이름이 높았던 어느 학자의 자손이라고 했다. 형은 그 혼담이 잘되기를 바란다고 썼다. 그 후 형으로부터 아무런 소식이 없었고, 세쓰코가 이따금 보내는 편지에는 그 일에 대해 아무것도 쓰여 있지 않았다. 그것을 보면 그 혼담은 아마 흐지부지된 것 같았다.

이런 소식을 떠올릴 때마다 세쓰코가 남몰래 낳은 아이, 절개 수술을 받았다는 그녀의 유방, 아무것도 모르는 사람이 잠깐 본 정도로는 알아볼 수 없게 되었다는 그녀의 몸, 기시모토의 마음은 아무래도 부정할 수 없는 그런 숨겨진 비밀과 맞닥뜨리지 않을 수 없었다. 앞으로 고국으로 돌아가려는 그는 지난 3년 가까운 시간 동안 외면하려고 했고, 마음의 눈을 막으려고 했으며, 외국 생활을 통해 어떻게 해서라도 잊으려고 했던 그 무서운 것과 마주하지 않으면 안 되었다. 그는 사진으로만 봐도 낯이 뜨거워지는 요시오 형을 떠올렸다. 아이들을 보살펴달라는 부탁 한마디 하지 못하고 도망쳐 온 형수를 떠올렸다. 아무것도 모른 채 익숙한 고향을 떠나 형수와 함께 상경한 할머니를 떠올렸다. 그러고 나서 그 사람들이 모여 있는 가운데로 다시 한번 돌아갈 세쓰코를 떠올렸다.

기시모토는 탄식하며 이 귀국이 쉬운 일이 아니라는 생각을 했다. 하지만 다시 한번 새벽을 기다리는 마음으로 그 사람들에게 가려고 했다. 적어도 형수에게만은 모든 것을 털어놓자, 그리고 그때까지의 일을 사죄하자고 생각했다. 불행한 세쓰코를 위해서도 자신의 힘으로 할 수 있는 만큼의 일을 하자, 그리고 그녀의 혼담에도 애를 쓰려고 생각했다. 기시모토에게는 이 귀국이 적잖은 마음의 용기를 필요로 한 일이었다.

4

전쟁의 영향은 기시모토가 묵고 있는 하숙에까지 미쳐, 그곳에서 육군병원에 다니고 있던 안과의사도 떠나고 가정교사도 떠나고 결국 하숙인은 기시모토 한 사람만 남았다. 식당도 무척 쓸쓸했다. 물가도 크게 올라 견딜 재간이 없다고 푸념을 늘어놓던 여주인이 결국 하숙을 접고 전쟁이 끝날 때까지 리모주의 시골에라도 가 있겠다는 말을 꺼냈다. 그러므로 그것을 기회로 기시모토는 오랫동안 머물러 익숙해진 하숙을 떠나려고 했다. 그리고 기회가 생길 때 여행을 떠나기 편리한 소르본 근처의 호텔로 옮기려고 했다.

기시모토는 아직 파리를 떠날 날짜도 정할 수 없었다. 먼 여행이라 고국에서 오는 편지를 기다리는 것만 해도 상당한 시일을 요했다. 여행도 어려운 때였으므로 여행 경유지에 대해서도 여러 가지로 문의해보지 않으면 안 되었다. 그에 따라 귀국 여행의 방침도 정해야 했다. 멀리 희망봉을 경유하여 인도양에서 동양의 항구들을 거쳐 돌아가는 긴 항해를 택할지, 아니면 다소의 위험을 감수하며 엄격한 검열로 여권을 몰수당하는 정도의 일은 각오하고서라도 영국에서 북해를 넘어 평소 보고 싶었던 북유럽 쪽을 돌아 시베리아를 통과하는 기차 여행을 택할 것인지. 멀리 러시아의 영토 끝 쪽에는, 숙부의 귀국을 기다리고 있다는 편지를 보낸 데루코(세쓰코의 언니) 부부도 살고 있었다. 어느 쪽이든 그리 쉽게는 돌아갈 수 있는 때가 아니었다. 기시모토는 그 둘 중 어느 쪽 길을 택할지조차 결정하지 못했다.

파리에서 기시모토와 친해진 미술가들 중에서도 고타케는 이미 고국으로 돌아갔고, 오카는 잠시 리옹에 가 있었다. 파스퇴르 거리에 가까운 화실에는, 기시모토와 함께 파리를 떠나자고 약속한 마키노가 있었다. 이 화가는 귀국 여행을 의논할 겸 자주 하숙에 얼굴을 비쳤다.

"고국에서는 어떤 사람이 우리를 기다리고 있을까요?"

마키노를 볼 때마다 기시모토는 이런 말을 하지 않을 수 없었다.

"집에서도 어려움을 겪고 있지 않을까 싶네. 돌아가보면 무엇보다 그 걱정을 하지 않으면 안 될 거라고 생각해."

기시모토가 마키노 앞에서는 평소 좀처럼 꺼낸 적이 없는 자신의 집 이야기를 하자, 고생스러운 타국 생활을 계속해온 마키노는 고개를 끄덕였다.

"두 번 다시 이런 여행은 할 생각이 없네."

마키노를 앞에 두고 기시모토는 아주 괴로운 일이 많았던 지난 3년에 가까운 세월을 떠올린 듯 탄식했다.

그때가 하숙집 방에서 마키노를 마지막으로 본 것이었다. 기시모토는 호텔로 옮기고 나서 본격적으로 여행 준비를 하려고 했다. 드디어 부탁해둔 마차가 거리의 가로수 옆으로 와서 임시로 정리한 짐을 실어가기 전에, 기시모토는 쓰라린 낮잠을 자는 곳이었던 방의 침대 옆으로도 가보고, 차가운 벽에 걸린 소크라테스 동판화 액자 밑으로도 가보고, 찬장의 문에 붙어 있는 커다란 거울 앞으로도 가봤다. 그 방을 떠날 무렵 그의 머리카락은 놀랄 만큼 하얘져 있었다.

5

이제 기시모토는 파리에 눌러 사는 체류자가 아니라 귀국길에 오르는 여행자였다. 소르본 대학과 가까운 호텔로 옮기고 나서 그는 매일같이 볼일을 보러 돌아다녔다. 앞으로 런던으로 건너갈 절차를 마치기 위해 파리의 경찰서에도 가고, 외무성에도 가고, 영국 영사관에도 갔다. 고국의 친한 사람들에게 선물로 줄, 성의만을 담은 물건을 찾기 위해 오래된 생제르맹 가로수 길 등을 돌아다녔다. 마침 세르반테스 서거 3백주년 기념제도 다가와 『돈키호테』를 쓴 스페인의 유명한 작가를 기념하기 위한 신간 저술 등이 책방 앞을 장식하고 있었다. 학예에 마음을 두고 있는 기시모토 같은 사람에게는, 그런 신간 서적이 눈에 띄는 쇼윈도 앞을 지나면서 이제 노래진 어린잎이 뻗어 있는 마로니에 가로수 사이를 왔다 갔다 할 때 더한층 여수(旅愁)가 깊어졌다. 작별을 고하기 위해 그는 평소 친하게 지내던 프랑스인의 집들을 방문했다. 어느 집 문을 두드려도 전시다운 마음을 일으키지 않는 곳이 없었다. 비양쿠르의 서기 집에도 갔다. 그곳에는 이제 노부인도 모습을 보이지 않았고 서기의 아내도 집에 없었으며 두 아이들만 하녀를 상대로 쓸쓸히 놀고 있을 뿐이었다. 브로스의 노교수 집에도 갔다. 전장에 가 있는 어린 아들이 부상을 입은 모양으로, 교수 부부는 병문안을 위해 나갔고 하녀만 걱정스러운 얼굴로 집을 지키고 있었다.

드디어 프랑스 생활도 끝이 다가왔음을 느끼게 하는 저녁이 찾아왔다. 기시모토는 호텔의 3층 방에 혼자 틀어박혀 오랜 역사가 있는 소르본의 예배당 쪽에서 석조 거리의 건축물 사이로 들려오는 종소리를 들으면서 도쿄의 집으로 보낼 편지를 썼다.

일찍이 기시모토에게는 이 여행을 끝낼 무렵에 하고 싶었던 일이 있었다. 파리를 떠날 무렵이 오면 수염을 깎아버리고 귀국길에 오르리라 생각하고 있었던 것이다. 이상하다고 하면 이상하고, 엉뚱하다고 하면 엉뚱한 생각이긴 하지만, 마음에 삿갓을 쓰는 심정으로 고국을 떠나온 기시모토에게는 특별히 이상하지도 엉뚱하지도 않은 일이었다. 그는 지금의 마음을 실제로 자신의 몸에 드러내고 싶었다.

잠시 기시모토는 방 침대에 걸터앉아 자신이 할 일을 스스로 제지하려고 했다. 하지만 예전부터 생각해오던 일을 할 때가 찾아왔다. 그는 수염을 깎기 시작했다. 방에는 벽에 붙여 만든 돌로 된 세면대가 있다. 거기에 거울이 걸려 있다. 그는 그 앞에 서서 면도기를 쥐었다. 아쉬워하는 기색도 없이 면도기를 움직일 때마다 이미 몇 년이나 코 밑에 기르고 있던 수염이 일그러진 그의 얼굴을 타고 흘러내렸다. 잘 들지 않는 면도기여서 입술 주위가 부어오를 만큼 힘을 주어 밀었다.

예전에 고국에서 남을 가르친 적도 있는 자신의 모습 대신, 그보다 훨씬 이전의 학창 시절로 돌아간 듯한 모습이 나타났다. 마지막으로 거울 쪽으로 가서 막 수염을 깎은 얼굴을 바라봤다. 지금까지 수염에 가려져 있던 코 밑 언저리가 파릇파릇해 보였다. 군데군데에서 피가 배어 나왔다.

기시모토의 얼굴은 완전히 변했다. 하지만 그는 자못 속이 시원하다는 듯 양손으로 입 주위를 어루만졌다. 바로 이 얼굴이어야 고국으로 돌아가 다시 한번 세쓰코의 부모와도 만날 수 있을 것 같았다.

6

"어머, 아주 산뜻해지셨네요."

이튿날 아침 방으로 청소하러 들어온 호텔 종업원이 누구보다 먼저 기시모토의 얼굴을 발견하고 프랑스어로 이런 의미의 말을 했다.

만나는 사람마다 기시모토를 보고 웃음을 터뜨렸다. 얼마 되지 않는 파리 체류자 동료들 중에서 외국 생활의 무료함에 고생하고 있는 사람들은, '파리촌'에서의 사건이나 되는 듯이 있어야 할 곳에 있어야 할 것이 있었던 기시모토의 예전 얼굴이 훨씬 나았다며 그의 엉뚱한 행동을 아쉬워해주었다. 고별회를 겸한 카드 모임, 카페에서의 작은 모임 등이 있을 때마다 기시모토는 자신의 얼굴 평을 들었다.

"수염이 있었을 때는 얼굴에 정겨움이 있었는데 수염을 깎으니 어쩐지 매서운 인상인데요."

이렇게 말하며 웃는 사람도 있었다.

"이거 어떻게 된 건가요? 정말 깜짝 놀랐습니다. 이런 말을 해서 죄송하지만, 기시모토 씨가 미치기라도 한 게 아닌가 싶었습니다."

이렇게 말하는 사람도 있었다.

"애석한 일을 했네요. 역시 수염이 있는 편이 나아요. 고국에 돌아갈 때까지 꼭 다시 기르세요."

이런 충고를 하는 사람도 있었다.

"기시모토 씨, 수염이 없어졌네요. 거기에 무슨 의미라도 있는 겁니까?"

같은 호텔에 묵고 있는 유학생이 짧은 여행에서 돌아와 기시모토에게 물었다. 이 사람은 게이오 대학 출신으로 기시모토보다 훨씬 나이가 어렸지만, 무슨 일이 있을 때마다 그의 힘이 되어주었다.

"옛날에 기시모토 씨는 머리를 빡빡 밀었다든가……" 다시 그 유학생이 남자다운 눈썹을 올리며 기시모토 쪽을 보고 강한 어조로 말했다. "뭔가 그런 의미 같은 거라도 있는 건가요?"

과연 이 사람이 하는 말은 예리했다. 기시모토는 대답이 궁했다.

"내 머리가 하얘진 것은 거울이라도 보지 않으면 잘 모르네만, 수염이 하얀 것은 잘 보여서 어쩐지 불안해 견딜 수가 없었었네. 다시 한번 서생이던 옛날로 돌아가자, 이렇게 생각하고 자네가 없는 사이에 깎았네."

기시모토는 그 이상의 말은 할 수 없었다.

어린잎의 왕성한 녹음이 어느새 고풍스럽고 거무스름한 석조 거리 사이로 푸릇푸릇한 생기를 불어넣고 있었다. 혼자 호텔을 나온 기시모토는 대학 건물 옆을 지나 가로수 길을 따라 오스테를리츠 다리 옆까지 걸어갔다. 약간 흐린 날이라 4월다운 환한 햇빛을 볼 수는 없었지만, 그것이 센 강 가까이 가보는 마지막 기회라고 생각되었다. 기시모토가 처음으로 파리에 온 것은 햇수로 4년 전 4월이었다. 파리를 떠나기 전에 그때의 어린잎에 대한 기억이 다시 그의 마음에 되살아났다. 지금 돌다리 아래쪽을 소용돌이치며 흘러가는 맑은 센 강의 물을 보는 눈으로, 늦어도 두 달이나 두 달 반쯤 뒤에는 오래되고 친숙한 스미다 강을 볼 수 있겠구나, 하고 생각했을 때는 마치 거짓말 같은 기분이 들었다.

7

센 강의 강변 중에서도 오스테를리츠 다리 옆으로부터 오래된 노트르담 성당이 보이는 시테 섬까지가 기시모토가 가장 좋아하는 장소다. 지난 3년 동안 그는 타국 생활의 근심을 잊으러 자주 그 강가를 찾았다. 고향 없이는 살아갈 수 없을 만큼 고국에 있는 모든 것이 그리웠을 때. 하루나 이틀의 절식(絕食)을 생각할 만큼 생활비도 부족하고 마음도 서글

퍼졌을 때. 할 수 있는 여행을 다 해보고 나서 제일 마지막으로 불러보고 싶은 이가 어린 시절에 사별한 아버지의 이름도 아니고, 12년이나 부부로서 같이 살다 먼저 간 아내의 이름도 아니고, 흐린 구석이 없고 감수성이 예민한 청년 시절에 알게 된 첫 연인의 이름이었을 만큼 타국에서 생활하는 마음이 꼭 닫히고 말았을 때. 그런 때에 그가 보러 온 것이 이 강물이었다. 여전히 센 강은 높은 돌담 아래를 소리 없이 차갑게 흐르고 있었다. 그는 오른쪽으로 강물을 보면서 신록의 가로수가 이어진 강가의 길을 따라 호텔이 있는 동네 쪽으로 걸었다.

프랑스로 오고 나서의 일이 왠지 모르게 한꺼번에 떠올랐다. 그는 프랑스로 오고 나서 얼마 되지 않았을 때 프랑스인들에게 고국에서 가져온 식물 종자를 나눠주었다. 그중에는 나카노의 친구에게서 받은 차나무 열매뿐만 아니라 쓰키지 쪽에 사는 지인이 모아준 은행, 동백, 서향, 그 밖에 모두 일곱 종의 동양 식물 종자가 있었다. 프랑스인은 그 선물을 뜻밖에 아주 진기해했다. 브로스의 노교수가 직접 여기에 세 알, 저기에 네 알, 이렇게 나눠주었는데 어느 일본미술 수집가의 뜰에서는 은행나무가 자라났다는 이야기가 있었다. 그 종자의 일부는 식물원으로 갔고, 그곳 주사(主事)로부터 감사 편지까지 받았다. 그 후 전쟁이 시작되고 나서 식물원에서 가까운 교수의 집을 방문했을 때 기시모토가 그 이야기를 꺼내자 교수는 프랑스인의 버릇인 듯 어깨를 올렸다 내리며 "이 전쟁으로 모든 게 엉망입니다"라고 말했다.

애써 먼 데서 가져온 종자는 어떻게 되었는지. 그 생각을 하자 타향의 흙도 되지 못하고 고국으로 돌아가려는 자신의 여행에 대한 생각이 기시모토의 가슴속을 오갔다. 동양의 끝에서 찾아온 그와 같은 부류의 사람은 어디까지나 이국인일 뿐으로, 결국 이 지역 사람들의 생활 속으로는 들어갈 수 없었던 것이다. 우리는 예술로 해나가는 것 외에 길이 없다. 그것으로 이 지역 사람들의 생활을 접하는 것 외에 길이 없다. 그는 프랑스에 처음 왔을 때부터 이런 생각을 했다. 하지만 그처럼 서적과 씨름만 하며 그 지역 여성에게도 다가가지 않고서 어떻게 낯선 사람들 속으로 들어갈 수 있겠는가. 여성에서부터 들어가는 것이 가장 자연스러운 길이라고 이야기해준 체류자도 있었다. 그것에 대해서 그는 지나치게 자신을 나무라고 있었다. 자신의 조카딸 일로 너무 깊은 상처를 받고 있었기 때문이다.

8

그러나 기시모토의 마음을 다시 한번 결혼으로 향하게 만든 것도 이국땅으로 온 여행이었다. 센 강변에서 호텔로 돌아가는 길에 기시모토는 3년 전 이 여행을 떠났던 무렵과 이국땅을 떠나려는 지금의 마음이 현저하게 달라진 것을 비교해보며 걸었다. 그의 독신 생활은 원래 여성을 심하게 싫어하는 데서 온 것이었다. 그처럼 여성을 싫어하면서도 여성을 찾지 않을 수 없었다니. 타국에 와서 고독을 지키며 몸뚱어리를 괴롭힌 만큼 그는 한층 더 자신의 모순을 통감했다. 주위를 보니 아내가 있는 사람은 아내를 만날 기대로, 아내가 없는 사람은 아내를 맞이할 기대로, 이 무료한 외국 생활을 끝내고 고국의 품으로 돌아가는 사람들뿐이었다.

"고국에 가면 실컷 놀아야지."

이런 말을 하며 안타까운 여수를 달래는 체류자도 있다. 고국의 말,

고국의 피, 고국 사람, 찾아도 얻을 수 없는 먼 이국땅에서 그는 그런 것의 고마움을 절감했다. 만약 앞으로 무사히 고국에 도착한다면 자신도 적당한 사람을 찾아 다시 한번 가정을 꾸릴 것이고 자신을 위해 일생을 그르치려고 한 세쓰코에게도 새로운 가정을 가지라고 권하자, 그는 이렇게 생각했다. 독신 생활을 끝내고 두번째 결혼을 하려는 마음, 바로 그런 마음이 있어야 다시 세쓰코를 볼 수 있다고 생각했다.

파리를 떠나기 전 그의 재혼설에 찬성해준 미술가도 있었다. 고국에 있는 적당한 여성을 떠올리며 소개해주겠다고 할 정도로 남의 일을 잘 돌봐주는 사람이었다. 그 사람은 그를 위해 일부러 고국에 편지까지 해두었다.

'고국에서 어떤 사람이 나를 기다리고 있을까?'

이런 생각을 하며 걷고 있으니 앞으로 그의 앞길에 펼쳐질 실제 광경은 도무지 헤아리기 힘들다는 생각이 들었다.

상가가 쭉 이어진 생미셸의 가로수 길까지 돌아가자 문방구를 늘어놓은 가게 쇼윈도가 눈에 띄었다. 그 가게에서 그는 아이들을 위해 프랑스풍의 검은 표지가 달린 노트와 색연필을 골랐다. 작은 가방 안에 넣어갈 변변치 않은 파리 선물이라도 센타와 시게루는 얼마나 기뻐할까. 그것을 들고 호텔로 돌아가니 마침 그를 찾아온 나이 든 프랑스 여성이 있었다. 검은 모자, 검은 옷, 검은 장갑, 온통 검은색 일색이었다. 얼굴까지 검은 베일을 쓰고 있었다. 전시답게 상복을 입고 찾아온 여성은 오랫동안 기시모토가 묵었던 하숙의 여주인이었다.

여주인은 기시모토의 호텔까지 사의를 표하러 찾아온 것이다. 파리에 체재하는 중 기시모토가 여주인에게 소개해준 동포 손님도 적지 않았기 때문이다. 아울러 여주인은 기시모토의 막내딸에게 주라며 프랑스풍 인형을 들고 왔다.

"이 인형의 두건도, 옷도 모두 제가 직접 꿰맨 거예요. 신발까지 신고 있어요. 이걸 따님께 주세요. 고국으로 돌아가서 풀어보면 아실 거예요. 이 인형은 프랑스 여자아이가 입는 옷은 다 입고 있어요."

이렇게 말한 후 여주인은 다시 말을 덧붙였다.

"혹시 전쟁이 끝나고 나서 파리에서 하숙을 하고 싶은 일본분이 있으면 소개해주세요. 저도 이 장사를 그만두지는 않았으니까요."

기시모토도 사의를 표하며 두 번 다시 볼 기회가 없을 것 같은 하숙집 여주인에게 작별을 고했다.

9

파리를 떠나는 날 기시모토는 아침 일찍 호텔을 나가 단골 카페에서 마지막으로 간단한 아침을 먹었다. 빵과 커피로.

아직 출발 시간까지는 얼마간 시간이 있었다. 진작부터 기시모토는 이 도시를 떠나기 전에 가장 마지막으로 다시 한번 보고 싶을 만큼 좋아하는 장미정원이 있었다. 그 장미정원은 뤽상부르 공원 안의 미술관 뒤쪽에 있었다. 기다리고 기다리던 날이 찾아오고 보니 그의 발길은 장미정원 쪽으로 향하지 않고, 역시 오랫동안 지내 익숙한 하숙집이 있는 동네로 향했다. 그는 완만한 언덕을 이루고 있는 소르본 근처의 동네를, 판테온으로 가는 길을 택해 그 오래된 건축물 옆에 있는 루소의 동상 주위를 걸었다. 그러고 나서 생자크 거리의 좁고 긴 석조 보도를 걸었다. 육군병원 앞에서부터 어수선하게 잡화점이 늘어선 좁은 골목길을 빠져

나가면 그 거리의 모퉁이가 예전의 하숙집이 있던 건물이다. 여주인은 이미 살림살이를 꾸려 다른 곳으로 떠났기 때문에 높은 창문들은 다 닫혀 있었다. 하지만 3년간 책상을 놓고 옥중에서 공부한 사람처럼 새로운 언어를 배웠던 자신의 방 창문이 다시 한번 그의 눈에 들어왔다. 아직 아침 시간이었다. 평소 얼굴을 알고 있는 아침에 출근하는 사람들, 우유병을 든 아가씨, 신문을 사러 나가는 하녀 등이 키 큰 플라타너스 가로수 사이를 오가고 있었다. 기시모토는 천문대 앞의 광장에 이르자 시몬의 카페에도 작별 인사를 하러 잠깐 들렀다. 포로라도 된 것 같다는 소녀의 아버지는 행방불명인 채였다. '두 번 다시 이런 여행을 올 수 있을 것 같지 않다.' 기시모토는 마음속으로 이렇게 생각했지만, 이런 대도회를 다시 볼 수 없다고 생각하니 몹시 애석한 마음이 일었다. 그는 생미셸의 가로수 길을 걸어 호텔로 돌아갔다.

기시모토와 함께 파리를 떠나자고 약속한 사람은 마키노 외에 두 명의 동포가 더 있었다. 그들은 모두 기시모토와 같은 호텔에 묵고 있었다. 드디어 출발할 때가 왔다. 일행과 함께 기시모토는 노상에서 손님을 기다리는 자동차에 여행 짐을 싣고 서둘러 생라자르 역으로 갔다. 그가 내다볼 때마다 차창으로 거리가 사라져갔다.

역에는 마키노와 기시모토를 보러 나온 사람이 적지 않았다. 전시 이래 함께 갇혀 있다는 생각을 하거나 날을 정해 카드 게임을 하러 모이거나 그리스 요리를 같이 먹으러 가거나 한 사람들이 먼 곳으로 돌아가는 기시모토를 전송하러 나온 것이다. 영국으로 가는 병사와 여행객 등으로 혼잡한 가운데서 기시모토는 완전히 여행 준비를 하고 나온 마키노를 봤다.

"결국 오카 군은 만나지 못하고 떠나는군."

"오카는 언제 돌아가려는지."

기시모토와 마키노는 둘이서 리옹에 있는 오카 이야기를 했다.

"마키노 군, 아직 나는 망설이고 있다네. 되도록 자네와 함께 배로 돌아가고 싶은데, 러시아 쪽도 둘러보고 싶기도 하고……"

"기시모토 씨는 아직도 그런 말을 하십니까?"

파리를 떠나기 직전까지 망설이고 있는 기시모토의 얼굴을 보고 마키노는 기운찬 목소리로 말하며 웃었다. 아무튼 기시모토는 영국까지 마키노 등과 동행하기로 했다. 그다음의 여정은 런던에 도착한 후에 정하기로 했다. 뭐니 뭐니 해도 전시의 여행이었기 때문이다.

구조선이라도 타는 듯이 기시모토는 세 명의 일행과 함께 기차에 올랐다. 곧 움직이기 시작한 차창으로 그는 멀리 해가 비치는 사크레쾨르 성당의 높은 탑을 바라보았다. 마치 그 언덕 위에 선 오래된 석조 성당까지 그의 귀국을 전송해주는 것 같았다. 그것이 그가 마지막으로 바라본 파리였다.

10

기시모토는 센 강 하구인 르아브르까지 갔다. 프랑스 센마리팀 주에 있는 그 항구까지는 파리에서 기차로 꼬박 하루가 걸렸다. 그곳에서 마키노 등과 함께 그는 프랑스 땅을 벗어나 밤 기선으로 영국 해협을 건넜다.

여행도 어려운 때였다. 이제 벨기에 임시정부의 소재지라고 들었던 르아브르의 세관이 가장 중요한 관문이었다. 쉽사리 사람을 통과시켜주지 않는 데다 그 항구에서 해협을 건널 때까지가 여행하는 사람에게는 또 어려운 고비였다. 바싹바싹 다가오는 무시무시한 해상의 어둠을 틈타 나아가는 배 안에서 언제 습격해 올지 모르는 적을 기다리는 불안한 마음이라 안심하고 잠들 수가 없었다. 며칠 전 독일 잠수정에 격침된 기선이 있었다는 소문은 한층 더 그를 불안하게 했다. 사우샘프턴에 도착하고 보니 프랑스를 떠날 때만큼의 삼엄한 경계는 없었지만, 그곳 세관에서는 역시 여행자를 쉽사리 통과시키지 않았다. 동행인 마키노는 연필로 세관원의 얼굴을 스케치해 보여주어 자신을 입증했을 정도였다.

아무튼 기시모토는 무사히 런던으로 들어갔다. 그리고 다른 일행과 헤어져 마키노와 둘이 되었다. 그곳에 있는 일본우선회사의 지점을 방문한 날 그는 시베리아를 돌아서 가는 여행을 포기했다. 마키노와 함께 아프리카를 거쳐 돌아가는 배편을 택하기로 한 것이다.

파리에서 런던으로. 아직 기시모토는 한 발짝 움직인 것에 지나지 않았다. 하지만 그 한 걸음만으로도 고국에 다가갔다는 느낌이 들었다. 기시모토는 배가 떠날 때까지 런던에서 아흐레쯤 기다렸다. 그사이에 파리에서 온 소식을 통해 몽모랑시 쪽에 사는 지인의 아내가 생라자르 역까지 그를 전송하러 나와 주었다는 사실을 알았다. 하지만 지인의 아내가 역에서 그를 찾을 무렵에 그는 이미 파리를 떠난 후였다고 한다. 여러 가지로 신세를 진 그 지인, 게이오 대학 출신의 유학생, 그 밖에 역까지 전송하러 나온 사람들, 무슨 일이 있을 때마다 그는 파리를 떠올렸다. 마침 런던에서는 셰익스피어 서거 3백주년 기념제가 열리고 있었다. 그 유명한 영국 시인을 기념하는 해에 그는 우연히도 그곳을 여행 중이었던 것이다.

3년 전 빈사 상태의 기시모토의 귀에 한 줄기 활로를 속삭여준 바다는 다시 한번 그를 고국으로 불렀다. 그 목소리가 다시 그의 귓가에 들려왔다. 그는 앞으로 많은 날을 바다 위에서 보내야 한다는 것을 생각하고, 런던을 떠날 때는 아직 외투가 필요할 5월 초순의 날씨라 해도 고국에 도착할 무렵의 여행 준비도 해야 한다는 걸 생각했다. 그런 걱정을 하는 것만으로도 고국이 정말 멀다는 것을 절감했다.

11

우선회사의 배는 템스 강 하구인 틸베리의 부두에서 마키노와 기시모토의 승선을 기다리고 있었다. 영국에서 떠나는 다량의 화물은 대충 선적을 마친 무렵으로, 기시모토 등의 짐도 이미 배에 도착해 있었다. 선원들은 돛대 근처에 모여 본선의 옆에 도착한 조그만 증기선에서 순서대로 한 사람씩 갑판으로 건너오는 남녀 손님들을 바라보고 있었다. 찬 가랑비가 조금씩 내리는 날이었다. 마키노와 기시모토는 비와 바닷바람 때문에 축축한 여행 외투로 몸을 감싸면서 커다란 기선에 올랐다. 전시라 동포 동행자도 무척 적었으나 그중에는 기시모토가 파리에서 친해진 부부가 있었다. 고국으로 돌아가는 일가족이었다. 기시모토가 떠나온 시기를 전후해서 파리를 떠나온 사람들이었다. 아무튼 갇혀 있는 것이나 마찬가지의 심정을 겪은 개전 당시부터의 같은 기억으로 연결되어 있는 사람들이었다.

"아이들을 데리고 여행하는 것이 쉽진 않을 거네."

기시모토는 그 부부를 보면서 마키노에게 말했다. 둘뿐이라도 어린 아이들이 동행자가 된 것은 기시모토에게 한층 더 먼 여행길에 오른다는 느낌을 주었다.

드디어 기시모토는 템스 강 하구를 빠져나가는 기선의 갑판 위에서 귀국길에 오르는 여행자인 자신을 실감했다. 바다는 이제 파리의 객사에서 떠올리거나 상상으로 그려보며 무료한 때의 심심풀이로 삼아온, 먼 곳에 있는 것이 아니라 실제로 그의 눈앞을 지나는 검붉은 영국풍의 돛, 실제로 그가 있는 쪽으로 날아오는 바다 갈매기 떼, 실제로 파도의 흔들림에 맡겨져 있는 침몰한 배의 돛대와 연통이었다. 그리운 고국도 이제 먼 하늘 저편에만 있는 몽상 속의 고향이 아니라 하루하루 다가오는 실제 육지였다. 고물 쪽 갑판의 난간 옆에 서서 커다란 연통 쪽을 바라보니 검은 연기가 엄청난 기세로 뿜어져 나오고 있었다. 마치 날개를 펼친 검은 괴조(怪鳥)가 한 마리씩 날아오르는 것 같았다. 그 연기는 고국을 향해 가는 그의 마음을 한층 더 간절하게 했다. 이 배의 종착지는 고베다. 이렇게 생각하니 마음을 너무 강하게 자극하는 여러 가지 다양한 것들이 고국에서 그를 기다리고 있는 것 같았다. 다시 고국을 볼 수 있다는 것은 실로 기쁜 일이기도 하고 걱정스러운 일이기도 했다.

5월의 비가 탁한 파도 위로 떨어졌다. 기시모토는 옆으로 다가온 마키노와 둘이 나란히 갑판 위에서 바다를 바라보았다.

12

기시모토를 태운 배는 하루에 5백 킬로미터라는 쾌속으로 도버 해협을 지나갔다. 항해 5일째에는 영국 연안의 하얗게 빛나는 벼랑도 멀리 후방으로 밀려났다. 이제 어디를 둘러봐도 육지가 보이지 않는, 파랗고 깊은 대해의 한가운데였다.

"이 배를 타면 이제 반은 고국에 돌아간 거나 마찬가집니다."

마키노는 기회가 있을 때마다 이렇게 말했다. 배는 정기 여객선이라기보다 오히려 전시 화물선이라고 해야 할 형태로, 세 방향의 갑판으로 나뉜 승객 전체의 수도 무척 적었다. 마키노는 기시모토가 후방의 갑판 위에서 매일 보는 유일한 동포 승객으로, 나머지는 모두 영국인이었다. 그것도 식민지로 가는 여행자로, 남녀를 합쳐 불과 일곱 명에 지나지 않았다. 항해하는 사람에게는 그만큼 쓸쓸한 여행이었다. 기시모토는 그 넓은 갑판에 혼자 있을 때도 자주 있었다. 그런 때는 꼭 남에게 말할 수 없는 슬픈 폭풍의 기억이, 그 프랑스 기선으로 항구에서 항구로 파도 위를 서둘러 달려간 여행의 기억이, 세쓰코를 요시오 형에게 부탁하고 갈 생각이라는 편지를 고베에서 쓸 수 없었고 상하이에서도 쓸 수 없었으며 홍콩까지 가는 도중에 가까스로 썼던 마음에 대한 기억이, 마치 어제 일처럼 그의 가슴에 되살아났다. 눈앞에는 긴 복도처럼 이어진 마루방이 있었다. 하얗게 칠해진 통풍을 위한 통도 있고 기둥도 있었다. 닻줄을 감는 철제 기구도 있었다. 갑판 난간의 선과 위아래로 보이는 먼 수평선도 있었다. 햇빛이라도 비치면 바다는 비할 데 없이 파랗게 빛났다. 모든 것은 예전에 있었던 것과 아주 비슷한 것들뿐이었다. 기시모토는 굵은 밧줄이나 뱃기구가 쌓여 있는 옆을 지나 고물 쪽으로도 갔다. 수심을 측량하기 위한 기계가 장치되어 있는 고물의 난간 쪽 옆에서 파도 사이에 던져져 있는 길고 가는 밧줄 하나가 끊임없이 빙빙 돌고 있는 것을 바라보자, 혼자 고국의 하늘을 뒤로 바라보며 떠났던 항해의 기억이 다시 떠올랐다. 그는 눈에 보이지 않는 세찬 힘이 움직여온 흔적이라도 더듬는 것처럼 자신의 작은 지혜나 힘으로 어떻게 해볼 수가 없었던 일을 생각했을 때는 다시 한번 이 갑판 위에 서게 된 자신이 신기하게 생각되었다.

배는 점차 포르투갈 남단의 먼 바다에서도 멀어지고 있었다. 갈 때처럼 수에즈를 경유하는 것과 달리 돌아가는 이 뱃길은 멀리 남아프리카 끝을 돌아 적도를 두 번이나 넘어야 한다. 그 해상에서 희망봉까지는 8,700킬로미터가 넘었다.

13

4월 말에 파리를 떠나 5월 들어 런던을 출발한 기시모토는 55일의 긴 항해 끝에 7월 초 고베 항에 도착했다.

"고베에 도착한 날 밤에는 자지 않을 겁니다. 다들 깨어 있읍시다."

이런 약속을 했을 정도로 기대를 하며 멀리 항구의 불빛을 바라보며 온 승객 일동과 함께 기시모토는 와다미사키*의 등대 부근에서 하룻밤을 보낸 후 이튿날 아침 검역을 마치고 나서 거룻배로 옮겨 탔다. 싱가포르를 지나면서 갑자기 승객이 늘어, 그날 아침에 함께 상륙한 동포는 상당히 많았다.

기시모토는 마키노와 둘이서 세관 옆에서 잠시 시간을 보냈다. 두 사람은 아직 정겨운 해안에 막 내려선 여행자의 모습 그대로였다. 배가 입항했다는 것을 알고, 내리는 사람들을 맞이하려는 사람들이 부두로 몰려들었다. 기시모토는 그 사람들에게 시선을 주면서 그들 사이를 이리저리 거닐었다. 낯선 사람에게조차 인사를 해보고 싶은 마음이 들었다. 그리고 먼 나라에서 돌아온 사람이라는 것을 알리고 싶은 마음이었다.

---

* 고베 항에 면한 곳.

"마키노 군, 차 같은 걸 타지 말고 여기서부터 숙소까지 걸어가지 않겠나? 어딘가로 좀더 걸어가보고 싶네. 맨발로 이 근방을 뛰어다녀보고 싶네."

기시모토가 이런 말을 꺼냈을 무렵에는 오랜만에 보는 고국의 햇빛이 이제 세관 부근까지 강하게 비쳐왔다. 기시모토는 동행자에게 폐를 끼친다는 것도 고려하지 않고 그렇게 말했다. 그만큼 그는 자신의 작은 가슴에 차오르는 미칠 듯한 기쁨을 감출 수 없었다.

마키노에게 함께 가자고 해서 예전의 그 여관까지 가는 도중에 기시모토는 낯익은 얼굴을 만났다. 그곳 주인이 그를 맞이하러 와준 것이다. 기시모토는 여관에서도 3년 만에 보는 사람을 만났다. 일본을 떠날 때 이별을 아쉬워하며 도쿄 반초의 친구들과 함께 배에까지 나와준 그 여관의 여주인이었다.

기시모토는 이미 심한 피로를 느끼고 있었다. 그의 바람은 무엇보다도 먼저 여행할 때 입었던 옷을 벗는 것이었다. 하지만 곧 여관으로 찾아온 신문기자 일행이 마키노와 그를 가만히 놔두지 않았다. 배가 상하이에 정박하는 중에도 이미 현지 신문기자가 찾아와 여행 이야기를 요구했었다. 그때 고국에서 자신을 기다리고 있는 이들은 첫째로 그런 방문자들일 거라는 생각을 하지 못한 것은 아니었다. 기자들은 그날 석간에 맞추고 싶다며 되도록 지면을 떠들썩하게 할 만한 여행 이야기를 그의 입에서 끌어내려고 했다. 기자 중에는 그가 프랑스로 떠날 때 만났던 사람도 있었다.

"이야, 이거 수염이 없어졌군요."

그의 얼굴을 잊어버리지 않고 이렇게 말한 사람도 있었다.

14

가까스로 마키노와 둘만 있게 된 고베 여관 2층의 정겨운 다다미방에서 휴식을 취할 수 있었다.

"어쩐지 감기라도 걸릴 것 같아서 양말만은 아직 벗을 생각이 안 드는군."

기시모토는 마키노에게 이렇게 말하고 3년간 잠을 잘 때 말고는 겉으로 드러낸 적이 없는 발만은 감싸두었다. 여관의 유카타 차림에 양말을 신은 우스운 꼴을 하고 두 사람은 서로에게 발을 내뻗었다. 상쾌한 다다미 위에서는 눕든 서 있든 앉아 있든 마음대로였다. 기시모토는 방안을 데굴데굴 나뒹굴어도 부족할 만큼의 홀가분함을 느꼈다. 시험 삼아 천장을 보고 드러누워 자신의 등을 다다미에 대보니 배에서 내렸을 때의 기분이 솟아났다. 아직 그는 절반쯤 바다에 있는 듯한 기분도 들었다. 만약 상륙해서 조우하는 최초의 일본인이 있다면 아는 사람이든 모르는 사람이든 그 사람에게 매달려보고 싶은, 그런 마음으로 막 돌아왔을 때와 같은 기분도 들었다. 적어도 그가 멀리서 이 항구를 향해 돌아온 향수는 긴 항해를 계속하는 선원의 마음 비슷한 것이었다. 그의 마음은 땅 위에 엎드려 그리운 흙에 입맞춤을 하고 싶어진다는 선원의 마음에 가까운 것이었다.

"드디어. 드디어."

그는 이렇게 말하며 햇볕에 새까맣게 탄 마키노와 얼굴을 마주 보았다.

석간이 나올 때가 되자 여관 여주인이 가져다준 신문에는 마키노와 기시모토가 무사히 프랑스에서 귀국했다는 기사가 실려 있었다. 얼마 전에 2층에서 이야기했다고 생각한 것이 벌써 활자가 되어 나온 것이다. 흥미로운 제목에 서둘러 쓴 문장으로. 기시모토는 자신에 대해 실려 있는 신문기사를 읽었다. 요시오 형은 얼마나 씁쓸한 얼굴로 이런 기사를 읽을까 하는 상상이 제일 먼저 그의 머리를 스쳤다. 그 신문에는 마키노와 나란히 찍은 사진도 실려 있었다. 세관 뒤쪽의 공터에서 두 사람이 항구에 도착하자마자 한 사진기자가 찍은 스냅사진이었다. 런던에서 구입한 회색 각반으로 구두를 감싸고 가벼운 밀짚모자를 쓴 이가 마키노고, 그 옆에 선 이가 기시모토였다. 눈부신 햇빛의 반사는 그를 너무 젊어 보이게 했고, 여행자 차림으로도 보이지 않게 했다.

"파리에서 3년간 낮잠만 자고 왔네. 나에 대해서는 그것으로 충분하네."

그는 이렇게 말하고, 타국에서의 초조한 마음이 생각대로 일할 수 있을 만큼의 안정감을 주지 않았던 일을 떠올렸다. 겨우 고국 신문에 이따금 여행 통신을 쓰는 데 그쳤던 일, 고국을 떠날 때 했던 많은 약속의 10분의 1도 이룰 수 없었던 일을 떠올렸다.

"하지만 비교적 잘 썼지 않았습니까?"

마키노는 옆으로 와서 이렇게 말하고, 거의 남의 일처럼 그 신문기사를 다시 읽었다.

기시모토는 자신들의 귀국이 교토나 오사카 지방 사람들에게 알려졌다고 생각했다. 도쿄에서 자신을 기다리고 있는 사람들, 요시오 형을 비롯하여 형수, 세쓰코, 그리고 센타와 시게루 등이 그것을 알게 될 때의 일도 생각했다. 그는 무사히 고베에 도착했고 앞으로 오사카나 교토의 지인을 찾아보고 돌아간다는 사실을 편지로 도쿄의 집에 알렸다. 도쿄에 도착하는 날짜는 일부러 알리지 않았다.

15

기시모토는 큰 기쁨과 심한 피로를 느꼈다. 그는 그 환희가 얼마나 강한 것인지 또 그 피로가 얼마나 심한 것인지 쉽사리 말로 표현할 수 없었다. 그것은 하루의 휴식이나 하룻밤의 수면으로 잊히거나 가실 리 없고, 좀더 강한 환희를 탐하고 싶게 하고 좀더 강한 피로를 느끼고 싶게 하는, 그런 성질의 것이었다. 그는 평소 배 타는 것에 약하다고 말했던 동행자 마키노가 그다지 지친 모습을 보이지 않는 것에도 놀랐다.

이 정도의 환희를 느끼면서도 고베를 떠나 도쿄로 향하려는 무렵 기시모토의 발걸음은 무거웠다. 그는 오사카까지 마키노와 함께 갔다. 마키노와 그는 아직 여행자 차림 그대로였다. 일단 고베에서 벗은 여행복을 다시 몸에 걸치고 기차 안에서는 거의 쉬지 않고 계속 차창 옆에 서서 갔다. 습하고 환한 햇빛, 눈이 번쩍 뜨일 것 같은 푸른 논, 초가지붕 등이 있다고 말하며, 그것을 프랑스 중부의 시골에서 본 묘하게 건조한 공기나 소와 양이 많은 목장, 푸른 잎 사이로 보이는 붉은 기와지붕의 농가 등과 비교하며 갔다.

기시모토는 마키노와 함께 오사카의 어느 가족을 찾아갈 예정이었다. 그곳에는 파리의 미술가가 기시모토의 재혼 상대로 소개해준 사람이 살고 있는데, 그 사람의 오빠와 파리에 있는 미술가가 무척 친한 사이라고 했다. 잠이 오는 밤을 넘기면 오히려 머리가 맑아지는 것처럼 기시모토는 피곤하면서도 한층 더 생각을 잘할 수 있을 것 같았다. 그는 재혼에 대해 생각했다. 현실을 싫어한 끝에 쓸쓸한 수행지에서 돌아와 승려의 몸으로 아내를 얻었다는 옛날 사람의 생애가 가지는 의미가 타국에 있는 동안 자신을 일깨워주었다. 다시 한번 새벽을 기다리는 마음으로 고국으로 돌아온 그는 벌써 마흔다섯 살이었다. 만약 아내 소노코가 이 세상에 살아 있다면, 스물두 살에 시집온 그녀는 벌써 서른아홉 살이 되었을 것이다. 이런 나이에 하는 두번째 결혼이다. 그는 그렇게 나이 어린 아내를 맞이할 생각은 없었다. 그렇다고 이제 와서 마흔에 가까운 여성과 결혼할 마음도 들지 않았다. 적어도 서른 전후의 여성이기를 바랐다. 파리의 미술가에게 들은 바에 따르면 이 바람만은 이루어질 것 같았다.

그러나 기시모토가 미지의 가족을 방문하려는 것은, 준비 없이 해도 되는 보통의 즐거운 방문과는 달랐다. 만나보고 마음이 맞을 것 같지 않으면 거절해야 한다. 그것은 여성을 모욕하는 일이다. 이런 생각에 그는 적잖이 망설였다. 아무튼 그는 이제 막 타국에서 돌아왔을 뿐이다. 좀더 시간적 여유가 필요할 것 같고, 상대 여성을 알 수 있는 자연스러운 기회도 얻고 싶었다. 그는 마키노에게 이런 사정을 말하고, 결국 그 방문을 그만두었다. 오사카의 여관에서 그는 손님과 이야기하며 하루를 보냈다. 마키노와 함께 여름밤의 활기찬 거리도 걸었다. 밝은 불빛 아래를 돌아다닐 때 그의 마음은 이따금 아직 파리의 큰 가로수 길 그랑 불바르로 향했으며, 또 돌아오는 길에 본 아프리카 식민지의 항구로도 향했다.

16

교토 쪽으로 가서 파리에서 친해진 지무라나 다카세를 찾아보고 도쿄로 돌아가려고 했던 기시모토는, 오사카에서 바로 도쿄로 가려는 마키노와 도톤보리의 여관에서 헤어졌다. 마키노는 하루라도 빨리 도쿄로 가려고 했고, 기시모토는 하루라도 늦게 도쿄로 가려고 했다. 도쿄에 가까워질수록 기시모토의 발길은 나아가지 않았다.

"기시모토 씨, 함께 도쿄에 가시지 않겠습니까?"

헤어지기 직전에 마키노가 이렇게 권했지만 기시모토는 재회를 약속하고 헤어졌다. 왜 오랜만에 도쿄를 보려는 그의 발길이 이렇게 나아가지 않는 건지, 왜 모든 사람의 환영을 받지 않고 혼자 쓸쓸하게 도쿄로 들어가려고 하는 건지, 그의 이런 마음은 70여 일이나 여행을 함께해온 마키노에게조차 말할 수 없는 것이었다.

교토를 향해 떠날 때 기시모토 옆에는 이제 그리운 여정을 나눌 동행자도 없었다. 하지만 기시모토는 아직 마키노가 자기 옆에 있는 듯이, 둘이서 함께 바라보며 가는 듯이 기차의 차창 너머로 요도 강 유역을 바라보며 갔다. 기차가 경사가 있는 지형을 조금씩 올라감에 따라 점차 먼 산들도 모습을 드러냈다. 그는 기갈에 허덕이는 사람처럼 차창을 활짝 열고 야마시로*와 단바** 지방의 연산(連山)을 가슴 가득 받아들이려고 했다. 오사카에서 교토까지 가는 도중에 그는 창에서 눈을 뗄 수가 없었다.

교토의 여관에는 오사카에서 만난, 파리에서 친해진 화가가 기시모토보다 먼저 도착해 있었다. 여관 뒤쪽의 강변, 여름용의 평상, 강 둔덕에 핀 붉은 석류꽃, 시조(四條) 거리의 돌다리 밑을 흘러내리는 가모 강의 강물. 거기에 이르자 유럽의 전쟁도 어디에 있나 하는 생각이 들 만큼 조용했다.

아직 반쯤은 오랜 여행자 같은 기시모토의 마음은 쉴 줄을 몰랐다. 교토에는 파리의 하숙집에서 함께 밥을 먹었던 지무라 교수가 있었다. 귀국 후 조교수에서 교수가 된, 프랑스에서 각별히 친해진 다카세도 있

---

* 교토 부 남부 지방의 옛 이름.
** 교토 부 중부와 효고 현 중동부의 옛 이름.

었다. 그 사람들을 만나는 즐거움에 더해 여관에는 또, 리옹에 체재하는 오카에 대한 이야기나 파리의 시몬에 대한 이야기를 하는 화가가 있었다. 가모 강의 하루는 기시모토에게 보고 듣는 것에 응대할 여유도 없을 정도였다. 그리고 교토에 도착한 다음 날은 그도 몹시 피곤했다. 그는 도쿄로 돌아간 후 무척 바쁠 것을 예상하고 적어도 한나절이라도 그 여관의 2층 방에서 뒹굴다가 가려고 했다. 같은 방에는 여행용 그림 도구를 펼쳐놓은 화가가 있었다.

"파리에 있던 사람들 말인가요? 저는 아직 아무도 만나지 못했어요. 다들 함께 만날 기회가 좀체 없거든요. 고국에 돌아오니 다들 점잔만 빼서 못쓰겠더라고요. 하나도 재미없어요."

이런 이야기를 하면서 그림 그리기에 여념이 없는 사람 옆에서, 이따금 여관의 하녀가 아래층에서 올라와 들려주는 교토 사투리를 진기하게 생각하면서 기시모토는 괴로울 만큼 지친 몸의 피로를 풀고 가려고 했다.

3년간 타국에서 의자에 앉는 생활에 익숙해진 그는 다다미 위에 앉아 있는 것도 힘들었다. 무릎도 다리도 아팠다. 그는 책상다리로 앉아보기도 하고 아무렇게나 드러누워보기도 했다. 아직 그는 진정으로 몸의 피로를 풀지 못했다.

기시모토가 도쿄로 가려고 결심한 것은 그날 저녁이었다. 도쿄로 가려는 그의 발은 마치 사슬에 매여 있는 것이라도 끌고 가듯이 무거웠다.

17

밤 기차로 교토를 떠난 기시모토는 이튿날 오후에 시나가와 역에 도착했다. 그는 자신이 타국에 있는 동안 완성되었다는 도쿄 역을 보고 싶기도 했으나 어쩌면 그곳에 자신을 마중 나온 사람이 있을까 봐 걱정되었다. 그리고 시나가와에서 내리면 집이 가까웠고, 여행 짐도 시나가와에서 받기로 되어 있었다. 그는 도쿄 역까지 가지 않고 시나가와 역에서 내렸다.

도쿄에 도착하는 날짜도 일부러 알리지 않았으므로 식구들은 그런 시간에 기시모토 혼자 맥없이 돌아온 것을 알 리 없었다. 과연 역 구내에는 그를 마중 나온 아이들 그림자조차 보이지 않았다. 그는 역 출구 근처를 걸었다. 구두를 신은 채 단단한 땅을 힘껏 밟았다. 그러면서 짐을 받을 때까지 기다렸다. 타고 내리는 승객도 적은 건물 앞에 서보고 새삼스럽게 그는 먼 여행지에서 돌아왔다는 것을 실감했다. 이렇게 쓸쓸하게 도쿄로 돌아온 것이, 저절로 머리가 숙여지는 자신의 긴 여행의 끝에 어쩐지 어울린다는 생각도 했다.

그때 그는 고통스러울 정도로 피곤하다는 것 따위는 잊어버렸다. 부탁해둔 인력거가 왔다. 짐도 이미 다른 인력거에 실었다. 그를 태운 인력거는 곧 시나가와에서 다카나와로 통하는 새로운 도로를 따라 오른쪽으로 돌고 왼쪽으로 돌면서 긴 언덕길을 올라갔다. 구름이 잔뜩 낀 찌푸린 하늘에서 새 나오는 파리의 햇빛과는 달리 눈부시게 빛나는 고국의 7월다운 햇빛이 언덕길에 흐르고 있었다. 강하게 반사된 햇빛은 차양을 단 인력거 안까지 가득 들어왔다. 어쩌면 그 햇빛을 보며 타고 가는 그의 머릿속까지 비쳐 드는 것으로 여겨질 만큼 강했다. 인력거가 움직일 때마다 가까워지는 집은, 그곳에서 그를 기다리는 사람들은, 눈에 보이는 눈부신 햇살에 섞여 자꾸 그의 가슴을 들썩였다. 그는 형을 보는 애달픔보다, 형수를 보는 괴로움보다 세쓰코를 보는 게 더 견딜 수 없는 기분이었다. 자신의 부덕 때문에, 죄과 때문에 그녀는 얼마나 변해버렸을까. 그것을 상상하며 가는 것만으로도 견디기 힘들었다.

고갯길을 헐떡이며 올라간 인력거꾼은 다카나와의 언덕 위에 오르자 갑자기 힘을 냈다. 되도록 천천히 가자고 주문하고 싶은 손님을 태우고 인력거는 쭉쭉 달려갔다. 어떤 골목길로 돌아들자 그 모퉁이에 담배가게가 있었다. 문득 그 주변에서 놀고 있는 남자아이의 뒷모습이 보였다. 자신의 둘째 아이인 것 같았다.

"시게루가 아니냐?"

그는 엉겁결에 인력거 위에서 말을 걸었다.

몰라볼 정도로 성장한 시게루는 그 말을 어떻게 생각했는지 차양이 걸린 인력거 쪽을 자세히 보지도 않았다.

"아빠는 아직 안 돌아와요."

시게루는 이런 말을 내던지고는 뭔가 기쁜 듯한 소리를 내지르며 갑자기 집 쪽으로 뛰어갔다. 격자 대문이 보일 정도로 집이 가까웠다.

18

견디기 힘든 것을 견디며 기시모토가 집 앞에 멈춘 인력거에서 내렸을 때, 처마 밑의 벽이 갈라진 곳과 황폐해지고 썩은 대나무울타리가 먼저 그의 눈에 들어왔다. 짐을 내리는 소리를 듣고 누구보다 먼저 입구의 격자 대문으로 뛰어나온 이는 형수였다. 형수는 안쪽에서 격자 대문을 활짝 열어주었다.

"이야, 돌아왔구나."

요시오 형은 이렇게 말하며 현관 앞에 섰다. 이어서 형의 아이도, 시게루도 그곳으로 모여들었다. 기시모토는 여행복 차림 그대로 입구의 뜰에 서서 한꺼번에 모두의 얼굴을 둘러보았다. 할머니 뒤쪽에 선 세쓰코도 보였다. 그는 자신의 안색이 고통스럽게 변하는 것을 느꼈다.

곧 식구들은 기시모토를 맞아들였다. 한 사람씩 순서대로 인사했다. 기시모토는 형 앞에서도 얼굴을 들지 못하고 형수 앞에서도 얼굴을 들지 못했다.

"돌아왔구먼. 무사해서 다행이네."

조용한 어조로 말하는 할머니 앞으로 가서 기시모토는 인사했다. 그곳으로 세쓰코도 인사를 하러 왔다. 기시모토는 그녀 앞에서도 잠자코 고개를 숙여 인사했다.

"자, 이치로도 지로도 숙부한테 인사해야지. 그렇게 서 있지만 말고."

형수의 말을 듣고 형의 두 아이와 시게루가 기시모토 앞에 나란히 섰다. 아이들은 어른들 사이의 인사가 끝나기를 기다렸다는 듯한 얼굴이었다.

"이야, 네가 지로구나."

기시모토는 처음으로 보는, 볼이 빨간 아이에게 말했다.

"숙부님이 안 계실 때 이 아이가 태어났어요."

형수가 이렇게 덧붙였다.

3년이나 보지 않은 사이에 시게루의 키가 많이 커서 기시모토는 깜짝 놀랐다. 시게루는 다들 지켜보고 있는 데서 아버지를 만나는 것이 쑥스러운 듯 소년답게 옷의 무릎 언저리를 여미고 있었다.

"스테키치, 차라도 한잔하자."

기시모토는 안쪽 방에서 부르는 요시오 앞으로 가서 비로소 형과 얼굴을 마주했다. 기시모토가 고국을 떠날 때 이별을 고하러 잠깐 나고야에서 왔다며 고베의 여관까지 찾아왔을 때에 비하면 요시오도 어쩐지 많이 늙어 보였다.

"이제 너도 돌아올 때가 되었다며 집으로 찾아오는 사람들도 있었다. 나도 얘들을 다 데리고 도쿄 역까지 마중을 나갔는데 네가 오지 않아서…… 아무튼 오사카까지 네가 돌아온 것은 알았지만 그다음의 행방을 모른다는 사람도 있고 말이야. 어제와 그제, 두 번이나 도쿄 역까지 나갔다."

"그건 죄송했습니다. 마중 나오는 걸 거절할 생각으로 일부러 알리지 않았습니다. 이제 막 시나가와에서 이곳으로 온 겁니다."

"스테키치는 시나가와에서 내렸단다."

형은 식구들에게 들리도록 말하며 웃었다.

억누르고 억누른 듯한 것이 집 안의 공기를 지배하고 있었다. 아이들의 얼굴까지 어쩐지 기시모토에게는 격식을 차린 것처럼 보였다. 시게루는 아버지가 돌아온 것을 알리기 위해 학교에 있는 센타에게 달려갔다.

19

"다녀왔습니다!"

현관 쪽에서 센타의 목소리가 들리고 곧바로 손위의 아이는 눈을 동그랗게 뜨고는 학교 다닐 때 입는 짧은 하카마 차림으로 아버지에게 인사하러 왔다.

"이야, 센타도 많이 컸구나."

요시오 앞에서 기시모토가 이렇게 말하자 센타는 3년 만에 만난 아버지로부터 많이 컸다는 말을 듣는 것마저 기쁜 모양이었다.

"센타는 아직 수업이 안 끝났지?"

요시오가 센타를 보고 물었다.

"시게루가 데리러 와서, 선생님께서 집에 가도 좋다고 했어요."

센타는 요시오에게 말했다.

"학교 선생님도 신경을 써서 오늘은 돌려보내주셨겠지요."

형수가 그곳으로 와서 말을 덧붙였다.

"아빠, 아빠, 하며 매일 그 말을 입에 달고 살면서 얼마나 아버지가 돌아오기를 기다렸는지 모른다네."

할머니도 건넌방에 있으면서 이렇게 말했다.

"오랫동안 폐를 끼쳤습니다. 정말 감사했습니다."

이렇게 말하면서 기시모토는 새삼 형수 앞에 손을 짚고 고개 숙여 인사했다. 그것을 보고 요시오는 가볍게 고개를 끄덕였다.

"자, 됐다 됐어. 인사가 끝났으면 애들은 저쪽으로 가서 놀아라."

요시오가 이렇게 말하자 센타는 할머니 등이 있는 건넌방으로 물러났다.

무엇보다 먼저 기시모토는 형과 자신의 아이들에게 줄 선물을 꺼내려고 했다. 넘기 힘든 문지방을 넘어 아이들 곁으로 돌아와보니 그곳은 그의 집이라기보다는 형의 집이라고 해야 할 형국이었다. 이런 부자의 재회에도 아직 주위의 사정이 그렇게 허물없이 말을 나누는 것을 허락하지 않았다.

"어디, 선물을 꺼내볼까. 이치로한테도 지로한테도 선물이 있단다."

기시모토가 이렇게 말하자 형수는 그것을 다시 지로에게 말해주었다.

"좋겠네, 숙부님이 선물을 주신단다."

"선물, 선물."

아이는 기뻐하는 목소리로 아주 으스대며 방 안을 돌아다녔다.

"야, 지로, 그렇게 떠들면 안 된다는데도. 제일 작은 주제에 가장 으스댄다니까."

형수가 이렇게 말해도 지로는 말을 듣지 않았다.

기시모토는 여행 가방에서 꺼낸 노트와 색연필, 옛날이야기 책 등을 형의 큰아이와 자신의 아이들 앞으로 가져갔다.

"아무튼 같은 것이 세 개 아니면 안 되니까요."

기시모토는 형수 쪽을 보고 이렇게 말했다.

"내 건?"

지로가 슬픈 소리를 질렀다.

"이야, 지로한테도."

기시모토는 파리에서 구해 온 동물 그림책을 지로에게 건넸다. 지로는 형들이 받은 물건과 자신의 선물이 다른 것이 불만인 듯 비교해봤지만, 곧 기분이 좋아져서 새나 동물이 그려진 그림책을 어머니에게 가져가 보여주고, 할머니에게도 가져가 보여주고, 세쓰코에게도 가져가 보여주었다.

"어디 좀 보자."

요시오가 고향 쪽 사투리로 말을 하자 지로는 그림책을 아버지에게도 가져갔다.

"어쩐지 이 책은 이국인 냄새가 나."

이치로가 숙부의 선물에 코를 대보고 웃음을 터뜨렸다.

"아이들은 무슨 먹을 거라도 받지 않으면 선물 받은 기분이 안 나거든."

요시오가 기시모토에게 말했다.

"그러네요. 오사카에서 산 과자가 있으니까 그것도 함께 나눠줄까요?"

기시모토는 일어났다 앉았다 했다. 바깥 거리에 면한 창문으로는 오후의 해가 할머니 뒤에 있는 방 장지문으로 비쳐 들었다. 세쓰코는 그 방의 구석진 곳에 웅크리고 앉아 센타, 시게루와 함께 먼 나라의 옛날이야기 책을 펼쳐보고 있었다.

20

네기시의 조카딸(기시모토의 큰형 딸) 남편은 요시오 형의 전보를 받자마자 곧장 기시모토를 만나러 왔다. 기시모토는 이 조카사위와 예전 신바시 역에서 헤어진 이후 처음 보는 것이었다.

"스테키치 숙부님도 무사히 돌아오셔서……"

이렇게 말하며 인사하는 친척 앞에서 요시오는 동생이 먼 여행을 떠난 동기는 전혀 내색하지 않으려는 것 같았다. 그뿐 아니라 '동생이'라고 말해도 될 텐데도 일부러 '기시모토 스테키치가'라고 말하며 시나가와 역에 쓸쓸히 도착한 동생을 화려한 귀국자로 대접하려고 했다. 그만큼 요시오의 기질에는 가문의 명예라든가 평판을 중시하는 경향이 있었다.

"숙부님, 양복이라도 벗으시지…… 여기 유카타 내왔으니까요."

형수가 말했다. 이 형수는 기시모토를 부를 때 이치로나 지로와 마찬가지로 '숙부님'이라고 부르는 경우가 많았다. 그제야 기시모토는 가까스로 여행자의 모습에서 벗어났다.

"여행 이야기라도 한번 들어볼까?"

할머니도 안쪽 방에서 건너와 모두 모였다.

"할머니는 건강해 보이시네요."

기시모토가 이렇게 말하자 요시오는 그 말을 받아 이었다.

"집안에서 할머니가 제일 건강하셔."

형의 이 말은 어쩐지 기시모토의 귀에 강하게 울렸다.

"그러고 보니 숙부님은 언제 봐도 그다지 달라지지 않네요."

형수가 말했다.

"그렇지도 않아요." 기시모토는 자신의 이마에 손을 대며 말했다. "머리도 이렇게 셌는걸요, 뭐."

"게다가 얼굴이 많이 탔군그래."

요시오가 말했다.

"저도 아까부터 그렇게 생각하며 보고 있었는데요." 아이코(네기시의 조카딸)의 남편도 기시모토를 보며 말했다. "숙부님은 얼굴이 꽤 많이 탔어요. 전에는 수염도 있었던 것 같은데, 왜 그 좋은 수염을 다 밀어버리셨어요? 어쩐지 얼굴이 달라진 것처럼 보이는데요."

"이래 봬도 얼마간 이국인처럼 되어서 돌아온 건가?"

기시모토는 이렇게 얼버무렸다.

프랑스에서 기시모토가 보고 들은 여행 이야기는 아이코의 남편이 듣고 싶어 하는 것이었다. 오카와바타 쪽에 사는 다나베 히로시, 즉 기시모토가 은인으로 생각하는 사람의 아들도 기시모토가 도쿄에 도착한 것을 알고 찾아왔다. 3년 지나 다시 만나고 보니 히로시도 이제 근사한 아버지였다. 이 사람의 뚱뚱한 체격은 돌아가신 은인을 점점 닮아갔다. 옛날에 친하게 지냈던 이런 손님에 더해 여행 이야기를 들으러 오는 신문 기자 등도 있어 기시모토는 몹시 지쳐 있는 자신의 몸을 잊었다.

저녁에는 할머니가 올린 등불이 불단 있는 방에서 빛났다. 기시모토 는 그 불단 앞으로 가서 죽은 소노코를 비롯해 세 여자아이의 낡고 녹 슨 위패가 불빛에 비치는 것을 보았다. 먼 여행을 떠나기 전날 밤까지 없 었던 낡은 위패와 불구(佛具) 등은 할머니가 고향에서 가져온 것이라는 걸 알았다. 형수와 세쓰코는 부엌과 그 불단 옆을 왔다 갔다 했다.

기시모토는 세쓰코에게 다가가는 걸 피하고 있었다. 돌아온 후 아 직 제대로 말을 붙여보려고도 하지 않았다. 넌지시 그녀의 모습을 보려 고 했다. 그의 눈에 비친 불행한 희생자는 멀리서 상상한 것만큼 변해버 린 모습은 아니어서 그는 다소 안심했다. 그날 저녁 식사 때는 요시오의 가족, 두 명의 친척, 센타와 시게루까지 함께 식탁에 앉았다. 기시모토의 귀국을 축하하는 의미로 가득 담은 순메밀국수가 두 개씩 나왔다. 형의 집이 검약한 것도, 고생하고 있는 것도, 이 식사가 모든 것을 말해주었 다. 기시모토는 눈물이 날 것 같은 마음으로 오랜만의 저녁을 고마운 마 음으로 먹었다.

21

그날 밤 기시모토는 아직도 여행에서 막 돌아온 손님인 양 형 요시 오와 함께 모기장 안에서 잤다. 다카나와의 새로 생긴 이 동네에서는 한 달 전부터 이미 모기장을 치고 잔다고 했다. 오랜만에 돌아온 지붕 아래, 오래된 삼베 모기장 냄새를 맡으며 눕고 보니, 그날 하루 계속해서 걱정했던 것이 아직도 기시모토의 마음을 떠나지 않았다. 무슨 비석에라도 쓰여 있을 것 같은 한문체의 문구를 암송하면서 잠을 청하는 형이 어떻게 하고 있나 보니, 베개를 나란히 하고 있는 형 쪽에서는 어느새 코고는 소리가 크게 들려왔다. 기시모토는 그래도 용케 이 지붕 아래에서 여행복을 벗을 수 있었다고 생각했다. 그러나 여러 가지 일들이 차례로 떠올라 마음 편히 잘 수가 없었다.

아침이 되자 요시오는 도쿄의 중심에 좀더 가까운 동네의 여관에 다니는 것을 일과처럼 하고 있다며 가방을 들고 나갔다. 전화도 없는 이런 불편한 교외의 집에서는 어떤 사업도 꾸밀 수 없다는 것이 여관으로 다니는 형의 취지인 듯했다. 아이들도 학교에 가버리자 집 안은 조용해졌다. 기시모토는 앞으로 당분간 매일 찾아올 것 같은 많은 손님을 기다리는 심정으로 집 안 여기저기를 돌아다녔다. 놔두고 간 자신의 책 상자 앞으로도, 낡은 옷장 앞으로도 갔다. 소노코가 살아 있을 때부터 있던 팔각형 괘종시계는 아직도 같은 진자 소리를 내며 타국에서 돌아온 그를 맞이해주는 것처럼 보였다. 변색한 당지(唐紙), 아이들이 훼손한 벽, 실로 모든 것을 버릴 생각을 했던 3년 전의 격렬한 폭풍을 말해주는 것들 뿐이었다.

안쪽 방의 구석에는 여행 가방이 아직 그대로 놓여 있었다. 떠나고 돌아올 때 배 안의 방 번호며, 이름표며, 해외의 여러 나라들을 돌았던 표시가 붙은 가방 안에서는 기시모토가 파리의 하숙집에서 실컷 입었던 일본 옷 같은 것도 나왔다. 그는 안쪽이 해진 속옷이나 옷단에서 면이 비어져 나온 솜옷 같을 것을 꺼내 건넌방에 있는 형수와 할머니에게 보여주고, 돌아오는 배 안에서 자신이 재미있는 모양으로 터진 데를 기워 입은 홑옷 등을 꺼내 보여주었다.

그때 세쓰코가 들어왔다. 그녀는 할머니 옆에 앉아 모두의 이야기에 귀를 기울이고 있었다. 아무것도 모른 채 고향에서 올라왔다는 할머니, 숙부가 타국으로 떠난 이유를 어머니에게까지 비밀로 해두었다는 세쓰코, 그런 여자들만 모여 있는 가운데서 기시모토는 자신에 대해 어떻게 생각하는지도 헤아리기 힘든 형수를 바라보았다.

뜰에서는 지로 혼자 노래를 하며 걷는 소리가 들렸다. 이 아이는 때때로 툇마루 위로 올라와 모두가 보는 앞에서 어머니의 품속을 찾았다.

"지로, 숙부님이 보고 비웃을 텐데."

형수는 이렇게 말하면서도 누구보다 막내아들이 귀여워죽겠다는 듯이 그 나이가 되었는데도 아직 젖을 물리고 있었다. 기시모토의 가방 깊은 데서는 센타와 시게루를 보살펴준 사람들을 위해 파리에서 준비해온 선물도 나왔다. 그는 그것을 형수 앞에도, 세쓰코 앞에도 내놓았다. 모두 파리의 생제르맹 가로수 길을 다니며 사 온 것이었다. 그 산부인과 병원 앞의 하숙집에서 일부러 지하철로 오페라하우스 부근의 번화가까지 가서 사 온 것도 있었다. 먼 여행을 기념하는 마음은, 받는 사람보다 오히려 주는 사람이 더 깊었다.

"어머, 이렇게 다 마음을 써주시고."

이렇게 감사를 표하는 형수의 눈이 날카롭게 빛났다.

22

기시모토는 오랫동안 집을 비운 사이의 일을 듣고 싶었다. 기시모토에게 그런 마음이 얼마나 강한지 몰랐다. 그는 타국에서 돌아올 준비를 하는 무렵 이렇게 생각했다. 만약 무사히 고국에 도착하면 이일 저일을 물어보고 싶다고. 지금 형수 등이 기시모토 옆에 있다. 하지만 자신의 비밀을 이 사람들에게 감추고 있는 한, 오랫동안 집을 비운 사이의 일 중 말을 꺼낼 수 있는 것은 아주 적었다. 형수가 고향을 떠나 상경한 무렵의 일을 물어보려고 하면, 곧바로 세쓰코와 아이들을 놔두고 이 집에서 도망친 자신에 대한 이야기가 나온다. 데루코(세쓰코의 언니)가 러시아 쪽에서 귀국하여 이 집에 있었던 무렵의 일을 물어보려고 하면 곧바로 세쓰코가 남들 눈을 피해 한때 이 집에 없었던 일에 생각이 미치게 된다. 눈앞에서 놀고 있는 지로를 보고 있어도 그에게는 곧 태연히 있을 수 없는 일이 연상되었다. 세쓰코가 낳았다는 남자아이가, 바로 짧은 옷에 주머니 같은 것을 붙인 형수의 아이와 동갑이었기 때문이다.

기시모토는 생각을 고쳐먹고 여행지에서 가져온 다른 가방을 풀었다.

"형수님, 이런 인형이 나왔네요. 할머께도 보여드릴까요? 이건 기미코(기시모토의 막내딸)한테 주라며 파리의 하숙집 여주인이 준 겁니다."

"어디요, 어머, 인형이 참 귀엽네요. 파란 두건 같은 것도 쓰고 있고."

형수는 이렇게 말하며 파란 눈동자의 프랑스 인형을 할머, 세쓰코와 함께 가까이 모여서 구경했다.

"그래 봬도 그 인형의 옷은 하숙집 여주인이 직접 바느질한 것이라고 하던데요. 고향에 돌아가서 풀어보면 알 거라면서요. 그 인형은 프랑스 여자아이가 입는 옷은 다 입고 있다고 하면서 그런 말을 했어요."

기시모토가 이렇게 말하자 세쓰코는 어머니에게 바싹 붙으며 말했다.

"머리카락은 갈색이네요."

"정말 그렇구나."

할머니도 인형을 손에 들고 보았다.

어쩐지 세쓰코는 자신의 손을 의식하고 있는 모습이었다. 기시모토
는 그것을 보고 아무렇지 않게 물었다.

"세쓰코, 손은 어떠니?"

"저 아이 손은 벌써 3년 넘게 좋아지지 않는다네."

할머니가 고향 사투리로 말했다. 세쓰코는 띄엄띄엄 말하며 무좀 같
은 것을 앓고 있는 자신의 손바닥을 숙부에게 보여주고 자신도 그 손바
닥을 들여다보았다.

"아직 그리 좋지 않구나. 진작 좋아졌을 거라고 생각하고 있었는데."
기시모토는 이렇게 말하며 형수 쪽을 보며 말을 이었다. "확실히는 모르
나 파리에 있을 때 좋은 피부병 약을 찾았는데 그걸 세쓰코한테 보낼 생
각이었어요. 마침 동네 문방구에서 본 노트가 있어서 이치로한테 한 권,
센타와 시게루한테도 한 권씩 주려고 사서 그 약하고 같이 일본으로 돌
아가는 친구한테 부탁했습니다. 그런데 그 친구의 짐이 배와 함께 지중
해에 침몰하고 말았어요. 적의 배에 당한 거지요. 친구만은 다른 배로
일본에 도착했는데, 그 노트와 약은 여기에 오지 못했습니다. 애석한 일
이었지요."

이런 이야기도 기시모토는 세쓰코가 아니라 형수와 할머니에게 했
다. 기시모토는 세쓰코와 자신의 관계를 숙부와 조카딸이라는 보통의
위치로 되돌리려고 했다. 그렇게 해야 형이나 형수를 안심시키고 동시에
오래된 자신의 고뇌를 잊을 수 있다고 생각한 것이다.

23

"형님, 이건 형님께 드릴 생각으로 가져왔습니다."

요시오가 여관에서 돌아온 무렵, 기시모토는 여행 가방에서 꺼내 둔 기념품을 형에게 내밀었다. 그것은 파리 생제르맹의 가로수 길 근처를 오가는 사람들이 옆구리에 끼고 다니는, 서적이나 서류를 넣기 위한 실용적인 손가방이었다.

"이야, 좋은 물건이구나. 이건 받아두지."

요시오는 기분이 좋았다.

기시모토의 귀국 소식을 듣고 전시 파리의 소식을 물으러 오는 신문사나 잡지사 기자, 그 밖에 옛날부터 친했던 손님 등으로 집 안이 한바탕 수선을 떨고 난 후였다. 기시모토는 아직 긴 여행에서 오는 피로를 어떻게 할 수가 없었다. 고베에 상륙하고 나서 그날까지 거의 쉬지 못했다고 해도 좋을 만큼 자신을 기다려준 사람들을 계속 만났다. 도쿄로 돌아오고 보니 교토의 숙소에서 적어도 한나절이라도 뒹굴다가 온 것이 다행이었다고 생각될 정도였다.

그 피로를 참으면서 기시모토는 안쪽 방에서 자신을 부르는 형을 보러 갔다.

"스테키치, 좀 앉아라. 오늘은 여러 가지로 할 이야기가 있다."

요시오는 이렇게 말하고 동생이 없는 동안 찾아온 사람들의 이름이라든가 형 자신에게 호의를 베풀어준 사람들의 이름, 특히 동생이 없을 때 형이 한때 고민했던 일에서부터 그때 도움을 받은 친척의 이름 같은 것들을 기시모토에게 이야기해주었다. 모든 걸 고자세로 만만치 않게 나오려는 형은 말만이라도 해두지 않으면 안 되겠다는 식으로, 자신이 적어놓은 청구서를 꺼내 기시모토에게 보여주었다.

"이건 참고삼아 보여주는 건데……"

이렇게 말하며 요시오는 다른 청구서도 꺼냈다.

"가요(형수의 이름), 당신 청구서도 꺼내 와서 보여줘."

요시오는 두 사람만 있는 데로 형수를 불러 말했다.

기시모토는 손을 비비면서 형 부부 앞을 물러났다. 그제야 그는 자신이 집을 비운 사이에 형이 얼마나 고생했는가를 알았다.

"네가 프랑스에서 돌아올 때까지는 나도 크게 웅비할 생각이다." 예전에 이렇게 말하며 헤어진 형에게도 아직 좋은 시기가 오지 않았음을 알았다. 그뿐이 아니었다. 아마 나중에 돌아봐도 자신이 집을 비운 3년이라는 시간이 형의 생애에서 가장 괴로운 시기였을 거라는 사실도 알았다. 그는 또 용서받기 힘든 자신의 죄가 아무튼 3년간 이 집을 지탱해준 작은 힘의 하나였다는, 세상의 그런 이상함에도 생각이 미쳤다. 몇 집으로 나뉜 기시모토 형제의 집은, 예전에는 서로 돕기도 하고 도움을 받기도 했다. 부모에게 물려받은 그런 정신이 풍부한 형의 정에 대해서도 기시모토는, 지금은 귀국한 직후다, 아직 숨 돌릴 여유도 없다, 하는 말을 도저히 꺼낼 수 없었다. 많은 사람들에게 걱정만 끼쳐온 자신의 여행이 실제로 어떤 것이었는지, 그런 가운데서 아이들을 양육하려고 한 자신의 고심도 살펴주었으면 한다는 말을 도저히 할 수 없었다. 마치 형 부부를 속이듯이 여행길에 오른 자신의 행위, 그것이 먼저였다.

"지나간 일은 이제 어쩔 수 없다, 너는 이제 이 일을 잊어라." 이렇게 말하며 일생의 실수를 관대하게 봐준 형이 하는 말이라면, 설령 아무리 무리한 일이라도 하지 않으면 안 된다고 생각했다.

24

기시모토는 식구들이 아무도 없는 데로 가서 혼자 자신의 오른손을 꺼내 들여다봤다. 그리고 자신에게 묻고 대답했다.

"역시 돈 문제가 항상 따라다니는군…… 도무지 어쩔 수가 없구나."

기시모토는 마치 손금을 보는 점쟁이 앞으로 가서 손을 보여주는 것처럼 자신의 손을 내밀고 바라보았다. 그 손을 다른 데서 꺼낸 손처럼 다시 내밀었다. 실제로 그것은 누구의 손도 아니었다. 자신의 죄 자체가 어딘가에서 어쩔 수 없이 꺼내놓은 어두운 손이었다.

기시모토는 다시 한번 그 손을 내밀었다. 아무에게도 알려지지 않도록 자기 죄의 흔적을 묻어버리려는 사람의 헛됨을 잘 아는 사람이 아니라면, 어떻게 그런 손이 있다는 것을 느낄 수 있겠는가. 받쳐 들어도 부족할 만큼 감사해야 할 손이다. 하지만 흥정의 기술이 강한 손이다. 자신의 약점을 쥐고 있는 손이다. 기시모토는 뚫어지게 자신의 손을 바라보며 기분이 몹시 어두워졌다.

"형수님, 저도 이제 돌아왔고, 오늘부터 이 집 일은 제게 맡기십시오."

기시모토는 형수가 있는 방으로 가서 이렇게 말했다. 아직 여권 등이 모조리 들어 있는 지갑에서 당분간의 용돈을 꺼내 형수의 손에 건넸다.

같은 배로 귀국한 마키노가 편지로 약속을 전해 온 날 기시모토는 요코하마의 세관까지 나머지 짐을 찾으러 다녀왔다. 고베에서 요코하마로 온 친숙한 배는 아직 그곳에 정박해 있었고, 부두에 길게 가로 놓여 있는 기선의 측면이나 검고 큰 연통은 한 번 항해하는 동안의 다양한 사건을 말해주고 있었다. 기시모토는 세관 옆에서 다시 한번 파란 바다를 가까이서 바라보고 왔다.

멀리 고국으로 돌아온 기시모토의 마음, 그 마음은 그에게 잊을 수 없을 만큼 소중한 것이었다. 그 마음에서 말하자면 그는 형에게 사죄하고 형수에게도 사죄하지 않으면 안 되었다. 뜻밖에도 다시 형의 무사한 얼굴을 본 순간부터 그는 그런 마음을 억누를 수 있게 되었다.

'너는 이제 아무 말도 하지 마라.'

형의 눈이 강력하게 말했다. 하지만 그것은 기시모토의 본심이 아니었다. 원래 그는 형 부부에게 사죄하지 않으면 안 된다고 생각했다. 그러고 나서 자신 때문에 그토록 깊은 상처를 입었으면서도 어떤 보상도 요구할 기색이 없는 세쓰코에게는, 그 누구에게보다 더 깊이 사죄하는 마음을 표현하지 않으면 안 된다고 생각했다.

25

긴 여행에서 돌아온 순례자처럼 그동안 비워둔 집의 문지방을 넘은 기시모토는 가까스로 자신의 아이들 옆에서 휴식다운 휴식을 취할 수 있었다. 찾아오는 손님도 많고 누구를 봐도 만나고 싶은 사람들뿐이어서 귀국 후에는 생각보다 바쁜 나날을 보냈지만, 그중에서도 그는 센타와 시게루를 지금껏 키워준 사람들에게 봉사하려고 했다. 그는 자신의 힘으로 할 수 있는 일을 해서, 불우함을 분개하며 견디고 있는 듯한 형, 가끔 푸념을 늘어놓는 형수, 그리고 나이 든 할머니를 위로하려고 했다. 형의 천성으로 볼 때 엄청나게 큰 저택을 짓든가 그렇지 않으면 아무리 초라한 집이라도 꾹 참든가, 그 어느 쪽이든 어중간한 일을 할 수 없는 사람이라 집의 울타리 같은 것이 황폐해져도 그저 남에게 보이는 대로 내버려두고 있었다. 기시모토는 이 지붕 아래에 다소나마 청신한 것을 주입하려고 애썼다. 까딱하면 함께 쓰러지기라도 할 것 같은 침체된 집안 분위기에서 뭔가 생겨나는 것이 있기를 기대했다. 여행에서 돌아온 그가 본 세쓰코는 아침에도 일찍 일어나 형수를 도와 집안일을 하고 있었다. 적어도 기력을 잃지 않고 일하고 있었다.

"네가 돌아오고 나서 세쓰코도 많이 기운을 차린 것 같다."

형의 이 말을 듣고 기시모토는 자신의 귀국이 그녀에게 다소의 희망을 주었다는 사실을 알았다. 어쨌든 타국에 있을 때도 가장 마음에 걸린 것은 그녀였기 때문이다. 그런 마음에서 그는 적잖은 기쁨을 느꼈다.

"아빠가 돌아오시니까 센타와 시게루까지 눈에 띄게 달라졌어요. 역시 부모는 다르네요."

입에 발린 말이라고 해도 형수의 이 말은 기시모토를 기쁘게 했다.

무엇보다도 기시모토의 바람은 자신이 생각해도 놀랄 만큼 심한 피로를 조금씩 푸는 것이었다. 그럴 때 그는 두 아이 옆으로 갔다. 손님 앞에서 무리하게 구부리고 앉았던 무릎을 아이들 쪽으로 쭉 뻗었다. 의자에 앉는 생활에 익숙해진 그는 때로 얼굴을 찡그리며 아픈 다리를 감싸고 아이들 앞에서 신음소리를 냈다.

"어떠냐, 아빠도 이제 얼마간 이국인처럼 되어서 돌아온 거 아니냐?"

기시모토가 이렇게 묻자 센타는 시게루와 나란히 아버지의 얼굴을 바라보며 말했다.

"이국인처럼 돼서 싫어졌어."

넉살 좋은 센타의 말이 아버지와 동생을 웃음 짓게 했다.

26

"그런데 센타도 시게루도 많이 컸구나." 기시모토는 두 아이를 비교해보며 말했다. "센타는 대체로 이쯤은 컸을 거라고 생각했지만, 시게루가 이렇게 커서 아빠도 깜짝 놀랐단다."

"나도 센타 형과 나란히 서면 키가 비슷해."

시게루가 센타를 보며 말했다. 기시모토는 앞에 앉아 있는 둘째아이가, 이제 '나'라는 말을 배워 쓰고 있는 이 아이가, 간다 강에서 가까운 예전 집에서 아침과 저녁도 확실히 구별하지 못하고 "이게 아침이야?"라든가 "이게 저녁이야?"라고 자주 물었던 그때의 어린 시게루인가, 하는 생각을 하면 무심코 웃음을 짓지 않을 수 없었다.

기시모토는 말을 이었다.

"아빠가 돌아왔을 때 인력거 위에서 시게루한테 말을 걸었지? 아빠는 금세 시게루라는 걸 알아봤는데. 그때 넌 묘한 대답을 하고 뛰어갔잖아."

"그땐 아빠 줄 몰랐어."

시게루가 대답했다.

"그렇구나. 아빠를 몰라봤구나."

"인력거를 자세히 보지도 않았는걸. 차양이 있어서 잘 안 보였고."

두 아이는 뭔가 생각난 듯이 얼굴을 마주 보고 아버지의 여행 선물을 가지러 갔다. 그 선물을 소중한 듯이 들고 아버지 앞으로 가져왔다.

"센타와 시게루는 아빠한테 습자 글씨랑 그림을 자주 보내주었지. 일본 글자는 붓으로 크게 쓰잖아, 외국에서는 다들 펜으로 쓰는데. 센타의 습자 글씨를 외국에서 보니까 글자가 커서 신기할 정도더라. 그래, 너희한테 편지를 자주 받았구나."

아버지의 이런 이야기를 듣는 것보다 두 아이는 각자 가져온 것을 아버지에게 보여주려고 했다. 어린애 같은 기쁨을 아버지와도 나누려고 한 것이다.

"어디, 그 노트 좀 보여줘. 프랑스풍의 검은 표지가 붙어 있고 좋은 노트구나. 이 노트와 색연필은 아빠가 파리에서 사 온 거야. 옛날이야기책도 있지. 영국 이야기야. 그건 아빠가 런던에서 사 온 거고. 너희 둘 다 소중히 보관해둬."

"어쩐지 이 책은 어려워서 읽지도 못하겠는걸."

시게루가 말했다.

"그거야 영어니까 그렇지."

센타가 동생 쪽을 봤다.

"하지만 좋잖아. 그림이 들어 있으니까." 시게루가 말을 받았다. "아빠는 내 책에 글도 써줬어. 한번 읽어볼까. '여행에서 돌아오는 날, 시게루에게, 아빠가.'"

읽는 시게루도 듣는 센타도 웃음을 터뜨리고 말았다. 그때 센타는 뭔가 생각난 듯이 말했다.

"아빠는 좋겠다."

"왜?"

기시모토가 물었다.

"왜냐하면 혼자 프랑스빵 같은 것도 먹고……"

"혼자? 너희를 데리고 갈 수도 없었잖아."

"아빠는 뭐 하러 프랑스에 간 거야?"

센타의 이 물음에는 기시모토도 말문이 막혔다. 밖에서는 갑자기 개구리 울음소리가 들려왔다. 기시모토는 아이들의 얼굴을 보며 타국에서는 거의 듣지 못했던 개구리 울음소리에 귀를 기울였다. 3년이나 보지 못한 사이에 상당히 굵어진 뜰의 은행나무에도, 툇마루 끝에 무성해진 백정화 잎에도 드디어 도쿄의 여름다운 비가 쏟아지기 시작했다.

27

두 아이는 다시 습자 글씨며 그림을 꺼내 와 기시모토에게 보여주고, 기시모토가 타국에서 보내준 그림엽서를 바닥에 늘어놓고 보여주었다.

"이야, 리모주의 그림엽서가 있네. 이건 센타한테 보내준 거지. 그래도 이렇게 잃어버리지 않고 잘 보관하고 있었구나."

기시모토는 이렇게 말하며 아이들과 함께 프랑스 시골의 그림엽서를 들여다보았다. 예전에 두 달 반쯤 생활해본 리모주의 변두리, 양 떼가 사육되고 있는 목장, 본 적이 있는 앞쪽의 수목에서부터 멀리 언덕 위에 서 있는 생테티엔 성당의 높은 석탑까지 그림엽서 안에 담겨 있었다. 마침 그 그림에 나타나 있는 것도 기시모토가 타국에서 만난 것과 같은 계절인 가을의 풍경이어서 자주 거닐었던 비엔 강가의 여정을 환기하기에 충분했다.

"아빠, 여기 배 그림엽서도 있어."

시게루가 이렇게 말하며 꺼낸 것을 기시모토가 집어 들었다.

"이건 아빠가 떠날 때 탔던 배야. 아빠는 이런 배로 먼 나라를 갔다 왔단다."

"그렇게 멀어?"

"너희는 바다를 본 적 있니?"

"시나가와에 가면 바다가 보여."

시게루가 대답했다.

"나는 가마쿠라로 수학여행을 갔거든. 그때 바다를 보고 왔어."

센타가 말했다.

어떤 바다 건너편에 이 아이들이 모르는 나라가 있는지 기시모토는 쉽사리 표현할 수가 없었다.

센타도 시게루도 햇볕에 새까맣게 탄 채 바닷바람을 맞고 온 아버지의 얼굴을 지켜보고 있었다. 이 아이들을 옆에 두고 기시모토는 자신이 편력해온 항구들의 기이한 토착민의 풍속이나 열대 식물, 악어, 타조, 염소, 사슴, 얼룩말, 코끼리, 사자, 그 밖에 얼마나 많은 종류가 있는지도 모르는 독사나 독벌레가 실제로 서식하고 있는 지방에 대해 이야기해주었다.

"붕새. 고래. 고래."

두 아이는 서로 말하며 마치 옛날이야기라도 듣는 듯한 눈빛으로, 고래 잡는 걸 보고 왔다는 아버지의 이야기에 귀를 기울였다.

아직도 기시모토는 바다에서 이제 막 올라온 여행자 같은 기분이었다. 돌아올 때 배로 지나온 적도도, 날치 떼가 무수히 나는 대서양의 파도도 떠올랐다. 하늘에 약간 비스듬하게 십자가 모양을 그리고 있는 남십자성도 난생처음 그의 눈에 비쳤다. 어두운 바다를 흐르는 파란 도깨비불도 반쯤은 꿈속 세계의 빛이었다. 런던을 출발하고 나서 희망봉에 이를 때까지 그는 육상의 소식이 완전히 끊어진 채 18일 동안이나 해상에서만 보냈다. 배는 남아프리카 더반 항에 들러 석탄을 실었다. 싱가포르에 가까워졌을 무렵, 멀리 바라보며 온 수마트라의 섬 그림자, 떠날 때도 보고 돌아올 때도 본 홍콩의 등대, 황록색으로 흐려진 중국의 바다, 이렇게 헤아려나가자 실로 한없이 많은 귀국 여행의 인상이 떠올랐다.

28

세쓰코는 아주 갑자기 침울해졌다. 찾아오는 손님이 얼마간 줄어든 것을 가늠하여 기시모토가 매일 누군가를 방문하기 위해 나돌아 다니던 무렵이었다. 모처럼 기운을 내 일하고 있던 세쓰코가 왜 그렇게 갑자기 침울해졌는지, 뭐가 좋지 않아 마치 시든 장미처럼 되었는지, 기시모토는 도무지 알 수가 없었다.

"세쓰코는 어떻게 된 걸까?"

그는 이렇게 혼잣말을 해보고, 너무나도 급격하게 변한 그녀의 모습에 놀랐다.

세쓰코가 요시오 형에게 무슨 꾸중이라도 들은 것일까? 기시모토가 보기에 집 안에서는 별다른 일이 일어나지 않았다. 그녀는 어머니의 대접에 무슨 불만이라도 있는 것일까? 특별히 그런 모습도 보이지 않았다.

"내가 집을 비웠을 때도 아마 이런 식으로 형수님 등을 곤혹스럽게 했겠지."

다시 이렇게 말하며, 귀국한 지 얼마 되지 않아 불쾌한 얼굴을 보여주는 그녀의 신경질과 자제력 부족에 괘씸한 생각마저 들었다.

기시모토가 세쓰코에게 미안함을 느끼는 것은 새삼 말할 것도 없다. 다만 그것에 대한 용서를 받기 위해, 가능한 일이라면 일생의 실패에서 출발하여 다시 새로운 길을 열어가기 위해, 일단은 돌아가지 않겠다고 생각한 마음을 뒤집어 다시 한번 고국으로 돌아왔다. 다행히도 여행은 수많은 생활의 흥미를 불러일으켰다. 그는 자신도 재혼할 마음이고, 세쓰코에게 혼담이라도 들어온다면 마음속으로나마 애써줄 생각이었다. 그리고 그녀를 위해 진로를 열어주려고 마음먹고 있었다. 요시오 형 앞에서도 이렇게 말했고, 그의 재혼 의사에 형도 적극적으로 찬성해주었다. 세쓰코가 침울해지지 않을 수 없을 만큼 희망을 잃어버리는 일은, 그녀의 앞길에서는 볼 수 없었다.

그래서 그는 하나의 말을 생각해냈다. 도저히 원인을 모르는 그녀의 짙은 우울을 '세쓰코의 저기압'이라는 식으로 말한 것이다. 그날까지 그는 되도록 그녀를 피하려고 했고, 직접 말을 거는 것조차 삼갔으며 오직 멀리서 그녀를 바라보기만 했다. 바꿔 말하자면 그는 아직 세쓰코를 제대로 볼 수 없었다. 이상한 저기압을 보이면, 그는 침묵에 빠지는 경향이 있는 이 불행한 사람의 모습을 아무래도 주의해서 보지 않을 수 없었다.

29

기시모토는 매일같이 누군가를 방문하기 위해 나다녔다. 옛 지인을 그리워하는 마음에서 그는 찾아갈 수 있을 만큼 친척이나 지인들을 찾아다니고 싶었다. 시바, 교바시, 니혼바시, 우시고메, 혼고, 고이시카와. 마치 가가호호 문을 두드리고 다니는 순례자처럼. 그리고 다카나와로 돌아올 때마다 여전히 세쓰코는 몹시 울적한 모습이었다.

타국에서 기시모토가 걱정하며 돌아왔을 때 그가 상상하는 조카딸은 외모부터 아주 변해버렸다. 파리의 하숙집에서 사진을 꺼내는 것도 무서울 정도였던 세쓰코의 모습, 그녀 자신의 말을 빌리자면 마치 유령처럼 찍혔다는 출산 후의 쇠약해진 모습이 아직 그의 눈에 선했다. 그런 생각을 하면 세쓰코는 얼마간 살이 빠지고 야윈 것으로 생각될 정도고, 짧게 잘랐다는 머리조차 외견상 그다지 눈에 들어오지 않았다. 하지만 이는 그저 한때 그를 안심시킨 것에 지나지 않았다. 이전과 달리 세쓰코가 약해졌다는 말이 점차 형이나 형수, 할머니의 입에서 새어 나왔다.

"네가 돌아오고 나서 긴장하고 있는 건지도 모르겠지만, 세쓰코가 저렇게 아침에 일찍 일어나는 일은 천지가 개벽할 일이다. 툭하면 방 청소를 할 기운도 없고, 이불을 개는 게 고작이야. 그런 날이 지금까지 얼마나 되었는지 모르겠다. 네가 집에 없는 동안에는 누워 지낸 거나 마찬가지니까. 간혹 밖으로 심부름을 보내면 전차 안에서 의식을 잃지 않나, 아주 성가셨지."

요시오는 이렇게 사투리가 섞여 나오는 말투로 기시모토에게 이야기한 적도 있었다. 그 말투는 스즈키 누님처럼 조신하거나 죽은 조카 다이이치의 아내처럼 현명하거나 다나베가의 할머니처럼 용기가 있거나 하지 않으면 여자로서 말할 거리도 안 된다는 식이었다.

역시 실제의 세쓰코는 기시모토가 걱정한 대로였다. 그만큼 연약하고, 게다가 물노릇은 물론이고 바늘을 쥐는 것조차 미덥지 못할 만큼 손을 쓰지 못하는 형편이라 이대로라면 어떻게 한 가정의 사람이 될 수 있을지도 걱정스러웠다.

'너는 한 사람을 이 지경으로 만들어버렸다.'

이런 목소리가 그를 비난했다. 세쓰코를 둘러싼 모든 병적인 것이 다 그의 책임은 아니라고 할지라도, 그 정도로 그녀를 무력하게 한 근본적인 타격은 숨기려야 숨길 수가 없었다.

세쓰코의 저기압을 기시모토는 도저히 알 수 없었다. 넌지시 조카딸의 모습을 보러 간 적도 있었다. 북향의 방 바깥에는 뒤쪽 쪽문에서 부엌문으로 통하는 작은 공터가 있다. 거기에는 평소 식물을 좋아하는 세쓰코가 예전에 간다 강 근처의 집에서 옮겨 심은 싸리가 심어져 있었다. 파리의 하숙집으로 보내온 세쓰코의 편지에는 눌린 싸리꽃이 들어 있던 적도 있었다. 3년이 지나는 동안 싸리도 많이 자랐다. 세쓰코는 툇마루로 나가 혼자 쓸쓸히 푸른 싸리를 보며 아무와도 말하고 싶지 않은 듯한 모습을 하고 있었다.

30

어느 날 기시모토는 예전에 살았던 동네로 옛 친구를 만나러 집을 나서기 전에 모두와 함께 식탁에 앉았다. 마침 점심때여서 형의 가족을 비롯해 학교에서 일찍 돌아온 센타와 시게루까지 다 있었다.

"스테키치가 프랑스에서 돌아오고 나서 식구들은 아직도 다들 조심하고 있어. 다들 이렇게 양의 탈을 쓰고 있다니까."

반은 농담으로 요시오가 이런 말을 꺼냈다.

"이렇게 이치로도 센타와 시게루 다음 자리에 얌전히 앉아 있고, 스테키치라도 없다면 과연 이렇게 잠자코 먹고 있을까? 다들 이렇게 양의 탈을 쓰고 있다니까. 이렇게 계속 양의 탈을 쓰고 있을 수 있다면 대단한 일이지만, 그거야말로 경사스러운 일이겠지."

다시 요시오가 말했다. 센타와 시게루 등은 요시오 백부에게 무슨 말이나 듣지 않을까 싶은 표정으로 백부와 나란히 앉아 밥을 먹고 있었다.

"자기도 양의 탈을 쓰고 있는 주제에."

형수는 요시오 쪽을 보고 날카롭게 말했다. 형수의 비아냥거림에 요시오는 쓴웃음을 지었다.

세쓰코는 어머니와 이치로 사이에 앉아 고개를 숙인 채 아무 말 없이 밥을 먹고 있었다. 어쩐지 즐겁지 않은 그녀의 모습은 기시모토에게도 잘 느껴졌다.

'아직도 세쓰코는 저런 얼굴을 하고 있구나.'

이렇게 생각하면서 기시모토는 식탁을 떠났다.

세쓰코의 그런 저기압이 왜 이렇게 계속되는 것일까? 원인을 모르는 만큼 기시모토는 불쌍하게 생각했다. 그것을 걱정하면서 그는 다카나와의 집을 나서 언덕을 따라 난 고갯길을 걸어 전차 승강장으로 갔다.

전차로 아사쿠사 다리까지 가서 보니 간다 강변이 다시 한번 기시모토의 눈에 들어왔다. 기시모토는 다리 난간에서 예전에 자주 다녔던 그 강변을 바라보았다. 그곳 돌담은 예전에 자신이 앉았던 곳이고, 이곳 배객줏집 앞은 예전에 작은 배를 띄운 곳이었다. 7년간 살아 친숙한 동네까지 걸어갔다. 예전에 살았던 집은 외관부터 고쳐졌고 다른 사람이 살고 있었다. 다만 거리에서 보이는 2층에 그가 남긴 유리문만이 먼 여행을 떠날 때까지의 일을 말해주고 있었다. 그는 옛날에 친하게 지냈던 사람들의 집을 찾아갔다. 그중에는 햇볕에 탄 볼과 하얘진 살쩍, 수염이 없어진 그의 얼굴을 보고 잠시 이 방문자가 타국에서 돌아온 그라는 것을 믿을 수 없다는 듯한 표정을 짓는 사람도 있었다.

기시모토는 그 마을을 끼고 야나기 다리를 건너 얼마 후 료고쿠 다리 근처로 나갔다. 타국에 있던 어느 날 손 강, 비엔 강, 가론 강 기슭에서 멀리 여정(旅情)을 보낸 스미다 강이 다시 한번 그의 눈앞에 펼쳐졌다.

오스테를리츠 돌다리 옆에서 센 강의 강물을 보고 온 눈으로 그는 3년의 세월 동안 잊을 수 없었던 스미다 강의 강물이 위쪽에서 소용돌이치며 흘러내려 오는 것을 바라보았다.

31

시나가와행 전차를 타고 집으로 돌아갈 때마다 기시모토는 신바시를 지났고, 예전의 그 역에서 여행을 떠났던 3년 전을 떠올렸다. 그날 집으로 돌아가는 길에도 그는 전차의 창문으로 시오도메 역과 새로워진 창고가 보이는 쪽을 주시하며, 시가의 긍지와 광휘를 새로운 다른 것에 물려주고 은퇴한 석조 건축물을 바라보았다. 그만큼 그에게는 아직 여행자 기분이 남아 있었다. 대부분의 경우 그는 전차의 구석진 자리에 서서 다른 승객을 진기한 듯 바라보는, 반쯤은 이국에서 온 사람 같은 심정이었다.

형수와 할머니는 집에서 저녁을 준비하며 기시모토가 돌아오기를 기다리고 있었다. 세쓰코도 함께 일하는 것만은 잘하고 있었다. 때때로 기시모토는 세쓰코 쪽을 보며 그렇게 생각했다. 형수 등 다른 사람들은 뭔가 깊이 생각에 잠겨 있는 듯한 세쓰코를 대체 어떻게 보고 있는 것일까 하고. 형수는 이런 일이 매번 있는 일이라는 표정으로, 세쓰코가 식구들과 말을 하지 않을 정도로 입을 다물고 있는데도 그다지 신경 쓰지 않는 것 같았다.

그날 밤 기시모토는 형과 둘이서 안쪽 방에서 이야기를 나누었다. 그곳으로 할머니가 와서 말을 꺼냈다.

"세쓰코의 손 좀 어떻게 해야 할 것 같은데……"

아무것도 모르고 고향에서 올라왔다는 할머니는 세쓰코가 3년 전부터 야위고 쇠약해지는 것을 이상하게 여기며 병이 잦은 그녀 때문에 여러모로 애를 태우고 있었다.

할머니는 요시오의 장모였다. 형수가 할머니의 외동딸이었던 것이다. 요시오는 기시모토가에서 나가 아내의 성을 이어받은 사람인 만큼 할머니에게는 조심스러운 어조로 말했다.

"스테키치도 돌아왔으니 그 아이와도 의논해서 어떻게든 방법을 강구해보겠습니다."

"아무튼 세쓰코의 손이 안 좋아진 지도 벌써 그럭저럭 3년이나 되니까."

할머니가 말했다.

"한 번 의사한테 진찰을 받아봤는데"라며 요시오가 가로막듯이 말했다. "그 의사가 말하길, 이건 나쁜 병에 걸린 거다, 상당한 전문가가 아니면 고치기 힘들다, 그런 경우에도 꽤 오래 걸린다. 이렇게 말하면서 세쓰코를 돌려보내더라고요. 만약 다시 그런 식이어서 도저히 시집을 보낼 수 없다면, 뭐 일단은 치료를 해본 다음의 이야기긴 하지만, 어느 집에나 몸에 장애가 있는 사람 한 명쯤은 있는 법이니까. 그렇게 생각하고 포기해야지요, 뭐."

형의 이런 이야기는 기시모토의 귀에 강하게 울렸다.

타국에 있던 어느 날 기시모토는 세쓰코를 부모에게 맡기고 나서 그럭저럭 그녀를 파멸에서 구했다고 생각했다. 세쓰코에게 들어오는 혼담을 들을 때마다 그는 한층 더 그녀의 회복을 확인했다고 생각했다. 타국에서 돌아와서 보니 세쓰코는 아주 허약한 사람이었다. 하지만 그녀가 주위 사람들에게 폐인으로까지 보일 정도로 불구자가 되리라고는 전혀 생각해보지 않았다. '몸에 장애가 있는 사람 한 명쯤'이라는 형의 말에 기시모토는 깜짝 놀랐다.

이튿날 아침 기시모토는 그런 마음으로 부엌 쪽으로 세수를 하러 갔다. 형수도 할머니도 아직 일어나지 않은 무렵이었다. 세쓰코 혼자 기운 없이 서서 일하고 있었다.

'언제까지 그렇게 불쾌한 표정을 짓고 있을까.'

이렇게 생각하면서 기시모토는 부엌에서 돌아오려고 했다. 그때 입으로도 말할 수 없는 조카딸의 모습은 이상한 힘으로 기시모토를 끌어당겼다. 그는 거의 충동적으로 세쓰코 옆으로 다가가 아무 말도 하지 않고 살짝 입맞춤을 했다. 그러자 놀라고 당황한 그가 세쓰코의 입을 막을 만큼 그녀는 격렬하게 흐느껴 우는 소리를 내려고 했다.

32

8월에 접어들어 센타와 시게루의 어머니 기일이 찾아왔다. 학교도 여름방학이어서 두 아이는 오랜만에 아버지와 함께 외출하는 것을 기대하며 전날 밤부터 온통 성묘하러 가는 이야기뿐이었다.

아침 일찍 출발하기로 했다. 기시모토는 이치로도, 세쓰코도 함께 가자고 했다. 절이 있는 교외 쪽에는 기시모토가 찾아보고 싶은 옛 친구도 살고 있었으므로 돌아가는 길에는 아이들을 세쓰코에게 맡기고 자신은 혼자 친구 집에 들를 생각이었다.

"스테키치가 스게 씨 집에 들렀다 온다는군. 그럼 세쓰코도 같이 가서 돌아올 때 아이들을 데려오게 하는 게 좋겠어."

형은 형수에게 변명하듯이 말했다.

'가끔은 세쓰코에게도 그 정도의 기운을 내게 하는 것이 좋다'는 뜻을 관철시켰다.

세쓰코는 부랴부랴 준비를 했다. 아이들이 보채는 가운데 하얀 새 버선을 신고 가장 늦게 집을 나섰다.

"지로가 보면 또 성가시니까 나갈 사람은 빨리빨리 나가."

형수의 말을 흘려들으면서 세 아이는 환호성을 지르며 맨 먼저 뛰어 나갔다. 겨우 50미터쯤 아이들과 함께 걸었을 즈음, 기시모토는 뒤에서 엷은 색 양산을 들고 오는 세쓰코를 기다렸다. 그에게는 무엇보다 외출 했다가 자주 뇌빈혈을 일으킨다는 세쓰코가 마음에 걸렸다.

"세쓰코, 오늘은 괜찮을까?"

기시모토가 물었다.

"네, 괜찮을 거예요."

이렇게 대답하는 세쓰코의 목소리는 다소곳했다.

"네 기모노도 다 창고에 넣어두다니…… 꽤 괜찮은 게 있잖아, 그런 게 있으면 충분하지 않니?"

"좋든 안 좋든 이거뿐인걸요, 뭐."

세쓰코는 이렇게 말하고 얼굴을 붉혔다. 그녀는 모든 게 뜻대로 되지 않는다는 식으로, 손에 든 색 바랜 여자용 양산을 펴서 썼다.

세쓰코가 타국에서 돌아온 숙부를 따라 걸은 것은 그때가 처음이 었다. 언제 사라졌는지도 모르게 그녀의 저기압도 사라지고, 그렇게까 지 기시모토의 마음을 자극했던 그녀의 우울함이 어디에 그 흔적을 남 겼는지도 모를 만큼 그날은 유난히 맑은 눈빛이었다. 기시모토가 3년 만에 요시오 형의 가족과 힘든 대면을 했을 때 다시 그의 눈에 비친 세쓰코는 생각했던 것보다 몸집이 작았다. 아마 파리 하숙집 여주인의 조카딸을 봐온 눈으로, 세쓰코와 동갑이라는 머리카락이 붉고 골격이 큰 리모주에서 자란 프랑스 여자를 봐온 눈으로, 갑자기 자신의 조카딸을 본 탓이기도 할 것이다. 이렇게 함께 외출해보니 과연 3년 동안 세쓰코의 성장이 기시모토에게도 아주 잘 느껴졌다. 그녀는 답답한 새장에서 나와 실로 몇 년 만에 자유롭게 여름 아침의 공기를 호흡하는 작은 새 같았다. 집에 틀어박혀 있던 때와 달리 그날의 세쓰코는 몸단장이 뛰어난 그녀의 성격과 눈에 띄지 않을 정도로 젊은 여자가 보이는 거드름마저 발휘했다.

아이들은 걸음이 늦은 세쓰코를 도중에서 기다렸다가 다시 서둘러 앞으로 갔다. 세쓰코는 이런 날이 온 것을 꿈처럼 생각하는 모양으로, 숙부와 함께 자꾸만 침묵에 빠지며 세이쇼코* 앞의 역까지 걸어갔다.

33

신주쿠까지 전차로 간 기시모토는 아이들, 세쓰코와 함께 거기서부터 다시 오쿠보 방향으로 걸었다.

세쓰코는 기시모토가 걱정했던 만큼 피곤한 기색도 보이지 않았다. 허약한 조카딸을 돌본다는 차원에서 그는 되도록 자신의 보조를 늦추려고 했다. 아주 예전에 1년쯤 그가 살았던 적이 있는 교외, 그 무렵에는 무척 건강했던 아내 소노코, 그리고 센타와 시게루의 누나들인 세 여자

---

* 가쿠린지(覺林寺)를 말한다. 가토 기요마사(加藤淸正)의 위패와 상이 모셔져 있어 세이쇼코(淸正公)라 통칭된다.

아이를 데리고 산에서 내려왔을 무렵의 추억 많은 교외, 그때는 수목이 많았던 교외가 완전히 신개지로 변한 채 그 앞에 펼쳐져 있었다.

"이 근처도 완전히 변했구나."

기시모토가 이렇게 말해도 세쓰코는 그저 듣는 것에 만족하고 잠자코 숙부와 함께 걷고 싶은 모양이었다. 오랜만에 '어머니' 묘지에 가는 형제, 특히 형인 센타가 지금 걸어가는 길은 자신이 태어난 교외로 통하는 길이었다.

"센타, 오쿠보야."

기시모토가 뒤에서 말을 걸자 센타는 이치로, 시게루와 나란히 걸으면서 자못 정겹다는 듯이 말했다.

"아, 여기가 내가 태어난 오쿠보구나."

세쓰코는 거의 같은 키에 나란히 선 세 소년의 뒷모습을 바라보며 바로 뒤에서 조용히 걸었다.

예전에 비하면 절 부근도 몹시 변해 있었다. '숙모'에게 바칠 꽃을 사서 가자는 세쓰코를 꽃집 앞에 남겨두고 기시모토는 한발 먼저 절 경내로 들어갔다. 얼마 후 세쓰코는 하얀 백합 등 자신이 사 온 꽃을 들고 와 본당으로 이어진 사무소 입구 옆에서 일행에 합류했다.

"아빠, 향은 내가 가져갈게."

성미가 급한 시게루는 누구보다 먼저 이렇게 말했다.

소노코의 죽음, 그 이후 계속해서 일어난 여러 가지 일이 눈앞에 보이는 것과 한 덩어리가 되어 기시모토의 가슴속에 뒤섞였다. 안내하는 사람보다 먼저 묘지 쪽으로 가려고 하는 나이 든 불목하니, 물통과 붓순나무의 잎, 아이들 손에 들려 있는 빨간 종이에 쌓인 향의 연기, 무엇 하나 기시모토로 하여금 깊은 생각에 잠기게 하지 않는 것이 없었다. 본당 옆쪽을 끼고 한 줄기 좁은 길이 묘지의 안쪽까지 이어져 성묘하는 사람을 이끌고 있었다. 오래된 묘와 새로운 묘 사이의 좁은 길은 기시모토가 여자아이를 하나씩 잃을 때마다 오갔던 곳이었다. 기시모토는 몇 년 만에 아내의 묘지 앞에 섰다. '먼 여행에서 잘 돌아왔다'고 할지 '다들 함께 잘 와주었다'고 할지, 아니면 또 뭐라 할지, 거기에 잠들어 있는 사람의 마음도 정말 헤아릴 수 없는 묘 앞에.

"숙모가 돌아가신 지도 벌써 7년이 되는구나."

기시모토는 꽃을 들고 따라온 세쓰코를 돌아보며 말했다.

침묵은 주위를 지배하고 있었다. 쭉 늘어선 오래된 묘비도 그저 살아 있는 사람을 위해서만 존재하는 것처럼 보였다.

기시모토 소노코의 묘

기시모토 도미코의 묘

기시모토 기쿠코의 묘

기시모토 미키코의 묘

34

"엄마 옆에 있는 게 도미코 누나랑 기쿠코 누나 묘구나."

"어, 맞아."

센타와 시게루는 이런 말을 주고받았다.

불목하니가 붓순나무 잎과 백합꽃으로 묘 앞을 꾸미는 동안 기시모토는 잠시 세쓰코, 아이들과 함께 성묘다운 시간을 보냈다. 그가 다시 불목하니의 손을 빌리지 않고 직접 묘의 돌을 씻고 그 위에 물을 붓자,

센타와 시게루도 차례로 아버지와 똑같이 했다.

세쓰코는 마지막으로 가서 숙모의 묘 앞에서 합장했다.

"료고쿠에서 불꽃놀이를 하던 날 밤이었지요."

세쓰코는 숙부에게 이렇게 말하고, 바로 7년 전 그날, 숙모가 세상을 떠난 당시의 일을 떠올리는 듯한 얼굴로 그 묘 옆을 떠났다.

구질구질하게 장맛비가 계속 내린 다음 날, 일찍이 기시모토가 이 묘로 아내를 묻으러 온 당시의 기억이 다시 눈앞에 되살아났다. 그때는 소노코를 묻을 뿐만 아니라 세 여자아이의 유골도 어머니와 같은 장소에 옮겨 묻으려고 했다. 불목하니가 판 흙 속에는 노랗게 탁해진 흙탕물이 흘러넘치고 있었다. 불목하니는 두 손을 그 안으로 깊숙이 넣거나 두 발끝으로 구멍 구석구석을 뒤지며 작은 해골 세 개와 흩어진 뼈, 썩은 관의 파편을 파냈다. 마침 8월의 환한 햇빛이 푸른 잎 사이로 비 갠 후의 묘지를 비추었다. 푹푹 찌는 듯한 공기 속에서 불목하니는 더럽혀진 이마의 땀을 훔치면서 세 해골에 묻은 흙을 씻어냈다. 그중에서 가장 작고 많은 시간이 지난 것은 머리나 얼굴뼈의 형태도 무너졌고 이도 빠졌으며 거의 흙이 되어 있었다. 가장 큰 해골은 유골로서의 느낌도 강하고 치열도 가지런하며 머리카락까지 얼마간 남아 있어서 아직 생생한 이마뼈 근처의 흙과 함께 붙어 있었다. 센타와 시게루의 누나들이었다. 그리고 그때 일해준 불목하니가 바로 지금 그들의 묘 앞에 붓순나무를 장식하고 향을 피워준 그 늙은이였다.

코를 찌르는 듯한 참혹한 흙냄새를 맡았던 그때의 기억을 기시모토는 아마 평생 잊을 수 없을 것이다. 지난 세월 동안 두렵고 애처로운 동요. 그 동요는 아내의 죽음으로부터 연달아 일어났을 뿐만 아니라 사실 그것보다 훨씬 전에 징조가 보인 것이었다. 가장 어린 미키코의 죽음, 이어서 다섯 살인 기쿠코의 죽음, 다시 일곱 살인 도미코의 죽음, 그는 이세 아이를 1년 사이에 한꺼번에 잃었다. 그 무렵의 그는 결국 이 묘지를 찾아오는 일조차 할 수 없었다. 가끔 그의 발이 이 절로 향해도 그는 자신이 가는 방향을 생각하는 것만으로도 그 자리에 쓰러질 것 같았다.

이런 일을 떠올리면서 절의 사무소 앞까지 되돌아갔을 즈음 기시모토는 자기 옆으로 와서 묻는 아이의 목소리를 들었다.

"아빠, 오늘은 이게 다야?"

센타는 뭔가 부족한 듯한 표정으로 말했다.

"이게 다냐니? 이게 성묘잖아." 기시모토는 웃으면서 말했다. "오늘은 놀러 온 게 아니잖아."

35

잠시 절의 사무소에서 시간을 보내고 얼마 후 경내의 포석을 따라 문밖으로 나갔을 때는 8월의 햇빛이 이미 오쿠보 거리를 강렬하게 내리쬐고 있었다.

기시모토가 가는 길에는 눈에 보이지 않는 혼잡이 있었다. 왜냐하면 성묘에 세쓰코를 데려왔기 때문이었다. 기시모토는 잠자코 걸었다. 세쓰코도 말없이 걸었다. 두 사람의 침묵을 깨는 것은 오직 아이들 사이에서 일어나는 쾌활한 웃음소리뿐이었다. 기시모토는 조금 전에 세쓰코가 꽃을 사러 들렀던 꽃집 부근에서 세쓰코와 아이들이 쉴 만한 곳을 찾았다. 이 근처에는 깃발을 내걸고 있는 빙수 가게밖에 보이지 않았지만, 그런 가게도, 신개지의 동네도 예전에 기시모토가 살았던 무렵의 오쿠보에는 없는 것들이었다.

센타와 시게루는 아버지와 함께 그 가게 앞에 걸터앉아 얼음이 갈리는 시원한 소리를 듣는 것만으로도 만족했다.

"이치로, 빙수다."

기시모토는 얼음이 담긴 컵을 이치로에게 권하고 센타와 시게루에게도 나눠주었다.

"센타 형, 레몬 빙수야. 아빠도 사치스럽네."

시게루는 컵을 손에 들고 말했다.

"이야, 냄새 좋다."

센타도 눈을 가늘게 뜨고 손에 든 스푼으로 컵 안의 얼음을 사각거렸다.

"세쓰코, 빙수는?"

기시모토가 물었다.

"그럼 조금만 먹어볼까요?"

세쓰코는 이렇게 대답하고 다른 사람보다 피부의 감각이 두 배나 예민해진, 앓고 있는 손을 비볐다.

세쓰코는 숙부에게 말이 적었을 뿐만 아니라 동생인 이치로에게도 말이 적었다. 쾌활하고 이야기하기 좋아하는 데루코에 비하면 세쓰코는 예전부터 조용하고 말수가 적은 성격이었다. 하지만 그 정도로 말없는 사람은 아니었다. 그날처럼 맑은 눈과 아무 말도 하지 않는 입술은 자라려고 해도 자랄 수 없는 그녀 안의 생명의 애처로움을 말해주는 것 같기도 했다.

기시모토에게는 성묘도 귀국 후 해야 할 것 중 하나였다. 찾아갈 수 있는 사람이라면 다 찾아가보고 싶은 마음에서 보면 아직도 그는 생각하고 있던 일을 이제 막 시작했을 뿐이었다. 하지만 이 성묘로 일단락하고 좀 쉬어야겠다고 생각할 만큼 남모르게 억눌러온 심한 피로를 느끼고 있었다. 빙수 가게 바로 바깥까지 내리쬐고 있는 햇볕을 바라보며 그는 더욱 휴식을 생각했다.

돌아가는 길에 아이들을 보내기 위해 기시모토는 그곳까지 함께 걷기로 했다. 그는 올 때보다 돌아갈 때의 세쓰코를 더욱 염려했다. 눈부신 햇살은 그조차도 견디기 힘들었다. 그는 세쓰코를 위로하고 또 위로하며, 올 때와 같은 신개지 동네를 신주쿠 근처까지 함께 걸었다. 때로는 그가 자유롭지 못한 처지에 있는 세쓰코의 요구를 들어보려고 함께 걸으면서 말을 걸어도 세쓰코는 바보 같은 대답조차 하지 않았다. 그녀는 그저 아무 말 없이 지난 3년간을 떠올리는 얼굴로 무더운 해가 내리쬐는 곳을 피해 걸었다.

'어떻게든 이 아이를 구할 수 없을까.'

이런 마음으로 기시모토는 헤어져서 가는 세쓰코를 배웅했다. 오랫동안 그는 한곳에 서서 세 아이들의 뒷모습과 세쓰코의 엷은 색 양산이 움직이는 것을 지켜보고 있었다.

36

센타와 시게루의 여름방학은 그로부터 한 달쯤 계속되었다. 그사이에 폭염이 찾아왔다. 이번에는 정말 견디기 힘든 피로가 기시모토의 몸에 덮쳐왔다. 모든 것을 내던져버릴 정도의 힘으로. 무더운 여름밤, 그는 다카나와 집 안방의 다다미 위에 죽은 듯이 쓰러져 있었던 적도 있었다.

고국에 돌아오고 나서 처음으로 맞는 이 더위는 기시모토가 런던을 출발한 이래 긴 배 여행에서부터 미뤄온 피로를 끌어냈을 뿐 아니라 어쩌면 프랑스에 있던 3년 동안 낯선 사람들 사이에서 거의 휴식 없이 계속 걸어온 피로까지 끌어냈다. 긴장된 신경의 급격한 정지와 휴식으로 그의 내부에 숨어 있던 것이 일시에 고개를 쳐들었다. 그리고 격변한 토지의 열 때문에 푹푹 쪘다.

어쩐 일인지 기시모토의 마음은 안정되지 않았다. 뭐니 뭐니 해도 동일한 슬픈 기억으로 연결되어 있는 세쓰코가 하는 일이 그에게 영향을 미쳤다. 세쓰코에게 이상한 저기압이 찾아왔을 때, 그리고 그 저기압이 며칠이고 계속되었을 때, 설사 그가 세쓰코의 초조한 모습을 도저히 두고 볼 수 없었다고 해도, 할 생각도 없이 했던 입맞춤만은 후회했다. 3년간의 억제와 자책은 그를 더욱 강하게 하지 못하고 오히려 약하게 한 것 같았다. 참으로 불행한 여자와 함께, 아무래도 그는 다시 한번 시험을 당하는 처지가 되었다.

어느 날 기시모토는 부근에 혼자 공부할 수 있는 방이라도 빌릴까 하고, 그럴 만한 곳을 찾아볼 생각으로 집을 나섰다. 두 가족을 합쳐 아홉 명이나 한 지붕 아래에 사는 지금의 집에서는 외국에서 가져온 서적들을 정리할 생각도 들지 않았다. 게다가 아이들까지 많아서 아무래도 그는 임시 서재로 쓸 공간이 필요했다. 시내 쪽으로 나가보니 넓은 세계를 편력해온 여행자 누구나 경험하는, 여행이 준 마음이 아직 그에게는 희미해지지 않았다. 그 마음은 자신의 나라를 마치 외국을 보는 듯한 느낌으로 보게 했다. 어쩌면 그는 아직 바다에 있는 듯한 기분도 들었다. 상륙하고 두 달쯤 어딘가의 지역에 머물고 있는 것에 지나지 않는 듯한 느낌이 들었다. 그의 마음은 아직 남아프리카의 케이프타운, 더반으로 달려가고, 말레이인이나 인도인, 중국인 등이 유럽인과 잡거하는 싱가포르 근처로도 달려갔다. 때때로 그는 자신의 눈을 의심했다. 왜냐하면 그 주변을 걷고 있는 여자가 실제로 일본 여자가 아니라 말레이 반도 주변의 토착민 여자가 아닐까 하는 마음이 들었기 때문이었다. 이런 눈에 비치는 환영은 타국에서 지쳐 돌아온 자신의 내부 광경과 신기하게 뒤섞여 있었다. 그는 눈에 보이지 않는 감옥을 나갈 생각으로 파리의 하숙집을 떠나온 자신과 다시 한번 세쓰코에게 다가간 자신, 그 사이에는 어떤 관계가 있고 무슨 관련이 있는가 하는 것마저 놀라울 정도였다. 이래도 나는 고국으로 돌아온 것일까, 이렇게 생각했을 때는 망연해지고 말았다.

37

기시모토는 집 근처에다 방이 두 개인 2층을 빌렸다. 9월 초부터 그곳을 임시 서재로 하고 식사할 때와 숙박할 때만 집으로 돌아갔다. 그의 아이들 중에는 매일 밤 깊이 잠들어 있는 것을 깨우지 않으면 안 되는 습관이 밴 아이가 있었다. 그는 아이를 깨우는 역할이 요시오 형 가족에게 상당한 고통이었다는 것을 알았다. 아무래도 그 일로 남을 번거롭게 해서는 안 될 것 같았다. 그런 생각에서 그는 북향의 방에서 아이들과 나란히 잤다. 크면 자연스럽게 낫는 경우도 있다는 소년 시절의 습관이 붙은 아이를 옆에 재우고, 되도록 형수에게 폐를 끼치지 않으려고 했다. 마침 요시오 형은 고향 쪽에 가서 집에 없을 때였다. 세쓰코는 숙부가 애쓰는 것을 차마 볼 수 없었는지 아이를 깨우러 와준 적이 있었다. 그날부터 두 사람 사이의 관계는 예전으로 되돌아가고 말았다.

임시 서재로 쓰고 있는 2층 집으로 갈 때마다 이따금 기시모토의 머릿속은 잠잠해지고 말았다. 동시에 그의 귓가에는 이런 소리가 들렸다.

'너는 정말 사람을 불쌍히 여긴 적이 있느냐. 다시 한번 새벽을 기다리는 것처럼 타국에서 돌아온 네 마음이 모든 사람에게는 향해도, 네 바로 옆에 있는 사람에게는 향하지 않는 것이냐. 네 눈에는 반쯤 죽어 있는 사람이 보이지 않느냐. 그 사람을 불쌍히 여기지 않고 너는 누구를 불쌍히 여기느냐.'

한 번 끔찍한 화상을 입은 비통한 경험이 있는 사람이 다시 한 번 불 속으로 휩쓸려 들어갔다. 기시모토와 세쓰코의 관계가 바로 그것과 비슷했다. 하지만 그는 이제 예전의 기시모토가 아니었다. 독신을 일종의 복수로 생각할 만큼 여성을 싫어하거나 미워하지 않았다. 두 번 다시 똑같은 결혼 생활을 반복하지 않기로 하고 아내가 남긴 가정을 전혀 다른 의미를 가진 것으로 바꾸려고 하며, 한없이 적막함이 이어지는 인생의 사막 가운데서 자연을 거스르면서까지 제멋대로의 길을 가려고 했던 예전의 기시모토가 아니었다. 그는 고베에 도착한 날 밤새 자지 않겠다고 생각한 그런 마음으로 멀리서 고국의 불빛을 바라보며 돌아온 사람이다. 땅 위에 엎드려 그리운 흙에 입맞춤을 하고 싶은 마음으로 긴 타국 생활에 지쳐 돌아온 사람이다.

기시모토의 가슴에 깊은 연민의 마음이 일었다. 그 마음은 세쓰코를 구할 뿐 아니라 자신도 구하려는 듯이 용솟음쳤다.

38

세쓰코를 불쌍히 여길수록 기시모토는 사정이 허락하는 한 그녀에게 최대한의 힘을 쏟으려고 했다. 그가 실제로 짊어지고 있는 무거운 짐도, 요시오 형 부부와 할머니에 대한 봉사도 모두 그녀를 위해서라고 생각했다. 무엇보다 그는 세쓰코의 몸부터 보양하게 하고 싶었다. 그녀의 허약함과 무기력은, 잡초가 무성한 뜰처럼 너무나도 신경 쓰지 않는 데서 온 거라고 생각했기 때문이다. 어쩔 수 없는 가정 사정에서 봐도, 사람을 계속해서 꺼려온 그녀 자신의 어두운 처지에서 봐도 그랬다.

기시모토는 또 부모에게 신세를 지고 있는 세쓰코에게 일하는 것을 가르치려고 했다. 지금까지처럼 살아간다고 해도, 적어도 그녀를 위해 자활의 면목을 세울 수 있는 방법을 생각해주고 싶었다. 그렇게 하기 위해서 그는 그녀에게 자신의 일을 돕게 하고 대화를 필기하는 것 등을 익히게 하며 그 보수로 명목상 얼마라도 주어 그녀를 돕고 싶었다. 그렇게 세쓰코에게 일하는 것을 가르칠 뿐만 아니라 어떻게든 삶의 보람을 느끼게 해주고 싶었다.

이 제안은 고향에서 돌아온 요시오 형을 기쁘게 했다. 형수도 기뻐했다.

"세쓰코는 손이 좋지 못하다고 해도 물을 만지는 일을 못할 뿐이지 펜을 쥐는 일에는 지장이 없으니까요."

기시모토가 이렇게 말하자 형수와 함께 있던 할머니도 말을 보탰다.

"그래, 세쓰코는 그래도 뭔가 쓰는 걸 좋아하는 편이니까. 혼자서 뭔가를 끈기 있게 쓰기도 하고 읽기도 한다네."

"이야, 그것 참 좋은 이야기군. 그게 좋겠어."

요시오도 이렇게 말했다. 형수도 그 말을 이어받았다.

"쓸모없는 사람이다, 쓸모없는 사람이다, 애 아빠는 세쓰코를 나쁘게만 말하고…… 9엔이든 10엔이든 벌려고만 하면 벌 수 있는 것을."

이렇게 말하며 형수는 눈물을 지었다.

예의 그 2층집으로 간 기시모토는 자신이 꺼낸 말이 무엇보다 세쓰코를 격려했다는 사실이 기뻤다. 그는 그 방에서, 세쓰코가 오후의 간식으로 다과를 가져왔을 때 놓고 간 것을 혼자 꺼내 읽었다. 거기에는 여러 가지 것들이 쓰여 있었다.

어머니가 설령 아무리 많은 아이를 가져도 하루 종일 아이에게만 매달리는 것은 결코 좋은 일이 아니다. 어떤 경우에도 깊이 이해해주는 사람, 친절한 의논 상대, 현명하게 이끌어주는 사람이 없으면 안 되는 것은 물론이지만, 어느 정도까지 독립적이고 자립적인 마음을 가져야 한다. 아이는 그것에 따라 귀중한 경험을 얻을 수 있고, 어머니는 그것에 따라 자신의 세계를 개척할 시간을 얻을 수 있을 것이다. 이렇게 서로 최선의 이해 위에서야 비로소 질서 있고 생명 있는 진정한 생활이 영위된다. 고식적인 사랑에 생명은 없다.

세쓰코가 이따금 종이 귀퉁이에 끼적거려놓은, 누구에게 보여주기 위해서가 아닌 여성스러운 감상 같은 단편적인 말들은 그녀의 꼭 막힌 작은 가슴에서 배어 나온 것이었다.

아무리 작은 것이라도 '주아(主我)'의 마음이 섞인 충고에는, 사람을 움직이는 힘이 없다.

기시모토는 미소를 지으면서 세쓰코가 적어놓은 것을 계속 읽어나 갔다. 마치 말을 더듬는 사람의 입에서 새어 나오는 말처럼 띄엄띄엄 쓰여 있었기 때문이다.

모든 것에 철저함을 바라면 거기에 수반되는 고통도 큰 법이다. 하지만 그것에 의해 얻어지는 쾌감은 그 어떤 것에서도 찾을 수 없다…… 자신의 눈으로 보고, 자신의 귀로 듣고, 자신의 발로 걷지 않으면 안 된다.

39

그 외에 아직 세쓰코가 읽어달라고 말하고 간 것 중에는 기시모토 가 돌아오기를 기다리고 있을 무렵 그녀의 심정을 쓴 것도 있고, 그녀 가 출산 후의 유종으로 절개 수술을 받기 위해 어느 작은 병원에 있었 던 무렵에 일기처럼 쓴 것도 있었다. 모두가 지나치게 예민한 신경과 좁은 여자의 마음을 보여준 것으로, 읽는 기시모토에게는 그다지 좋은 기분을 들게 하지 않았다.

"정말 사랑한 적도 사랑을 받은 적도 없는 불행한 사람이구나."

기시모토는 이렇게 말했다.

세쓰코가 어머니의 허락을 받아 기시모토를 보러 온 날이었다. 얼마 간이라도 숙부의 일을 돕는다는 것은, 이렇게 그녀가 서재로 올 기회를 늘려주었다. 아직 그녀는 숙부의 이야기를 필기하는 데 익숙지 않았다.

게다가 그녀에게 부여하는 일도 그렇게 때가 정해져 있는 것이 아니었다. 그날 그는 세쓰코가 찾아와준 것에 만족하고, 어질러진 방이라도 정리하게 하려고 했다.

"하지만 아사쿠사에 있던 때에 비하면 너도 상당히 달라졌어."

기시모토는 세쓰코를 보며 말했다. 세쓰코는 여전히 말이 없었다. 하지만 이렇게 편한 마음으로 있을 수 있는 것은 이곳 2층에 있을 때뿐이라는 듯이 방 구석진 곳에 있는 다기 쪽으로 갔다가 도코노마에 쌓여 있는 서적 쪽으로 갔다가 하면서 그 언저리를 정리하고 있었다.

"지금까지 네가 겪은 여러 가지 일이 쓸데없는 일은 아니었다고 생각해. 결국 너를 이롭게 한 거지."

기시모토가 또 이렇게 말하자, 세쓰코는 숙부에게 그런 말을 듣는 것에 자못 반발심이 든다는 듯이 가볍게 한숨을 내쉬었다.

"네 생각은 어머니, 아버지하고는 상당히 달라져 있겠지?"

"다 배신당하는걸요, 뭐."

세쓰코는 겨우 그 말만 하고 고개를 숙이고 말았다.

어쩐지 기시모토의 눈에는 예전의 세쓰코와는 다른 사람으로 보였다. 학교를 졸업한 지 얼마 되지 않은 소녀 같지 않고 지금은 훨씬 아가씨다운 어조로 말했다. 세상일을 아무것도 몰랐는데 지금은 여러 가지 슬픔과 고통을 겪어온 사람으로 보였다. 어쩌면 형이나 형수가 인정하지 않고, 또 인정하려고도 하지 않는 것을 세쓰코에게서 찾아낼 수 있을 것 같다는 생각이 들었다. 3년 전에 비하면 그만큼 두 사람의 위치가 바뀌었다.

40

임시 서재로 삼은 방의 서랍에는 기시모토가 자신의 몸을 보양할 생각으로 사 온 포도주가 들어 있었다. 프랑스산이어서 그곳에서 늘 마셔온 것처럼 그렇게 싼값에 구할 수는 없었다. 그는 서랍에서 그 병을 꺼냈다.

"이건 내가 마실 생각이었는데 너한테 줄게. 어쭙잖은 약보다는 이게 오히려 나을 거야. 매일 조금씩 마셔."

기시모토는 이렇게 말하며 세쓰코 앞에 놓았다.

"네가 그렇게 심하게 야윈 것으로는 생각되지 않는데……" 그는 다시 말을 이었다. "그래도 전에 비하면 많이 야윈 건가. 원래부터 야윈 게 아니었나?"

"그래도 전에는 통통했어요." 세쓰코는 다소 풀이 죽은 채 말을 이었다. "할머니가 자꾸 그런 말씀을 하세요. 그렇게 통통하던 애가 어째서 이렇게 말랐느냐고요."

"네 머리도 그렇게 많이 빠지지는 않았잖아. 그 정도면 충분하지 않나. 네가 파리로 보낸 편지에는 허전할 정도로 붉고 짧게 끊어졌다고 쓰여 있었는데."

"간신히 이만큼 자란 거예요."

세쓰코가 이렇게 말하며 이마 위쪽의 머리카락을 일부러 이마에 내려뜨려 보여주었다.

"너는 고생을 해서 예전에 비하면 훨씬 좋아졌다. 나는 어쩐지 네가 좋아졌어. 전에는 그렇게 좋아하지 않았는데."

전에 없이 기시모토는 이런 말을 했다. 그 말을 듣고 세쓰코는 여러 가지 일을 떠올린 듯이, 숙부가 먼 나라로 가고 나서 이렇게 다시 함께 이야기를 나눌 수 있게 될 때까지 그녀 자신의 힘든 세월을 마음속으로 떠올리는 듯이 고개를 숙인 채 입을 다물고 말았다.

잠시 후 기시모토는 세쓰코에게 포도주를 들려 집으로 보냈다. 그때에도 그는 아직 재혼의 희망을 버리지 않았다. 자신도 적당한 사람과 가정을 꾸리고 세쓰코에게도 새로운 가정을 꾸리도록 권하겠다는, 타국에서 돌아올 때 했던 생각이 아직 그를 지배하고 있었다. 고베에서 도쿄로 올라가는 길에 방문할 예정이었던 오사카 쪽 사람의 이야기는 그 후 아무런 진척도 없었지만, 그의 귀국은 그 외에도 적당한 후보자를 제공해줄 것처럼 보였다. 실제로 네기시의 조카딸(아이코)이 예전에 사사했던 교장 선생으로부터 혼담에 관한 편지를 받았다. 교장 선생은 꼭 소개해주고 싶은 사람이 있다며 그쪽에서도 이 혼담이 이루어지기를 무척 바라고 있다고 써 보냈다. 자세한 것은 네기시 쪽에 물어보라고 하면서, 소개하고자 하는 사람과 아이코가 졸업 동기라고 했다.

이 혼담에는 기시모토의 마음도 약간 흔들렸다. 상대는 생면부지의 여성이기는 했으나 평소 가까운 네기시의 조카딸을 통해 그쪽 사람이나 주위의 사정을 알 수 있는, 무엇보다 좋은 실마리가 있었다. 아무튼 교장 선생에게 네기시의 조카딸과 잘 의논해보겠다는 감사 편지를 보내두고 그는 아이코의 보고를 기다렸다.

기시모토의 머릿속은 고요해졌다. 다시 맺어지게 된 세쓰코와의 관계로 그는 자신이 한심하다고 생각했다. 하지만 그는 눈앞에 있는 일에만 사로잡히지 않고 진로를 개척하지 않으면 안 된다고 생각했다. 세쓰코를 위해서도, 그 자신을 위해서도.

41

네기시의 조카딸은 곧 상세한 사항을 알려 왔다. 아이코는 여성스러운 관찰력으로 그녀의 학창 시절 친구에 대해 기시모토가 알고 싶어 하는 것을 일일이 써 보냈다. 그 사람의 내력이나 기질에 대해서. 그리고 오랫동안 도쿄에 살아본 사람이 아니면 짐작할 수 없는 에도풍의 평화로운 그 사람의 가정에 대해서. 아이코는 친구의 용모에 대해서까지 썼다.

용모에 대해 특별히 내세울 만한 사람은 아니에요. 다만 아내로서는 필시 마음가짐이 적극적이고 온순한 사람일 거예요. 어머니로서도 숙모의 아이들을 잘 돌봐줄 것이고요. 무엇보다 아이들을 괴롭힐 만큼 기가 센 사람이 아니거든요. 또 평상시의 모습을 잘 알고 있고 그 친구와 너무 사이가 가깝기 때문에 너무 많은 말을 할 생각은 없지만, 숙부님의 마음만 내킨다면 이 혼담에는 주저하지 않고 찬성해요. 오래되고 친한 친구가 숙부님의 가정에 들어오는 것을 기대하고 있거든요.

이야기가 실제로 여기까지 모양을 갖추게 되었다. 아이코의 보고를 읽는 것에 관련해서도 기시모토는 아이까지 생긴 세쓰코와 자신의 관계가 이 두번째 결혼에 어떤 영향을 끼칠지 생각하지 않을 수 없었다. 그는 또 자신이 재혼하는 경우를, 세쓰코가 다른 데로 시집을 간 것으로 가정해보았다.

"편지는 고맙게 잘 받았다. 나는 이 혼담에 대해 좀더 깊이 생각해보고 싶다." 이런 의미의 답장을 네기시에 보내고 기시모토는 이 혼담이 있었다는 것을 요시오 형에게 이야기했다.

식사 때마다 집으로 돌아가면, 기시모토는 세쓰코의 모습이 어느새 변한 것에 놀랐다. 그가 '세쓰코의 저기압'이라고 이름 붙인 것이 그녀에게 예전보다 더 심하게 나타나 있었다.

기시모토는 세쓰코의 의중을 아는 데 몹시 고심했다. 그의 재혼설은 다른 사람이 권한 것도 아니고 스스로 결심한 것으로, 요시오 형 앞에서뿐만 아니라 세쓰코에게도 들려준 것이었다. 그 때문에 세쓰코가 집안의 누구와도 말을 하지 않을 만큼 기분이 상한 얼굴을 보여주리라고는 도저히 생각할 수 없었다. 이미 그와 세쓰코 사이는 그녀에게서 눈을 돌리려고 하고, 되도록 그녀로부터 멀어지려고 하며, 그저 남몰래 애써주려고 했던, 예전과 같이 그렇게 거리가 있는 게 아니었다.

그녀를 구하기 위해서 그는 이미 한쪽 팔을 내밀고 있었다. 세쓰코는 그런 그조차 피하려고 했다.

"아아, 또 시작되었구나."

기시모토는 혼자 이렇게 말하며, 그녀의 신경질에서 견딜 수 없는 조바심이 느껴졌다. 가만히 고개를 숙이고 생각에 잠겨 있는 그녀의 모습은 식탁에 둘러앉은 사람들까지도 불쾌하게 했다.

42

"세쓰코, 너 무슨 일 있는 거야?"

어느 날, 기시모토는 몹시 풀이 죽어 있는 세쓰코 앞으로 다가갔다. 자칫하면 깊은 실망에라도 빠질 것 같은 그녀의 침울한 모습을 가만히 보고 있을 수가 없었다. 그는 예전에 세쓰코를 달랬던 것과 마찬가지로 다시 그녀를 달래려고 했다. 그러자 세쓰코는 약간 안색을 바꾸면서 연약한 여자의 힘으로 기시모토의 가슴 언저리를 밀쳤다.

이런 세쓰코의 저기압도 예전만큼 오래가지는 않았다. 심한 만큼 짧았다. 그 후에는 예전보다 더한 친밀함으로 기시모토에게 한층 더 의지했다.

"세쓰코는 다 좋은데, 저기압이라도 오는 것처럼 때때로 입을 다물어버리는 데는 두 손 들었다니까."

기시모토가 식사 때 형이나 형수 앞에서 이런 말을 꺼내 웃은 적도 있었다. 세쓰코는 식구들 앞에서 그런 말을 들어도 특별히 안 좋은 얼굴을 보이지 않을 만큼 기운을 많이 차렸다.

자칫 입을 다물어버리는 경향이 있는 세쓰코는 한번은 부엌으로 통하는 작은방의 찬장을 열고 그 안에 넣어둔 그녀의 손궤를 꺼내 기시모토에게 보여주었다. 손궤라고 해도 모든 것에서 자유롭지 못한 그녀는 빈 과자상자를 그런 용도로 쓰고 있었다. 세쓰코는 그것을 봐달라는 듯한 표정을 지으며 기시모토만 남겨둔 채 자신은 할머니와 어머니가 있는 방으로 가버렸다. 그녀가 소중하게 모아둔 것은 기시모토의 눈에 특별히 색다른 것도 아니었다. 그것은 그가 프랑스로 떠날 무렵부터 세쓰코에게 보낸 편지나 엽서를 모아놓은 것이었다. 고베에서 보낸 것도 있었다. 떠나는 항해 도중에 보낸 것도 있었다. 파리에 도착하고 나서 보낸 것도, 리모주의 시골에서 보낸 것도 있었다. 집을 잘 부탁한다, 아이들을 부탁한다,라는 용무를 쓴 편지거나 간단한 여행 기념에 지나지 않은 것이었다. 어느 것이나 그녀를 꺼리고 피하려고 한 고뇌에 찬 마음의 흔적이 읽히지 않는 게 없었다. 기시모토는 그러한 편지를 썼을 때의 마음을 떠올리고 또 세쓰코가 고베로, 파리로, 갖가지 이상한 편지를 보낼 때마다 그것을 찢어버리거나 난로 안에 던져 넣어버린 자신의 마음을 떠올리고는 기분이 안 좋아졌다. 세쓰코의 손궤 밑바닥에는 두 장이 이어진 오래된 목판화도 들어 있었다. 우타가와 구니사다*가 그린 니세무라사키이나카겐지(修紫田舍源氏)의 남녀 모습을 그린 것이었다. 그것을 보자 이 손궤의 임자가 이런 사소한 색채에 여성스러운 마음을 위로했구나 하는 생각이 들 뿐 특별히 마음이 끌리지는 않았다. 눈앞에 있는 일에만 사로잡히지 않겠다는 마음, 어떻게든 불행한 희생자를 구하고 싶은 마음, 그 두 가지가 뒤섞인 마음을 가슴에 안은 채 기시모토는 예의 그 2층으로 갔다. 세탁한 옷을 들고 잠깐 들른 세쓰코와 잠자리를 했다. 기시모토는 빨래를 두고 돌아가려는 세쓰코를 불러 세우고 자신의 재혼 의사를 이야기했다.

"숙부와 조카는 도저히 결혼할 수 없는 건가."

기시모토는 무심코 이런 말을 꺼냈다. 그는 세쓰코의 얼굴을 지켜보면서 다시 말을 이었다.

"차라리 널 아내로 맞으면 안 되는 건가. 어차피 난 누군가를 아내로 맞이해야 하는데."

"아버지가 그런 생각을 가진 사람이니까요."

세쓰코가 대답했다.

"세쓰코, 넌 숙부한테 평생을 맡길 생각은 없어? 결혼은 하지 못하더라도."

기시모토는 이렇게 말하고, 무심결에 입 밖으로 튀어나온 말에 스스로도 살짝 놀랐다.

---

* 歌川國貞(1786~1865): 에도 시대의 우키요에 화가.

"생각 좀 해볼게요."

그런 대답을 남기고 세쓰코는 집으로 돌아갔다.

43

짧은 밤에서 이어진 아침 공기 속에 집 뒤쪽의 쪽문에서 부엌문으로 통하는 좁은 공터도 환해졌다. 기시모토는 타국에서 돌아온 해의 마지막 더위로 생각되는, 푹푹 쪄서 잠들기 힘든 하룻밤을 보내고 집안의 누구보다 먼저 잠자리를 벗어나 뒷문으로 걸어 나갔다. 나팔꽃도 한창때를 지난 무렵이었지만, 온통 덩굴이 뒤얽혀 있는 경계의 담장은 서로 겹친 잎들로 메워져 있었다. 기시모토는 잠에서 깨어나고 나서도 계속되는 밤의 기분을 더듬으면서 담장 옆을 이리저리 거닐었다. 잎과 잎 사이로 얼굴을 내민 시원한 색의 꽃은 어느 것을 봐도 정신이 번쩍 드는 것 같았다. 그때마다 반쯤 꿈처럼 밤새 사람을 기다린 숨 막힐 듯이 더운 밤은 그에게서 멀어져갔다.

머지않아 세쓰코도 일어나 나왔다. 그녀는 부엌문을 열고 바로 숙부의 모습을 발견했다. 아직 할머니도 형수도 일어나지 않을 만큼 이른 시간이었으므로 세쓰코는 부엌일 준비를 시작하기 전에 잠깐 숙부를 보러 왔다. 꽃을 좋아하는 그녀는 한 나팔꽃 앞에서 다른 나팔꽃 앞으로 걸으면서 여기에 하나 피었다, 저기에 하나 피었다, 하며 숙부에게 꽃을 헤아려 보여주었다.

"세쓰코, 어제 이야기는 어떻게 되었어? 생각해본다고 한 네 대답은?"

기시모토가 이렇게 물었다. 그때 세쓰코는 타고난 솔직함으로 환하게 승낙의 의미를 기시모토에게 내비쳤다.

"너는 나를 받아들인 거구나."

"네."

세쓰코는 고개를 끄덕였다.

기시모토는 세쓰코의 의중을 떠본 것에 지나지 않았지만 그녀의 "네"라는 대답은 어쩐지 그를 기쁘게 했다. 세쓰코가 부엌 쪽에서 뭔가 인기척을 느꼈는지 갑자기 그의 곁을 떠난 후에도 그는 아침 공기 속을 걸으면서 나이 차가 많은 자신 같은 사람에게 일생을 맡겨도 좋다고 말한 그녀의 가련한 마음씨를 생각했다.

그날 오후 기시모토는 예의 그 2층에서 일을 도우러 오는 세쓰코를 기다렸다. 그는 손이 불편한 세쓰코를 위로하며 여행 이야기를 필기하게 했다. 아직 익숙지 않은 그녀에게 떠오르지 않는 글자가 있을 때마다 그는 종이에 써서 가르쳐주었다. 어쩌면 그 자신이 펜을 들고 그 이야기를 적는 것보다 많은 시간이 걸렸을 것이다. 그럼에도 불구하고 그는 세쓰코에게 돕게 하는 것을 낙으로 삼았다.

한 가지 일이 끝난 후 세쓰코는 종이나 연필 등을 정리하면서 불쑥 말했다.

"센타와 시게루가 컸을 때의 일도 생각해보지 않으면 안 되니까요."

"넌 벌써 그런 앞일까지 생각하고 있는 거야?"

기시모토는 이렇게 말하며 웃었다. 세쓰코가 전날 생각해보겠다고 말한 것도 주로 센타와 시게루에 관한 것으로, 그들이 성장한 후 두 사람의 일을 어떻게 볼까 하는 문제인 것 같았다.

"넌 그런 말을 하면서도, 정말 숙부를 따라올 수 있는 거야?"

기시모토가 다시 물었다.

"저는 따라갈 수 있다고 생각해요."

세쓰코는 이렇게 대답했지만, 어느새 그녀의 눈은 눈물로 빛나고 있었다. 잠시 두 사람 사이에 침묵이 흘렀다.

"이번에는 정말 내버려두고 가버리면 싫어요."

세쓰코가 말했다.

"나는 어쩐지 나잇살이나 먹어가지고 중학생이나 하는 짓을 하는 것 같아 견딜 수가 없다." 기시모토가 말했다. "세쓰코, 정말 농담 아닌 거지?"

"아니, 아직도 그런 말을 하세요? 저는 거짓말 같은 거 안 해요."

44

기시모토는 정말 단숨에 이런 데까지 나아갔다. 9월 말이 되자 그는 자신이 귀국한 후의 여름 한철이 격심한 동요 속에 지나가버린 것을 느꼈다. 때로 그의 마음은 멀리 파리의 하숙집에 이별을 고하고 온 무렵으로 돌아갔다. 그 하숙집 식당에서 동그란 사방등 같은 파리 천문대의 탑 쪽에 저녁때면 창문의 불이 켜지는 것을 바라본 여행자의 마음으로 오늘은 자신에 대해 생각했다. '너는 긴 타국 생활에 지쳐 돌아왔다. 생각건대 귀국자의 심리는 세상의 많은 사람들이 상상하는 것만큼 행복한 게 아니다. 격심한 신경쇠약에 걸리는 사람도 있고, 심하게 정신적인 기운을 잃어버리는 사람도 있고, 여러 가지 병을 앓는 사람도 있고, 갑작스러운 죽음을 당하는 사람도 있다. 놀랍지 않은가. 그것만 봐도 이상하고 복잡한 작용, 억제하기 힘든 동요, 어떤 감춰진 기능이, 설령 눈에 보이지 않고 남에게는 알려지지 않더라도 귀국자인 네 마음을 결코 조용히 내버려두지 않는다는 것을 알 수 있다. 타국에서 이제 막 돌아왔는데 그렇게 초조해하지 마라. 일단 쉬어라.'

이런 목소리가 기시모토의 귓가에 들려왔다. 최근에 그는 파리에서 친해진 고타케의 편지를 받았다. 시베리아를 경유하여 그보다 먼저 도쿄로 돌아와 있던 그 화가의 소식에도 귀국자로서의 마음이 드러나 있었다. 고타케는 아주 솔직하게, 어쩐지 머리가 흐릿하여 아직 그림을 그리지 못하고 있다고 쓰여 있었다. 그 편지를 읽자 기시모토에게는 프랑스 인상파와 그 밖의 작품을 모사한 그림을 들고 리옹에서 파리로 돌아온 고타케의 피로에 지친 표정이 떠올라 그런 편지를 보낸 마음이 반가웠다.

"그러고 보니 다들 그런가?"

무심코 이런 말이 튀어나왔다. 일본에 돌아오고 나서 반년 동안 거의 망연자실한 상태에 있었다는 그 친구의 말도 가슴에 사무쳤다.

"아아, 내 영혼은 완전히 뒤집어졌구나."

그는 이렇게 탄식했다.

타국에서 귀국할 날을 상상하곤 했던 일을 떠올렸다. 고국에서 누가 나를 기다리고 있을까, 그가 스스로에게 이렇게 물었던 일을 떠올렸다. 실제로 그가 여행자로서 마음속에 그려왔던 것처럼 과거는 과거로 묻어둔 채 불행한 조카딸에게는 새로운 진로를 모색해주고 자신도 가정을 꾸려 일찍 어머니를 여읜 센타와 시게루 같은 아이들까지도 행복하게 해줄 수 있다면 이 세상은 정말 무사하겠지만, 애초에 먼 나라로 도망치기까지 한 사람이 어떻게 떨고 있는 작은 새 같은 세쓰코를 내버려둘 수 있었던 것일까. 그는 살아 있는 시체나 마찬가지인 사람을 안고 말았다. 죄를 죄로 씻고 과오를 과오로 씻으려는 슬픈 마음이 거기에서 싹텄다. 그는 팔 하나로 부족하다면 세쓰코를 위해 두 팔을 내밀려고 생각했다. 하지만 네기시의 조카딸이 권해준 혼담을 거절하면서까지 세쓰코를 자신의 어깨에 짊어지려는 결심은 아직 하지 못하고 있었다.

45

몸과 마음을 내던지고 구원을 바라는 세쓰코의 모습은 기시모토에게 하루가 다르게 확실히 보였다. 그녀는 숙부와 함께 있을 때만 자신의 젊은 생명을 즐기는 것처럼 보였다. 그리고 다른 모든 것을 잊고 있는 것처럼 보였다. 그녀의 병도. 그녀의 부자유한 처지도. 부모나 언니나 사촌 자매에 대한 그녀의 강한 반항심도. 오랜 간난신고가 이어진 3년간의 회상은 이렇게 타국에서 돌아온 숙부를 맞이한 일을 꿈처럼 생각하게 하는 모양이었다. 그녀는 기시모토 옆에서 하염없이 뜨거운 눈물을 흘리곤 했다.

세쓰코가 실제로 허약하다는 것을 입증해주는 날도 있었다. 기시모토는 세쓰코에게 근처에 있는 우체국에 다녀오라고 부탁했다. 추분이 지난 햇빛 속을 잠깐 걸었을 뿐인데도 갑자기 몸이 안 좋아졌다고 했다. 우체국에서 돌아오고 얼마 안 되어 그녀는 기시모토의 2층 방에서 쓰러졌다.

"숙부, 신경 쓰지 마세요. 이 방 좀 잠깐 쓸게요."

세쓰코는 이렇게 말하고 방이 두 개인 2층의 작은방에 조용히 드러누웠다. 그녀는 지병인 현기증이 지나가기를 기다리려고 했다. 기시모토가 아래층으로 내려가 약을 구해 왔을 무렵에도 그녀의 이마는 아직 창백한 상태였다.

"세쓰코도 약해졌구나. 그런 일로 뇌빈혈을 일으키다니."

기시모토는 이렇게 말하며 구해 온 약을 세쓰코에게 권했다.

"내 방에는 아무것도 없어…… 병자가 생겨도 덮어줄 담요도 없어. 여기는 내 암자나 마찬가지야."

다시 이렇게 말한 기시모토는 찬물로 짠 수건을 건네며 세쓰코를 보살폈다.

이따금 기시모토는 책상을 떠나 세쓰코를 보러 갔다. 그녀의 이마에 올려 있는 젖은 수건은 자연히 그녀 얼굴의 하얀 분을 씻어냈다. 타고난 그대로의 거무스름한 본바탕이 드러났다. 네 형제자매 중에서도 언니 데루코와 동생 이치로는 고향 쪽에서 태어났고 지로는 이곳 도쿄의 교외에서 태어났으며 그녀 혼자만 요시오 형 부부가 조선에 집을 갖고 있었던 무렵에 태어났다. 그녀의 자연스러운 얼굴 피부색은 조선에서 가져온 거무스름함이었다.

세쓰코에게 일어난 뇌빈혈은 비교적 가볍게 끝난 것처럼 보였다. 얼마 후 기시모토는 조용히 누워 있는 조카딸을 보살피면서 이런 말까지 하며 웃을 수 있게 되었다.

"너도 피부가 꽤 까맣구나."

이런 말을 들은 세쓰코는 다시 벽 쪽으로 몸을 돌리고 두 손으로 얼굴을 가릴 만큼 기운을 차렸다.

집에서 걱정이 되었는지 할머니가 잠깐 2층으로 세쓰코를 보러 왔다. 할머니가 돌아갈 무렵에는 세쓰코도 이미 일어나 있었다.

"하지만 묘한 일이네요."

세쓰코는 기시모토를 보며 그녀 안에서 일어나는 감개무량함을 이렇게 짧은 말로 표현하려고 했다.

그때 기시모토의 가슴에는 타국에 있는 동안 그녀에게서 갖가지 납득할 수 없는 편지를 받았던 일이 떠올랐다. 고베나 파리에서 받은 조카딸의 편지는 지금도 그에게는 의문으로 남아 있었다. 그는 비로소 세쓰코 앞에서 그 편지에 대한 이야기를 꺼낼 생각이 들었다.

"넌 무슨 생각으로 그런 편지를 보낸 거지?"

기시모토의 이런 물음에 세쓰코는 뭐라 답할 수 없다는 듯이 잠자코 고개를 숙여버렸다.

"나는 또 네가 아이를 생각해서 그런 편지를 보내는 거라고 생각했는데, 그런 게 아니었어?"

"조만간 다 말할게요."

세쓰코는 말에 힘을 주어 그저 이렇게만 대답했다. 어느새 그녀의 눈에는 다시 뜨거운 눈물이 솟았다. 눈물이 한없이 그녀의 여성스러운 얼굴을 타고 흘러내렸다.

46

"스테키치, 잠깐 너한테 할 이야기가 있다. 나중에 네 2층으로 가마."

어느 날 요시오는 기시모토에게 이렇게 알렸다.

기시모토는 자신이 빌려 쓰고 있는 2층에서 형을 기다렸다. 늘 형이 집에서 기시모토와 이야기할 경우에는 안쪽 방에서였는데, 그 옆방에는 할머니와 형수가 있었다. 이 형이 식구가 아무도 없는 곳으로 이야기하러 온다는 것은, 그것만으로도 기시모토에게는 뭔가 의미가 있는 것처럼 생각되었다. 그는 2층 장지문 가까이로 갔다. 이미 가을 잠자리가 어지러이 하늘을 날고 있었다. 센타와 시게루는 근처에 있는 오래된 연못으로 가서 잠자리 잡기에 여념이 없을 때였다. 거리에 내리쬐고 있는 오후의 햇빛을 봐도 9월 말을 생각하게 했다. 2층에서는 긴 장대를 메고 연못 쪽으로 가는 근처의 아이들이 내려다보였다. 얼마 후 기시모토는 집 쪽에서 거리 한편으로 오고 있는 형의 모습을 발견했다.

드디어 요시오는 아래층에서 사닥다리 모양의 계단으로 올라왔다.

"음, 2층이 환하구나. 차라도 한잔 얻어 마실까."

이렇게 말하는 형과 단둘이 마주 앉으니 기시모토의 가슴에는 세쓰코의 일이 분주하게 오갔다. 그는 도저히 이 임시 서재에서 형과 차를 마시며 한담을 나눌 마음이 들지 않았다. 요시오는 오랫동안 동생의 아이들을 돌보느라 애쓴 일이나 기시모토가 집을 비운 사이 형수가 센타와 시게루를 떠맡지 않으려고 했는데 한사코 자기가 고집했다는 등의 이야기를 차례로 끄집어냈다.

"일단 나는 내가 떠맡은 일은 끝까지 해낸다. 아이들 일만이 아니야. 말해서는 안 되는 일이라고 생각하면 아무리 아내라도 숨기거든."

요시오의 이야기가 이따금 기시모토의 아픈 데를 건드릴 때마다 기시모토는 그 말이 고통스러웠다. 형은 또 센타와 시게루 이야기로 돌아갔다. 그 아이들이 형수를 잘 따르지 않고, 설령 꾸중을 들어도 무슨 일이든 자신을 따른다고 했다.

요시오는 두 시간쯤 동생의 2층 서재에 있었다. 기시모토는 손을 비비면서 2층에서 내려가는 형을 배웅했다. 그는 혼자가 되고 나서 그날 형이 하고 간 이야기를 머릿속으로 정리했다. 요컨대 형수 이야기였다. 형수가 푸념을 늘어놓는 이유는 그녀에게 숨기는 것이 있기 때문이라는 것이었다. 즉 형제만의 깊은 비밀 때문이라는 것이었다.

이러한 형의 이야기는 기시모토도 전혀 생각해보지 않은 건 아니었다. 그는 한번 집에서 형수와 이야기를 한 적이 있다. 그때 형수는 그에게 "남편은 저에게 숨기고 있는 게 있어요"라고 험악한 눈빛으로 말하며 "우리가 도쿄로 오게 된 건 대체 누구한테서 나온 이야기 때문인가요?"라며 그에게 캐물었다. 진작부터 형수에게 사죄하자고 생각하고 있던 그에게는 그때만큼 좋은 기회가 없었다. 머릿속에서 '사죄를 하려면 지금이다'라고 명하는 듯한 소리를 듣지 않은 건 아니었다. 하지만 그는 넘기 힘든 집의 문지방을 넘어 형이나 형수와 얼굴을 마주한 첫째 날 이미 사죄하는 데 실패하고 말았다. 이제 와서 그 이야기를 꺼낼 수도 없었다. 귀국한 이래 급격하게 변한 세쓰코와의 관계에서 봐도 더더욱 할 수 없었다. 깊은 죄를 진 사람끼리 아무리 서로의 고뇌에서 구원받으려고 발버둥을 친다고 해도 그런 잠꼬대 같은 말을 대체 누가 믿어준단 말인가, 이렇게 생각한 기시모토는 쓸쓸히 방 장지문 옆에 서 있었다.

47

기시모토는 센타와 시게루를 위해서도 두 가족이 함께 사는 현재와 같은 임시적인 상황을 언제까지고 계속해서는 안 된다고 생각했다. 요시오 형이 남기고 간 형수의 말은 이런 결심을 재촉했다.

"숙부, 아버지가 무슨 말인가 했어요?"

집에서 빨래를 안고 온 세쓰코가 잠깐 기시모토의 2층 서재에 얼굴을 비쳤다. 그녀는 아버지가 2층에서 이야기한 것을 걱정스러운 얼굴로 물었다.

"네 이야기는 하나도 나오지 않았어."

기시모토는 이렇게 말했다. 얼마 후 그는 자신의 지갑에서 얼마간의 돈을 꺼내 세쓰코 앞에 내놓았다.

"세쓰코, 이건 네가 번 돈이다. 그 돈을 다 어머니한테 갖다드려라. 네 생활비만은 앞으로도 매달 내가 마련해줄 테니까. 숙부도 귀국한 지 얼마 되지 않아서 혼자서는 모든 게 쉽지 않지만."

"정말 고마워요."

세쓰코는 이렇게 대답하며 숙부가 건넨 돈을 오비 사이에 넣었다.

그날은 기시모토도 평소보다 빨리 2층에서의 일을 끝내고 집으로 돌아갔다. 마침 오래된 연못 쪽에서 긴 장대를 들고 돌아오는 두 아이를 격자 대문 앞에서 만났다. 이치로와 시게루였다.

"아빠, 왕잠자리."

시게루는 손가락 사이에 끼워진 은청색 잠자리를 아버지에게 보여주었다.

"이야, 그래도 너희들은 기특하게 여러 가지 잠자리 이름을 다 알고 있구나."

기시모토가 이렇게 말하자 시게루는 이치로를 보며 말했다.

"잠자리 이름 정도야 알고 있지, 그치, 이치로."

"작은아빠, 말해볼까?" 이치로는 기시모토 앞에 서서 말했다. "왕잠자리, 밀잠자리, 그리고 밀잠자리 암컷, 고추잠자리."

"그리고 검정색과 노란색의 부채장수잠자리, 저 연못에는 여러 가지 잠자리가 참 많아."

시게루가 맞장구를 쳤다.

기시모토는 격자 대문 앞에서 바로 현관으로 들어가지 않고 시게루와 함께 쪽문을 지나 뜰 쪽으로 빠졌다. 뜰에서는 직사각형의 목제 화로가 있는 방을 통해 안쪽까지 들여다보였다. 할머니를 비롯하여 형수와 세쓰코가 저녁 준비를 하고 있는 모습이 보였다.

그때 기시모토는 뜰 구석에 장대를 세워둔 시게루 옆으로 다가가 나지막한 목소리로 말했다.

"시게루, 넌 이치로나 지로하고 싸움 같은 거 해서는 안 된다. 지로는 아직 어리니까. 알았지? 큰엄마가 하는 말도 잘 들어야 해."

시게루는 고개를 끄덕이나 싶더니 곧장 아버지 곁을 떠나 휙 뛰어가버렸다.

아직 뜰의 짙은 동백나무 잎은 밝았다. 기시모토는 그길로 뜰에서 툇마루 위로 올라가 불단이 있는 방으로 들어갔다. 설령 조금이긴 해도 세쓰코가 자신이 받은 보수를 어머니 손에 넘긴 일은 어딘지 모르게 그녀의 위치를 바꿔주었다.

"덕분에 세쓰코도 돈을 벌게 되었어요. 그 애가 돈을 가져왔지 뭐예요."

이렇게 말하는 형수의 기분 좋은 얼굴을 세쓰코는 정말 몇 년 만에 본 것일까, 하고 기시모토도 마음속으로 상상했다.

48

"작은아빠는 바보야."

지로가 이렇게 말하며 툇마루에 서서 저녁 식사를 기다리는 기시모토 옆으로 다가왔다. 형의 둘째아들은 기시모토에게 '바보야'라고 말할 정도로 거리낌이 없어졌다. 어쩌면 지로는 외래의 식객을 보는 눈으로 숙부를 보았을 것이다. 또한 지로는 아버지가 있고 어머니가 있는 자신의 강함을 보여주려는 것 같았다.

"이놈, 때린다."

지로는 이렇게 말하며 기시모토 쪽을 보고 씩씩거렸다.

"지로, 그렇게 뻐기지 말라고 했지."

형수는 그 소리를 우연히 듣고 아이에게 야단치듯이 말했다. 그렇게 꾸중하는 형수에게는 지로가 너무 귀여워서 눈에 넣어도 아프지 않은 모양이었다.

저녁 식사 후에 기시모토는 자기 아이들 옆에서 시간을 보내려고 했다. 그곳으로 요시오 형도 와서 함께 편히 쉬고 있었다. 요시오는 동생이 집에 없을 때 살펴본 아이의 성격을 들려주려고 하면서 옆으로 온 시게루를 가리키며 말했다.

"시게루냐? 이 아이는 이래 봬도 상당히 익살맞은 놈이야."

백부에게 그런 말을 들은 시게루는 몸을 살짝 구부리며 희미하게 웃었다. 그때 지로가 뛰어왔다. 지로는 아버지와 숙부가 구경하고 있는 것이 무엇보다 기쁘다는 듯 느닷없이 시게루에게 달라붙었다. 다다미 위에서는 두 아이의 스모가 시작되었다.

시게루는 지로에게 져주었다. 그것을 보고 있던 요시오는 시게루가 일부러 내던져지는 모습이 우스워 견딜 수 없는 모양이었다.

"시게루, 센타, 이치로, 이 셋 중에서 스모는 그래도 시게루가 제일 잘해. 집안에서 싸움을 제일 잘하는 것은 이치로고. 그 대신 씨름은 시게루한테 지거든. 시게루는 어린애인데도 얼마간 스모의 기술을 습득하고 있다니까."

요시오는 이렇게 말하며 웃었다. 그때 기시모토가 이치로 쪽을 보며 말했다.

"이치로는 꽤 민첩하네요."

"응, 저 아인 천재일지도 몰라." 이렇게 말하며 요시오는 턱을 어루만졌다. "그 대신 조숙한 편인데, 잠깐만 공부해도 머리가 아프다고 한다니까. 그렇게 약해빠져서야 말할 거리도 안 되지. 센타 같은 경우에는 자기 생각을 입 밖에 내지 않는 편이야. 무슨 말을 들어도 가만히 있거든. 하지만 끈기가 좋아. 한나절을 한 가지 일에 매달려도 질리지도 않고 한다니까. 그런 아이가 결국 승리를 얻는 건지도 모르지."

기시모토는 자신의 아이 쪽을 바라보며 센타의 침묵이 역시 오랫동안 집을 비운 데서 온 부자연스러운 것이 아닐까 생각했다. 아사쿠사의 예전 집에서 자주 세쓰코를 울렸을 만큼 괄괄한 성격이었던 시게루의 경우도, 아버지가 집을 비운 사이의 일이 추측되었다. 기시모토는 집 안을 둘러보았다. 이렇게 요시오 형의 아이와 자신의 아이를 함께 둔 결과를 생각했다. 비록 형은 잘 따른다 해도 형수는 잘 따르지 않는 가정 분위기에 아이들을 놓아둔 일의 결과도 생각했다. 언젠가는 살림을 나누지 않으면 안 된다. 형의 가족과 따로 사는 것을 생각하지 않으면 안 된다. 그런 마음의 준비를 하는 것도 봉사의 하나라고 생각했다.

49

11월을 맞이하자 세쓰코는 눈에 띄게 달라졌다. 3년이나 그녀 옆에 있으면서 그녀를 위해 걱정해준 할머니까지 그렇게 말할 만큼 달라졌다. 그녀는 동작에서 목소리까지 생기를 띠고 있었다.

"그런데 정말 힘을 얻었어요."

세쓰코는 기시모토의 2층 집으로 와서 이렇게 말하며 기뻐할 정도였다.

그런 힘은, 그것을 받았다고 말하는 세쓰코뿐만 아니라 어떻게든 그녀를 살리고 싶어 한 기시모토에게도 강하게 작용했다. 정말 한 사람이라도 구하고 싶다고 생각하면 할수록 그는 세쓰코가 달라진 것을 떠올리고 그 생명의 움직임에서 솟아나는 환희를 자신의 몸으로 절실히 느꼈다. 그뿐 아니라 자신과 조카딸의 관계까지 어쩐지 다른 것이 되어가는 것 같았다.

처음부터 기시모토는 조카딸의 의사를 굽히게 하면서까지 억지로 그녀를 잘못된 방향으로 데려갈 생각은 없었다. 그와 세쓰코 사이에는 두 번 맺어지고 말았을 만큼의 뿌리 깊은 것이 가로놓여 있었다. 고식적인 수단으로는 도저히 서로의 고뇌에서 구원받을 수도 없었다. 숙부로서 그가 괴로워하는 죄는 조카로서 세쓰코가 괴로워하는 죄였다. 만약 세쓰코가 기꺼이 죄악의 책임을 나누려고 하고 그녀의 일생을 숙부에게 맡기면서까지 이상한 운명을 함께하려고 한다면, 그는 재혼 생활을 단념할 생각까지 했다. 그것을 위해 그는 더욱더 세쓰코를 살리고 싶었다.

이 두 사람 앞에 어떤 생애가 펼쳐질 것인가. 만약 이를 밀어붙이면 종국에는 어떻게 된다는 것을 기시모토는 생각할 수가 없었다. 다만 그는 다시 한번 기다리려고 하는 새벽을 위해 지금까지 칠흑 같은 곳을 걸어온 불행한 조카딸을 끌어들여 두 사람이 부지런히 준비를 시작한 것만을 느끼고 있었다.

기시모토가 프랑스에서 가져온 서적 중에는 로세티*의 화집도 들어 있었다. 그가 파리의 하숙집에 있던 무렵, 뤽상부르 공원 근처에 있는 문방구점에서 구해온 것이었다.

아서 시먼스**의 서문까지 프랑스어로 번역되어 실려 있었다. 그 화집에 있는 '단테의 꿈'이라는 제목의 작품은 인쇄도 훌륭해서 세쓰코에게 우타가와 구니사다가 그린 니세무라사키 이나카겐지의 남녀 모습을 보는 것과는 다른 세계의 존재를 보여줄 것이라 생각되었다. 기시모토는 그 한 장을 세쓰코의 손궤 바닥에 넣어둘 생각을 하는 것도 즐거웠다.

마침 요시오 형도 동생과 따로 사는 문제를 실제로 꺼낼 무렵이었다. 기시모토는 여행 기념 그림을 하얀 종이로 싸서 집으로 간 김에 세쓰코에게 주었다. 그 그림 뒤에는 다음과 같은 문구도 적어 넣었다.

마지막까지 참는 자는 구원을 받으리라.

---

* Dante Gabriel Rossetti(1828~1882): 19세기 영국의 화가이자 시인. 일본에서는 메이지 시대에 시마자키 도손 등에 의해 시가 소개되기도 했지만 회화가 더 많이 알려져 있다.
** Arthur William Symons(1865~1945): 영국의 시인, 문예비평가, 잡지 편집자.

얼마 후 기시모토 형제의 가족은 따로 살려는 움직임의 소용돌이 속에 있었다. 새로운 집을 찾아 나가려는 형. 잠시 다카나와에 남아 뒤처리를 하려는 동생. 기시모토는 오랫동안 아이들을 보살펴준 데 대한 감사의 마음에 형이 보여준 청구서를 받아들이고 이사에 필요한 비용과 당분간 형의 가족이 생활할 만큼의 돈을 요시오에게 건넸다.

모든 것이 움직였다. 요시오는 매일같이 새로운 집을 찾으러 다녔다. 형수를 비롯하여 세쓰코에서부터 아이들까지 움직였다. 기시모토 자신도 움직였다. 세쓰코와 한 지붕 아래 살아온 넉 달 남짓은, 짧았다 하더라도 기시모토의 마음을 상당히 변화시켰다. 예전에 여성을 증오로 대했을 때와 같은 두려움도 전율도 이제 조카딸에게서는 일어나지 않았다. 그는 섣불리 세쓰코를 피하려고 하기보다는, 그렇게 연민으로 대했던 데서 오히려 자신의 마음이 가벼워지는 것을 느꼈다.

기시모토는 자신의 2층 집에서 세쓰코와 잠자리를 했을 때 그녀에게 이렇게 말했다.

"우리의 관계는 육체의 고뇌에서 출발한 것이지만 어떻게 해서든 이를 살리고 싶다."

기시모토의 이 말은 세쓰코를 기쁘게 했다.

"저도 숙부를 따라갈 수 있다고 생각해요. 뭐든지 가르쳐주시기만 하면요."

"너를 생각하면, 뭐랄까 이렇게 도덕적인 고뇌만 일어나 어려웠어."

"저도요……"

이런 두 사람의 마음에서 봐도 기시모토는 따로 사는 것이 서로를 위해 좋다고 생각한다고 세쓰코에게 이야기했다.

그때가 되어도 굳게 닫힌 세쓰코의 입은 아직 쉽사리 열릴 것 같지 않았다. 그녀는 기시모토에게 자신이 생각하는 것의 10분의 1도 말할 수 없었다. 그녀는 무언으로, 말할 수 없는 말로 바꾸는 경우가 많았다. 그렇게 침묵하는 동안에는 어디까지가 슬픈 폭풍의 과거고 어디까지가 같은 운명으로 이어져 있는 지금인지, 기시모토에게는 그 구별도 할 수 없다는 생각이 일었다.

"세쓰코, 너는 언제까지고 숙부 거지?"

"네, 언제까지나."

가슴에 복받쳐 오르는 눈물과 함께 세쓰코는 흐느껴 우는 소리를 삼켰다.

51

요시오가 가족을 데리고 이사하려는 집은 우에노 동물원에서 그다지 멀지 않은 야나카 쪽에 있었다. 그달 중순경에는 거의 모든 준비를 마쳤다. 형은 기시모토의 바람에 따라 나이 든 할머니만 동생 집에 남겨두고 나가기로 했다.

결국 기시모토는 아무것도 사죄하지 않고 그저 그 마음을 행동으로 표하는 데 그쳤다. 그는 이사를 가기 직전의 혼잡한 상황에서 그렇게 떠나가는 형수를 배웅하려고 했다.

"형수님, 필요한 게 있으면 뭐든지 가져가세요."

기시모토는 이렇게 말하며 낡은 가구나 쓸 만한 부엌살림까지 형수에게 나눠주었다.

오다 말다 하는 비는 이미 몇 차례나 지붕 위를 지나갔다. 형수가 세쓰코를 데리고 청소를 하러 야나카의 집으로 떠날 무렵, 요시오는 고향 쪽에 일이 있다며 이사를 남에게 맡겨두고 도쿄를 떠났다. 그날은 형수도, 세쓰코도 모두 지쳐서 야나카에서 돌아왔다.

"갔다 왔구나."

노고를 치하하듯이 이렇게 말한 할머니, 그리고 어머니와 누나가 돌아오기를 기다리고 있던 이치로와 지로, 야나카의 집에 대해 물어보려는 기시모토와 아이들이 형수 옆으로 모여들었다.

"저는 청소하러 갔다가 막 돌아왔는데 벌써 그 집이 싫어졌어요. 어둡다느니, 어둡지 않다느니 해서요." 형수는 기시모토에게 이렇게 말하고 나서 함께 전차로 돌아온 세쓰코를 보며 말을 이었다. "왜 아빠는 그런 집을 빌릴 생각을 했을까? 그 2층만은 밝더라."

"네, 2층은요."

세쓰코도 어머니의 얼굴을 쳐다봤다.

"하지만 2층의 방 하나는 꽤 어두워. 그 방은 어디에서도 빛이 들어오지 않거든."

"시궁창이 가깝지 않으면 좋을 텐데요."

"자, 실례 좀 할게요." 다시 형수가 지친 듯이 말했다. "세쓰코, 너도 실례 좀 하고 발이라도 뻗어."

"숙부, 죄송해요."

세쓰코도 이렇게 말하면서 어머니와 둘이서 정말 지친 듯이 발을 옆으로 뻗었다. 그녀는 하얀 버선을 신은 발을 기시모토 쪽으로 아무렇게나 뻗고 나서도 그것을 거두려고도 하지 않을 만큼 그에게 친밀함을 보였다. 그날의 세쓰코는 숙모 성묘를 간 날과 마찬가지로 평소에 볼 수 없는 젊음을 보여주었다.

"하지만 도와주러 와준 사람이 있어서 좋았어요. 그 사람이 뭐든지 다 해주었거든요."

세쓰코는 기시모토에게 이렇게 말하면서 어머니 옆에서 무릎을 하나씩 구부리면서 야나카까지 갔다 온 버선의 메뚜기를 풀었다.

"어쨌든 고생했다."

할머니도 이렇게 말하며, 한때는 전차만 타도 현기증이 일어났던 세쓰코가 이사를 도와줄 수 있게 된 것을 기뻐하는 것 같았다.

그 이튿날은 아침부터 비가 왔다. 짐을 꾸리며 기다리고 있던 형수는 싫든 좋든 간에 이사를 연기하지 않으면 안 되었다. 할머니도 형수도 교대로 북향 툇마루로 나가 갤 것 같지 않은 하늘을 쳐다봤다. 고향에 있을 때부터 계속해서 함께 살아 익숙해진 할머니를 이곳 다카나와에 남겨두고 간다는 것만으로도 형수는 불안한 것 같았다.

"이런 비가 안 내려서 빨리 쫓아내면 좋을 텐데 말이에요."

형수는 반쯤 혼잣말처럼 중얼거려 기시모토를 언짢게 했다.

하루 종일 내린 비는 야나카로 갈 사람들을 붙잡아두고 이사 준비를 충분히 하게 해줬을 뿐만 아니라, 할머니와 기시모토에게도 이야기를 하며 하루를 보내게 해주었다. 기시모토에게 부탁해둔 하녀가 와서 그녀에게 부엌일을 맡길 수 있는 것만으로도 세쓰코는 그만큼의 여유가 생겼다. 기시모토가 프랑스에 있던 무렵, 유럽의 전쟁이 시작되고 나서 두번째 크리스마스를 맞이하기 전에 그가 귀국한다는 이야기가 일단 집으로 전해졌던 때의 이야기 등도 세쓰코의 입에서 나왔다.

"센타와 시게루도 아빠가 돌아오신다고 밤늦게까지 안 자고 있었던 적이 있어요. 그러다가 센타가 잠이 들었는데, 시게루는 그런 아이니까 제대로 잠도 안 자고 하룻밤을 기다렸어요. 그때는 그만큼 기뻤던 거지요."

짐으로 꾸린 가구 등이 방 구석진 곳에 쌓여 있는 집에서, 빗소리와 어두워진 저녁 공기 속에서, 세쓰코는 다카나와에서 보내는 마지막 날을 아쉬워했다. 병 때문에 고생한 그녀는 여러 가지 약 이름을 잘 알고 있어 기시모토를 위해 참고가 되는 아이들 상비약 등을 종이에 적어두고 떠나려고 했다.

52

아침 일찍 운송업자가 짐마차를 끌고 와 집 뒤쪽 쪽문 밖에 말을 세웠다. 드디어 야나카로 떠날 사람들이 이사할 날이 왔다. 짐을 꾸린 살림살이가 마차에 실리는 것을 기다리는 동안에도 기시모토는 앞으로 출발하려는 형수 등을 위해 흐린 날씨를 걱정했다. 얼마 후 그는 묵직하게 움직이는 짐마차를 보내고, 형수와 세쓰코 등이 출발 준비를 다 마칠 때까지 기다렸다.

"세쓰코는 가끔 할미한테 와야 한다."

"네, 오고말고요. 어차피 저는 숙부 일을 도우러 올 테니까요."

세쓰코는 이렇게 대답하고 일주일에 한 번씩 숙부 일을 도울 겸 할머니를 보러 오겠다고 약속했다.

하늘은 비가 내릴 것 같지 않았지만, 차갑게 흐린 색은 이미 겨울이 다가왔음을 느끼게 했다. 형수와 세쓰코는 두 아이를 데리고 대문을 나서 배웅하는 이웃들에게 인사하고 그 추운 날 야나카의 집으로 떠났다. 기시모토는 요시오 형이 도쿄에 없는 것을 생각하며 야나카로 떠나는 사람들의 뒷모습이 보이지 않을 때까지 집 밖에 서 있었다.

"어쩐지 집 안이 갑자기 쓸쓸해진 것 같습니다."

기시모토는 할머니에게 이렇게 말하고 형수 일행이 떠난 후의 방들을 둘러보았다.

"할머니, 목제 화로가 있는 이 방을 쓰시지요. 조만간 구메 씨도 올 텐데, 그 사람은 옆방을 쓰게 하고요."

기시모토가 다시 말했다. 기시모토를 "선생님, 선생님" 하고 부르는 구메는 소노코가 건강했던 때부터 기시모토의 집 사정을 잘 알고 있는 여성이었다. 그 사람은 공부를 할 겸 잠시 기시모토의 집안일을 도와주러 오기로 했다. 그가 새롭게 고용한 하녀도 구메가 소개한 사람이었다.

이렇게 해서 기시모토는 할머니와 구메를 있게 하고, 형의 가족과 떨어진 후의 간소한 생활을 시작했다. 형수 일행이 떠난 다음 날, 기시모토는 세쓰코의 편지를 받고, 그것을 할머니에게도 읽어주었다.

조용한 빗소리를 들으면서 야나카의 집 2층 다다미 석 장짜리 방에서 이 편지를 씁니다. 오랫동안 여러모로 신세를 졌습니다. 이사는 어제 해서 다행이었습니다. 그쪽에서도 역시 그 이야기를 했을 것이라 생각합니다. 어쩐지 슬픈 하늘빛, 차가운 바람을 맞으면서 우에노 공원 옆을 걸을 때는 마음이 불안했습니다. 이곳에 도착한 후 아버지의 지인이 일을 도와줄 부부를 보내주어 우리는 손님처럼 있기만 했습니다. 저녁에는 또 도와주러 온 그 할멈에게 이끌려 오랜만에 환한 거리를 걸었습니다. 그 사람이 돌아간 후에도 어머니와 둘이서 늦게까지 이야기를 나누었습니다. 여러 가지 생각에 가슴이 벅찬 탓인지 제대로 잠을 이룰 수 없었습니다. 지금 기류(寄留)* 신고서를 작성했기 때문에 잠깐 그 신고서를 제출하는 김에 이 편지를 보냅니다. 집이 좀 정리되면 답례도 할 겸 조만간 인사하러 가겠습니다.

53

이제 세쓰코는 기시모토의 곁에 없었다. 그녀의 어머니도, 그녀의 형제들도 없었다. 어쩐지 시타야**의 집으로 형수를 보낸 일이 일단락되자 기시모토에게는 그 일이, 형수가 할머니와 이치로를 데리고 고향에서 도쿄로 올라온 날 이래 가정의 작은 역사에 하나의 선이라도 그은 듯한 구획처럼 보였다. 특히 기시모토는 세쓰코와 그 자신을 위해 따로 사는 날이 오는 것을 즐겁게 생각했다. 왜냐하면 이상한 운명을 함께하려는 두 사람은 서로 억제하는 것을 배우지 않으면 안 되었기 때문이다. 약한 인간인 이상 다시 한번 기시모토가 먼 여행이라도 떠나지 않으면 안 되는 일이 결코 일어나지 않으리라는 보장도 없으니까.

세쓰코를 보내고 나니 기시모토는 더욱더 그런 마음이 깊어졌다. 동시에 세쓰코는 지금까지 기시모토가 느끼지 못했던 쓸쓸함을 뒤에 남겨두었다. 마침 무사시노에 찾아온 초겨울이 이미 이곳 다카나와의 집 뜰 앞까지 살금살금 찾아온 것처럼 세쓰코가 남겨두고 간 쓸쓸함은 어느새 그의 안에도 바깥에도 있었다. 특히 그녀가 야나카에서 이사의 상황을

---

* 1951년 주민등록법이 제정되기 전까지 주민등록 신고와 같은 역할을 한 것.
** 야나카는 메이지 시대에 우에노(上野)와 함께 시타야(下谷) 구로 편입되었다.

알려준 편지는 묘하게 기시모토의 마음을 쓸쓸하게 했다. 그는 그 불행한 사람을 생각하며 하룻밤을 거의 뜬 눈으로 보냈다. 거기에서 여러 가지 마음이 끌려 나왔다. 그날까지 그가 세쓰코를 위해 애를 쓴 것도 자신의 책임을 강하게 느꼈기 때문이다. 그래서 자신의 한쪽 팔을 내밀었고 그래도 부족해서 두 팔까지 내밀었지만, 아직 자신의 전부를 내던질 만큼의 마음이 되지는 않았다. 불쌍히 여기는 사람과 불쌍한 사람의 거리는 곧 그와 세쓰코의 거리였다.

"세쓰코, 너는 언제까지나 숙부 거지?"

이렇게 물어볼 만큼 가까워졌을 때도 그는 자신과 세쓰코 사이에 얼마간 거리를 두고 있었다. 이제 그는 그 거리까지도 버릴 생각을 했다. 아직 한창때의 젊은 여자의 몸으로 일생을 맡겨도 좋다고 할 만큼 가련한 마음을 가진 사람을 구하기 위해서 그는 모든 걸 그녀에게 주려고 할 만큼의 정열을 느꼈다. 그만큼 세쓰코가 보낸 편지는 그의 마음을 쓸쓸하게 했던 것이다.

제대로 잠을 이루지 못하는 밤이 계속되었다. 지난 3년간 죄악의 고통에 시달려온 기시모토의 영혼은 자꾸만 불행한 조카딸을 불렀다. 그제야 비로소 그는 세쓰코에 대한 자신의 진심을 의식하기 시작했다. 오랜 오뇌도 우울도 인내도 쓸쓸한 타국에서 혼자 생활하던 것도 모두 이 하나를 느끼기 위해 존재했던 것처럼 생각되었다. 이 관계를 더욱 밀고 나가고 싶다고 생각할 만큼 마음도 나아갔다. 세쓰코를 야나카로 보내고 보니 기시모토는 그것을 더한층 잘 알 수 있었다.

기시모토는 닷새 밤이나 제대로 잠을 이루지 못했다. 그는 자신을 유지할 수 없었다. 결국 그는 세쓰코에게, 형수에게 읽어주어도 지장이 없는 편지와 함께 따로 쓴 것을 동봉했다. 그는 지금까지 세쓰코에게 보여준 적이 없는 자신의 마음을 털어놓았다.

54

세쓰코는 다음과 같은 답장을 보내왔다.

저는 진심으로 미소를 지었습니다. 몇 년이나 웃은 적이 없는 사람이 되었는데도…… 언젠가 모든 걸 다 말하겠다고 했지요. 드디어 그때가 왔습니다. 저는 그때가 이렇게 빨리 올 거라고는 생각하지 못했습니다. 적어도 2, 3년은 기다려야 한다고 생각했습니다. 아무것도 제 마음을 채워주지 못했다고 말한 적이 있었지요. 어렸을 때부터 여러 사람을 가만히 지켜보고 있으면 어딘가 부족한 데가 드러났습니다. 정말 자신을 열 생각이 들지 않았습니다. 우리의 '창작'은 처음에는 그렇지 않았습니다만, 곧 저는 오랫동안 저 자신이 찾고 있던 것임을 알았습니다. 하지만 그 무렵 숙부는 전혀 마음을 열어주지 않았습니다. 그때부터 3년간 무엇 하나, 작은 그림자조차 제 마음을 비칠 수 없었습니다. 부도 영화도 제 마음의 양식이 아니었으므로…… 숙부가 타국에서 돌아오고 나서 보름 동안 아무것도 목으로 넘기지 못했을 만큼 이 큰 기쁨은 누구에게 찾아올까요. 그런 사람에게만 주어지는 유일한 것이 아닐까요. 그 저기압이 무엇이었는지 드디어 아셨겠지요. 아무쪼록 오랫동안 지녀온 이 마음을, 그리고 진심 어린 미소를 받아주세요.

이 답장을 받고 보니 기시모토는 무엇보다 먼저 세쓰코의 솔직한 고백이 기뻤다. '창작'이라는 말로 두 사람 사이의 관계를 표현하려고 한 것에도 마음이 끌렸다. 기시모토는 몇 번이고 세쓰코의 답장을 다시 읽고, 그녀가 써서 보낸 짧은 말들 사이에 여러 가지 마음이 담겨 있다는 것을 알았다. 그녀는 우리의 관계가 처음에는 그렇지 않았지만 곧 그녀가 오랫동안 찾고 있던 것임을 알았다고 했다. 오랫동안 기시모토에게 의문으로 남아 있던, 그녀가 예전에 보낸 편지, 고베나 파리에서 받은 납득이 가지 않았던 갖가지 편지가 그녀 자신의 마음을 뒷받침해주는 것이었다. 기시모토는 프랑스로 떠나려고 고베까지 갔을 때 그녀에게 받은 첫번째 편지에서, 그가 세쓰코를 가엾어하는 마음을 그녀 쪽에서 이미 모두 부정했던 일을 떠올렸다. 그는 또 파리의 하숙집에서 그녀의 편지를 읽을 때마다, 그토록 깊은 상처를 입은 사람이 왜 이렇게 회한을 모를까, 하고 이상하게 생각했던 일을 떠올렸다. 젊은 아가씨의 마음으로 태어난 그녀와 같은 사람이 무척 나이가 많은 자신 같은 사람에게 그녀의 작은 가슴을 펼쳐 보이는 일이 과연 있을 수 있을까, 하는 생각을 했던 자신의 마음도 떠올렸다. 그는 그 의문을 그녀의 모성에서 찾으려고 했고, 그것에 의해 그녀가 불의(不義)의 관념을 부정하려고 하는 게 아닐까 하고 의심해본 일도 떠올렸다. 드디어 그 모든 의문이 풀리기 시작했다.

55

설령 누구에게는 용서받지 못했다고 해도 그 불행한 조카딸에게만은 용서받았다는 사실을 기시모토는 그제야 깨달았다. 그는 세쓰코에 대한 자신의 진심을 의식하면 할수록 오랜 죄악의 고통에서 벗어날 수 있을 뿐만 아니라 그토록 자신을 부끄러이 여긴 일생의 실패도, 자신과 자신의 몸을 죽이려고까지 했던 부덕(不德)도 그럭저럭 전혀 다른 의미의 것으로 바꿀 수 있는 인생의 불가사의함을 느꼈다.

파리에 체류했던 화가 오카가 자주 산부인과 병원 앞의 하숙으로 와서 들려주고 간 이야기가 자연스럽게 떠올랐다. 타국에서 마음속에 두고 있는 사람의 이야기에 열중하던 혈기왕성한 그 화가의 얼굴을 볼 때마다 기시모토는 자신의 처지와 비교하며 그렇게 피 끓던 시절이 자신에게는 이미 지났다는 생각을 했다. 그리고 이제 정열을 바칠 만한 사람도 만나지 못한 채 이 세상을 걸어갈 여행자란 말인가 하고 생각하니 뭐라 말할 수 없이 쓸쓸했던 일을 떠올렸다. 나는 아직 사랑할 수 있다, 이렇게 생각하자 그는 크나큰 기쁨과 놀라움에 사로잡혔다.

기시모토는 이제 기꺼이 세쓰코를 짊어지려고 했다. 그는 세쓰코와 함께 어떠한 가정적인 행복도 얻을 수 없고 그 때문에 자신의 아이를 행복하게 할 아무런 희망도 걸 수 없지만, 오직 그녀를 돕고 보호하는 것을 가장 큰 낙으로 삼아 두 사람 사이의 새로운 마음으로 살아가려고 했다.

이런 마음으로 기시모토는 할머니와 구메, 하녀를 믿고 자신의 아이들을 키우기 시작했다. 그는 이미 그 2층의 임시 서재에서 나와 요시오가 거처했던 안쪽 방에 자신의 책상과 책장을 들여놓았다. 야나카에서 찾아온 형을 그 방에서 손님으로 맞이했다. 요시오가 고향에서 돌아온 시기로, 이사 때 집을 비운 것에 대한 인사차 찾아온 것이었다.

"우리 집도 만사가 잘되어서 가요도 아주 좋아해."

요시오가 말했다.

"예, 어떨까 싶어 걱정했는데." 기시모토는 형의 말을 이어받았다.

"형수님 말로는 집도 그다지 마음에 들지 않는 것 같았는데, 이사해서 살아보니 나쁘지 않았나 보네요."

"천만의 말씀, 숙부님 덕분에 이렇게 좋은 집으로 이사 올 수 있었다고 얼마나 감사하고 있는지 몰라."

"그거 참 잘됐군요. 게다가 아이들이 없는 것만으로도 여기에 있던 때와는 다르겠지요."

"나쁘게 말하는 것도 이르지만 칭찬하는 것도 아직 일러."

요시오의 이 말이 자신에 대한 형수의 말인 만큼 기시모토를 웃게 만들었다. 그날 요시오는 그리 오래 머물지 않았다. 조만간에 세쓰코를 보내겠다는 말만 남기고 돌아갔다. 기시모토와 세쓰코의 바뀐 관계는 어쩐지 형제의 관계까지도 바꾸었다. 그는 요시오를 형으로 볼 뿐만 아니라 어쩌면 부모로서 보는, 지금까지 없던 마음도 생겼다.

56

제대로 잠을 이루지 못하는 밤이 다시 계속되었다. 왜 이런 일이 일어난 것일까, 하고 자신을 수상히 여기는 심정으로 기시모토는 세쓰코가 오기를 애타게 기다렸다. 갑자기 가을비가 내리는가 싶다가 또 멀쩡해지는 날 세쓰코는 동생 이치로를 데리고 다카나와로 찾아왔다. 그날은 세쓰코와 그녀의 남동생이 처음으로 할머니와 숙부를 보러 다카나와를 찾은 날이었다. 새로 바뀐 학교 휘장을 단 모자를 쓴 이치로는 선물을 들고 격식을 차린 표정으로 찾아왔다. 센타와 시게루는 이치로를 만나는 것이 신기한 모양이었다. 세쓰코는 평소보다 더 정숙하게 보였다. 그녀는 주로 할머니 옆에 있으면서, 야나카의 집에 대해 듣고 싶어 하는 나이 든 할머니에게 여러 가지 이야기를 해주기도 하고 위로하기도 하는 것 같았다. 그녀는 할머니에게 조만간 숙부 일을 도우러 또 올 거라고 말하고 그날은 동생과 함께 먼 길을 서둘러 떠났다.

그러나 이렇게 일가와 만나는 하루도 기시모토에게는 잊을 수 없었다. 지금까지 펼쳐본 적이 없는 자신의 가슴을 펼쳐 보이고, 그것을 받아들인 세쓰코와 지금까지 마주한 적이 없는 얼굴로 마주한 것도 그날이었다. 그는 세쓰코가 돌아간 후 오히려 그 순간을 자신의 가슴에 그릴 수 있었다. 안쪽 방에 있는 자신에게 툇마루를 따라 인사하러 왔을 때 보여준 그녀의 눈빛. 숙부라든가 조카딸이라든가 하는 평소의 마음에 방해되어 그때까지는 도저히 마주할 수 없었던 두 사람의 마음의 얼굴. 그날은 모두가 뜰에서 사진을 찍었는데, 기시모토는 세쓰코에게 사진관까지 심부름을 다녀오도록 부탁할 때 자신의 숨겨놓은 마음도 잊을 수 없었다. 시내 근처에 있는 사진관은 세쓰코도 잘 알고 있었다. 그는 세쓰코에게 심부름을 보내는 김에 그녀 자신의 독사진을 찍을 수 있는 만큼의 돈을 살짝 오비 사이에 찔러주었다.

"어떻게 하지? 그만둘까?"

세쓰코는 일부러 격자 대문 밖에서 우산을 손에 들고 이렇게 말하며 현관 앞까지 함께 나온 그를 잠깐 돌아보았다. 세쓰코가 애써 억누르고 있는 친밀함을 그에게 보인 것은 그 짧은 순간뿐이었다.

57

기시모토는 네기시의 조카딸로부터 예의 그 혼담에 관한 편지를 받았다. 아이코는 전보다 더 열성적인 어투로 그녀의 학교 친구에 대해 써보냈다. 그녀의 졸업 동기생은 순서대로 각자의 집에 모여 옛정을 새로이 하고 있는데 그녀의 집에서도 최근에 조촐한 모임이 열렸고 예전에 각별히 신세를 졌던 학교 선생님도 초대했다. 그 선생님이 숙부 이야기를 꺼내 꼭 이 혼담을 권하라고 했다. 졸업 동기생은 지금 거의 아이를 두고 있는 사람들뿐으로 가정을 갖고 있지 않은 사람은 그 친구뿐이다. 또 교장 선생님도 숙부만 승낙한다면 이 혼담이 성사될 거라고 생각하고 계신다는 내용이었다.

이렇게까지 걱정해주는 사람들이 있어도 기시모토의 마음은 이미 정해져 있었다. 그는 세쓰코와의 관계를 이어가면서도 이런 혼담에 귀를 기울이는 것을 마음속으로 부끄럽게 여겼다.

"고맙다. 여러 가지로 걱정을 끼쳐 미안하지만 숙고해본 결과 거절하기로 결심했다. 교장 선생님께도 안부 전해라." 기시모토는 이런 취지의 답장을 아이코에게 보냈다. 만약 아이코의 친구가 자신의 과거를 알았다면 거절해주어 오히려 다행이었다고 생각할 것이라 상상했다.

마침 세쓰코가 숙부의 일을 도와주기 위해 야나카에서 찾아온 날의 일이었다. 마치 이 혼담이 어떻게 되어가는지 알기 위해 다카나와로 찾아온 것처럼. 기시모토는 종이에 쓴 것을 세쓰코에게 보여주고 그녀를 안심시키는 것도 잊지 않았다.

할머니의 방에는 이미 각로가 놓여 있었다. 세쓰코는 그 방에서 툇마루를 따라 기시모토의 책상 옆으로 왔다.

"아무리 애를 써도 어딘가로 데려가는 날에는 정말 아무 소용이 없겠지."

앞뒤 이야기와 무관한 이 짧은 말이 기시모토의 입에서 나왔다. 하지만 그 말을 들은 세쓰코는 기시모토가 무슨 말을 하는지 금방 알 수 있었다.

"어딘가로 데려가다니요, 아무 데도 가지 않으면 되잖아요."

세쓰코는 이렇게 말하며 웃었다.

기시모토는 더 이상 그런 이야기를 하지 않았다. 그는 가까이에 있는 세쓰코의 내부에서 타오르는 불꽃이 눈동자에 생생하게 빛나는 것을 봤다. 때로는 그녀의 얼굴로 올라오는 피가 그녀의 볼을 깊고 희미하게 물들이는 것을 보았다.

기시모토의 말에 따르면, 그와 세쓰코는 아직 한 발을 내딛었을 뿐이다. 어떤 의미에서 보자면 가까스로 이런 단계에 도달했을 뿐이다. 그는 세쓰코를 이 세상 여행의 길동무로서 둘이서 갈 수 있는 데까지 가보려고 생각했다. 야나카로 돌아간 세쓰코는 기시모토에게 간단한 편지를 보냈다.

얼마나 많은 부자유함을 견디시는지. 그것도 저 때문이라 생각하면 정말 괴롭습니다. 부디 모든 걸 용서하세요.

58

'겨울'이 내 옆으로 왔다.

내가 기다리고 있던 것은, 솔직히 말하면 좀더 광택이 없는, 단조롭고 졸린 듯한, 가난한 듯이 떨리는, 추하고 목이 쉰 노파였다. 나는 내 옆으로 온 자의 얼굴을 뚫어지게 바라보며, 자신의 선입견이 된 사고방식이나 자신이 예상하고 있던 자와는 정반대인 데에 놀랐다. 나는 물었다.

"네가 '겨울'이냐?"

"그러는 너는 대체 나를 누구라고 생각한 거냐? 넌 그렇게 나를 잘못 보고 있었단 말이냐?" 하고 '겨울'이 대답했다.

'겨울'은 나에게 여러 가지 수목을 가리켰다. "저 백정화를 보렴" 이라고 해서 보니 서리를 맞아 변색한 잎은 진작 떨어졌지만, 갈색을 띤 가늘고 어린 가지 하나하나에는 이미 신생의 싹이 보이고 그 싱싱한 광택이 나는 어린 가지에도, 그리고 벼르고 나온 듯한 새싹에도 겨울의 불꽃이 흘러나오고 있었다. 백정화만이 아니었다. 매화의 가지는 짙은 녹색으로 뻗어 있고 이미 30센티미터나 자란 것도 있었다. 조그맣게 웅크리고 있는 것은 철쭉인데, 그렇다고 볼썽사납게 떠는 듯한 모습은 조금도 보이지 않았다. "저 동백나무를 보렴" 하고 '겨울'이 내게 말했다. 햇빛을 받아 빛나는 겨울의 푸른 잎에는 이루 말할 수 없는 광채가 있었다. 밀집한 잎과 잎 사이에서는 커다란 꽃망울이 얼굴을 내밀고 있었다. 뭔가 깊은 미소처럼 피는 동백꽃 안에는 서리가 내리기 전에 이미 꽃이 피었다 진 것마저 있었다. '겨울'은 내게 팔손이나무를 가리켰다. 거기에는 또 하얀색에 가까운 엷은 녹색의 새로움이 있고 그 꽃 모양은 주위의 단조로움을 깨고 있었다.

지난 3년간 나는 타국의 객사에서 어둡고 어두운 겨울을 보냈다. 차가운 비라도 내려 장지문이 어두운 날에는 자주 파리의 그 겨울을 떠올렸다. 그곳은 1년 중 낮이 가장 짧다는 동지 전후가 되면 아침 9시 경에야 가까스로 날이 밝고 오후 3시 반에는 이미 날이 저물어버렸다. 보들레르의 시에 나오는 듯한, 빨갛게 달구어진 색으로 타오르고 게다가 얼어붙어버린다는 태양은 꼭 북극의 끝을 상상할 것도 없이 파리의 거리를 걷다 보면 자주 볼 수 있는 것이었다. 말라버린 마로니에 가로수 사이로 겨울이 와도 마르지 않고 온통 푸른 풀밭의 풍경은 특별한 겨울 경치였는데, 짙은 회색의 고요한 샤반*의 '겨울' 색조야말로 그 지역의 자연에 어울리는 것이었다.

올겨울은 오랜만에 도쿄의 교외에 틀어박혀 있었다. 겨울날에는 햇빛이 집 안까지 가득 비치는 일이 지난 3년간 없었다. 이 계절에 속까지 파랗게 열린 하늘을 바라볼 수 있는 일도 드물었다. 내 옆으로 와서 속삭이는 것은 분명히 무사시노의 '겨울'이었다.

'겨울'은 내게 떡갈나무를 가리켰다. 머리카락처럼 빛나는 그 잎들 사이에는 노래하지 않는 작은 새가 숨어 날고 있고, 말 없는 노래를 알리는 체했다.

기시모토는 억누르고 있는 자신을 달래려고 종이 끝에 이런 글을 적어 넣었다. 백정화도 매화도 철쭉도 동백나무도 떡갈나무도 그의 방 바깥의 툇마루에서 뜰 앞에 바로 보이는 것들이다. 어쩐지 깊은 미소처럼 피는 동백꽃, 말 없는 노래를 알리는 체하는 노래하지 않는 작은 새, 그것들은 모두 그의 마음속 풍경이었다.

"말하지 않아도 알고 있어요."

---

* 퓌뷔 드 샤반(Puvis de Chavannes, 1824~1898): 19세기 프랑스의 가장 뛰어난 벽화가 중 한 사람.

이런 말을 남기고 간 세쓰코는, 세상의 행복을 버리고 기시모토를 따르려고 하는 자신의 의지를 분명히 했다. 과거에 깊은 죄를 지은 사람 끼리 서로 세상의 행복을 버리는 것은, 실로 모든 것을 버리는 일이었다.

새로운 사랑의 세계가 기시모토 앞에 펼쳐졌다. 아무리 부끄럽게 여겨도 부족하다고 생각했던, 도리에 어긋난 관계의 밑바닥에서 이만큼의 진심을 퍼 올릴 수 있었던 것은 기시모토의 정신에 용기를 주었다. 그는 거기에서 지금까지 알지 못했던 힘을 얻었다.

59

기시모토의 과거는 이상할 정도로 어려운 날의 연속이었다. 그렇지 않아도 완고한 그는 그 싸움을 위해 더욱더 자신의 마음을 단단히 닫아 버렸다. 예전에 파리의 객사에 있던 무렵 그는 무엇보다 먼저 어린 마음 으로 돌아가지 않으면 안 된다고 술회했지만, 아무리 해도 그는 그 마음 으로 돌아갈 수 없었다. 화장장의 철문 앞에 서서 재가 된 아내의 유골 을 바라봐도, 단지 그것을 바라볼 뿐 눈물 한 방울 흘리지 않았을 만큼 이 세상의 괴로운 방관자로 있었던 오랜 세월이며, 여전히 객사의 석벽을 향하고 있던 3년간의 먼 타국에서의 생활이며, 그가 계속 생각해온 것은 실제로 다음과 같은 말에 담긴 애처로운 진실이었다.

우리들 예술의 가련한 노동자여. 보통 사람들에게는 그렇게 간단 히 얻어지는 자유가 우리에게는 왜 허락되지 않는가. 그것도 당연하 다. 보통 사람들은 진심을 가진다. 우리는 결국 진심 어린 어떤 것도 갖지 않는다. 우리는 도저히 이해될 수 없는 인간이다.

　이런 것을 생각해온 기시모토에게도 날마다 신기한 변화가 일어났다. 그는 타고난 그대로의 어린 마음으로 돌아갈 수 있는 날이 드디어 찾아왔다는 것을 절감했다. 그제야 그는 진심으로 자신의 정열을 바칠 수 있는 사람이 있다는 것을 발견했다. 그 기쁨을 발견했다. 그처럼 쓸쓸한 길을 걸어온 사람이 아니라면 어떻게 그토록 굶주린 사람처럼 삶의 기쁨을 맞이할 수 있겠는가. 그는 자신과 같은 여행자에게 주어진 자연의 선물이라고까지 생각했고 그 새로운 기쁨에 빠져들었다.

　모든 게 기시모토의 마음을 놀라게 하는 것뿐인 것 같았다. 그는 자신의 생애에, 그것도 늙어가는 나이인 지금에 이르러 세쓰코 같은 여자가 자신의 내부로 들어오게 된 것을 신기한 일로 여겼다. 그는 아오키, 스게, 이치카와 등과 청춘을 불사르던 나이에 만난 가쓰코를 세쓰코와 비교했다. 시험 삼아 두 사람의 다른 점을 비교했다. 기질의 차이를. 용모의 차이를. 나이의 차이를. 20년 전 청년이던 그와 헤어진 가쓰코와 지금 보는 세쓰코의 나이는 그다지 다르지 않았다. 예전에 그는 자신과 세쓰코의 세대 차이를, 어떤 근대극에 나오는 늙은 주인공과 피아노 연주를 들려줄 뿐인 역할로 그 주인공의 집에 드나드는 젊은 아가씨의 차이에 비유해본 적이 있었다. 그 천진난만한 손가락 끝에서 흘러나오는 멜로디라도 들으면서 노년의 비애와 적막함을 잊으려고 하는 사람과 아직 살아갈 날이 많은 어린 풀 같은 사람의 차이에 비유해본 적이 있었다. 세쓰코의 지난 3년간의 성장이 어린 아가씨의 위치에 상당한 변화를 가져왔다고 해도, 그와 세쓰코의 세대 차이는 숨기려야 숨길 수 없는 것이었다. 그는 세쓰코 같은 어린 여자의 마음이 자신에게 향한 일을 얼마나 수상하게 여겼는지 모른다. 그는 세쓰코의 '진정한 미소'를 통해 자신과 그녀 사이의 뿌리 깊은 고뇌의 미소를 읽으려는 마음을 갖기 시작했다.

해방되기 시작한 기시모토의 가슴에서는 자신이 생각해도 뜻밖일 정도의 것이 솟구쳐 흘러나왔다. 제대로 잠을 이룰 수 없는 밤도 그럭저럭 한 달이나 이어졌다.

60

내게서는 이제 슬픔이라는 게 사라졌다.

세쓰코는 작은 수첩에 연필로 이렇게 적어놓고 그 밖에도 짤막하게 쓴 말과 함께 마음의 단편을 기시모토에게 놓고 갔다. 그중에는 "아무래도 아직 몸 상태가 안 좋다. 그러니 포도주는 삼가지 않으면 안 된다"라고 적은 것도 있었다. 두 사람 사이에는 어느새 여러 가지 암호가 생겼다. '창작'이라든가 '포도주' 같은 것. '포도주'라는 말은, 빵으로 주님의 살을 대신하고, 포도주로 주님의 피를 대신하는 종교상의 의식에서 그 의미만 빌려온 것이다.

자유롭지 못한 처지에 놓여 계속해서 어두운 곳을 걸어온 세쓰코의 마음이 슬픔에서 벗어났다고 말하고 있는 것처럼, 기시모토가 빠져든 기쁨은 그보다 더 컸다. 그가 지나온 데가 쓸쓸할수록 그만큼 널찍하고 자유로운 세계에 뛰어든 기쁨은 컸다. 그는 갑자기 부자가 된 가난한 사람에게 자신을 비유했다. 지금까지 돈을 가진 적이 없는 사람은 그것을 어떻게 써야 하는지도 알지 못한다. 그는 오래전에 스가모 감옥을 나온 어느 친척을 떠올렸다. 그 친척이 하얀 버선을 신은 채 옥문 앞을 뛰어다니며 미친 사람처럼 흙을 힘껏 밟기도 하고 바깥 사회의 공기를 호흡하기도 한 일을 떠올렸다. 그의 새로운 기쁨은 그 붉은 옷을 벗은 사람의 기쁨이었다. 웃은 적이 없는 불행한 희생자의 진정한 웃음을 본 사람의 기쁨이었다.

달포나 침식을 잊고 아주 멍한 상태로 있던 기시모토는 남이 자신을 보면 어떻게 생각할지를 깨달았다. 그는 달포나 제대로 잠을 이루지 못한 자신에게 놀랐다. 젊디젊은 피 때문에 가슴도 두근거리고 마음도 미친 듯했던 청년 시절에도 잠들지 못하는 밤이 일주일 이상 이어진 적은 없었다. 만약 그가 20년만 젊었다면 이 정도의 정신적 격동을 견딜 힘은 없었을 거라고 생각했다. 결국 그는 자신의 정열이 무서워졌다.

"이건 황폐한 열정이다. 조용한 사랑의 빛을 쐰 것과는 다르다. 어떻게든 이 지점을 빨리 지나가고 싶다. 아무리 해도 이런 것으로는 안 된다."

이렇게 혼잣말을 하며 멍한 자신을 격려하려고 했다.

섣달도 열흘이 지나 기시모토는 짧은 여행을 가려고 했다. 그는 세쓰코만 찍힌 사진을 자신의 눈에 닿지 않는 곳에 치워두었다. 그녀의 편지, 수첩, 그녀를 생각나게 하는 모든 것들을 치웠다. 그의 책 안에서는 화초 모양의 짙은 색 천 조각이 나왔다. 세쓰코가 소중히 늘 몸에 달고 다니던 장식용 깃이었다. 기시모토는 책갈피 대신 책 안에 끼워둔 여성스러운 그 선물도 치웠다. 그는 할머니와 구메에게 4, 5일 집을 비우니 아이들을 잘 부탁한다고 해놓고 훌쩍 다카나와의 집을 나섰다.

61

기시모토의 발길은 야나카로 향했다. 그에게는 요시오의 집에서 용건 때문에 기다린다고 약속한 사람이 있었다. 보양다운 보양도 못하고 있는 형과 함께 이소베 근처까지 가보고 싶었다. 그에게는 또 오랜만에 산지에 가까운 온천장까지 간다는 기대가 있었다. 기차의 차창으로 하루나 산과 묘기 산을 바라보며 산 공기에 싸인 고원이나 깊은 계곡에 가보고 싶었다. 염분이 강하고 탁한 광천수에 몸을 담그고 우스이 강물이 흐르는 소리라도 들으며 먼 나라에서 돌아온 몸과 마음의 피로를 풀고 싶었다.

기시모토가 요시오의 집을 보러 가는 것은 이번이 두번째였다. 아직 시노바즈(不忍) 연못가를 도는 전차가 생기지 않은 무렵이라 기시모토는 우에노에서부터 겨울의 쓸쓸한 공원 옆길을 따라 요시오의 집을 향해 걸었다. 세쓰코가 야나카에서 다카나와로 다니는 길도 이 길이었다. 그래서 시노바즈 연못가를 걷는 그의 마음도 즐거웠다.

기시모토는 야나카의 집에서 세쓰코를 보는 데서 생기는 자신만의 특별한 마음을 갖고 있었다. 그는 야나카의 집에서 보는 세쓰코와 다카나와의 집에서 보는 세쓰코 사이에 굉장한 차이가 있다는 것을 발견했다. 그 차이는 몸단장에 뛰어난 그녀의 성격을 잘 드러내주었다. 한번은 그녀가 몸단장을 하지 않고 있을 때 찾아가 자신의 집에서 볼 때와는 다른 사람이 아닌가 싶을 만큼 운치도 없고 정취도 없는 그녀의 모습을 본 적도 있었다. 다카나와에서 보는 세쓰코는, 그녀의 사람됨이 고생을 함으로써 오히려 좋아졌다고 생각될 뿐만 아니라 한 번 출산을 했기 때문에 그녀의 모습까지 오히려 예전보다 더 호감을 주게 된 것 같았다. 바로 그녀처럼 출산을 해서 오히려 신체의 쓸데없는 살이 빠진 젊은 여성도 있다는 말을 듣고 주의해서 본 적도 있었다. 야나카의 집에서 본 세쓰코는 그런 호감을 깨버렸다. 그는 일종의 환멸마저 느꼈다. 그때 그는 이렇게 생각했다. 이렇게 기분이 편해지는 것이라면 왜 좀더 일찍 야나카로 세쓰코를 보러 오지 않았을까, 하고. 며칠이나 제대로 잠을 이루지 못한 그의 얼굴로 차가운 바람이 불어왔다. 이소베로 여행을 떠날 만큼 견딜 수 없게 된 자신의 심적 동요를 가라앉히기 위해 그는 오히려 환멸을 기대하며 요시오의 집 쪽으로 걸었다.

우에노 동물원 뒤쪽으로 구부러지는 곳에 어수선하게 집들이 빽빽이 들어찬 좁은 골목이 있다. 어쩐지 겨울 동네의 공기가 습하여 시노바즈 연못에 가깝다는 느낌을 주는 것도, 이따금 찾아갈 때는 진기했다. 거기에 기시모토 요시오라고 쓴 문패가 붙어 있었다.

"어머, 숙부."

무심코 그곳으로 나온 것처럼 말하며 세쓰코는, 어두운 격자 대문 안에서 낮에도 조심하기 위해 걸어둔 빗장을 벗겨주었다.

62

과감히 다카나와를 출발한 때부터 기시모토는 이미 짧은 여행을 가는 기분이었다. 손에 잡히지 않는 일을 단념하기까지는 괴로웠지만, 눈 딱 감고 4, 5일 휴양하러 가기로 했더니 마음이 훨씬 편해졌다. 귀국한 날 이래 마음고생만 해왔을 뿐 타국에서 기대해온 온천 여행 계획조차 세우지 못했던 것이다. 이렇게 생각하며 기시모토는 자신을 위로했다.

야나카의 집에 와보니 그런 기분이 상당히 짙어졌다. 어둡고 조용한 입구의 작은 방에서 숙부의 모자와 외투를 받아들려는 세쓰코를 봤을 때도, 목제 화로가 놓여 있는 아래층 방에서 형수, 세쓰코, 지로와 함께 있을 때도, 갑자기 이소베로 여행을 갈 생각으로 왔다는 것을 모두에게 이야기할 때도 그에게는 이미 절반쯤 여행지에 있는 듯한 마음이 일었다.

"지로."

이렇게 부르는 요시오의 목소리가 2층에서 들려왔다.

"작은아빠한테 2층으로 오시라고 해라."

다시 요시오의 목소리가 들렸다.

"지로, 아빠한테 가서 이렇게 말하고 와. 작은아빠가 할 이야기가 있으니까 아래층으로 내려오시라고."

기시모토가 이렇게 말하자 형수와 세쓰코 옆에서 놀고 있던 지로는 2층으로 통하는 사다리 모양의 계단을 올라갔다 내려왔다.

요시오가 아래층으로 내려왔다. 좀처럼 목제 화로 앞에 앉아본 적이 없는 듯한 요시오는 방 구석진 곳에 있는 각로 쪽으로 갔다. 요시오가 이야기에 가세하자 아래층 방은 오히려 더 여자와 아이들만의 세계인 것처럼 보였다. 그때 기시모토는 형에게 온천 여행을 함께 가자는 말을 꺼냈다.

"가끔은 그것도 좋겠지. 이야, 그거 재미있겠는걸. 일단 나도 같이 가지, 뭐."

요시오는 각로 위에 손을 놓고 즐거운 듯이 웃었다.

"세쓰코, 좋겠지. 남자들은 어디든지 홀가분하게 떠날 수 있고." 형수는 어머니다운 어조로 세쓰코에게 말하고 곧 기시모토 쪽을 보고 말을 이었다. "정말 우리 집에는 탕치(湯治)하러 따라가고 싶은 사람뿐이에요."

세쓰코는 묵묵히 자신의 손바닥을 들여다보면서 모두의 이야기에 귀를 기울이고 있었다.

"어쨌든 출발하는 것은 내일 아침이야. 나는 그게 좋겠어."

요시오가 말했다.

"형수님, 오늘 밤 신세 좀 져도 되겠습니까? 어디 오랜만에 형수님 집에서 좀 쉬어볼까요?"

"예, 그렇게 하세요."

기시모토는 형수와 이런 말을 주고받고는 여행지의 숙소에라도 묵은 듯이 후유 하고 한숨을 내쉬었다.

"스테키치, 자, 2층에서 이야기하자."

이렇게 말하고 형이 계단을 올라간 후에도 기시모토는 잠시 그 방에 남아 여행자다운 부담 없는 마음을 느껴보려고 했다. 유리문 너머로 비쳐 드는 오후의 햇빛을 바라보니 사람들은 이제 어느 집이나 집 안에 틀어박혀 나오지 않는 것 같았다. 좁은 동네의 도랑을 흐르는 가느다란 물소리가 유리문 바로 바깥에서 들려왔다. 기시모토는 그 방에 있으면서 형 집의 격자 대문 소리로 잘못 들은 맞은편 집의 격자 대문 소리를 들을 수 있었고, 부엌을 들락거리며 어머니를 도와 일하고 있는 세쓰코의 가정적인 일상도 볼 수 있었다. 할머니가 젊었을 때부터 있었다는 낡은 옷장 위에는 세쓰코가 읽다 만 신약성서가 놓여 있었다. 검은 표지의 소형 성서는 그녀에게 읽힐 생각으로 기시모토가 준 것이었다. 세쓰코는 볼일이 없는 한 숙부 옆으로 오려고 하지 않았지만, 친밀함이 담긴 그녀의 무언은 은연중에 기시모토에게 전해졌다.

63

"세쓰코, 네 방 좀 쓸까?"

"네, 그렇게 하세요."

"오늘은 천천히 편지라도 쓰고 싶어서."

기시모토는 세쓰코에게 이런 이야기를 해두고 곧 2층으로 올라갔다. 계단은 위험할 정도의 급경사로, 요시오의 방 앞으로 이어져 있었다. 지로는 숙부가 이곳 야나카로 온 것이 신기한 모양인 듯 그 계단을 오르락내리락하고 있었다. 달콤한 젖 대신에 고추를 핥게 해서 가까스로 어머니의 품에서 벗어났다는 어린 나이의 지로를 상대로 2층의 방들을 돌아보는 것도 기시모토에게는 즐거운 일이었다. 요시오의 방에는 고타쓰도 놓여 있었다. 구석진 자리에는 다카나와에서 가져온 작은 책상이 놓여 있었다.

"스테키치, 그럼 나는 잠깐 볼일 좀 보러 나가야 하는데, 저녁 먹을 때까지는 돌아올 거야." 이렇게 말한 요시오는 아래층에도 들리도록 손뼉을 치면서 덧붙였다. "그럼, 차라도 한잔 마시고 갈까."

지로가 그곳에 얼굴을 내밀었다. 요시오는 지로에게 어서 다기를 가져오도록 어머니에게 말하라고 시켰다.

"그런데 세쓰코도 여러 가지로 폐를 끼쳐서." 요시오가 말했다. "얼마 전에는 또 너한테서 책상하고 국어사전 『겐카이(言海)』를 살 돈을 받아왔다고 하니까 말이야. 이거 아주 좋은 책상이 생겼어. 『겐카이』야 없으면 안 되는 것이긴 하지. 책상도 읽거나 쓰거나 하는 사람한테는 필요하겠지만, 그 책상은 우리 집에는 좀 지나친 거라서."

"갖고 싶다면 사지 않을 수 없겠지요. 그런 것이 아직 세쓰코의 젊은 점이겠지요."

기시모토는 세쓰코를 변호하듯이 이렇게 말하며 웃었다. 그는 세쓰코의 방에서 형이 이야기한 새로운 책상을 봤다. 마음속으로 요시오의 비난도 무리가 아니라고 생각했다.

"그건 그렇고 너도 계속 다카나와에 눌러앉아 있구나. 하지만 지금처럼은 도저히 안 될 거야. 구메 씨한테 그렇게 오래 부탁할 수도 없는 노릇이고."

"뭐 당분간은 현상 유지입니다. 잘될지 안 될지, 당분간 그렇게 해볼 생각입니다. 할머니라도 계셔주지 않으면 우리 집은 도저히 꾸려나갈 수 없겠지만, 덕분에 할머니도 잘해주시고 또 구메 씨도 아주 잘해주고 있습니다. 원래 그 사람은 오랫동안 병을 앓은 사람이라 어떨까 싶었는데, 좀 무리를 해서라도 집의 사정을 잘 아는 사람한테 부탁하고 싶었거든요. 아무튼 우리 집에는 아이들이 있으니까요."

"너도 빨리 가정을 꾸리는 게 좋아. 네기시 쪽 이야기는 결국 거절했다면서. 얼마 전에 아이코 집에서 그런 이야기가 나왔어. 숙고한 끝에 거절하기로 했다는 숙부의 편지를 받았다고. 아이코의 친구라는 사람 사진은 나도 봤다. 꽤 괜찮은 사람 같던데."

요시오의 이야기는 결국 동생에게 재혼을 권하는 것으로 빠졌다. 기시모토는 입을 다물고 말았다.

"이야, 이런 얘기를 하는 게 아니었는데. 이소베에서 천천히 이야기하기로 하자."

요시오는 문득 생각난 것처럼 회중시계를 꺼내 보고 형수가 아래층에서 가져온 차를 한 모금 마시고 나서 서둘러 일어났다.

64

요시오는 나갔다. 기시모토는 귀국하고 나서 처음이라고 해도 좋을 정도로 그 2층 방에서 쓸쓸하고 조용하게 지낼 수 있는 한나절의 시간을 얻었다. 그는 온천행을 권하러 온 자신의 마음에 대한 이해를 얻을 수는 있었어도 잠자코 결혼에 관한 이야기를 듣고 있는 자신의 마음을 형에게 설명할 수는 없었다.

편지라도 쓰자. 여행지에 있는 기분으로 기시모토는 세쓰코의 방으로 갔다. 요시오의 2층 방에서 어둑한 방 하나를 사이에 둔 가장 환하고 조그마한 방이었다. 창가에 새로운 책상이 놓여 있었다. 책상 위에는 세쓰코가 이미 준비해둔 것으로 보이는 두루마리 종이와 새로운 붓이 놓여 있었다.

"야나카의 집 2층의 다다미 석 장짜리 방에서 소식 전합니다." 이사하고 나서 세쓰코가 다카나와로 보낸 편지를 쓴 곳도 이 방에서였다. 기시모토는 자신이 그곳에 있는 것이 신기해서 혼자 책상 앞에 앉았다.

"세쓰코, 아무 신경도 쓰지 마. 차만 갖다주면 그걸로 충분하니까."

기시모토는 그곳에 다기를 가져온 세쓰코에게 말했다.

"숙부는 오늘부터 여행이다. 오늘 밤은 숙박비를 내고 너희 집에 묵는 거야."

숙부는 다시 반은 농담처럼 이렇게 말하고 웃었다.

그때 세쓰코는 새로 마련한 무명 솜옷을 꺼내 와 기시모토에게 보여주었다. 그것은 그녀가 다카나와로 올 때 일옷으로 만들어 입으라며 일부러 검소한 무명을 골라 기시모토가 사준 것이었다.

형수는 "급한 대로 있는 옷을 입으면 될 텐데요"라고 말했지만, 기시모토는 먼 길을 다니게 될 그녀를 생각해서 그것과 같은 줄무늬의 하오리*를 그녀에게 선물했던 것이다.

"엄마가 만들어주셨어요."

세쓰코는 이렇게 말하며 그녀의 여성스러운 기쁨을 나누려고 했다. 지로가 아래층에서 올라왔다. 지로는 기쁜 듯이 근처를 뛰어다니기도 하고 누나 옆으로 다가와 매달리기도 했다.

"지로도 착한 아이가 되었구나."

기시모토가 말하자 지로는 누나를 억지로 끌듯이, 숙부가 보고 있는 앞에서 키가 큰 누나의 손에 매달리며 놀았다.

"다카나와에 있던 때에 비하면 상당히 달라진 것 같아요."

세쓰코는 기시모토에게 이렇게 말했다.

어머니가 부르는 소리를 들은 세쓰코는 동생과 함께 아래층으로 내려갔다. 2층에는 기시모토만 남았다. 세쓰코가 공부하는 책상을 정겨워하는 마음과 혼자 느긋하게 그 방에 누워보고 싶은 마음, 그리고 그 두 가지가 뒤섞인 마음에 그는 편지를 쓸 마음이 일지 않았다. 그곳은 장식 하나 없는 작은 방이었다. 그저 세쓰코가 그녀의 영혼을 안정시키기 위해서만 존재하는 '은둔처'처럼 보이기도 했다. 여성스럽고 섬세한 취미를 책상 언저리에 겨우 남겨둔 그 방의 간소함이 오히려 기시모토를 즐겁게 했다.

한 손님이 기시모토를 만나러 왔다가 이윽고 돌아갔을 때는 저녁때가 가까웠다. 세쓰코는 다카나와에 있을 때와는 달리 흉허물 없이 2층 방을 정리하거나 기시모토에게 이야기를 하러 오기도 했다. 그런데 그때

---

* 일본옷 위에 입는 짧은 겉옷.

마다 지로가 따라왔다. 드물게는 이치로까지 2층으로 따라 올라왔다. 그녀는 따라다니는 동생들을 귀찮아하며 이방 저방으로 도망쳐 다녔다.

"센타와 시게루가 크면 어떻게 생각할까요?"

세쓰코는 그저 이런 짧은 말을 하는 낙으로 기시모토 옆으로 다가왔다.

"어떻게 생각하든 어쩔 수 없는 일이지. 다만 진실을 잘 알았으면 좋겠어. 큰 다음에 알기만 한다면, 우리 마음을 알아줄 때도 있지 않을까?"

기시모토는 이렇게 대답했지만, 그 후로 두 사람은 그런 이야기를 하지 않았다.

요시오는 시간을 어기지 않고 저녁 식사 전에 돌아왔다. 몇 년 만에 우스이 강의 물소리를 듣게 되는구나 하는 이야기가 요시오에게서도, 기시모토에게서도 나왔다. 그날 밤 기시모토는 숙소에라도 묵는 것처럼 형 집에 묵고, 이튿날 아침 형과 함께 이소베로 떠났다.

65

산지에 가까운 온천에서 사나흘 체재한 것은 몹시 지쳐 있던 기시모토에게 되살아나는 듯한 느낌을 주었다. 그가 이소베까지 동행한 요시오 형보다 조금 늦게 도쿄로 돌아가려고 할 무렵에는 귀국한 이래 손에 잡히지 않았던 자신의 일을 즐기고자 하는 마음이 일었다.

진작 프랑스에서 가져온 서적 등이 놓여 있는 다카나와의 집 서재가 이런 기시모토를 기다리고 있었다. 그는 세쓰코와 자신 사이에서 발견한 새로운 마음, 그 진실이 오랫동안 자신이 고민해온 낡은 도덕과는 양립하지 않는다는 것을 알았다. 인생은 크다. 이 세상에서 성취하기 힘든 것이고 게다가 진실한 것은 얼마든지 있다. 이렇게 심사숙고하는 마음이 기시모토를 이끌었다. 그는 집안의 명예 때문에 자신의 실수를 남몰래 숨겨준 요시오 형과의 갈림길에 서게 되었다는 것을 절감했다. 그는 형의 마음을 배반해서라도 그 불행한 조카딸을 버리지 않으려고 했다.

기시모토는 세쓰코가 자신과 마찬가지로 잠자코 그녀의 길을 걷기 시작한 것을 생각했다. 평소 '부모 망신'이라는 말을 들어온 세쓰코도 부모에게 도움이 될 때가 왔다. 한 해가 저무는 무렵, 요시오가 갑자기 중한 눈병에 걸린 것이다. 어느 날 갑자기 요시오의 눈이 보이지 않게 된 원인에 대해서는 안과를 전문으로 하는 박사조차 아직 확실히 말할 수 없었다. 요시오를 따라 병원을 다니는 일의 경우에도, 모든 편지의 대필을 하는 경우에도 세쓰코는 야나카의 집에서 없어서는 안 될 사람이었다. 그런 처지에서도 그녀는 다카나와에서 걱정하고 있는 할머니와 숙부에게 아버지의 용태를 알리러 오는 걸 게을리하지 않았다. 때로는 찬비가 내리는 날 다카나와로 찾아와 할머니의 방 각로에서 얼어붙은 몸을 녹이며 잠깐 누워 있는 일도 있었다.

"세쓰코, 너까지 약해지면 안 된다."

기시모토는 지쳐 쓰러져 있는 세쓰코에게 격려하듯 이렇게 말하고 그녀의 눈에서 솟아나는 눈물을 자신의 입술로 살짝 닦아준 적도 있었다.

섣달도 이제 사흘밖에 남지 않은 날, 기시모토는 세쓰코가 보낸 짤막한 편지를 받았다.

성서에, 구하라, 그러면 받을 것이다. 찾아라, 그러면 얻을 것이

다, 두드려라, 그러면 열릴 것이다,라고 한 데가 있지요. 그 조금 전부
터 그 부분이 제가 좋아하는 구절입니다. 오오, 두드려라, 그러면 열릴
것이다, 분명 우리는 최후의 승리자일 거예요.

연필로 이렇게 적은 것이었다.

이 편지를 읽자 기시모토의 가슴에는 스물다섯이라는 한창때를 맞
이하려는 그녀가 그려졌다. 먼 앞날을 목표로 자신의 힘으로 나아가려는
그녀의 고동 소리까지 들리는 것 같았다.

"오오, 두드려라, 그러면 열릴 것이다."

기시모토는 세쓰코의 편지에 쓰여 있는 구절을 되뇌어보고 그렇게
살아가려는 그녀의 생명을 상상했다.

66

우리만큼 행복한 봄을 맞이하는 사람이 또 있을까요?

한 해가 다 가기 전날 밤, 세쓰코가 쓴 이 짧은 편지가 기시모토에게
전해졌다. '우리만큼'이라고 말한 행복한 봄은 기시모토에게는 아직 먼
데 있다고만 생각되었다. 그는 억누를 수 없는 그런 기쁨의 말이 단순한
억지로 떨어지지 않을까 염려했다. 그는 어떻게든 주위 사람들에 대한
그녀의 작은 반항심을 버리게 하고 싶었다. 숙부라든가 조카딸이라든가
하는 보통의 인정, 보통의 도덕이라는 견지에서 자칫하면 냉정하고 가혹
한 시선을 보내려는 것에 대해 그가 취하려는 길은 작은 반항심을 버리

는 데 있었다. 최후의 승리라고 하는 것은 아무래도 좋다고 생각했다. 그는 이긴다거나 진다거나 하는 것은 염두에조차 두지 않았다. 세쓰코가 보낸 편지의 문구는 짧고, 그녀가 하려는 말의 의미는 여러 가지로 이해되기 쉬운 점도 있었지만, 그가 세쓰코와 함께 기다린 것은 결코 세상에서 말하는 행복한 봄이 아니었다. 세상의 행복도 다 버린 가난한 자에게만 마음의 부를 가져오려고 찾아오는 봄이었다.

얼마 후 새해가 찾아왔다. 세쓰코는 숙부가 걱정해서 구해준 외투로 몸을 감싸고 먼 길을 다녔다. 그때까지 그녀는 험한 날씨를 막을 만한 변변한 것도 없이 도중에 자주 찬비에 젖은 채 왔고, 기시모토는 애처로운 그 모습을 그냥 두고 볼 수 없었던 것이다.

"외투 같은 건 없어도 되니 어쩌니, 아버지가 잔소리를 하니까요. 그래서 아직 어머니한테만 보여드렸어요."

이렇게 말한 세쓰코는 현관에 개어놓은 소박한 느낌의 새 외투를 안쪽 방까지 가져와 기시모토가 보는 앞에서 그 회색 외투에 팔을 끼워보기도 하고 담황색 끈을 묶어보기도 했다. 그녀는 새로 맞추지 않고 마쓰자카야* 근처의 가게에서 찾은 기성품의 치수만 조금 줄였다고 했다.

"제가 입고 있어도 아버지는 몰라요."

세쓰코가 다시 이렇게 말하며 넌지시 눈이 보이지 않게 된 아버지 이야기를 했다.

세쓰코에게 이런 우비 하나 사주는 데도 기시모토는 사방팔방으로 신경 쓰지 않으면 안 되었다. 그가 세쓰코를 보호하려는 마음도 자칫하면 생각대로 되지 않았다. 왜냐하면 그는 세쓰코가 야나카에 있을 때뿐만 아

---

* 1611년 이토 스케미치(伊藤祐道)가 창업한 포목점. 1907년 우에노점 '합자회사 마쓰자카야 이토 포목점'으로 바뀜.

니라 자신의 집으로 왔을 때도 생각하지 않으면 안 되기 때문이었다.

"세쓰코가 숙부를 얼마나 의지하고 있는지 모른다네. 숙부 한 사람만이 그 아이한테 힘이 된다네. 하여튼 젊을 때는 물건을 사주는 사람이 제일 좋은 사람이니까."

할머니는 이제 스물다섯 살이나 되는 세쓰코를 아직 어린애인 것처럼 이렇게 말했다.

67

하지만 세쓰코에게 허락한 기시모토의 마음은 아무래도 차가움과 뜨거움을 되풀이하며 앞으로 나아갈 수밖에 없었다. 격렬한 열정이 다소 가라앉은 후에는 그것과 반대되는 냉담한 마음이 나타나 그의 가슴속에서 싸웠다.

기시모토는 자신의 방을 둘러보았다. 어떤 목소리가 들려 혼자 일에 익숙해지려는 그를 시험하려고 했다. 그 목소리는 부정하는 커다란 목소리가 아니라 아주 조그맣게 귓가에 속삭이는 듯한 목소리였다. 하지만 그 작은 목소리에 환멸을 자아내는 것이 있었다. 그 목소리는 그에게 물었다. 학문이나 예술과 여자에 대한 사랑이 양립하는 것일까? 귀국한 이후 재회한 세쓰코와 기시모토 사이에 일어난 일도 결국 서로의 유혹이 아니었을까. 두 사람의 관계는 요컨대 3년간 고독한 처지에 놓인 서로의 성적 굶주림에 지나지 않는 게 아닐까. 사랑의 무대에 올라 바보 같은 역할을 연기하는 것은 언제나 남자다, 남자는 늘 준다, 세상에는 받는 것만 알고 주는 것을 전혀 모르는 여자도 있다, 여자가 냉정하게 있을 수 있는 것에 비하면, 남자가 초조해하는 것을 그만큼 괘씸하게 생각하지 않는가. 이런 목소리에 혹하는 마음은 세쓰코를 위해서라고 생각하는 모든 짐, 눈에 보이지 않는 박해 때문에 짓밟히는 것, 참고 참아온 마음의 통분, 이런 것들을 툭하면 견딜 수 없게, 덧없게, 따분하게 생각하도록 했다.

아직도 그는 세쓰코처럼 나이 어린 여자가 자신에게 그녀의 연약한 가슴을 펼쳐 보인 것을 수상쩍게 생각하지 않을 수 없었다. 그는 나이 어린 세쓰코의 비위를 맞추려는 자신의 모습을 발견할 때마다 말로 표현할 수 없이 화가 났다. 그는 자신의 비위를 맞추는 것도 할 수 없는 기질이었다. 어떻게 부끄러운 생각도 없이 다른 사람의 비위를 맞출 수 있겠는가. 거기에는 아직 어딘가 부족한 부분이 있었다. 그녀를 보호하고 그녀를 이끌어간다는 것만으로는 이제 그에게 뭔가 부족했다. 너무나도 얌전한 그녀의 편지도 어딘가 부족했다. 굳이 말하자면 그는 세쓰코 쪽에서 좀더 다가오는 것을 바라고 있었다.

68

세쓰코가 야나카에서 기시모토의 집으로 오는 날은 대체로 매주 토요일로 정해져 있었다. 그녀는 아버지를 모시고 이틀에 한 번씩 병원에 다니는 데 지장이 없는 한 숙부의 집으로 도와주러 오는 걸 게을리하지 않았다. 요시오가 눈병을 앓게 되고 나서 세쓰코는 더욱더 어머니를 도와 일하지 않으면 안 된다는 모습을 보였다. 설사 얼마 안 되는 소득이라도 그녀는 숙부에게서 얻는 매달의 보수를 어머니에게 도움이 되도록 드리고 있었다. 기시모토는 여행이 준 선물이라고도 할 만한 자신의 일을 시작했을 때였는데, 그녀에게 줄 일다운 일을 준비할 여유도 없이 베끼기나 교정 같은 것을 도와달라고 부탁할 생각이었으나 그런 일이 있든 없든 세쓰코와 함께 일하고 있다고 생각하는 것을 낙으로 삼고 있었다. 그는 한번 산책을 겸해 집을 나서 세쓰코가 다니는 길 중간까지 그녀를 마중 나간 적이 있다. 시나가와선 전차 역이 있는 데서 그의 집까지는 상당히 걸어야 한다. 그날 그는 다카나와의 거리에서 어떤 골목으로 꺾어 든 지점에 이르러 고지대를 따라 이어진 언덕길 위까지 올라갔고, 다시 그 언덕을 내려가 전차 역까지 걸어가 기다렸으나 세쓰코는 끝내 오지 않았다.

정월 보름이 지나 기시모토는 세쓰코와 같은 길을 걷는 걸 낙으로 생각하며 어느 커다란 저택 외곽을 따라 교외다운 길모퉁이로 나갔다. 그 주변에서 그는 야나카에서 오는 세쓰코를 기다렸다. 거기서 그는 검은색의 소박한 보자기를 옆구리에 끼고 오는 그녀를 만났다.

세쓰코는 여러 가지 일들을 생각하며 길을 걸어온 모양이었다. 그녀는 기시모토를 따라 인적이 드문 길을 조용히 걸었다. 막다른 곳에 고풍스러운 격자 모양의 창이 보이는 저택 옆에 이르렀을 때 그녀는 기시모토를 보며 이런 말을 꺼냈다.

"저는 이제 남자가 되었어요. 아버지는 그런 상태고, 이치로도 지로도 아직 어리고, 어머니와 둘이서 그런 얘기를 했어요. 나는 이제 남자가 되었으니까, 그런 마음으로 잘해나가자고요."

69

깊이 생각한 듯한 세쓰코의 말은 기시모토를 깊은 생각에 잠기게 했다. 그녀가 이제 이 세상을 버리려고 한다는 것이 어감에서 느껴졌다.

마침 그때 기시모토는 뒤쪽에서 걸어오는 사람의 발소리를 들었다. 그 발소리가 점점 다가오나 싶더니 얼마 후 그 사람은 그와 세쓰코를 앞질러 잠깐 이쪽을 돌아보고 갔다. 마치 뒤에서 본 두 남녀가 어떤 사람인가를 앞에서 확인하고 가려는 것처럼. 저택이 이어진 조용한 길이라고는 해도 그 길은 다카나와로 통하는 길 중의 하나였다. 기시모토는 세쓰코와 함께 걷는 것에 만족하며 집에서 가까운 다카나와의 거리로 나가고 나서는 그녀를 한발 먼저 가게 했다.

아직 기시모토에게는 정월 초순부터 계속되고 있는, 비교적 식은 마음이 남아 있었다. 그 냉담함이 세쓰코가 오는 것을 애타게 기다리는 마음과 뒤섞여 있었다. 그런 마음으로 그는 집으로 돌아왔다. 그는 세쓰코 쪽에서 좀더 다가오기를 바랄 뿐만 아니라 자신의 모습을 그녀가 좀더 잘 지켜보기를 바랐다. 연초라 할머니는 마침 야나카의 집에 잠시 다니러 갔고 구메는 차 모임이 있어 나가 둘 다 집을 비운 날이었다. 기시모토는 세쓰코 앞에서 자신의 가슴에 맺혀 있는 감정을 끄집어낼 기회가 있었다.

"나는 평생 누구한테도 내 마음을 주지 않을 생각이었다. 결국 너한테 주고 말았지만."

잊을 수 없는 쓰라린 과거의 경험이 이런 말이 되어 기시모토의 입에서 흘러나왔다. 마치 남자에게라도 고백하듯이 세쓰코에게 말하는 그의 말투는 그녀를 살짝 놀라게 했다.

"어머, 그런 말투로 말씀을 하시다니."

세쓰코는 살짝 옆으로 시선을 비키고 반쯤 혼잣말처럼 말했다.

하지만 기시모토는 세쓰코와 그의 나이 차에서 오는 질투심 강한 마음까지도 그녀 앞에서 숨기지 않으려고 했다.

"지금껏 나는 너를 지나치게 돌봐줬다고 생각해왔어. 여자라고 생각해서 지나치게 돌봐왔던 것이 결국 진짜 이야기를 하지 못하게 한다고 생각했지. 세쓰코, 너는 대체 나 같은 사람 어디가 좋다는 거냐? 머리는 이렇게 하얗게 셌지…… 나 같은 사람은 이제 오래 살 수도 없어. 좀더 젊고 나 같은 사람보다 멋진 사람이 얼마나 많은지 모르거든. 어때, 그런 사람을 한번 찾아볼 생각이 있다면……"

반쯤은 스스럼없이, 반쯤은 농담처럼 기시모토는 이런 말을 꺼내고 웃었다. 기시모토는 세쓰코에게 그때만큼 자신의 추한 마음을 명확하게 보여준 적이 없다고 생각했다. 그만큼 그가 하는 말은 자신의 귀에도 짓궂고 불쾌하게 들렸다.

"그럼 앞으로 찾아볼까요, 최대한 젊은 사람으로."

세쓰코는 장난치듯이 이렇게 말하고 나서 쓴웃음으로 얼버무렸다. 그녀는 이제 이런 이야기를 피하고 싶은 표정이었다.

70

세쓰코의 입은 풀리기 시작한 듯해도 아직 풀리지 않고 꾹 다문 상태였다.

"정말 뭐든지 이야기할 수 있는 때가 왔습니다." 편지로 이런 말을 해왔지만 실제로 세쓰코는 아직 침묵으로 말을 대신하는 경우가 더 많았다. 그런 세쓰코와 마주하고 있는 사이에, 집으로 오는 도중 그녀가 꺼낸 "나는 이제 남자가 되었어요"라는 말이 마음에 걸렸다.

"아까 네가 오다가 한 말 말이야, 나는 그 말을 떠올렸어. 너도 고심하고 있는 것으로 보이는데."

이렇게 말하며 기시모토는 육체적 고뇌에서 출발한 두 사람의 관계를 거기까지 가져가려는 세쓰코의 얼굴을 지켜보았다. 그토록 참회하는 기분으로 한창 나이를 지나려는 그녀의 외곬인 마음이 가여웠다.

"뭐 그렇게까지 무리하게 남자라고 말하지 않아도 좋지 않을까? 여자라도 상관없잖아. 크게 깨달은 마음을 생각해봐, 만약 영혼을 깨끗이 할 수 있다면 육체를 깨끗이 할 수도 있지 않을까?"

기시모토의 이 말은 세쓰코를 미소 짓게 했다.

그날 오후, 예전에 기시모토가 파리의 객사에서 여수(旅愁)를 달랜 오래된 프랑스 이야기가 세쓰코와의 대화 사이에 끌려 나왔다. 세쓰코는 기시모토가 파리에서 일본의 신문에 보낸 그때그때의 소식을 오려서 보관해두었을 정도였는데, 그 안에 쓰여 있는 아벨라르와 엘로이즈라는 이름은 세쓰코의 기억에도 남아 있었다. 아직도 기시모토는 소르본의 오래된 예배당과 관련한 여행의 인상을 잊을 수 없었다. 신기하게도 죽은 이야기가 그의 가슴에서 살아났다. 페르 라셰즈 묘지에서 본 오래된 예배당 안에 베개를 나란히 하고 누워 있는 수도사와 수녀의 침상이 뭔가를 말해주었다. 그 두 사람이 평생 변함없는 정신적인 애정을 나눴다는 문구가 새겨져 있는 하얀 대리석은 아직 그의 눈에 선했다. 그는 예배당 주위를 둘러보고 떠나는 게 견딜 수 없었던 자신의 여수를 세쓰코에게 이야기했다. 그 예배당을 둘러싸고 있는 철책 안에는 베고니아 비슷한 화초가 흐드러지게 피어 있었다는 이야기도 했다.

"그렇지, 부부가 되지 못한 사람들은 곧 파멸을 재촉하고 말지. 그 두 사람처럼 오랫동안 견딜 수 있는 것은 쉬운 일이 아니야."

그는 이렇게 말했다. 세쓰코는 열심히 그의 이야기에 귀를 기울였다. 그 이국 이야기는 어쩐지 그녀의 정신을 격려하는 것처럼 보였다. 그는 그것을 기쁘게 생각하고 뭔가 또 아벨라르의 사적에 대해 쓴 것을 구하면 그녀에게 보내겠다고 약속했다.

기시모토는 오랜만에 세쓰코와 둘이서 이야기한 듯한 기분이 들었다. 그녀가 야나카로 돌아간 후에는 더욱더 그런 마음이 깊어졌다. 오랫동안 의문으로 남아 있던, 나이 차에서 오는 남녀 간 마음의 거리 같은 것도 이야기하면 할수록 잊을 수 있는, 변해가는 것처럼 보였다. 그렇지만 기시모토의 짓궂음은 세쓰코의 가슴에 영향을 미친 것 같았고, 그녀의 용무 편지 끝에는 다음과 같은 말이 덧붙어 있었다.

그렇게 괴롭히지 마세요. 이야기하고 싶은 것이 너무너무 많지만, 제가 이야기하지 못하게 하고 끝내버리시는걸요.

71

기시모토는 해외의 여러 나라를 편력하고 온 기행문 일부를 쓰기 시작했다. 그 일을 시작하는 사이에 눈이 와서 몇 번이나 서재 밖의 뜰을 덮었다. 마침 먼 여행을 떠나기까지의 추억이 많은 계절을 따라 그 기행문을 써나갔다. 그는 일종의 감개무량한 마음으로 뭔가를 희생해서라도 살지 않으면 안 되었던 당시의 심적 상태를 그 안에 담았다. 그는 기행문에 이런 구절을 썼다.

야만인은 필요에 따라 일한다. 나 역시 그렇다. 이제는 도무지 어쩔 수 없어지게 되고 나서야 일을 해왔다. 나는 7년간 살아 익숙해진 그 작은 집에, 땅의 호흡에 섞여 전해오는 희미한 바람의 탄식처럼 슬픈 분노의 말을 남기고 왔다. 어떤가. 빛과 열과 꿈이 없는 잠의 소원이라고 말한 사람도 있다. 이런 말을 듣고 웃는 사람도 있을까. 만약 이것이 단순한 상상의 아름다운 표현이 아니라 실제로 재미있을 것 같은 일로 가득 차 있는 세상에서 빛과 열과 꿈이 없는 잠 외에 바라는 것이 없다고 한다면 어떨까. 바로 나는 그와 비슷한, 뭐라 말할 수 없는 마음으로 보름쯤 잠자리에서 떨고 있었던 적도 있다. 지난겨울의 추위도 역시 신경통을 끌어냈다. 조용히 앉아 있는 습벽은, 사실 나는 그것으로 자신의 건강을 유지한다고 생각하고 있었지만 그것이 오히려 이런 동통을 일으키게 했는지도 모른다. 게다가 잡담하는 게 성가셔서 매달 서너 번씩은 반드시 불렀던 안마도 그만두었다. 나는 자신의 몸이 자연스럽게 회복되는 것을 기다리는 수밖에 없었다. 병세가 호전될 치료 방법도 없다고 하니까. 나는 잘 수 있는 만큼 자려고 했다. 어떤 때는 술에 몹시 취한 사람처럼, 하루든 이틀이든 계속해서 잤다. 어떤 의미에서 보면 우리의 육체는 끊임없이 병들고 있는 것인지도 모른다. 그것을 잊고 있을 수 있을 만큼 평소에 그다지 잔 적이 없는 나는 이런 경우에 자신의 몸을 주체스러워했다. 어떤 때는 좀더 중한 병이라도 기다리고 있는 듯한 마음으로, 잠자리에서 눈을 뜨는 일도 있었다. 이상한 전율이 내 전신을 지나갔다. 장지문 바깥에서 일어나는 거리의 울림인지, 보통 사람이 느끼지 못하는 아주 가볍고 희미한 지진인지, 아니면 자기 신체의 떨림인지, 거의 구별할 수 없는 것이었다…… 수 많은 비통, 혐오, 두려움, 어려움이라는 노고 및 전율은 내 기억에 떠오를 뿐 아니라 내 전신에 퍼졌다. 내 허리에도, 내 어깨에까지도…… 어떤 고통도 그것이 자신의 것이라면 소중한 것이라는 생각도 든다. 적어도 사람은 타인의 환락보다는 자신의 고통을 긍지로 삼고 싶어 하는 법이다. 하지만 나는 깊은 밤에 혼자 마루에 앉아 고통을 고통으로 느낄 때, 그것이 마비되어 자신을 모르는 상태에 있는 것보다 한층 많이 살아가는 때라는 것을 느낄 때마다, 인간의 고통이 이렇게 끝없이 계속되는가 하는 것을 생각하지 않을 수 없다…… 일찍이 나는 산에서 도쿄로 이사하기 전에 시가(志賀)의 산촌에 있는 벗을 찾아가려고 눈길을 걸어간 적이 있다. 나는 신체의 관절 하나하나가 얼어붙을 것 같은 그때의 추위를 잊을 수 없다. 나는 절실히 마음속의 경치라 생각하고 인적이 드문 눈길을 바라본 일을 떠올릴 수 있다. 때때로 졸리는 것 같은 현기증, 어딘가에 쓰러질 것 같은 숨 막힘, 일찍이 경험한 적이 없는 전율, 하마터면 죽을 뻔했던 그 한없는 하얀 바다를 떠올릴 수 있다. 바로 내가 도망쳐 온 세계란 그런 현기증과 전율이 일어나는 적막한 세계다. 그곳에 있는 것은 내려서 쌓인 '삶'의 하얀 눈이다. 그곳은 꼭 얼음의 세계다. 얼음의 바다다. 그리고 나는 그 얼음 바다에 빠졌다. 7년간 작은 집에서 보낸 생활이여, 안녕……

현실을 한없이 싫어하게 된 사람이 비통한 마음으로 떨어진 데카당한 생활의 밑바닥은 그가 도망치려고 한 얼음의 세계였던 것이다.

72

기시모토가 아사쿠사 시절의 끝자락을 데카당한 생활이라고 생각하
게 된 것도, 세쓰코를 마치 그 생활 속에 핀 죄의 꽃처럼 생각하게 된 것
도, 그가 먼 여행을 떠난 지 아주 오래되었을 때의 일이었다.

"사람은 어떤 사람이든 농락하게 된다." 이것은 그가 아사쿠사의 2층
에 있는 사람에게 보낸 짧은 감상이었다. 그런데 그런 말이 자신의 입에
서 나올 만큼 이미 마음의 독이 퍼진 때도, 대부분의 결혼 생활이 부부
의 타락으로 끝나지 않는다고 어떻게 말할 수 있을까, 라고 생각할 만큼
여자에 대한 사고가 무너졌을 때도, 냉담하게 자신의 파괴에 대한 애처
로운 관찰자의 운명에 생각이 미쳤을 때도, 그는 여전히 자신을 데카당
하다고 생각하고 싶지 않았다. 그는 올빼미처럼 눈만 빛내며 적막과 비
통의 밑바닥에서 떨고 있을 수만은 없었다. 그것을 자신의 궁극적인 운
명이라고는 결코 생각하고 싶지 않았다. '죽음'을 수로 안내원이라 불렀던
사람 같은 열의를 불러일으켜 이 인생의 항해에 뭔가 좀더 새로운 것을
탐구하지 않을 수 없었다.

여행기의 일부를 쓰기 시작하니 그 여행을 떠났던 무렵에 있었던 여
러 가지 일에 대한 기억이나 이런저런 심적 경험에 대한 기억이 나중에
그것을 더듬어본 이런저런 생각과 함께 기시모토의 가슴에 되살아났다.
그렇게 아주 침체된 생활을 계속했다면 설사 세쓰코의 일이 일어나지 않
았다고 해도 머지않아 해외로 도망칠 수밖에 없었을 거라는 생각이 들었
다. 그가 떨어진 데카당스는 나카노의 친구가 말한 '무위(無爲)'의 함정의
그것도 아니고, 오히려 결국에는 미치광이라도 되어 종언을 고하는 것
외에 다른 길이 없는 우울한 성질의 그것이었다. 그는 그런 것을 남에게

서도 들었고, 자신도 그런 것을 자주 생각해본 일이 있다는 사실을 떠올렸다. 그가 두려워하게 된 것은 무엇보다 '죽음'이었다. 세 여자아이를 먼저 보낸 일에서 배태된 것이었다. 과거에는 그 무렵만큼 '죽음'이 그의 가슴을 왕래한 적이 없었다. 하지만 그것이 파멸에 가까운 암시처럼 생각되었다. 그가 차가운 벽을 가만히 바라보기만 하고 다른 사람과 말을 하지 않고 2층에서 내려오는 것조차 싫어할 정도로 움직이지 않게 되었을 때는, '죽음'이 슬슬 자신의 신체에까지 들어왔나 하고 두렵게 생각했다. 그런 마음으로 퇴폐한 생활의 마지막에 이르렀다. 세쓰코를 중심으로 일어난 강력한 폭풍은 과거의 생애 가운데 하나의 파국이었던 것처럼 생각되었다.

이제 초목이 되살아나는 계절이 기시모토의 눈앞에 찾아왔다.

봄다운 눈이 내려 뜰을 뒤덮나 싶더니 하룻밤 사이에 녹았고, 그 뒤에는 풀의 싹이 더 많이 보였다. 언제 올까, 언제 올까 생각하며 기시모토가 애타게 기다리던 봄은 드디어 그의 몸에도 다가온 것처럼 느껴졌다. 추억에 젖은 마음으로 이 계절을 맞이하는 이가 자신뿐이 아니라고 생각한 그는 세쓰코가 최근에 와서 놓고 간 조그만 수첩을 펼쳤다.

나는 왜 이토록 마음속 깊이 생각을 숨겨두지 않으면 안 되는 걸까? 이제 전혀 그럴 필요가 없어졌다. 그런데도 가슴에 흘러넘칠 만큼의 생각도, 그것을 표현할 말을 빼앗긴 사람처럼 도저히 밖으로 표현할 수가 없다. 길고 긴 침묵. 무시무시한 것이다. 구업(口業)*을 씻고 있던 나는 지금까지처럼 왜 잠자코만 있는 걸까? 나는 얘기하고 싶다,

---

* 삼업(三業)의 하나로, 말을 잘못하여 짓는 죄업.

그러면 정말 들어주지 않을까? 그 두꺼운 얼음이 봄 햇빛을 만나 점차 녹는 것처럼 내 입술도 아마 풀릴 것이다. 어서, 어서 생각하는 대로 자유롭게 이야기할 수 있다면 얼마나 기쁠까?

세쓰코는 수첩 첫머리에 연필로 이렇게 적어놓았다. 그러고 나서 난파선의 승무원이라는 생각이 상당히 오래 계속되었으나 지금은 이미 자신이 병약한 것도 잊고 그대와 함께 살고 싶다고 쓰여 있었다. 그녀는 또 옛 사람이 남긴 노래에 비유하여 우에노 숲에 까마귀가 울지 않는 날은 있어도 그대를 그리워하지 않은 날은 없다고도 써놓았다.

73

3월에 접어들어 네기시의 조카딸에게서 오사카로 이사하려 한다는 소식이 왔다. 기시모토가 아직 쓰고 있던 여행기의 일부를 서두르고 있는 무렵이었는데, 작별인사를 겸하여 찾아온 아이코를 다카나와의 집에서 맞이했다. 남편을 따라 네기시를 떠나려 하고 있던 아이코는 한동안 도쿄도 이별이라는 식으로 타이완에 있는 부모(기시모토의 큰형 부부) 이야기나 러시아에 있는 데루코(세쓰코의 언니) 이야기에서부터 요시오 숙부 집 사람들 이야기로 옮겨 가 세쓰코에 대해서도 이런 이야기를 했다.

"세쓰코도 아주 많이 달라졌어요. 얼마 전에 네기시로 찾아왔는데, 둘이서 한참 이야기를 나눴거든요. 뭐랄까요, 전에 비하면 만나봐도 꽤 기분 좋은 사람이 되었어요."

기시모토는 아이코의 입에서, 세쓰코의 입장에서 보면 사촌언니인

'네기시의 언니' 입에서 이런 이야기를 듣게 된 것이 즐거웠다. 게다가 기시모토는 네기시의 이 조카딸에게 자신의 막내딸을 맡겨두고 있었다. 아이코가 오사카로 가게 된 것과 관련해서는 여러 가지 이야기가 나왔다.

"너한테 보여줄 게 있다."

이렇게 말한 기시모토는 방 구석진 곳에 놓여 있는 새로운 책 상자 세 개를 가리켰다. 책 상자라고 해도 세 개를 한데 모아야 책장 정도의 크기였다. 그가 파리에서 가져온 짐을 넣는 상자를 재료로 해서 여행 기념으로 뚜껑만 노송나무 판자로 만든 것이었다.

"저 책 상자 뚜껑 안쪽에 네가 뭔가 그려줬으면 좋겠다. 한동안 네 그림도 못 보니까. 오사카에 가기 전에 복숭아꽃이라도 그려주지 않을래? 그럴 생각으로 저 한가운데 판자를 열어두었다."

기시모토는 다시 이렇게 말하고 90센티미터쯤 되는 길이의 뚜껑 세 개를 뒤집어 아이코 앞에 늘어놓았다. 주변 사람에게 부탁하여 한 구절씩 써달라고 한 것이 그 뚜껑의 좌우에 있었다. 기시모토는 왼쪽 판자에 있는, 여성스러운 가는 붓으로 바쇼*의 하이쿠를 적은 구메의 특징적인 글씨를 가리켰다. 오른쪽 판자에는 굵은 붓으로 쓴 세쓰코의 글씨가 있었다. 세쓰코가 쓴 것은 20대에 세상을 떠난 어떤 사람이 남긴 칠언절구였다.

"이야, 세쓰코가 쓴 글씨는 남자 글씨 같네요."

이렇게 말하는 아이코와 함께 기시모토는 노송나무 판자를 유심히 바라보았다.

"세쓰코도 글씨가 좋아졌지. 어쨌든 매일 대필을 하고 있으니까."

---

* 마쓰오 바쇼(松尾芭蕉, 1644~1694): 에도 전기의 하이쿠 시인.

그는 이렇게 말하며, 문득 그런 문구를 발견해서 세쓰코가 왔을 때 그걸 써달라고 했다는 이야기를 했다. 그때 세쓰코는 그런 것을 써본 적이 없다는 투로, 할머니가 있는 방으로 가져가서 써왔는데 다 써놓은 것을 보니 그렇게 좀 비뚤어졌다는 이야기도 했다. 그는 생기발랄한 그 문구를 한시 형태로 남긴 사람이 아직 세상에 있던 무렵에는 아이코가 어린 소녀였을 거라고 생각했다. 아이코에게 그림을 배우도록 권한 것도 청년 시절의 기시모토였다. 남종화로 일가를 이룬 어떤 여성에게 사사하도록 권한 것은 아이코가 열서너 살 무렵이었다.

"간단한 게 좋겠다. 소묘 같은 거라도 좋아. 하나 그려줘."

"그리기는 하겠는데요, 지금 바로 그리라면 좀 곤란해요."

아이코가 대답했다. 취미로 해나가려는 것처럼 보이는 아이코는 이런 가구의 숨겨진 장식 같은 것을 숙부처럼 대수롭지 않게 생각하지 않는 것 같았다. 어쨌든 그녀는 오사카로 떠나기 전에 밑그림이라도 그려서 다시 한번 찾아오겠다고 했다.

"뭐, 그렇게 신중하게 그리지 않아도 돼. 고작해야 책 상자 뚜껑이잖아."

"아뇨, 그렇게는 할 수 없어요."

아이코는 말을 듣지 않았다.

74

그 다다음 날이었다. 세쓰코가 야나카에서 왔을 때 기시모토는 그녀 앞에서 네기시의 사촌언니가 한 말을 떠올렸다.

"아이코가 널 칭찬하더라. 어쩐지 내가 칭찬받은 것처럼 기뻤던데."

그는 기쁨을 감추지 못하고 세쓰코에게 말했다. 그의 바람은 주위에 반항하려는 그녀의 괴로운 반발심을 어떻게든 버리도록 하는 것이었다. 거기서 벗어나야 그녀가 진정으로 발전해나갈 수 있을 거라고 생각했기 때문이다.

허약한 세쓰코가 날씨 때문에 괴로워하는 것은 더위보다는 추위였다. 늘 감기를 달고 사는 탓에, 기시모토에게 제대로 일을 돕지 못해 죄송하다고 편지를 보내오곤 했다. 몹시 추운 동안, 기시모토는 야나카에서 고생할 것을 생각해 자신의 집에서는 오히려 쉬게 했다. 3월이라고는 해도 다시 추워진 날이었다. 할머니와 기시모토가 돌아가는 길을 걱정했으므로 그날 밤 세쓰코는 다카나와에서 느긋하게 지냈다.

"이거 기억하시죠?"

세쓰코는 할머니 방에서 뜨거운 차 같은 것을 가져오는 김에 자신이 달고 있는 장식용 깃을 잠깐 기시모토에게 보여주었다.

"아사쿠사에서 달았던 거잖아요."

그녀가 다시 말했다.

기시모토는 기회를 보아, 세쓰코를 위해 상점에서 사 온 남자아이 인형을 슬쩍 꺼냈다. 그렇게 크지도 않고 작지도 않은 것으로, 옷을 입히지는 않았지만 눈 같은 데는 남자아이답게 귀엽게 만들어져 있었다. 아무 생각도 없이 볼일을 보러 간 김에 그 인형을 사 온 것이다. 그것을 세쓰코의 소맷자락 안에 감추었다.

뜻밖에도 그 조그만 선물은 세쓰코의 눈에서 하염없는 눈물을 자아냈다. 그녀가 삼키는 흐느낌은 어쩌면 할머니와 구메, 하녀에게까지 들릴 것만 같았다.

"세쓰코, 왜 그래?"

결국 기시모토는 거칠게 말하며, 자칫하면 집 안의 다른 사람에게 들릴 것 같은 세쓰코의 흐느낌을 그치게 하려고 했다. 세쓰코는 이제 그 자리에 있을 수 없을 것 같았다. 그녀는 방의 구석진 자리로 가서 자신의 소맷자락으로 입을 막으면서 숨죽여 울었다.

다음 날 아침, 세쓰코가 인형을 보자기 안에 숨겨 야나카로 돌아갈 때가 되어서도 아직 기시모토는 자신의 못된 장난을 그녀의 눈물과 연관시켜볼 여유가 없었다. 세쓰코는 야나카의 집 2층의 작은 방에서 편지를 보내왔다.

어제는 모처럼 선물을 주었는데 그렇게 되고 말았으니, 필시 뜻대로 안 되어 유감스럽게 생각했을 거예요. 요즘에는 더욱 저의 위치를 생각하게 돼요. 저는 아이코 언니나 데루코 언니가 조금도 부럽지 않아요. 하지만 이것만은. 그 천진난만한 인형의 얼굴을 보니 갑자기 슬퍼졌어요. 아무것도 모르는 어린 것이 울며 떠났을 때의 일이 떠올랐거든요. 참으려고 하면 할수록 짓궂은 눈물이 계속 흘러내렸어요. 결국에는 노여움을 사게 된 것 같은데, 아무쪼록 실례를 용서해주세요. 어미로서의 간절한 마음을 이해해주세요.

세쓰코가 자신이 낳은 아이를 그리워하는 마음을 직접 기시모토에게 털어놓은 것은 그때가 처음이었다. 그녀는 편지에서 그의 이름을 지금까지처럼 '숙부'라고 쓰지 않고 '스테키치 씨'라고 쓸 정도로 친밀함을 보였다. 친족 관계 따위는 이제 이 세상의 기호에 불과한 것처럼 보였다. 남은 것은 오직 사람과 사람의 진실뿐인 것 같았다.

75

그리워해서는 안 되는 법도가 있어 내가 걷는 마음의 나라에 평온
함이 있을까

빛나는 길 걸어가는 두 사람이니 원앙의 인연도 부럽지 않네

내가 깨우치고 그리워하는 데 어울리는 봄비 내리는 해 질 녘의 창

해 질 녘의 창에 기대어 그대 그리는 나를 닮은 봄비인가

그대 그리워하며 아이 생각하니, 봄밤의 꿈마저 한가하게 잇지 못
하는구나

몇 해인가 헤어짐을 원망하니 내게도 다시 영원한 봄이 찾아왔네

싹트는 어린잎에 내리는 봄비 슬퍼 보이기 시작하고

그대 돌아올 뱃길 아득하니, 그리워하며 듣는 비로 생각되지 않으
려나

봄비에 붉은 동백꽃 지니 주인 없는 집이 더욱 쓸쓸하네

먼 하늘 바라보며 그대 그리운 그날 생각하면 가슴 벅차려나

깊은 밤 꿈에서 깨어 홀로 그대 그리는 머리맡에 가까운 봄비인가

어떨까, 나그네 옷 벗어던지고 빗소리 듣는 봄날의 저녁들

공부하는 나에게 속삭이는 봄비는 그대에게도 그렇겠지

봄비에 흠뻑 젖으며 날개를 나란히 하고 있는 두 마리 새도 기쁘게
는 보이지 않네

그대가 온 것일까, 내가 간 것일까, 속삭임이 꿈이었는지도 알 수
없고

지난날 홀로 지낸 싸리도 저절로 미소 짓는 듯 싹이 텄네

내 팔에 잠들어도 매일 밤 말 없는 아이가 쓸쓸하기도 하려나

빛나는 눈동자도 없는 분에게만 축축해지는 눈물 아시는지 모르시
는지

그대 아직 붓을 놀리고 계시려나, 침실에 있는 내 몸 부끄러워

길가에 피는 홍매화, 사랑스러운 아이가 꿈속에서 미소 짓는 입술
인가 하고 보네

몇 번인가 버렸지만 어떻게 하면 좋을까, 내 것이자 내 것이 아닌
아이를

천진난만하게 잉어 떼와 장난치며 노는 애처로운 모습 눈앞에서 보
네

봄빛 가득한 드넓은 하늘을 부럽게 날아가는 소리개인가

숨겨놓은 것을 보시는 아버지, 나날이 더욱 친해지려나

아주 높은 데 있는 손에 매달려 오늘도 눈물겹게 날이 저무네

물거품처럼 흔적 없는 것을, 인간 세상에서 뭘 바라고 살려는가

글을 많이 쓰는 옛 사람을 남몰래 그리워하는 마음이긴 하나

세쓰코는 이를 작은 수첩에 적어서 기시모토의 집에 놓고 갔다. 그녀
는 오직 기시모토에게만 보여주기 위해 이런 노래를 지어왔다. 기시모토
가 이를 손에 넣은 것은, 예전의 신바시 역에서 멀리 여행길에 오른 3월
25일이 며칠 앞으로 다가온 무렵이었다. 얼마 후 세쓰코는 야나카에서
다음과 같은 편지도 보내왔다.

저번에는 바쁘신데 실례가 많았습니다. 이제 일은 끝내셨나요? 저
번에는 아직 끝나지 않은 것 같아 묻는 걸 그만둘까 생각하기도 하고,
가져간 시가도 일이 끝나지 않으면 보여드리지 않고 그냥 가져올까 하

는 생각도 했는데, 방해나 되지 않았을까 걱정하고 있었습니다. 만약 그러셨다면 죄송합니다. 앞으로도 그런 경우가 있을 때는 그렇게 말씀 해주시기만 하면 무슨 일이든 참겠습니다. …… 이제 25일도 가까워졌 네요. 어쩌면 그렇게 많이 달라졌을까요. 기차 소리가 들리지 않게 되 고 나서도 언제까지고 제자리에 서 있었던 그때의 일을 생각하면 꿈만 같습니다. …… 우리 행복한 거 맞지요? 저에게 주신 루소의 『참회록』 에, 진정한 행복은 말할 수 있는 게 아니다, 오직 느껴질 뿐이다, 그리 고 말할 수 없는 그만큼 잘 느껴질 수 있다, 하는 부분이 있었어요. 정 말 그런 것 같습니다.

76

기시모토의 눈에 나날이 발전해가는 아름다운 여성의 모습이 들어 왔다. 전에 비하면 지금의 세쓰코는 거의 딴사람처럼 변했다. 세쓰코가 아주 어렸을 때부터의 모습을 차례로 떠올렸다. 고향에서 도쿄로 막 올 라왔던 열대여섯 살 무렵, 아직 짧은 기모노를 입고 언니 데루코와 함께 자주 예전의 집으로 놀러 왔던 학생 시절, 그때만 해도 그녀의 여성스러 운 생애가 지금처럼 전개되리라고는 상상도 하지 못했다. 그는 세쓰코가 오랜 침묵에서, 그녀 자신이 한 말은 아니지만 마치 구업이라도 씻고 있 는 듯한 침묵에서 일변하여 지금까지 좀처럼 시를 지어본 적도 없는 사 람이 자신에게 편지 같은 시가를 써서 보낸 것이 신기했다. 그는 세쓰코 의 시가를 되풀이하여 읽으며, 여러 가지 말 뒤에 숨겨진 여성스러운 마 음을 상상했다. 그녀가 세상의 행복을 버리고서라도 기시모토를 따르려는 것은, 그녀의 시가에 원앙의 인연도 부럽지 않다고 표현된 대로였다. 그녀는 결혼을 단념하기 시작한 것이다. 처음부터 기시모토는 그녀 마음대로 되지 않았다. 그녀가 낳은 아이까지도 그녀 마음대로 되지 않았다. 이 세상의 어떤 것도 소유할 수 없는 것이 그녀의 사랑이다. 이런 마음에서 기시모토는 미덥지 않으면서도 그녀가 종교에 다가가려는 것을 생각하고 이루 말할 수 없는 가련함을 느꼈다.

'너는 세쓰코를 저렇게 놔두고 불쌍하다고 생각하지 않느냐. 그녀의 청춘도 이제 곧 지나가려고 하지 않느냐.'

툭하면 이런 목소리가 들려 기시모토를 시험했다. 하지만 "우리 행복한 거 맞지요?" 하는 당사자를 어떻게 해야 한단 말인가. 물론 세쓰코를 기꺼이 자신의 어깨에 짊어지려고 하면 할수록 그는 깊은 죄업을 느꼈다. 어떻게든 그녀를 오랜 고뇌에서 구할 수 있고 행복하게 할 수만 있다면, 약한 인간의 힘으로 그 이상의 운명을 어떻게 할 수 있단 말인가.

기시모토는 자신의 생명이 자꾸 그녀를 향해 쏟아지는 것을 느끼고 있었다. 그는 취미에서도 신기할 정도로 세쓰코와 일치했다. 그녀의 머리카락, 그녀의 옷은 누구보다 그의 취향에 맞았다. 아벨라르의 일생과 관련하여 그의 제자이자 수녀이며 정인이었다는 엘로이즈를 상상하고, 수많은 고명한 수도사들의 생애에도 끊기 힘든 애착의 고통이 있었다는 것을 상상하고, 모든 것을 소유했음에도 어떤 것도 소유하지 않았던 사람들의 비애를 상상하고, 그 상상을 "다 버리고 내 몸은 없는 것이라 생각하지만"이라고 노래한 옛 사람의 정열을 상상했다.

77

이윽고 세쓰코가 다니던 길에는 빨리 피는 동백꽃이 자꾸만 떨어졌
다. 평소처럼 기시모토는 도중까지 마중을 나가 저택이 줄지어 있는 절
부근에서, 야나카에서 오는 세쓰코를 만났다. 혼자 집 부근을 산책하다
가 그 주변에서 도젠지(東禪寺)의 묘지로 통하는 샛길을 알아두었다. 그날
은 세쓰코와 함께 묘지를 걷고 싶어 우선 그쪽으로 그녀를 이끌었다. 기
시모토가 앞장서서 안내한 곳은 언덕 위에 있는 절의 경내를, 본당 뒤쪽
으로 돌아간 곳이었다. 거기에서 도젠지의 묘지로 빠지기 위해서는 새로
운 묘가 늘어선 채 이어진 경사지를 내려가 덤불이 많은 벼랑 하나를 넘
어야 했다. 기시모토는 먼저 그 벼랑을 뛰어내렸다. 그러고 나서 벼랑 끝
의 수목 사이에 서 있는 세쓰코를 올려다보았다.

"내려올 수 있겠어?"

기시모토가 손을 내밀려고 할 틈도 없이 세쓰코는 자신의 양산에
의지하여 벼랑에서 내려온 후 기시모토의 얼굴을 쳐다보았다.

얼마나 많은 사자(死者)들이 잠들어 있는지 알 수 없는, 상당히 넓은
묘지가 두 사람의 눈앞에 펼쳐져 있었다. 앞길에는 이끼가 낀 묘석이 늘
어서 있었다. 그 묘석의 오래된 형식으로 보나, 석재를 아낌없이 써서 만
든 디자인으로 보나 아주 오래된 묘석인 것 같았다. 그 주변에는 어딘지
모르게 폐허 같은 느낌을 주는 장소도 있었다. 언덕이 이어지는 지형의
다소 높은 곳에 있는 묘지 너머에는 오래된 묘라도 옮기고 있는지 네다
섯 명의 사람들이 오가며 열심히 일을 하고 있었다. 기시모토는 세쓰코
와 함께 돌을 간 묘지의 한 구역으로 나갔다. 그곳에 이르자 높은 묘석
에 가려 오가는 사람들의 모습도 보이지 않았고, 흙이라도 파내고 있는

듯한 소리만이 고요한 공기를 울리며 전해왔다.

문득 옛 친구 아오키가 한때 살았던 곳이 넓고 오래된 이 절의 경내였다는 생각이 떠올랐다. 그 무렵 아직 스물한두 살에 지나지 않았던 자신이 세상을 떠난 그 친구와 함께 앉았던 묘 옆에서, 혼담을 결정하지 못하여 아오키에게 의논하러 찾아온 젊은 여성을 본 일이 떠올랐다. 하지만 그는 이런 일을 떠올렸을 뿐, 특별히 세쓰코에게 들려주려고 하지는 않았다. 그는 세쓰코를 데리고 묘지 안의 길을 낮은 산 쪽으로 잡고, 수목이 많은 경사진 지형에 따라 난 돌층계를 올라갔다.

그 작은 산 위에도 거대한 묘석이 늘어선 또 다른 광경이 펼쳐져 있었다. 세상에서 완전히 벗어난 것처럼 고요했다. 짙푸른 하늘에서 내리쬐는 4월 초순의 햇빛이 두 사람의 눈앞에 떨어지고 있었다. 기시모토는 오른손으로 세쓰코의 왼손을 잡고 해가 비치는 묘석 사이를 아주 조용히 걸었다. 마치 이 세상 부부로 생각할 수 없을 만큼의 친밀함이 묵묵히 걷고 있는 세쓰코의 손을 통해 기시모토에게 전해졌다.

하지만 덧없는 환영 같은 마음은 곧 깨졌다. 마침 그 작은 산 위는 시나가와 전찻길에서 다카나와로 다니는 사람들의 길이었다. 세쓰코는 원래 왔던 길 쪽으로 돌층계를 내려가려고 한 지점에서, 경사진 길 가운데에 그림자를 떨어뜨리고 있는 상록수 사이로 재빨리 맞은편에서 걸어오는 사람을 발견했다. 세쓰코는 기시모토 옆에서 떨어졌다.

"저쪽으로 갈까? 묘지 옆에 앉아서 이야기라도 하자."

기시모토는 이렇게 말하고 세쓰코와 함께 돌계단을 내려갔다.

78

"왜 나는 조카딸인 너 같은 사람을 만났을까? 왜 다른 사람에게서 너를 발견하지 못했을까?"

기시모토는 먼저 왔던 묘지의 한 구역으로 돌아가고 나서 세쓰코에게 이런 말을 꺼냈다. 세쓰코는 예의 그 회색 외투를 입은 채 묘 구석에 작은 손수건을 깔고 앉았다.

"하지만 용케 이렇게 발견한 거네요."

세쓰코가 말했다.

"역시 괴로워한 끝이라 발견한 거겠지. 그렇지 않았다면 이렇게 이상한 데로 나오지 않았을지도 몰라."

그때만큼 기시모토는 세쓰코와 단둘이서 느긋하게 바깥 공기를 호흡하거나 파란 하늘을 즐긴 적이 없었다. 세쓰코도, 설사 짧은 시간이라도 나란히 앉아 둘만의 시간을 보내는 것이 즐거운 모양이었다.

"그래, 너한테 물어보고 싶은 것이 있었어." 기시모토가 말했다. "네가 보낸 편지에, 뭐든지 말할 수 있는 때가 왔다고 쓴 적이 있잖아. 이렇게 빨리 그때가 올 거라고는 생각하지 못했다, 적어도 2, 3년은 기다려야 한다고 생각했다고 했는데, 만약 그때 내가 결혼했다면 넌 어떻게 할 생각이었지? 나도 결혼할 생각이었고, 너한테도 결혼을 권할 생각이었거든. 그럴 생각으로 프랑스에서 돌아왔어. 만약 내가 결혼했다면, 그래도 넌 기다릴 생각이었니?"

"그래서 저기압이 일어난 거잖아요."

세쓰코는 살짝 얼굴을 붉히며 대답했다.

세쓰코의 이 대답은 기시모토를 가만히 있도록 놔두지 않았다. 사실 프랑스에서 돌아온 그를 다시 한번 세쓰코에게 다가가게 한 것도 그 신기한 저기압이었으니까.

"아아, 그런가, 그랬구나."

기시모토는 불쑥 이렇게 말하고 오래된 묘석이 늘어선 곳을 이리저리 거닐었다. 세쓰코가 3년이나 기다렸던 것은 좋은 혼담도 아니고 출세의 길도 아니고 프랑스에서 돌아오는 기시모토였다. 그것은 이제 의문의 여지가 없어졌다. 세쓰코에게 일어난 우울증이 뭐였나 하는 것은, 프랑스에서 받은 갖가지 편지 내용과 함께 생각하니 단숨에 풀렸다.

"이제 저기압은 일어나지 않아요."

얼마 후 세쓰코는 감개무량하게 이렇게 말하고 묘지의 구석진 곳을 벗어났다.

"동백꽃이 피었네요."

세쓰코가 말을 꺼냈을 때 그녀는 이미 벼랑 위로 올라 새로운 묘가 있는 경사진 곳을 기시모토와 함께 걷고 있었다. 잠시 둘이서 앉았다가 온 묘지의 한 구역도 눈 아래로 내려다보였다.

"하지만 3년간 용케 기다렸구나." 기시모토는 걸으면서 세쓰코를 보았다. "네 손이 성했다면 그렇게 기다릴 수 없었을지도 모르지."

"그러게요. 이 손이 성했다면…… 시집가지 않으면 안 되었을지도 모르지요. 이 손에는 정말 감사를 표하지 않으면 안 되겠네요."

"하지만 세쓰코, 넌 정말 그래도 좋은 거야? 앞으로 이렇게 혼자 살아갈 수 있겠어?"

"그렇게 믿음이 없는 건가요?"

세쓰코가 힘주어 한 말은 기시모토를 안심시켰다.

79

묘지에서 보낸 시간은 짧았다. 그러나 그날 저녁까지 세쓰코와 함께 집에서 보내는 동안에도 기시모토는 더욱 잊기 힘든 인상을 받았다. 그러고 나서 2, 3일 지나 그는 야나카에서 보낸 편지를 받았다. 요시오 형의 뜻을 받들어 세쓰코가 대필한 돈 문제에 관한 편지였는데, 그녀는 특별히 연필로 적은 시가를 동봉했다.

다홍색 동백꽃은 두 사람이 걷는 묘지 길에도 떨어졌네
그대도 없이 내 몸도 없이 두 영혼 고요히 봄빛 안에
푸른 잎 사이로 봄빛은 부드럽게 이끼 긴 돌 위에 떨어졌네
손잡고 조용히 걷는 돌계단, 봄바람 느리게 귀밑머리에 부네.

이를 읽고 기시모토는 묘지에서의 일이 그녀에게 꽤 인상 깊은 것이었음을 알았다.

그 무렵부터 세쓰코는 얼굴에 바르는 분 같은 것도 되도록 눈에 띄지 않게 엷게 발랐다. 사소한 이 일은 기시모토의 마음을 기쁘게 했다. 그녀가 얼굴을 엷게 화장하는 것은 기시모토의 충고를 흔쾌히 받아들인 것이었으니까. 그것이 또 지금까지에 비해 얼마나 그녀를 자연스럽게 했는지 몰랐다. 동시에 그는 늙어가는 사람의 마음이 자기도 모르게 이런 충고의 형태로 나타났다고 생각했다. 그녀를 되도록 눈에 띄지 않게 하려는 것은 사실 자신의 질투심임을 부끄러워하지 않을 수 없었다. 그 마음은 어쩌면 젊은 사람들과 접촉할 기회를 가진 그녀의 처지를 향한 것이었으리라. 하지만 그 질투심은 가볍게 지나가는 정도였다. 어느 날 그

는 세쓰코 앞에서 그런 마음을 이야기하기도 했다.

"우리 집에는 꽤 여러 유형의 여자들이 찾아와. 그래도 너는 신경이 안 쓰이는 거야?"

그가 반은 농담으로 이런 말을 꺼냈을 때도 세쓰코는 쓴웃음을 지으며 상관하지 않았다.

"이런 마음에는 질투심이 따르기 마련이야. 특별히 그런 감정이 일어나지 않는다는 건 이상한 거 아냐?"

그가 이렇게 말하자 세쓰코는 평소의 어투로 대답했다.

"그럴 여유가 없는 거겠지요."

세쓰코가 모든 것을 바쳐 기시모토를 따르려고 하는 마음은 그에게도 잘 느껴졌다. "넌 언제까지나 내 거지?"라고 그가 물었을 때 "예, 언제까지나요" 하고 대답한 대로 그녀는 이미 기시모토의 것이었다. 그럼에도 불구하고 아무리 요구해도 얻을 수 없는 애착의 간절함은 자신의 것이면서도 자신의 것이 아니라고 생각하는 세쓰코를 어떻게 할 수 없었다. 밤이 되면 쓸쓸한 곳에 있는 그의 영혼은 자꾸 세쓰코의 이름을 불렀다. 그녀는 자신과 함께 있다, 자신 역시 그녀와 함께 있을까, 그런 생각을 하면서 혼자 잤다. 어쩌면 그는 반은 꿈처럼 자신의 귓가에서 부드럽게 속삭이는 듯한 목소리를 들었다.

"우리 서방님."

그 소리가 나는 곳을 열심히 찾으려고 할 때마다 그의 팔 안에는 아무것도 없었다. 그의 손은 오직 허공을 움켜쥘 뿐이었다.

80

요시오 형의 가족과 분가한 이후 할머니, 구메와 함께 시작한 기시모토의 간소한 생활도 이제 반년쯤 되었다. 기시모토의 집에 없어서는 안 되는 할머니는 형의 집에서도 없어서는 안 되는 가정의 조화자라서 그렇게 오랫동안은 다카나와의 집에 붙잡아둘 수 없는 사정이 생겼다. 기시모토가 이 할머니를 잃는 것은 집에서 중심이 되는 사람을 잃는 것과 마찬가지였을 뿐만 아니라, 모처럼 공부할 생각으로 자신의 집에 와준 구메도 자칫하면 아이들 때문에 방해받기 쉬워질 것이라 딱한 일이었다. 그는 부자연스럽게 억제되어 있던 아이들의 성격이 할머니와 구메의 온정 밑에서 얼마나 급격하게 풀어졌는지를 지켜보았다. 그 결과 어머니 없는 아이들이 달랠 수는 있어도 혼을 낼 수 없는 사람들에게 얼마나 골칫거리가 되는지를 보았다. 특히 둘째 시게루가 한번 떼를 쓰기 시작하면 울다 지칠 때까지 그치지 않았고, 나날이 심해지는 이 아이의 응석은 구메와 하녀까지도 울리고 말았다. 어떻게든 자신이 키울 수밖에 없다, 되도록 자연스러운 쪽으로 의지할 곳 없는 아이들을 데려가 그들의 성장을 기다릴 수밖에 없다, 이렇게 생각한 기시모토는 아무튼 다카나와의 집을 떠나기로 결심했다. 그는 아이들 일로 더 이상 할머니와 구메에게 걱정을 끼칠 수 없었다.

그래서 한 가지 계획을 세웠다. 센타, 시게루와 함께 하숙으로 옮기는 일이었다. 그는 파리에서 경험한 3년간의 하숙 생활이 이 계획에 얼마간 도움이 될 거라는 기대를 가졌다. 그렇지만 그 계획은 아직 누구에게도 말하지 않았다.

세쓰코를 위해 재혼을 단념한 기시모토가 이렇게 가정을 벗어나는 것은, 그리고 여행자의 생활로 돌아가는 것은 오히려 그에게는 당연한 과정처럼 생각되었다. 어느 날 그는 야나카에서 오는 세쓰코를 그런 마음으로 기다렸다.

세쓰코가 찾아왔다. 마침 집의 식구들은 할머니를 비롯해 아이들과 하녀까지 우에노로 꽃구경을 나갔고 기시모토 혼자 쓸쓸하게 집을 지키고 있었다. 세쓰코는 평소처럼 먼저 할머니를 보려고 목제 화로가 있는 방으로 갔다.

"할머니는요?"

이렇게 묻는 그녀를 맞이하고 보니 집 안은 마치 절간처럼 조용했다. 기시모토는 예전 아사쿠사의 집에서 자주 식구를 내보내고 대문을 잠가둔 채 혼자만의 쓸쓸함을 즐기곤 했던 일을 떠올렸다.

"오늘은 모두 꽃구경을 나가서 나 혼자 집을 지키고 있다. 너도 돌아갈 거라면 지금 돌아가도 돼."

"그럼 돌아갈까요?"

세쓰코는 일부러 이렇게 말하고 나서 복도를 따라 안쪽 방으로 왔다. 기시모토는 누구보다도 먼저 세쓰코에게 자신의 손으로 센타와 시게루를 키워볼 결심을 했다는 것, 그렇게 하기 위해서는 머지않아 적당한 하숙집을 찾아 아이들과 함께 이사할 생각이라고 말했다.

"남자 손으로 과연 할 수 있을지, 가능하든 안 하든 나는 아이들을 키워볼 생각이다."

기시모토의 이런 결심은 세쓰코를 그다지 놀라게 하지 못했다.

81

"드디어 다카나와도 끝인가요?"

세쓰코는 이 지붕 아래에서 기시모토보다 많은 추억을 갖고 있었다. 그녀를 이 집으로 오게 하고 나서 먼 여행길에 오른 것은 기시모토였지만, 3년간의 어두운 세월을 이곳에서 보낸 것은 그녀 자신이었으니까.

그때가 되고 보니 4년 동안 살아 낡은 집 안의 모습이 새삼스레 기시모토의 눈에 들어왔다. 4년 전 세쓰코가, 시나가와에서 떠나는 기차 소리가 들리지 않을 때까지 꼼짝 않고 서 있었다는 뜰 앞은 이미 봄이 완연하여 푸르디푸른 어린잎이 초목의 느낌을 더해주고 있었다. 제대로 손질을 한 적 없는 뜰의 나무는 모두 야성으로 돌아간 것처럼 보였다. 매화나무 가지는 특히 멋대로 뻗었고 해묵어 거무스름한 잎 위에 다시 새로운 잎을 붙이고 있었다. 뜰 구석에는 오토메 동백나무와 나란히 늦게 핀 붉은 동백꽃도 있었다. 한창인 꽃과 푸른 잎은, 황폐해지고 썩은 처마 끝의 느낌과 뒤섞여 안쪽 방 툇마루 끝에 있는 오래된 유리문으로 다가올 것처럼 비치고 있었다.

회색에 은실이 뒤섞인 먼 곳의 소나기 같은 추억의 집
은색도 좋고 회색도 정겹게 펼쳐진 두루마리 그림

기시모토에게 떠오른 것은 이 노래였다. 다카나와에서의 생활도 이제 얼마 남지 않았다고 생각하니 섭섭한 마음에 최근에 세쓰코에게서 받은 편지에 덧붙여 써 넣은 노래다. 하지만 그는 섣불리 그런 문구를 꺼내서 그녀의 얼굴을 붉히게 하지 않으려고 그녀 앞에서 흥얼거리지는 않았다.

"동백꽃이 참 예쁘게 피었네요."

이렇게 말하는 세쓰코와 함께 기시모토는 곧 툇마루에서 뜰로 내려
갔다. 가늘고 강한 동백나무 가지 아래쪽에는 커다란 붉은 꽃이 잎과 잎
사이에 여기저기 난만하게 피어 있었다. 꽃잎의 형태를 그대로 갖춘 채
뜰에 떨어진 것도 있었다. 기시모토는 그 동백나무 아래에서 섭섭한 눈
의 세쓰코를 쳐다보았다.

"네 머리에라도 꽂아보면 어떨까?"

기시모토가 이렇게 말하자 세쓰코는 여기저기서 꽃망울을 찾았지만
그녀가 따려고 하는 것은 모두 손에 닿지 않았다. 그때 기시모토는 세쓰
코의 손이 동백나무 가지에 닿을 만한 위치까지 그녀의 몸을 안아 올려
줄 만큼 장난스러운 기분이 되었다.

세쓰코는 드물게 보는 쾌활하고 억누를 수 없는 웃음소리와 함께 뜰
로 내려왔다. 그녀는 꺾어 든 붉은 동백꽃을 살짝 머리에 대보기만 했을
뿐 특별히 꽂으려고 하지는 않았다. 기시모토는 잠시 세쓰코와 나란히
툇마루에 걸터앉아 정오에 가까운 봄빛이 뜰 위에 비치는 것을 바라보며
조용히 둘만의 시간을 즐기려고 했다.

82

세쓰코는 뜰에서 툇마루로 올라가 점심 준비를 하려고 부엌 쪽으로
갔다. 기시모토는 목제 화로가 있는 할머니 방에서 세쓰코와 단둘이 간
단한 점심을 들었다. 그녀가 뜰에서 가져온 동백꽃은 목제 화로 위에 놓

아두었다.

기시모토의 눈에 비친 그날의 세쓰코는 평소 어렵게 여기지 않으면 안 되는 누군가를 완전히 잊어버린 사람처럼 보였다. 그것이 또 지나치게 조심성이 많은 평소의 그녀보다 얼마나 더 자연스럽게 보였는지 몰랐다. 옷자락에 짙은 갈색 가선을 두른 폭이 넓은 수수한 기모노까지 이방 저 방을 다니는 그녀의 동작에 잘 어울려 보였다.

"너는 원래 조용한 곳을 좋아하지? 그게 나와 일치하는 점일지도 모르겠다."

기시모토는 이런 말을 남기고, 세쓰코에게 대접할 것을 찾으려고 잠 간 다카나와의 거리로 나갔다 오려고 했다.

"세쓰코, 잠깐 집 좀 보고 있어. 나가서 과자라도 좀 사 올 테니까."

기시모토는 이렇게 말하고 나갔다.

기시모토가 거리에서 돌아왔을 때 세쓰코는 안쪽 방에서 차를 끓일 준비를 하고 있었다. 아직 4월 하순인데도 그는 진기하게도 댓잎으로 말아서 찐 떡 같은 것을 사 왔다. 남자아이의 명절인 단오가 다가왔다는 것을 떠올리게 하는 찐 조릿대 잎 냄새는 세쓰코의 입에서 그녀가 잊으려고 해도 잊을 수 없는 아이 이야기를 끌어내기에 충분한 것이었다. 기시모토는 자신과 그녀 사이에서 태어난 남자아이에 대해 그때 처음으로 여러 가지 이야기를 들었다.

"이름이 지카오라고 했지? 그 이름은, 어떤 스님이 자기 아이한테 지어주려고 생각해둔 것을 일부러 양보해주었다고 네가 편지에도 썼잖아."

이렇게 모르는 아이의 존재를 생각해보는 것만으로도 마음이 떨렸던 여행 당시에 비해 기시모토는 그때와는 전혀 다른 마음으로 세쓰코 앞에서 이런 말을 할 수 있게 되었다. 세쓰코는 이제 죄업 자체도 그리운 듯한 표정으로 잠시 그녀가 출산을 위해 갔다는 벽촌으로, 그곳에 있던 산파의 집 2층으로 기시모토의 상상을 이끌어가려고 했다. 불행하지만, 그럼에도 불구하고 행복한 아이가 친부모 못지않게 친절한 양부모를 얻어 평화로운 농가의 가정에서 자라고 있다는 이야기를 하는 그녀의 얼굴에는 괴로운 어머니다운 특별한 표정이 떠올랐다.

"그렇구나, 그 집에서는 낚시터를 하고 있다는 말이지? 조만간 잉어 낚시라도 하러 온 사람처럼 꾸미고 한번 가볼까?"

기시모토의 이 말에 세쓰코는 미소를 지었다.

"하지만 어디서 어떤 사람을 만날지 알 수 없으니까요." 세쓰코가 말했다. "그 시골에서 많은 신세를 진 여의사에 대한 이야기를 파리에 편지로 써서 보냈잖아요. 그 사람을 만났어요. 아버지가 다니는 안과병원에서요. 그 사람도 지금은 안과 쪽의 조수겠지요."

세쓰코의 이야기는 잠깐 끊어졌다. 그 침묵이 무엇인지는 말보다 분명하게 기시모토의 가슴에 전해졌다.

"네 어머니는 대체 어떻게 된 걸까?" 기시모토는 그 침묵이 이어진 후에 말을 꺼냈다. "어머니는 '그 일'을 알고 있을까?"

"어머니는 알고 있을 거예요."

세쓰코가 말했다.

"데루코는 어떨까?"

"언니도 알고 있을지도 몰라요. 마침 언니가 출산하러 돌아왔을 때 제가 이 집에 없었으니까요. 언니가 아버지한테 가서 물으면 어머니한테 가서 물어보라고 하고, 어머니한테 가서 물어보면 아버지한테 가서 물어보라고 하니, 언니도 이상하게 생각했겠지요. 그때 아버지는 아직 나고야에 계셨으니까요."

"그럼 아이코는?"

"글쎄요. 네기시의 언니는 어떨지……"

세쓰코는 말이 막혔다. 또 잠시 두 사람은 묵묵히 마주하고 있었다.

"어쩐지 좀 이상한 기분이 드는데."

기시모토가 이렇게 말하자 세쓰코는 그 말을 이어받았다.

"하지만 이젠 다 옛날이야기예요."

깊은 한숨이라도 쉬는 것처럼 그녀는 기시모토에게 이렇게 말했다.

83

집에 둘이서만 있는 즐거운 하루도 이윽고 슬프게 저물어갔다. 세쓰코는 한 달쯤 전에 기시모토에게서 받은 남자아이 인형을 소중히 하며 살짝 어머니다운 슬픔을 의탁했다. 그 인형에 검은 옷을 입히고 검은 두건까지 씌워 자신의 아이라도 데리고 오는 듯이 보자기 안에 숨겨 가져와 기시모토에게 보여줄 정도였다. 그 이야기를 하려고 별렀으나 지금까지 그 이야기를 할 기회도 찾지 못했다고 말하고 싶어 하는 것 같았다. 세쓰코는 기시모토가 어머니로서의 마음을 이해해주는 것이 무엇보다 기쁜 것 같았다. 하지만 두 사람 사이에서 태어난 아이 이야기가 나올수록 기시모토는 엄중한 현실감을 느꼈다. 세쓰코는 그 이야기와 관련하여 벽촌에서 산후조리를 하는 동안 자주 그 여의사에게 이끌려 자신의 아이를 데려간 집으로 놀러 간 이야기를 했다. 그 집 사람들은 자꾸만 그녀의 내력을 알고 싶어 했고, 여러 가지로 손을 써서 탐색해본 일이나 이름을 밝힐 수 없다면 도쿄의 어디쯤에 사는지 적어도 방향만이라도 가르쳐달라고 했는데 그것만은 거절하겠다며 여의사가 끝내 밝히지 않았다는 이야기를 했다.

"귀여워해주고 있어요. 그 아이 눈이 안 좋았을 때는 그 집 아저씨가 매일같이 업고 의사한테 갔고요."

슬슬 집 안이 어두워지기 시작했다. 아직 바깥은 환했지만 기시모토와 세쓰코는 귀가가 늦어지는 할머니 등을 걱정했다.

"세쓰코, 너도 돌아갈 준비를 해야지."

기시모토가 이렇게 말했을 때 세쓰코는 일어서려고 하면서 일부러 말했다.

"저는 이제 돌아가지 않겠어요."

세쓰코의 말투에는 기시모토가 웃음을 터뜨릴 만큼의 솔직함이 있었다.

"할머니와 아이들도 곧 돌아올 것 같은데."

이렇게 말하며 기시모토는 이방 저방을 둘러보았다. 북향의 방 바깥에서 부엌으로 통하는 복도의 지붕에는 작은 채광창이 있고, 그 창으로 비쳐 드는 황혼 녘의 햇빛이 복도에 접한 작은방의 장지문을 희미하게 밝혀주고 있었다. 세쓰코는 경대 앞에 서서 메마른 머리를 매만지며 돌아갈 준비를 하고 있었다. 기시모토는 아무렇지 않게 세쓰코 뒤에 서서 거울에 비친 그녀의 여성스러운 모습을 바라보았다. 그때 세쓰코는 기시모토의 가슴에 머리를 바짝 대고 이 집을 차마 떠나지 못하는 듯한 온화한 표정을 거울에 비쳤다. 꽃구경을 하러 나간 사람들은 얼마 후 먼 길에 지쳐 돌아왔다.

"다녀왔네."

이렇게 말하는 할머니와 함께 센타와 시게루의 즐거운 웃음소리에 갑자기 집 안이 떠들썩해졌다.

"덕분에 아주 즐거웠습니다."

하녀도 이렇게 말하며 기진맥진한 채 돌아왔다.

"아빠, 오늘 큰 실수를 했어." 성격이 급한 시게루가 누구보다 먼저 가는 길에 먹은 점심 이야기를 꺼냈다. "센타 형이 메밀국수집으로 착각해서 요리점으로 뛰어드는 바람에 계란말이에 생선, 닭고기, 야채를 끓인 요리가 나왔는데, 엄청 비쌌어."

"메밀국수집이라고 착각한 거지."

센타도 웃음을 터뜨렸다.

"그건 그렇고 아가씨가 오셨는데 오늘은 점심 준비도 해놓지 않았네요."

하녀가 세쓰코를 보고 이렇게 말했다.

이 하녀는 세쓰코를 '아가씨'라고 불렀다.

"아니, 그냥 있는 걸로 먹었어."

세쓰코는 이렇게 대답하고 할머니와 기시모토가 저녁을 먹고 가라고 잡는 것도 마다하고, 돌아갈 길이 어두워지는 것을 염려하면서 총총히 야나카로 돌아갔다.

84

기시모토는 아이를 동반한 여행자 같은 방침을 향해 움직였다. 이제 가정이라는 것에 미련이 없는 자신만의 거처를 하숙집에서 찾으려고 했다. 단오가 다가온 무렵에는 센타와 시게루가 어렸을 때 장식한 오래된 긴토키(金時)* 인형이나 잉어 드림 등을 꺼내보거나 댓잎에 말아서 찐 떡으로 축하하는 것을 기대하고 있는 동안, 그는 일부러 창포 잎을 걸어놓은 처마 끝도 마지막으로 보는 듯한 기분으로 이미 다카나와를 떠나려는 마음의 준비를 시작하고 있었다.

다카나와의 집에 모여 아이들을 보살펴준 사람들, 특히 구메는 기시모토의 결심을 의심스러워했지만 결국 그의 뜻에 찬성해주었다. 할머니는 야나카로, 구메는 그녀의 집으로, 하녀는 그녀대로 제각각 떠날 때가 다가오고 보니, 집안 사람들은 서로 이별을 아쉬워했다.

5월 15일이 지날 때쯤 기시모토는 아타고시타 쪽에서 적당한 하숙집을 찾았을 정도로 일이 진척되었다. 그때까지도 그는 두 아이에게 하숙집으로 간다는 말을 하지 않고 있었다. 학교 친구 중에 가정에서 다니지 않는 아이가 없는 마당에 센타와 시게루가 어린 마음에 과연 자신의 말을 들어줄까, 이런 생각에 몇 번이나 망설였던 것이다.

어느 날 할머니와 구메도 함께 모여 있는 식탁 옆에서 기시모토는 아이들에게 그 이야기를 꺼냈다.

"어때, 아빠는 너희를 기숙사에 데려갈 생각인데. 요시오 큰아버지 댁에서는 할머니를 모셔간다고 하고, 아무래도 이 집을 떠나지 않으면 안 될 것 같다. 다른 집들은 엄마가 있으니까 다들 집에서 학교에 다니지만 너희는 엄마가 없으니까. 그래서 아빠는 기숙사를 생각했다. 아빠가 너희와 함께 그 기숙사에 들어갈 거야. 어때, 아빠하고 같이 갈래?"

"갈래."

시게루가 말했다.

---

* 긴타로〔金太郞: 사카타 긴토키(坂田金時)라는 전설적 영웅의 어릴 때 이름〕를 본뜬 인형.

"아빠." 센타는 동생의 말을 가로막듯이 아버지를 불렀다. "기숙사에서 학교에 갈 수 있어?"

"그럼, 갈 수 있고말고."

"밥도 거기서 먹여주는 거야?"

이번에는 시게루가 물었다.

"먹여주고말고. 그러니까 기숙사지. 그 대신 기숙사에 들어가면 너희는 아빠가 먹는 것을 먹어야 해. 기숙사에서는 이게 싫다, 저게 싫다, 할수가 없거든. 나오는 것은 무조건 먹어야 해. 그래도 괜찮겠어?"

"어어, 괜찮아."

센타가 아무렇지 않은 듯이 말했다.

"기숙사에는 다른 사람도 있어. 거기에 가서도 시게루처럼 떼를 쓰면, 그건 아주 큰일이야. 많이 고쳐야 해. 큰 소리로 고함을 지르거나 장지문을 찢기라도 하면 하루 만에 쫓겨날 거야."

"기숙사에 가면 나도 고칠 거야."

시게루가 머리를 긁적였다.

"어머 얘 좀 봐, 진작 좀 고치지."

구메가 이렇게 말하며 웃었다.

뜻밖에 센타와 시게루가 얼른 받아들였기 때문에 기시모토는 조금 안심했다. 그뿐만이 아니었다. 변화를 좋아하는 아이들은 하루라도 빨리 아버지가 말하는 기숙사를 보고 싶어 했다.

다카나와를 떠날 때가 오고 보니, 시나가와 역에서 타고 온 인력거에서 내려 혼자 쓸쓸히 이 집 문 앞에 섰던 귀국일 이후의 일이 어쩐 일인지 기시모토의 가슴에 한꺼번에 밀려왔다. 아직 그의 마음은 어둑어둑하게 따라붙는 비밀의 그림자에서 벗어날 수 없었다. 하지만 그 어둑어둑함은 먼 타국에서 지낸 세월의 어둠과는 비교가 되지 않았다. 걸으면 걸을수록 그의 마음은 환해졌다. 이 기쁨은 앞으로 계속 가야 할 곳으로 가려는 그를 격려해 마지않았다.

하숙집으로 옮기기 전날, 기시모토는 대강 살림살이를 정리했다. 반년 남짓 함께 생활했던 기념으로 할머니에게는 소노코가 있을 때부터 갖고 있던 낡은 옷장을, 구메에게는 뤽상부르 공원의 풍경을 그린 유화 그림을 나눠주었다. 할머니가 등불 올리는 것을 소홀히 하지 않았던 불단에는 낡고 작은 위패가 녹슨 금빛으로 빛나고 있었다. 기시모토는 먼 이국까지 가져간 기념할 만한 가방을 들고 와 그 안에 위패를 넣었다.

"봐라, 엄마가 가방 안에 들어가버렸다."

그는 센타와 시게루에게 이렇게 말하고 가방을 아이들 앞에 들어 보였다.

"나도 엄마를 들어볼 거야."

두 아이는 번갈아 그 가방을 들고 다녔다.

이튿날 아침은 6월이었다. 야나카에서는 세쓰코가 할머니를 모시고 갈 겸 도와주러 왔다. 기시모토는 예전 아사쿠사의 집에서 옮겨 심은 싸리의 뿌리를 나눠 한 그루는 구메에게 주고, 한 그루는 야나카로 가는 짐마차 끝에 실었다. 낡은 가구 등이 움직일 때마다 눈에 익은 집 내부의 광경이 무너져갔다.

할머니를 비롯하여 구메와 하녀는 하숙집까지 아이들을 바래다주고 싶다며 모두가 아타고시타를 향해 출발했다. 기시모토는 모두보다 한발 늦게 맨 나중에 다카나와의 집을 떠났다.

오래된 절이라도 보는 듯이 푸른 이끼가 긴 뜰 안쪽의 후미진 곳에 있는 별채에 도착한 사람들은 빨리 도착한 짐과 함께 기시모토를 기다리고 있었다. 기시모토는 동쪽과 북쪽이 열린 고풍스러운 단층 건물에 새로운 거처를 마련했다. 방은 두 개인데 하나는 자신의 서재로, 다른 하나는 아이들의 방으로 할 수 있었다.

"뭐야, 기숙사라고 생각했더니 여관이잖아."

시게루의 말에 그곳에 모여 있는 일동이 웃었다. 하지만 센타도 시게루도 이 하숙집으로 옮겨 온 것을 신기하게 여기며 별채에서 본채 쪽으로 통하는 복도를 자꾸만 왔다 갔다 했다.

마침 점심때였다. 기시모토는 할머니 등과 함께 식사를 하고 여러 가지로 신세를 졌다며 고마움을 표한 뒤 모두와 헤어졌다. 이 하숙집에는 최근에 타이완에서 온 한 학생도 데려왔다. 오랫동안 타이완에서 살고 있는 다미스케 형의 소개였다. 설령 잠시라도 그 청년을 보살피며 함께 사는 것이 아이를 둔 기시모토에게는 무엇보다 마음 든든한 일이었다. 이제 그는 센타와 시게루의 아버지일 뿐만 아니라 어머니였다. 이런 생활은 아이들에게 상당한 시간과 주의력을 할애하지 않으면 안 되는 일이었지만 그의 마음을 무척 안심시켰다. 어쩐지 그는 이웃집을 나와 자신의 집으로 옮겨 온 것 같은 심정이었다.

　숙부는 앞으로 제가 실망하여 지나쳐버린 길을 걸어가려고 해요. 저와 달리 숙부는 분명히 성공한 사람이에요. 실망할 것이 아무것도 없으니까요. 얼마 전에 이야기를 들으면서 육아에 흥미를 갖게 되었다고 하셨을 때는 좀 이상하게 생각했는데, 그것은 결국 남자와 여자의 차이인지도 모르겠어요. 저는 어머니라는 이름이 붙을 때부터예요. 잃어버린 아이를 위해 바랐던 것, 그리고 제가 아무리 구해도 얻을 수 없는 것을 다른 아이에게, 하며 결심했어요. 그것은 아이의 진정한 요구일 거라고 생각했기 때문이에요. 제 힘은 아주 미약해요. 그래도 마음만은 결코 다른 사람에게 뒤지지 않는다고 생각해요. 하지만 전혀 생각이 다른 한 가족이니, 아무리 애를 쓴다고 해도 같은 궤도에 설 수 없었어요. 열두 달이나 걸려 이제야 가까스로 구축한 근거도 금세 무너져버린걸요. 아이를 정말로 일개 인간으로 생각하기도 하고 대하기도 한 일이 자신을 중시하게 하는 일일 거라는 생각과 어른을 전능한 신처럼 생각하게 하려는 최면을 걸어두고 싶은 생각이 양립할 리가 없지요. 그리고 그 최면을 끝내기에 저는 너무나도 뿌리 깊은 죄인이었어요. 게다가 또 하나는 숙부에게서 맡은 어린아이든 제 동생이든 진짜 부모자식 사이가 아니면 통하지 않는 점이 없지 않았어요. 제 아이니까, 다른 사람의 아이니까, 하는 생각에서가 아니라 어떻게 해볼 수 없는 일일 거라고 생각해요. 지금 숙부는 상당히 고생하고 계실 거라 생각해요. 하지만 그것은 한 발씩 서로의 마음이 가까워져가는 것이기 때문에 아이들에게도 잠깐의 동요는 있겠지만, 아마도 진정한 감사와 신뢰의 정으로 해바라기 꽃처럼 빛 속을 걸을 수 있을 거라고 굳게 믿어요. 그런 것을 가질 수 있는 분이 저는 부러워요.

세쓰코는 아타고시타의 하숙집으로 이런 편지를 보내왔다. 그녀는
자신의 실패를 말함으로써 남자의 손 하나로 아이를 키워가려는 기시모
토를 격려해주었다.

기시모토가 이 편지를 받은 것은 하숙집에서 꽤 안정을 찾은 무렵
이었다. 왜 그가 기꺼이 이런 생활을 시작했는지, 그 깊은 사정은 세쓰코
외에 아는 사람이 없었다. 몇 번이고 그는 요시오 형에게 이 하숙집까지
오게 된 경위를, 세쓰코와 자신의 모든 관계를 밝히려고 결심하지 않은
건 아니었다.

너희는 숙부와 조카딸이 아니냐. 너희가 하는 일은 결국 부덕의
지속이 아니더냐.

형의 답장을 상상하면 이 말밖에 없었다. 그렇게 생각할 때마다 기
시모토는 탄식하며 천성인 침묵으로 돌아갔다.

87

아타고시타의 하숙집에는 기시모토가 파리의 하숙 생활을 떠올리
게 할 만한 것이 하나도 없었다. 플라타너스 가로수가 비치는 창 대신 여
기에는 뜰의 푸른 소나무 잎이 보이는 장지문이 있다. 몽파르나스 거리의
전차 소리, 커다란 짐마차 소리, 그 밖의 석조 거리에서 유리창으로 전해

오는 엄청난 거리의 울림 대신, 여기에는 시내라고 해도 조용한 안채의 2층과 아래층에서 뜰을 사이에 두고 들려오는 손님들의 이야기 소리나 담배합 소리뿐이다. "준비 다 되었습니다" 하며 식사 때마다 방문을 두드리러 오는 프랑스의 하녀 대신, 이곳에는 밥상이나 밥통을 들고 안채의 부엌에서 오는 하녀가 있다. 침대와 촛대에서 세면기까지 놓여 있는 방의 구석진 벽 위에 걸린 소크라테스의 최후를 그린 그림 같은 것 대신, 이곳에는 중인방 위의 무늬 같은 낡은 부채 표면을 붙인 가로로 긴 액자가 있다. 모든 것이 동떨어졌다. 그럼에도 불구하고 기시모토는 파리의 하숙 생활에 대한 추억을 이곳에 와서 환기하려고 했다. 그 이국땅의 숙소에서 홀로 학예를 즐겼던 것처럼 지금 이 별채의 장지문 옆에 책상을 놓고 귀국 이후 일도 시작하지 못한 지난 1년의 세월을 어떻게든 만회하려고 했다. 그는 가을까지는 여행기의 원고를 완성하려고 생각했다. 그것을 위해 전심전력으로 책상과 마주하려고 하는 이유에서도, 세쓰코를 통해 이따금 들려오는 요시오 형의 싫은 소리를 피하려고 하는 이유에서도, 그는 잠시 세쓰코에게서 떨어져 있으려고 생각했다.

하숙집으로 옮긴 지 한 달쯤 되었을 무렵, 세쓰코는 더위도 위로할 겸 예의 연필로 흘려 쓴 편지를 보내왔다.

저번에 뵈었을 때도 수염을 기른 탓만이 아니라 어쩐지 수척해진 것 같아 제가 무척 죄송한 일을 하고 있는 듯했어요. 하나에서 열까지 걱정만 끼쳤어요. 저번에 찾아뵙기 2, 3일 전부터 몸이 조금 안 좋아져서 어제는 아버지를 모시고 병원에 갔다 돌아오는 길에 걸을 수 없게 되고 말았어요. 하긴 무리해서 나간 것이긴 하지만, 반쯤은 정신이 없는 상태에서 야나카의 집에 간신히 도착할 수 있었어요. 이런 경우에도 숙부를 떠올려요. 제가 멋대로 말할 수 있는 것은 숙부와 함께 있을 때뿐이에요. 지금의 상황도 힘들어요. 그러고 보니 오늘 밤은 칠월칠석이네요. 작년 이맘때는 외국에서 돌아올 숙부를 얼마나 기다렸는지 몰라요. 아무리 직녀인 체해도 그 무렵의 숙부는 아직 견우가 아니었지요. 몸 상태가 좀 안 좋아져 이만 줄일게요. 이 편지를 받을 무렵은 어쩌면 가까스로 만나 기쁘다고도 슬프다고도 할 수 없는 기분을 느꼈던 작년의 그즈음일지도 모르겠네요.

세쓰코의 편지는 애써 떨어져 있으려고 생각한 기시모토의 마음을 그녀 쪽으로 휩쓸리게 했다. 어쩌면 그 편지에는 "직녀를 무서워하는 견우는 없어요"라는 순진한 태도로 쓴 부분도 있었다. 세쓰코의 그런 순진한 구석이 그녀가 젊다는 것을 입증하고, 오히려 기시모토의 마음에 애처롭게 달라붙었다.

하숙집으로 옮기고 나서 기시모토는 아이들의 신변을 보살피는 일에 여자의 손을 빌리고 싶을 때가 많았다. 그런 의미에서도 다카나와에서 살던 때와 마찬가지로 토요일마다 찾아오는 세쓰코가 그에게 상당한 도움이 되었다. 하지만 그는 폭염이 계속되는 동안 세쓰코가 찾아오는 횟수를 줄이려고 했다. 한 달에 두 번만 오게 한 것이다. 어떻게든 자신의 정신적 동요가 좀더 진정되기를 기다리려고 한 것이다.

88

기시모토는 세쓰코에게 염주를 주었다. 여러 개의 투명한 유리구슬을 파랗고 청초한 가느다란 끈에 끼운 것으로, 여자가 지니는 데 알맞게 만들어져 있었다. 그가 이사한 하숙집 부근은 조조지(增上寺)를 중심으로 오래된 절이 많은 동네여서 그런 것을 쉽게 구할 수 있었다. 게다가 싸게 구할 수 있었다.

간소하지만 마음을 담은 선물은 세쓰코를 무척 기쁘게 했다. 그녀가 염주를 받아들고 돌아간 것은, 7월 중순경 아타고시타로 찾아온 날이었다. 기시모토도 잠시 그녀에게서 떨어져 있으면서 여행기 원고를 계속해서 쓰고 있던 무렵이었다. 나중에 보낸 그녀의 편지에는, 무척 좋은 물건을 받았다, 야나카로 돌아가서도 몇 번이나 살짝 걸어보았다, 언젠가 자신도 남자가 지닐 수 있는 것을 구해 답례를 하고 싶다고 쓰여 있었다. 기시모토는 세쓰코가 야나카의 집 2층 다다미 석 장짜리 방에 있는 것을 상상하는 것이 즐거웠다. 의심스럽긴 해도 종교로 나아가려고 하는 그녀의 손궤 안에 자신이 선물한 뜨거운 사모의 증표를 놓아두는 것을 생각하는 것도 즐거웠다.

세쓰코의 그때 편지는 염주를 선물한 데 대한 감사의 뜻으로만 쓴 게 아니었다. 그녀는 기시모토의 짜증 섞인 침묵을 그녀에 대한 불만이라는 식으로 해석했다. 나이 차이, 지식의 차이, 그런 데서 오는 숙부의 불만은 자신도 잘 안다, 자신도 모르는 사이에 어느새 딱딱해졌는지도 모르겠다, 하고 싶은 말이 있으면 뭐든지 꺼리지 말고 이야기해달라고 쓰여 있었던 것이다.

"세쓰코는 뭘 잘못 알고 간 것일까? 난 그런 생각을 하고 있는 게 아닌데."

그는 이렇게 말해보았지만, 그렇게 좁은 여자의 가슴속에서 나온 말이 신기하게도 기시모토의 마음을 그녀 쪽으로 휩쓸어가는 힘을 갖고 있었다. 학문이나 예술과 남녀의 사랑이란 왜 이렇게 양립하기 어려울까 하고 생각하며 탄식했다. 그런 때 그의 가슴에는 자주 '사랑과 지혜로 가득 찬 어소시에associe'라는 말이 떠올랐다. '어소시에'란 생애의 반려자라는 의미다. 거기까지 가는 것은 쉽지 않지만, 적어도 그가 세쓰코와 함께 이르기를 바라는 것은 '우정'이 혼재된 남녀 사이였다. 두 사람의 애정의 내력에서 봐도, 앞으로의 일을 생각해도, 그의 마음은 억누르고 억누른 것이어야 했다.

하지만 기시모토의 눈에 비치는 세쓰코는 이제 예전의 그녀가 아니었다. 오랫동안 쓸쓸했던 그의 생애에 한 송이 꽃을 피운 듯한 세쓰코는 이제 이미지로서도 전혀 다른 사람이었다. 놀랄 만큼 쭉 뻗은 몸의 선, 관능적일 만큼 부드럽고 여성스러운 그녀의 표정, 그는 눈에 선한 그런 것들을 뿌리치고 책상에 앉아 있을 수가 없었을 뿐 아니라 "너무나 외로워서 사진을 안고 불러봤습니다"라는 그녀의 목소리를 뿌리칠 수도 없었다. 세쓰코를 위해 염주를 선물했던 기시모토는 끊기 힘든 애착을 어떻게 할 도리가 없었다. 그는 깊은 눈밭에 앉아서도 '자연'을 넘어서려고 한 사람의 노력을 상상해보고, 그것으로 자신을 격려하려고 했다. 고국으로 돌아오고 두번째로 맞이하는 폭서가 다시 찾아오니 열 때문에 쪄지는 것은 뜰의 초목만이 아니었다. 그는 격렬한 연정에 불타올라 일주일쯤 일도 손에 잡히지 않았다.

89

7월 말 세쓰코는 동생을 데리고 기시모토의 하숙으로 찾아왔다. 마침 학교의 여름방학이 시작된 무렵으로, 그 계절에 이치로를 맞이하는 것은 센타와 시게루에게도 기쁜 일이었다. 동숙하던 청년이 타이완으로 돌아간 것은 그 여름을 좀 쓸쓸하게 했지만, 그래도 아이들에게는 1년 중 가장 즐거운 때였다.

아이들은 별채의 툇마루에 모여 세쓰코 누나와 이치로가 하나씩 들고 온 나팔꽃 화분을 보고 있었다. 기시모토도 그 꽃을 보러 갔고, 그러고 나서 두 아이를 방으로 불렀다.

"센타도 시게루도 이리 와봐라. 오늘은 이치로도 왔으니까 옷 갈아입어야지."

기시모토는 아이들 보살피는 일에도 상당히 익숙해져 있었다. 두 살 터울의 형제라고 해도 센타와 시게루는 거의 같은 크기의 옷을 입었다. 두 아이는 아버지가 꺼내 온 옷을 허리띠로 구별하여 각자가 입었다. 세쓰코는 다시 그 옆으로 가서 아이들이 벗어놓은 옷을 개어 방 구석진 곳에 치워두었다.

"세쓰코, 너도 갈아입어야지."

기시모토가 말했다.

이 하숙으로 옮겨오고 나서 기시모토는 세쓰코를 위해 갈아입을 옷을 준비해두었다. 그녀가 야나카에서 오는 도중의 더위를 생각하는 마음으로 특별히 여자 몸에 맞도록 맞춰둔 것이었다. 시원한 홑옷으로 갈아입고 기시모토와 함께 시간을 보내고 가는 것이 그녀에게는 가장 큰 즐거움이었다.

그날은 세쓰코가 망설였다. 기시모토도 눈치 채고 고쳐 말했다.

"그도 그렇겠구나. 오늘은 이치로도 있으니까."

세쓰코는 보자기를 들고 기시모토가 거처하는 방으로 왔다. 그녀는 무릎 위에서 그 보자기를 풀고 기시모토에게서 받은 염주의 답례품을 꺼냈다.

"좋은 게 있었어요."

이렇게 말하며 세쓰코가 기시모토 앞에 꺼낸 것은 끈의 색깔부터 갈색이라 자못 남자가 지니는 염주답게 만들어진 것이었다. 그에게서 받은 것에 비하면 염주 알도 크고 색도 까맸다.

아이들은 아무것도 몰랐다. 단지 세 아이들이 내지르는 즐겁게 노는 소리가 뜰의 무화과나무 아래에서 들려왔다. 기시모토는 남몰래 고심하며 그런 것을 사 온 세쓰코의 마음이 우선 기뻤다.

"어떨까? 나한테 어울릴까?"

기시모토는 웃으며 말했다. 손바닥 위에 올려놓은 구슬과 구슬이 닿는 소리조차 어쩐지 그의 귀에 상쾌하게 들렸다.

이윽고 기시모토가 세쓰코의 선물을 목에 걸었을 때는 자신이 생각해도 묘하게 엄숙한 마음이 들었다. 자신을 머리카락이 있는 승려라고 생각하기에는, 그의 가슴에 날뛰는 피는 너무나도 생생하고 그가 걸어온 길도 너무나 죄가 깊었다. 이런 염주를 목에 걸고 지금의 생활을 환상의 거처처럼 생각하려는 마음과 밤에도 잠들지 못할 만큼 피 끓는 마음이 그에게는 거의 동시에 있었다.

90

별채에서 안채 쪽으로 통하는 복도가 이어진 곳에는 뜰이 잘 보이는 아주 좋은 장소가 있었다. 아이들은 잠시 시원한 바람이 불어오는 그곳에 모여 놀고 있었는데, 얼마 후 세 아이는 모두 아타고 산 쪽으로 나갔다. 뜰에 있는 커다란 벽오동나무 쪽에서 들려오는 매미 소리는 갑자기 아이의 방을 고요하게 만들었다.

기시모토는 센타의 책상 위를 치우고 그곳으로 세쓰코를 이끌었다. 그 책상 위에 자신이 써놓은 것을 올렸다. 그가 세쓰코에게 읽히려고 생각한 것은 편지 대신 그녀에게 자신의 가슴에 떠오른 것을 순서 없이 써놓은 것이었다. 바쁜 와중에 이런 것을 쓰며 다소나마 자신을 위로한다거나 폭포처럼 땀을 흘리며 일을 한 후에 다시 쓴다거나 하는 말을 덧붙인 것도 있었다. 종이 한 장에 쓴 것도 있고, 작은 종이 쪼가리에 쓴 것도 있었다. 그것을 모아 세쓰코 앞에 놓고 보니 상당한 분량이었다. 어쩌면 자신이 생각해도 놀랄 만큼 제멋대로 된 상상 같은 것이 억누르려는 정신의 힘을 물리치고 종이 위로 샘솟은 것이었다. 그중에는 아이들을 해수욕장에 데려가려고 생각하는 김에 세쓰코를 위해서도 시내로 나가 여자 수영복을 고르러 간 일, 함께 바닷물에 몸을 담그는 즐거움을 상상한 일, 바다가 거칠어졌다는 이야기를 듣고 모처럼 세쓰코를 놀려줄 생각으로 은밀히 세워둔 계획을 보류한 일을 적은 것도 있었다. 아이들과 함께 근처에 있는 선종 절에 갔을 때 조용한 뜰에 딸린 회랑에서 세쓰코를 떠올린 일을 적어놓은 것도 있었다. 또 지난겨울 이소베 여행 이래 자신의 심적 싸움 중에서 세쓰코에게 알려야겠다고 생각하는 다양한 심정을 적어놓은 것도 있었다.

세쓰코는 꼼짝하지 않고 열중해서 묵묵히 읽고 있었다. 마치 그녀의 모든 신경이 종이 위로 빨려든 것처럼. 기시모토는 이따금 그녀의 등 뒤에 서서 길게 자란 살쩍이나 여성스러운 특색이 있는 귀 등이 잘 보이는 그녀의 옆얼굴을 바라보며 자신이 읽히고 싶은 것의 어느 부분을 읽고 있는지 들여다보러 가곤 했다.

　　바쁘다 바빠, 하면서도 역시 너에게 보낼 글을 쓰고 싶다. 바쁘다
바빠, 하면서도 역시 너를 계속 생각한다. 나는 참으며 한 달에 두 번
밖에 너를 보지 않기로 했지만, 지금은 그 결정을 후회하고 있다. 너
를 보지 못하는 2주일은 정말 몹시 기다려진다. 어젯밤은 숨 막힐 듯
이 더웠다. 마음 놓고 잠들 수 없을 만큼 너를 계속 생각했다. 싸리 잎
이 어두운 뜰로 향한 다카나와의 그 툇마루에서 둘만의 시간을 즐기면
서 밤늦게까지 서로 모기에 뜯기며 깨어 있던 짧은 밤하늘이 다시 나
를 우울하게 한다. 이런 여름밤은 너를 기다리는 마음으로 가득 찬다.
나는 이제 하룻밤이라도 너를 생각하지 않고는 잠들 수 없다. ……그
젯밤은 네가 두번째로 어머니가 된 꿈을 꾸고, 네 아버지로부터 마구
맞나 싶었는데 잠에서 깼다. 비통한 꿈속에서 흘린 눈물 자국이 네가
만들어준 벨벳 베개를 적셨다……

　　이런 것을 써둔 적도 있었다.
　　"어때, 다 읽었어?"
　　그가 이렇게 말하며 세쓰코의 등 뒤에 섰을 때 세쓰코는 눈 가득
눈물을 머금은 얼굴을 치켜들었다. 그는 세쓰코의 눈물이 기쁨의 눈물
이라는 것을 알았다. 그 눈물이 그녀의 성숙한 뺨을 타고 흘러내렸다.
　　그날 오후, 기시모토는 세쓰코 앞으로 갔다. 그는 세쓰코의 현재 처
지를 생각해주는 마음에서 그녀에게 물었다.
　　"세쓰코, 너는 혼자 그렇게 있어도 정말 외롭지 않은 거야?"
　　"혼자가 아니잖아요. 둘이잖아요."

세쓰코의 이 대답은 기시모토의 귓가에 깊게 울렸다. 그때 그는 검은 염주가 걸린 자신의 가슴으로 무심코 그녀를 끌어당겼다.

"아아, 이 예쁜 것."

깊은 한숨이라도 내쉬는 것처럼, 하지만 아주 열성적으로 그는 이렇게 말했다.

91

화분에 심어진 두 그루의 나팔꽃을 남기고 세쓰코와 이치로는 그날 저녁 야나카로 돌아갔다. 이튿날 아침도, 그 이튿날 아침도 세쓰코가 남겨두고 간 나팔꽃이 기시모토의 방 툇마루 끝에서 피었다.

"저는 말예요, 너무 기뻐서 어쩔 줄 모르겠어요. 왜냐하면……" 이렇게 격의 없는 말투로 쓰인 세쓰코의 편지가 8월 초 기시모토에게 배달되었다. 그녀는 집으로 돌아가고 나서 적어둔 것이라며 짧지만 마음을 담은 편지를 보내왔다.

저번에 찾아뵙기 전날 밤은 저도 몇 번이나 잠이 깨는 바람에 제대로 자지 못했어요. 일주일이 지나고 다시 일주일을, 하는 생각을 하면 낙담하게 돼요. 일주일도 너무 긴 것 같아요.

그녀는 그 편지를 빨리 보낼 수 없었던 주변의 여러 가지 사정을 쓴 다음 "빨리 뵙고 싶어요"라고 썼다. 결국 기시모토는 8월 중순이 넘어선 무렵까지도, 끝내고 싶었던 여행기의 나머지 원고를 예정한 것의 3분의 1밖에 쓸 수 없었다. "나이를 먹으면 먹은 대로 복잡한 연애의 경지가 있을 거라고 나도 생각하네. 하지만 이제 나한테는 사랑이라는 게 두 번 다시 찾아올 것 같진 않네"라는 건 예전에 그가 이국땅에서의 따분함을 달래려고 화가 오카에게 한 말이었다. 실제로 그렇게 생각하며 걸어왔던 이 세상의 여행 도중에 일도 제대로 손에 잡히지 않고 밤에도 제대로 잘 수 없는 무시무시한 정열이 그를 기다리고 있을 줄이야. 그는 자신의 내부에서 밀려나온 이 열정의 격랑을 어떻게든 돌파하지 않으면 안 된다는 마음으로 여름의 '고개'를 넘었다.

시원한 비가 내려 별채의 툇마루 끝을 적시는 날도 있었다. 비는 자주 깊은 차양 아래까지 들이쳤다. 안채로 통하는 복도는 실내에서 신는 조리라도 신지 않으면 걸을 수 없었다. 그런 날에는 특히 하숙 생활을 하는 마음이나 건조한 파리의 거리에서 이 비를 그리워했던 일이 기시모토의 가슴에 떠올라 조용히 자신을 되돌아볼 마음이 들었다. 그는 도저히 세쓰코와의 관계를 이대로 오래 지속할 수 없다고 생각했다. 두 사람의 출발점으로 돌아가 근본에서 다시 생각해보지 않으면 안 될 때가 온 것 같았다. 왜냐하면 그가 세쓰코와 둘이서 나온 곳은, 그녀와 정말 부부가 될 수도 없고, 그렇다고 그녀로부터 떨어질 수도 없는 위치에 있었기 때문이다. 세쓰코를 사랑하면 할수록 그런 느낌이 강해졌다. 그녀와 부부가 되는 일은 도저히 바랄 수 없는 일이었다. 그렇다고 서로 완전히 고독을 엄수하며 정신적인 친구로 만족할 수 있느냐 하면, 그것도 그의 정열이 허락하지 않았다. 어쩌면 그는 세쓰코를 조금이라도 좋은 방향으로 이끌어가고 있는지, 아니면 둘이서 타락의 길을 걷고 있는지, 그 차이도 말할 수 없을 만큼 자신이 자신을 의심하는 일조차 있었다. 그는 세쓰코에 대한 연민을 자신이 갈 수 있는 데까지 가져가려고 형에게도, 형수에게도, 할머니에게도, 구메에게도, 자신의 아이들에게도 숨기고, 마치 계곡의 밑바닥을 빠져나가는 소리 없는 물처럼 살금살금 걸어온 것이다. 이 두 사람의 앞길이 막힌 것은 알기 쉬운 이치였는지도 모른다.

92

이제 기시모토는 지금까지처럼 다른 사람을 거북하고 조심스럽고 어렵게 여기며 꺼려온, 뭔가에 사로잡힌 처지에서 벗어나 좀더 넓고 자유로운 세계로 나아가지 않을 수 없는 데에 이르렀다.

4년간 자신의 비밀을 숨기려고 한 기시모토의 마음에도 드디어 어떤 전기가 싹텄다. 어두운 마음을 안고 멀리 유랑을 떠난 이후 얼마간이라도 밝은 데로 나왔다고 생각한 것은 두 번이었다. 한 번은 이국땅에서의 생활도 한계에 이르러 그의 마음이 다시 고국으로 향하게 되었을 때다. 그는 죄수복이라도 벗어버리듯이 그 낡은 여행복을 파리의 객사에 벗어버리고 왔다. 당시에 그는 어쩌면 일생의 실패도 묻혔을 거라고 생각했다. 그에게도 고국으로 돌아가는 것이 허락되었던 것이다. 55일의 항해 후 꿈속에서도 잊을 수 없는 땅을 밟았다. 그렇게 아이들 곁으로 돌아오고 보니 그는 아직도 눈에 보이지 않는 감옥 안에 있는 자신을 발견했다. 그는 불행한 희생자가 자신과 같은 감옥 안에 있는 것을 알았다. 웃은 적이 없는 세쓰코가 진심으로 웃었을 때, 그는 두번째로 밝은 데로 나왔다고 생각했다. 하지만 그가 말하고 행동하고 생각하는 것은 과거의 행위에 속박되어 언제나 마지막에는 어두운 비밀에 부딪혔다. 그는 과거의 죄업을 씻기 위해 괴로워하기만 했지 자신의 허위를 없애기 위해 지금까지 아무 노력도 하지 않았다는 것을 깨달았다. 어두운 비밀을 숨기려고만 한 것이 자신을 위해서일 뿐만 아니라 무엇보다 세쓰코를 위해서라고 생각한 것도 서로에게 마음을 허락하기 전에만 타당한 일이고, 지금은 오히려 그것을 감추지 않는 것이 그녀를 위해서도 진정한 진로를 열어주는 일이라고 생각했다.

'모두에게 다 털어놓는 게 좋지 않을까?'

기시모토는 지금까지 들은 적이 없는 목소리를 자신의 귓가에서 들었다. 만약 거짓으로 뭉친 자신의 생활을 근저에서 뒤엎고, 어두운 곳에 있는 자신의 괴로운 마음을 밝은 데로 가지고 나가 좋은 일이든 나쁜 일이든 죄다 사람들 앞에 털어놓고 이게 나다, 이게 스테키치다, 하고 말할 수 있다면.

거기까지 생각했을 때 기시모토는 이 마음의 소리를 지워버리고 싶었다.

'거짓으로 다진 것이든 어쨌든, 요시오 형에게 그렇게까지 강제하듯 부탁해놓고 이제 와서 그런 게 가능할까.'

이렇게 생각하자 그는 망설이지 않을 수 없었다. 자신의 파멸과도 같은 참회, 그는 참회라는 말의 의미가 과연 이런 경우에 적합한 것인지 어떤지 생각했다. 하지만 그 결과가 자신에게 미치는 영향의 무서움을 생각하니 더더욱 주저하지 않을 수 없었다. 그렇게 할 수 있을 때가 바로 눈에 보이지 않는 감옥에서 진정으로 나갈 수 있는 때일 것이다. 진심으로 푸른 하늘을 올려다볼 수 있는 때일 것이다. 애타게 기다리던 새벽이 오는 때일 것이다. 이런 생각을 했지만, 거기까지 갈 만한 정신적 용기를 내는 것만도 쉽지 않은 일이었다.

93

기시모토는 아직 모든 것을 드러내겠다는 결심은 하지 못하고 있었
다. 자신의 괴로운 출발점으로 되돌아가 근본에서 다시 생각하기 위해
서는 아무래도 그 마음의 소리를 부정할 수가 없었다. 그렇게 하기 위해
서는 다양한 사람들이 참회록을 쓴 예에 따라 자신도 바보 같은 저작의
형태로 그것을 세상에 공개해야 한다고 생각했다. '그 일'을 쓴다면. 그
것은 예전의 그로서는 생각도 해보지 않은 일일 뿐만 아니라 가능한 한
'그 일'과는 맞닥뜨리지 않으려고 세쓰코가 보낸 편지를 태워버리거나 찢
어버렸던 예전의 그가 본다면 미친 짓이나 다름없는 것이었다. 이런 데까
지 기시모토를 이끈 것은 세쓰코에 대한 깊은 애정이었다.

참회록. 왜 이런 마음을 먹게 되었을까, 하고 기시모토는 스스로도
깜짝 놀라곤 했다. 그의 마음이 그쪽으로 향하려고 한 것만으로도 어
쩐지 그가 걸어갈 길에서는 새로운 미래가 느껴졌다. 앞으로 다양한 일
이 벌어질 것 같기도 했다. 지금 당장은 어떻게 할 수 없지만, 그때는 진
정한 의미의 해결을 찾을 수 있을 것 같기도 했다. 오랫동안 따라다닌 어
두운 비밀을 버리려는 마음은 아직 그것을 버리기도 전부터 이미 이러한
갈망을 일으켰다. 그 갈망은 자칫 슬프고 어두운 과거에만 집착했던 기
시모토의 마음을 다그쳐 저절로 앞쪽으로 향하게 했다. 만약 참회록을
쓰는 날이 온다면. 이런 생각을 하자 그는 좀더 자세히 자신의 마음에
물어보지 않을 수 없었다.

지금까지 비춘 적이 없는 빛이 이런 식으로 기시모토의 정신 내부를
비췄을 뿐만 아니라 귀국한 날 이래 지치기 쉬웠던 그의 신체까지 그 무
렵이 되어서야 회복의 길로 들어섰다. 추위와 더위, 건조함과 습함, 바람

과 비, 서리와 눈, 햇빛의 정도를 달리한 먼 이국땅에서 돌아와 진정으로 자신의 몸에 익숙해졌다고 생각하기까지는 1년여나 걸렸다.

새로운 가을 공기는 이미 방 안쪽까지 들어왔다. 그는 드디어 고국에 돌아온 것 같은 마음으로 잎과 잎 안쪽까지 해가 비치는, 뜰이 보이는 툇마루로 나갔다. 덥고 쓸쓸한 느낌이 드는 백일홍도 한창 꽃을 피울 때였다. 그 꽃의 색깔까지 묘하게 그의 눈에 스몄다. 그리고 고향의 꽃 같은 친숙함이 느껴졌다.

94

9월 3일은 세쓰코에게 잊을 수 없는 날이었다. 그녀는 자신의 아이를 위해 매년 잊지 않고 생일을 기념했다.

다시 감기에 걸려 나흘쯤 쉬고 있어요. 내일은 뵐 수 없지만, 모레는 꼭 찾아뵐게요. 9월 3일이니까요. 억지로라도 갈 수 없는 것은 아니지만, 하루만 참기로 해요. 그럼 모레 뵈어요.

9월 1일, 세쓰코에게서 이런 편지가 왔다. 이제 그녀는 이만큼 허물없이 기시모토에게 편지를 쓰게 되었다.

"그럼 모레인가."

기시모토는 이렇게 되뇌었다. 말더듬이처럼 말했던 사람이었는데, 불쌍할 정도로 그늘에 사는 사람의 자제와 삼감에 익숙해 있던 사람이었는데, 어떻게 해서든 빨리 자유롭게 생각한 대로 이야기하고 싶다고 했던 사람이었는데, 이렇게 자연스러운 어투가 나올 만큼 그녀의 입술도 풀렸구나 하고 생각했다.

약속한 날 기시모토는 세쓰코를 맞이했다. 만약 참회록을 쓴다면 그 전에 세쓰코에게만은 이야기해서 승낙을 얻고 싶었지만, 아직 아무 말도 하지 않은 상태였다.

세쓰코는 조만간 러시아에서 귀국한다는 언니 부부의 소식을 이야기한 뒤에 물었다.

"왜 그렇게 얼굴을 빤히 쳐다보세요?"

두 방이 이어진 별채의 한 방은 서재 겸 객실 겸 거실이었다. 기시모토는 물이 끓고 있는 화로 쪽으로 세쓰코를 오게 하여 자신이 좋아하는 뜨거운 차를 권하고 자신도 마셨다. 이제 다다미 생활을 즐길 수 있게 된 것 같은 마음이 들었다.

"오늘은 네가 온다고 해서 오랜만에 수염을 깎고 기다리고 있었다. 수염이라도 기르고 있을 때는 그렇게 생각하지 않는데, 수염을 밀고 말쑥해지면 내가 봐도 그런 생각이 들거든. 이렇게 혼자 두기에는 아까운 사람이라고 말이야."

기시모토의 농담에 세쓰코가 웃었다.

기시모토는 그런 기분으로 세쓰코를 보았다. 어느새 그녀의 생명도 마치 향기를 풍기는 과일처럼 익어 있었다. 그녀의 외모 어디에서나 그가 알아보지 못할 만큼 생생한 표정을 찾아볼 수 있었다. 그녀의 짙어진 머리카락에서도, 맑고 깨끗한 눈동자에서도. 귀국 당시 요시오 형이 한 말이 아니더라도 주위 사람들에게 '병신 한 명쯤'으로 보였을 만큼 쇠약했던 사람을 아무튼 이렇게까지 살릴 수 있었던 그 사람의 남모르는 고생을 생각하면, 그는 얼마간 스스로를 위로할 만하다는 생각이 들었다.

"그건 그렇고, 우리의 작은 역사가 시작된 지 몇 년이 되었지?"

"올해로 6년이 넘지 않았나요?"

"그래, 벌써 6년이 넘었구나."

기시모토는 세쓰코와 둘이서 이런 이야기를 나누었다. 그때 그는 세쓰코에게 물었다.

"세쓰코, 예전부터 너한테 물어보고 싶었는데, 너의 '창작'이라는 건 대체 언제쯤부터 시작되었을까? 네가 나보다 빨랐다는 것만은 알고 있어."

"언젠가 편지로 써서 보여드릴게요."

세쓰코는 고개를 숙인 채 대답했다.

그날 세쓰코는 하루 종일 여자의 손을 번거롭게 하는 자질구레한 일을 했다. 가까운 거리에서 그는 눈이 나쁜 요시오 형을 위해 적당한 지팡이를 사 왔다. 그 지팡이를 세쓰코에게 들려 야나카로 돌려보냈다.

95

저번에 나온 이야기를 쓰겠습니다. 맨 처음 제가 도쿄로 올라왔을 무렵 숙부는 정말 무서운 분이셨어요. 왜냐하면 매일 그렇게 입을 다물고 무서운 얼굴만 하고 있었으니까요. 게다가 센타와 시게루에 대해서도 전에는 하게 해서는 안 된다고 한 일도, 나중에는 하게 해도 좋지 않느냐고 꾸중을 했으니까요. 어떻게 해야 좋을지 몰랐어요. 그래서 그 무렵에는 그저 신경만 쓰이는 무서운 분이었지만 어깨를 주물러 드리게 되고 나서부터는 점점 무섭지 않게 되었어요. 그뿐 아니라 지금까지는 누구도 저를 따뜻하게 대해준 적이 없었으니까요. 집에서도, 네기시에서도, 학교에서도요. 제 주위에 있는 사람들은, 글쎄요, 위압적인 사람들뿐이었어요. 그러므로 지금과는 도저히 비교가 되지 않지만, 그 무렵에도 다른 어떤 사람보다 따뜻하게 대해주시는 게 저는 기뻤어요. 지금까지 남자는 어쩐지 무섭다고만 생각하고 알려고도 하지 않았지만, 어쩐지 조금씩 알게 된 듯한 기분이 들었어요. 숙부도 제가 처음 도쿄에 올라왔을 무렵부터 보면 조금씩 지쳐 있는 듯했어요. 무슨 걱정인가로 자주 누워 계셨잖아요. 저는 어떻게든 해드리고 싶었지만 어떻게 할 수도 없었어요. 그 이전에도 자진해서 가면 어떻게 될까 하는 생각을 해본 적이 없었으니까, 정말 한때는 뭐든지 엉망이었어요. 때때로 숙부가 정말 미웠어요. 사흘쯤 그런 날이 계속된 적이 있었어요. 하지만 갑자기 여러 가지 것들이, 지금까지 몰랐던 것들이 보이기 시작했어요. 그러고 나서는 한편으로 미워하면서도 한편으로는 역시 사로잡혀 있었지요. 때에 따라서는 미움이 더욱 고개를 쳐들고, 때로는 그 반대의 일도 있었어요. 그러고 나서 제가 어머니가 되었다는 것을 안 무렵부터는 그 둘 다 더욱 깊어졌어요. 멀리 여행을 떠나신다는 이야기를 들었을 때는 이상할 정도로 생각했어요. 그때는 이제 떨어질 수 없는 사람이 되어 있었으니까요. 왜 그런 마음이 되었을까 하고 생각했는데, 그날 밤 일 생각나세요? 모토조노초의 친구가 보낸 인력거가 온 적이 있었잖아요. 모임이 있다든가 해서 꽤 늦은, 1시인가 2시경에 돌아오셔서는 좋은 일이 있으니까 들려주겠다고 했어요. 제가 갔더니 불쌍한 애구나, 하며 꼬옥 겨안고서 깊은 한숨을 쉬었어요. 저도 어쩐 일인지 잘은 몰랐지만 슬퍼져서 울고 말았어요. 지금도 그날 밤의 일을 때로 생각해요. 그다음 날인가 여행 이야기를 하셨어

466

요. 그쪽으로 떠날 무렵에는 미움도 상당히 줄어들었지만, 그래도 아직 남아 있었어요. 고베를 향해 가버리고 나서는 그것이 모두 동정 같은 것으로 변해버렸어요. 그리고 오랫동안 조금씩 숙부에게서 발견한 것은 다른 사람이 갖고 있지 않은 것이라는 생각만 남았어요. 그러고 나서는 정말 좋아하게 되고 말았어요.

아직 더 써야 하지만 아버지가 늘 옆방에 있으니까요. 안절부절, 제정신이 아니에요. 지로가 와서 장난만 치니 쓸 수가 없어요. 다음에 또 쓸게요.

세쓰코는 처음으로 이렇게 자세한 상황을 적어 보냈다. 이것을 읽으니 기시모토의 가슴에는 여러 가지로 마음에 짚이는 것뿐이었다. 세쓰코가 말하는 이른바 '창작'이 그렇게 빨리 일어났다는 것을 다행이라고 할지 불행이라고 할지 모르겠지만, 적어도 그녀가 여자의 일생 중에서 가장 부드럽고 가장 감수성이 예민한 시기를 자신과 함께 보냈다는 것만은 오늘까지 두 사람의 작은 역사로 능히 상상할 수 있었다.

기시모토에게 비치는 세쓰코는 아직 정착할 데에 정착하지 못했다. 그녀가 뜻을 두고 있는 것을 아는 사람은 기시모토뿐이었다. 그녀의 청춘도 이미 지나가려 하고 있었다. 그 책임은 모두 그에게 있다. 그는 모든 것을 희생해서라도 이 사람을 위해 진정한 진로를 열어주지 않으면 안 된다고 생각했다.

눈앞에 있는 평화로운 광경은 오히려 기시모토의 마음을 만류할 뿐
이었다. 두 아이는 이제 완전히 지금의 생활에 익숙해져 아버지와 함께
즐거운 나날을 보내고 있었다.

"센타 형, 가위바위보 하자."

이렇게 말하며 형과 함께 놀려고 하는 시게루에게는 어머니에 대한
기억이 없을 뿐만 아니라, 형 센타조차 돌아가신 어머니를 잘 기억하지
못할 만큼 두 아이는 그저 아버지를 의지하고 있고 아버지와 함께 사는
것을 가장 큰 행복으로 생각하고 있다.

"가위, 바위, 보."

"보 내."

"보 내."

"바위 내."

"보 내."

"가위는 어때."

두 아이가 이렇게 노는 소리는 복도 쪽에서 들려와 기시모토의 마
음을 먼 소년 시절로 이끌었다.

매주 한 번 세쓰코가 와서 이 아이들을 위해 기모노나 하카마의 터
진 곳을 꿰매주는 등 아버지 손으로 할 수 없는 일을 해주었다. 아이들
도 야나카로 자주 놀러 가게 되었고 할머니나 큰아버지, 큰어머니, 그리
고 이치로와 지로를 만나는 걸 즐거움으로 삼고 있었다. 기시모토만 지
금까지처럼 가만히 있는다면 특별히 이 아이들의 어린 마음을 슬프게
하지 않아도 된다. 그뿐만이 아니다. 기시모토의 행동 하나에 따라서는

그 영향이 그의 신변에 있는 모든 사람들에게 미칠 것이다. 그리고 그 영향으로부터 다시 한번 그에게 돌아오는 것은 실로 자신의 마음을 괴롭게 하는 것들뿐일 것 같았다.

최근에 기시모토는 어떤 잡지를 받았다. 그 잡지에는 아내를 잃고 재혼한 어느 종교가의 이야기가 실려 있었다. 재혼한 종교가와 독신인 기시모토를 비교하는 기사였다. 기시모토는 한 번도 그 종교가를 만나본 적이 없었지만, 그 사람이 잃은 아내는 예전에 그가 가르친 적이 있는 학생이었다. 타계한 친구 아오키 등과 함께 자주 그의 기억에 떠오르는 가쓰코와 성이 같았고, 아마 고향도 같은 데다 같은 고지마치 학교의 학생이었다. 그런 관계로 아주 모르는 사람도 아닌 것 같아 그 잡지를 읽었다. 타계한 아내의 입장에서 보면 재혼하는 종교가보다는 하숙집에서 아이들을 키우고 있는 기시모토가 얼마나 미더운가 하는 의미의 글이었다. 필시 기시모토의 아내는 무덤에서 남편에게 감사하고 있을 거라는 의미의 말도 쓰여 있었다. 무심코 기시모토는 혼자 얼굴을 붉혔다. 자신의 현재 위치가 거짓이라는 것이, 그런 잡지를 읽어본 것이 오히려 남몰래 그의 마음을 말리려고 했다.

기시모토는 망설이고 또 망설였다. 그만한 일로 현재의 생활을 개선할 수는 없는 것인가 하는 목소리와 고작 그런 일로 현재의 평화를 파괴하는가 하는 목소리, 그 두 목소리가 그의 마음속에서 싸웠다. 이런 마음이 계속되고 있을 때 예전에 귀국한다는 이야기가 있었던 세쓰코의 언니가 드디어 남편과 함께 돌아온다는 것을 러시아에서 온 편지를 통해 알았다. 10월에 접어들어 데루코 부부는 두 아이를 데리고 도쿄에 도착했다.

　몇 년 만에 데루코 부부가 숙부를 만나러 온다는 날, 야나카의 요시오 형도 기시모토의 하숙집에 함께 모인다는 사전 연락이 왔다. 요시오는 세쓰코를 데리고 데루코 일행보다 한발 앞서 아타고시타에 도착했다.

　데루코의 남편, 그러니까 기시모토의 조카사위인 나카네는 일찍이 러시아의 수도 모스크바에서 유학한 적도 있는 사람이다. 오랫동안 러시아의 생활에 적응해온 소장 관리였다. 기시모토가 프랑스 생활을 마치고 르아브르 항을 떠나려고 하던 당시, 남아프리카를 돌아 고국으로 돌아가는 뱃길을 택할지 아니면 영국에서 북해를 넘어 북유럽 방향으로 돌고 시베리아를 경유하여 돌아가는 기차를 택할지 몹시 고민한 적이 있었는데, 그때 기차를 택하려고 했던 것은 마음속으로 멀리 러시아 끝에 있는 나카네 부부를 찾아가려고 생각했기 때문이었다. 어떤 사람이 '작은 새의 둥지'로 비유한, 즐거워 보이는 가정을 보고 사모바르*로 끓인 러시아 차라도 마시며 여행의 피로를 풀어버리고 가고 싶은 기대가 있었기 때문이었다. 기시모토는 그런 여행 기분을 떠올리며 두 아이를 데려온 데루코를 맞이했다.

　"센타도 시게루도 정말 많이 컸네요."

　데루코는 먼저 이런 말을 한 다음, 블라디보스토크에서 구입한 여행복을 입은 자신의 아이를 별채의 구석에 서게 하고, 손아래 여자아이가 쓰고 있던 빨간 모자를 벗겨주었다. '블라디보스토크 언니'라고 하면, 예전에 출산을 위해 귀국하여 다카나와의 집에 머문 적도 있었기 때문에

---

* 러시아의 가정에서 물을 끓이는 데 사용하는 특수한 주전자.

센타와 시게루에게도 이 재회는 아주 기쁜 일이었다. 기시모토의 아이들은 러시아에서 온 아이들 옆에 모여 그 복장을 신기해하며 보고 있었다.

"세쓰코, 네가 더 먼저 왔구나."

데루코는 세쓰코에게 언니다운 말을 한 뒤 기시모토에게 아이들을 데리고 와서 인사했다.

"자, 이제 저도 안심했어요. 오랜만에 숙부도 뵙고."

데루코는 블라디보스토크에서의 이국 생활을 떠올리는 얼굴로 말했다.

얼마 후 나카네도 왔다. 나카네는 가장 늦게 와서 요시오가 있는 곳에서 기시모토와 만났다.

"숙부님은 아사쿠사에서 뵌 이래 처음 뵙습니다. 저도 이번에 7년 만에 일본 땅을 밟았습니다."

나카네의 귀국자다운 어투가 기시모토의 귀에는 정겨웠다.

"프랑스에서 돌아오실 때 들러주실까 싶어 꽤 기다렸습니다."

데루코가 여행 선물을 꺼내면서 말했다. 하나하나를 무늬가 있는 종이로 싼 과자, 표지 디자인부터 특색이 있는 옛날이야기 책, 모두가 러시아 냄새가 나는 것들이었다. 보고 듣는 것은 모두 기시모토에게 잊기 힘든, 자신이 귀국하던 날을 떠올리게 했다.

"세쓰코, 차 시중은 너한테 부탁한다."

기시모토는 세쓰코에게 이렇게 말하며 귀한 손님들을 대접하려고 했다. 그는 귀국자로서 혼자 쓸쓸히 다카나와의 집 문 앞에 섰던 자신의 모습과 눈앞에 있는 나카네 부부의 모습을 비교해보지 않을 수 없었다. 선물 하나를 내놓는데도 그는 "아무쪼록 받아주세요" 하는 식으로 형 부부와 형의 아이들 앞에 내밀었던 것이다. 나카네 부부가 지금 센타와 시게루에게 "이걸 줄게"라며 여행 선물을 나눠준 것과 얼마나 달랐는지를 생각했다.

98

저녁 식사 때까지 별채에 모인 친척들은 어른이나 아이들이나 다들 즐거운 시간을 보냈다. 데루코의 두 아이 중 오빠는 사토시라고 하고 여동생은 마리코라고 하는데, 마리코는 사토시만큼 낯가림을 하지 않았다. 마리코는 곧장 센타와 시게루 옆으로 가서 아이답게 같이 놀았다. 사토시는 조심성 많게 나카네 옆에만 붙어 있으며 기시모토의 아이들이 "사토시, 사토시"라고 불러도 아버지 옆을 떠나려고 하지 않았다. 하지만 얼마 후에는 뛰어나가 시게루를 상대로 스모를 하기 시작했다. 그 광경을 바라보며 나카네는 러시아 생활 이야기를 하느라 여념이 없었다. 요시오는 방 구석진 곳으로 세쓰코를 불러 친척에게 보내는 편지를 대필시키고 있었고, 데루코는 편지를 받아 적는 여동생 옆으로 보러 오거나 아이들 옆으로 가거나 하면서 숙부의 하숙집이 신기하다는 듯이 방 두 개가 이어진 내부를 왔다 갔다 했다.

"아사쿠사의 집에 있던 시계도 걸려 있네요."

데루코가 말했다.

기시모토의 방 벽에는 낡은 벽시계가 걸려 있었다. 아사쿠사에서 다카나와로 옮겨지고, 다카나와에서 아타고시타로 옮겨진 팔각형의 시계는 아직도 추 소리를 멈추지 않고 소노코가 건강했던 시절과 마찬가지로 시간을 새기고 있었다. 변함없는 시계까지 멀리 떨어져 있던 친척이 다 함께 모인 것을 축하하는 것처럼 보였다.

기시모토는 저녁 식사 때 나카네 부부의 귀국을 축하하는 의미로 모두에게 닭고기를 대접하기로 했다. 하녀는 안채에서 식탁이며 식기며 냄비며 불을 넣은 풍로를 순서대로 옮겨 왔다. 얼마 후에는 닭고기를 가득 담은 커다란 접시까지 다 준비되었다.

"세쓰코, 고기는 너한테 맡긴다."

기시모토가 세쓰코 앞에 서서 말하자 데루코가 다가왔다.

"그럼 여기는 세쓰코와 내가 둘이서 맡을게요."

데루코가 이렇게 말하며 돕기 시작했다.

세쓰코는 이미 풍로 앞에 앉아 있었다. 뜨거워진 냄비에 닭의 기름기가 녹는 소리를 들으면서 네 명의 아이들은 각자 식탁 주위에 앉으려고 했다.

"좀더 기다려. 다 되면 부를 테니까."

데루코는 손을 흔들며 아이들을 제지했다.

"세쓰코, 아버지는 어디로 할까?" 다시 데루코가 여동생을 보며 말했다. "아버지께는 접시에 담아드리는 것이 낫겠지? 그럼 아버지는 여기에 앉으시라고 하고, 그리고 순서대로 아이들을 앉게 할까?"

"이 식탁이 좀 좁네요."

세쓰코가 말했다.

"식탁이 좁으면 나만 따로 상에 앉아도 된다."

주인 역의 기시모토가 잠깐 지시하러 왔다.

"그럼 그렇게 할까요?" 데루코가 말했다. "세쓰코와 나는 이 모서리에 앉고, 냄비 하나를 식탁 위에 올려놓을게요. 끓이면서 드시게요."

"숙부, 이제 슬슬 앉아도 될 것 같은데요."

세쓰코가 기시모토를 보고 말했다.

준비가 다 되었으므로 기시모토는 요시오와 나카네가 있는 방으로 가서 말했다.

"요시오 형, 차린 건 없지만 오시지요. 나카네, 자네도 가지."

99

두 개의 풍로에 올린 냄비 안의 고기가 지글지글 끓기 시작했다. 부드럽게 익힌 파와 색이 바뀐 닭고기에서 김이 나며 주위에 맛있는 냄새를 풍겼다.

"아버지는 제 옆에 앉으세요."

데루코의 말을 듣고 요시오는 자랑스러운 사위와 딸의 귀국에 눈의 불편함도 잊은 것처럼 보였다.

"냄비가 좀 머니까 아버지께는 담아드릴게요."

데루코는 그 자리를 수습하듯이 말했다.

"알았다."

요시오는 이렇게 말하면서 눈병 이래의 버릇처럼 잠깐 손으로 식기를 더듬어 자기 쪽으로 끌어당겼다.

"자, 나카네." 기시모토는 데루코와 마주 보고 앉아 있는 나카네를 보고 말했다. "오늘은 닭고기를 대접하기로 했네. 외국에서 돌아오면 오히려 이런 게 좋을 것 같아서 말이야."

"그럼 오랜만에 다 함께 들어볼까요."

이렇게 말하며 양복을 입은 채 단정히 앉아 있는 나카네도 무릎이 아픈 것 같았다.

　기시모토의 아이들은 아버지의 말을 기다리는 얼굴이었다. 그 옆에는 아버지의 눈매를 닮은 사토시와 머리에 빨간 리본을 달고 생글생글 웃고 있는 마리코가 작은 새처럼 앉았다.

　"사토시, 닭고기 좋아하니?"

　센타가 물었다.

　"좋아해."

　사토시가 대답했다.

　"나도 닭고기 엄청 좋아해."

　다시 센타가 말했다.

　"잘 먹겠습니다."

　시게루는 형보다 먼저 젓가락을 들었다.

　즐겁게 식사하는 소리가 여기저기에서 들렸다. 식탁 주위에 모인 친척은 뜨거운 파와 닭고기를 먹는 데 여념이 없었다.

　"아버지께 한 그릇 더 드려라."

　기시모토는 닭고기를 입에 넣은 채 데루코에게 말했다.

　"자, 더 드세요. 계속 익으니까요."

　데루코는 옆쪽으로 손을 내밀어 보였다.

　"세쓰코, 너도 많이 먹어라."

　기시모토는 세쓰코에게도 말하고, 접시에 있는 불그스름한 닭고기를 차례로 냄비에 넣었다. 아이들이 번갈아가며 더 담아 먹느라, 끓이면서 먹는 일은 분주했다.

　"세쓰코 누나, 파는 넣지 마."

　"나한테는 곤약만 넣어줘."

이런 주문이 스스럼없이 나왔다.

"나카네, 좀더 들게나."

기시모토의 이런 말을 들은 나카네는 때로 무릎 위에 젓가락을 멈추고, 먹는 것보다는 오히려 어른 아이 할 것 없이 친척이 함께 모인 광경을 즐기는 것처럼 보였다.

이윽고 일동의 저녁 식사가 끝났다. 배가 부른 사람들은 식탁을 떠나 각자 편히 쉬고 있었다.

"숙부, 언제 좀 안정이 되시면 러시아 차라도 대접할 테니 저희 집에도 한번 놀러 오세요."

"사모바르도 이번에 올 때 가져왔습니다. 그걸로 차를 끓이면 아주 별미거든요."

나카네 부부가 번갈아 이야기를 건네는 목소리도 어쩐지 기시모토의 하숙집을 활기차게 했다.

재회한 친척끼리 서로의 타향 생활에 대해 나누는 이야기는 하룻밤에 끝날 것 같지 않았다. 모두 인사를 하고 나카네 부부는 시부야 쪽에 구한 새로운 집으로, 요시오와 세쓰코는 야나카로 떠나는 것을 기시모토는 센타, 시게루와 함께 현관까지 나가 배웅했다. 형, 조카사위, 조카딸 자매, 조카딸의 아들과 딸, 이런 사람들이 한꺼번에 남기고 간 공기는 모두 돌아간 뒤에도 묘하게 강한 힘으로 기시모토의 마음을 억눌렀다. 기시모토는 자신의 현 상황을 타개하는 것이 얼마나 어려운 일인지를 절감했다.

100

"아빠, 세쓰코 누나가 우리 새엄마야?"

어느 날 센타가 아버지 옆으로 와서 물었다.

기시모토는 이렇게 묻는 아이의 얼굴을 지켜보았다.

"왜 그런 걸 묻는데? 누가 그런 말을 하던?"

"아니, 일하는 누나가 나한테 묻던걸?"

센타는 이렇게 말하며 난처한 표정을 지었다.

"너희한테 엄마는 한 사람밖에 없잖아."

기시모토는 이렇게 말하며 달랬지만, 이 아이가 묻는 '새엄마'라는 말은 그 누구한테 그런 말을 듣는 것보다 강력하게 기시모토의 마음에 타격을 주었다.

센타는 이 하숙집에서 가장 학년이 높은 초등학생이었다. 때때로 기시모토는 아이들 얼굴을 보는 사이에 아버지의 일을 도우러 오는 세쓰코가 아이들에게 어떻게 비치고, 어린 시절의 기억으로서 어떻게 남을지를 생각했다. 그리고 그것을 자신의 어린 시절에 대한 기억과 비교해보지 않을 수 없었다. 세쓰코가 가장 걱정하고 있는 것도 이 아이들이었다. "센타와 시게루가 다 컸을 때의 일도 생각해보지 않으면 안 되니까요"라든가 "센타와 시게루가 크면 어떻게 생각할까요?"라는 것은 처음에 기시모토가 세쓰코에게 마음을 허락한 무렵에 그녀의 입에서 나온 말이었다. 이 아이들이 성장해서 읽어보려는 생각이 들어 만약 아버지가 쓴 어리석은 책을 본다면, 만약 거기에 나오는 아버지와 세쓰코의 관계를 읽는다면, 만약 그들이 몰랐던 배다른 동생 하나가 이 세상에 살고 있다는 것을 알게 된다면. 이런 생각을 하자 기시모토는 다른 누구보다 먼저 자신의 아이들에게 숨기지 않으면 안 될 것 같아 모든 사람들 앞에 다 고백해야 하는지 어떤지 망설이지 않을 수 없었다.

10월의 둘째 토요일, 세쓰코는 평소처럼 야나카에서 찾아왔다. 아직 기시모토는 세쓰코와 자신의 관계를 완전히 밝히려는 생각을 자신의 마음속에 간직해두고 그녀에게 이야기하는 것조차 망설이고 있었다.

"센타가 묘한 걸 묻더라."

기시모토는 이야기를 하는 김에 센타가 그에게 와서 물었던 것만 세쓰코에게 말했다.

"하녀가 그런 말을 하며 놀렸던 모양이야."

그는 다시 덧붙였다.

역시 세쓰코도 이 이야기를 들었을 때는 평소와 다르게 안색이 바뀌었다.

"아마 그 하녀일 거예요."

세쓰코는 그 자리에 없는 사람을 넌지시 말하고, 순진한 아이에게 그렇게 쓸데없는 말을 했다는 듯이 눈살을 찌푸렸다.

하지만 세쓰코는 바로 마음을 진정했다. 그녀는 기시모토를 보러 온 즐거운 표정으로 돌아갔다. 둘이서 열심히 뿌린 것을 드디어 거둬들일 때가 온 것인가, 그 정도로 두 사람의 애정이 성숙되었는가, 아니면 또 세쓰코는 다년간의 무기력에서, 기시모토는 긴 여행의 피로에서 드디어 회복할 때에 이른 것인가. 그 어느 것이라고도 말할 수 없었지만, 그때가 되어서야 비로소 그는 격렬해진 열정에서 벗어날 수 있었다. 깊은 가을 공기가 아무렇지 않게 그의 몸에 스며들었다.

101

Your hands lie open in the long fresh grass, ——
The finger-points look through like rosy blooms:
Your eyes smile peace. The pasture gleams and glooms
'Neath billowing skies that scatter and amass.
All round our nest, far as the eye can pass,
Are golden kingcup-fields with silver edge
Where the cow-parsley skirts the hawthorn-hedge.
'Tis visible silence, still as the hour-glass.

Deep in the sun-searched growths the dragon-fly
Hangs like a blue thread loosened from the sky: ——
So this wing'd hour is dropt to us from above.
Oh! clasp we to our hearts, for deathless dower
This close companioned inarticulate hour
When twofold silence was the song of love.*

그대의 두 손 싱그러운 긴 풀 속에 벌린 채 놓여 있고,

손가락 끝 활짝 핀 장미꽃처럼 그 사이로 내다보고,

그대의 두 눈 평화롭게 미소 짓네. 초원은 희미하게 빛나다 어두

워지네,

---

* 단테 가브리엘 로제티Dante Gabriel Rossetti의 시집 『생명의 집The House of Life』에
실려 있는 시 「고요한 정오Silent noon」.

흩어졌다 모이며 구름 넘실대는 하늘 아래.
우리의 보금자리 주위 눈길 닿는 데까지
황금미나리아재비 들판이네, 은빛 들 가
산사나무 울타리 따라 어수리가 무성하네.
이건 눈에 보이는 적막, 모래시계처럼 고요한.

햇빛 스며드는 깊은 수풀 속 잠자리
하늘에서 풀어놓은 파란 실처럼 매달려 있네.
그러니 날개 달린 시간은 하늘에서 우리에게 떨어진 것.
오! 불멸의 재능을 위해 우리 가슴으로 껴안네,
이 친밀한 무언의 시간을,
이중의 정적이 연가가 되는.

생명의 집. 기시모토의 가슴에 떠오르는, 예전에 나카노의 친구가 번역한 노래였다. 그는 6첩 다다미방 구석에 아이들의 옷을 넣는 낡은 옷장 앞에서 그쪽으로 발을 뻗은 채 열린 장지문으로 약간 습한 가을 하늘을 잠시 바라보고 있었다. 옆에서는 세쓰코가 바느질을 하는 손을 쉬고 그와 마찬가지로 옷장에 기대어 하얀 버선을 신은 발을 뻗었다. 마치 나란한 남녀의 순례처럼 둘이서 지나온 작은 역사를 떠올리는 얼굴이었다.

가까스로 기시모토는 자기 정열의 지배자일 수 있었다. 그것 때문에 번거로워지는 일이 없어졌다. 그는 나카노의 친구가 번역한 노래의 마음을, 사랑하려는 자와 사랑받으려는 자의 합치에서 흘러나오는 음악이라 상상했다. 깊은 '삶'의 무도(舞蹈)라 상상했다. 그 무도는 도취 그 자체라고도 말하고 싶을 만큼 미쳐 날뛰는 스코틀랜드의 춤이 아니라 오히려 한 손을 서로 맞잡고 다른 한 손은 서로의 몸을 가볍게 안은 채 보조를 맞춰 아주 조용하게 추는 '탱고'의 경지라고 상상했다. 그럭저럭 그는 그 음악을 발견할 수 있는 사랑의 세계에 이르렀다. 학문이나 예술과 남녀의 사랑은 과연 일치하는 것일까 하는 의문도 이제 고심할 필요가 없어졌다. 이따금 세쓰코는 그가 보고 있는 앞에서 오비 사이의 빗을 꺼내 이마로 흘러내리는 머리카락을 정리하거나 속발한 머리 모양을 고칠 정도의 친밀함을 보였다. 그는 짙은 광택이 나는 머리카락을 본 눈을 곧바로 옮겨 책을 볼 수 있었고, 여성스럽고 부드러운 표정을 옆에 두고 자신의 일을 충분히 사고할 수 있게 되었다.

그날 세쓰코는 실제로 종교 생활에 들어갈 마음의 준비를 시작하지 않으면 안 된다는 이야기를 하며 날이 저물도록 그녀의 앞날에 대한 이야기를 했다. 세쓰코가 야나카로 돌아갈 무렵에는 제법 쌀랑하게 느껴지는 가을비가 내렸다. 그다음 날 그녀는 기시모토에게 편지를 보내왔다.

돌아가는 전차를 기다릴 때 마침 비가 쏟아져서 흠뻑 젖었지만 덕분에 큰 어려움 없이 야나카의 집에 도착했어요. 이래저래 손이 무척 아파서 밥을 먹을 때는 젓가락을 제대로 쥘 수 없어 왼손으로 수저를 드는 형편이었지만, 기름을 바르고 하룻밤 쉬고 났더니 오늘 아침에는 상당히 좋아졌어요.

그녀는 또 자기 주변의 정체된 공기에 대해 쓰고, 그런 가운데 큰 소리도 내지 않도록 조심하며 앉아 싫다, 싫다, 하면서도 지금의 처지에 끌려가는 것은 역시 자신이 약하기 때문이라는 탄식도 쓰여 있었다. 그 편지 안쪽에는 눈물에 번진 몇 줄도 있었다.

아까부터 몇 시간이나 여기에 앉아 있었을까요. 이제 어둑해졌어요. 저는 이제 아무것도 필요 없어요. 부디 최후의 날까지 사랑하게 해주세요.

102

일단 기시모토의 마음에 계기가 마련되고 나서는 눈앞에 있는 평화도, 일시적인 안일도, 자신에게 듣기 좋고 형편에 맞는 일도 결국 어떻게할 도리가 없었다. 한편으로 그를 말리려는 것이 있으면 있을수록 그가늘 마음으로 듣는 목소리는 점점 더 확실해질 뿐이었다. 11월 말경에 그는 대강 일의 계획을 세웠다. 가을부터 착수했던 여행기의 나머지 부분도 완성하고 그 밖에 마음에 걸리는 다른 일을 정리한 다음, 쓰기 힘든참회록에 착수하려고 결심한 것이다. 그런 저작은 설령 써두었다 하더라도 자신의 사후에 발표해야 하는 것이 아닐까, 하는 생각이 다시 그를붙잡지 않은 것은 아니었지만.

전해에 다카나와에서 맞이한 것보다 더욱 추운 초겨울이 슬슬 아타고시타의 하숙집 뜰 앞까지 찾아왔다. 북동쪽을 향하고 있어 아침에만해가 드는 별채는 특히 더 추웠다. 하녀의 안내 없이 복도의 첫번째 방장지문 밖에서 세쓰코가 불렀다. 마침 기시모토는 자신이 결심한 일을이야기할 생각으로 그녀를 기다리고 있던 참이었다. 세쓰코는 아이들 방에서 잠깐 기시모토가 있는 곳을 들여다보고 나서 코트의 끈을 푸는 것이 버릇이었다.

기시모토의 방과 뜰이 면한 곳은 모두 장지문이었다. 어쩐지 갑자기 높아진 듯한 판자를 댄 천장, 남아 있는 파리가 눈에 띄는 벽, 모두 초겨울이 왔다는 것을 생각나게 하는 것들이었는데, 특히 방의 장지문이 그랬다. 거무스름해져 어두웠던 것을 하얀 것으로 바꿔 바르고 나니 갑자기 환해졌다. 기시모토는 초겨울다운 친숙함을 더한 장지문 옆에서 참회록을 쓰려고 생각한다는 이야기를 하고 그녀의 승낙을 얻으려고 했다. 그날까지 감추고 또 감춰온 두 사람의 비밀을 속속들이 드러내려는 것은 기시모토가 생각했던 것만큼 세쓰코를 놀라게 하지 않았다. 그뿐 아니라 그녀는 평소의 솔직한 어조로 기시모토의 결심에 동의를 표했다.

"가만히 있기만 하면 이제 알리지 않아도 되는 일이긴 하지만……" 세쓰코는 말했다. "저에게 시집오라고 귀찮게 하는 사람도 없어지고 오히려 좋을지도 모르겠어요."

기시모토는 세쓰코의 얼굴을 바라본 채 잠시 아무 말이 없었다.

"너처럼 그런 식으로 생각하니까 안 되는 거야. 난 그렇게 눈앞의 일만 생각하는 건 아니야."

기시모토가 말했다. 만약 그가 여행에서 돌아와 세쓰코를 사랑하는 마음이 일지 않았다면, 어쩌면 이렇게까지 정신이 번쩍 드는 일이 없었을지도 모른다. 그런 마음에서 그는 말을 이었다.

"나는 아이들이 크면 읽게 할 생각이야. 섣불리 숨기지 않을 작정이고. 아버지가 이런 사람이었구나, 정말 내 아이들이 알아주었으면 좋겠다는 생각이 들었거든."

103

"네 집에서도 할머니는 벌써 각로를 쓰겠구나."

기시모토는 세쓰코에게 이런 말을 하고 나서 아이들 방으로, 따뜻하게 해둔 토제(土製) 각로를 보러 갔다. 그것을 자신의 방으로 가져와 북향의 장지문 옆에 두었다.

"아이들이 학교에서 추워하며 돌아올 것 같아서 오늘은 각로를 준비해두었어."

기시모토는 이렇게 말하고 추위를 잘 타는 세쓰코의 몸을 덥히게 했다.

"세쓰코, 안 좋은 손 좀 한번 보여줄래. 내년부터는 네 손을 낫게 하는 것도 내 일의 하나로 할 생각이야."

기시모토의 이 말을 듣고 세쓰코는 오랫동안 물을 만지는 일을 할 수 없었던 손을 각로의 이불 위에 올려 보여주었다. 피부를 침범한 병은 이제 그녀의 손바닥 전체에 퍼졌고 신경이 예민해진 손가락 언저리에서는 자칫 피가 나기도 한다고 했다.

"손이 참 안 좋구나." 기시모토가 말했다. "이렇게 나빠질 때까지 내버려두다니, 용한 의사한테 진찰이라도 좀 받아보자."

세쓰코는 자신도 손바닥을 바라보고 있다가 곧 이불 속으로 넣고 말았다. 내년 1월쯤부터 세쓰코를 병원에 다니게 하겠다는 기시모토의 이야기는 그녀를 몹시 기쁘게 했다. 게다가 그는 지금처럼 일주일에 한 번 일을 도와주러 오는 것도 일단락하고, 용무가 있을 때만 오게 하여 손 치료에 전력을 다하게 하겠다는 이야기로 그녀를 위로하려고 했다.

그때 세쓰코는 뭔가 생각난 듯이 각로에 몸을 덥히면서 눈물을 지었다.

"아버지가 자주 이런 말을 해요. 아타고시타에 갔다 돌아오면 하루나 이틀은 마치 정신 나간 사람처럼 된다고요."

"너는 또 불쾌하다고 누워 있거나 하면 안 돼."

"뭐랄까요, 언니가 돌아오고 나서 아버지의 태도가 더 달라졌어요. 저는 사람이 아닌 것 같은 말을 하고……"

"무슨 말을 하든 상관없잖아. 그런 거 신경 써봤자 무슨 소용이 있겠어. 그런 씁쓸한 반발심은 버리는 게 좋아."

"……"

"그런 게 참회하는 마음이잖아. 일부러 수도원이나 비구니 절까지 가지 않아도 종교라는 건 있는 거겠지. 바로 야나카의 집을 절이라고 생각할 수는 없는 거야? 나는 그렇게 생각해. 반항해봤자 소용없다고 생각한다면, 그런 반발심은 버려야지."

"……"

"너와 나는 이제 여기까지 온 거야. 갈 데까지 가는 것 말고 방법이 없잖아. 이렇게 그늘에 사는 사람 같은 태도로 끝까지 갈 수 있을까? 좀 더 살아서 밖으로 나가는 걸 생각해봐야 하지 않겠어?"

아이들이 학교에서 돌아왔고 두 사람은 이런 이야기를 하지 않았다. 세쓰코의 시원한 승낙을 받은 일은 기시모토의 결의를 한층 굳게 했다. 그날 세쓰코가 돌아간 후 기시모토는 그녀가 남기고 간 말을 떠올렸다.

"3년이나 기다린걸요…… 저는 언제까지고 기다릴게요……"

104

해가 바뀌어 3월이 왔다. 기시모토가 드디어 참회록을 쓸 준비를 하기 전에 그때까지 남아 있던 작은 일을 정리하려는 무렵, 그의 주위 사람들에게도 여러 가지 변동이 생겼다. 시부야에 새로운 거처를 마련한 나카네는 처자만을 그 집에 남겨두고 다시 갑작스레 러시아로 떠났다. 오사카의 아이코에게 맡겨둔 기시모토의 막내딸 기미코는 기시모토가 키우기로 하여 아타고시타로 데려왔다. 이제 기시모토는 기미코까지 더해 세 명의 아이를 데리고 하숙 생활을 해야 하는 처지가 되었다. 야나카의 집에서는 세쓰코의 어머니가 유행성 독감에 걸렸고, 그대로 몸져누웠다.

형수의 병은 조금도 나아지지 않고 점점 나빠지기만 하는 것 같았다. 기시모토는 직접 병문안을 갔을 뿐 아니라 야나카에서 오는 다양한 보고로도 알았다. 세쓰코의 편지를 들고 체온계를 빌리러 온 이치로가 이야기해줬고, 데루코도 야나카에 갔다가 돌아가는 길에 들러 형수의 상태를 알려주곤 했던 것이다. 기시모토는 병자를 걱정했을 뿐만 아니라 간호를 하느라 밤낮으로 붙어 있는 세쓰코 때문에도 애를 태웠다. 벌써 사흘 밤이나 제대로 자지 못했다는 세쓰코의 편지가 온 것이 지난달 19일쯤이었다.

"새벽입니다. 방금 할머니께서 아버지 수발을 교대해주어서 아래층으로 내려왔습니다. 밥을 불에 올려둔 짧은 틈에 이걸 쓰고 있습니다." 이런 문구가 쓰여 있는 세쓰코의 편지를 읽었을 때의 마음이 내내 계속되었다. 추운 2월의 밤 3시경에 동생을 데리고 의사의 집 문을 두드렸다는 세쓰코를 상상했다. 폐를 앓는 병자 옆에 붙어 있으면 살짝 몸을 돌아눕는 데도 손이 가지 않으면 안 될 정도인데, 어머니의 간호에는 최대한 진력하고 있으니 안심해달라는 그녀를 떠올렸다. 그리고 바쁘게 애쓰는 가운데 얼어붙어 글을 쓸 수 없는 벼루를 마주하고 새벽의 마음을 나누려는 그녀를 떠올렸다.

3월 10일이 지나 형수의 병은 농흉으로 판명되었다. 의사의 권유로 적당한 병원을 찾아 수술을 하지 않으면 안 된다고 하여 요시오가 그 일을 의논하러 아타고시타로 찾아왔다. 지난 연말에 러시아로 떠나는 나카네의 송별회를 고마가타의 장어집에서 했을 때만 해도 형수는 쌩쌩했다. 기시모토는 형에게 이런 말을 꺼냈다.

의논을 하는 도중에 요시오는 목소리를 낮춰 말했다.

"예의 그 일로 걱정을 끼친 게 역시 가요의 병에 빌미가 되었을지도 몰라. 할머니도 그런 사람이니까 그렇게 입 밖에 내서 확실히 말하지는 않았어. 하지만 노인인 만큼 '고향에서 올라오지 않았으면 가요도 이런 병에 걸리지는 않았을 거야'라는 정도의 기색은 보였거든."

요시오는 그만 그 일이 입 밖에 나오고 말았구나 하는 표정이었다. 그때 기시모토는 이전부터 친한 박사가 다니는 어느 병원을 생각해내고, 그 박사와 연고가 깊은 다나베 히로시(기시모토가 은인으로 생각하는 사람의 아들)의 소개를 받아 하루빨리 형수를 입원시키자는 말을 꺼냈다. 그는 히로시를 보기 위해 당장 나가겠다고 형에게 약속했다.

그때의 요시오는 시중드는 사람 없이도 혼자 기시모토의 방으로 찾아와 혼자 복도를 지나 돌아갈 정도로 눈도 좋아졌다. 기시모토는 안채의 현관까지 요시오 형을 전송했다. 헤어지기 직전 요시오는 반쯤 혼잣말처럼 이런 말을 내뱉고 나갔다.

"하지만 마침 좋은 일이지."

105

야나카의 집에서 앓고 있던 형수가 이즈미 다리 근처의 병원으로 옮긴 것은 그로부터 3, 4일 후의 일이었다. 입원하던 날 형수는 가마를 타고 갔고, 데루코와 세쓰코가 인력거를 타고 따라갔다는 것을 기시모토는 나중에 들어 알았다. 담당 간호사도 같은 고향 사람이라 환자도 크게 안심했다는 이야기도 들었다.

어느 날 기시모토는 세 아이를 학교에 보내고 혼자 자신의 방 책상에 앉아 있었다. 그런데 뜻하지 않은 시간에 세쓰코가 찾아왔다. 그녀는 평소처럼 병원에 간다고 말하고 집을 나와 아타고시타로 향했고, 잠깐 기시모토를 보러 들렀다고 했다. 그녀는 벌써 며칠이나 제대로 자지 못한 간호의 피로나 어머니의 병에 대한 걱정, 그런 것들에 저항하려고 긴장하지 않으면 안 되는 마음에서 벗어나 기시모토 옆에서 잠깐이나마 숨 돌릴 시간을 찾으러 온 모양이었다.

"너 걱정 많이 했다…… 그렇게 며칠씩이나 쉬지 못하면 나중에 힘들어져."

기시모토는 이렇게 말하고, 심한 피로 때문에 힘들어하는 세쓰코의 얼굴을 지켜보았다. 때때로 그녀의 창백한 볼에는 발그스름한 혈색이 돌고 그것이 또 그녀의 표정을 애처롭고 예민하게 했다.

"하지만 병원으로 다니게 되고 나서는 너도 상당히 편해졌겠구나."

다시 기시모토는 위로하듯이 말했다.

"그게 말이에요, 저라도 붙어 있어야 한다고 어머니가 투덜거려서, 게다가 밤에는 쓸쓸해하셔서 제가 어머니 옆에서 자고 있어요."

"데루코한테 대신해달라고 하면 되잖아."

"네, 언니도 와주는데, 그래도 아이들이 있으니까요. 우리 집에는 막상 필요할 때 정말 의지할 만한 사람이 없어요."

세쓰코는 오비 사이에 손을 넣으면서 고개를 숙였다.

"세쓰코, 어때, 네 '창작'은 이런 때에 도움이 되더냐?"

"저는 그 힘 하나로 버티고 있는 거나 마찬가지예요."

세쓰코는 휴우 하고 깊은 숨을 쉬었다.

얼마 후 세쓰코는 자신의 아이에 대해 예의 그 여의사로부터 들은 소식을 기시모토에게 이야기하기 시작했다. 그 아이에 대한 이야기가 나오면 그녀는 다른 모든 것을 잊어버린 것처럼 보였다. 그녀는 아버지에게는 비밀로 하고 언젠가 기회를 봐서 아이를 만나보기로 여의사와 약속한 일, 어린이 화보 같은 것을 사서 넌지시 아이에게 선물할 생각으로 여의사에게 맡긴 일, 이제 아이가 글을 쓸 수 있게 되어 양부모로부터 장래가 유망하다는 기대를 받고 있다는 여의사의 이야기 등을 기시모토에게 들려주었다.

세쓰코는 한동안 기시모토 옆에서 자신의 아이 이야기를 하느라 시간을 잊고 있었다.

"그러고 보니 이제 병원으로 가야 할 것 같은데. 어머니도 너를 기다리고 있을 거고."

기시모토가 세쓰코를 재촉했다. 그는 세쓰코가 약해지지 않도록 어떻게든 그녀에게 힘을 주고 싶은 마음이 간절했다.

"포도주라도 마시고 가."

기시모토는 생각난 듯 방 구석진 곳에 있는 찻장으로 갔다. 거기에서 보르도 병을 꺼냈다. 그는 일의 피로를 잊기 위해 사둔 향기 좋은 홍분제를, 심하게 지쳐 있는 세쓰코에게 따라주었다.

106

기시모토는 병원 쪽 상황이 염려되어 입원한 지 6일쯤 되는 형수의 병문안을 가려고 아타고시타의 하숙집을 나섰다. 이즈미 다리까지 전차로 가서 병원을 찾아가니 그곳은 기시모토가 본 적이 있는 낡고 큰 건물 터였다. 아직 아침이어서 진료를 받기 위한 남녀 환자가 입구의 돌기둥 옆에 무리 지어 있었다.

형수의 병실은 몇 동의 건물이 이어져 있는 긴 병원풍의 복도 끝에 있었다. 이 병원에서 일하는 박사의 후의로 소아과의 빈 병실을 마련할 수 있었던 것이다. 기시모토 가요라고 쓴 검은 이름표가 걸려 있는 병실 안에는 침대가 한쪽 벽에 붙어 있었다. 알아보지도 못할 만큼 쇠약해진 형수가 그 침대에 누워 있었다.

"아아, 숙부님이세요?"

찾아온 기시모토를 보고 형수가 말했다. 방에는 형수뿐으로, 시중드는 사람은 보이지 않았다.

"형수님, 혼자인가요?"

기시모토가 물었다.

"어젯밤에는 세쓰코도 볼일이 있는지 집에 갔어요."

형수가 쓸쓸하게 말했다.

형수의 정신은 멀쩡했다. 기시모토는 환자의 입에서도, 방을 둘러보러 오는 담당 간호사에게서도, 아직 수술 계획이 없다는 이야기를 들었다. 그는 이미 의사와 의논하는 자리에서 이렇게 쇠약한 환자의 몸에 칼을 대는 것은 위험하다는 이야기를 들었다.

"간호사, 숙부님이 병문안을 오셨는데 차라도 끓여주시겠어요?"

형수는 이렇게 침대 위에서 여러모로 걱정하며, 자꾸 달라붙는 자신의 입을 머리맡에 있는 종잇조각으로 닦으려고 할 정도로 기운이 있어 보이는 때도 있었다.

　　기시모토는 잠시 침대 옆에 앉아 환자의 얼굴을 보고 있었다. 그의 눈에 비친 형수는 두 번 다시 야나카의 집으로 돌아갈 수 있을 것 같지 않았다. 낡은 병실다운 벽을 배경처럼 옆에 누워 있는 형수를 보는 것도 쓸쓸한 느낌을 주었다. 한쪽 창가에는 온실에서 키운 화초의 화분이 놓여 있었는데, 환자를 위로하기 위해 세쓰코가 사 온 것임을 알 수 있었다.

　　아직 세쓰코는 야나카에서 오지 않았다. 기시모토는 환자가 원하는 얼음을 머리맡의 용기에서 수저로 떠서 먹이기도 하고 때로는 공기가 답답하여 유리창을 열기도 했다. 3월 20일경, 병실 밖에 해가 비치고 있었다. 창에서 가까운 곳에 홍작약의 싹이 나고 있는 것이 기시모토의 눈에 들어왔다. 이제 봄이다. 뜰 여기저기에는 환자들이 즐겁게 산책하고 있는 모습도 보였다. 그때 창가에 선 기시모토의 가슴에는 여러 가지 생각이 떠올랐다. 왜 요시오 형은 형수에게까지 자신들의 비밀을 숨겼을까, 설령 요시오 형이 그렇게 생각했다고 쳐도 왜 세쓰코까지 어머니에게 털어놓고 용서를 구하지 않았을까, 이국땅에서 생활하며 자주 했던 이런 생각들이 떠올랐다. 다시 한번 고국을 볼 수 있는 날이 온다면 적어도 형수에게만은 털어놓자, 그리고 지금까지의 일을 사죄하자, 그렇게 생각하고 귀국길에 올랐을 때의 마음도 떠올랐다.

　　그런 마음으로 기시모토는 침대 쪽을 보았다. 모두에게 모든 것을 다 드러내자고 결심한 만큼 죽어가는 사람에게 무엇을 감춘단 말인가, 결국 형수는 살아날 수 없는 사람이다, 이 환자가 정신이 멀쩡할 때 말하자, 이런 생각이 자꾸만 기시모토를 재촉했다. 그때 그는 간호사라도 갑자기 병실 문을 열고 들어오는 것이 염려되었다. 몇 번이고 그는 거기에 무릎을 꿇을 생각으로 누워 있는 환자 옆을 왔다 갔다 했다.

107

'죽어가는 사람에게 감추다니…… 그런 법은 없다.'

이렇게 생각하면서 기시모토는 병원 문을 나섰다. 결국 그는 모든 것을 털어놓고 생각한 것도 말하지 못하고 그저 형수 옆에서 시간만 보내다가 결국 병실을 나오고 말았다. 왜 진실이라는 것은 이렇게 입 밖에 내기 힘든 것일까, 이런 생각을 하고 그는 병원 문을 나서며 혼자 탄식했다.

기시모토가 아타고시타로 돌아간 것은 정오 가까운 시간이었지만, 자신의 방으로 돌아오고 나서도 한나절 동안 그 일이 내내 가슴에서 떠나지 않았다. 밤이 되어 별채가 조용해지니 그 일이 더욱 생각났다. 환자 자신이 승낙하고 환자의 가족이 승낙해도 아직 만일의 경우를 고려하여 주저하고 있는 주치의가 수술을 결행할 때는 이미 기회가 없어질지도 모른다. 기시모토는 우물쭈물하고 있을 때가 아니라고 생각했다. 세 아이가 모두 잠들어 고요해질 무렵 그는 불현듯 결심하고 형수에게 편지를 썼다.

"병원 침대에서 이 편지를 읽어주세요."

이런 서두로, 환자가 읽기 편하게 되도록 짧은 문구로 간단히 썼다. 그는 그저 오늘까지 형수에게 숨겨둔 사죄의 마음을 담는 것에 만족하려고 했다. 짧게 쓰자고 다짐했던 편지는 밤 2시경에야 끝낼 수 있었다.

이튿날 아침 기시모토는 편지를 품에 넣고 다시 병원으로 향했다. 마침 형수의 병실에는 세쓰코가 어머니 옆에 붙어 있었다. 세쓰코 옆에서 보는 형수는 어제 혼자 봤을 때보다 병자답게 훨씬 더 제멋대로 말했고, 거기에서는 부모와 자식 간의 친밀함도 드러났다. 전날 병실의 쓸쓸함 대신에 창가에 놓여 있는 화초 화분 하나 외에는 눈에 띄는 게 없는 회색 병실 안에서 애써 두드러지지 않은 차림으로 어머니를 간호하고 있는 세쓰코의 자태는 한층 여성스러워 보였다.

"이야, 세쓰코는 뭔가 읽고 있는 모양이구나."

기시모토는 병실 구석에 있는 찬장 앞으로 가서 섰다. 어머니를 간호하는 한편, 세쓰코가 병원에서 밤을 보낼 때의 소일거리로 보이는 루소의 『참회록』 번역본이 읽다 만 책갈피에 서표가 끼워진 채 찬장 위에 놓여 있었다.

한동안 기시모토는 그 병실에서 시간을 보냈다. 의국으로 친한 박사를 찾아가 환자를 잘 부탁한다는 인사를 하고 왔다. 그는 품속에 넣고 있는 편지를 형수에게 남겨두고 나중에 조용히 읽게 할 생각이었다. 그런 마음으로 형수 옆에 있는 세쓰코를 잠깐 병실 밖으로 불렀다. 복도가 이어진 그곳에는 간호사들이 오가는 긴 마룻바닥과는 조금 떨어진 다른 복도가 있었다. 기시모토는 세쓰코와 둘이서 유리문 너머로 맞은편 복도의 유리문이 보이는 높은 기둥 옆에 서서 자신이 써 온 편지에 대해 이야기했다.

"역시 그건 편지로 하는 편이 좋겠지요. 입으로 말할 수는 없으니까요."

세쓰코는 갑자기 깊은 생각에 사로잡힌 듯 유리문 밖을 내다보며 서 있었다.

"자, 가자."

기시모토가 병실 쪽으로 세쓰코를 이끌려고 했을 때는 그녀의 얼굴에도 역시 당황하는 기색이 역력했다. 세쓰코는 기시모토를 따라 병실로 들어가자 곧바로 창가로 갔다. 기시모토가 환자 옆에 서서 보고 있는 사이 세쓰코는 이미 창가에서 눈물짓고 있었다.

"형수님, 제가 형수님께 드릴 말씀이 있어 편지를 써 왔습니다. 나중에 읽어보세요."

이런 말과 함께 사죄의 마음이 담긴 인사와 편지를 남겨두고 기시모토는 곧장 병실을 나갔다.

108

그날 저녁이었다. 기시모토는 아타고시타로 돌아갔다. 하숙집의 전화기가 있는 데서 누가 불렀다.

"아빠, 병원에서 전화."

센타와 시게루는 입을 모아 말하며 걱정스러운 얼굴로 전화기 옆에 모여 있었다. 그 전화로 기시모토는 형수의 수술이 오후에 있었다는 것을 알았다. 세쓰코가 병원에서 건 전화였고, 환자는 수술 후 회복 중에 있으며 아버지도 지금 야나카에서 오고 있다는 것을 알려 왔다.

"오늘 아침에 두고 온 편지는 읽었나?"

기시모토는 전화에 대고 물었다.

"보지 않았어요."

"어, 그래? 보지 않았구나."

"맡아두고 있으라고 해서 제가 맡아두고 있어요."

전화를 끊고 나서 기시모토는 자신의 마음이 충분히 형수에게 전달되지 않았다는 것을 유감스럽게 생각하면서 방으로 돌아갔다.

하지만 기시모토가 실제로 자신이 한 일을 모든 사람들 앞에 고백하자 생각하고 진심으로 그 준비를 시작하려고 한 것도 형수에게 편지를 썼을 때부터였다. 세쓰코의 주장은 아니지만, 가만히 있기만 하면 알려지지 않고 끝날 일이다. 자신이 이렇게 어리석다는 것을 일부러 공개하면 그 결과는 어떻게 될 것인가. 이런 생각이 몇 번이고 기시모토를 제지하지 않은 건 아니었다. 혹시라도 타이완의 다미스케 형 부부나 오사카의 아이코 부부 등이 이 일을 알게 된다면. 멀리 홋카이도에 사는 소노코의 생가 사람들의 귀에라도 들어간다면. 직접적으로 자신의 행위와 관계없는 사람들만 생각해도 이러했다. 그럴 때마다 기시모토는 용기가 꺾여 결심한 일을 중지하려고 했다. 형수에게 편지를 쓴 일은 기시모토에게 실제적인 움직임을 이끌어냈다. 드디어 그는 자신의 의지를 관철할 수 있을 것 같았다. 그는 다양한 방면에서 자신에게 밀려드는 조소를 생각했다. 비난을 예상했다. 경우에 따라서는 사회적으로 매장당할지도 모른다고 생각했다. 그 결과 그가 오랫동안 종사하고 있던 학예의 세계에서 물러나지 않으면 안 될지도 모른다고 생각했다.

두렵고 슬픈 폭풍의 기억이 바싹바싹 기시모토의 가슴에 다가왔다. "숙부, 저를 어떻게 할 거예요"라고 말했던 지난해의 울적한 세쓰코의 모습, 남몰래 죄의식에 사로잡혀 있던 그녀의 애처로운 모습, 사체가 되어 강가로 떠내려온 임신한 젊은 여자를 연상시키지 않을 수 없는 그녀의 얼굴에 나타난 어두운 그림자, 이런 기억들이 다시 생생하게 그의 눈앞에 어른거렸다. 한번은 자살 직전까지 그를 몰아갔던 것도 세쓰코의 얼굴에 나타난 그 끔찍한 '죽음'의 힘이었다. 멀리 여행을 떠남으로써 그녀를 파멸에서 구하고 동시에 자신도 구하려는 생각이 거기에서 나왔다. 형을 속이고 형수를 속이고 친척을 속이고 친구를 속이고 세상도 속이고 서양의 가면을 빙자하여 나라에서 도망친 것도 거기에서 나왔다. 세쓰코와 자신의 관계를 밝히기 위해서는 우선 그 출발점에서부터 모조리 털어놓지 않으면 안 되었다. 기시모토는 어두운 곳에 있는 자신의 수치를 밝은 데로 끌어내리려고 할 때가 되자 다시 몹시 망설였다.

109

하루하루 쇠약해지는 형수의 용태는 의사의 노력도 세쓰코의 간호도 결국 무용지물로 만들었다. 수술하고 열흘쯤 지났을 때는 마냥 환자의 죽음을 기다릴 수밖에 없는 상태였다. 오늘 병원에서 전화가 올지, 내일 올지, 하고 기시모토는 하숙집에서 세 아이들을 상대로 그 이야기를 했다.

4월이 되어 세쓰코는 어머니의 용태가 급격하게 변했다고 알려 왔다. 그 이야기를 듣고 기시모토는 서둘러 병원으로 갔다. 그날은 전차도 없어 인력거로, 도중에 형수가 담당 간호사 일동에게 줄 손수건 등을 구해서 갔다. 요시오 형은 처음부터 자선의 의미로 세워진 병원에 형수를 입원시키는 걸 좋아하지 않았다. 하지만 그곳에는 기시모토와 친한 박사도 있어, 형수는 마치 귀한 손님처럼 극진한 대우를 받았다. 기시모토의 생각으로는, 형수의 입원과 관련된 일을 모두 자신이 떠맡아 요시오 형에게 걱정을 끼치지 않으려고 했다. 그것이 형수에 대한 답례라고 생각했다.

세쓰코는 간호에 지치고 울어서 퉁퉁 부은 얼굴로 병실에서 기시모토를 기다리고 있었다. 기시모토가 환자 옆에서 그녀와 함께 있을 때 요시오 형도 데루코도 황급히 모여들었다. 죽음은 이미 형수의 몸에 다가와 있었다. 초점 없이 크게 뜬 눈은 간신히 다른 사람으로부터 기시모토를 구별할 수 있을 정도였다. 끊이지 않고 거친 환자의 호흡, 의사나 간호사가 병실을 들락거리는 소리가 어쩐지 임종이 다가왔음을 실감케 했다.

야나카에서는 할머니가 이치로와 지로를 데리고 이별을 고하러 왔다.

"지로, 좀더 옆으로 가봐."

데루코가 말했다.

"엄마, 지로예요."

세쓰코가 어머니의 귀에 대고 말했다.

"지로, 잘 보여요?"

"어어, 보여. 지로, 왔구나."

형수는 괴로운 숨을 쉬며 말하고는 지로 쪽으로 수척한 손을 내밀었다. 할머니는 그 옆에 무릎을 꿇고 앉은 채 죽어가는 자신의 딸을 보며 합장하고 있었다.

기시모토가 병원에 딸린 젊은 조수를 찾기 위해 복도로 나갔을 무렵에는 이미 해가 저물어 있었다. 높은 유리문 밖에는 비라도 내리는지 무척 어두웠다. 울며불며 병실을 나온 이치로는 지로와 함께 할머니를 따라 누구보다 먼저 그 긴 복도를 지나 돌아갔다. 곧 기시모토는 환자 옆에서 다나베 히로시와도 만났다. 기시모토의 친척 중에서 여기에 모이지 않은 사람은 하얼빈으로 간 데루코의 남편, 타이완의 다미스케 형, 오사카의 아이코뿐이었다.

"숙부님은 있어요?"

형수의 목소리를 기시모토는 침대 주변에 가족들이 모여 있는 가운데서 들었다. 형수는 아직 뭔가 말하려고 했지만 목소리는 그대로 거친 숨으로 변해버렸다. 기시모토는 그것이 형수의 마지막 이별의 말일지도 모른다고 생각했다.

110

세쓰코의 어머니는 병원에서 22일간 있다가 세상을 떠났다. 유해의 처리까지 병원 신세를 지게 된 것이 기시모토의 본의는 아니었지만, 그곳 병실에서 사망한 사람은 병원에서 화장장까지 옮기고 유골을 유족에게 건네기까지의 모든 일을 떠맡아주는 것이 그 병원의 규정이라고 했다. 기시모토는 아타고시타에 있으면서 형수의 유해가 화장장으로 옮겨졌다는 이야기를 들었다. 그 이야기를 들은 날부터 그는 자신의 참회록을 쓰기 시작했다.

자신의 세상을 좁힌다는 것이, 아직 어리석은 저작을 발표하지 않았는데도 이미 실감되었다. 귀국 후 기시모토는 어느 사립대학에서 일주일에 두 시간쯤 강의를 맡고 있었다. 그는 저작 때문에 바빠질 거라는 구실로 넌지시 강좌를 사절했다. 여러 방면으로 동료들 사이의 모임이나 그 밖의 여러 모임들이 있었다. 그런 자리에도 출석하는 것을 삼갔다. 그가 결심한 일은 이렇게 자신을 주눅 들게 했다. 그런데도 그는 지금까지의 기시모토 스테키치를 버리고 원래의 한 서생으로 돌아가 좀더 밝고 자유로운 세계로 나아가려고 했다. 아무에게도 말하지 않고 눈에 보이지 않는 감옥에서 나갈 때가 왔다. 이 생각은 그를 기쁘게 했다. 그는 긴 유랑 생활을 마치고 고국에 도착한 당시의 일을 떠올렸다. 견디기 힘든 향수를 오랜 항해를 계속하는 선원의 마음에 비유했던 일을 떠올렸다. 땅에 엎드려 그리운 흙에 입맞춤을 하고 싶다는 선원의 마음이 바로 자신의 마음과 가깝다고 생각한 일을 떠올렸다. 바로 그때가 왔다. 이런 생각 또한 그를 기쁘게 했다.

그때가 되자 기시모토가 도달한 사랑의 세계는, 죄업의 고통에서 출발한 곳에서 상당히 먼 것이었다.

둘이서 아주 조용히 불타고 있으니 세상의 모든 것이 대개 눈을 지나치네

이는 세쓰코가 최근의 마음을 전한 노래다. 그녀는 기시모토의 모든 것을 소유하고 기시모토 또한 그녀의 모든 것을 소유했다. 그러나 두 사람 모두 어떤 것도 소유하지 않았다.

이미 기시모토는 어디에 세쓰코를 놓아도 좋다는 생각이 들었다. 세쓰코의 정신이 혼자 일어설 수 있을 때까지 그녀를 키워내고 싶은 마음도 들었다. 아주 젊다고만 생각했던 세쓰코도 벌써 스물여섯 살이나 되었다. 만약 그녀가 앞으로 종교 생활을 바란다면 기시모토는 지금까지 매월 그녀를 보조해온 것처럼 앞으로도 그녀가 먹고사는 데 지장이 없도록 하여 어떻게든 그녀의 바람을 이루게 해주고 싶었다.

111

기시모토가 병원으로 편지를 써 간 마음은 결국 형수에게 전해지지 못하고 만 것일까. 그렇지도 않았다는 것을 기시모토는 형수가 세상을 떠난 후에야 알았다. 요시오 형이 형수의 유골을 안고 고향으로 떠나기 전 형의 입에서 그 이야기가 나왔다. 숙부님한테서 편지를 받았다, 그 편지는 남이 보면 안 되니 태워버려라, 라는 말을 형수가 남겼다고 했다. 그러고 보면 역시 자신의 마음이 전해지지 않은 건 아니었다, 기시모토는 그렇게 혼자 자신을 위로했다.

기시모토는 요시오 형에게도 말하지 않고 눈에 보이지 않는 어두운 감옥을 나갈 생각이었다. 형의 마음을 거스르더라도 세쓰코를 버리지 않겠다고 생각했을 때 기시모토는 이미 형과의 갈림길에 서 있다는 것을 느꼈다. 신기한 운명을 생각할 때마다 기시모토는 세쓰코를 떠올렸다. 쓸쓸한 그의 일생에 세쓰코 같은 여자가 나타났다는 것조차 그에게는 이미 신기한 일이었을 뿐만 아니라 오랫동안 찾고 있던 것을 기시모토에게서 찾았다는 그녀의 애착심 또한 신기한 것이었다. 혹시 기시모토가 죄업의 대상을 좀더 다른 기질의 사람에게서 찾았다면 세쓰코가 그를 미워하는 일도 없었을 것이고, 또 그와 헤어지기 힘들어하는 일도 없었을 것이다. 3년간의 외국 생활 동안 계속해서 기시모토를 기다린 것은 세쓰코로서도 처음 본 여심이다. 그것이 없었다면 재회했던 그녀에게 저 기압도 일어나지 않았을 것이고, 그것이 일어나지 않았다면 어쩌면 기시모토가 두 번 다시 그녀에게 다가가는 일도 없었을 것이다. 세쓰코이기에 기시모토는 그만큼의 고뇌를 얻었던 것이다. 세쓰코이기에 기시모토는 그만큼의 가련함을 느꼈던 것이다. 죄업도, 여행도, 그리고 서로에게 일생을 맡긴 비애도 모두 세쓰코를 대상으로 일어난 일이다. 기시모토는 병자의 개성을 제대로 보지도 않고 오직 병만을 진단하려는 의사와 같은 사람들로부터 한마디로 자신의 행위가 심판받는 것을 무척 유감스럽게 생각했다.

"어차피 인간이 하는 일이다."

기시모토는 거기에 자신을 던지듯이 말하고는 혼자 탄식하곤 했다.

그러나 기시모토는 자신의 참회가 발표되는 날을 기다려 요시오 형에게 편지를 쓸 생각이었다. 기꺼이 형의 절연도 받아들이자, 그리고 근신의 뜻을 표하자, 그런 생각을 하고 있는데 뜻밖에도 요시오 형이 찾아왔다. 고향에서 치렀다는 형수의 장례식을 마치고 도쿄로 돌아와 있던 무렵이었다. 형은 새로 들어온 세쓰코의 혼담을 갖고 기시모토의 하숙으로 찾아온 것이다.

112

"이야, 정말 상당히 좋은 혼담이야. 그런데 그 일에 이어서 묘한 일이 일어났어."

요시오는 일단 세쓰코의 혼담을 꺼내고 나서 기시모토 앞에서 자리를 고쳐 앉았다.

세쓰코의 혼담은 당연히 들어올 만한 때에 접어들었다. 지금까지도 그런 이야기가 조금씩 나오지 않은 것은 아니었지만 그때마다 세쓰코가 단연코 거부해왔을 뿐만 아니라 딸을 자기 옆에서 떼어놓고 싶지 않은 형수는 대개의 경우 세쓰코의 편을 들어 혼담이 이루어질 수 없었다. 그런 형수도 이제 세상을 떠나고 없었고, 여동생을 빨리 결혼시키려고 염려하는 데루코도 붙어 있었다. 그뿐 아니라 기시모토가 음으로 양으로 세쓰코를 살리려고 애를 쓴 사실을 모르는 사람이 보면, 그녀는 혼자 두기에는 아까울 정도로 기력을 회복한 상태였다. 그녀는 이제 '유령'도 아니고 '병신'도 아니었다.

"자세한 사정은 이야기해보지 않으면 모르겠지만……" 요시오는 평소의 거센 어조로 말했다. "얼마 전에 후세가 왔는데, 후세와 나는 사이가 아주 좋아. 그런데 그 사람이 '자네한테 아직 치우지 못한 딸이 있는 것 같은데 어디에 줘도 괜찮은가' 하고 묻더란 말이지. '괜찮고 말고 할 때가 아니지'라고 내가 말했더니 '좋아, 그럼 내가 중매자가 되어보지' 하더라고. 그래서 받네 주네 하는 이야기가 시작되었어. 아무튼 그쪽 집의 재산은 5만 엔이나 된다고 하더라고. 게다가 후세의 이야기로는 이쪽에 대해서는 전혀 조사하지 않는다고 했다는 거야. 이렇게 좋은 혼담은 별로 없을 거야. 세쓰코도 이미 과년했으니 나로서는 이렇게 좋은 상대가 있을 때 시집을 보냈으면 하는데, 그 아이가 도무지 받아들이지를 않는단 말이지. 거기에는 여러 가지로 복잡한 일이 있었는데, 내가 좀 지나친 말을 한 적도 있었지. 어쩐 일인지 어젯밤에는 세쓰코의 태도가 이상하더라고. 늦게까지 짐을 정리하는 소리가 들리고. 집이라도 나가려는 게 아닌가 하고 할머니도 걱정하고 있어. 그런데 또 묘한 일이 있었어. 할머니가 이치로한테 뭐 좀 사 오라며 5엔짜리 지폐 한 장을 목제 화로 위에 올려놓았는데 그 지폐가 없어진 거야. 이치로는 모른다고 하지, 할머니는 확실히 놓아두었다고 하지, 설마 세쓰코가 가져가지는 않았겠지만, 의심하고 보면 집을 나갈 생각으로 가져가지 않았다고 할 수도 없고……"

"세쓰코는 그런 사람이 아닙니다." 기시모토는 형의 말을 가로막았다. "그 아이는 뭘 놓고 갔으면 갔지 가져갈 사람은 아닙니다."

"그야 아무래도 상관없는 일인데……" 요시오는 말을 이었다. "아무튼 그 태도가 너무나도 위태로워. 오늘 아침에는 데루코한테 전화를 해서 좀 와달라고 했어. 데루코라도 오면 세쓰코가 진정할지 모르겠지만, 나는 그대로 두고 여기로 온 거야. 세쓰코가 뭐라 하나 했더니, 어처구니없게도 이 좋은 혼담을 허위의 결혼이라고 하니, 원. 허위의 결혼은 또 뭐냐고. 누구나 그런 식으로 시집을 가는 건데 말이야. 나카네가 데루코와 결혼할 때도 그쪽에서 내 딸을 본 적도 없었어. 데루코도 모르고 갔지. 그래도 결혼하고 보면 그렇게 행복한 가정을 이룰 수 있다고. 뭐, 누가 봐도 그 정도면 부족함이 없는 부부라고 할 수 있으니까. 오늘날 어디의 누구든 여자로 태어나 시집을 가지 않는 사람은 없어. 만약 있다면 그건 병신이겠지. 우리 고향에 수백 가구가 있는데 결혼하지 않은 여자가 있는 집은 한 집도 없어. 한 마을에서 단 한 사람 결혼하지 않은 여자가 있긴 하지. 오시모 할멈이라는 여자만 평생 혼자 살았어. 그뿐이야. 그것 보라고, 결혼하지 않는다는 것은 인간에 들어가지 못하는 거라고. 한 번은 시집을 가지 않으면 안 되는 거야. 일단 갔다가 나온 사람은 그래도 나아. 한 번도 가지 않는다는 법은 없지. 예를 들면 말이야, 가요가 죽었을 때 여기저기에 알렸잖아. 그 엽서 뒤에 친척 대표로 기시모토 스테키치와 나란히 다나베 히로시라고 적혀 있었지. 그런데 그 사람이 세쓰코의 남편이냐고 묻더라고. 시골에 가면 바로 그런 걸 묻는다니까. 세상이라는 건 그런 거야."

"그래서 형님은 어떻게 하겠다는 건가요?"

기시모토가 물었다.

"그러니까 내일이라도 당장 세쓰코를 불러서 잘 알아듣게 권하라는 거지."

요시오가 말했다.

"제가 그걸 권할 수는 없습니다."

기시모토는 간단히 대답했다. 그 말을 듣고 요시오는 다시 말을 이으려고 했다.

113

요시오는 동생의 방을 둘러보고 다시 말을 이었다.

"네가 재혼을 하지 않고 있는 것도 얼마간 세쓰코한테 영향을 미치고 있어. 원심력 같은 것으로 에둘러서 끌어당기고 있는 경향이 있으니까. 세쓰코도 한번은 시집을 갈 생각을 했어. 네가 프랑스에 가고 없을 때 맞선 사진까지 찍었거든. 원래는 네가 프랑스에서 돌아오기 전에 세쓰코를 치워버릴 생각이었어. 어쩐지 요즘 세쓰코를 보면 자신이 낳은 아이에 대해 자꾸 물어보고 싶어 하는 눈치야. 거, 예전의 그 일로 신세를 진 간호사 있잖아. 그 간호사도 지금은 병원의 조수인데, 가끔 우리 집에도 찾아와. 아무래도 세쓰코가 그 간호사한테 아이에 대해 뭔가 얻어내려고 하는 것 같더라고. 섣불리 그런 이야기를 듣기라도 하면 그거야말로 큰일이지. 금물이야, 금물. 그래서 내가 그 간호사한테 따끔하게 그 이야기를 막아두긴 했는데. 뭐, 이럴 때 타이완의 큰형이라도 도쿄에 집을 가지고 있으면 그 집에라도 맡길 텐데. 나로서는 그게 최상의 선택이야. 어쨌든 이 상태는 너무 위태로워. 어젯밤의 세쓰코는 어떤 실수를 저지를지 모르는 기색이었다니까. 생각해보면 세상일은 내용물도 있고 뚜껑도 있는 것이더라고. 작년에 타이완의 큰형님이 왔을 때 너에 대해 엄청 칭찬을 했지. 스테키치만은 무난하다, 형제 중에서 가장 안심이 된다고 하지 않겠어. 제일 안심할 수 있는 네가, 뭐 큰형님도 모르는 일이 있으니까, 나는 그때 아주 우습더라고. 큰형님이 아무것도 모르고 그렇게 말하는 것이 우습더란 말이지. 하지만 나는 기시모토 집안을 생각해. 조상 대대로 물려받은 기시모토 집안의 명예를 생각하지. 내용물은 어찌되었건, 기시모토 스테키치를 그대로 두면 남들도 모르고 집안의 명예도 더럽히지 않고 조상에 대해서도 면목을 잃지 않아도 되는 거지. 나는 그만큼 크게 생각하고 있어. 기시모토 집안의 명예에 비하면 세쓰코 한 사람의 실수 정도는 아무것도 아닌 거지. 오히려 그런 실수가 있어도 된다고까지 생각하고 있어. 그만큼 나는 기시모토 형제에게 도움이 되는 일을 중하게 보고 있다고." 요시오의 목소리는 점차 높아져 별채에서 안채까지 울려 퍼졌다. 그때까지 기시모토는 고개를 늘어뜨리고 형이 하는 말을 듣고 있었는데, 이 형에게도 말하지 말고 자신의 비밀을 털어놓자는 생각에 이르렀다. 언젠가는 형에게 절연당할 것까지 각오하고 있는 참이다. 그는 기꺼이 피고의 위치에 서려고 했다. 세쓰코의 혼담 일로 찾아온 형의 화두를 자신의 일로 돌리려고 했다.

"아마 형님은 제가 여행길에 올랐을 때의 일도 잘 알 거라고 생각합니다." 기시모토가 말을 꺼냈다. "고국에 아이를 맡겨두지 않았다면 두 번 다시 형님 앞에 나타나지 않았을 겁니다."

"아, 그 이야기가 나왔으니 말인데." 요시오는 동생을 강한 시선으로 보았다. "우선 아이를 맡겨두고 외국으로 가는데 집을 지켜줄 사람도 만나지 않고 가버리는 것은 상식 있는 사람이 할 일은 아니지. 너는 어땠지? 가요가 시골에서 올라오기도 전에 아이들을 놔두고 고베로 가버렸잖아. 가요가 올라와서는 '숙부님은 아직 고베에 있대요'라면서 아주 질려했거든."

"형수님이 그렇게 화를 낸 거야 지당한 일이지요."

"그때 일을 말하자면, 나는 아직 나고야에 있으면서 너의 불미스러운 일을 알았지. 그러고 나서 도쿄로 올라와봤고. 가요가 내 소맷자락을 붙들고 '아무래도 세쓰코가 이상해요. 그 아이한테 물어봐도 울기만 하고, 아무래도 심상치가 않아요. 당신이 또 섣불리 말했다간 무슨 일이 벌어질지 몰라요'라고 말하더라고. 그래서 내가 가요한테 '알았어, 알았다고. 당신은 나서지 마. 아무 말도 하지 마'라고 했지. 그때 벌써 세쓰코는 그런 상태였잖아."

"아니, 그 이야기는 들을 것도 없고, 저도 한때는 죽음까지 생각했습니다."

"그거야 네 일이고, 그 정도의 일은 있었겠지. 그래, 있었을 거야."

"아이들이 있어서 염치없이 돌아왔습니다만, 그 일 때문에 저도 오늘날까지 제 힘이 닿는 만큼의 일은 했다고 생각합니다."

"그 점에 대해서는 불만이 없어. 그 점은 완전무결하지. 너도 한번 죽을 생각까지 했다는 이상, 그때 그 일은 끝난 일이지. 그렇게 신경을 쓰는 점이 너의 천성이야. 그런 점이 너를 학문에 몰두하게 하겠지. 그야, 나도 네 심정을 이해하지 못하는 것은 아니야. 네가 고베를 떠날 때도 쓸 수 없었던 편지를 홍콩의 배에서 써 보낸 심정은 나도 알고 있다고. 그 심정을 아니까 나는 네 불미스러운 일을 받아들였어. 네가 또 프랑스에서 돌아왔을 때, 마중 나온 사람을 다 거절하고 혼자 불쑥 시나가와에 도착한 일도 나는 똑똑히 봤어. 그야 뭐, 불미스러운 일이긴 한데, 너처럼 그렇게 신경을 쓰는 것이 내가 볼 때는 우습단 말이지. 누구한테

나 그런 일은 있어. 다들 비슷한 일을 저지른다고. 그런 일쯤 대체 어떻다는 거야."

114

크게 한번 동생을 야단쳐서 진땀을 빼게 하겠다는 형과 기꺼이 형의 비난을 받아들이려고 고개를 숙인 채 말없이 듣고 있는 동생. 이 두 사람이 마주 보고 앉아 있었다. 뭐라 말할 수 없는 전율이 몸을 타고 내려올 때마다 기시모토는 자신이 생각해도 안색이 창백하게 변하는 것을 느끼지 않을 수 없었다. 그뿐 아니라 간접적으로 닿아도 아픈 자신의 약점을 스스로 끄집어내려는 기시모토의 평소와 다른 태도를 요시오는 수상히 여겼다.

요시오는 여태까지 한 번도 그 일 때문에 죽음을 생각한 일이 있다는 말을 꺼낸 적이 없는 기시모토의 얼굴을 의아하게 바라보았다.

"아무튼 나는 학문에서는 너한테 미치지 못하겠지만, 인간으로서 보면 너보다 훨씬 높은 데 있다고 생각해. 그럼, 내가 훨씬 윗길이지. 어디를 누르면 어떤 소리가 나는지 정도의 쓸모 있는 인생철학 수업은 상당히 쌓았거든. 너도 무슨 고민이 있다면 나한테 의논하러 와. 너처럼 혼자 생각에 빠져서 섣부른 짓을 하면 곤란하니까. 그럼 오늘은 이만 돌아간다."

요시오는 자리에서 일어섰다.

기시모토는 손을 비비며 형을 전송하려고 함께 옆방으로 나갔다.

"벌써 시간이 이러니 점심이라도 들고 가면 좋을 텐데요."

요시오는 아직 완전히 의혹이 가시지 않는 눈으로 '이거 아타고시타도 이상한걸. 여기서도 무슨 말썽이라도 일어날 것 같은데'라고 말하려는 듯이 몇 번이나 돌아다보았다. 어쩌면 당분간 형을 볼 시간이 없을지도 모른다. 이런 생각이 기시모토의 머리에 번쩍였다. 그는 누구를 상대로 언쟁을 벌일 생각은 없었다. 그저 자신을 내던지려고 했다. 그리고 모든 것을 운명에 맡기려고 했다. 앞날에 대한 불안을 안고 그는 형이 이별을 고하고 떠난 후까지 오랫동안 복도에 서 있었다.

그러고 나서 며칠 후 세쓰코를 걱정하고 있는 기시모토에게 그녀의 편지가 도착했다. 그 편지를 통해 기시모토는 세쓰코가 한 번은 봉착하지 않으면 안 될 일이 드디어 찾아왔음을 알았다. 편지는 다음과 같은 내용이었다.

전에도 한 번 있었던 혼담을 후세 씨가 다시 가져왔어요. 후세 씨가 그 이야기를 하고 돌아간 후에 아버지는 완전히 받아들일 마음을 먹은 것 같아요. 할머니가 그 이야기를 했지만 저는 단호히 거절했어요. 아버지의 뜻을 거스르고 이제 와서 그렇게 어설픈 철학자의 깨달음을 얻었다고 말할 수 있겠느냐는 격렬한 말이 있었고, 시집도 가지 않은 사람은 불구나 다름없다, 불구는 키울 뜻이 없다, 이제 부모도 아니고 자식도 아니다, 지금 당장 나가라, 하는 이야기가 있었어요. 저는 이렇게까지 부탁을 해도 들어주지 않느냐고 말했지만, 물론 몹시 혼나기만 했어요. 차라리 집을 나가자고 생각해서 인사를 하고 아버지 앞을 물러나려고 했을 때, 기다려, 거기 좀 앉아봐, 해서 다시 이러저러한 말을 실컷 들었어요. 그날 밤은 그대로 지나고 이튿날 숙부에게 찾아간 아버지가 돌아올 무렵에는 데루코 언니도 전화를 받고 왔는데, 아버지와 언니 사이에 여러 이야기가 나왔어요. 그리고 언니를 통해 억지로는 권하지 않겠다는 아버지의 답을 들었어요. 그 중간에 서서 모두를 달랜 사람은 할머니였어요. 일단 집을 나간다고 생각했을 때 숙부의 편지며 그 밖의 여러 가지 것들을 정리해두었는데, 아직 그대로 두고 있어요. 끝까지 견디는 자는 구원을 얻으리라, 저는 지금 상당히 긴장된 마음으로 있어요.

115

기시모토가 써둔 참회록 원고는 띄엄띄엄 세상에 발표되었다. 이제 많은 사람들이 기시모토와 세쓰코의 첫 관계를 알았다. 아울러 자신에게 집중되는 조소와 비난은 기시모토가 예상한 일로, 그것은 그가 받아야 할 당연한 응보였다.

하숙집에 있는 기시모토는 당분간 손님을 거절하고 아무와도 만나지 않은 채 집에만 틀어박혀 있었다. 5월 하순경이었다. 사정을 알게 된 데루코가 이런 기시모토에게 하녀의 안내도 없이 불쑥 찾아왔다.

"실례합니다."

데루코의 목소리를 듣는 것만으로도 기시모토에게는 이미 비밀을 모조리 털어놓은 후의 특별한 심정이 앞섰다.

"센타하고 시게루는 학교에 갔어요? 요즘에는 기미코도 도시락을 싸가나요?"

이런 아이들 이야기는 서론이고, 데루코는 자신이 하러 온 말을 꺼내기 어려운 듯 이야기할 기회를 엿보고 있는 것처럼 보였다. 기시모토에게도 잠시 어색한 시간이 이어졌다.

"숙부는 제가 왜 왔는지 아시죠?"

결국 데루코는 이렇게 정색하는 태도로 말을 꺼냈다.

"내가 쓴 것을 읽어본 거야?"

기시모토가 말했다.

"봤어요. 정말 놀랐어요. 설마 그런 것을 쓰리라고는 생각지 못했으니까요. 숙부를 애석해하지 않는 사람이 없어요."

"……"

"공교롭게도 제가 친하게 지내기를 바라는 집에서는 모두 그걸 읽고 있어요. 어쩐지 이상하다, 이상하다 하고 있었는데 떡하니 그런 게 나오고 말았어요. 저에게 그것 좀 읽어보라고 어떤 집 부인이 보여주었을 때는 마침 세쓰코에 대한 이야기가 나올 때였어요."

"하지만 나도 그런 각오는 하고 시작한 일이다."

"그거야 누구라도 그렇게 말하겠지요. 잘 생각해보지 않고는 그런 건 쓸 수 없을 테니까요. 숙부는 자신이 한 일을 썼으니까 그래도 괜찮을지 모르지만 여동생이 불쌍하다고, 누구한테 물어도 다들 그런 말을 해요. 정말 그런 것을 썼으니 이제 세쓰코는 어떻게 하실 거예요?"

"하지만 세쓰코도 알고 있어. 세쓰코의 허락을 받고 나서 발표한 거야."

"그거야 그럴지도 모르겠지만, 어떻게 좀 안 되는 거예요? 어떤 집 남편은 이래서는 여동생이 불쌍하다, 어떻게 좀 안 되느냐, '꿈이었다'고 할 수는 없는 거냐고 말했어요."

"그렇게 너희에게 걱정만 끼치고, 나도 미안하게 생각한다. 하지만 누가 곤란하다고 한들 가장 곤란한 건 내가 아니냐?"

"아무튼 당사자인 숙부가 그것을 썼는데 옆에서 어떻게 할 수도 없는 노릇이지만…… 그런 것을 내서 남들이 뭐라 생각하겠어요? 그게 실제로 일어난 일이라고 생각할까요? 아니면 지어낸 이야기라고 생각할까요?"

"그거야 나도 모르지. 그런 인생도 있다고 생각하며 읽어주는 사람도 있겠지."

"뭐, 소문도 기껏해야 75일이라고 하니까, 조만간 어딘가로 사라질 날도 오겠지요. 이제 그런 이야기는 그만해요."

데루코는 탄식하듯이 말하고는 속옷 소매로 눈물을 훔쳤다. 데루코 앞에서 기시모토는 자신이 쓴 것을 잘 읽어보라고 말하는 것 외에 다른 인사말도 할 수 없었다.

116

기시모토는 몇 번인가 요시오 형에게 편지를 쓰려고 했으나 그때마다 붓을 던지고 탄식했다. 형의 마음을 거스르고 참회록을 공표한 그는, 아무래도 잠자코 있을 수가 없었다. 한편으로는 그 비난을 받고, 한편으로는 당분간 형에게 이별을 고할 생각으로 책상에 앉아 종이를 펼쳤다. 그는 도무지 쓰기 힘든 편지에 자신의 생각을 10분의 1도 담을 수 없었다.

요시오 형님께
원래 저는 형님을 비롯해서 타계한 형수님의 책망을 들을 생각으로 먼 이국에서 돌아왔습니다. 그런데도 태연히 오늘에 이르렀습니다.

그렇게 따뜻한 마음을 받는 게 점점 괴로워진 저는 오히려 비난을 받는 것이 자신의 본의라 생각하고, 자신이 한 일을 모든 사람 앞에 고백하기로 결심했습니다. 지금이야말로 형님의 책망을 받을 때입니다. 나름대로 오랜 역사가 있는 기시모토 집안의 명예를 위해서라는 이야기를 했는데, 그 때문에 제 실패를 감추는 것도, 오랫동안 은폐하는 괴로움을 참는 것도 더 이상 견딜 수 없게 되었습니다. 많은 미덕을 갖춘 사람들을 조상으로 둔 기시모토 집안의 자손 중에 저처럼 부적합한 자가 태어난 것은 조상을 모욕할 뿐이지만, 저의 부적합함을 비난받는 것이 오히려 조상의 덕을 드러내는 일일 것입니다. 예전에 먼 이국 땅으로 떠나려고 할 때 무례한 편지를 남기고 여행길에 오른 저는 지금 다시 이런 편지를 형님에게 보내는 것이 슬픕니다. 이것도 저로서는 어쩔 수 없는 일입니다. 이러저러한 마음의 경험은 저로 하여금 여기에 이르게 했습니다. 저는 기꺼이 형님의 절연을 받아들일 마음으로 이 편지를 씁니다. 제가 발표하는 참회록은 스스로를 채찍질하려는 마음에서 나온 것이지만, 세쓰코가 그 죄업의 대상인 이상 그녀에게 폐가 미치지 않는다고 말할 수도 없습니다. 그러나 형님을 비롯해 많은 사람들이 일시적으로 저의 이 행위를 폐라고 느끼겠지만, 어쩌면 먼 훗날에는 세쓰코를 위해서도 다행이었다고 여기는 날이 올 거라고 생각합니다. 그럼 한동안 뵙지 못할 사람은 이쯤에서 이별을 고하고자 합니다. 오늘까지 여러 가지로 신세 진 일은 잊지 않겠습니다. 할머니를 비롯하여 모두들 평안하시기를.

스테키치 올림

추신: 센타와 시게루가 이따금 찾아갈 거라고 생각합니다. 그것만

은 용서하시기 바랍니다.

기시모토는 이렇게 쓰고 긴 한숨을 토했다. 이 편지는 우편으로 야
나카로 보낼 생각이었다. 이 편지가 요시오 형의 손에 닿을 때는 세쓰코
에게도 당분간 이별을 고할 때라고 생각했다. 그녀의 수업이라는 면에서
봐도 그녀에게는 그것이 더 나을 거라고 생각한 것이다. 그는 모든 것을
세쓰코의 자유에 맡기려고 했다. 오늘까지 세쓰코를 이끌어온 그녀의 운
명이 내일도 그녀를 이끌어줄 거라고 믿기 때문이었다.

117

야나카의 집을 중심으로 한 친척과의 충돌은 이제 피하기 어렵게 되
었다. 그래도 기시모토는 세쓰코의 위치를 확실히 해두고 싶어 다시 요
시오 형에게, 전에 보낸 것보다 더 쓰기 힘든 편지를 썼다.

이 편지는 형님께 보내는 것입니다만, 데루코에게 들고 가도록 하
기 위해 일부러 시부야로 보냅니다. 부디 데루코에게 읽어달라고 하여
들어주십시오. 저는 형님께 세쓰코를 잘 이해해달라고 말하기 위해서,
그리고 데루코도 잘 알아두었으면 하는 마음에서 그녀에게 이 편지를
가져가도록 했습니다. 이제 와서 제가 프랑스로 떠났던 당시의 수치심
을 말할 필요까지는 없고, 여기서는 주로 세쓰코에게 일어난 마음의
변화를 말씀드리려고 합니다. 제가 그 변화를 안 것은 멀리 고국을 떠
나려고 할 때였습니다. 저는 고베의 여관에서 세쓰코의 편지를 받았는

데, 저의 여행 결심이 그녀의 마음을 움직였다는 것을 알고 오히려 뜻밖이라고 생각했습니다. 저는 프랑스의 항구에 도착하여 파리로 갔습니다. 타국으로 떠난 제 마음은 세쓰코로 하여금 과거의 모든 기억에서 벗어나 저를 잊고 그녀의 몸을 일으켜 세우게 하는 데 있었습니다. "너는 이제 이 일을 잊어라"라고 말해준 형님의 편지를 파리의 객사에서 읽었을 때는 더욱더 그 마음을 굳게 했습니다. 그 이후 세쓰코의 편지를 읽을 때마다 몹시 자책했습니다. 그때마다 저는 답장도 보내지 않았을 뿐 아니라 되도록 그녀와 직접 편지를 교환하는 것을 피하고 용무가 있을 때도 형님께 편지를 보낼 정도였습니다. 그럼에도 불구하고 세쓰코는 계속 편지를 보냈습니다. 한번 끊어졌다 싶더니 다시 계속되었습니다. 그녀는 3년이라는 긴 시간 동안 저에게 편지 보내는 일을 잊지 않았습니다. 이윽고 제가 귀국할 날이 왔습니다. 여행은 저의 생활을 바꿔놓았을 뿐만 아니라 사고방식도 바꿔놓았습니다. 저는 독신을 고수할 생각도 없었습니다. 저도 결혼할 생각이 있었고, 세쓰코에게도 적당한 배우자를 찾아 결혼하기를 권할 생각이었습니다. 그런 마음으로 귀국해보니 세쓰코는 한 번이 아니라 두 번이나 우울증에 빠졌습니다. 제 눈에 비친 세쓰코는 도저히 지금의 세쓰코와 비교가 되지 않을 만큼 쇠약해져 있었습니다. 제가 다시 그녀에게 다가가게 된 것도, 재혼할 생각을 번복한 것도, 자신이 지은 죄과의 책임을 지려고 결심하게 된 것도, 모두 그녀의 파멸을 방관할 수 없었던 데서 일어난 일입니다. 저는 좌절도 하고 실망도 했으며 헤매기도 했습니다. 하지만 대체로 그녀를 구하려고 한 제 방침이 틀린 것은 아니었다고 생각합니다. 죄 많은 데서 출발한 저는 적어도 자신을 돌아보아 꺼림칙하지 않은 데까지 그녀를 이끌었다고 생각합니다. 우리는 죄로 죄를 씻고 잘못으로 잘못을 씻으려고 했습니다. 그 결과 서로 독신을 맹세했습니다. 세쓰코에게는 이제 가정을 가지려는 바람이 없을 거라고 생각합니다. 그녀의 바람은, 미덥지 못하기는 하지만 조용한 종교 생활을 하는 데 있을 겁니다. 저는 조금도 그녀를 구속할 생각이 없으며 그녀 앞날에 행복이 있기만을 바랍니다. 이제 와서 보니 제가 한 일과 생각은 귀국 당시의 마음과 상당히 동떨어진 것입니다. 하지만 저로서는 이것 외에 다른 길이 없었습니다. 또한 지금까지처럼 세쓰코의 생활은 제가 보장할 것이고, 그것을 제 책임이라고도 생각합니다. 그렇게 하기 위해 데루코를 번거롭게 하거나 환어음으로 맡기거나 하는 방식으로 송금하고자 합니다.

다시 기시모토는 붓을 놓고 탄식했다. 복잡하고 모순된 마음의 경험을 도저히 이런 편지에 다 담을 수 없었다.

118

시부야의 데루코는 기시모토가 보낸 편지를 야나카로 전하러 갔다가 돌아왔다며 아타고시타의 하숙집에 들렀다.

"블라디보스토크 누나."

아무것도 모르는 아이들은 순진한 목소리로 불렀다. 데루코는 아이들에게 '시부야 누나'로서보다는 아직 '블라디보스토크 누나'로서 환영받고 있었다.

"아빠한테 잠깐 심부름 왔으니까, 그 일 마치고 나서, 알았지?"

데루코는 센타와 시게루를 달랬다. 기시모토는 물이 끓고 있는 화로 옆에서 데루코를 맞았다. 요시오 형의 답변을 들을 때까지 그도 마음이 진정되지 않았다.

"아버지가 그 답변은 언젠가 나중에 하겠다고……" 데루코는 뭔가 의미 있는 듯이 말하며 다시 단호한 어조로 말을 이었다. "세쓰코는 이제 숙부 일을 도우러 오지 않을 테니까 그런 줄 아세요."

데루코는 기시모토가 좋지 않은 얼굴이라도 할 것이라 생각하고 말했지만, 기시모토는 처음부터 그럴 생각이었다.

"그건 알았다."

그는 간단히 대답했다.

"그리고 아버지가 숙부한테 이렇게 말해달래요, '붉으락푸르락하며 자신이 한 일을 쓰지 않으면 먹고살 수 없는 건가 하는 생각을 하면 참 딱한 장사다'라고요."

데루코를 통해 들은 요시오 형의 말도 기시모토는 그대로 받아들였다. 기시모토는 그보다 할머니의 생각을 알고 싶었다.

"할머니께도 얘기했니?"

기시모토가 물었다.

"그거요." 데루코는 살짝 어깨를 흔들었다. "할머니한테 아무 말도 하지 않으면 안 될 것 같아서 제가 세쓰코에 대해 이야기해드렸어요. 오히려 할머니는 득도라도 한 듯한 얼굴로, 그런 이야기를 들어도 평소대로였어요…… '숙부의 편지는 나도 봤는데, 하여튼 불쌍한 건 세쓰코야. 아이가 있으면 좀처럼 잊지 못하는 법인데' 하셨어요."

이렇게 말하며 데루코는 웃었다. 그녀는 이제 그런 이야기는 하고 싶지 않은 모양이었다. 돌이킬 수 없는 숙부의 참회로 인해 친척 사이의 즐거운 평화가 깨진 것을 슬퍼하는 것처럼 보였다. 이런 경우 데루코는 할 말은 다 해도 그 후부터는 바로 그녀의 눈물 많은 성격을 보였다.

"자, 이제 볼일은 끝났다. 기미코도 언니 옆으로 와."

데루코는 건넌방에서 놀고 있는 기미코를 불러 어른 사이의 서먹한 마음을 아이들 쪽으로 돌렸다.

혼자가 된 기시모토는 세쓰코에게 누가 봐도 지장이 없는 편지를 보냈다. 편지는 요시오 형에게 서면으로 자신의 입장을 밝힌 것, 당분간 연락하지 못하는 것, 할머니를 비롯한 윗사람들에 대한 봉사의 마음에 힘써달라는 것 등을 간단히 적은 것이었다. 그 다다음 날 그는 세쓰코의 답장을 받았다. 아버지의 마음은 풀리지 않았다, 하지만 자신은 간신히 마음이 좀 편안해졌다, 정말 공부하고 싶은 마음도 들었으니 안심하라, 라는 의미의 편지였다. 그 답장 중에는 "아버지께 첫번째 편지가 왔을 때도 저에게는 보여주지 않았으므로 제가 뭔가를 써서 타이완의 큰아버지께 보냈습니다"라고도 쓰여 있었다. "후세 씨로부터 다시 엽서가 왔습니다. 저번 편지는 잘 받았다, 그 일에 대해 의논드릴 것이 있으니 조만간 찾아뵙겠다, 라고 쓰여 있었습니다. 적당히 그만하면 좋을 텐데요"라는 부분도 있었다. 그것을 보고 기시모토는 요시오 형과 데루코 사이에서는 아직 세쓰코의 혼담이 계속되고 있다는 것을 알았다.

119

기시모토 스테키치 귀하

아아, 모든 게 끝났다. 애끓는 슬픔만 남았다. 귀하는 자신을 참회한다고 하지만, 상대방의 생활을 보장함으로써 부덕(不德)을 수행하려는 흔적이 있는 것은 언어도단이라고 해야 할 것이다. 내 딸은 내가 처리할 각오를 하고 있다. 굳이 귀하의 참견을 허락하지 않는다.

이에 눈물을 머금고 귀하와 의절하는 바다.

기시모토 요시오

또한, 아이들은 죄가 없으니 센타와 시게루가 이따금 찾아오는 것은 허락한다.

세상에 좋은 것도 나쁜 것도 다 알려진 처지, 길 잃은 사람의 올바른 길

요시오는 데루코를 시켜 이를 기시모토에게 전하게 했다. 언젠가 답변을 한다는 요시오의 예고가 있었는데 이것이 그 편지였다.

데루코는 아버지의 봉투를 기시모토 앞에 놓은 채 곧바로 자리에서 일어났다. 그녀는 별채의 복도 쪽으로 가서 잠시 장지문 밖에 우두커니 서 있었다. 얼마 후 기시모토가 절교장을 다 읽었을 때를 가늠해 다시 숙부가 있는 곳으로 돌아왔다.

"네 아버지가 이런 걸 보냈다."

기시모토는 데루코에게 이렇게만 말하고, 눈에 병을 앓은 후의 사람답게 대형 종이에 큰 글씨로 쓴 요시오의 편지를 말아 넣었다.

"숙부가 친절하게 대해주는 것이 오히려 세쓰코를 망치는 거예요."

데루코의 이 말이 기시모토의 깊은 생각을 깼다. 데루코는 자못 난처하다는 얼굴로 그렇게 말했지만, 기시모토는 특별히 그 일에 대해 아무 말도 하려고 하지 않았다. 그는 자신이 차를 끓여, 심부름을 온 데루

코를 위로하려고 했다.

데루코가 돌아간 후 기시모토는 형이 쓴 편지를 다시 읽었다. 그 편지 끝에 넌지시 깨닫게 하려는 뜻을 담아 덧붙여놓은 형의 단가(短歌)를 되뇌었다.

　　세상에 좋은 것도 나쁜 것도 다 알려진 처지, 길 잃은 사람의 올바른 길

기시모토는 형의 비난과 오랫동안 자신이 고심해온 마음을 비교했다. 그는 이렇게 생각했다. 역시 형이 비난하는 것은 예전의 자신에게도 용서하기 힘든 죄악이라 여겨졌다. 그것은 또 이 세상에서 바라기 힘든 일이기도 하다. 그러나 자신을 돌아보고 양심의 가책을 느끼지 않은 데까지 간 것이라면, 설사 이 세상에서 바라기 힘든 일이라도 일괄적으로 그것을 죄악이라고 생각할 수는 없다고. 기시모토는 이토록 형과 의견이 달랐을 뿐만 아니라 예전의 자신과도 달랐다. 그는 그저 묵묵히 그 편지를 받아두었다. 참회의 내용 자체가 그에게는 답의 모든 것이었다.

요시오는 한편으로 기시모토와 의절하고, 한편으로는 세쓰코에게 결혼을 권하려고 했다. 기시모토는 그 사실을 세쓰코의 편지로 알았다. 세쓰코는 기시모토에게 쓴 편지에, 특별히 아버지에게 쓴 편지까지 동봉했다. 두 통의 편지를 대충 훑어본 후 기시모토는 그녀가 아버지에게 썼다는 편지를 다시 읽었다.

　　일전의 의견은 분명히 들었습니다. 아버지의 논법에서 보면 어쩌면 그곳에 이르렀을지도 모르겠습니다. 하지만 백만 번의 넋두리가 아

무런 효과가 없어도 들어주어야 한다는 말씀을 믿고 제 심사를 하나도 보태거나 빼지 않고 있는 그대로 말씀드리겠습니다.

먼저 말씀드리고 싶은 것은 부모와 자식 간의 일입니다. 부모의 명령에 복종하지 않으면 사람이 아니라고 말하지만 그것은 친권을 과대시한 것이 아닐까요. 이렇게 말하면 공연히 부모를 경시한다고 오해할지도 모르겠지만 결코 그런 의미로 말씀드리는 것이 아닙니다. 무슨 일이나 전혀 거스르지 않고 명령에 따르기만 하고 또는 마음속으로 반감 같은 것을 가지면서도 겉으로는 그저 그것에 따르기만 하는 것은 제가 바라는 것이 아닙니다. 가장 소중하고 진정한 복종이야말로 제가 항상 바라는 것입니다. 생각의 차이에다 평소에 말이 적기 때문에 그런 말을 할 기회도 없이 오늘에 이르렀습니다.

자신의 과오를 뉘우치지도 않고 재차 그것을 계속하는 것은 금수의 행위라고 말씀하셨습니다. 정말 시시각각으로 변하는 내부의 변화를 돌아보지도 않고 오직 외관에 의해서만 판단한다면 어쩌면 세상의 어리석은 여자만도 못한 것으로 여겨질 것입니다. 모든 일에 철저함을 바라고 진실을 좇는 제 마음의 그 잘못으로 얼마만큼의 고통을 겪었는지, 이제 와서 새삼 그런 말은 하지 않겠습니다. 최후의 쓴 즙 한 방울까지 다 마셔야 할 책임이 있는 몸입니다. 그렇지만 고독에 의해 열린 제 마음의 눈은 너무나 많은 세상의 허위를 보고, 아무런 의심도 없이 그 안에서 태연히 살아가는 사람들을 보고, 귀로는 공허한 소리를 듣고, 이런 것을 싫어하는 마음은 다시 바쇼의 마음을 즐기고, 사이교*의 마음을 즐기는 것을 깊게 했습니다. 제가 평소에 추구하는 진실을 과

---

* 西行(1118~1190): 헤이안 후기의 가인.

오의 대상에서 찾아낸 것은 일면적으로 불행한 일이지만, 그렇다면 과오를 변화시켜 빛이 있는 것이 되도록 향상의 노력을 하는 것이야말로 저의 간절한 바람입니다.

제가 살아가려는 길을 종교에서 찾은 것은, 하나는 신을 찾는 마음에서이고 또 하나는 이 비탄의 밑바닥에서 떠오를 때 무시무시한 세상의 냉혹함을 접하고 그 회오도 열성도 결국 수많은 죄인들이 자포자기에 빠지는 길에 이르게 될 것이라는 걸 발견한 것에 다름 아닙니다. 종교에 대해서는 여기서 제 뜻을 말씀드리지 않겠습니다.

말씀드리지 못한 것이 많지만 이것으로 제 심사의 일단이라도 참작해주시면 다행이겠습니다.

120

세쓰코가 아버지에게 쓴 편지를 보니 그녀의 입장은 더욱 분명해진 것 같았다. 강렬한 위압도 결국 작은 영혼 하나 어쩌지 못한다는 것이 느껴졌다. 기시모토는 자신에게 보낸 편지도 다시 읽었다.

어제 후세 씨가 오셨고, 아주 분명히 거절했습니다. 그끄저께 언니가 갔을 때, 아버지는 아직 그 혼담에 미련이 있었을 것입니다. 할머니와 언니에게 여러 가지로 의논을 했는데, 그 두 사람이 저에게 그 이야기를 했습니다. 언니가 그 이야기 끝에, 숙부와는 완전히 헤어지고 자기 혼자 해나갈 건지 아니면 지금까지처럼 자신의 일을 할 건지, 그 대답을 듣지 않으면 아버지에게 답할 수 없다고 했습니다. 그래서 제가, 몇 년 만나지 않는 것은 문제가 되지 않지만 정신적으로 숙부와 헤어지는 것은 불가능하다, 이렇게 말했습니다. 그 이야기를 언니가 아버지에게 했겠지요. 그리고 제가 아버지 앞으로 인사하러 갔더니 아무 말씀도 안 하시고 오랫동안 입을 다물고 계셨습니다. 언니가 아버지께 무슨 하실 말씀이 없느냐고 했더니, 나는 질려서 할 말이 없다, 인간이라고 생각해야 이야기도 하는 거지, 금수한테는 할 말이 없다, 그들은 금수와 같다, 파리라는 놈은 고귀한 사람 앞에서도 장난을 치는 것이다, 그런 놈과 진짜 인간을 같이 취급하다니 말이 되느냐, 그러고 나서도 상당히 격렬한 어조로 여러 가지 말씀을 하셨습니다. 언니가, 그렇게 자기 생각만 말하지 말고 세쓰코의 이야기도 들어주어야 한다, 내가 들어도 그대로 전할 수 없으니까 세쓰코한테 편지로 쓰라고 하겠다, 그것을 제가 아버지한테 읽어드리겠다, 이렇게 말했습니다. 아버지는 그 이야기를 듣고 앵무새나 잉꼬 같은 것은 잘 지껄이니까 백만 번 넋두리를 해봤자 내 귀에는 들어오지 않겠지만, 금수가 말하는 걸 한번 들어주겠다, 인간의 얼굴을 한 금수니 글도 쓸 수 있겠지, 어디 금수가 쓴 것을 봐주겠다,고 말씀했습니다. 뭘 써도 도저히 이해해주지 않을 거라고 생각했습니다. 하지만 제 생각만은 일단 밝혀두고 싶었으므로 어젯밤 별지 같은 것을 썼습니다. 오늘이라도 언니가 오면 읽어주게 할 생각을 하고 있습니다. 매일 틈만 나면 그런 말을 하는데, 요즘에는 화도 나지 않습니다. 자신을 단련할 채찍이라 생각하고 확실한 마음으로 열심히 공부하고 가사를 돕고 있습니다. 절실히 '창작'의 힘을 생각합니다. 그건 그렇고 아버지의 성격으로 볼 때 무슨 일이든 자신의 뜻대로 된다고 생각하여 억지로라도 그렇게 하지 않으면 성에 안 차는 점에서, 생각대로 되지 않는 탄식을 가까스로 금수라고 생각하며 달래는 거라 생각하면 참으로 딱하다는 생각도 듭니다. 옥체 보중하시기를. 조금 있으면 멀리 여행에서 돌아오신 그날도 다시 오네요.

세쓰코가 이렇게 써 보낸 것은 6월 하순이었다. 어차피 한 번은 이런 때가 온다, 기시모토는 세쓰코를 생각했다. 거기에서 진정한 진로가 열린다, 그녀가 마음의 밑바닥을 아버지에게 털어놓은 것만으로도 이미 그녀는 밝은 데로 나간 거라고 생각했다. 기시모토는 절실히 '창작'의 힘을 생각한다는 그녀를 상상하고, 단 한 사람도 이해해주는 사람이 없는 그녀의 주변을 상상하고, 부모의 마음을 거스르고서라도 살아가려는 사람의 눈물 많은 세월을 상상했다.

121

'넌 정말 끔찍한 일을 했다. 잠자코 있기만 하면 알려지지 않고도 끝날 일 아니냐. 잠자코 있기만 하면 너는 좋은 친척으로 있을 수 있고, 좋은 숙부로 있을 수 있었을 것 아니냐.'
이런 목소리가 끊임없이 기시모토의 귓가를 맴돌았다.
진실의 폭로는 동생이 기꺼이 받아들이려고 한 절연 정도에 그치지 않고, 선고라도 내리는 듯한 의절로 이어졌다. 또 그 일은 부모의 계획에 차질을 일으키고 딸을 부모로부터 등 돌리게 하였으며 친척들 사이에는 혼잡과 낭패를 퍼뜨렸다. 기시모토가 자신의 생활을 근본에서부터 뒤집어엎으려고 시작한 일은, 이제 와서 눈에 보이지 않는 감옥을 나가다니 말이 되는가 하는 말도, 거짓을 거짓으로 놔두지 않는 것이 주위 사람들에게 폐가 된다는 말까지도 함께 덮어버렸다.

그러나 기시모토는 좀더 넓고 자유로운 세계를 목표로 한눈팔지 않고 서둘러 가려고 했다. 설사 친척으로부터 멀어지고 사람들로부터 손가락질을 당하여 완전히 자기 혼자 살아가지 않으면 안 되는 때가 온다 해도 그로서는 어쩔 수 없는 일이었다. 7월에 접어들 무렵까지 그는 바다 밖으로 도망치려고 한 여행의 동기에서, 어두운 밤에 고베 항을 떠나는 외국 배 안의 손님이 될 때까지의 사실을 세상에 발표했다. 지난 세월 동안 가장 마음이 어두웠던 때의 일이 하루하루 폭로되었다. 오랫동안 그의 몸에 따라다녔던 비밀의 그림자, 아무리 묻어버리려고 해도 도저히 묻을 수 없었던 과거의 죄업, 그는 그런 어두운 것과 함께 쓰러져가는 자신의 모습을 보는 참혹한 마음이었다.

세쓰코가 아타고시타로 찾아오는 길도 이제 완전히 끊어졌다. 기시모토는 그녀에게 매달 보내는 돈도 보류하고, 편지를 쓰는 일도 보류하고, 그저 틀어박힌 채 근신의 뜻을 표하고 있었다. 하지만 세쓰코는 자주 편지를 보내왔다. 그녀는 기시모토에게 이따금 소식을 전하는 걸 게을리하지 않았던 것이다.

얼마 전 아버지께 쓰신 편지를 언니가 가져왔을 때 저도 읽었어요. 그때도 2층에서 들리는 아버지의 커다란 소리가 저를 조마조마하게 했지만, 결국 언니를 통해 "조만간 생각해보겠다" 하는 아버지의 답변이었어요. 아버지는 불쾌한 얼굴을 하는 일도 있지만, 때때로 저를 완전히 바보라도 된 것처럼 볼 때도 있어요. 아버지가 숙부에게 보낸 답장의 내용도 언니에게 들었는데, 어쩔 수 없는 자연스러운 과정이라고 생각해요. 하지만 지금까지 괴로운 일이든 슬픈 일이든 무엇하나 쓸데없는 것은 하나도 없었다는 것을 생각하면 이번 사건에서도여러모로 생각할 것이 있고 오히려 저에게는 조용하고 확고한 마음으로 공부할 수 있는 시간을 주는 것 같아요. 앞으로 언제나 뵐 수 있을까요. 몇 년 후일까요. 그때가 되어 숙부에게 저를 보여주는 것이 무엇보다 큰 즐거움이에요. 저는 매일 신께 기도를 드리게 되었어요.

122

"세쓰코 씨는 어떻게 된 거예요? 통 오지 않네요."

안채의 부엌 쪽에서 밥상을 들고 온 하녀가 기시모토에게 물었다. 마침 점심때라 세 아이는 도시락을 싸서 학교에 가고 없었다. 하녀는 기시모토의 밥상만 별채에 놓았다.

"애들 옷 터진 데라도 있으면 언제든지 내놓으세요. 일손은 얼마든지 있으니까요."

하녀는 이런 말을 남기고 안채로 물러갔다.

기시모토에게는 귀국 당시의 날씨를 떠올리게 하는 7월다운 비가 내린 날이었다. 그때가 되고 보니 그는 이 하숙집에서 가장 오래 묵고 있는 손님이 되어 있었다. 1년쯤 별채에서 지내는 동안 하녀의 얼굴도 변해갔다. 평소처럼 그는 방의 찻장 옆에 자리를 잡고 밥상 앞에 앉았다. 참회록을 쓰기 시작한 이래 칩거하는 신세라 뜰의 초목도 눈에 띄었다. 여름다운 시원한 비는 활짝 열어놓은 장지문 밖으로 보이는 벽오동나무 가지를 타고 흘러내렸다. 툇마루 끝에 서 있는 오래되고 가는 소나무 뿌리,

이끼가 낀 뜰의 돌, 푸른 조릿대 잎, 모든 것이 젖어 보였다. 그는 밥통을 자기 앞으로 끌어당겨 손수 밥을 퍼서 한가하게 먹었다. 그 방에서 비를 바라보며 혼자 밥을 먹었다.

세쓰코가 이 하숙으로 일을 도와주러 오던 날의 일은 이제 조용한 데서 떠올리는 옛날 일이었다. 기시모토는 이 뜰에 휘파람새가 와서 한창 울던 무렵 세쓰코가 병원에서 찾아온 일을 떠올리고, 형수가 세상을 떠난 지 열흘쯤 된 무렵 그녀가 몹시 지친 모습으로 찾아온 일을 떠올렸다. 4월 말에는 그녀가 백합꽃 화분을 가져다놓은 적도 있었다. 5월에 들어서도 아직 그녀는 찾아왔고 그달 말까지는 얼굴을 비쳤다. 정말 좋은 일이 있으니 단골 쌀집에 전화를 걸어달라, 그러면 찾아가겠다, 모든 것은 찾아뵌 다음에,라는 의미의 편지를 보내온 다음 날 그녀가 찾아왔다. 그녀가 말한 '정말 좋은 일'이란 예의 그 여의사로부터 자신의 아이 사진을 입수했다며 그것을 기시모토에게 보여주러 가져온 것이었다. 그때 기시모토는 처음으로 지카오라는 아이의 모습을 봤다. 세쓰코와 함께 봤다. 그 아이의 얼굴은 세쓰코를 많이 닮았는데, 특히 눈 같은 데는 빼다 박았다. 놀이 친구와 둘이서 찍은 사진이었다.

"너는 이제 아이를 데려오고 싶다고는 생각하지 않는 거야?"

시집도 가지 않고 있는 세쓰코를 불쌍히 여기는 마음에서 기시모토가 농담처럼 이렇게 물었을 때 그녀는 고개를 가로저었다.

"이걸로 족해요. 게다가 아이가 있다면 저는 죽고 말 거예요."

세쓰코는 진지한 얼굴로 이렇게 대답한 적도 있었다. 그것이 그녀가 마지막으로 찾아온 때였다.

식사를 한 후 기시모토는 세쓰코에게 받아둔 아이 사진을 꺼내러 갔다. 죄 없는 어린아이의 존재는 이제 기시모토에게 확실히 아버지로서의 의식을 갖게 했다.

123

뜰에 내리는 빗소리를 들으면서 기시모토는 다시 생각에 잠겼다. 가라앉았던 정열을 조용한 데서 상기하자 실로 여러 가지 것들이 되살아났다.

2층이 있고, 창이 있고, 장지문이 있다. 장지문 밖에는 바로 빨래 너는 데가 있고 그 너머로 가까운 동네의 지붕도 보인다. 멀리 높다란 벼랑 주변으로 잡목림의 일부도 보인다. 거기서는 교외다운 하늘도 보인다. 창가에 기대어 견딜 수 없는 불안에 사로잡힌 사람처럼 망연히 창밖을 내다보고 있는 여자가 있다. 그 2층은 예전에 다카나와의 집 근처에 있던 기시모토의 임시 서재다. 그 여자는 세쓰코다.

기시모토는 그때만큼 자신이 나약하다는 걸 느낀 적이 없었다. 왜냐하면 3년간의 이국 생활이 실제로 어떤 도움이 될 것인지 자신이 생각해도 의심스러웠던 게 그때였기 때문이다. 세쓰코가 또다시 어머니가 될 수도 있다는 듯이 걱정스러운 말을 꺼낸 것도 그때였기 때문이다. 사람의 경험이라는 것의 무력감이 그때만큼 그를 탄식하게 한 적도 없었다. 죽으려다 죽지 못한 괴로움을 한번 경험했으면서도, 그토록 쓸쓸한 유랑을 떠나 이국땅의 객사에 무릎을 꿇고 차디찬 마룻바닥에 이마를 대고 복받쳐 울어도 부족할 만큼의 고통을 경험했으면서도, 그 경험은 그에게 아무런 의지가 되지 못했다. 그는 새로이 똑같은 일을 슬퍼하지 않으면 안 되는 위치에서 그때의 자신을 떠올렸다. 그는 세쓰코에게 말했다.

"나는 두 번 다시 그런 여행을 떠날 수 없을 거야. 만약 그런 일이 다시 일어난다면 죽을 수밖에 없겠지. 그렇지 않으면 절에라도 들어가야 할 거고. 그런 이야기를 듣는 것만으로도 벌써 머리를 깎아버리고 싶어져."

그만큼 그는 깊은 비통을 느꼈다. 그로부터 두 사람에게 얼마나 불안한 날이 계속되었던가. 세쓰코는 그런 걱정을 하면서도 다카나와에서 야나카의 집으로 이사했다. 그는 또 세쓰코에게서 온 편지 끝자락에서 다음과 같은 짧은 문구를 읽을 때까지는 안심하지 못했다.

"이제 승려 생활을 할 필요도 없어졌으니 안심하세요."

기시모토가 자신과 세쓰코의 관계를 소홀히 생각하지 않게 된 것도, 그녀에 대한 자신의 진심을 의식하게 된 것도, 그런 슬픔에 빠진 후였다. 황폐한 열정이 지나간 후에 그것은 한 덩어리가 되어 기시모토의 가슴에 뚜렷이 되살아났다.

124

그러나 그것만이 아니었다. 기시모토는 세쓰코와 함께 보낸 세월 동안 어린 시절부터 선입관으로 갖고 있던 여러 가지 사고방식이 바뀌었다. 그는 프랑스 현대 조각가의 손으로 만들어진 마리아 석상을 떠올렸다. 그 석상은 그가 프랑스에서 생활하는 동안 도처에 있는 로마가톨릭 성당이나 미술관 등에서 본 오래된 그림과 비교할 것도 없이, 리모주의 시골집 벽에 걸려 있던 마리아 그림에서 본 성모다운 모습에서 결락되어 있는 것을 떠올리게 했다. 그 돌덩어리는 흔해빠진 마리아상에서 보이는 평화롭고 온화한 모습이 아니라 아이를 낳은 처녀의 쇠약한 모습이었다. 풍만한 가슴과 볼 대신에 홀쭉하게 살이 빠진 몸이 돌에 새겨져 있었다. 마침 그가 먼 여행에서 돌아와서 본 세쓰코의 확 변한 모습이 바로 그랬다. 그런 세쓰코가 눈에 띄게 달라졌는데, 3년이나 그녀 옆에서 걱정해온 할머니까지 좋아졌다고 말할 정도였다. 그녀의 동작부터 목소리까지 활기차졌다. 나중에는 세쓰코가 그에게 와서 "하지만 정말 힘을 얻었어요"라고 말하며 기뻐했을 만큼 달라졌다. 그때부터 그의 불의(不義)의 관념이 일변했다고 해도 좋을 만큼 달라졌다. 도저히 이 세상의 부부라고 할 수 없는 친밀함과 서로에게 일생을 맡기려는 슬픔이 생겨났을 뿐만 아니라, 그때까지 너무나도 괴로워해온 죄업이 오히려 죄업을 구할 만큼의 청정하고 자연스러운 힘을 느끼게 했다. 그가 죄의 정화라는 것을 생각하게 된 것도 그 무렵이었다. 그가 오랫동안 선입견으로 갖고 있던 육체에 대한 경멸에서 벗어나게 된 것도 그 무렵이었다. 그처럼 여성을 경멸해온 것이 일단은 그의 성격 탓이라 하더라도, 경멸하는 그 마음이 적잖이 여성을 싫고 귀찮은 존재로 만들었다. 그는 자주 세쓰코에게 아벨라르와 엘로이즈 이야기를 했다. 그녀가 아직 이 하숙집으로 찾아오던 무렵에는 그 수도사와 수녀의 전설에 관한 것을 찾아서 그녀에게 읽게 했다. 파리의 페르 라세즈 묘지에 고요한 사랑의 열반처럼 잠들어 있는 두 사람의 침상. 예전에는 지나치는 여행자처럼 읽어온, 로마가톨릭풍의 고색창연한 예배당 옆에 새겨져 있는 글. 그는 그 글귀를 떠올리며 평생 변함이 없었다는 그 수도사와 수녀의 정신적 애정이 육체를 멸시하는 동양풍의 마음에서는 과연 생겨날 수 있을까, 하는 생각도 했다.

　기시모토가 기다렸던 새벽은 특별히 그렇게 먼 데서 밝아오는 것이 아니라 자신의 바로 발밑에서 밝아오는 것 같았다. 피에서 해방되고 육체에서 해방되어가는 것을 감지할 때마다 어두웠던 그의 마음도 차츰 밝아지는 것 같았다.

125

7월 말까지 기다리는 가운데 열리지 않던 세쓰코의 앞날에 대한 진로의 실마리가 기시모토에게는 희미하게나마 보이기 시작했다. 타이완의 다미스케 형이 도쿄에 집을 갖고 있다면 세쓰코를 맡기고 싶다던 요시오 형의 말과 "내 딸 문제는 내가 처리할 각오다"라고 쓴 요시오 형의 편지, 그 후 세쓰코가 편지로 알려온 "아버지가 계속해서 타이완 큰아버지의 상경을 재촉하고 있다"는 것을 종합해서 기시모토는 요시오 형의 의향을 알았던 것이다. 형제의 인연을 끊으면서까지 세쓰코에게 기시모토를 단념하도록 한 요시오 형이 세쓰코의 고백을 듣고도 아무 말 없이 그대로 놔둘 것 같지는 않았다. 하지만 기시모토는 지금 어떻게 할 수도 없지만, 진정한 의미의 해결을 그녀와 자신이 고백한 결과에서 찾으려고 했다. 결국 그녀는 한달음에 자신이 선택한 방침으로 나아갈 수 있는 사람이 아니었다.

"아아, 그렇지. 세쓰코는 언젠가 타이완으로 보내지겠구나."

기시모토는 혼자 중얼거렸다. 한편으로는 그녀를 불쌍하게 여기고 또 한편으로는 오히려 그녀에게 좋은 일이라고 생각했다. 기시모토는 확실히 그녀의 앞날에 길이 열린 것이라 생각했다. 적어도 그녀가 지금의 처지에서 벗어날 수 있다는 것만으로도.

볼 수 없게 된 세쓰코를 생각하면서 기시모토는 저녁에 아이들을 데리고 동네로 나서곤 했다. 오다가다 만나는 사람들 중에서 세쓰코와 비슷한 나이의 여성을 보면 그 낯선 모습에서 그녀를 떠올릴 때가 있었다. 그런 경우에도 그는 가끔 뒷모습이 세쓰코와 닮은 사람을 보기는 하지만 머리 모양이 그녀와 닮은 사람은 거의 볼 수 없었다. 세쓰코의 머리 모양은 역시 그녀 한 사람만의 독특한 것이었다. 그녀의 가족 중에서 그녀의 머리 모양과 비슷한 사람은 그녀와 가장 가까울 터인 타계한 형수가 아니라 오히려 할머니였다. 할머니는 이미 나이가 많아 머리 위쪽은 벗겨졌고 머리카락도 거지반 빠져버렸다. 그래도 뒤쪽 머리는 아직 탐스럽게 남아 있었다. 그것을 모으면 그런대로 노인다운 머리 정도는 묶을 수 있었다. 이러한 특색을 세쓰코가 물려받았고, 기시모토는 뒤에서 보는 그녀의 머리 모양을 좋아했다. 머리만이 아니라 여성스러운 귀도, 이마도 그녀는 가족 중 어느 누구보다도 할머니를 닮았다. 하카타에서 생산되는 두꺼운 견직물로 만든 오비 이야기가 나왔고, 세쓰코는 여자로서의 자신을 기시모토에게 말한 적도 있었다. 그녀에 따르면 늘씬하고 가녀린 체격을 타고나지 않으면 하카타 오비는 어울리지 않는다고 했다. 자신처럼 딱딱한 몸은 그런 체격이 아니라면서. 신기하게도 기시모토는 뼈가 앙상하고 딱딱하며 키가 큰 세쓰코에게서 관능적일 만큼 부드럽고 여성스러운 선이 흘러나온다고 생각했다.

기시모토의 하숙이 있는 데서는 아타고 산이 가까웠다. 그곳으로 아이들을 데려갈 때는 센타와 시게루가 아버지와 함께 걸어 다니는 것을 즐거워할 뿐 아니라 기미코까지 기쁜 표정으로 따라왔다. 올려다볼 정도로 급한 경사의 돌계단이라도 올라가면 파노라마와 같은 조망이 펼쳐졌다. 새로운 건축물로 가득 찬 도쿄의 중심지에서 시나가와의 바다까지 보이는 산 위에서 기시모토의 마음은 야나카의 하늘 쪽으로 향하곤 했다.

126

"요즘에는 전혀 편지를 보내지 않는다고 생각하고 계시겠지요" 하며 세쓰코가 편지를 보내왔다. 그녀가 자꾸 마음에 걸리던 때라 기시모토는 그 편지를 쓰르라미의 울음소리가 깊고 서늘하게 들려오는 자신의 방 장지문 옆에서 읽었다.

언제든지 그런 때가 있었다면 정말 편지다운 편지를 썼을 거예요. 좋은 마음으로 쓴 편지를 드리기 위해 지금의 제가 준비를 하고 있다고 생각해주었으면 좋겠어요. 이렇게 뵙지도 못하게 되면 제가 몹시 우울해할 거라고 아버지는 생각하고 있었을 거예요. 그런데도 제가 열심히 공부하고 있어서 아버지는 좀 뜻밖이라는 표정으로 꽤 여러 가지 말을 했어요. 하지만 너무 여러 가지 말을 들으면 조금이라도 눈앞의 번거로운 일에서 벗어나고 싶어지니까 더욱더 읽고 싶은 책을 읽을 수 있어요.

드물게도 그녀는 어린 시절의 추억도 썼다.

저는 꽤 가난하게 자랐지만, 이렇게 했으면 좋았을 거라고 나중에 후회하는 일은 하나도 없었고 가정이 가난한 것도 그다지 고생스럽지 않았어요. 저는 다른 아이들처럼 돈을 가져가 조금씩 과자를 사먹는 일은 없을 거라고 믿고 있었어요. 그런데 시골에서 나마센베라는 삼각형 모양의 과자를 팔았는데 다른 아이들이 모두 그 과자를 들고 있으니까 가끔 저도 먹고 싶었지요. 그래서 부탁하자, 그럼 사준다면서 1전만 가져가라는 말을 듣고 어린 마음에 무척 기뻤어요. 가서 보니 편지함 같은 용기에 털실로 짠 지갑이 들어 있었어요. 지갑 안에서 몇 푼안 되는 돈을 봤을 때 저는 정말 죄송스러운 말을 했다는 슬픈 마음이 들어 다시는 그런 말을 꺼내지 않겠다고 생각했지요. 그것이 제가 열 살이나 열한 살 때의 일이에요. 생각해보니 저는 어렸을 때부터 잔걱정이 많은 성격이었던 것 같아요.

지금은 타이완에 가게 된다고 해도 마음이 우울해지는 일은 없을 거예요. 얼마 전에도 아버지가 이치로를 심하게 혼냈는데, 나중에 이치로가 새파랗게 질린 얼굴을 하고 있어서 할머니가 차마 볼 수 없어 이런저런 말을 해주었어요. 그때 아버지가 말하기를, 세쓰코가 그런 의견을 냈을 것이 틀림없지만, 말로 해서 들을 정도라면 정말 고맙겠다, 말로 해서 듣지 않는 사람이 있으니 감옥이 있고 경찰도 있다, 말을 듣지 않는 놈도 여러 가지가 있는데 그런 놈은 또 그런 놈대로 달리 처분한다, 이런 말을 하며 아버지는 넌지시 뜻을 내비쳤어요. 하지만 저는 확고하고 마음 든든한 것을 갖고 있어요. 타이완으로 가게 되건 조선으로 가게 되건 그런 것 때문에 바뀌지는 않아요. 언제나 마음속에서는 함께니까요.

이 편지를 읽고 기시모토는 세쓰코를 애처롭고 견디기 힘든 위치에 두고 볼 수 없는 기분이었다. 어떻게든 지금의 처지에서 벗어나게 하고 싶었다. 그런 의미에서 그는 오히려 세쓰코가 하루라도 빨리 타이완으로 가기를 바랐다.

127

기시모토는 세쓰코가 먼 곳으로 떠나기 전에 그녀를 한번 만나고 싶었다. 고백 후의 세쓰코는 거의 유폐된 몸이나 마찬가지로 "어디든 나가면 안 돼"라는 아버지의 엄한 말을 듣고 혼자 시부야의 언니 집에 가는 것마저 금지당하고 있다는 것을 기시모토는 알고 있었다. 그런 와중에도 만약 그가 세쓰코를 보고 싶다면 어떻게든 만날 기회를 만들 수 없는 것은 아니었다. 하지만 그는 억지로 그런 기회를 만들면서까지 남몰래 만나러 갈 일은 아니라고 생각했다. 그보다 그는 밝은 데서 서로 얼굴을 마주할 수 있을 때까지 기다릴 생각이었다. "앞으로 언제쯤 뵐 수 있을지, 몇 년 뒤일지"라는 의미의 말이 세쓰코의 편지에 쓰여 있었는데, 그때야말로 그는 진정으로 정착할 곳에 자리 잡은 그녀를 보고 싶었다. 오늘의 어려움과 인내를 옛날이야기처럼 할 수 있는 그녀를 보고 싶었다. 지금은 모든 것을 거기에 내던져야 할 때다. 세쓰코도 그도 서로 근신의 뜻을 보여주어야 할 때다. 먼 장래의 일을 생각해서 참아야 할 때다.

기시모토는 세쓰코를 볼 수 없었지만 그녀의 목소리만은 들을 수 있었다.

"세쓰코 씨 전화입니다."

하숙집의 하녀가 이렇게 알려줄 때마다 기시모토는 전화기 있는 데로 가서 그리운 목소리를 들었다.

"여기는 자동전화예요."

이런 말이 들려오고 나서 기시모토는 세쓰코가 시내로 장을 보러 나온 것과 밤에만 그것이 허락된다는 것을 알았다. 그 말의 의미는 거리낌 없이 얘기해도 된다는 뜻인 것 같았다.

"너는 그래도 나는 그렇지 않아."

그런 양해의 말 한마디 할 수 없는 곳에서, 다실에 있는 하숙집 여주인에서부터 부엌에서 일하는 하녀들까지 듣고 있는 데서, 때로는 전화기 가까이에 있는 하숙집 주인의 방에 모여 시원한 바람을 쐬며 장기를 두고 있는 사람들까지 듣고 있는 데서 기시모토는 세쓰코로부터 이따금 보고를 받거나 의논에 답했다.

"숙부예요?"

어느 날 밤 세쓰코가 다시 전화를 해왔다.

"저기, 사흘 밤 연속 숙부가 꿈에 나와서요. 무슨 일이라도 있는 거 아닌가 하고 너무 걱정돼서요. 다들 별일 없지요?"

세쓰코가 물었다.

그때 기시모토는 그녀의 이야기를 통해 타이완의 다미스케 형이 머지않아 도쿄로 온다는 것만 확인했다. 용무에 따라 도쿄로 오는 형의 일정은 아직 정해지지는 않았지만.

"그렇구나. 드디어 타이완의 형님이 오는구나." 기시모토가 말했다. "너도 꼭 부탁하는 게 좋아. 자진해서 따라가겠다고."

"저도 그렇게 생각해서……"

"이번에는 네가 여행을 떠날 차례구나."

기시모토가 이렇게 말하자 한동안 듣지 못한 세쓰코의 즐거운 웃음소리가 들려왔다.

기시모토는 굳게 닫힌 커다란 문을 사이에 두고 세쓰코와 말을 주고 받는 듯한 느낌이었다.

전화가 끊어진 후의 조용한 침묵은 야나카의 여름밤으로, 전등이 밝게 켜진 시내의 자동전화실로, 그 전화기 앞에 선 세쓰코에게로 기시모토의 마음을 이끌었다.

128

8월 말까지 기다렸다. 기시모토는 남몰래 세쓰코를 걱정하며, 아직 타이완에서 아무 말도 해오지 않았는지 애를 태우며 그 소식을 기다리고 있었다. 그는 다음과 같은 세쓰코의 편지를 받았다.

오늘은 아버지도 병원에 가셨으므로 오랜만에 2층 다다미 석 장짜리 방에서 이 편지를 씁니다. 제가 이 방에 있는 것은 어쩐지 방해가 되는 것 같기도 해요. 아버지는 졸고 있을 때를 제외하면 늘 뭔가를 암송하고 있어 저도 생각대로 할 수가 없어요. 그래서 오랫동안 아래층 방에서 다들 함께 지내고 있어요. 요즘 저는 남들이 모르는 만족과 숨겨진 긍지에 가득 찬 나날을 보내고 있어요. 우리는 이미 승리자의 위치에 있다는 것을 느껴요. 자신이 최선을 다한 때가 아니라면 진심으로 만족을 느낄 수 없는데도 제 주위에 있는 사람들은 왜 그렇게 사소한 일에 열심이거나 기뻐하거나 슬퍼하면서 근본 문제에는 맞닥뜨리려고 하지 않는 걸까요. 최근에 진정으로 삶의 보람을 느끼는 시간을 보낸 것은 어머니가 돌아가신 전후였던 것 같아요. 그것을 생각하면 요즘의 나날이 어떤 것인지 상상하실 수 있겠지요. 어머니가 병원에 입원하기 전에 "네가 만약 큰 병에 걸린다 해도 나는 이것만은 해줄 수 없다"고 자주 말하셨지요. 그와 관련해서 바로 자기 옆에 있는 사람들을 사랑하고 싶으면서도 사랑할 수 없는 것은 슬픈 일이라고 생각해요. 생각건대 약간이나마 마음의 얼굴을 마주할 수 있었던 어머니와의 사이는 어떤 다른 사람과의 관계보다 제 마음에 또렷하지만, 모녀의 그 애정조차 우리의 '창작'에는 비교가 되지 않는 것 같아요. 이런 '창작'이 육체와 함께 스러진다는 것은 도저히 생각할 수 없어요. "만약 신이 선택해주시면 죽고 나서도 더욱 사랑할 수 있을 것이다"라는 그 이국 여성의 말을 저는 얼마나 기쁘게 느꼈는지 몰라요. 지금은 '창작'의 풍부함을 바라는 것 외에 아무것도 없어요. 바람아 불려면 불어라, 비야 내리려면 내려라, 죽음조차 초월하기를.

　　제 건강을 걱정하실 필요는 전혀 없어요. 약간의 무리도 흘러넘치는 희망 앞에서는 아무것도 아니니까요.

기시모토는 세쓰코의 마음이 여기까지 이르렀구나 하고 생각했다. 어떤 것에도 짓밟히지 않으려는 믿음직한 애정을 생각하고, 동시에 이토록 격한 편지를 쓰게 한 그녀의 처지가 얼마나 애절한지를 생각했다. 세쓰코가 유머러스한 마음을 가질 때는 얼굴을 아주 가까이 대고 마치 영혼의 깊숙한 곳까지 들여다보는 듯이 눈동자를 맞추곤 했다. 기시모토는 그런 세쓰코의 눈동자를 보는 듯한 마음으로 중국풍의 붉은 종이에 연필로 쓰여 있는 그녀의 심적 상태를 읽었다.

절실히 나이는 먹고 싶지 않다고 생각해요. 저는 할머니가 되어도 가혹한 마음만은 갖고 싶지 않아요.

탄식하는 듯한 이 말이 세쓰코의 편지 끄트머리에 덧붙여 있었다.

129

"어머, 또 바쁘신가 봐요."

데루코가 시부야에서 기시모토의 하숙으로 찾아왔다. 일단 눈앞의 평화가 깨지고 나서 기시모토는 한편으로 데루코 보기가 괴롭기도 하고, 한편으로는 문을 닫아놓은 것과 마찬가지로 틀어박혀 있는 지금의 처지로 인해 갑자기 멀어진 듯한 친척을 만나는 것이 그립기도 했다.

"어때, 나는 요즘 이런 걸 입고 매일 일하고 있다." 기시모토는 산간 지방의 농부나 입는 감색 무명으로 지은 칼상*을 입은 채 차를 끓이는 화로 옆으로 갔다. "도쿄에서 이런 칼상을 입는 사람은 좀처럼 없을 거야. 진기한 것을 좋아하는 것으로 비치는 게 싫으니까 손님이라도 오면 서둘러 갈아입겠지만, 너라서 이대로 있는 거야."

"아니, 잘 어울리는데요."

데루코는 젊은 외교관의 아내다운 어조로 말했다.

"그래, 너처럼 말한 사람은 없다. 이 집의 여주인은 도쿄 사람인데, 이런 걸 본 적도 없을 거야. 아니, 뭐 웃을지도 모르겠다. 마치 익살극에

---

* 포르투갈어. 위는 낙낙하고 아래는 좁은 속곳 같은 바지.

라도 나갈 것 같다고. 하지만 작업복으로는 아주 그만이야. 여름에는 어떨까 싶었는데 비교적 덥지는 않아. 나처럼 앉아서 일하는 사람한테는 모기에 물릴 일도 없어서 좋거든. 외국에 갔다가 돌아오니까 이런 좋은 것이 있다는 걸 알게 되었지."

이런 이야기를 하며 웃는 동안 기시모토는 형으로부터 의절당한 몸이라는 것도 잊고 데루코와 마주할 수 있었다. 하지만 데루코의 이야기가 일단 야나카 쪽으로 넘어가자 기시모토는 웃을 수 없었다.

"얼마 전에 아버지가 이치로를 데리고 시부야로 오셨어요. 그때 세쓰코 이야기가 나왔어요. 아버지는 저에게 '너도 아타고시타에는 가지 마라, 말을 듣지 않으면 너까지 인연을 끊을 테니까'라고 했어요. 저는 저대로 생각이 있고, 숙모가 살아 있을 때부터 신세를 졌는데 찾아오지 않는 건 저로서는 할 수 없어요. 아버지가 뭐라고 하든 그런 건 상관하지 않아요."

"너는 내가 참회록을 발표하기 전부터 세쓰코 일을 알고 있었니?"

"알고 있었어요. 어머니도 알고 있었고 저도 알고 있었어요. 보세요, 블라디보스토크에서 한 번 돌아온 적이 있었잖아요. 세쓰코가 어딘가에 가 있었고요. 우연히 찬장을 열고 어머니한테 온 세쓰코의 편지를 봤어요. 무슨 일인지 숙부에 대한 이야기가 쓰여 있었어요. 그때 저는 알았어요. 그 전부터 세쓰코가 있는 곳을 아무도 저에게 가르쳐주지 않아서, 이상하다고 생각하고 있었고요."

이런 이야기를 하게 된 것만으로도 얼마간 데루코의 마음은 풀어졌다. 동생인 세쓰코가 지금의 할머니를 닮았다면 언니인 데루코는 어딘가 기시모토 형제를 낳은 어머니를 닮은 구석이 있었다. 기시모토의 어머니가 언제나 사람과 사람 사이의 중재자로서 있었던 것처럼 데루코 역시 중재자로서 숙부를 찾아온 듯한 말투를 보였다.

130

"세쓰코도 나쁘다고 생각해요." 데루코가 말을 꺼냈다. "할머니나 아버지께 좀더 잘못했다고 생각하면 좋을 텐데, 전혀 그런 모습을 보여주지 않거든요. 뭐랄까요, 자신은 훌륭한 일이라도 한 듯한 얼굴로 할머니나 아버지께 조금도 잘못했다고는 생각하지 않는 것 같아요."

그 말을 듣고 기시모토는 세쓰코를 위해 무슨 말인가 해보려고 했으나 '그야 세쓰코도 잘못했다고 생각하고 있겠지'라는 말과 '하지만 세쓰코는 지금 자신이 한 일을 결코 나쁘다고 생각하지는 않아'라는 말 사이에 말로 할 수 없는 영역이 있다는 생각을 했다. 느끼게 하는 것 외에 달리 방법이 없는 영역이 있다. 기시모토는 어떤 점에서 데루코가 하는 말도 들어보고 싶어 잠자코 담배만 피우고 있었다.

"그래서 아버지도 얼마 전에 그렇게 말했어요." 다시 데루코가 말했다. "세쓰코의 모습을 보면 정말 유들유들하다고요."

"생각이 다른 사람 가운데 있으면 그렇게 되지. 어떻게 해야 좋을지 알 수 없게 되거든." 기시모토가 말했다. "너무 많은 말을 들으면 말이야, 짐짓 시치미라도 떼고 있을 수밖에 없으니까."

이번에는 데루코가 입을 다물었다. 기시모토는 세쓰코와 아버지의 거리가 곧 자신과 데루코의 거리라는 것을 생각하지 않을 수 없었다. 그는 데루코에게 이렇게 말했다.

"다시 말해 세쓰코의 마음을 아버지는 알 수 없으니까 어쩔 수 없는 거지."

"그럴지도 모르지만, 세쓰코도 아버지의 마음을 모르고 있어요."

"뭐 내가 보기에 세쓰코는 아버지에게 너무 접근한 거지. 적어도 너보다는 세쓰코가 아버지한테 접근해본 편이야. 세쓰코도 그런 말을 한 것 같다. 대필을 하게 되기 전까지는 아버지를 잘 몰랐다고, 그래서 오히려 다행이었다고."

"세쓰코는 숙부를 많이 닮았네요."

"그런가…… 나를 닮았다고?"

"뭐든지 비틀어 생각하는 구석이요. 그건 정말 숙부를 많이 닮았어요. 그런 사람들 둘이 모였으니 어쩔 도리가 없지요."

데루코의 이런 태도가 기시모토를 웃게 했다. 그때 기시모토는 탄식하듯이 말했다.

"너희들은 세쓰코가 지옥으로라도 걸어가는 것이라고 생각할 거야. 그런데 세쓰코 자신은 극락으로 걸어간다고 생각하고 있어. 그렇게 잘못 짐작하고 있는 거지."

"뭐가 뭔지 모르겠지만, 좀 평범하지는 않은 것 같네요."

이렇게 말하고 데루코는 그녀대로 탄식했다.

기시모토는 이제 이런 이야기를 하고 싶지 않았다. 세쓰코 이야기만 하지 않으면 데루코는 이야기하기를 좋아하는 마음 편한 친척이고, 때때로 아이들을 보러 와주는 온정적인 사람이었다. "누나가 오는 게 너희는 그렇게 좋니?" 하며 센타와 시게루에게 둘러싸여 있는 때가 가장 데루코다운 때였다.

"이제 애들도 학교에서 돌아올 시간이죠? 그럼 조금만 더 있다 갈게요."

이렇게 말하며 화제를 돌리려는 데루코를 앞에 두고 기시모토는 만주 쪽에 있는 데루코의 남편 이야기나 타이완에서 온다는 다미스케 형에 대한 이야기로 돌아갔다.

"올여름은 무척 더웠다. 거의 아무도 안 만나고 참회록을 쓰며 지냈지. 하지만 장마가 짧아서 그것만은 다행이었어. 여름 한철은 계속 뜨거운 땀과 식은땀을 계속 흘린 것이나 마찬가지였지."

131

결국 10월 초까지 기다렸다. 기시모토는 세쓰코의 편지를 읽을 때마다 오늘은 타이완에서 무슨 말이라도 있었나, 내일은 있으려나, 하는 소식만 기다리며 지냈다. 기시모토는 세쓰코가 야나카의 집에서 달이 갈수록 거북한 마음으로 지내게 된 것으로 짐작했다. 그녀는 기시모토와의 연락도 끊기고 나서 자활의 길도 끊어지고 말았다. 그런 가운데서 애써 자라온 생명의 싹을 키워나가는 것도 쉽지 않을 거라고 생각했다. 만약 자신이 곁에 붙어 있었다면. 기시모토는 그런 생각을 하고 정열과 진실로 살아가려고 한 고백 후의 결과에, 그 참혹함에 가슴이 막히는 것 같았다.

"여행이든 뭐든 빨리 떠나는 게 좋은데."

기시모토는 세쓰코를 위해 혼잣말로 이렇게 말했다.

세쓰코에게서 오는 편지로 기시모토는 그녀가 어떻게 지내고 있는지 눈으로 보는 것처럼 생생하게 그려볼 수 있었다. 요시오 형과 할머니 사이에서, 메추라기를 키우고 꽃을 키우는 데 몰두하게 되었다는 어떤 사람에 대한 이야기가 나왔는데 "그 남자도 참 하찮은 것에 열중하는군" 하고 요시오 형이 말하자 할머니가 그 말을 받아 "그래도 즐겁고 좋잖은가"라고 대답하고, "그렇긴 하죠, 어차피 몰두할 거라면 메추라기나 꽃에 몰두하는 놈은 남이 봐도 즐겁지만 남자나 여자한테 몰두하는 놈은 처리하기가 곤란해요", 이런 대화 끝에도 빈정거리는 말을 듣는다는 세쓰코를 그려볼 수 있었다. 어떤 때는 식사 후에 종교 이야기가 나와 "종교 같은 것에 제대로 된 건 없어. 그런 걸 믿는 놈이 바보일 뿐이지. 천리교(天理教)라느니 니치렌슈(日蓮宗)라느니 예수교라느니 모두 미치광이들이나 믿는 거라고"라고 말했다는 요시오 형도, 그 말을 듣고 무슨 말인가 하려고 했지만 참았다는 세쓰코도 떠올릴 수 있었다.

하지만 여자 전도사 중에는 일종의 틀에 박힌 유형이 있어요. 그런 것은 저도 그다지 좋아하지 않아요. 외관으로 봐도 제가 좋아하는 것은 이른바 고상함에서 촌스러움을 버리고, 기개에서 천박함을 버린 것이니까요.

세쓰코는 편지에 이런 말도 써서 보냈다.

야나카의 집에서 종교 이야기가 나온 것은, 말할 것도 없이 세쓰코가 그것에 뜻을 두었기 때문이다. 가족 중에서 종교 방면으로 나아가는 것도 우아한 일이라고 생각하는 사람은 형제 중에 기시모토밖에 없었다. 그는 세쓰코가 나아가려는 방면에 찬성할 뿐만 아니라 오히려 그 뜻을 격려해주고 싶을 정도였다. 그는 세쓰코의 의뢰를 받고 그리스도교 계통의 여성 기숙사에 대해 알아본 적도 있었다. 만약 세쓰코가 종교생활에 몸을 던지려고 한다면 그녀가 갈 길은 얼마든지 있을 것 같았다. 기시모토가 보기에 그녀의 종교에 대한 마음은 이를테면 싹이었다. 그 대신 그녀에게는 어렸을 때부터 억지로 주입된 선입관이 없었다. 그런 마음의 싹이 죄업에서 나왔다는 데에 기시모토는 희망을 걸고 있었다. 어쨌든 그녀는 지금 바로 자신이 생각하는 곳으로 갈 수 있는 사람이 아니다. '때'라는 것의 힘을 기다릴 수밖에 없는 사람이다.

이런 마음에서 기시모토는 세쓰코를 위해 다미스케 형이 도쿄로 오기를 기다렸다. 드디어 10월 중순쯤까지 기다려 그달 11일에 지룽에서 출항하는 배를 탄다는 형의 통지가 기시모토에게 도착했다.

132

타이완의 다미스케 형은 오사카의 아이코 부부의 집에서 하루나 이틀을 묵고 용무를 위해 시즈오카에도 들른 다음, 도쿄로 올라왔다. 다미스케 형은 우선 야나카의 집에 들렀다가 기시모토에게 오기로 했다.

세쓰코가 떠나려고 할 무렵에는 기시모토도 이사를 하려 하고 있었다. 그는 자신의 하숙집에서 그다지 멀지 않은 천문대 부근에 집을 구해 이사하기로 했다. 하숙의 별채를 빌려 세 아이를 키우는 것도, 단독 주택을 빌려 나가는 것도 반쯤 여행자 같은 그의 생활에는 거의 변함이 없었다. 그는 그저 새로운 집에서 지금의 별채 생활을 그대로 하기로 한 것일 뿐이었다. 마침 식사 준비를 해줄 만한 할멈도 찾았다. 센타를 비롯해 시게루나 기미코까지 날이 갈수록 성장하고 있고, 아이들은 자신의 손으로 키우고 싶다는 그의 바람도 얼마간 이룰 수 있기 때문이다. 그리고 아이들도 점차 아버지와 넷이서 간소하게 생활하는 것에 길들여졌기 때문이다.

10월 20일이 지난 무렵의 어느 날 아침, 기시모토는 세찬 빗소리에 잠이 깼다. 아직 날이 새지 않았다. 1년 반이 못 되게 살았던 별채의 남쪽에 있는 창의 덧문 틈이 희미하게 밝아진 것이 그의 눈에 비쳤다. 베개를 베고 들으니 어딘가에서 벌레 우는 소리가 들렸다. 가을비 내리는 소리에 섞여 들려왔다. 그는 잠시 베개를 벤 채 창밖 뜰의 풀밭에 내리는 동틀 녘의 빗소리를 듣고 있다가 파리의 하숙집에 있던 시절 때때로 잠들지 못하고 한밤중에 눈을 뜨곤 하던 일을 떠올렸다. 그때마다 침대에서 내려가 어두운 창가에서 프랑스 담배를 피우고 다시 잠자리에 들곤 했다. 어느새 그의 마음은 야나카의 집으로 향했다. 그곳에 묵고 있는 다미스케 형이 어떤 마음으로 하숙으로 찾아오는지를 생각할 때는 자신을 부끄럽게 여기는 마음과 멀리 떠날 세쓰코를 불쌍히 여기는 마음, 이 삶에 철저히 임하고 싶은 마음이 한 덩어리가 되어 귓가에 들려오는 벌레 우는 소리와 뒤섞였다. 그는 창밖에서 우는 벌레가 가을비를 맞고 있는 건지, 자신이 냉정한 생각을 하고 있는 건지, 그것도 구별하지 못한 채 점차 밝아오는 아침을 맞았다.

기시모토는 슬슬 이사 준비를 하면서 다미스케 형을 기다리고 있었다. 오후에 형이 찾아온 무렵은 어느새 비도 지나간 후였다. 지난해에 한 번 다미스케는 오랜만에 타이완에서 도쿄로 와서 동생과 얼굴을 마주한 적이 있었다. 그 형도 기시모토가 프랑스로 떠나려고 한 당시 고베의 여관에서 우연히 만나 이별주를 마셨을 무렵의 모습과 거의 달라지지 않았다. 이번에 만나보니 다미스케는 여전히 몸을 많이 움직이는 사람이었다. 타이완 선물인 바나나 과자와 양갱을 들고 와 아이들을 기쁘게 했다. 그리고 여러 가지 사업 이야기에서부터 타이완의 형수와 두 사람이

사는 집 뜰에 자라는 열대식물의 특색에 대한 이야기까지 조용히 들려주었다. 하지만 기시모토는 지금까지 마주한 적이 없는 얼굴을 마주했다. 세쓰코 이야기가 나오기까지 기시모토는 마음이 진정되지 않았다.

133

기시모토는 다미스케 형과 이야기하며 한나절을 보냈다. 오랜만에 술을 가져오게 했고, 저녁 먹을 무렵이 될 때까지 세쓰코에 대한 이야기는 나오지 않았다. 아이들은 타이완의 큰아버지와 함께 식사하는 것을 신기해할 뿐만 아니라 다미스케가 선물이라며 준 야자열매로 만든 과자 그릇 등과 관련해 어린 마음에 열대지방에 대해 물어보고 싶은 모양인지 식후에도 큰아버지 옆을 떠나려고 하지 않았다.

"손님은 주무시고 가십니까?"

드디어 하녀가 물으러 왔다.

"아이들은 오늘 빨리 자는 게 좋겠다. 너희는 이제 자야지. 센타도 시게루도 잘 자라."

다미스케가 이렇게 말하자 아이들은 어쩐지 기쁜 듯이 잠자리에 들었다. 하녀는 손님의 침구를 가져오고 별채의 쪽문을 닫고 갔다. 안채의 부엌에서는 아직 초저녁이라 해도 좋을 시간이었지만 별채로는 하숙집 주인의 웃음소리 하나 들려오지 않았다.

"그런데 말이야, 참회록 이야긴데."

다미스케가 말을 꺼냈다.

기시모토는 그 이야기가 나오기를 기다리고 있었다. 다미스케 형이 이곳에 찾아오기 전에 야나카에서 이미 요시오 형과 협의를 했다는 것도 예상하고 있었다. 그런데도 세쓰코 문제를 처리하려는 요시오 형의 의뢰를 받고 찾아온 큰형 앞에서 기시모토는 무슨 말을 해야 좋을지 몰랐다.

"뭐, 에둘러 말하지 않기로 하지." 다미스케가 말했다. "네가 프랑스로 떠나기까지의 일은 나도 문제 삼지 않겠다. 프랑스에서 돌아오고 나서인데, 그 후에도 다시 세쓰코와 관계가 있었는지 어떤지, 그걸 알고 싶다."

"있었습니다."

기시모토는 간단히 대답했다.

"그거 참 괘씸하구나. 귀국하고 나서 다시 관계를 갖다니, 정말 언어도단이구나. 너도 너무 의지가 박약한 게 아니냐?"

"그야 원래부터 약했습니다. 저도 약하다는 건 잘 알고 있습니다. 제가 요시오 형한테 편지를 보내두었습니다. 거기에 얼마간 제 마음도 드러나 있을 겁니다. 형님도 그걸 읽었습니까? 제가 프랑스에서 돌아오자 요시오 형 집의 사정이며 세쓰코의 상태며, 도저히 말로 할 수 없는 상황이었습니다. 세쓰코는 마치 반송장 같았습니다. 저는 그 아이가 가엾다는 생각을 했습니다."

"관계를 하지 않고 그런 생각을 했다면 그거야 이해하지, 그건 훌륭한 거야."

"그런데 관계라고 말씀하시지만, 남녀 사이에서 그렇게 되지 않으면 진정으로 상대를 구할 마음이 들지 않는 것 아닙니까? 저도 그런 관계를 무척 경멸한 시절도 있었습니다. 거기에서 여러 가지 괴로움도 생긴 것 같습니다만, 지금은 형들처럼 그렇게 천한 것이라고는 생각하지 않습니다."

"나는 그렇게 어려운 건 몰라. 그런 말을 하러 온 것도 아니고. 네가
한 여성과의 사랑에 빠져 있다는 것을 말하러 온 거야."

134

다미스케는 동생의 반성을 촉구하는 듯한 어조로, 지금까지 누구에
게도 말한 적이 없는 아버지의 감추어진 생애를 기시모토에게 털어놓았
다. 다미스케에 따르면, 그토록 요란하게 도덕을 말했던 아버지도 유혹
에는 이기지 못하고 숨겨진 행위를 했는데 그것이 또 친족 사이에 일어
난 사건이었다고 한다.

"나는 지금까지 이런 말을 입에 담은 적도 없다."

다미스케는 동생을 앞에 두고 이제 이 세상에 없는 아버지의 도덕상
의 결함이 막내인 기시모토에게까지 전해졌다는 것을 슬퍼하는 듯한 어
조로 말했다.

"그런 아버지 옆에 붙어 있어서는 안 된다, 어떻게 해서든 스테키치
는 다른 데서 학교를 다니게 해야 한다, 그런 생각이 나한테 있었기 때
문에 아버지께 말해 너를 도쿄로 보내기로 한 거야. 그 부모의 자식이니
까. 잘 생각해서 해야 하는 것은 그거야. 내가 보기에 너처럼 한 여성에
게 빠지는 게 아주 우스워."

"형님이 그렇게 말씀하시면 곤란합니다." 기시모토가 대답했다. "여
기까지 올 때는 저도 여러 가지 것들을 지나온 겁니다. 한 여성이라고 하
지만 저는 그렇게 가볍게 보지 않습니다. 만약 그렇게 말한다면 평생 서

로 고생하는 아내도 한 여성이지 않습니까?"

"아니, 바로 그게 우습다고 하는 거야. 같은 고생을 하는 거라면 좀더 큰 것을 위해 고생을 하는 게 좋잖아. 좀더 세상에 도움이 된다거나 인류 전체를 위해 도움이 된다든가 말이야."

"저도 그런 생각을 안 한 건 아닙니다. 하지만 인류를 위한다고 해도 바로 옆에 있는 사람부터 시작할 수밖에 없다고 생각했습니다. 그래서 저는 어떻게든 세쓰코를 살리고 싶다고 생각하게 되었고, 아이들도 직접 키워보기로 한 겁니다."

"아무래도 너는 상당히 비뚤어졌구나."

다미스케는 웃음을 터뜨렸다. 얼마 후 뭔가 말하려고 하다가 다소 망설인 끝에 말했다.

"그런데 말이야, 나는 이번에 세쓰코를 타이완으로 데려갈 생각이다. 어때, 네 의견은?"

형의 이 말이야말로 기시모토가 기다렸던 것이다.

"아, 그렇습니까, 데려가주시는 겁니까? 그건 저도 꼭 부탁하고 싶은 일입니다."

기시모토는 힘주어 대답했다.

다미스케는 눈을 동그랗게 뜨고 동생을 쳐다봤다. 세쓰코를 먼 곳으로 데려가겠다는 자신의 말에 동생이 왜 싫은 얼굴을 하지 않는 걸까, 그걸 의외라고 생각한 모양이었다.

"이야, 그거 참 고맙군." 다미스케가 말했다. "너까지 찬성해준다면 나도 안심이다. 이것으로 이번에 도쿄에 온 내 임무도 완수되는 거고. 세상일은 담백한 게 최고야. 나는 그런 주의다. 무슨 일이든 담백하지 않으면 안 되는 거지. 너무 집착하면 안 되는 거고. 자, 이제 세쓰코도 타이

완으로 가서 좀 지나고 나면 자신이 바보 같은 짓을 했다고 생각할지도
모르지."

"아니, 그건 좀 다를 겁니다. 그 아이의 마음이 진정되기는 하겠지
만, 바보 같은 짓을 했다고는 생각하지 않을 겁니다."

"뭐, 뭐든 상관없어. 마음이 진정되기만 한다면 그걸로 충분해."

가을다운 밤은 어느새 깊어갔다.

"이 정도로 해두고 이제 자자."

이렇게 말하는 형을 위해 기시모토는 하녀가 놓고 간 침구를 펴고
자신의 자리도 그 옆에 깔아 형제가 베개를 나란히 하고 누웠다. 소년
시절의 기시모토가 도쿄로 유학하기 위해 함께 걸어서 고향의 산들을
넘은 것도 이 형이었다. 또 청년 시절 그가 방랑 여행에서 돌아왔을 때,
가출한 은인 다나베의 집에 멋쩍은 빡빡머리로 함께 사죄하러 간 것도
이 형이었다. 잠자리에 들고 나서도 기시모토의 가슴에는 여러 가지 일
들이 떠올랐다. 세쓰코는 어떻게 될까, 생각이 거기에 이르자 그는 형이
한 말을 생각하느라 잠들지 못했다.

135

다음 날 아침, 기시모토는 별채의 복도에서 뜰로 내려가 혼자 생각
을 정리하려고 무화과나무 밑으로 갔다. 거기에서 자신의 방으로 돌아
와 다미스케 형과 함께 아침 차를 마시면서 이야기를 나누었다. 학교에
다니는 아이들을 보낸 무렵부터 다미스케의 이야기는 다시 '참회록 사건'
으로 이어졌지만, 전날 밤에 비하면 상당히 허물없는 이야기였다.

"대체 왜 그런 걸 발표할 생각을 한 거지?" 다미스케는 살짝 목소리를 죽여 말을 이었다. "나도 타이완에 있으면서 오아키(큰형수의 이름)와 둘이서 그 이야기를 했는데, 요시오의 추궁이 너무 심했던 걸 거라고 말이야."

다미스케는 마음에 짚이는 데라도 있는 것처럼 말했다. 그 말을 들은 기시모토의 가슴에는 세쓰코와 둘이서 어두운 나날을 보냈던 때의 일이 떠올랐다.

"그런 점도 있습니다." 기시모토는 대답했다. "하지만 그것만으로 내던진 것은 아닙니다. 뭐 여러 가지 심적 경험이 겹쳐서 그런 데로 나간 거지요. 그 증거로, 저는 요시오 형을 위해 애쓴 것을 결코 싫다고 생각하지는 않았습니다. 무슨 일이 있으면 지금이라도 제 힘이 닿는 한의 일은 할 생각입니다. 저는 그저 형님들과 마찬가지로 그것을 하고 싶은 겁니다. 그것뿐입니다."

"그런데 말이야, 세쓰코는 타이완으로 데려가는 것으로 정해졌고……"

다미스케는 이렇게 말하면서 기시모토가 보는 앞에서 자리에서 일어나 띠를 고쳐 맸다. 이 형은 도쿄에서의 짧은 일정 동안 자신이 해야 할 일을 마쳐야 한다는 듯이 자리를 고쳐 앉고는 곧 모든 방면의 일을 원만하게 수습하고 싶다는 어조로 다시 말을 이었다.

"나도 이렇게 온 이상 이대로 놔두고 갈 수는 없다. 형제 사이가 틀어지는 일이 있어서는 안 되니까. 어떻게 해서든 너와 요시오 사이를 원래대로 해놓지 않으면 내 임무가 끝난 게 아니거든."

"그건 좀 곤란합니다." 기시모토가 놀라며 형의 말을 가로막았다. "제 쪽에서 절연을 받아들이겠다고 말했던 거고, 당분간 이대로 놔두었으면 합니다."

"그건 안 돼. 어딘가에서 너와 요시오를 만나게 해서 화해를 시켜놓고 가야지, 이대로는 절대 안 돼."

이렇게 말하는 다미스케가 자신의 말을 들어주지 않을 것 같았으므로 기시모토는 요시오가 보낸 절교장을 떠올렸고, 그걸 보관해둔 데서 꺼내 왔다.

"요시오 형한테서 이런 게 왔습니다." 기시모토는 그 편지를 다미스케 앞에 내놓았다. "제 생각을 말하자면, 이런 것을 받아둔 것도, 스스로 절연을 받아들인 것도, 근신하고 있는 의미에는 변함이 없는 것들입니다. 만약 형님의 임무가 끝나지 않았다고 생각한다면, 이 편지를 가져가면 안 될까요?"

"좋아. 그건 내가 맡아두지."

다미스케도 생각을 굽히고 큰 종이에 요시오가 큼지막하게 직접 쓴 편지를 펼쳤다.

"형제의 인연을 끊는다는 것이 쉬운 일은 아닙니다." 기시모토가 말했다. "뭐 다른 친척이 들으면 뭐라 생각할지 모르겠지만, 저는 그렇게 나쁜 사람이 아닙니다."

"고백을 한 만큼, 그래도 아직 정직한 데가 있다는 건가." 다미스케가 웃었다. "너는 뭔가 훌륭한 일이라도 해서 그 불명예를 회복하는 게 좋을 거야."

"훌륭한 일이라고 하지만, 세쓰코를 그렇게까지 이끌어온 것이 제게는 상당한 일이었습니다. 어차피 인간이 하는 일입니다. 그렇게 대단한 일을 할 리도 없습니다. 아무쪼록 세쓰코를 잘 부탁합니다. 저는 그럭저럭 여기까지 왔으니까요."

"어차피 너희는 결혼도 할 수 없으니까. 마음으로 사랑하는 거야 아무리 사랑해도 지장이 없지. 암, 지장이 없고말고."

10년을 하루같이 어떤 사업가를 도와 세 세트의 은잔과 돈을 받았다는 다미스케는 타이완에서의 사무를 하듯이 세쓰코 이야기를 진행했다.

"그럼 나는 이제 야나카에 갔다 오겠다. 2, 3일 내로 다시 들르마."

형은 이렇게 말하며 요시오의 편지를 품에 넣고 자리에서 일어났다.

136

기시모토가 새로운 집으로 이사하기 전날 오후 다미스케가 다시 찾아왔다.

"드디어 이사구나."

다미스케는 동생 방을 둘러보며 말했다.

"이번 이사는 보시는 대로 단출하니, 이야기하셔도 됩니다."

기시모토도 이렇게 대답하고, 이것저것 어질러진 가운데 형이 가져온 보고를 들으려고 했다.

"그 후로 야나카에서 잘 얘기해봤다. 요시오가 말하기를, 왜 너는 그런 참회록을 양해도 구하지 않고 발표했는가, 왜 그 전에 요시오한테 의논하지 않았는가 하는 거였다. 요시오한테 의논하면 그만두라고 할 게 뻔하니까 네가 양해도 받지 않고 결행했다는 것은 나도 알고 있다."

다미스케는 모든 걸 알았다는 듯한 표정으로 말하고, 곧 동생의 얼굴을 바라보며 말을 이었다.

"그런데 말이야, 내 생각과 요시오의 생각은 조금 달라. 내 생각에는 네가 마음속으로 세쓰코를 사랑하는 것은 얼마든지 괜찮다고 생각해. 그런 것까지 남이 간섭할 수 있는 게 아니지. 그런데 요시오의 생각은 그렇지 않아. 마음속으로 사랑해도 안 된다는 거지. 네가 세쓰코를 포기할 때까지는 이 편지를 받을 수 없다는 거야. 요시오도 그렇게 말하고 너도 당분간 근신하고 있겠다고 한다면 나도 이번에는 보류하고 돌아갈 거야. 이 편지는 네가 갖고 있고."

이렇게 말한 후 다미스케는 맡아둔 편지를 품에서 꺼내 동생 앞에 놓았다.

안채 쪽에서 갑자기 뛰어온 아이들의 방해로 두 사람의 대화는 잠시 중단되었다. 기시모토는 한번 꺼낸 것을 다시 집어넣는 것보다는 세쓰코의 앞날을 근심하는 마음이 앞섰다.

"저도 형님께 부탁드리고 싶은 게 있습니다." 기시모토가 말했다. "앞으로 세쓰코의 방침에 대한 것인데, 언젠가 이야기가 나올 겁니다. 그 아이의 의지만은 중시해주십시오. 그것만은 당사자의 자유에 맡겨주었으면 합니다."

"그야 말할 것도 없지." 다미스케가 대답했다. "남의 의지를 속박하는 건 나도 싫어해. 그 점은 세쓰코의 자유에 맡겨야지."

"무리한 일을 하면 어떤 비극이 일어날지 모르니까요."

"뭐 타이완으로 데려가면 또 마음이 바뀌지 않는다고도 말할 수 없지. 그때는 그때고."

"그 아이 손은 좀더 치료해두면 좋았겠지만, 형수의 병으로 그만 중단되고 말았습니다. 타이완으로 가서 큰형수를 충분히 도울 수 있으면 좋을 텐데, 저는 그게 걱정입니다."

"타이완은 일본과 달리 따뜻하니까 세쓰코의 손도 자연스럽게 좋아질 거야."

"어떻든 그 아이가 잘 살아갈 수 있도록 해주었으면 합니다. 제 바람은 그것뿐입니다. 살아갈 수 있기만 하면 그게 최상입니다."

기시모토는 그 밖에도 세쓰코가 종교에 뜻을 두고 있다는 이야기를 해두고 싶었으나 형은 웃으며 상대해주지 않았다.

"자, 이것으로 대강의 일은 결정되었다." 다미스케가 말했다. "다시 한번 말해두겠는데, 세쓰코한테 미련이 있어도 안 되니까 너도 이별의 선물이라도 보내는 걸 생각해봤으면 좋겠다."

"잘 알았습니다. 제 쪽은 다 사양하겠습니다. 그 아이를 타이완으로 데려가주는 것이 제일이라고 생각합니다."

"요시오도 찬성이고 너도 찬성이고, 나도 이것으로 도쿄에 온 보람이 있구나. 세쓰코도 아주 기뻐하면서 벌써 나를 따라갈 생각으로 오늘은 짐을 싸는 것 같더라."

137

자신을 세쓰코와의 일에 내던져온 기시모토가 지금까지 친척들에게 대답해온 말은 아주 간단했다. 데루코는 기시모토가 고백한 당시에 와서 말했다.

"세쓰코는 이제 숙부 일을 도와주러 오지 않을 테니까 그리 아세요."

"알았다."

다음으로 요시오가 편지를 보냈다.

"너하고는 의절할 테니까 그리 알아라."

"알았습니다."

기시모토는 이 간단한 답을 지금 다시 다미스케에게 되풀이할 수밖에 없었다.

"너는 마음으로 사랑해라, 세쓰코는 이제 먼 곳으로 데려가니까."

"알았습니다."

새로운 집에서 다시 한번 만나기로 약속하고 다미스케는 총총히 야나카로 돌아갔다. 강한 슬픔이 기시모토의 마음에 남았다.

"아빠."

시게루가 아버지를 부르며 밖에서 뜰을 따라 돌아온 무렵에는 방 안이 벌써 어둑어둑했다.

"아빠는 이렇게 어두운 데서 뭘 하고 있었어?"

시게루가 물었다.

"이사 준비를 하고 있었지."

기시모토가 대답했다.

"난 아빠가 없는 줄 알았어. 이렇게 어두워질 때까지 불도 안 켜고."

시게루는 이렇게 말하며 별채의 전등을 켜고 다니며 가방이나 버들 고리 등이 꺼내져 있는 두 방을 밝혔다.

하숙집에서 지내는 마지막 밤이 찾아왔다. 저녁을 먹은 후부터는 기시모토의 마음이 특히 분주했다. 아이들은 새로운 집으로 이사하는 것을 기대하며, 이별을 아쉬워하는 하숙집 하녀를 상대로 이사 전의 즐거운 시간을 보내고 있었다. 이렇게 혼잡스러운 가운데 기시모토는 세쓰코에게서 전화가 왔다는 말을 들었다.

"숙부예요?"

안채의 전화기에서 듣는 이 목소리를 언제 다시 들을 수 있을까 싶은 정겨운 목소리였다. 서로 볼 수 없는 커다란 문을 사이에 두고 이별을 알리는 목소리였다.

"우우우."

혼선된 전화의 잡음이 끊기고 난 후 다시 세쓰코의 목소리가 그의 귓가로 전해 왔다.

"타이완 큰아버지께 너에 대해 부탁해두었다. 앞으로의 방침에 대한 이야기가 나올 때는 네 의견만은 중시해달라고 잘 부탁해두었어. 물론 그건 네 자유에 맡기겠다고 하더라."

"네, 타이완 큰아버지가 그렇게 말했어요?"

사람들이 오가는 곳에 있는 전화기여서 기시모토는 더 이상의 마음을 전할 수 없었다. 누가 들어도 지장이 없는 아주 흔해빠진 말에 의탁해서, 하고 싶어도 할 수 없는 말을 전할 수밖에 없었다.

"이번에 이사 가게 되는 집 번지를 알려주세요. 떠나기 전에 전할 것이 있으니까요. 잠깐 기다리세요, 받아 적을 테니까요."

기시모토는 잠시 전화기 옆에 서 있었다. 눈에 보이지 않는 곳에서 세쓰코가 수첩을 꺼내 이쪽에서 알려주는 주소를 받아 적는 광경이 그려졌다.

"그리고 이번에 이사 가는 집 주변에 전화가 있으면 그 번호도 알려주세요."

"이제 그럴 필요 없어." 기시모토가 대답했다. "지금 이별하도록 하자. 좋은 여행 하고 와라. 타이완의 큰어머니 옆으로 가서 착실히 도와주고 와. 부탁한다. 그럼 건강하고."

"숙부……"

마지막으로 기시모토를 찾는 세쓰코의 목소리가 들려왔다. 이별을 아쉬워하며 서 있을 세쓰코가 가여워서 기시모토는 눈을 딱 감고 전화를 끊었다.

138

아타고시타의 하숙집에서 천문대 부근의 집까지는 골짜기 아래에서 언덕 위로 다니는 만큼의 거리에 지나지 않았다. 기시모토는 세 아이와 할멈을 이끌고 모두 함께 걸어 새로운 집으로 이사했다.

기시모토는 드디어 자신의 집다운 집에서, 아무튼 귀국 후에는 갖지 못했던 서재로 쓸 공간을 마련할 수 있었다. 거기에서 천문대 건물은 보이지 않았지만 가까웠다. 어쩐지 파리의 천문대 근처에서 3년이나 살았던 이국땅의 숙소를 떠올리게 했다. 그곳에는 2층이 있었다. 간다 강 입구와 가까운 시내에서 7년이나 생활했던 이전의 작은 이층집을 떠올리게 했다. 아이들은 신기해하며 집 주위에 있는 나무 많은 골목이나 골짜기 아래 동네 쪽으로 이어진 언덕길을 뛰어다녔다.

이사하고 사흘째 되는 날 기시모토는 세쓰코의 편지와 소포를 받았다. 소포에서는 그녀가 야나카에서 직접 심었다는 베고니아 뿌리 네 개가 나왔다. 기시모토는 그녀에게서 온 편지를 2층의 새로운 서재에서 읽었다.

급히 몇 자 적습니다. 두서없이 적는 것이니 그런 줄 아시고 읽어주세요. 아타고시타로 찾아뵈었을 무렵, 할머니의 대모갑 비녀를 받은 게 있습니다. 그것을 속발에 쓰는 것으로 고쳐달라고 맡겨두었는데 지금도 그대로 있습니다. 그것은 이제 저에게 필요 없는 것입니다. 실례지만 그걸 기념으로 드리고 싶습니다. 여러 가지로 형편도 있을 것이기 때문에 혹시 우에노 근처에 가실 일이 있을 때 부디 찾아주세요. 방물 가게가 있는 곳은 별지에 적어두었습니다. 그리고 지금 소포를 부치니 받아주세요.

제가 받은 편지나 그 밖의 것은 언제 남의 눈에 뜰지 모르기 때문에 이것도 한데 모아서 여행을 떠나기 전에 그쪽으로 보내겠습니다. 부디 맡아주세요. '창작'을 지키기 위해서는 어떤 희생이든 치르지 않으면 안 되니까요.

새로운 날의 교육을 받는 마음으로 저는 여행을 다녀오겠습니다. '창작'을 위해 최선을 다해주시는 때가 여행지에 있는 제가 가장 강한 때라는 것을 생각해주세요. 이전에 받았던 오비와 기모노는 사정이 여의치 않아 팔아서 여비로 쓰게 되었습니다. 그 뜻은 몸과 마음에 오랫동안 받았으므로 부디 형식상의 실례를 용서해주세요.

좀더 안정되어 여유 있게 이 편지를 드리고 싶었습니다만, 이것만으로도 상당히 힘들어 짧게 적었습니다. 이별이라고 말하는 것도 어쩐지 이상한 느낌이 듭니다. 언제나 함께일 테니까요. 타이완 큰아버지로부터 이야기도 있었고, 한동안 연락을 드리지 못하겠지만 아무쪼록 건강 조심하세요. '창작'을 위해 치르는 희생은 기쁘게 생각합니다. 안녕히 계세요.

세쓰코는 이 편지를 연필로 적어 보냈다. "창작을 위해 치르는 희생은 기쁘다"라는 기특한 말이 쓰여 있는 종이 위에는 석별의 눈물 자국이 남아 있었다. 기시모토는 이 편지를 읽고 그녀에게 그럭저럭 진정한 진로의 실마리가 보인 것을 상상하고, 유폐나 다름없는 지금의 처지에서 나갈 수 있는 것도 확실히 그녀의 마음에서라고 생각했다.

그날 기시모토는 야나카에서 새로 이사한 집으로 찾아온 다미스케를 맞이하여 이별의 식사를 했다. 세쓰코가 타이완으로 가는 여비도 형에게 맡겼다.

"저는 이제 전송은 하지 않겠습니다. 이번에는 삼가는 것이 좋을 것 같아서요."

이렇게 말하고 기시모토는 형과 헤어졌다. 다미스케는 세쓰코를 데리고 언제 타이완으로 가는지 그 날짜도 동생에게 알려주려고 하지 않았다.

139

기시모토는 이제 세쓰코가 타이완으로 떠나는 것을 남몰래 전송할 수밖에 없었다. 눈물 많은 6년의 세월을 보낸 후 자진해서 먼 여행을 떠나려는 그녀의 앞길을 지켜볼 수밖에 없었다.

10월 그믐날 데루코는 기시모토의 집으로 찾아와 2층 방에서 여동생 이야기를 했다.

"내일 오후 1시에 세쓰코도 도쿄 역에서 떠난다고 합니다." 데루코가 말했다. "내일은 저도 야나카로 갈 생각인데, 세쓰코한테 미련이 남으면 안 되니까 아무도 역으로 나오지 말라고, 타이완 큰아버지도 그렇게 말했으니까요. 저는 이치로라도 데리고 우에노 근처까지 전송할 생각이에요."

"아, 그래. 나도 이번에는 다 삼가기로 했다."

기시모토가 대답했다.

"어제는 우리 집으로 타이완으로 갈 사람만 불렀어요. 손님은 타이완 큰아버지와 세쓰코였어요. 저도 세쓰코한테 뭔가 이별의 선물 같은 것을 주어야겠다고 생각해서 바라는 거라도 있느냐고 물었더니 세쓰코가 책이 갖고 싶다고 해서 둘이 간다까지 구하러 나갔어요. 그러고 보니 세쓰코가 받은 책 중에서 숙부한테 맡겨둔 것이 있다고 하던데요. 그걸 저에게 가져다 달라고 세쓰코가 부탁했어요. 혹시 있다면요."

"너도 내일 야나카에 가면 그렇게 전해라. 물론 세쓰코도 알고 있겠지만, 앞으로 타이완에 가서 여유 있게 책 읽을 시간이 있을 거라고 생각하면 큰 착각이라고, 내가 그러더라고 해. 어차피 요시오 형이 세쓰코의 생활비를 보낼 리는 없을 거고, 타이완 큰어머니의 입장에서 보면 성가신 사람이 한 명 들어오는 거나 마찬가지니까. 남자들은 그런 거에 대충이지만 여자들은 세심하거든. 세쓰코도 거기에 있기 거북한 점이나 있지 않을까 걱정이다."

"그건 세쓰코도 걱정하고 있었어요."

"뭐, 책을 주는 건 보류하자. 당분간 내가 맡아두고 있으마."

"하지만 저는 그런 부탁을 받고 온걸요."

"아니, 세쓰코한테 그렇게 말해. 타이완 큰어머니를 단단히 도우라고."

이런 이야기를 하는 중에 오랫동안 자신이 키운 것을 뿌리째 빼앗기는 듯한 비애가 기시모토의 마음을 강한 힘으로 압박했다.

"아아, 이렇게 친척이 많아도 내 마음을 이해해주는 사람은 없는 건

가." 기시모토는 이렇게 말하며 일어나 다기를 가져왔다. "하지만 무리도
아니지. 내가 뭘 해온 건지, 어떤 마음으로 있는지, 친척들은 모르니까."
기시모토는 데루코에게 차를 대접하면서 말을 이었다. "설령 내가 뭘 쓰든
스테키치가 이런 잠꼬대를 썼구나 하는 정도로 생각한다면 그뿐이지만.
그렇지, 내 마음을 이해해줄 것 같은 사람은 네 남편하고 다나베 히로시
뿐이다. 너는 내 마음을 이해하지 못하더라도 네 남편은 이해해줄 거야."

기시모토의 이 말을 듣고 데루코는 쓴웃음을 지으면서 향기로운 차
향기를 맡고 있었다.

"어디, 아래층에서 할멈하고 이야기 좀 할까."

데루코는 이렇게 말하며 1층으로 내려갔다.

데루코가 시부야로 돌아간 후 기시모토는 혼자 새로운 서재를 서성
거렸다. 그때가 되고 보니 눈에 보이지 않는 사슬에 묶여 있지 않으면 안
되는 것, 은밀히 자신을 숨기지 않으면 안 되는 것, 그런 것은 이제 아무
것도 없었다. 그는 자신이 드넓은 자유의 세계로 나온 것을 느낄 뿐만
아니라 세쓰코에게도 그때가 찾아온 것을 마음속으로 남몰래 상상했다.
그녀는 이제 그토록 멀었다. 하지만 또 그토록 가까웠다.

140

내 마음이 아니라 그대 그리는 마음 그대로.

스테키치 씨께
진정한 신뢰로 먼 여행길에 오르는 몸의 행복을 생각하고 그 기쁨

을 여기에 남기고 갑니다.

세쓰코

세쓰코가 야나카에서 보낸 편지가 기시모토에게 배달되었다. 이제 그녀가 도쿄를 출발한다는 11월 1일이 왔다. 기시모토는 이 편지를 되풀이해서 읽고, 그녀와 함께 보낸 세월 동안의 일을 돌아보고 싶어졌다. 저녁 무렵 작은 가지에 모여들어 떠들썩하던 새소리가 잦아들고 맨 나중에 남은 것은 단 한 마리 작은 새의 울음소리였다는 노래 구절처럼, 울거나 웃거나 한 일도 잦아들어 사랑의 진실만 남을 때도 올 것이다. 기시모토는 이렇게 생각하고 자신의 작은 지혜나 힘으로 어떻게 할 수도 없는 '운명'이 향하는 대로 모든 것을 맡기려고 했다.

기시모토는 세쓰코가 따로 보내온 소포를 풀었다. 그녀가 맡아달라는 보자기 안에 들어 있는 것은 다름 아닌 그녀의 손궤였다. 그 안에서는 다카나와 시절의 추억거리인 듯한, 책갈피에 끼워둔 나팔꽃도 나왔고, 예의 남자아이 인형도 나왔다. 그녀가 평소 심심풀이로 했던 것, 어쩐지 향기가 남은 것, 그런 것들이 그대로 들어 있었다. 어느새 그녀는 기시모토의 오래된 사진까지 모아두었던 모양으로, 소년 시절부터 청년 무렵에 걸친 모습이 담긴 사진 여러 장이 그 안에서 나왔다. 그 손궤 바닥에는 기시모토의 사진과 그녀 자신의 사진을 합쳐 보관해두는 여성스러운 모습도 있었다. 하지만 기시모토의 마음을 끈 것은 초대 우타가와 도요쿠니*가 그린 한 장의 낡은 니시키에**였다. 기시모토가 아직 본적이 없는 그림으로, 가부키의 명장면을 고른 36구선(三十六句選)의 하나

---

* 歌川豊國(1769~1825): 에도 시대의 우키요에 화가. 호는 이초사이(一陽齋).
** 풍속화를 색도 인쇄한 목판화.

로 옛날 여성의 모습을 표현한 것이었다. 그녀는 침실 안의 슬픔도 감추지 않고 그 오래된 니시키에에 기울인 그녀의 여성스러운 마음을 남겨두고 가려고 한 것이다. 어떤 기회에 남의 눈에 띌지도 모른다고 한 그 손궤 안에는 기시모토가 보낸 편지나 엽서, 용건만 간단히 써서 보낸 것까지 소중히 담겨 있었는데, 염주만 없었다. 그가 사모의 징표로서 보낸 것만 타이완으로 가져간 것이었다.

정오가 지난 햇살은 새로운 집 2층 방에 가득 찼다. 북동쪽으로 열린 창밖에는 가늘지만 단단한 떡갈나무 가지가 옆집 뜰에서 뻗어 와 있고, 이제 슬슬 겨울 준비를 하는 듯 상록수 같은 어린잎이 짙은 색으로 빛났다. 기시모토는 몇 번이고 그 창가로 가서 떡갈나무 우듬지 위쪽으로 열린 11월다운 하늘을 바라보았다. 그리고 먼 여행길에 오르는 세쓰코를 위해 좋은 날씨를 축하해주었다. 타이완의 큰아버지를 따라 신명나게 야나카의 집을 나서는 그녀의 모습이 떠올랐다.

"할멈, 지금 몇 시나 되었나?"

기시모토는 창가에서 아래층을 향해 물었다.

"정각 1시입니다."

할멈은 안경을 걸친 채 계단 아래로 와서 대답했다.

"타이완 손님이 지금 도쿄 역을 출발할 시간이네."

기시모토는 이렇게 말하고 다시 창밖을 바라보았다. 파랗고 환한 하늘 저편에는 멀리 흐르는 수증기까지 말갛게 눈에 들어왔다. 그는 홍콩이나 상하이에 기항하고 온 자신의 귀국 항해, 구로시오 해류, 그 주변의 바다색을 떠올리고 처음으로 타이완으로 떠나는 세쓰코를 위해서도 즐거운 뱃길이 되기를 바랐다.

기시모토는 그길로 계단을 내려갔다. 아이들 방과 식당 사이를 지나 툇마루에서 뜰로 내려섰다. 거기에는 화초를 심을 만한 작은 공터가 있었다. 세쓰코가 남기고 간 베고니아 뿌리가 담장 옆에 묻혀 있었다.

> 먼 길을 떠나는 기념으로 그대에게 드리나니, 아침저녁으로 가꾸어 이 풀로 마음의 휴식을 취하게 하고 싶어라.

세쓰코가 남기고 간 이 말이 기시모토의 마음에 걸렸다. 이사 직후 혼잡한 가운데 그는 네 개의 뿌리를 뜰에 묻어두었는데, 제대로 묻은 건지 걱정되었다. 어쩐지 그것이 뿌리를 내리느냐 마느냐가 앞으로 두 사람의 운명을 좌우할 것 같은 생각이 들었던 것이다. 시험 삼아 파보니 흙 안에서 머리카락이라도 난 것처럼 섬뜩한 베고니아의 거무스름한 뿌리 네 개가 모두 나왔다.

"아빠, 뭐해?"

학교에서 일찍 돌아와 있던 시게루가 물었다.

"아아, 맞다. 세쓰코 누나가 놓고 간 거다."

센타도 뜰로 내려와 말했다.

"나도 도울게."

이런 아이들을 상대로 기시모토는 그 뿌리를 다시 깊게 심어 곧 찾아올 서리에 상하지 않도록 했다. 세쓰코는 이미 기시모토 내부에 있을 뿐 아니라 뜰의 흙 안에도 있었다.

(『신생』 제2권 초판, 1919년 12월 28일 발행)

『눈뜸(寢覺)』에 부쳐

'눈뜸'은 『신생(新生)』의 바뀐 제목이다.

이런 비애와 고뇌의 글이라 해야 할 것을 이제 와서 독자 여러분께 보내려고 하니 마음이 움츠러든다. 그러나 이것 없이는 그 '폭풍'에까지 이른 나의 도정을 밝힐 수가 없다.

이 작품은 2부로 구성되었다. 하지만 원래 의도대로라면 1부를 더 써서 전체를 3부작으로 하여 이 작품의 주인공이 먼 여행에서 품고 온 마음으로 돌아오기까지를 쓰지 않으면, 전체 국면의 전망도 서지 않는 작품이 되고 인생 기록으로서도 대단히 불충분한 것이 된다. 게다가 이를 썼던 당시와 20년이 지난 지금은 주위의 사정도 다르고 사람도 바뀌었으며 나의 마음가짐도 새로워졌다. 그런 까닭에 이 문고(정본판 도손문고) 제7편에서는 제1부를 작중 주인공이 먼 여행을 떠나는 데서 귀국을 생각하는 장면까지로 하고, 제목도 『눈뜸』으로 바꾸었다.

이제 와서 보면 이를 썼던 당시 나는 '신생'이라는 말에 너무 구애되었다는 것을 깨닫는다. 신생이 신생인 것은 그것을 달성할 수 없다는 데 있다. 누구나 아무렇지 않게 할 수 있는 것은 신생도 아니다. 그런 의미에서 봐도 이번에 바꾼 제목 '눈뜸'이야말로 오히려 이 작품에 어울린다.

이 작품의 제1부는 1918년 4월에 쓰기 시작하여 『도쿄아사히신문』과 『오사카아사히신문』에 발표했다. 그때가 마흔일곱 살 때였다. 제2부를 탈고한 것은 이듬해 9월이었다. 1927년 이 작품을 베이징 대학의 쉬쭈정(徐祖正) 씨가 중국어로 번역하여 베이신수쥐(北新書局)라는 출판사에서 간행했다. 나의 저작이 처음으로 이웃나라 독서인들에게 소개된 것이다. 아울러 번역가인 쉬쭈정 씨는 우리가 상상도 할 수 없는 고심을 거듭한 듯 이를 중국어로 번역하는 데 상당한 시간이 필요했다고 한다. 쉬쭈정 씨가 편지로 그것을 나에게 알려주었고, 또 그 번역서의 긴 서문 끝에 "이 책은 여러 사정으로 인해 오랫동안 번역에 차질이 빚어졌다. 오늘 이 작가 연보를 끝으로 내 작업도 마지막이다. 이 책이 빠른 시일 내에 결실을 맺기를 바라며, 더불어 원작자의 건강을 기원한다"라고 쓴 것도 나는 잊을 수가 없다.

이 『눈뜸』 제1부의 마지막 부분에는 작중 주인공이 돌아가신 아버지를 생각하는 구절이 나오는데, 이제 와서 보면 아버지를 다루는 데도 불충분한 점이 많다. 자식으로서 아버지의 모습을 그려보려는 경우조차 그렇다. 하물며 다른 사람의 모습이야 오죽하랴. 이와 관련해서도 창작의 어려움을 절감한다. 뿐만 아니라 아직 혈기왕성한 무렵이기도 해서 당시 깊은 감회를 가지고 이 작품을 쓰기 시작했기 때문에 나 자신이 생각해도 냉정이 결여된 것으로 보이는 부분도 적지 않다. 다만 나는 이를 쓸 때 계속해서 뜨거운 땀과 식은땀을 흘렸다. 내용이 내용인지라 이 작품은 여러 가지 문제를 일으켰다. 하지만 나는 대부분의 경우 입을 다물었다. 반성이 깊으면 깊을수록 입을 다물고 있는 것이 순리라고 생각했기 때문이다.

　여기에 싣는 『눈뜸』은 이를테면 한 부분이다. 하지만 이것은 이것대로 하나의 작품이라 생각할 수 있을 것이다. 아직도 여러 가지로 적고 싶은 것이 많지만 여기서 다할 수는 없다.

철저한 에고이스트의 고백 『신생』

일본의 저명한 낭만주의 시인이자 대표적인 자연주의 소설 『파계(破戒)』의 작가인 시마자키 도손은 1918년 『도쿄아사히신문』에 『신생(新生)』을 연재하기 시작한다. 자신과 열아홉 살의 조카 고마코 사이에 벌어진 근친상간, 고마코의 임신, 그 일로 파리로 건너가 3년간 도피 생활을 하게 된 일, 그사이에 고마코가 혼자 아이를 낳은 일, 그러면서도 파리에서 돌아와 다시 고마코와 관계를 맺게 된 일 등을 있는 그대로 고백한 충격적인 내용이었다.

마침 사소설의 시대, 즉 고백의 시대였던 일본 문단의 분위기가 시마자키 도손의 등을 떠밀었는지도 모른다. 이렇게 시마자키 도손의 조카딸 고마코는 세쓰코(『신생』의 주인공 기시모토의 조카딸)라는 이름으로 시마자키 도손의 문학에 제물로 바쳐졌다.

시마자키 도손은 1872년 나가노 현에서 태어나 메이지 학원을 졸업했다. 메이지 여학교의 고등과 영어 교사로 재직하면서 1893년 기타무라

도코쿠(北村透谷) 등과 『문학계』를 창간하고 시를 발표하기 시작해 낭만주의 시인으로서 명성을 얻는다. 일본의 서정시인 중에서 그만큼 청순한 연애시를 지은 시인이 없다고 할 만큼 유명한 낭만주의 시인이었던 시마자키 도손은 고모로 의숙에서 영어와 작문 교사로 있던 6년간 자연주의 소설가로 변신을 꾀한다. 20세기에 접어든 시기에 활발하던 사실주의 문학 운동도 그를 자연주의 소설로 향하게 하는 데 일조했을 것이다. 그사이에 도손은 여섯 살 아래인 하타 후유코와 결혼하고 그들 사이에 세 딸이 태어난다. 1905년 고모로 의숙을 사직한 도손은 아직 완성하지 못한 『파계』의 원고를 안고 도쿄로 돌아온다. 러일전쟁이 한창 막바지로 치닫던 시기였다.

1906년, 드디어 완성하여 자비로 출간한 『파계』는 러일전쟁 직후의 일본 문단에 엄청난 반응을 몰고 온다. 일본 문단에 본격적인 자연주의 소설이 등장했다는 절찬과 함께 『파계』는 일약 일본 자연주의 문학의 대표 작품이 된 것이다. 나쓰메 소세키도 모리타 소헤이(森田草平)에게 쓴 편지에서 "『파계』를 읽었네. 메이지 소설로서 후세에 전할 만한 명저일세. 『곤지키야샤(金色夜叉)』 같은 작품이야 2, 30년 뒤면 잊히겠지만 『파계』는 그렇지 않네. 많은 소설을 읽지는 않지만 메이지 시대에 소설다운 소설이 나왔다면 『파계』라고 생각하네"라며 극찬한다.

하지만 도손은 『파계』를 집필하는 동안 홍역 등의 병으로 세 딸을 차례로 잃는다. 부인도 영양실조로 야맹증에 걸리는데 『파계』를 집필하는 동안 어쩔 수 없이 강요된 궁핍한 생활이 원인이었다고 한다.

1908년 도손은 『문학계』 시절의 자신과 주변 인물을 중심으로 한 자전적인 소설 『봄(春)』을 『도쿄아사히신문』에 연재하고, 1910년에는 『집(家)』을 『요미우리신문』에 연재한다. 그리고 『집』을 연재하던 그해 8월에는 넷째 딸을 출산한 부인이 서른세 살의 젊은 나이에 산후출혈로 사망한다. 그 딸을 친척 집에 맡기고 셋째 아들도 고향의 누나 집에 맡길 수밖에 없게 된 도손은 여섯 살이 된 장남과 네 살이 된 차남과 함께 도쿄에서 고단한 삶을 이끌어간다.

작가로서 유명해진 도손의 집에는 작은형의 두 딸이 와서 살림을 거들어주었다. 언니는 곧 시집을 가고 여동생 고마코만 남아 아이들 뒷바라지를 하며 같은 집에서 생활한다. 그러다 사단이 일어난다. 이른바 숙부와 조카딸의 불행한 관계가 시작된 것이다. 1912년 중반쯤부터 고마코와는 사실상 연인 관계가 되고, 어느 날 고마코는 도손에게 임신 사실을 알린다.

도손은 집필 중이던 『어린 시절』을 서둘러 끝마치고 1913년 4월 13일 프랑스 파리로 떠난다. 그의 나이 43세 때의 일이다. 보도기자를 가장한 도피였다. 파리를 중심으로 한 유럽 문화를 전한다는 명목으로 『아사히신문』의 금전적 후원을 약속받고 떠난 파리 여행이었다. 파리에 도착한 지 석 달 후인 1913년 8월 27일부터 『도쿄아사히신문』에 「프랑스 소식」을 발표하기 시작하는데, 나중에 이를 모아 간행한 것이 『평화의 파리』(1915)다. 1914년에는 20년 전 메이지 학원 시절의 추억을 담은 소설 『버찌가 익을 무렵』을 『문장세계』에 연재하기 시작한다.

1914년 7월 제1차 세계대전이 발발하고, 파리에도 전운이 드리워진다. 파리에 있던 도손은 8월 리모주로 피란을 떠나 석 달을 보내고 그해 11월 파리로 돌아온다. 이때의 경험을 기록하여 『도쿄아사히신문』에 연재한 통신문을 모은 것이 『전쟁과 파리』(1915)다. 그러나 파리에서 보내온 도손의 기사들은 그의 작가적 명성에 비해 보잘것없는 것들이었다. 자연히 일본 언론사의 원고 청탁은 줄어들고 그는 경제적 압박에 시달리게 된다. 작은형에게 두 아들을 맡기고 떠나와 일본에 생활비까지 보내고 있던 도손으로서는 더 이상 파리에 체류할 수 있는 형편이 아니었을 것이다. 결국 1916년 파리를 떠난 도손은 런던을 거쳐 7월 도쿄에 도착한다.

파리에서 돌아온 이듬해인 1917년 와세다 대학과 게이오 대학에서 프랑스 문학을 강의하고, 1918년 5월에는 앞에서 본 대로 『도쿄아사히신문』에 『신생』을 연재함으로써 작은형과 의절한다. 7월에는 프랑스에서 체험한 것들을 기록한 『바다로』를 간행하고, 고마코는 큰형이 있는 타이완으로 떠난다. 1919년 1월에 『신생』 전편을 단행본으로 간행하고, 8월부터 『신생』 후편을 『도쿄아사히신문』에 연재하며, 12월에는 『신생』 후편을 단행본으로 간행한다.

소설 『신생』은 상처한 후 두 아들과 살아가는 기시모토(시마자키 도손)의 집에 작은형의 딸 세쓰코(고마코)가 들어와 함께 생활하는 데서 시작한다. 조카딸 세쓰코가 기시모토의 아이를 갖게 되고, 그 사실을 알게 된 기시모토가 파리로 도피하고, 세쓰코 혼자 시골로 가서 아이를 낳아 남의 손에 넘기고, 제1차 세계대전이 발발하여 기시모토가 리모주로 피란을 가고, 끝내 귀국한 기시모토가 세쓰코와 다시 예전의 관계로 돌아가고, 근친상간을 고백한 『참회록』을 발표하여 가족과 사회에 파문을 일으켜 세쓰코의 아버지인 작은형과 의절하고, 당연히 그동안 작은형에게 지불하고 있던 생활비는 더 이상 지불하지 않아도 되게 된다. 소설은 세쓰코가 큰아버지가 있는 타이완으로 떠나면서 끝난다. 이는 앞에서 살펴본 실제 현실과 정확하게 일치한다.

사실 『파계』를 제외한 그의 작품은, 심지어 동화까지도 실제 모델(자신이나 친구들, 아버지를 비롯한 가족)에 근거한 것들뿐이다. 실제 사실에서 취재한 것이라고 해서 작품과 실생활을 직접적으로 연결시켜 볼 수는 없을 것이다. 『신생』 또한 마찬가지다. 소설로서의 『신생』을 봐야 할 것이고, 또 그것과 별도로 조카딸과 근친상간을 하고 그 일을 고백한 『신생』의 작가 시마자키 도손을 봐야 할 것이다. 하지만 소설 『신생』도, 작가 시마자키 도손도 우리는 그의 말을 통해 볼 수밖에 없다는 점에서 보면 그 둘을 엄밀히 구별하기란 사실상 불가능하다.

사실 도손의 아버지 마사키는 자신의 아버지 시게아키의 후처 게이코의 자식 유키와 오랫동안 근친상간 관계였고, 도손의 어머니 누이(縫)는 외간 남자와 간통하여 도모야를 낳았다고 한다. 도손이 자신과 주변 이야기를 반복해서 작품화하면서도 어머니와 배다른 형 도모야에 대해 쓰는 것을 극구 피한 데는 이런 이유도 있었을 것이다. 하지만 아버지 마사키에 대해서는 『신생』 『동트기 전』을 비롯한 여러 작품에서 적극적으로 그리고 있다. 아마도 아버지를 닮아가는 자신의 운명을 두려워했기 때문일 것이다.

아쿠타가와 류노스케는 「어느 바보의 일생」에서 "『신생』의 주인공만큼 노회한 위선자를 본 적이 없다"며 비난했다. 『신생』을 읽으면 아쿠타가와의 이런 평가에 동의하지 않을 수 없다. 도손이 프랑스로 도피한 것도 실은 작가로서의 새로운 '모색'이었다고 볼 수밖에 없기 때문이다. 가라타니 고진은 「고백이라는 제도」에서 고백은 왜곡된 또 하나의 권력 의지라고 했다. 연약한 자세로 '주체'인 것, 즉 지배하는 것을 목표로 하는 일이라는 것이다. 요컨대 고백은 결코 참회 같은 게 아니라는 말이다.

이 소설의 클라이맥스라고 할 수 있는, "세쓰코는 아주 나지막한 목소리로, 자신이 어머니가 되었다는 사실을 기시모토에게 알렸다"(50쪽)라는 장면 뒤에 기시모토가 보인 반응은 이런 것이다.

세상의 관례도 따르지 않고 친척의 권유도 받아들이지 않고 친구의 충고에도 귀를 기울이지 않고 자연을 거스르면서까지 자기 멋대로의 길을 걸어가려고 한, 고집스러운 기시모토는 이런 함정에 빠져들었다. 범할 생각도 없이 이런 죄를 범했다고 말해본들 그에게는 아무런 변명도 되지 않았다. (50쪽)

평소 성가시게 생각하는 여자라는 존재 때문에, 그것도 어린 조카딸 때문에 이렇게 어두운 곳에 떨어진 자신의 운명이 정말 어처구니없고 괘씸하다고 생각했다. (74쪽)

"조카딸 때문에 이런 고뇌와 비애를 얻었도다." (155쪽)

범할 생각도 없었는데 평소 성가시게 생각하는 여자라는 존재, 특히 조카딸 때문에 이렇게 어두운 곳에 떨어지는 운명에 놓이다니 이건 함정에 빠진 것일 뿐, 자기로서는 정말 어처구니없고 괘씸한 일이라는 것이 기시모토의 생각이다. 여기에 조카딸 세쓰코의 운명에 대한 걱정이나 자신이 저지른 일에 대한 반성은 들어설 여지가 없다. 이런 생각은 그 일이 벌어지기 전 기시모토가 놓인 처지를 설명하는 방식과 관련하여 보면 더욱 의미심장하게 읽힌다.

그의 마음에는 최근에 거절한 혼담이 오락가락했다. 그는 자신의 권태나 피로, 그리고 완전히 침체된 생활, 사람으로서 이제야 한창 나이에 도달했을 뿐인데 툭하면 노인처럼 떨리는 몸, 이 모두가 독신의

결과가 아닐까 하는 생각이 드는 것만큼 억울하고 분한 일도 없었다. (27~28쪽)

그에게 독신은 일종의 여자에 대한 복수를 의미했다. 그는 사랑하는 것조차 겁내게 되었다. 사랑의 경험은 그에게 그토록 깊은 상처를 남겼다. (41쪽)

실제로 기시모토는 청년 시절부터 이날까지 여성으로 인해 번민하지 않기로 마음먹고 살아왔다. (178쪽)

과거에 겪은 사랑의 상처로 독신을 고집하며 노인처럼 떨리는 몸과 침체된 생활을 견디고 혼담까지 거절하며 여성으로 인해 번민하지 않기로 마음먹고 살아왔다는 사실을 반복해서 강조하며 자신의 알리바이를 마련하는 데 용의주도할 뿐이다. 단적으로 말하면, 이런 마음으로 살아온 자신이 그런 일을 저지르고 만 것은 결국 자신의 잘못이 아니라 자신이 놓인 처지 때문이라는 것이다. 따라서 이건 참회라기보다는 문학 작품이라는 형식을 통한 폭로일 뿐이고, 충격적인 근친상간은 극적인 문학적 소재로 소비되었을 뿐이다.

도손은 한 번도 자기 자신을 포기한 적이 없다. 그의 삶은 모두 문학의 재료가 되었는데, 치부라고 해서 예외가 아니었다. 『신생』은 철저하게 계산된 '에고이스트의 고백'인 셈이다.

여기서 사진 한 장을 보자. 1916년 7월 프랑스에서 귀국한 후 작은형 집(실은 도손의 집)에서 찍은 사진이다. 무릎 위에 손을 깍지 끼고 오른쪽 끝에 앉아 있는 도손은 반백의 머리에 안경을 쓰고 있으며 수염은

깨끗이 깎여 있다. 그리고 왼쪽 끝에는 기모노를 입은 그의 조카딸 고마코(세쓰코)가 퀭한 눈으로 서 있다. 그 사이에 차남과 장남, 조카, 할머니 등이 앉거나 서 있으며 다들 무표정하다. 이 사진을 찍던 상황은 『신생』에 이렇게 소개되어 있다.

> 그날은 모두가 뜰에서 사진을 찍었는데, 기시모토는 세쓰코에게 사진관까지 심부름을 다녀오도록 부탁할 때 자신의 숨겨놓은 마음도 잊을 수 없었다. 시내 근처에 있는 사진관은 세쓰코도 잘 알고 있었다. 그는 세쓰코에게 심부름을 보내는 김에 그녀 자신의 독사진을 찍을 수 있는 만큼의 돈을 살짝 오비 사이에 찔러주었다. (388쪽)

『신생』의 작가 도손에게 긍정적인 것이 있다면 의도했건 안 했건 세쓰코를 멋진 여성으로 그려냈다는 점이다. 『신생』에 언뜻 비치는 세쓰코의 교양이나 문장은 작가 기시모토(도손)보다 뛰어나다(도손이 고마코의 편지나 글을 소설에 그대로 인용한 것이라면). 예컨대 다음 대목이다.

먼저 말씀드리고 싶은 것은 부모와 자식 간의 일입니다. 부모의 명령에 복종하지 않으면 사람이 아니라고 말하지만 그것은 친권을 과대시한 것이 아닐까요. 이렇게 말하면 공연히 부모를 경시한다고 오해할지도 모르겠지만 결코 그런 의미로 말씀드리는 것이 아닙니다. 무슨 일이나 전혀 거스르지 않고 명령에 따르기만 하고 또는 마음속으로 반감 같은 것을 가지면서도 겉으로는 그저 그것에 따르기만 하는 것은 제가 바라는 것이 아닙니다. 가장 소중하고 진정한 복종이야말로 제가 항상 바라는 것입니다. 생각의 차이에다 평소에 말이 적기 때문에 그런 말을 할 기회도 없이 오늘에 이르렀습니다. (520쪽)

어머니가 설령 아무리 많은 아이를 가져도 하루 종일 아이에게만 매달리는 것은 결코 좋은 일이 아니다. 어떤 경우에도 깊이 이해해주는 사람, 친절한 의논 상대, 현명하게 이끌어주는 사람이 없으면 안 되는 것은 물론이지만, 어느 정도까지 독립적이고 자립적인 마음을 가져야 한다. 아이는 그것에 따라 귀중한 경험을 얻을 수 있고, 어머니는 그것에 따라 자신의 세계를 개척할 시간을 얻을 수 있을 것이다. 이렇게 서로 최선의 이해 위에서야 비로소 질서 있고 생명 있는 진정한 생활이 영위된다. 고식적인 사랑에 생명은 없다. (352쪽)

아무리 작은 것이라도 '주아(主我)'의 마음이 섞인 충고에는, 사람

을 움직이는 힘이 없다. (352쪽)

모든 것에 철저함을 바라면 거기에 수반되는 고통도 큰 법이다. 하지만 그것에 의해 얻어지는 쾌감은 그 어떤 것에서도 찾을 수 없다…… 자신의 눈으로 보고, 자신의 귀로 듣고, 자신의 발로 걷지 않으면 안 된다. (353쪽)

아이러니하게도 기시모토는 자신을 죽이고 세쓰코를 살림으로써 자신의 목적을 달성한 것일까? 아무튼 시마자키 도손은 그 후 일본펜클럽 초대 회장을 역임하고, 제국예술원 회원이 되는 등 문단의 지위에 흔들림이 없었으며 1943년 『동방의 문』 집필 중에 뇌일혈로 세상을 떠났다. 그의 나이 일흔한 살 때였다. 그렇다면 세쓰코의 모델 고마코는 이후 어떻게 되었을까. 그녀의 인생이 궁금하지 않을 수 없다.

세쓰코, 그러니까 고마코는 열아홉 살이던 1912년 도손과 관계를 맺고 그의 아이를 임신한다. 1913년 4월에 도손이 파리로 유학을 떠나고, 8월에 고마코는 아이를 출산하여 양자로 보낸다. 그 아이는 1923년 간토 대지진 때 행방불명이 되었다. 1916년 도손이 귀국하고 두 사람은 다시 관계를 맺는다. 1918년 도손은 『신생』을 발표하여 그 관계를 청산하려고 한다. 그해 7월 고마코가 타이완의 큰아버지 댁으로 간 이래 도손과는 소원해진다. 도손과 헤어진 고마코는 그리스도교도가 되기도 하고 무산자운동에도 참가하기도 했다. 서른다섯 살 때 사회주의자 가와카미 하지메(河上肇)의 제자였던 열 살 연하의 하세가와 히로시(長谷川博)와 결혼한다. 그녀의 남편 히로시는 1928년 3·15 사건으로 검거되어 투옥되었고 출옥 후 그들 사이에 여자아이가 태어나지만 곧 이혼한다.

1937년에는 「비극의 자전(悲劇の自傳)」을 『주오코론(中央公論)』에 발표한다. 고마코는 여기서 (소설 『신생』은) "거의 진실을 기술하고 있다. 하지만 숙부에게 불편한 부분은 가급적 말살되었다"고 했다. 그때 고마코는 도손을 격렬하게 증오하고 있었다. 그러나 만년에는 설사 자신이 그의 작품을 위해 희생되었다고 해도 예술에 목숨을 걸었던 숙부를 이해하고 용서해야 했던 것이 아닐까,라는 심경에 도달했다고 한다. 고마코는 1978년 85세를 일기로 세상을 떠났다. "언제나 기모노 차림으로 말이 곱고 조용하며 기품"이 있는 사람이었다고 한다.

1872   3월 25일 현재의 기후 현 나카쓰가와(中津川) 시(당시 나가노 현 기
        소 군 마고메 마을)에서 태어남.

1878   미사카(神坂) 소학교에 입학. 아버지로부터 『효경』 『논어』 등을 배
        움.

1881   형과 함께 상경. 다이메이(泰明) 소학교를 다님.

1886   3월 다이메이 소학교 졸업.

        11월 아버지 마사키(正樹) 사망.

1887   9월 메이지 학원 보통부(普通部) 본과에 입학.

1888   6월 기무라 구마지(木村熊二)로부터 세례를 받음.

1891   6월 메이지 학원 졸업.

1892   10월 메이지 여학교의 교사가 됨.

1893   1월 기타무라 도코쿠(北村透谷), 호시노 덴치(星野天知) 등과 『문학
        계』를 창간함.

        여제자 사토 스케코(佐藤輔子)를 사랑하여 번민하다 메이지 여학교

를 그만두고 그리스도교를 떠남.

1894   메이지 여학교에 복직.

1895   5월 기타무라 도코쿠 자살.

        8월 사토 스케코 병사.

        큰형이 공문서 위조 행사 혐의로 투옥.

1896   도호쿠 학원 교사가 되어 센다이에 부임.

        10월 어머니 사망.

1897   8월 첫 시집 『와카나슈(若菜集)』 출간.

1898   4월 도쿄음악학교 선과(選科)에 입학.

        6월 시집 『일엽주(一葉舟)』 출간.

        12월 시집 『여름 풀(夏草)』 출간.

1899   4월 고모로 의숙 부임.

        메이지 여학교 졸업생인 하코다테 출신의 하타 후유코(秦冬子)와

        결혼.

1900   5월 장녀(みどり) 태어남.

1901   8월 시집 『낙매집(落梅集)』 출간.

1902   3월 차녀(孝子) 태어남.

1904   4월 삼녀(縫子) 태어남.

        9월 『도손 시집』(앞의 시집 네 권을 합친 것) 출간.

1905   4월 고모로 의숙을 그만두고 상경.

        5월 삼녀 사망.

        10월 장남(楠男) 태어남.

1906   3월 『파계(破戒)』 자비 출판.

        4월 차녀, 6월 장녀 차례로 사망.

1907	9월 차남(鷄二) 태어남.
1908	4월부터 『봄(春)』을 『도쿄아사히신문』에 연재.
	12월 삼남(蕃助) 태어남.
1910	1월부터 『집(家)』을 『요미우리신문』에 연재.
	8월 사녀(柳子) 태어남. 아내 후유코 사망.
1912	『지쿠마 강 스케치(千曲川のスケッチ)』 출간.
1913	살림을 도와주러 와 있던 조카 고마코와 불륜을 저질러 고마코가 임신.
	4월 프랑스로 도피. 화가 아리시마 이쿠마(有島生馬)가 소개한 파리의 하숙집에서 생활하기 시작.
	8월 고마코가 사내아이를 출산하여 양자로 보냄.
1914	8월부터 11월까지 화가 마사무네 도쿠사부로(正宗得三郎)와 함께 리모주로 피란.
1915	『평화의 파리』『전쟁과 파리』 출간.
1916	런던을 거쳐 7월 4일 귀국. 고마코와의 관계 다시 시작.
	9월 와세다 대학 강사가 됨.
1917	게이오 대학 문과 강사가 됨.
1918	5월부터 『신생』을 『도쿄아사히신문』에 연재.
	7월 고마코가 타이완으로 떠남.
1919	1월 『버찌가 익을 무렵(櫻の實の熟する時)』 출간.
1922	『도손 전집』(전 12권) 출간.
1929	4월부터 『동트기 전』을 『주오코론(中央公論)』에 연재.
1935	일본 펜클럽 결성. 초대 회장에 취임.
1940	제국예술원 회원.

1941	1월 8일 당시의 육군대신 도조 히데키(東條英機)가 시달한 「전진훈(戰陣訓)」의 문안 작성에 참여.
1942	일본문학보국회 명예회원.
1943	1월 『동방의 문』 연재를 시작했지만 8월 22일 뇌일혈로 자택에서 사망. 최후의 말은 "바람이 시원하구나"였다고 함.

'대산세계문학총서'를 펴내며

2010년 12월 대산세계문학총서는 100권의 발간 권수를 기록하게 되었습니다. 대산세계문학총서의 발간은 앞으로도 계속될 것이고, 따라서 100이라는 숫자는 완결이 아니라 연결의 의미를 지니는 것이지만, 그 상징성을 깊이 음미하면서 발전적 전환을 모색해야 하는 계기가 된 것은 분명합니다.

대산세계문학총서를 처음 시작할 때의 기본적인 정신과 목표는 종래의 세계문학전집의 낡은 틀을 깨고 우리의 주체적인 관점과 능력을 바탕으로 세계문학의 외연을 넓힌다는 것, 이를 통해 세계문학을 바라보는 우리의 시각을 전환하고 이해를 깊이 해나갈 수 있도록 한다는 것이었다고 간추려 말할 수 있습니다. 그리고 궁극적으로는 우리의 인문학을 지속적으로 발전시켜나갈 수 있는 동력이 될 수 있기를 희망하는 것이었습니다. 이러한 기본 정신은 앞으로도 조금도 흐트러지지 않고 지켜나갈 것입니다.

이 같은 정신을 토대로 대산세계문학총서는 새로운 변화의 물결 또한 외면하지 않고 적극 대응하고자 합니다. 세계화라는 바깥으로부터의 충격과 대한민국의 성장에 힘입은 주체적 위상 강화는 문화나 문학의 분야에서도 많은 성찰과 이를 바탕으로 한 발상의 전환을 요구하고 있습니다. 이제 세계문학이란 더 이상 일방적인 학습과 수용의 대상이 아니라 동등한 대화와 교류의 상대입니다. 이런 점에서 대산세계문학총서가 새롭게 표방하고자 하는 개방성과 대화성은 수동적 수용이 아니라보다 높은 수준의 문화적 주체성 수립을 지향하는 것이며, 이것이 궁극적으로 한국문학과 문화의 세계화에 이바지하게 되리라고 믿습니다.

또한 안팎에서 밀려오는 변화의 물결에 감춰진 위험에 대해서도 우리는 주의를 게을리하지 말아야 할 것입니다. 표면적인 풍요와 번영의 이면에는 여전히, 아니 이제까지보다 더 위협적인 인간 정신의 황폐화라는 그늘이 짙게 드리워져 있는 것이 사실입니다. 대산세계문학총서는 이에 대항하는 정신의 마르지 않는 샘이 되고자 합니다.

'대산세계문학총서' 기획위원회